SIX

Tome 2 :

À nos cœurs tourmentés

Max L. TELLIAC

Black Ink Editions

Nom de l'ouvrage : SIX, tome 2 : À nos cœurs tourmentés

Auteur : Max L. TELLIAC
Suivi éditorial : Sarah Berziou

Dépôt légal Avril 2020

 Réalisation Lana Graph. Crédits photo Shutterstock.
ISBN 978-2-37993-093-5

Black Ink Éditions
23 chemin de Ronflac
17440 Aytré

Numéro SIRET 840 658 587 00018
Contact : editions.blackink@gmail.com
Site Internet : www.blackinkeditions.com

Je souhaite dédier le second tome de ce roman à mes parents adorés qui m'ont toujours soutenu et encouragé dans ce que j'entreprenais.

À nos cœurs tourmentés, mais jamais les uns envers les autres…

CHAPITRE UN

Louise

Penser que j'ai manqué de perdre mon British, le jour où il a été victime d'un énième arrêt cardiaque sous mes yeux, me rend toujours d'humeur morose et contamine mon esprit de pensées aussi nocives qu'un poison mortel.

Comme si mon cœur avait été arraché de ma poitrine, j'ai risqué l'infarctus également. Jamais je n'avais éprouvé une telle douleur, écho de la peur qui m'avait envahie et tenait mon souffle en joue. Mon corps me lâchait, me laissant seule face à l'horreur qui se produisait.

C'est à ce moment très précis, à l'instant où je me suis dit : « Adam est mort », que j'ai pris conscience qu'une part de moi était liée à cet homme à la personnalité duale. Je ne suis pas idiote, certainement pas amoureuse de lui et pourtant, voilà une semaine que je viens chaque jour à l'hôpital, que je passe tout mon temps libre auprès de lui.

Rien de nouveau. Ses fonctions vitales sont stables désormais, mais ses paupières restent fermement closes. Le corps médical a décidé de l'extuber pour lui permettre de sortir plus facilement du coma, j'ignore si cette décision a un quelconque effet.

Chaque minute passée à ses côtés ressemble à la précédente, l'inlassable suite de mots dans ma tête se répétant sans cesse : « réveille-toi, Adam. » Mon cerveau tourne en boucle sur cette phrase, si bien que parfois je me réveille dans un sursaut en hurlant cette litanie. Autant dire que mes nuits sont peuplées de cauchemars.

Je m'observe dans le miroir accroché sur le mur opposé au lit. Je reconnais à peine mon reflet tant mes yeux sont sertis de poches violacées, mon teint si diaphane qu'il m'apparente plus à un fantôme qu'à un être humain. Mes cheveux, décolorés à blanc, n'arrangent rien. L'espace d'une seconde, je songe à les teindre. N'importe quelle couleur raviverait ma carnation. J'y renonce rapidement, ce serait sans aucun doute une erreur.

Je me tourne de nouveau vers Jameson qui ne semble plus être que l'ombre de lui-même. Ses joues creusées et sa peau encore plus pâle que la mienne me donnent l'impression d'être davantage dans un salon funéraire qu'à l'hôpital. Sa petite moue, ce petit sourire sarcastique… ce qui me rend dingue chez lui a disparu. Je donnerais tout ce que j'ai pour entendre ne serait-ce qu'une insulte de sa part. C'est pathétique. Toute l'énergie que j'ai mise à le repousser auparavant n'est rien à côté de mon désir de le voir ouvrir les yeux…

Tremblante, ma main se pose sur son front que je caresse. La chaleur qui s'en émane me laisse perplexe, il a si froid depuis qu'il est inanimé. Je devrais aller chercher une infirmière pour m'assurer que ce symptôme est normal…

— Salut… *honey*…

Mon cœur rate une pulsation.

Je tourne précipitamment le visage vers l'homme dans le lit.

Suis-je en train d'halluciner ? Ça m'est arrivé plusieurs fois, ces derniers temps, d'imaginer qu'il se réveillait.

Mes cils papillonnent, je me perds dans ses yeux mi-clos. Revoir de nouveau ce gris froid, translucide et si percutant qu'il semble plonger dans mon âme, me réanime à l'instar d'un défibrillateur. Je ne peux m'empêcher de frotter mes paupières à plusieurs reprises pour m'assurer que mon cerveau ne me joue pas un de ses énièmes mauvais tours.

Nos regards se verrouillent l'un à l'autre pendant ce qui me semble être des heures.

Deux perles grises et un léger rictus.

Je n'hallucine pas. Je n'hallucine pas !

— Adam ?! gémis-je d'une voix nerveuse. Tu es réveillé ? Oh, mon Dieu. Tu es réveillé ! Je vais chercher une infirmière, le préviens-je en me levant.

— Attends, souffle-t-il en agrippant ma main.

— Il faut que j'aille chercher quelqu'un, Adam.

— C'est grâce à toi, Louise. Tu m'as ramené ici.

Sa voix est si faible que je dois tendre l'oreille pour le comprendre. Je souris et me jette sur lui, ma tête contre son torse, mes bras de chaque côté de ses épaules. Son rythme cardiaque régulier me rassure.

Il est vivant.

Il est sorti du coma !

J'irai à l'église chaque dimanche pour le reste de ma vie !

Bon, peut-être pas chaque dimanche…

En un éclair, je pars à la recherche d'une infirmière à qui j'explique le miracle qui s'est produit dans la chambre 203. Toute une équipe se précipite sur le jeune homme, prend ses constantes et réalise des tas de tests. Je reste à l'écart, tente d'observer ce qui se passe sur la pointe des pieds. Une petite brune m'indique alors que je ne peux pas rester ici et que je devrai repasser plus tard.

Frustrée, mais tellement soulagée que cet idiot de Britannique soit sorti du coma, je traverse la capitale pour annoncer la nouvelle à Simon qui doit sans doute se trouver à la coloc'.

— Salut, toi, lancé-je d'une voix joviale en pénétrant dans notre entrée.

— C'est quoi cet air enjoué ? Attends... il est réveillé ?

Je hoche frénétiquement la tête à la limite de l'hystérie.

— Super, c'est une bonne nouvelle ! scande Simon en se levant pour me presser dans ses bras.

— Je suis trop heureuse !

— Moi aussi, même si je ne l'aime pas, ça me rend heureux, ricane-t-il.

Je prends le temps de le détailler un instant, lorsqu'il se détache de moi, et étudie la situation. Il a l'air de remonter la pente, d'oublier ce beau brun dont il s'est entiché, mais qui lui a brisé le cœur. J'ignore tout de sa mésaventure, pourtant je sais qu'un évènement grave est survenu. Je le sens.

— Louise, tu affiches ta tête de cachottière, souligne-t-il.

Ah oui, j'avais presque oublié que Simon et moi partagions le même cerveau...

Et ce n'est vraiment pas le bon plan quand on souhaite cacher quelque chose !

— Non... rien...

— Crache le morceau, soupire-t-il en levant les yeux au ciel.

— Je m'inquiète pour toi.

Mon coloc' s'installe dans le canapé, plonge sa main dans le paquet de chips qu'il a entamé et articule, la bouche pleine :

— Les dernières semaines ont été compliquées, c'est tout. Je vais finir par oublier ce flic... et tout ce qui gravite autour de lui.

— C’est le « tout ce qui gravite autour de lui » qui m’inquiète. Qu’est-ce que tu me caches ?

Il soupire, roule des yeux et reprend, tout en mâchouillant ses pétales de pomme de terre séchées.

— Qu’est-ce que tu vas encore t’imaginer ? C’est juste qu’il a mis un bordel monstre dans ma vie. Depuis que je le connais, rien ne va. Et là, j’ai juste besoin d’une transition. À part ça, tout baigne.

Son ton est si convaincant et assuré que je ne peux que le croire. Il serait temps que je lui accorde enfin pleinement ma confiance et cesse de le materner.

Je laisse le silence s’installer entre nous, me perds dans mes tergiversations. Il a réussi à mettre les barrières suffisantes pour ne pas se laisser entraîner dans une relation vouée à l’échec, chose dont j’ai été incapable. Et maintenant, avec tout ce que j’ai traversé avec Adam, je suis incapable de repartir en arrière.

— Louise, j’entends tes pensées ! se marre mon ami.

Je reporte mon attention sur lui, délaissant le vide que je m’évertuais à inspecter, et lui souris.

— Je me disais juste que tu avais été suffisamment fort pour renoncer à ta relation toxique et que moi… j’étais tombée dans le piège, qu’il s’était refermé et que désormais, j’en étais prisonnière. Mais le voir se réveiller ce matin m’a rendue plus heureuse que jamais. Retrouver ses yeux, son petit sourire… Je ne sais pas où je vais avec lui, mais ce dont je suis certaine… c’est que j’y cours !

— Louise, c’est un junkie. Tu ne sais pas sur quelle voie tu t’engages.

Je n’aurais peut-être pas dû mettre mon ami au courant, déjà qu’il ne le portait pas dans son cœur… Croit-il que je l’ignore ? Je sais parfaitement que c’est de la folie, mais je suis incapable d’agir autrement. Toutes mes pensées sont tournées vers lui, constamment. Je ne peux pas passer une minute sans que son visage ne vienne me hanter.

— Peut-être. Mais je dois essayer. Sinon, je vais le regretter, avoué-je.

— Te brûle pas les ailes, ajoute-t-il en me tapotant le bout du nez de l'index.

— Je vais tâcher d'y penser, grimacé-je.

— C'est quand même dingue qu'on rencontre tous les deux, en même temps, un mec complètement timbré.

— Ouais, c'est sûrement le destin. On est liés, toi et moi, réponds-je en agitant mes doigts pour déclencher notre check bien spécifique.

Simon m'imite alors que nos rires se mêlent dans la pièce. Ici, avec lui, tout me semble toujours plus simple. Mais une fois à l'extérieur, les embûches de la vie se mettent chaque fois en travers de mon chemin.

***

Simon ! maugréé-je mentalement alors que je me rattrape *in extremis* au lavabo.

En quoi remettre le tapis antidérapant sur le carrelage de la salle de bains lui paraît si compliqué ? Je vais vraiment finir par me fracasser le crâne sur le rebord de la baignoire, le jour où mes réflexes ne seront pas suffisants. En tout état de cause, cette douche a été salvatrice.

Maintenant, une nouvelle mission, et pas des moindres, m'attend : ressembler à autre chose qu'à un *Demogorgon*[1]. Hors de question que j'arbore les traits de la monstruosité qu'Adam a découverts le matin même à son

---

[1] Personnage du jeu de société *Donjons et dragons* repris sous la forme d'un monstre disgracieux dans la série *Stranger Things*

réveil. Encore un peu, et je le renvoyais *illico presto* dans les limbes.

À grands coups de couches épaisses d'anticerne et de fond de teint, je camoufle les heures de sommeil qu'il me manque. Je retrouve enfin un grain de peau digne de ce nom !

Blush.

Fard à paupières ocre.

Eye-liner.

Mascara.

Gloss framboise.

Quoi qu'en disent les féministes, le maquillage est l'allié numéro 1 de la femme. Je passe en un coup de baguette magique de *The Walking Dead*[2] à *Gossip girl*[3]. Je termine mon brushing *wavy* lorsque mon portable vibre sur mon bureau. Plus rapide qu'un lynx, je saute dessus et décroche à la hâte. Une femme à la voix douce me confirme que je peux rendre visite à Adam qui attend ma venue avec impatience.

Ah ouais ?

Je jette un dernier coup d'œil à mon reflet dans le miroir. La combinaison que je porte n'est pas laissée au hasard. Il me semble qu'elle lui a plu le jour où j'ai assisté à sa petite séance détente dans sa baignoire, si j'en crois les œillades peu discrètes qu'il y avait jetées.

Mon cœur bat la chamade depuis que j'ai quitté mon appartement. Mes pieds chaussés de baskets blanches tapent le sol de la salle d'attente à la manière d'un célèbre lapin gris. Alors, lorsqu'une infirmière m'indique qu'elle a terminé les soins du British, je souffle un bon coup, vérifie ma tenue une dernière fois et traverse le couloir pour rejoindre sa chambre.

---

[2] Série traitant de zombies

[3] Série traitant de riches héritiers à New York où les jeunes femmes sont toutes plus belles les unes que les autres

Qu'est-ce que je vais bien pouvoir lui dire ? J'ai des tas de questions, moi !

« Salut, Adam. Alors, tu es junkie ? »

Non, un peu trop direct.

« Adam, j'ai quelque chose à te demander… »

Trop désespérée.

Bordel, il faut que j'arrête avec ces discussions intérieures. Si quelqu'un s'en aperçoit, je vais finir trois étages plus haut : en psychiatrie.

Je frappe doucement à la porte de sa chambre, l'ouvre lentement. Adam est allongé dans son lit, le dossier relevé. Son visage se tourne vers moi, il affiche un léger sourire tandis que je m'approche, angoissée. Ces quelques pas qui me séparent de lui me sont familiers, je les ai inlassablement répétés ces derniers jours. Constater qu'il est bel et bien éveillé aujourd'hui me paraît irréel.

Son regard fatigué se pose sur moi lorsque je m'assieds sur le rebord du matelas. Ses doigts se déplacent péniblement vers les miens, puis les pressent.

— Tu es revenue ? murmure-t-il d'une voix faible.

— Bien sûr. Ils m'ont dit que tu avais passé des examens, que je pouvais venir te voir un peu, réponds-je en posant mon autre main sur la sienne.

— Je veux sortir d'ici.

— Je ne pense pas que ce soit prévu, assuré-je dans un sourire.

— Je crève de faim, ils ne me donnent que des yaourts. Des yaourts, répète-t-il, tu te rends compte ?

— Tu n'as rien avalé depuis plusieurs jours, j'imagine qu'ils réintroduisent les aliments petit à petit.

Son corps est brusquement secoué d'une quinte de toux qui me paralyse sur place. Une simple conversation le fatigue. Ses paupières se ferment par intermittence, sa respiration devient lente et profonde.

Exit l'interrogatoire.

Il m'entend à peine lorsque je lui précise que je repasserai un peu plus tard, pour le laisser se reposer. Son esprit a déjà rejoint les bras de Morphée.

***

Tout comme la veille, je veux paraître la plus belle possible face à mon Londonien !

Et j'essaie encore de persuader mon entourage que je ne le vois pas de cette manière-là…

Après tout, j'ai déjà failli coucher avec lui, je ne peux tromper personne sur mes intentions, et certainement pas moi.

Chignon, maquillage et tenue dignes d'un défilé, je suis parée à le subjuguer par ma beauté.

Non, je ne suis pas égocentrique !

En vérité, je suis terrifiée qu'il ne me trouve pas jolie, que je ne l'intéresse plus. C'est ridicule de surjouer avec mon apparence, mais c'est le seul moyen que j'aie trouvé pour gérer mon cruel manque de confiance en moi.

Ma robe jaune, mes sandales à talons, et moi, foulons le fameux couloir de l'hôpital que je ne peux plus voir en peinture. Je n'y mettrai plus jamais les pieds une fois qu'il sera sorti, à moins d'y être contrainte par la force.

Ne pas parler trop vite, Louise ! Poissarde un jour, poissarde toujours.

À mesure que je me rapproche de la chambre du mannequin, des cris, que j'analyse comme lui appartenant, parviennent jusqu'à mes oreilles. Ni une ni deux, j'accours jusqu'à l'embrasure de la porte et tombe sur un homme qui me tourne le dos, planté face à mon grand malade dans son lit. Le buste redressé, les yeux exorbités, ce dernier pointe un doigt accusateur.

— Tu ne m'obligeras pas, Paul ! crache Adam.

— Tu sais que c'est pour ton bien. Tu es malade. Tu dois te faire soigner.

— *I don't give a fuck*[4] *!*

— Tu as signé le contrat, Adam. Nous pouvons décider de t'envoyer en cure si ton image menace la réputation de l'agence. Je te laisse réfléchir. J'agis dans ton intérêt.

Paul, que j'ai déjà rencontré, effectue un demi-tour, croise mon regard et sort de la pièce en m'adressant un signe de tête. Adam ne me prête pas attention, la tête enfouie dans les mains, il semble porter un lourd fardeau sur les épaules.

Je m'approche donc de lui, m'assieds à ma place habituelle tandis qu'il redresse le visage, les yeux fuyants et emplis de panique.

— Adam ? murmuré-je en glissant ma paume dans la sienne.

— Qu'est-ce que tu fiches là ?

Son ton plus tranchant qu'un vent polaire et ses yeux aussi limpides que la glace me refroidissent instantanément, inondant mon dos d'une suée gelée.

Voilà l'effet Mister Freeze.

— Euh… je suis venue te voir.

— J'ai besoin d'être seul, répond-il sèchement en récupérant sa main.

Calme, Louise. Il est dans un lit d'hôpital.

— Je passe tout mon temps à ton chevet depuis une semaine, alors non, je ne vais pas te laisser seul, souligné-je,

---

[4] J'en ai rien à foutre

en affichant un large sourire qu'il interprète, je l'espère, correctement.

Oui, ce sourire traduit : « si tu me parles encore comme ça, honey, je te démonte ta tronche de petit British condescendant ».

— Je ne me sens pas très bien, ajoute-t-il plus calmement.

Voilà qui est mieux.

— Parle-moi… l'incité-je.

— J'aurais dû crever, ça aurait été plus simple pour tout le monde.

Un coup de poing dans le nez aurait été moins brutal que cette phrase. Mon cœur se comprime dans ma poitrine, si j'avais dû affronter cette épreuve, je crois bien que je serais dévastée. C'est idiot, je le sais très bien. Mais un besoin viscéral de le savoir en sécurité me frappe, me secoue jusqu'à ce que les mots logés dans ma gorge ne puissent plus être contenus.

— Ne redis plus jamais une chose pareille, le menacé-je gravement.

— Tu ne peux pas comprendre.

— Il ne tient qu'à toi d'essayer de m'expliquer.

— Si j'y consens, tu partiras, pour toujours. Tu ne sais pas à qui tu as affaire.

C'est sûrement le chemin que la logique me pousserait à suivre. Agir avec raison n'est pourtant pas prévu dans mes plans depuis que j'ai rencontré Adam Jameson.

— Je reste. Quoi que tu dises. Qui que tu sois.

Ses mots lourds de sens résonnent en moi, éveillent une lueur que je m'interdis de suivre si je souhaite aider cet homme au mieux.

— Tu es peut-être bien plus tarée que moi, constate-t-il dans un sourire.

Ou la réincarnation de Mère Teresa ?

— C'est possible, lui accordé-je. Pour autant, deux fous peuvent-ils s'entendre ?

Il laisse un long silence planer sur ma question, à laquelle je n'obtiendrai sans doute jamais de réponse. Plongé dans le vide, il semble être en proie à un questionnement pour lequel je serais prête à payer le prix fort, curieuse d'en connaître les composants.

— Tu n'es pas obligé de me parler maintenant, interromps-je le fil de ses pensées. Mais tu vas devoir y passer, à un moment ou à un autre.

— Pourquoi ?

— Car j'ignore *tout* de toi.

— Ce que tu sais ne te suffit pas ?

Je ne sais rien !

— Pas vraiment, non, me modéré-je.

De nouveau, il semble réfléchir. Il détaille les traits de mon visage, avant qu'un petit sourire se dessine sur ses lèvres.

— On m'a dit que c'était toi qui m'avais trouvé, amorce-t-il.

— Oui, tu ne te rappelles rien ?

— La dernière chose dont je me souviens, c'est le goût du poulet tandoori dans ta bouche, susurre-t-il dans un rictus évocateur.

— Ma version de l'histoire est légèrement différente. Tu t'es écroulé dans mon salon trois jours après l'épisode « poulet tandoori ».

— Je vais mieux maintenant, les arrêts cardiaques arrivent même aux meilleurs, ironise-t-il.

— Chez les cocaïnomanes, oui, c'est fréquent, m'aventuré-je.

Un éclair de panique traverse ses yeux, avant qu'il ne se replie sur lui-même et affiche ce masque de glace sur son visage.

— Ah. Tu sais.

— Oui. J'ai prétendu être ta sœur pour savoir ce qu'il t'arrivait.

Il soupire, porte son attention sur la fenêtre qui donne sur le parc extérieur. Privée de ses prunelles rassurantes, je caresse doucement sa joue râpeuse. Il m'adresse donc de nouveau un regard que je ne parviens pas à interpréter.

— Je ne te juge pas, Adam. J'aurais juste aimé que tu me mettes au courant de certaines choses.

— Comme le fait que je sois un putain de camé ? Une sous-merde, un parasite de la société ? vilipende-t-il.

Sa langue acérée me gifle tel un coup de fouet chaque fois qu'elle claque dans sa bouche avec cette rage sous-jacente qui menace d'exploser à tout moment. La manière dont il se perçoit propulse mon cœur au bord de mes lèvres. Je suis prête à fondre en larmes, bouleversée qu'il ait une image si atroce de lui-même. Il ne peut pas se voir ainsi…

— Pourquoi dis-tu ça ? m'assuré-je, la gorge serrée.

— Parce que c'est le cas.

Je ferais mieux de contourner ce sujet qui semble aussi sensible pour lui que pour moi. Il m'est impossible de me confronter au mal-être qui paraît l'habiter, je ne suis pas suffisamment forte pour ça. De son côté, il n'a aucune intention de me révéler ce qu'il cache au fond de lui.

— J'ai entendu Paul te parler de cure de désintoxication, risqué-je.

— Tu ne vas pas t'y mettre, toi aussi ?!

— Promets-moi que tu vas y réfléchir.

— Ce n'est pas possible.

— Pourquoi ? insisté-je.

— Je ne suis *rien* sans la drogue, tu comprends ?

Je me mords la langue. Si je lui demande les raisons qui le poussent à dire ça, il va m'envoyer balader à coup sûr.

— Tu sors bientôt ? l'interrogé-je.

— Si mes constantes sont bonnes, d'ici quelques jours.

— Tu sais que tu vas m'avoir sur le dos un bon moment ?

Il pose sur moi un regard lubrique que j'identifie aussitôt, avant d'ajouter :

— Si c'est la fille du dîner tandoori, d'accord.

— Je suis sérieuse, le rabroué-je. Je suis plutôt obstinée comme nana.

— J'avais pas remarqué, tiens ! ironise-t-il.

Avant de le quitter, je me penche vers lui pour déposer un baiser sur sa joue. D'un geste vif, il tourne la tête et presse ses lèvres contre les miennes. Mes paupières se scellent instantanément, mon corps entier profite de ce délicieux courant qui le parcourt. L'espace d'un instant, le temps s'arrête. Je voudrais ne plus jamais ouvrir les yeux, rester dans cette bulle dans laquelle il me plonge…

Mais nous ne pouvons pas. *Il* ne peut pas agir ainsi.

— Stop, Adam, soufflé-je en mettant un terme à son baiser. Nous continuerons sur ce terrain quand j'en saurai davantage sur toi.

— Tu ne joues pas à la loyale, grimace-t-il.

— Primo, *tu* ne joues pas à la loyale en m'embrassant. Secundo, ce n'est pas un jeu.

— Et tertio ?

— Pas de tertio.

— Il y a toujours un tertio. Tu ne peux pas dire primo et secundo, sans tertio.

— Réfléchis à notre discussion, ajouté-je en lui adressant un clin d'œil avant de quitter sa chambre.

***

Périr sur un bûcher me paraît être une douce mort à côté de ce que Jameson m'infligera en apprenant ce que j'ai manigancé.

Pour le moment, je dois afficher ma plus belle *poker face*, redresser le menton, bomber le torse et parcourir les quelques mètres qui me séparent du mannequin.

Droit comme un I, il m'attend patiemment sur le parvis de l'hôpital, les fringues que je lui ai apportées la veille sur le dos. J'ai insisté grossièrement pour être là lors de sa sortie. Ses lèvres s'étirent lorsqu'il m'aperçoit. Il dépose un léger baiser sur ma joue quand j'arrive à son niveau, ce qui ne manque pas de me faire frissonner *et* culpabiliser.

Tu penseras à ça plus tard, merde !

— Salut, soufflé-je, en me gardant bien de croiser son regard.

Franche, mais pas téméraire.

— *Morning, Miss Dario.*

— Le taxi nous attend, lui indiqué-je.

Nous le rejoignons, disparaissons loin de cet hôpital dans lequel je ne veux plus *jamais* mettre un pied. Adam reste silencieux. La tête appuyée contre le carreau, il observe distraitement la route, ce qui me laisse tout le loisir de le détailler… les joues émaciées, le teint encore un peu livide. Il ne perd pourtant rien de sa superbe. Ses cheveux en bataille y contribuent, ainsi que cette expression chiffonnée qu'il arbore la plupart du temps.

Ce qui va suivre est uniquement pour son bien, que ça lui plaise ou non. L'observer détruire sa vie avec une totale impuissance n'est pas concevable. Je ne veux pas avoir de regrets s'il lui arrive malheur un jour. En ce qui concerne les remords, j'en aurais peut-être par la suite…

Mieux vaut des remords que des regrets !

Ses paupières se ferment au bout d'un moment. Parfait, il ne verra pas où nous nous dirigeons. Lorsque nous nous arrêtons, il ouvre les yeux et observe le décor autour de lui. Très vite, il comprend que je ne l'ai pas ramené chez lui.

— Où sommes-nous, Louise ? s'enquiert-il d'une voix sourde.

Un blanc, long, très long, infini, envahit l'habitacle. La gorge nouée, il m'est impossible de lui fournir la moindre réponse. Son regard braqué sur le mien, je défaille, mon ventre crispé comme s'il allait se réduire en charpie.

— Louise, insiste-t-il.

— Au centre « Confluences », articulé-je péniblement.

L'espace d'une seconde, ses traits reflètent l'incompréhension. La suivante, la fureur l'engloutit lorsqu'il comprend. Il sait désormais que j'ai manigancé son entrée en cure de désintoxication.

J'ai organisé cet internement dans l'unique but de l'aider, avec l'appui de son agent. Pendant plusieurs jours, nous avons tout préparé pour le mettre devant le fait accompli, en espérant qu'il capitule au pied du mur. Paul a pensé que j'étais l'arme secrète de cette opération, une sorte de point faible pour Adam. Il m'a assuré qu'il n'arriverait pas à l'obliger à y entrer, mais que j'étais sûrement leur roue de secours. Si j'échoue, le mannequin perdra son agence avec qui il a signé un contrat d'exclusivité qui le force à suivre une désintox' pour ce type de problème. Mais surtout, il finira par crever de ses conneries. Et ça, c'est impensable.

Pour le moment, mon plan ne se déroule pas *du tout* comme je l'avais imaginé. Le British quitte la voiture en trombe, s'échappe, aussi vite que son état le lui permet, dans la rue.

Quoi, tu pensais qu'il allait te sauter dans les bras, sérieusement ?

Malgré la crainte de sa réaction, je l'imite et le rattrape rapidement. J'enserre son poignet, l'arrête net en murmurant :

— Tu ne peux pas fuir toute ta vie, Adam.

Son regard, plus froid qu'il ne l'a jamais été, pivote sur moi, me transperce de milliers de stalactites qui saignent mon cœur tant je me sens coupable.

C'est pour son bien, Louise !

— Adam, écoute-m…

— Tu me fous un putain de couteau dans le dos, Louise, tempête-t-il.

— Tu as le choix d'y entrer ou non. La question est de savoir si tu vas avoir le courage d'affronter tes démons.

— *You didn't have the right ! My life ! My rules ! My choices*[5] *!*

Pas la peine d'avoir suivi des cours d'anglais spé pour comprendre qu'il est furieux ! Pourtant, je suis persuadée que la décision que j'ai prise est la bonne. Au plus profond de mon être, je ne peux m'empêcher de penser que seule sa rémission me permettra de poursuivre sereinement ma vie, comme si j'étais sa… rédemption.

— Je me sens concernée maintenant… soufflé-je, des larmes à la lisière de mes cils.

— Pourquoi ? Qu'est-ce que ça peut te foutre ? rage-t-il.

— Eh bien…

— Quoi ?

---

[5] Tu n'avais pas le droit ! Ma vie ! Mes règles ! Mes choix !

Merde. Ma gorge est trop nouée pour me laisser parler. Je suis bouleversée, mais refuse de paraître idiote et faible. Pourtant, c'est ce que je suis face à lui.

Idiote de rester à ses côtés malgré tout ce qu'il a pu m'infliger depuis notre rencontre.

Faible de m'attacher à un homme qui est si loin sur le chemin de l'autodestruction qu'il ne permet à personne de l'aider. J'y laisserai des plumes, ça ne fait pas l'ombre d'un doute.

Je dois néanmoins me livrer. Je me suis promis de le sauver. L'espace d'une seconde, j'écoute le crépitement du brasier qu'il a enflammé en moi, prends une grande inspiration et me lance :

— Je tiens à toi, Adam. Je suis incapable de te regarder te détruire sans agir. Tu as foutu un bordel monstre dans ma tête, dans ma vie, et je devrais tout oublier afin de poursuivre ma route ? Je suis là, je reste.

— Je suis déjà brisé, lâche-t-il en secouant la tête.

Mon cœur se morcelle, une douleur insupportable comprime ma poitrine. Je serais prête à prendre toute sa désolation, l'enfermer en moi pour qu'il n'y soit plus confronté, plutôt que ressentir de nouveau sa peine.

— Je peux t'aider à recoller les morceaux, murmuré-je en tendant la main vers lui.

— Tu finiras par me laisser tomber. Comme tout le monde.

— On peut déjà ranger ensemble tes affaires dans ta chambre ?

Il ne me répond pas. Perdue dans la contemplation de ses iris, j'ai l'impression de pouvoir y observer les dizaines de questions qui tournoient.

Le temps s'est arrêté.

CHAPITRE DEUX

Adam

— Monsieur Jameson, c'est l'heure de votre traitement, annonce l'infirmière aux cheveux rouges.

Elle me tire de mes pensées, détourne mon attention du parc que j'observais par la fenêtre de ma chambre. Je tente d'esquisser un léger sourire, mais j'ai plutôt envie de la buter, bien qu'elle soit agréable avec moi. Je ne mérite pas autant de soins et de prévenance, la société dépense un fric monstrueux pour des ratés, drogués comme moi, qui n'en valent pas la peine. Je suis tombé dans la *dope* seul, on devrait me laisser me démerder.

Damn you[6].

Elle va continuer de jacasser pendant combien de temps ? Je n'ai rien écouté de ce qu'elle m'a dit.

— Pardon ? m'enquiers-je, en tentant de dissimuler l'agacement dans ma voix.

— Je vous informais que votre séance avec le psychiatre est programmée à 16h.

J'opine d'un simple hochement de tête, avale les cachets d'une traite. Ils me permettent de ne pas décompenser trop abruptement, libèrent des quantités de dopamine, noradrénaline et sérotonine. Le combo parfait pour me faire planer, logiquement. Au final, c'est comme si je me droguais

---

[6] Bon sang

encore. Simplement, c'est médicalisé maintenant. J'imagine que lorsqu'ils réduiront les doses, les choses sérieuses débuteront…

Non, en réalité, ce qui m'embête le plus est bel et bien ce rendez-vous avec le psychiatre. J'ai songé toute la nuit à me barrer d'ici. La première séance a été inutile. J'ai gardé le silence durant une heure tandis qu'il a pris un malin plaisir à m'observer tout en griffonnant des absurdités dans son calepin. Il est hors de question qu'il tente d'analyser ma personnalité, de trouver une origine à mes démons. Tout ça ne regarde que moi, ce que j'ai pu subir ne le concerne pas. Mon passé m'appartient encore, même ici.

Il est évident que si Louise ne m'avait pas conduit dans ce centre, je serais peinard chez moi, à me détendre. Quelque part, je lui en veux, et pourtant je prends conscience qu'elle compte pour moi. Si je suis dans cet établissement, c'est uniquement pour la satisfaire. Elle m'a martelé le cerveau à grands coups de sermons comme quoi je devais prendre ma vie en main. Je l'ai écoutée d'une oreille distraite tandis que nous rangions mes vêtements dans l'armoire de ma chambre.

Oui, je souhaite qu'elle m'accorde sa confiance. J'ai cessé de me battre contre mon attirance pour elle. Elle a quelque chose de différent, quelque chose que je ne peux pas expliquer, mais qui me pousse à être meilleur. J'ai arrêté d'y penser, ça m'a suffisamment donné matière à cogiter. J'ai compris que si je la détestais tant quand je l'ai rencontrée, c'est parce qu'elle éveillait en moi bien plus que du désir. Aussi étrange que cela puisse paraître. Ça fait des années que je n'ai pas ressenti une telle chose. D'aussi loin que je m'en souvienne, j'ai toujours été la seule personne qui comptait dans ma vie.

Être séparé d'elle depuis quelques jours me frustre. Aucune visite autorisée. Elle m'a demandé de prendre sur moi, m'a affirmé qu'elle viendrait dès que possible. Normalement, elle devrait pouvoir aujourd'hui. Si ce n'est pas le cas, je pense que je vais péter un câble et devoir décharger ma colère sur quelqu'un.

Why not the psychiatrist[7] ?

***

Il est déjà midi lorsque je jette un coup d'œil à l'horloge accrochée au mur de ma chambre. Je ne désire toujours pas déjeuner avec les autres résidents, malgré les sollicitations du personnel. Je n'ai pas envie de me mêler à la populace, mon état est différent. Je me drogue, c'est une certitude. Eux, sont de gros camés. La plupart se piquaient dans des chiottes de *rave party*. Je n'en suis pas à ce point ! Même si toute ma personnalité s'est forgée sous la coupe de cette addiction, je ne me considère pas comme ces ratés.

Pour l'instant, je ne ressens que très faiblement les effets de mon sevrage. Certes, mes mains tremblent un peu, mon humeur peut fluctuer d'une seconde à l'autre, mais ce n'est pas nouveau. Le plus difficile reste la dépendance psychologique. Mon cerveau me commande de craquer, que j'en ai besoin pour survivre et bien que je sois davantage connecté à la réalité, il m'est difficile de me raisonner.

Seule Louise est capable d'une telle prouesse et s'ils refusent de m'autoriser à la voir, je vais finir par imploser. Rester à mes côtés est sûrement la plus grosse erreur de sa vie, mais elle est pourtant mon unique bouée de sauvetage.

***

---

[7] Pourquoi pas le psychiatre

Une légère frappe sur la porte m'extirpe de ma somnolence. J'imagine que c'est une aide-soignante qui vient récupérer mon plateau-repas. Pourtant, personne ne pénètre dans la chambre. Un deuxième coup retentit contre le battant, m'oblige à articuler malgré moi un « oui » sur un ton morne et froid. Depuis quand ont-elles besoin de mon approbation pour entrer ?

Mon souffle se coupe lorsque de longs cheveux blonds irisés franchissent le seuil tandis qu'un regard, d'un bleu si soutenu qu'il m'envoie une décharge électrique dans le ventre, se pose sur moi. Je me demande un instant si ce n'est pas un mirage. Mais non, Louise se tient devant moi, un léger sourire aux lèvres.

— Salut, souffle-t-elle doucement.

Je ne parviens pas à lui répondre, ma gorge est si nouée qu'elle ne laisse passer aucun son.

— Je peux entrer ?

— Bien sûr, articulé-je enfin. Tu m'as manqué, *honey.*

Elle s'approche de mon lit, s'y assied et pose sa main sur la mienne. Je la détaille, étudie la perfection de ses traits que je craignais d'oublier, à force de moisir dans cette chambre. Sa présence me détend instantanément, m'aide à tenir tête à ces voix qui tentent d'assujettir ma volonté.

— J'ai beaucoup pensé à toi, me glisse-t-elle. Tu te sens bien ?

— C'est pas la joie, ici.

— À quoi tu t'occupes ?

— Pas grand-chose.

— Raconte-moi, ajoute-t-elle dans un sourire.

Que lui dire ? Que la bouffe est merdique, aucun gras, aucune sauce, des légumes à profusion ? Que mon psy est un vieux débris qui ne sert à rien ? Non. Elle serait sûrement déçue.

— Tu veux aller te balader un peu dans le jardin ? tenté-je pour détourner la conversation.

— Oui, si tu veux.

J'enfile un pull léger, puis nous descendons les étages. Je ne reconnais personne dans les couloirs, je ne suis vraiment pas beaucoup sorti de ma cage.

Lorsque le vent me caresse le visage, l'air emplit mes poumons, une sensation de bien-être m'envahit comme si je recouvrais la liberté après un long séjour en prison. Louise me sourit, enlace ses doigts aux miens comme si elle pressentait mon besoin de motivation.

— Qu'est-ce que tu as fait pendant que j'étais ici ? l'interrogé-je pour penser à autre chose.

— Je suis allée à la fac, j'ai dû rattraper mon retard.

— À cause de moi ?

Elle m'observe en catimini et balbutie :

— Pour toi.

Je lui adresse un sourire franc, avant de hausser les épaules.

— Ça revient au même.

— Ce n'était pas une contrainte pour moi.

— Pourquoi être restée à mes côtés ?

Elle marque une pause alors que nous nous installons sur un banc, sous un grand peuplier dont les branches filtrent les rayons du soleil.

— Je ne voulais pas que tu sois seul, m'avoue-t-elle en portant son attention sur une feuille qui virevolte devant elle.

— J'ai l'habitude, tu sais.

— Oui, mais là, tu devais sentir que quelqu'un était avec toi.

— Ça m'a aidé. J'ai énormément rêvé. Tu étais très souvent là.

Elle reporte son regard sur moi, arrime ses pupilles aux miennes, comme si elle souhaitait donner plus de sens à ce qu'elle s'apprête à me révéler.

— Je suis là pour toi, Adam. Si tu as besoin d'aide, je suis là.

— C'est dur pour moi.

— De quoi ?

— D'être ici. D'exposer mes faiblesses.

— Ne le prends pas de cette manière. Tu es juste là pour aller mieux. Tu as failli mourir, Adam, murmure-t-elle, ses yeux opacifiés d'une pellicule brillante.

— Je n'arrête pas de me dire que mon heure était sûrement venue. J'aurais dû crever.

— Tu dis n'importe quoi ! Pourquoi tu aurais subi un arrêt cardiaque chez moi, si ce n'est pas pour que je te porte secours ? On te donne juste une chance, là. Une chance de tout recommencer.

— Nous continuerons de nous voir, après ma sortie ?

Ses doigts courent sur le dos de ma main tandis qu'elle clôt les paupières plusieurs secondes qui semblent s'éterniser.

— Ne te concentre pas sur ça, ajoute-t-elle. C'est ta santé qui compte.

— J'ai besoin de le savoir, insisté-je.

— Comment veux-tu que je réponde ? Je n'en sais rien.

— Alors tout ça ne rime à rien, soupiré-je en détournant mon attention.

Je me lève, m'éloigne de quelques pas pour ne plus me confronter à tout ce qu'elle provoque en moi. Je risquerais de la fustiger de mots que je ne pense pas réellement. Le gravier crisse sous ses pas alors qu'elle s'approche de moi. Sa main se pose doucement sur mon épaule, je pivote légèrement la tête pour l'examiner. Ses doigts sont fins, elle a l'air si fragile. Nous savons pourtant parfaitement qui est le plus faible de nous deux.

— Je l'espère en tout cas, m'avoue-t-elle. Mais tu dois vivre dans le présent.

Je pivote, manque de chanceler en croisant son regard que j'observe différemment, désormais. Comme s'il était un phare en pleine mer déchaînée, je m'y accroche et suis la lumière qui tente de me ramener au port, sain et sauf.

— J'ai toujours vécu dans le passé, c'est déjà pas mal d'imaginer mon futur.

— Bien sûr.

— Qu'est-ce qui te pousse à agir ainsi, Louise ? l'interrogé-je en calant ma paume contre sa joue si douce.

— Je… balbutie-t-elle.

— Monsieur Jameson ! me hèle une voix féminine.

Un sourire étire mes lèvres. Je tourne le visage pour observer la petite femme aux cheveux rouges qui agite sa main dans ma direction, depuis les marches qui mènent au bâtiment.

— Sauvée par le gong, noté-je dans un rictus.

— C'est l'heure de votre rendez-vous, ajoute l'infirmière.

Elle disparaît. Je reporte mon attention sur les traits si parfaits de Louise. L'ovale de son visage souligne sa mâchoire délicatement dessinée, ses yeux immenses bordés de longs cils noirs paraissent aptes à décrypter les pensées d'autrui, son nez fin et droit est si discret qu'il ne fait que sublimer le tableau et sa bouche légèrement pulpeuse n'a besoin d'aucun artifice pour donner envie qu'on la dévore.

— Un rendez-vous ? souligne-t-elle en fronçant les sourcils.

Chaque fois que les petites ridules d'expression apparaissent autour de ses paupières, pour marquer sa contrariété, je ne peux réprimer mon envie de l'embrasser tant elle est mignonne à se comporter ainsi.

— Le psychiatre. Je n'irai pas de toute manière, certifié-je.

— Si tu es ici, ce doit être utile. Tu devrais y aller.

— Et toi, te mêler de ce qui te concerne, désapprouvé-je, peut-être un peu trop durement.

La jolie blonde recule d'un pas, me morigène d'un regard réprobateur, avant de cingler :

— Si tu le prends comme ça, je m'en vais !

— Non, attends, soufflé-je en attrapant sa main. Ce n'est pas ce que je voulais dire.

— Qu'est-ce que tu voulais dire, alors ?

Je soupire, encadre ses joues de mes paumes. Je ne parviens plus à lire en elle, alors qu'elle s'est complètement refermée. J'ai besoin de savoir ce qu'elle pense, tout le temps.

— Que je n'avais pas envie de parler au psychiatre, tempéré-je.

— Alors, ne lui parle pas, mais honore ton rendez-vous.

— À quoi ça sert de perdre mon temps pendant une heure ?

— Tu as autre chose à faire, ici ?

Of course, baby[8].

Un sourire se dessine sur mon visage à mesure que la distance de nos bouches s'amenuise. Le souffle saccadé de la

---

[8] Bien sûr, bébé

jeune femme s'écrase contre ma peau, m'incite à ne pas m'arrêter en si bon chemin.

— *Staying with you seems much more pleasant, sweety*[9], roucoulé-je.

— N'essaie pas de m'amadouer, pouffe-t-elle en rougissant. Et je dois partir de toute façon.

— J'irai à ce stupide rendez-vous, mais c'est uniquement pour toi.

— Ça me convient.

À l'instant où je réduis les derniers centimètres qui nous séparent, elle tourne subtilement le visage, si bien que je l'embrasse tout juste à la commissure de ses lèvres.

Naughty girl[10].

— Si je deviens cinglé avec ce vieillard, ce sera ta faute, la menacé-je en m'écartant d'un demi-pas.

— Tu l'es déjà, me taquine-t-elle en souriant.

— Allez, pars avant que je ne m'énerve, réponds-je sur le même ton.

J'analyse sa démarche alors qu'elle me tourne le dos pour quitter le domaine. J'ignore si elle opère sciemment, mais ses hanches semblent se balancer bien plus qu'à l'ordinaire. Comment me concentrer sur le vieux psychiatre dont je rejoins désormais le bureau ?

— Bonjour, Adam, me salue-t-il lorsque je pénètre dans la pièce.

— Bonjour.

— Installez-vous, je vous en prie.

Je m'affale dans le fauteuil, remarque que mon insolence l'irrite. Comme hier, nous passons un bon nombre de minutes sans une seule parole. Il me jette des coups d'œil

---

[9] Rester avec toi est bien plus plaisant, chérie

[10] Vilaine fille

en catimini, s'amuse à tracer des traits dans le carré de sable sur son bureau et prend des notes de temps à autre. Je rassemble toute ma concentration pour ne pas croiser sa face de rat.

Bollocks[11] !

Je perds réellement mon temps à attendre que l'heure passe dans un silence de plomb. Je suis censé me ressourcer, trouver une paix intérieure, et ce mec ne fait que m'angoisser. La gorge nouée, le ventre crispé, je laisse l'anxiété prendre le contrôle de mon corps.

— Mais qu'est-ce qu'on fout sérieux ? vociféré-je en me levant.

Le psychiatre repousse ses lunettes sur le bout de son nez aquilin, m'adresse un regard neutre de ses yeux aussi clairs que les miens. Sa moustache blanche s'étire alors que ses lèvres forment un rictus que j'interprète moqueur.

— À vous de me le dire, Adam, me propose-t-il d'une voix calme.

Son ton me rend plus fou encore. Pourquoi ne s'énerve-t-il pas ?

— Je ne vais pas venir chaque jour et me tourner les pouces, croyez-moi !

Il hausse les épaules, porte une annotation à côté d'une phrase qu'il a déjà écrite.

— Je ne vous contrains à rien, ajoute-t-il en posant son stylo.

— Je ne reviendrai pas ! le défié-je.

— Vous êtes pourtant revenu aujourd'hui.

Je marque une pause, serre les dents à me briser la mâchoire et grogne :

— J'ai fait une promesse.

---

[11] Quelles conneries

— Vous voulez en parler ?

— Non !

— Très bien. La séance se termine dans cinq minutes.

Je secoue la tête, abasourdi de me retrouver face à un homme dont l'utilité se rapproche du cornichon dans le *Big-Mac*.

— Vous êtes vraiment payé à ne rien foutre, m'insurgé-je en m'asseyant.

— C'est ce qu'on me dit souvent, ajoute-t-il en riant.

Dumbass[12] *!*

Lorsque l'aiguille des secondes trotte rapidement jusqu'au nombre douze, je m'empresse de me lever et de sortir en claquant la porte.

Cette séance qui a pour but de m'aider m'a finalement poussé dans mes retranchements les plus *borderline*. Cet homme s'imagine qu'étant donné son statut de spécialiste, il va réussir à résoudre tous mes problèmes.

Fuck him[13] *!*

Je regagne ma chambre en martelant le couloir de mes pas lourds. Aveuglé par la colère, j'ouvre mon placard et décroche tous mes vêtements pour les entasser dans ma valise. Je m'acharne à la boucler en l'écrasant de tout mon poids, prêt à l'envoyer valdinguer dans la pièce si je n'y parviens pas. Les bonnes résolutions que j'ai pu prendre sont déjà loin. Je ne peux pas rester dans ce centre, c'est n'importe quoi et je ne le supporte plus.

Sur le point de quitter cet endroit merdique, je balaie une dernière fois la pièce des yeux pour m'assurer que je ne regretterai rien ici. Mon regard tombe alors sur une enveloppe

---

[12] Crétin

[13] Qu'il aille se faire foutre

posée sur mon bureau. Elle n'y était pas tout à l'heure. Je m'approche, saisis la lettre et l'ouvre.

Adam,

Tel que je te connais, tu dois être sur le point de partir du centre. C'est la question que je me pose plusieurs fois par jour... Sera-t-il encore là demain ? Ou même dans une heure ? Pourtant, je reste persuadée que c'est la meilleure chose que tu puisses faire. Je veux t'aider, Adam. Non pas parce que j'ai pitié, mais parce que je tiens à toi. À ton tour, tu dois me promettre d'essayer de t'en sortir. Je sais que tu en as conscience. Ce n'est pas une vie. Tu n'es pas heureux comme ça. Je ne sais pas ce que l'avenir nous réserve, mais je suis prête à t'attendre. Lorsque tu sortiras de ce centre, je serai là pour toi.

Promets-moi alors de te battre pour gagner ce combat. Tu es plus fort que tu ne le crois. Peu importe ce que tu penses de toi, tu es capable de réaliser de grandes choses, j'en suis convaincue...

Je pense très souvent à toi, j'aimerais qu'on se soit rencontrés dans d'autres circonstances... Un jour tu me feras part de tes pensées... Ce jour-là, je te révélerai les miennes...

Je conclus cette lettre par quelques mots qui t'aideront, je l'espère, quand tu voudras tout laisser tomber : souviens-toi que je compte sur toi !

Je t'embrasse, Louise.

Les mains tremblantes, je pose la feuille sur le lit et m'allonge en fixant le plafond. Comment peut-elle me connaître à ce point, anticiper mes réactions ? Ses mots se répètent en écho dans ma tête, je pourrais presque entendre sa voix, le ton légèrement réprobateur qu'elle emploie.

She doesn't have the right[14] !

Je suis maître de mon destin. J'ai décidé de partir d'ici, c'est ma décision. Pourquoi devrait-elle régir ma vie ? Je la connais à peine…

Décomposé, je passe une main sur mon visage pour tenter de reprendre le dessus, de ne pas la laisser gagner cette bataille. Pourtant, ça ne change rien. Plus je pense à son mot, plus l'envie de le relire m'obnubile jusqu'à ce que mes doigts s'emparent malgré moi du papier que je froisse quelque peu. Mes yeux s'accrochent à chaque lettre qu'elle a formée, comme si ces dernières me révélaient un peu plus sur la jeune femme.

Let bygones be bygones[15] !

Elle a raison, tout ça n'est qu'une épreuve de plus. Certes, la plus difficile de ma vie. Je dois me reconstruire une personnalité, loin de celle que j'entretenais. Je dois apprendre à vivre sans la drogue, sans ce sentiment de supériorité qui me rendait fort. Pour autant, il est hors de question que je retourne en consultation avec ce cinglé. Ça ne sert strictement à rien. Il gagne de l'argent à m'observer, c'est complètement ridicule.

J'ai besoin de parler à Louise. Je suis devenu accro à cette nana, c'est dingue. Cinq minutes, c'est tout ce dont je dispose pour la joindre, maintenant qu'ils ont accepté de m'autoriser les appels. Pas de téléphone portable, pas

---

[14] Elle n'a pas le droit

[15] Oublions le passé

d'internet. Simplement 300 secondes pour la prévenir que si elle recommence à m'écrire ce type de lettre, me voilant à peine ses menaces, je quitte le centre sur le champ.

Je file tout droit à l'accueil, intercepte une infirmière qui m'explique comment me servir du fixe, comme si j'étais un demeuré. Je compose le numéro en observant les chiffres que la petite blonde m'a inscrits sur un papier, quelques jours auparavant, songeant que cette désintoxication me rend si faible que je ne tiens pas plus de deux heures avant de craquer et de prendre de ses nouvelles.

« Vous êtes bien sur le répondeur de Louise Dario, laissez-moi un message et je ne manquerai pas de vous rappeler. »

Voilà la phrase que j'entends pour la troisième fois consécutive. Chaque mot qu'elle débite m'astreint à resserrer ma poigne autour du combiné qui va finir par se briser si je ne contiens pas cet accès de fureur qui palpite dans mes veines. Les mâchoires contractées, je suis tendu comme la corde d'un arc, prêt à exploser à tout moment. Je n'y crois pas, le sevrage de la cocaïne me paraît facile face au manque que cette jeune femme impose à mon corps et mon esprit.

J'opère sans aucun doute un transfert, m'accrochant à la dernière branche qui me relie à mon passé. J'ai rencontré Louise au sommet de mon état de junkie, j'imagine que je ne souhaite pas réellement tourner la page.

Or is it something else[16] *?*

Je tente une dernière fois, sans succès, et repose avec fracas le combiné sur son socle. Pourquoi ne répond-elle pas ?! Elle sait que j'ai besoin d'elle ! Je me recentre sur moi-même pour contenir la tempête qui gronde en moi et rafle

---

[16] Ou alors c'est autre chose

tout sur son passage, mes inspirations et expirations bruyantes signes extérieurs de ce qui se passe à l'intérieur.

— Vous avez du mal à gérer votre colère, Adam ? m'interrompt une voix.

Mon corps entier se crispe sous l'effet de la stupeur qui m'asservit. Je pivote ensuite la tête, tombe sur ce connard de psychiatre adossé au mur, me scrutant comme à son habitude. J'abhorre la façon qu'ont ses yeux de me dévisager, cherchant à lire en moi comme dans un livre ouvert. Je le détaille donc de la pointe de ses cheveux blancs aux semelles de ses chaussures de cuir. Avec toute la condescendance dont je suis capable, je hausse un sourcil et reprends ma route dans le couloir, sans même prendre la peine de le regarder lorsque je passe à côté de lui.

— Vous ne pourrez pas passer votre vie à fuir, Monsieur Jameson, résonne sa voix dans le corridor.

J'ignore les petites piques qu'il me lance.

J'inspire. J'expire.

***

Another day in hell[17].

L'infirmière passe dans ma chambre pour m'apporter mes cachets et m'avertit qu'un appel pour moi est en attente à l'accueil. C'est assez exceptionnel qu'ils nous autorisent à répondre, si bien que j'engloutis les médicaments et rejoins le téléphone aussi vite que possible.

— Allô ? soufflé-je, la gorge serrée.

— C'est Louise.

[17] Encore un jour en enfer

Entendre sa voix est une telle récompense pour moi…

Pathetic[18].

— Je t'ai appelée hier ! ronchonné-je.

— Je n'avais pas mon portable sur moi.

— Tu faisais quoi ? m'empressé-je de demander.

— J'étais à la coloc', avec Simon, répond-elle sur un ton froid que je ne comprends pas.

L'angoisse qui s'empare de moi installe un poids au creux de mon estomac et me déplaît. Constater que tout mon monde tourne autour d'elle me terrifie. Chaque seconde qui passe me rend plus dépendant de cette nana.

What's happening to me[19] *?*

— Tout va bien ? m'enquiers-je aussitôt.

— Les infirmières m'ont dit que tu refusais de revoir le psychiatre ?

C'est donc ça… Qu'est-ce que ça peut bien lui foutre ?

— Oui, et alors ?

— Tu sais quoi, Adam ? Je veux bien faire des efforts, mais tu dois également y mettre du tien !

L'inquiétude qui circule en suivant mon système nerveux laisse vite place à l'irritation. C'est vrai que c'est la totale éclate ici !

— Qu'est-ce que je fous entre ces quatre murs d'après toi ?

Un long soupire résonne dans l'appareil.

— Je sais bien. Mais si tu ne participes pas aux séances, à quoi bon ?

---

18 Pathétique

19 Que m'arrive-t-il ?

N'est-elle pas censée m'aider, me supporter et me soutenir ? Non, parce que là, tout ce dont elle est capable, c'est me les briser.

— Tu as terminé ? me tempéré-je.

— Je reviendrai te voir quand tu auras enfin compris que tu as du chemin à parcourir.

What ?

Je n'arrive pas à croire que cette phrase soit sortie de sa bouche. Je dois encore être endormi, c'est forcément un mauvais rêve ?!

— C'est une menace ? l'interrogé-je d'une voix sourde.

— Non, je te dis ce qui est…

— Je vais me barrer d'ici si tu ne viens pas me voir.

— Et toi, tu ne me menaces pas peut-être ?

— Si. Tout à fait ! affirmé-je si fort que l'hôtesse d'accueil redresse la tête.

— Eh bien, dis-toi que si tu quittes le centre, on ne se verra plus. Relis ma lettre, Adam. Au revoir.

J'essaie de rétorquer, mais elle me raccroche au nez.

La rage qui m'envahit a rarement été aussi intense. Mes doigts écrasent le téléphone, avant de le projeter avec une violence inouïe contre le mur sur lequel il s'écrase et se disloque en plusieurs morceaux.

— *Go to hell, bitch*[20] ! m'époumoné-je les yeux exorbités et le souffle court.

— On parlait justement de votre colère hier, me surprend une voix.

Je pivote, fais face à ce psy de mes deux et serre les poings en vociférant :

---

[20] Va en enfer, salope

— Vous sortez d'où comme ça ?
— Il faut croire que c'est un hasard !
— Arrêtez de me suivre ! le menacé-je du doigt.

Le regard du vieil homme alterne entre l'objet détruit sur le sol et mon visage. Un léger rictus se dessine ensuite sur ses lèvres.

— Vous avez explosé le téléphone contre le mur, Adam.

— Il sera remboursé !

— Passez me voir en début d'après-midi, ajoute le psy dans un sourire évocateur, avant de disparaître.

Je ne réponds même pas. Je n'ai plus l'envie ni la force de m'énerver. Me raccrocher au nez. Mais pour qui se prend-elle ? Je lui ai donné un peu trop de pouvoir. Mais je ne peux me résoudre à l'oublier, et je connais nécessairement l'issue de notre histoire si je me casse de ce *fucking* centre.

Stay[21]...

Si cette voix dans ma tête s'y met, je suis perdu... Non, je ne veux pas rester ici ! Enfin, peut-être. Je ne sais plus. C'est sûrement mon unique chance de connaître un jour autre chose que la misérable existence que j'ai endurée jusqu'à présent. Les idées qui se bousculent dans ma tête ne sont que chaos... À peine quelques jours que je suis ici et j'ai l'impression d'être plus paumé qu'avant mon arrivée.

J'inspire, j'expire.

Je réalise ce nouveau rituel plusieurs fois sur le chemin qui me conduit à ma chambre. Le calme reprend petit à petit ses droits dans mon corps. Je relis la lettre de Louise plusieurs fois et bute sur ses derniers mots, « souviens-toi que je

---

[21] Reste

compte sur toi. » Mais pourquoi se projette-t-elle avec moi ? Que pourrais-je lui apporter de bon, au juste ? C'est insensé.

Après avoir mangé mon plateau-repas, je déambule dans les couloirs pour ne pas rester cloîtré dans ma chambre. Je croise mon reflet dans une vitre scellée au mur et peine à me reconnaître. J'ai l'air bien plus immense qu'auparavant, sûrement en raison des quelques kilos que j'ai lâchés ces derniers temps. Mon visage est différent, moins blafard, mais plus amaigri, et la barbe qui grignote mes joues n'arrange rien. Je ne suis plus que l'ombre de moi-même, perdu dans ce jean déchiré aux genoux, ce t-shirt *oversize*. Même cette *fucking* explosion capillaire m'éloigne de qui je suis, il faudrait que je demande à rafraîchir ma coupe. Je passe devant le bureau du psy, bloque quelques instants devant. J'opère une volte-face pour m'éloigner, effectue un demi-tour pour revenir sur mes pas et change une dernière fois d'avis.

— Vous veniez à la consultation, Adam ?

Je stoppe net, me retourne lentement en me demandant si fuir ne serait finalement pas la meilleure solution.

— Euh…

— Entrez, je vous en prie.

Je soupire et le suis dans la pièce, résigné. Le fauteuil habituel m'attend, comme s'il savait que je finirais par remettre les pieds ici. Les bras croisés contre le torse, je balaie la planche de bois qui me fait face en détaillant tous les objets qui s'y trouvent. C'est fou ce qu'un stylo plume peut s'avérer intéressant lorsqu'on s'y attarde.

What am I doing here[22] *?*

Une part de mon esprit souhaiterait libérer tout ce qui grouille en moi depuis des années, mais une autre, bien plus

[22] Qu'est-ce que je fous là

forte, l'en empêche, la séquestre pour qu'elle garde tous ses secrets profondément enfouis.

— Vous savez, Adam, vous n'êtes pas obligé de me raconter vos soucis, ni même votre vie. Je suis simplement là pour vous écouter. Si vous voulez me parler de ce que vous avez mangé ce midi, pourquoi pas ?

Je porte mon attention sur le visage du vieil homme, tente d'analyser ce qu'il me propose. Les commissures de mes lèvres ne peuvent s'empêcher de frémir tant je trouve la situation grotesque.

— Et… ça servirait à quoi ? raillé-je.

— À ce que vous appreniez à accorder votre confiance, jeune homme.

— Je ne l'accorde à personne.

À son tour, il affiche un rictus en posant ses lunettes devant lui. Appuyé sur ses coudes, il se penche légèrement en avant et caresse son bouc.

— Je l'ai bien remarqué.

— Qui vous dit que je vais me livrer à vous ?

— Je viens de vous expliquer que vous pouviez me parler de la pluie et du beau temps.

Une légère inspiration me permet de rester calme face à cet homme qui me donne plutôt envie de commettre un meurtre.

— C'était pas dégueu ce matin, ajouté-je sans réfléchir. Je n'ai pas l'habitude de manger aussi équilibré, mais je m'y fais.

— Qu'est-ce que cela vous inspire ?

— Je me sens un peu mieux. J'ai l'impression que mon corps se réveille.

Et voilà que je me confie…

— Est-ce une bonne chose pour vous ?

Autant lui avouer ce qu'il souhaite entendre. Il arrêtera enfin de me les briser !

— Oui. Je pense que j'en avais besoin, ajouté-je.

— Et cette crise, tout à l'heure ?

— Je vais rembourser le téléphone.

— Je m'en moque, balaie-t-il ma réponse d'un mouvement de main. Je pensais davantage à votre colère…

Ma colère…

Elle fait partie de moi, accompagne chacun de mes pas, dans toutes les aventures que la vie met sur ma route. D'aussi loin que je m'en souvienne, j'en ai toujours voulu à la terre entière, comme si le vide en moi m'était imposé par les autres.

— Je le suis constamment, révélé-je en saisissant le râteau miniature pour tracer des lignes dans le bac à sable.

— Constamment ? répète-t-il.

— N'essayez pas de me mener à votre stupide psychanalyse.

— Je ne suis pas psychanalyste.

— Ne me prenez pas pour un con, je sais comment fonctionnent les psys. Vous n'êtes pas le premier à essayer de m'aider.

Et je les envoyais d'ailleurs tous chier, bien que ma tante insistait grossièrement pour m'y traîner. Elle pensait que quelque chose ne tournait pas rond chez moi…

— Et vous acceptiez de leur parler ? m'interroge le barbu.

— Non. Mais je n'avais pas d'autre choix que d'y aller.

— Je ne suis pas là pour vous contraindre à quoi que ce soit, Monsieur Jameson.

Je n'en suis pas si certain, il a l'air bien obstiné dans son genre. Ce qu'il ignore, c'est qu'il a rencontré son maître.

En attendant, il m'est utile. Il représente un pont entre Louise et moi, le seul qui me permettra de la rejoindre.

— D'où vous vient ce léger accent ? reprend le vieil homme.

— D'Angleterre.

— Voulez-vous me parler de votre vie là-bas ?

— Non.

— Alors, reprenons. Votre repas ?

Je ricane, me lève et ne manque pas d'adresser mon regard le plus hautain au psy qui m'observe en plissant les yeux. Ses questions commencent à se rapprocher de sujets que je préfère garder secrets. Ma vie avant d'arriver sur la capitale française m'appartient et restera dans les méandres de mon esprit.

— À plus, Doc', raillé-je en sortant du bureau.

***

Three days[23].

Pas une nouvelle de Louise, pas une visite ou ne serait-ce qu'un appel. La rancœur qui m'anime n'est pas belle à voir, je crois que je serais capable de l'insulter de tous les noms possibles et imaginables pour m'avoir lâchement abandonné au moment où j'avais le plus besoin d'elle. Mes nuits sont terribles, envahies de cauchemars, de suées froides, de claquements de dents. Les doses de médicaments sont moindres et me poussent à combattre seul la dépendance qui tente de m'asservir, de me rendre plus faible que je ne le suis déjà. J'ignore désormais ce qui est pire entre l'assujettissement physique, ou alors, celui qui s'impose à mon esprit. Je serais prêt à vendre un rein, puisque j'ai déjà échangé mon âme avec

[23] Trois jours

le Diable, pour obtenir ne serait-ce qu'une poussière de cocaïne. Heureusement, les journées sont moins difficiles à supporter, je tente de passer le plus clair de mon temps dans des ateliers à la con, ou à lire, aussi étrange que cela puisse paraître. Je n'avais pas ouvert un bouquin depuis des lustres.

Pour la première fois, ce midi je mange dans la salle commune. À l'instant où je franchis le seuil du réfectoire, je ne peux m'empêcher de soupirer en découvrant tous ces toxicos qui me filent la nausée. Je suis loin de me reconnaître dans leurs tronches de déterrés. Je m'installe seul à une table, me mêler de loin est déjà un exploit.

— Salut.

Je redresse la tête, croise deux yeux sombres cernés. Un gamin se tient face à moi. Ses cheveux noirs et bouclés encadrent son visage, lui donnant un air juvénile.

— Moi c'est Hugo, se présente-t-il avec un grand sourire. T'es nouveau, toi ?

Je marque une pause, détaille les fringues qu'il porte. On dirait un plouc.

Be nice, Adam[24] *!*

— Oui.

— Tu te dis que tu n'as rien à foutre ici, pas vrai ?

— Euh… ouais, c'est à peu près ça.

— Je me le disais aussi en arrivant, pourtant on est tous les mêmes. Tu vois cette fille, pointe-t-il discrètement de l'index une petite rousse, c'est la plus grosse toxico du centre. Tu te sens différent d'elle, mais garde en tête que cette meuf, c'est toi dans quelques années.

— Je n'ai pas besoin d'un guide, Hugo, merci, ajouté-je dans un rictus mauvais.

---

[24] Sois sympa, Adam

— Je ne sais pas si tu vas rester longtemps, mec. Mais tu vas avoir besoin des autres.

— Je n'ai jamais eu besoin de personne jusqu'à maintenant.

Il m'adresse un sourire, se lève et quitte la table. Quel emmerdeur. Vu ses cernes, il ne doit pas passer non plus de bonnes nuits, c'est rassurant. Je finis mon repas en solitaire et regagne ma chambre pour me reposer.

Mes jambes se coupent lorsque je pousse la porte, inexorablement attiré par une chevelure aussi blanche que la robe d'une licorne.

She's here[25].

Comme un benêt, je serais prêt à sourire jusqu'aux oreilles tant la joie de la voir me prend, m'étouffe. Je manque de suffoquer, ne parvenant pas à inspirer normalement. Pourtant, je devrais être vert de rage, prêt à l'incendier sur place. Mais je ne m'y résous pas, la détailler emplit mes veines de la fameuse hormone du bonheur que la cocaïne était capable de me procurer. Sans pouvoir le contrôler, mon palpitant s'accélère dans ma poitrine, rendant ma respiration anarchique.

— Louise ?! parviens-je simplement à bafouiller.

Assise dans le fauteuil situé dans un coin de la pièce, elle m'étudie, s'attarde sur mon visage et particulièrement mes yeux, me semble-t-il. Ses lèvres dessinent un petit sourire, si léger que je ne parviens pas réellement à l'interpréter.

— Bonjour, Adam, murmure-t-elle sur un ton coupable.

Une fois passée la stupeur de la découvrir dans ma chambre, mes membres se mettent à trembler de colère. Il m'est impossible de réprimer mon envie d'exploser face à

---

[25] Elle est là

tous les ressentiments qui m'assaillent et m'aveuglent, quitte à lui montrer l'homme qu'elle déteste rencontrer.

— Putain, pourquoi n'es-tu pas venue avant ? tempêté-je.

Elle est incapable d'affronter mon regard plus froid que la glace, mon ton plus sec qu'un vent polaire et les traits de mon visage sûrement déformés par l'amertume.

— Il faut bien que tu avances sans moi, bredouille-t-elle en lissant machinalement sa jupe en jean. Cette cure est avant tout pour toi, pas pour me faire plaisir.

— J'avais besoin de toi !

— Tu as vu le psychiatre ?

C'est donc tout ce qui l'intéresse, ce stupide docteur ?

— Oui, on discute un peu, marmonné-je.

— Je suis contente.

Elle se lève, m'offre un sourire qui contraint très rapidement ma haine à chanceler. Comment s'y prend-elle ? Elle possède forcément des dons mystiques.

— Nos discussions sont tellement futiles, c'est affligeant. À vrai dire, *il* est affligeant.

— Ce n'est pas grave.

Comme attiré par un aimant, mes jambes me poussent à réduire la distance qui sépare nos corps. Magnétisé par sa beauté foudroyante, je me trouve dans l'impossibilité de contrôler le feu qui lèche mon bas-ventre et réveille l'érection tapie dans mon caleçon.

— Je t'en veux énormément, risqué-je pour faire bonne figure.

— Je sais. Je préfère que tu m'en veuilles, mais que tu ailles mieux.

Je ne suis plus qu'à quelques centimètres d'elle. Comme si elle y trouvait sa place, ma main effleure sa joue, se cale sous sa mâchoire. De mon pouce, je caresse sa peau laiteuse que je voudrais mordiller pour la colorer de rose. Ma rancune envolée, je siffle à mi-mots :

— N'agis plus jamais de cette manière.

Elle papillonne. Est-ce volontairement exagéré ? Je ne sais pas, mais ça me tue. Ça me tue littéralement. À cet instant, elle pourrait me demander n'importe quoi, je serais capable d'accepter.

Who I am[26] *?*

— Et si tu me poses encore des ultimatums, reprends-je, je te jure que…

— Tu as l'air exténué, m'interrompt-elle en glissant son index sous un de mes cernes.

Je ferme les yeux, profite de ce contact que j'ai imaginé, fantasmé même, ces derniers jours. J'aurais tout donné pour respirer son odeur, toucher sa chair et entendre le son mélodieux de sa voix.

— Je dors mal, admets-je. Il paraît que c'est normal.

— J'ai pensé à toi, tu sais, murmure-t-elle.

Avec une faiblesse qui m'est inconnue, je dépose les armes. Mes bras serpentent dans son dos, mes mains se calent sur la chute de ses reins, l'emprisonnent fermement en la serrant tout contre mon torse. La force que j'y mets me donne l'impression de ne plus jamais vouloir la lâcher, comme si elle pouvait disparaître d'une seconde à l'autre.

— Moi aussi.

— Mais tu me détestais, chuchote-t-elle.

— Je ne sais pas comment j'ai pu te détester un jour. Je suis un connard.

— Il faut se tourner vers l'avenir.

---

[26] Qui suis-je

Je recule légèrement, la libère de l'étau dans lequel je l'étreins. Nos regards se croisent, s'affrontent presque. Je ne parviens pas à déterminer ce qu'elle pense, mais la lueur qui brille dans ses grandes billes céruléennes me broie les viscères. Je voudrais être avec elle à chaque seconde.

— Tu ne veux pas te droguer pour entrer en cure avec moi ?

— Tu es bête, répond-elle en riant. Il faut bien qu'il y en ait un de nous deux qui prenne soin de l'autre.

— Pourquoi tu t'obstines avec moi ? Après tout ce que je t'ai obligée à endurer…

— Je ne sais pas, ça ne s'explique pas.

Mes paumes encerclent très vite ses joues, avant que mes lèvres s'approchent dangereusement des siennes. Ma respiration se saccade, miroir de mon rythme cardiaque. La goûter m'obsède, je me souviens à peine de la sensation que cet échange me procure.

Alors, lorsque nos bouches se rencontrent, un feu d'artifice explose dans mon cœur, se répercute en écho dans mon ventre, puis dans tout mon être. Ce contact m'a manqué, c'est comme si une nouvelle drogue emplissait mes veines, bien plus forte que les autres, bien plus addictive. Cette jeune femme me donne le courage, pour la première fois de ma vie, de laisser tomber mes dépendances. J'ai conscience que je ne peux pas lui apporter le bonheur qu'elle mérite… je suis bien trop mal en point, à tous les niveaux. Mais égoïstement, j'ai envie d'essayer. Si ça ne fonctionne pas, je la détruirai, et je serai parvenu à mes premières fins. Pourtant, aujourd'hui, ce n'est absolument pas ce que je souhaite.

— Adam…

Elle met fin à notre baiser si pur, si léger… Je pose mon regard sur ses lèvres gourmandes, légèrement pulpeuses.

Si je m'écoutais, je fondrais sur elles, les mordillerais jusqu'à les rendre rouges de désir.

— On ne peut pas, objecte-t-elle.

— Mais pourquoi ?

— Tu as besoin de guérir, de comprendre qui tu es. Ensuite, tu pourras tenter de construire autre chose.

Mécaniquement, je passe ma main sur mon visage pour cacher à quel point ce qu'elle me confie me perturbe. A-t-elle raison ? Dois-je me reconstruire, moi qui semble être en miettes, plus disloqué qu'un puzzle dont il manquerait des pièces ?

— Ce n'est pas juste, regretté-je.

— La vie est injuste.

— Tu ne sais pas à quel point ce que tu dis est vrai.

Elle l'a été depuis ma plus petite enfance, depuis que je suis capable de conserver des souvenirs dans ma mémoire…

— Qu'est-ce que tu veux dire ? m'interroge-t-elle en fronçant les sourcils.

— Rien. Rien du tout.

— Adam, ajoute-t-elle en attrapant mon visage dans ses mains.

— J'ai relu plusieurs fois ta lettre, hasardé-je pour détourner son attention.

— J'espère qu'elle t'aide…

— Oui…

Elle esquisse un sourire et plonge quelques secondes dans mon regard que je tente de rendre imperméable.

— Je vais devoir te laisser, j'ai cours. Je repasserai dans la semaine.

— Pourquoi pas demain ?

— Tu ne peux pas avoir des visites tous les jours.

— Je vais essayer de tenir.

— Les infirmières m'ont dit que tu t'en sortais très bien.

Elle m'adresse un sourire éclatant que je lui rends. Ses lèvres se déposent sur ma joue mal rasée, avant qu'elle ne s'éloigne vers la porte de sa démarche légère et féminine.

Perfect[27].

Une boule logée dans mon estomac remonte doucement le chemin de ma gorge, bouscule les mots que je souhaiterais lui révéler. Lesquels au juste ? Je l'ignore. Tout ce que je sais, c'est qu'elle m'apaise, me donne envie de sourire…

— Louise ? l'interpelé-je.

— Oui ? dit-elle en se retournant.

J'hésite. Je me dégonfle. Je dois être blanc comme un linge.

— Non, rien.

Stupid[28].

— À bientôt, Adam.

La porte se referme. Le masque que j'ai longtemps arboré comme un rempart au monde extérieur me glisse définitivement des doigts et se brise au sol.

---

[27] Parfaite

[28] Stupide

CHAPITRE TROIS

Simon

Je sais, de prime abord, on peut se demander ce que je fous avec le sabot d'une tondeuse collé au crâne. Ouais, ouais, je m'apprête à raser mes cheveux en bonne *drama queen* que je suis. Cet acte est parfaitement symbolique, comme pour effacer les dernières semaines de ma vie. Et j'ai grand besoin de les oublier pour tenter de reprendre le cours de mon existence, sans craindre de subir une arrestation, une agression ou encore des menaces de mort. J'ignore à quel moment j'ai pu penser que tout finirait par s'arranger, que je sortirais indemne d'une organisation de trafiquants de drogue et que ma pseudo-histoire avec le capitaine Tillard aboutirait à… quelque chose. Je ne sais pas ce que j'imaginais, qu'il se rendrait finalement compte qu'il est tombé sous mon charme comme je l'ai moi-même cru, peut-être ? Est-ce encore le cas, au juste ? Aucune idée. Je me suis amusé trop près du feu, je me suis douloureusement brûlé et maintenant, la seule solution qui se présente à moi est de ne plus m'approcher d'un brasier. En l'occurrence, dans mon cas il s'appelle Marc.

J'entends encore son ton froid, cinglant, lorsqu'il m'a enfermé dans sa voiture de service. Ses mots, son regard. Rien ne peut m'inciter à douter à présent, il s'est joué de moi et je l'ai laissé agir en sachant pertinemment que notre liaison finirait sans doute par exploser. Par contre, je n'imaginais pas qu'il cherchait à me piéger à ce point, à prouver mon implication dans cette affaire de drogue et je ne suis pas encore certain qu'il soit convaincu de mon innocence…

Le bruit de la machine me ramène à la réalité du quotidien. Je m'apprête à me la jouer à la *Britney*… Bordel, je n'y crois pas. Mes cheveux… le culte que je leur voue… je viens tout juste de refaire ma décoloration en plus…

Oops, I did it again[29] *!*

J'observe attentivement la bande coupée à ras sur mon crâne. Est-ce que je me sens mieux ? Pas vraiment. Je n'ai pourtant pas d'autre choix que continuer et me retrouve rapidement avec 4 millimètres sur la caboche. Point positif, je suis toujours blond décoloré, ce n'est pas si mal. Et je n'aurai plus aucun problème pour me coiffer ! Point négatif…

Comment ça ?

Ouais, il y en a un… Cette coupe me fait penser à celle qu'arbore Marc. Parfait pour éradiquer sa présence de mes pensées, non ?

Bref. J'ai une vie, des amis et surtout, un diplôme à décrocher. Et si je ne veux pas être en retard à mon TP, je ferais mieux de me magner les fesses. J'enfile rapidement un jean, un t-shirt et un sweat, saute dans mes baskets et quitte mon appartement pour rejoindre la fac.

***

Dire que le développement en chambre noire est la partie que je préfère à la photographie est un euphémisme. Me retrouver dans l'obscurité, cette lumière rouge incandescente sous les yeux, me procure un apaisement que je ne trouve nulle part ailleurs. C'est comme si j'étais dans une

---

[29] Titre de chanson de *Britney Spears,* littéralement : « mince, je l'ai encore fait »

sphère hors du temps. Ici, les tourments de ma vie cessent de tournoyer autour de moi, à l'instar de cet ouragan qui souffle depuis quelques semaines, se figent l'espace de quelques heures.

Je redresse la tête, observe Joseph, un de mes camarades de classe, se démenant face à une situation plus que délicate. Les mains tremblantes, il froisse le papier photo tant il serre les pinces qu'il utilise. Ses yeux noisette croisent les miens, m'implorent silencieusement de lui venir en aide, avant que je n'y consente. C'est vrai que mon objectif est d'être le meilleur de ma promo, mais je me refuse à laisser tomber quelqu'un d'aussi gentil et mignon que lui. Depuis qu'il a coupé ses cheveux bruns qui lui tombaient sur les épaules, mon regard a indubitablement changé. J'ai tout simplement aperçu la beauté qu'il s'évertuait à cacher sous cette touffe.

— Tu n'y arriveras pas comme ça, lui assuré-je en attrapant l'ustensile qu'il tient du bout des doigts comme s'il était sale. Il faut que tu prennes la photo à l'extrémité et que tu la sortes du bac très lentement. Je compte jusqu'à dix, moi, ça aide un peu.

Il contemple ma pratique parfaite, affiche un sourire reconnaissant en remarquant que le cliché se révèle bien plus facilement.

— Je n'ai pas d'expérience dans ce domaine, m'avoue-t-il. T'as appris ça où ?

— Ça fait un moment que je loue des chambres noires pour développer mes photos. J'ai appris par essais et erreurs, crois-moi, ajouté-je en plongeant rapidement sa photo dans le bac d'à côté.

Je lui rends son poste de travail lorsque mon portable vibre dans ma poche. Caché dans un coin de la pièce pour que le prof ne me capte pas, je décroche et articule silencieusement :

— Papa ?

Il ne manquait plus que lui. Je pensais que nous n'aurions plus de contact avant un moment après mon épisode éclair chez lui l'autre soir. Se pourrait-il qu'il se soit aperçu du trou considérable, mais pourtant indétectable pour lui, dans son coffre ? Je déglutis péniblement en patientant qu'il me réponde. Une goutte de sueur dévale ma tempe, marquant ma nervosité.

Respirer. Ne rien laisser transparaître.

— Ça va, fiston ?

Fiston ?

Bon, a priori, il n'est pas hors de lui. Ou alors, serait-ce un subterfuge pour me pousser à baisser ma garde et m'attaquer à la jugulaire ?

— Euh… ouais, hasardé-je, suspicieux.

— Il y a une soirée organisée en mon honneur demain, je voudrais que tu sois là…

Danse de la joie !

Mon vol est passé inaperçu ! À moins que…

Stop les films !

— J'aimerais que tu viennes. Katarina sera là, mais si mon fils pouvait l'être aussi… Tu peux venir accompagné si tu as peur de t'ennuyer.

Dans le langage de mon père, c'est clairement une invitation à ramener mon potentiel petit-ami. Étant donné qu'il ne voit dans les relations homosexuelles que la partie « baise », je préfère éviter de le mettre mal à l'aise, même si cette idée me tente…

Bitch[30] *!*

Je n'y peux rien, je suis issu d'une minorité, la provoc' reste mon arme de prédilection.

Bon, et surtout, je n'ai pas de mec !

— OK, je vais voir si peux passer, me résigné-je.

— Merci, fils. Je t'enverrai quelques informations supplémentaires par sms.

Je grommelle en acquiesçant, raccroche aussitôt. Mon père et moi sommes aussi compatibles que l'huile et le vinaigre, sans cesse d'un avis divergent. A priori, il n'a pas l'air au courant de mon dernier incident avec le capitaine Tillard, ce qui veut dire que ce dernier a fermé sa grande gueule. Pour autant, son comportement est étrange. Me proposer de me ramener avec un gars est à mille lieues de ses habitudes. Sa réaction face à ma « déviance » – expression favorite de mes parents à l'époque de mon *coming out* – avait été plutôt virulente… « moi vivant… », « pas de pédés dans la famille ! » Il y a des mots que je ne pourrai pas oublier, mais je n'ai jamais trouvé la force de les renier et de l'eau a coulé sous les ponts depuis. J'étais fragile à l'époque, je suis certain que si je me révélais maintenant, les choses se passeraient différemment. J'enverrais chier ma mère et son bâton profondément enfoncé, et je tiendrais tête à Monsieur le Procureur pour le pousser dans ses retranchements.

***

La coloc' est vide sans Louise qui jongle entre la fac et les visites qu'elle rend à Adam, interné en cure de désintoxication. Finalement, son histoire est peut-être plus chaotique que celle que j'ai vécue avec… avec l'autre. En tout

---

[30] Garce

état de cause, elle est une fois de plus absente, sûrement entrain de plancher à la bibliothèque, et je m'ennuie comme un rat mort.

Mon attention est subitement attirée par l'écran de mon portable qui s'illumine, enfin un peu de mouvement dans ma soirée.

[Joseph / 20h03 : Salut Simon, ça te dit qu'on aille boire un verre ce soir ?]

Tiens, tiens, aurait-il été impressionné par mon petit tour de magie dans cette chambre noire ? Depuis que nous nous sommes échangé nos numéros, il y a quelques mois, pour un projet à la fac, il ne m'avait plus jamais contacté. Mon coup de main semble lui avoir plu, visiblement. Bon, l'idée de sortir le soir ne me rassure pas, mais je n'ai pas subi de représailles depuis les menaces de la « bande »… Qui sait, ils ont peut-être décidé de laisser tomber. Je me lance et lui réponds que je suis partant pour une petite soirée. Je serais idiot de ne pas profiter de la compagnie d'un garçon gentil et charmant, et surtout, je n'ai rien de mieux en stock !

Quelques secondes s'égrènent, mon téléphone vibre de nouveau. Il est bavard, le petit Joseph ! Je saisis mon cellulaire, le déverrouille et manque de le lâcher lorsque mon cerveau analyse le contenu du sms…

[Y / 20h05 : Simon, comme on se retrouve. Tu as cru que je laisserais tomber et que je t'oublierais ? Dans mon monde, ça n'existe pas. Tu bosses pour moi un jour, tu bosses pour moi toujours. Je suis prêt à fermer les yeux pour la came que tu t'es fait choper par les poulets ET aussi pour tes récentes magouilles avec eux. Je préfère penser qu'il s'agit d'un malentendu… Je suis même prêt à tirer un trait sur ton silence radio et le fait que tu m'aies lâché du jour au lendemain. Tu sais comme je suis rancunier, alors je vais te donner une chance de te rattraper avant que tes proches en pâtissent. Tes parents… ta petite sœur (elle est adorable dans la cour de récréation…) ou encore la petite blonde qui vit avec toi (elle passe beaucoup de temps dans un centre de désintox'… si c'est pas le comble !). Je te conseille de ne pas m'ignorer ! Tiens-toi prêt, mon petit pédé préféré ;)]

Mon cœur cesse de battre. De longues suées froides glissent le long de ma nuque, s'écoulent sur ma colonne vertébrale sans que je ne puisse bouger ne serait-ce que le petit doigt. Figé, les yeux braqués sur les mots qui dansent devant moi tant je chancelle, je tente de prendre de longues inspirations pour ne pas craquer.

Pourquoi me suis-je persuadé qu'il en resterait là ? Tout ce cirque, la coke qu'il a tenté de m'obliger à garder pour la redistribuer, tout ça n'était qu'un moyen pour lui de remettre le grappin sur moi. J'ai été idiot, naïf et surtout, inconscient. J'ai pensé qu'il oublierait jusqu'à mon existence, avec le temps, mais je me suis trompé. J'ai commis l'erreur de sous-estimer sa ténacité et j'ignore totalement comment je vais me sortir de cette impasse… Mais je ne peux pas impliquer mes proches dans cette histoire, certainement pas Louise et ma sœur.

À la manière d'une remise à zéro, mon cerveau décide de me faire supprimer ce message, d'en oublier jusqu'à son existence.

Reset. Reset. Reset.

Du moins, pour la soirée. Je m'occuperai de ça… plus tard. Je suis complètement cinglé de vouloir sortir alors que je risque ma peau, sans exagérer. Je devrais me terrer dans mon trou, patienter que la tempête passe, puis s'amenuise. Il finira bien par se lasser de ma transparence et de mon inefficacité. Aussi fou cela puisse-t-il être, je refuse de me laisser bouffer par ces pensées terrifiantes qui tentent de me contrôler. Je souhaite rester maître de mon destin, et surtout, ne plus jamais laisser la possibilité à cet homme d'avoir un quelconque ascendant sur moi.

Tête brûlée un jour, tête brûlée toujours.

***

Une fois devant chez Joseph, je sonne à l'interphone, patiente quelques secondes, avant qu'il n'ouvre la vieille porte de son immeuble. Ses lèvres s'étirent à l'instant où nos regards se croisent. Je rêve où il a coiffé son épaisse tignasse ? Décidément, après l'avoir ratiboisée, voilà qu'il en prend soin.

— Ça te va bien cette coupe, le complimenté-je.

Oh merde, le petit coincé. Il rougit instantanément, me remercie en bredouillant, avant de fouler le trottoir. J'ignore franchement s'il est hétéro ou gay, il est très discret. Je ne l'ai jamais vu plus proche qu'une amitié le permet avec une fille, mais ça ne signifie rien. En tout cas, je compte bien en apprendre davantage sur lui au cours de la soirée. J'ai cruellement besoin de me changer les idées et de feindre que ma vie est d'une banalité affligeante…

Les petites fossettes qui creusent ses joues lorsqu'il sourit et son teint qui vire très rapidement au cramoisi m'y aident quelque peu.

Nous rejoignons finalement un club bondé, nous frayant un chemin à travers les nombreuses personnes déjà alcoolisées pour la plupart. Joseph déniche une table libre en périphérie de la piste de danse, je m'installe face à lui et défais ma veste. La nervosité du jeune homme, qui tripote la carte, est palpable, je ne suis pourtant pas quelqu'un d'impressionnant. Deux possibilités : nous sommes du même bord et il craque pour moi, ou alors il est agoraphobe. Il faut dire qu'avant, je le prenais pour un geek, ça ne m'étonnerait pas qu'il n'ait pas l'habitude de sortir avec un mec aussi cool que moi.

Quoi ? C'est vrai, tout le monde m'adore !

J'intercepte très vite un serveur qui semble déjà épuisé par le fourmillement des individus qui s'attroupent comme des ruminants stupides. En bon fauché que je suis, je commande une bière, suivi de mon comparse qui balbutie plus qu'il ne parle. Quelque chose me dit que cette soirée s'annonce comme la plus longue de ma vie. Pourquoi faut-il que je me retrouve toujours affublé des plus gros boulets ?

Merde, je culpabilise. Joseph m'adresse un sourire craquant, puis paie les consommations.

You've been a very bad girl. A very, very, bad, bad girl, Simon[31] *!*

Je goûte le liquide brun et comprends très vite que je vais terminer ivre mort tant les degrés d'alcool qu'il contient sont élevés.

Et c'est tout ce dont j'ai besoin dans l'état actuel des choses !

— Santé, hein ! scande Joseph sur un ton sarcastique.

— Excuse, c'est une mauvaise habitude, je n'attends jamais pour boire, réponds-je en souriant.

Il hausse les épaules pour me signifier qu'il s'en moque et détaille la foule qui se déchaîne sur la piste. Il sourit,

---

[31] Tu as été une très vilaine fille. Une très, très, vilaine, vilaine fille : citation de *Beyoncé* à *Lady Gaga* dans le clip « Telephone »

me permet de découvrir sa dentition légèrement jaunie. Il doit fumer ou boire énormément de café. Je ne peux m'empêcher de penser au sourire rare, mais radieux, du flic que je déteste le plus au monde.

Triple gifle mentale.

— Tu viens souvent ici ? hasardé-je pour stopper le cours de mes réflexions.

— Ouais, ça arrive, mais je ne suis pas très fêtard.

— Pourquoi tu m'as invité alors ?

Le jeune homme baisse les yeux un quart de seconde, reporte son attention sur mon visage qu'il paraît détailler avec insistance. Merde, c'est moi qui vais me mettre à rougir s'il continue.

— Je voulais te remercier de ton coup de main dans la chambre noire.

Non, mais stop !

Sa voix sonne plus profonde désormais, comme s'il avait fumé dix paquets de clopes en l'espace d'une seconde. Légèrement rocailleuse, elle actionne en moi la corde prénommée « excitation ». Ou est-ce simplement la moitié de la pinte que je viens d'engloutir ?

Je sais de quel coup de main j'ai envie à présent !

Mes paupières se scellent un instant, assomment la bête qui réfléchit avec l'organe situé en dessous de la ceinture. C'est n'importe quoi, je transfère simplement un certain ténébreux sur une pâle copie. Imaginer des inflexions viriles émanant de sa bouche ne vient vraisemblablement pas de nulle part !

— C'était pas grand-chose, t'inquiète, bafouillé-je en réinvestissant le monde réel.

— Et je trouve qu'on s'entend bien, j'avais envie de passer une soirée avec toi, ajoute-t-il en portant sa chope aux lèvres.

Houla non, mais on va se calmer !

— Elle est méga forte je trouve, je vais être bourré, ricané-je comme une dinde.

— C'est pas grave, on est là pour s'amuser.

— Graaaave, éclaté-je de rire.

C'est bon, je suis cuit. Je ne tiens plus l'alcool, c'est l'ultime drame de ma vie ! Pourtant, Joseph ne semble pas y prêter la moindre attention, il poursuit la conversation, me pose tout un tas de questions sur ma vie. Nous abordons tous types de sujets, du commérage basique inhérent à la fac aux questions existentielles de notre présence sur Terre.

Ouais, je philosophe quand je suis pompette !

La musique qui nous entoure m'englobe, alourdit mes membres que je ne maîtrise plus tellement. Ou est-ce l'effet de la troisième bière ? Je m'en fous. Je me sens bien, la tête vidée, le cœur allégé. J'ai simplement envie de m'amuser jusqu'au bout de la nuit, de boire jusqu'à plus soif, de rire à m'en briser les cordes vocales. Cette sensation de retrouver l'insouciance qui me caractérisait me permet de planer comme si j'avais fumé un énorme joint et que je flottais sur un nuage tout moelleux, tout rond, tout blanc…

Ha ha ha, Yo, I'll tell you what I want, what I really, really want !

— Putain, m'égosillé-je. J'adore cette chanson !

Aussitôt, Joe – ouais je préfère – se lève et s'empresse de saisir ma main pour m'entraîner au beau milieu d'une marée humaine qui s'agite comme un seul homme. Les paroles du refrain résonnent dans mes oreilles, alors que tous mes nouveaux amis de défonce jargonnent en s'embrouillant un mot sur deux.

Bande d'amateurs !

— *Make it last forever, friendship never eeeeends,* braillé-je comme un aliéné.

Mon nouvel ami enlace ses doigts aux miens, me fait tourner sur moi-même et va jusqu'à plaquer son torse contre mon dos lorsque je pivote.

Aucun doute sur son orientation sexuelle !

Petit problème, plus je suis bourré, moins j'ai d'inhibition. Je risque très bien de lui sauter dessus, voire de le sucer dans les toilettes. Non pas que ce soit dans mes habitudes, mais je crois que toute cette tension sexuelle que j'ai vécue avec *lui* m'a rendu accro au sexe. À vrai dire, je ne pense plus qu'à ça, là, maintenant, tout de suite.

Je ferme brièvement les yeux, les bruits autour de moi s'étouffent jusqu'à ne devenir qu'un brouhaha qui me semble lointain. Enfermé dans ma tête, je me laisse porter par le sentiment qui s'impose à moi lorsqu'il glisse ses mains sur la peau de mes bras, remonte lentement jusque sur mes biceps. Mon épiderme réagit dans la seconde, parcouru d'un frisson qui me tiraille jusque dans la nuque.

Seulement, l'image que j'ai en tête est particulièrement déplaisante. Toutes ces sensations, qui me transportent à des kilomètres du café, ne me sont pas provoquées par Joseph, mais bel et bien par Marc Tillard, dont le regard ténébreux m'observe dans mes pensées. J'ose à peine desceller les paupières de peur de le voir disparaître, chose qui se produira inéluctablement.

Je me retourne alors, saisis la main de Joe et l'entraîne vers l'extérieur. J'ai besoin de prendre une bouffée d'oxygène, de me rafraîchir les idées et surtout, de débourrer. Le jeune homme me suit jusqu'à ce que nous rejoignons la rue. L'air qui s'infiltre dans mes poumons me rattache aussitôt à la terre ferme, alourdit le poids de mes soucis. Comment ai-je pu croire que je me débarrasserais si facilement du flic taciturne ? Il habite chacune de mes pensées, précède chacun de mes pas. Dire que ma vie tourne autour de cet homme est une litote…

Philosophe et littéraire… merci, l'alcool !

Je secoue la tête de gauche à droite pour éviter de glisser sur ce terrain. Mon acolyte du soir remarque que je ne suis plus vraiment présent avec lui, pose sa main sur mon épaule et ancre son doux regard au mien qui doit refléter mes tourments.

— Tout va bien ?

Est-ce que je vais bien ? Ouais, je pète la forme ! Je prends une légère inspiration pour afficher mon plus beau sourire de façade et feindre que tout baigne. Il semblerait que le jeune brun y croie puisqu'il me tire par la main pour m'entraîner dans les profondeurs de la nuit. Je devrais entretenir la conversation, avant que Joseph n'ait de sérieux doutes sur mon comportement.

— On a passé une bonne soirée ! hasardé-je, peut-être avec un peu trop d'entrain pour que ça sonne vrai.

Il m'adresse un sourire en coin, conserve le silence quelques instants, comme pour me jauger, avant de répéter à voix basse :

— Une bonne soirée, ouais.

Simon, opération bouée de sauvetage !

Il est hors de question qu'un homme qui s'est foutu de ma gueule m'empêche de vivre ma vie, de profiter d'un mec qui est gentil, mignon et qui me plaît. Bon, c'est vrai que j'ignore s'il me plaît réellement, mais ça pourrait être le cas… avec du temps.

— Ça te dit de m'accompagner à une soirée ultra chiante demain soir ?

Je n'ai rien trouvé de mieux ! Initialement, j'avais prévu de demander à Louise, mais c'est tout aussi bien d'y aller avec Joseph, pour apprendre à le connaître davantage. C'est vrai que j'avais dit : aucun mec, mais personne ne me remarquera de toute manière.

— Pourquoi tu y vas si tu es sûr de t'ennuyer ?

— C'est pour mon père… une soirée en son honneur…

— En son honneur ? répète-t-il quelque peu perplexe.

— Ouais, il est Procureur de la République.

Cette fois, ses yeux s'arrondissent, alors qu'il ralentit le pas. Il pose sa main sur mon avant-bras pour me stopper.

— Sérieux ?

J'ai toujours du mal à croire l'effet que cette information provoque sur les autres, mais c'est vrai qu'il détient une place importante. Seulement, pour moi c'est juste… mon père, avec ses qualités et surtout, ses défauts. Je hoche la tête pour lui confirmer son interrogation, avant qu'il n'affiche un sourire radieux.

— Je veux bien t'accompagner dans ce cas !

Nous arrivons déjà devant son immeuble qui est à deux pas du bar. Une légère brise me procure un frisson, ou alors l'alcool se dissipe simplement de mon organisme. Joseph insère sa clef dans la serrure rouillée, pousse la porte. Il se retourne, s'attarde quelques instants sur mon visage, ce qui m'incite à détourner le regard.

— Merci de m'avoir raccompagné, Simon.

Comme un crétin, je me surprends à lui adresser un clin d'œil. En temps normal, je trouve ça vraiment kitsch, mais ce geste m'est venu naturellement. Peut-être est-ce aussi parce que les mots me manquent. Je souhaiterais simplement me trouver au fond de mon lit, écouter une ballade mélodramatique de *Mariah Carey*.

— Ça va aller pour toi ? reprend-il. Tu peux dormir ici si tu veux.

— T'inquiète, je vais prendre le dernier métro.

Il descend la marche du perron, réduit la distance entre nos corps et accole très subtilement ses lèvres aux miennes. Les yeux écarquillés, je l'observe agir. Ses paupières pressées, son visage tendu à l'extrême : il a l'air très stressé.

Merde, je ne l'avais pas vraiment vu arriver celle-là !

La seconde suivante, je me retrouve comme un benêt, seul dans la rue. Joseph a disparu aussi vite qu'il m'a embrassé, le teint plus rouge qu'un homard qui va plonger dans une casserole d'eau bouillante. Je suis prêt à sortir mon portable pour lui demander la raison de ce baiser, mais me ravise aussitôt.

Reprendre ma route pour regagner le métro avant qu'il ne ferme, et que je me retrouve dans l'obligation de prendre un taxi alors que je n'ai plus un rond, est la meilleure solution pour ce soir

Faisons le point !

Rien de mieux qu'une balade au clair de lune pour dessouler en paix, le tout en plein débat interne.

Remettons les choses dans le contexte : Joseph serait donc bel et bien gay, je n'ai rien imaginé. De mon côté, je suis troublé qu'un mec aussi gentil que lui s'intéresse à moi, j'ai tendance à n'attirer que les connards. C'est le prix à payer pour être un petit minet qui aime traîner dans des endroits pas toujours fréquentables et dont les connaissances le sont encore moins. Joseph est intéressant, beau, intelligent, stable et nous nous entendons bien…

On le sent arriver à 10 kilomètres à la ronde, le « mais » ?

Mais il n'est pas Marc.

C'est un fait avéré que je ne peux me cacher. Je n'ai cessé de penser au trentenaire toute la soirée, imaginant ses mains sur moi lorsqu'il s'agissait de celles de Joe, comparant chacun des attraits physiques de mon camarade de classe avec la beauté irréelle du flic. Je ne peux l'oublier, pas pour l'instant en tout cas. L'emprise qu'il a sur moi est trop importante, il a volé un morceau de moi et refuse désormais de me le rendre. Ses pires agissements me blessent au plus haut point, je ne peux le nier. Pourtant, je ne parviens pas à me résoudre à l'effacer définitivement de ma mémoire.

Je sais deux choses : je suis tombé sous son charme, malgré son côté sombre, mais je ne veux plus jamais le voir.

Je ne le comprends pas. J'aimerais tellement être capable d'infiltrer ses pensées, de savoir ce qui se trame derrière ces sourcils froncés et cet air assombri. Mais il est hermétique, m'empêche d'entrevoir ne serait-ce qu'une ébauche de réponse. Je suis simplement un jouet qu'il brinquebale au gré de ses envies, me faisant espérer une chose, et son contraire, dans la seconde qui suit. Vivre avec une épée de Damoclès au-dessus de la tête n'est pas envisageable. Je ne peux pas prendre le risque de tomber amoureux de lui et qu'il me brise le cœur.

Le plus pathétique dans cette farce ? J'ai de la peine pour lui. J'ai décelé des ressentiments en lui, comme si toute son attitude n'était qu'une carapace épaisse qu'il transporte pour maintenir les autres à l'écart… Mais je dois pourtant accepter qu'il n'a pas été sincère durant ces semaines où nous nous sommes vus et que les moments incroyables que je vivais n'étaient en aucun cas partagés…

Parenthèse fermée. Je ne veux plus penser à lui. Revenons à nos moutons. Et notamment à un petit frisé aux cheveux ébène.

Joseph.

Mon karma est catastrophique… À l'instant où je lui propose de m'accompagner à cette stupide soirée, il ne trouve rien de mieux que m'embrasser !

***

Plus oppressé qu'un malade atteint de la tuberculose, j'arpente l'immense parvis devant le bâtiment où je serai bientôt obligé d'entrer. Je suis censé retrouver Joseph d'ici quelques minutes, mais ses textos brefs et évasifs m'interpellent. J'ignore comment je dois l'accueillir, comme un potentiel flirt, ou comme le même pote avec qui j'ai passé la soirée de la veille ?

Pour tout avouer, j'ai énormément réfléchi cette nuit, me posant toutes les questions possibles pour mettre un peu d'ordre dans ma tête. Je suis finalement parvenu à la conclusion que je devais explorer la piste « Joseph » pour m'assurer que j'étais bel et bien certain de vouloir enfermer le capitaine Tillard dans un tiroir de mon passé, comme un simple souvenir. Un magnifique et douloureux souvenir.

Et ce, même si j'ai conscience que les tiroirs ne se referment jamais réellement !

Ce n'est sûrement pas le moment de penser à ce flic de malheur ! Ni à cet homme qui m'a envoyé un sms et à qui je n'ai toujours pas répondu. Il va me trucider, mais je ne semble pas en prendre conscience… Ou alors je suis simplement con.

Voilà, c'est ça, je suis con !

Je balaie la rue des yeux, aperçois mon camarade de classe sortir de la bouche de métro et presser le pas. J'inspecte ma tenue en vitesse, j'ai eu raison de choisir ce pantalon chino bleu marine et cette chemise bleu ciel, j'aurais eu l'air d'un plouc à côté de Joseph qui a enfilé pas moins qu'un costume bordeaux !

Engoncé dans des chaussures de ville, je murmure un juron lorsqu'il me rejoint, se penche vers moi pour effectuer une accolade à la manière des Américains.

Dieu merci !

J'avais peur qu'il m'embrasse de nouveau. Pas que ce soit désagréable, mais j'ai besoin de prendre mon temps pour être certain de ce que je désire. La bonne nouvelle réside dans l'humeur clémente du brun, je m'étais donc bel et bien imaginé son ton froid et distant un peu plus tôt dans l'après-midi.

— Tu es charmant comme ça, Simon, flirte-t-il.

Je ris jaune, plus gêné que flatté, et lui rends son compliment. Nous pénétrons dans l'immense édifice, réellement impressionnant, après avoir présenté les invitations que mon cher père m'a fait parvenir. Ces mondanités me mettent mal à l'aise, si bien que le regret d'avoir laissé mon appareil photo chez moi, pour capturer l'architecture hors norme, et me donner une occupation, finit par me gagner. La salle de réception est pleine à craquer au point où je peine à repérer le Procureur parmi cette multitude de smokings et robes de soirée.

Aussi à l'aise qu'un félin sur la branche d'un arbre, mon paternel serre des mains, rend des sourires à ses comparses et bavarde avec une facilité déconcertante. Le magnétisme qu'il dégage me surprend toujours, il est de ces hommes qui sont craints sans avoir besoin d'être expansifs. Sa large carrure, sa mâchoire carrée et ses yeux bleus hypnotiques suffisent à imposer le respect autour de lui. Il est aussi compétent dans sa carrière qu'absent dans sa vie privée, voilà le constat effroyable qui s'impose à moi.

Je remarque seulement maintenant que Joseph est allé nous chercher des coupes de champagne. Il m'en tend une, cogne sa flûte contre la mienne avant que j'aie le temps d'en boire une gorgée, cette fois.

— À cette belle soirée, murmure-t-il.

J'esquisse un sourire, trempe mes lèvres pour récupérer l'alcool pétillant qui m'anesthésie aussitôt la gorge. J'ignore la raison pour laquelle je suis si stressé tout à coup, comme si mes sens m'alertaient d'un danger environnant.

Doucement sur les bulles, être bourré à la soirée en l'honneur de son père est la pire des mauvaises idées !

Les lumières se tamisent légèrement dans la salle, tandis que des projecteurs se braquent sur l'homme de la situation. Décidément, ils ont fait les choses en grand. Le Procureur de la République de Paris – alias Papa Fauquet – s'avance donc sur l'estrade, vers le micro qui l'attend. Comme je l'avais imaginé, les chuchotis se taisent aussitôt, toutes les attentions se portent sur lui et restent suspendues à ses lèvres qui s'agitent. À vrai dire, je n'écoute pas vraiment ce qu'il raconte, mes pensées vagabondent surtout de souvenir en souvenir : ma première gamelle en vélo lorsqu'il m'a soigné le genou en m'offrant une importante leçon de vie, à savoir, se relever sans cesse, qu'importe la chute, ou encore la fois où j'ai été premier de la classe en CM2 et la fierté que je lui procurais… mais aussi quelques moments moins agréables. Il n'est pas parfait, mais je ne peux pas affirmer que mon enfance a été malheureuse.

C'est lorsqu'il croise mon regard, en remerciant ses proches de le soutenir au quotidien, que je suis ramené à la réalité. Comme je l'avais imaginé, il m'adresse un simple clin d'œil et reste très discret. De même pour Katarina qu'il ne souhaite pas mettre sur le devant de la scène. Voir toutes les attentions s'agripper à moi n'aurait eu pour seul effet que me liquéfier sur place.

Mon père termine son discours, descend de la tribune et se fait aussitôt accaparer par une multitude de journalistes.

— Le champagne me donne toujours envie de pisser, me souffle Joseph, alors qu'il s'éloigne vers les toilettes.

Il a à peine disparu de ma vision que je sens une pression sur mon biceps.

Mes sens ne se trompent jamais !

Je n'ai pas besoin de me retourner pour savoir qui m'enserre de cette manière. Mes paupières se pressent instantanément tandis qu'un courant chaud ondule dans mon ventre. J'imagine parfaitement les traits contractés de l'homme qui se tient derrière moi, ses lèvres pincées, son attitude revêche. Je le connais parfaitement, plus que je le voudrais.

Alors, je finis par pivoter, non sans prendre une brève inspiration pour me donner le courage suffisant de l'affronter. Oui, de l'affronter avec tout le dédain dont je suis capable !

Les choses se passent très vite. Ma coupe m'échappe des mains, s'écrase dans un éclat de verre qui résonne autour de nous, à l'instant où je tombe sur lui, prêt à défaillir et pratiquement haleter. Risquant la syncope, tant j'avais sous-estimé la mine qu'il affiche, je me ratatine sur moi-même dans l'espoir de disparaître comme le lapin d'un magicien. J'avais presque oublié à quel point Marc est beau, mille fois plus magnétique que ne peut l'être mon père. La fascination qui s'impose à moi m'enferme dans une cage dont il est le seul à posséder la clef, m'écrase la poitrine au point où j'en ressens une douleur physique.

S'apercevant qu'on nous observe, le flic m'entraîne un peu plus loin en resserrant son étreinte autour de mon bras.

— Qu'est-ce que tu fous là ? gronde-t-il d'une voix sourde.

BUG.

Comment je m'appelle ? Où je vis ? Qui sont mes parents, mes amis ? Autant de questions auxquelles je suis incapable de répondre. Pourquoi n'ai-je pas anticipé sa présence, alors même qu'il travaille sous les ordres de mon père ? J'aurais évité de me retrouver pétrifié devant lui, incapable de lui répondre. Mon corps n'est pas en mesure de traduire l'ouragan qui se déchaîne en moi. Mon attitude reste passive, mais au fond de moi, je hurle, lui crache littéralement au visage.

— Simon, je t'ai posé une question.

La façon dont ses lèvres se meuvent, dont sa langue siffle sur la fricative de mon prénom, me fait rater une inspiration. Je crois rester bêtement face à lui, bouche ouverte, œil vitreux, tandis que ses mâchoires convulsent et traduisent son agacement.

— Vous vous connaissez tous les deux ?

La voix de mon père qui résonne dans mes oreilles agit comme une délivrance. Je n'ai jamais été aussi ravi de l'entendre, je serais presque tenté de lui sauter au cou pour me libérer de cette situation que je n'aurais jamais imaginée aussi percutante.

Le flic grincheux tourne la tête vers son supérieur, reste plus muet qu'une carpe. Je crois que ni lui ni moi ne nous attendions à ce que mon père nous surprenne en plein désamorçage d'une bombe atomique. Son regard ricoche du visage de Marc au mien, puis il fronce les sourcils pour chercher à comprendre la raison pour laquelle nous ne nous justifions pas.

Soudain, ses traits se détendent, avant qu'il n'ajoute sur un ton plus mesuré :

— J'oubliais que le capitaine Tillard s'est occupé de tes ennuis, grince-t-il des dents en fronçant les sourcils.

— Euh… oui, c'est vrai, ajouté-je.

Marc opine du chef pour appuyer les dires de mon géniteur, tourne finalement le visage vers un autre officier de police qui s'approche, aussi bien bâti que lui et légèrement plus grand : c'est le capitaine Azarov, celui qui m'a reçu dans leur bureau. Puisqu'ils ne sont plus concentrés sur moi, j'ai le loisir d'observer mon policier en tenue officielle. Son torse est si puissant qu'il me donne l'impression d'être trop imposant pour la veste galonnée qu'il porte. La casquette à liserés blancs dont il est coiffé, marquée de l'insigne de police, lui donne un air que je ne lui connais pas. Le découvrir sous ce jour me ferait presque sourire si je n'étais pas terrifié à ce point. Je crois en fait que son uniforme m'impressionne bien plus que je ne me l'avoue.

— Marc, je te cherche depuis tout à l'heure ! ronchonne son collègue. Très beau discours, Monsieur le Procureur.

Mon père affiche un rictus discret. Je sais secrètement qu'il adore être le centre d'intérêt.

— Je vous remercie, Capitaine Azarov. Je m'éclipse, je dois aller saluer d'autres personnes. Bonne soirée, Messieurs. Simon, on se voit tout à l'heure, ajoute-t-il en pressant mon épaule entre ses doigts puissants.

Je me la frotte en grimaçant tandis que le dénommé Azarov m'offre un sourire resplendissant qui pourrait presque m'attirer plus que celui de son collègue.

On est sur le mont Olympe là ou quoi ?

— Toujours pas de déposition, Simon Fauquet ? plaisante l'homme aux yeux clairs.

Je secoue la tête, plus que mal à l'aise.

— Alex, on est attendus sur l'estrade ! intervient aussitôt Marc.

Je le connais bien assez pour savoir qu'il sent sa couverture mise en danger, mais je ne vois pas comment son collègue pourrait se douter de quoi que ce soit. Il n'y a qu'à voir le capitaine Tillard pour prendre une leçon de mâle hétérosexuel.

— Ah ouais merde, on est sûrement les derniers, s'agite Alex. Bon, à un de ces jours, Simon.

Je lui adresse un dernier sourire, avant que les deux flics disparaissent et rejoignent leurs collègues. Marc ne m'adresse évidemment pas ne serait-ce qu'un léger coup d'œil. Pourquoi n'est-il pas aussi fanfaron que son coéquipier ? Tout serait plus simple si j'avais rencontré un homme tel qu'Alex Azarov. L'ignorance de Tillard termine d'effriter mon cœur qui était déjà mal en point. Comment peut-il passer de son comportement quasi despotique, à me prendre à part pour m'engueuler, et passer la seconde suivante à la plus totale indifférence ?

— Désolé, y'avait du monde, m'apostrophe la voix de Joseph.

Merde, j'étais tellement ailleurs que je l'avais presque oublié. Je m'oblige à tourner le visage vers lui, lui accordant mon attention, mais je suis bien trop absorbé par le regard de Marc qui balaie la foule de ses onyx aussi sombres que son cœur. Je le soupçonne même de m'éviter délibérément. Ses traits sont toujours tendus à l'extrême, sa mâchoire si contractée qu'elle semble plus solide que la pierre.

— Tout va bien ? tente le jeune homme qui m'a accompagné.

Je cligne plusieurs fois des yeux, m'oblige à me détourner de cette peau mate qui semble échauffer mon teint à mesure que je l'observe.

— Ouais, je rêvassais, pardon, le prié-je de m'excuser en déposant ma main sur son bras.

Discrètement, je ne peux m'empêcher de jeter une œillade au flic qui nous a épiés l'espace d'une seconde. Un laps de temps suffisant pour que je le remarque et m'enorgueillisse secrètement.

Touché.

Alors qu'il s'est joué de moi, qu'il a tenté de me faire inculper pour un trafic de drogue, voilà qu'il semble jouer la carte de la jalousie. Je ne pense pas me tromper en affirmant que cet homme est un malade mental qui devrait sans aucun doute intégrer un service psychiatrique. Une chose est sûre : je ne suis pas psy, je n'ai pas du tout l'intention de l'aider !

S'il croit me connaître, il va découvrir que je peux être le pire des petits connards.

Je me penche exagérément, de manière à ce que mes lèvres se retrouvent à quelques millimètres de l'oreille de Joseph, bien à la vue de Marc. Alors que je lui demande s'il souhaite quitter cet endroit pourri, il opine du chef. Je constate qu'un sourire se profile sur ses lèvres. Je tourne alors le dos au podium et rejoins la sortie, mon « ami » à mes côtés. Ma main serpente quelques secondes dans son dos pour l'inviter à me précéder en quittant l'immense galerie. Je n'ai pas eu l'occasion de revoir mon paternel, mais tant pis…

Je peux sentir le regard brûlant du capitaine Tillard, dans mon dos, me flageller de sa rage que je devine d'ici. Juste avant de disparaître, je jette un coup d'œil par-dessus mon épaule et rencontre deux trous béants aussi profonds qu'un puis.

Coulé.

Je disparais de sa vue, le cœur au bord des lèvres. Je ne peux même pas savourer cette bataille remportée tant la souffrance qui me consume est intense. L'air qui souffle sur mon visage lorsque je sors ne m'aide pas à mieux respirer, j'erre comme une âme en peine. Cet homme m'atteint plus que je ne voudrais l'admettre, même quand je pense mener la partie. Partie à laquelle je ne devrais plus participer pour mon bien-être. Mais me retrouver à son contact, de n'importe quelle façon, m'offre une bouffée d'adrénaline qui me permet de rêver quelques secondes de plus. De poursuivre l'histoire à laquelle j'ai cru l'espace d'un claquement de doigts. Pourtant, je sais pertinemment que Marc est un cas désespéré, que chaque coup qu'il m'assène me rend fragile, vulnérable et me mène vers l'autodestruction…

Joseph doit posséder un don particulier pour percevoir les émotions des autres puisqu'il conserve le silence, me laisse le temps de revenir à lui de mon propre chef. Il ne mérite pas que je sois malhonnête, mais comment lui révéler tout ce qui se trame dans ma tête ? Il fuirait en prenant ses jambes à son cou.

— Ce soir c'est toi qui me raccompagnes ? hasardé-je pour briser ce silence qui me met de plus en plus mal à l'aise.

Il hoche la tête, se contente d'entretenir la conversation durant le trajet tandis que mes réponses se réduisent bien souvent à des acquiescements, quelques « oui », « non ».

En arrivant devant mon immeuble, je stoppe en bas du perron et porte mon attention sur Joe, qui se tient vraiment très proche de moi. Ses doigts saisissent les miens, s'enroulent avec douceur, son visage s'approche tout près, si près que je distingue le petit éclat vert dans le marron noisette de son œil droit.

— Tu es quelqu'un de bizarre, Simon, mais je t'apprécie.

Je ricane, baisse les yeux pour ne pas plonger plus encore dans cette particularité qui orne son regard et qui m'intrigue. Son autre main glisse contre ma joue, la caresse avant qu'il n'articule, ses lèvres pratiquement collées aux miennes :

— Malgré ton comportement quelque peu distant, j'ai passé une bonne soirée en ta compagnie.

— Désolé, c'était un peu intimidant de me retrouver en présence de mon père, mens-je à moitié.

Je peux sentir ses lèvres s'étirer, son souffle me lécher de nouveau.

— Tu as quelqu'un dans ta vie, Simon ?

— Non… enfin, c'est compliqué.

— Explique-moi.

— Tu me plais, mais…

— Mais je ne suis pas lui, me coupe-t-il.

Je secoue la tête, clos les paupières pour éviter de défaillir tant l'oppression qui me comprime les viscères est douloureuse. J'ignore si je dois m'enfuir, écouter ce frisson de peur qui me somme de m'échapper, ou rester et succomber au charme certain de Joseph qui devient de plus en plus entreprenant.

— Je ne sais pas trop où j'en suis…

Je n'ose pas le détailler. Le nez du jeune brun cogne contre le mien, il suffirait qu'il s'approche d'un micromillimètre pour sceller nos bouches qui en meurent d'envie.

— Si je t'embrassais de nouveau, ça ne te plairait pas ?

Devant mon absence de réponse, il écrase ses lèvres contre les miennes, sa main glisse sur mon crâne désormais rasé. De sa paume libre, il rapproche mon bassin du sien, mes doigts sinuent jusqu'au col de sa chemise que je serre fermement.

Lorsqu'il s'écarte, ses dents se découvrent et me laissent observer son sourire que je ne peux m'empêcher de comparer de nouveau à celui de Marc.

Bordel de brosse à chiottes !

Une dernière fois, il m'embrasse furtivement, avant de me souhaiter une belle nuit et disparaître dans la rue.

Je porte mes doigts contre ma bouche, reste béat en réalisant ce qui vient de se passer.

— Mignon, ce petit gars…

Je réprime le cri que cette voix grave tente de m'arracher, mais sursaute vivement en me retournant vers la source sonore. Je discerne deux points noirs dans l'obscurité. Marc amorce un pas, alors qu'il était caché dans le renfoncement de notre entrée, et s'illumine sous le spot fixé au plafond. Ses lèvres s'ourlent, mais le petit sourire qu'il affiche n'atteint pas ses yeux qui restent cruellement froids.

Frappé de plein fouet, je recule d'un pas, bloqué contre la carrosserie d'une voiture garée devant l'immeuble…

CHAPITRE QUATRE

Marc

Qu'est-ce que je fous là, à épier ce petit con que j'avais pourtant réussi à oublier ces derniers jours ? J'avais même repris mes bonnes vieilles habitudes, à savoir, me défouler sur les fesses rebondies d'hommes dont je ne pourrais même pas me remémorer les visages. Pour être honnête, j'ai dû me forcer au début pour ne pas leur demander de déguerpir, ma queue réclamant le petit blond décoloré. Et puis, mes instincts primaires ont repris le dessus, comme si je m'étais finalement mis en mode « pilote automatique ». Après tout, agir comme un robot automate est mon comportement de base.

Zéro ressenti est ma devise depuis toujours…

Pourtant, il n'a suffi que d'une rencontre pour que tout bascule dans ma tête, pour que le Marc enfermé au fin fond de mon esprit, celui qui réclame un peu plus de liberté et de vitalité, s'éveille à nouveau. Croiser Simon à cette soirée en l'honneur de son père a remis un bordel monstre dans ma caboche, j'aurais pourtant dû pressentir qu'il y serait, c'est son fils après tout. J'ai agi avec impulsivité, mettant en danger ma couverture auprès de mes collègues. En réalité, le voir accompagné d'un jeune homme de son âge m'a rendu ivre de rage. J'ai tout de suite compris qu'il était plus qu'un ami, c'était intolérable. Assister en silence à son baiser avec ce petit crétin a été une épreuve des plus pénibles !

Le prochain qui ose me dire que je n'ai aucun sang-froid, je lui brise les os !

Au fond, j'ignore si le fait qu'il ait un rendez-vous avec un homme me dérange réellement. Je crois que je suis davantage en colère pour ce qu'il m'impose. C'est comme s'il me tenait sous sa coupe, avait ensorcelé mes pensées pour m'obliger à revenir sans cesse vers lui et tomber à genoux. J'ai agi en pensant décider des règles du jeu, alliant ma passion pour la manipulation, et la domination, à l'enquête que je menais. J'étais réellement persuadé de détenir les pleins pouvoirs, mais il a fallu qu'il se rebelle. Et surtout, que je me plante.

Ce gosse n'était vraisemblablement pas un acteur du trafic pour lequel je le soupçonnais, et maintenant je suis conscient de l'avoir placé dans une posture délicate.

De mon regard le plus impénétrable, j'observe ses traits passer de la stupeur à l'irritation la plus sombre. Sourcils froncés, ses yeux me lancent des éclairs, me foudroient sur place si bien que je ne parviens pas à réduire la distance qui nous sépare.

Il prend une légère inspiration qui lui permet sans aucun doute d'avoir le courage de stopper sa paralysie temporaire. L'instant d'après, il passe juste à côté de moi, je pivote pour l'empêcher de s'enfuir à l'intérieur du bâtiment. Je sais que je devrais le laisser disparaître, mais mon corps en a décidé autrement.

— N'approche pas, Marc, souffle-t-il d'une voix si basse qu'elle éveille en moi un désir de le baiser très fort contre le mur.

— Qu'est-ce que tu foutais là-bas ? l'interrogé-je en éludant sa recommandation.

Nos visages ne sont plus qu'à quelques centimètres. Sa respiration hachurée à l'odeur de champagne s'écrase contre mon visage, emplit mes narines et me fait tourner la tête.

— Tu le sais très bien, pourquoi me poser la question ?

Son intonation cinglante titille la violence de mes gestes, je rêve d'enserrer sa mâchoire pour lui prouver que le ton qu'il emploie avec moi n'est pas le bon.

— Tu n'aurais pas dû venir.

Ses lèvres dessinent un sourire vil encore inconnu, la rancœur qu'il me voue est peut-être plus intense que je ne l'avais imaginée. En même temps, je ne pouvais pas réellement m'attendre à un autre comportement de sa part.

— Si j'avais su que je te verrais, je ne serais certainement pas venu ! cingle-t-il. Je préfère crever que d'avoir encore affaire à toi.

À mon tour, je ne peux m'empêcher de sourire. Mon petit côté masochiste se délecte de la haine qu'il tente de me cracher au visage. La hargne que je perçois chez ce garçon aux grands yeux verts étincelants, qui dégagent tout, sauf du dégoût, me stimule.

— Toi comme moi savons que c'est faux, glissé-je en approchant ma bouche de son oreille. Alors ne me mens pas, s'il te plaît.

Ses paumes repoussent mon torse avec force. Évidemment, je ne bouge pas d'un millimètre. Mon regard replonge dans le sien, lequel me harponne, prêt à me faire la peau.

— Tu n'es qu'un connard, égoïste, manipulateur et complètement cinglé ! Je ne sais pas ce que j'ai pu te trouver. Ce jour-là, je devais sûrement être complètement torché. Ou peut-être que la coke était à moi et que j'en avais trop pris ?!

Mais une chose est sûre, j'aurais préféré ne pas croiser ta route, tu aurais dû te mêler de tes affaires et me foutre la paix !

Il est à bout de souffle lorsqu'il termine sa petite tirade parfaitement contrôlée. Chaque ponctuation appuyée, la voix posée, ferme, mais colérique. Il n'y a pas à dire, il joue bien la comédie. Mais je sais pertinemment qu'il n'en pense pas un mot.

C'est le moment de te tirer d'ici, Marc.

Pourquoi est-ce que je n'écoute jamais cette *putain* de voix dans ma tête ?

Ce petit jeu entre nous, cette tension sexuelle palpable tant elle est puissante, me rend accro. Je suis dans l'incapacité de le quitter, alors que mon cœur tambourine comme un malade dans ma cage thoracique, pompe mon sang pour l'envoyer dans ma queue qui gonfle à mesure que l'hostilité de Simon se renforce.

— Tu as terminé ? murmuré-je, plus amusé qu'autre chose.

— Oui ! hurle-t-il.

Excédé, ses doigts pianotent sur les touches du boîtier métallique. Alors qu'il ouvre la lourde porte, ma main s'appuie contre et la referme. Il m'assène un regard plus sombre que le mien, ce qui est difficile à croire étant donné la couleur de ses iris. Ses pupilles resserrées à l'extrême, il est prêt à déclencher la bombe à retardement qu'il a sûrement entrepris de désamorcer pour ne pas craquer. Lui comme moi savons que les conversations trop explosives nous mènent sans cesse à la même conclusion : la baise.

Ce que je m'apprête à lui infliger ne peut être que le résultat de deux neurones qui subissent un court-circuit. Mes doigts longs et puissants s'enroulent autour de sa mâchoire, l'emprisonnent dans un étau, avant que ma bouche s'écrase avec férocité contre la sienne. Ma langue glisse sur ses lèvres, en franchit l'obstacle tandis que ses masséters se desserrent pour me laisser l'embrasser à ma guise. Simon laisse échapper un gémissement, mais un éclair de lucidité semble lui traverser l'esprit puisqu'il me repousse, cette fois à m'en faire perdre l'équilibre.

C'est fou ce que l'adrénaline peut décupler la force physique !

— Mais t'es malade ou quoi ? gueule-t-il. Qu'est-ce que tu n'as pas compris dans : « je ne veux plus te voir » ?!

J'esquisse un sourire, ramasse la casquette de mon uniforme de cérémonie, dont je n'avais pas remarqué la chute dans la précipitation de mon geste, et disparais dans la nuit noire. C'est mieux ainsi, je ne peux pas craquer davantage et déraper de nouveau sur ce terrain qui nous mènera tout droit dans le mur.

Je suis persuadé qu'il va hanter ma nuit, que je ne fermerai pas l'œil, revoyant trop nettement ses cheveux qu'il a rasés, ses yeux à la fois remplis de haine et de désir.

Pourquoi a-t-il fallu que je l'embrasse ? C'était un acte idiot, encore une fois. Mais ce petit con me pousse si loin dans mes retranchements que j'agis comme jamais je n'aurais pu l'imaginer. Mon attitude est aussi déroutante pour lui que pour moi-même, c'est à peine si je me reconnais…

***

Comme je m'en doutais, j'ai vu chaque heure de mon radio-réveil s'afficher, me laissant le loisir d'observer mon plafond et les endroits où une couche d'enduit serait nécessaire. Seul le petit footing que je m'oblige à endurer, avant de prendre une douche glaciale, me permet de me détendre et de me désintéresser de l'épisode de la veille.

Lorsque je franchis le seuil de notre bureau, j'observe Alex naviguer sur son PC. Il ne relève pas le nez de son écran, agit comme si j'étais inexistant. Je me racle donc la gorge tout en m'installant derrière mon propre ordinateur que je démarre. Mon coéquipier daigne enfin me prêter attention, alerté par mon bruit guttural.

— Qu'est-ce qu'il y a ? me demande-t-il d'une voix plate.

J'arque un sourcil, me penche légèrement comme pour lui révéler un secret des plus importants.

— C'est à toi que je pose la question.

— Bah quoi ?

— Je ne sais pas, tu ne me calcules pas.

Son visage se détourne, ses yeux rivés sur le dossier informatique qu'il consulte. J'ai rarement l'occasion de le voir aussi taciturne. D'ordinaire, c'est plutôt moi le plus rustre des deux. Je suis le capitaine con, et lui le plus sympa.

— Tu m'as laissé en plan hier, se renfrogne-t-il, je t'ai cherché pendant vingt minutes avant de comprendre que tu t'étais cassé.

Merde.

— Désolé, j'ai dû partir.

De nouveau, il quitte sa machine pour se tourner vers moi. D'une impulsion du pied, il fait glisser son fauteuil monté sur roulettes pour venir se poster juste à mes côtés. Le coude posé sur la planche de bois, il appuie son menton dans la paume de sa main, un léger rictus accroché aux lèvres.

— Tu étais occupé à quoi ? s'enquiert-il sur un ton des plus curieux.

— Régler une affaire, marmonné-je entre mes dents.

Sa tête oscille légèrement de haut en bas, comme s'il ne me croyait pas vraiment.

— J'ai eu l'impression que le ton montait avec le fils du Proc'.

Et voilà ! Mon sang se glace dans mes veines à l'instant où les mots sortent de sa bouche. Mes mâchoires convulsent tandis que je me tourne vers lui, le regard menaçant.

— Écoute, mêle-toi de ton cul !

Mon collègue ricane, avant de rejoindre sa place initiale. Les yeux toujours braqués sur mon visage qui tente de rester impassible, il ajoute :

— Qu'est-ce que tu me caches, Marc ?

— C'était un suspect important dans une enquête que je menais. Tu le sais, tu l'as interrogé.

— C'est tout ?

J'opine du chef, désireux de clore cette conversation. Seulement, je le connais assez pour savoir que l'expression qu'il affiche indique qu'il ne me lâchera pas si facilement. Pourtant, je ne m'attendais pas du tout à ce qu'il poursuive.

— Ton comportement est vraiment étrange ces derniers temps. Mais si je peux t'aider sur cette enquête…

Sa voix est calme, ne laisse rien transparaître qui pourrait dévoiler s'il en sait plus qu'il ne le laisse présager. Ne sachant pas comment réagir, je cède à ce que je fais de mieux : la colère.

— Occupe-toi de cette histoire avec ton frère, ta brune, ou n'importe qui d'ailleurs, mais arrête de te mêler de mes affaires. J'ai commis une erreur, ce gosse n'était pas un dealer, il s'est juste retrouvé au mauvais endroit au mauvais moment. Compris ?

Ma voix résonne dans la petite pièce, avant que je ne me lève, quitte le bureau et le laisse en plan. Je bosserai seul sur le terrain aujourd'hui, pas besoin qu'un casse-couilles pareil me gâche davantage la journée. J'ai été imprudent, j'ai laissé mon meilleur ami s'approcher d'un peu trop près de ma vie privée et je dois veiller, à l'avenir, à ce que ce désagrément ne se produise plus !

***

Affalé sur mon canapé, épuisé par une nuit blanche et une journée de boulot pénible, je commande une pizza pour me réconforter.

Franchement, être fliqué par mon propre collègue me met en rogne, je ne me permettrais jamais de me mêler de sa vie à ce point. Son attitude exacerbe la tentation de céder à mes plus noirs desseins. Mon envie de débarquer chez lui, de le pourrir comme jamais auparavant me démange. Mais je m'en empêche, sachant pertinemment que j'exploserais tellement que notre amitié serait sans doute mise en péril. C'est mon seul et unique ami, je ne peux pas prendre ce risque considérable. Ma vie sans ce guignol d'Alex Azarov serait plus qu'insipide.

Les restes de la margarita gisent dans le carton lorsque la sonnette retentit dans mon appartement, m'extirpant un sursaut que je réprime bien que je sois seul et que personne ne puisse le remarquer.

Virilité, quand tu nous tiens !

Ça ne m'étonnerait pas que ce soit Alex qui vienne pour s'excuser, ou approfondir le sujet. Vu le mec obstiné qu'il est, je penche plutôt pour la seconde supposition. En revanche, son entrée en matière me déplaît fortement. Je risque de lui en coller une s'il ne cesse pas d'appuyer frénétiquement sur le bouton pour me presser.

— Quoi ? craché-je en déverrouillant le combiné de l'interphone.

La seconde de battement qui s'écoule, avant qu'un son ne résonne dans mes oreilles, me paraît anormalement longue, comme si mon corps s'était soudain mis en alerte.

— Saluuuut, Marc.

Je reconnais instantanément l'inflexion de cette voix qui n'est pourtant pas dans son état normal. Je n'ai aucun doute sur l'alcoolisation à outrance de son propriétaire.

— Simon ? grondé-je d'une voix sourde.

Le savoir complètement ivre mort me fait perdre les pédales, au point où je suis prêt à rejoindre la rue et le fustiger d'un sermon musclé. Il sait que j'exècre l'alcool, pourquoi vient-il sonner chez moi dans cet état lamentable ?

— Bien joué ! ricane-t-il bêtement.

— Qu'est-ce que tu fous là ?

Il marque une pause, je l'entends marmonner comme s'il cherchait la raison pour laquelle il se trouve en bas de chez moi. J'ose à peine imaginer ce qu'il a pu boire… Je suis finalement soulagé de voir qu'il n'a pas perdu connaissance lorsqu'il me répond :

— J'réfléchissais à l'endroit le plus pourri sur cette planète, et tu sais quoi ? Allez, j'suis sympa, j'te l'dis. J'ai pensé à ton putain d'appart' !

— Tu as bu, Simon, le blâmé-je, en ne contrôlant plus la rage latente qui souffle en moi.

— Moiiii ? Boire ? Nooooon, éclate-t-il de rire.

Il ne me faut que quelques secondes pour dévaler la cage d'escalier, ouvrir la porte d'entrée de l'immeuble et tomber nez à nez avec le jeune blond qui m'observe d'un regard surpris et intimidé. Putain, je suis dans mon vieux jean détérioré, torse et pieds nus, et la tronche dans le coaltar. Et me voilà dans la rue. Il ne s'attendait sûrement pas à ce que je débarque si rapidement, semble désormais dépourvu de sa faculté à parler.

Il entreprend alors d'effectuer un pas en arrière, pour s'éloigner de ma proximité qui doit l'oppresser, trébuche et bascule, happé par le sol. D'un geste vif et assuré, ma main enserre son poignet, le rattrape, avant qu'il ne s'éclate le crâne contre le bitume, et l'approche plus près de moi, contre mon torse.

Ses yeux se baissent de concert avec son menton qui s'affaisse. Je glisse deux doigts sous ce dernier, redresse son visage pour l'obliger à m'affronter. S'il croit s'en tirer si facilement, c'est qu'il n'a réellement pas saisi quel genre d'homme je suis.

— Tu le penses vraiment ? l'interrogé-je sur un ton que je tente de rendre le plus calme possible.

Il sillonne mon visage, tentant sûrement de comprendre ma question. Voyant qu'il n'est pas en mesure d'établir le lien, j'ajoute d'une voix inflexible :

— Mon appartement est donc l'endroit où tu te sens le moins bien sur cette planète ?

Il opine du chef, une pellicule brillante se dépose sur ses iris qui étincellent encore plus qu'à l'ordinaire. Si je suis persuadé qu'il m'a hypnotisé depuis que nous nous connaissons, je peux affirmer que l'attraction que j'exerce sur lui est tout aussi puissante que celle de la Terre sur son satellite. Notre promiscuité semble le troubler au point de le priver de son libre arbitre…

— Je peux savoir pourquoi tu t'es mis dans cet état ? m'enquiers-je, en tentant de ne pas adopter mon attitude réprobatrice coutumière.

C'est vrai que je suis con et borné, mais j'ai appris à son contact que si je souhaitais obtenir des résultats avec Simon Fauquet, je devais faire preuve de subtilité. La force et l'autorité ne s'accordent pas avec son caractère épris de liberté.

Sa seule réponse est une dénégation qui semble le rendre plus instable qu'il ne l'est déjà. Mes mains étreignent donc ses frêles épaules pour le maintenir en équilibre. Une effroyable pâleur s'étale finalement sur son visage, blanc comme un linge. Ses lèvres se mettent à trembler alors que je le conduis sur le trottoir. Des haut-le-cœur lui soulèvent l'estomac et finissent par gagner la bataille lorsqu'il déverse un puissant geyser. Tordu en deux, il presse fermement ses genoux de ses paumes tandis que je prends toujours soin de le soutenir malgré ses jambes qui chancellent.

Une fois terminé, je glisse mon bras le long de son dos, attrape l'arrière de ses cuisses et le hisse entre mes bras.

— Laisse-moi descendre ! hurle-t-il si fort que sa voix résonne dans toute la rue.

— La ferme, le réprimandé-je dans un murmure sans équivoque. Tu vas réveiller tout l'immeuble.

Ses lèvres se pincent, mon ton semble l'avoir convaincu de rester tranquille puisque ses mains se posent sur mon torse que je contracte exagérément.

Pauvre crétin d'orgueilleux.

Paupières scellées, il repose sa tête, se laissant conduire à travers les étages jusqu'à rejoindre mon appartement dont j'ai laissé la porte ouverte dans la précipitation. D'un coup de pied, je la reclaque et dépose Simon sur mon canapé. Maintenant qu'il a régurgité tout ce poison qu'il a avalé, son corps est plus que faible. Il se recroqueville en position fœtale, tremble comme une feuille qui se raccroche désespérément à une branche.

Je ne peux m'empêcher de lever les yeux au ciel face à ce qui s'immisce en moi, place un plaid sur le corps douloureux du jeune homme. Comme je l'ai remarqué par le passé, ce gosse m'empêche d'être l'homme impitoyable que je m'évertue à montrer au monde. Un besoin viscéral sinue en moi et m'oblige à prendre soin de lui… À son contact, je m'adoucis et oublie mes principes élémentaires.

Oui, j'ai été monstrueux avec ce mec. Mais pourtant, il a déclenché un étrange processus dans mon putain de cerveau.

Je m'éclipse alors quelques secondes dans la cuisine pour aller chercher de l'eau et du paracétamol, constate finalement que le jeune bourré est profondément endormi lorsque je regagne le salon. Je dépose le verre et le cachet sur la table basse, puis éteins la lumière. La pièce est soudainement plongée dans l'obscurité, seule la lueur de la lune l'éclaire quelque peu, traçant des ombres sur le sol. La pénombre qui englobe le visage de Simon rend ses traits plus juvéniles qu'ils ne le sont en temps normal. Je sais pertinemment qu'il n'a rien d'un adolescent, mais la fragilité que je perçois chez lui est telle que je ne peux m'empêcher de le considérer de cette manière.

Je reste ainsi dans le fauteuil face au divan, veillant sur lui, pendant quelques minutes, ou peut-être des heures. J'ai perdu le décompte, absorbé par les légères moues que dessinent ses lèvres alors qu'il doit être en train de rêver.

Ou sûrement cauchemarder au sujet de notre relation.

Je suis persuadé que malgré ses paroles, son attirance pour moi est toujours intacte, comme la mienne le demeure. Ça me crève. Je ne supporte pas d'observer à quel point je suis d'une faiblesse sans précédent à son contact.

Bordel.

Où est passé l'homme que rien ni personne n'atteignait ? Je pensais que la carapace que j'avais solidement consolidée au fil des années était inébranlable, mais force est de constater que je me suis fourvoyé, refusant de m'avouer ce que je ressentais. Suis-je pour autant prêt à le lui révéler ? Sûrement pas. Cette lubie finira nécessairement par me passer.

Les gémissements qui s'élèvent du canapé me tirent finalement de mes pensées plus que sordides. Mon bourré se replace sur le dos, se lamente en grognant tel un ours qui sort d'hibernation.

— Ma tête… se plaint-il.

— Ne crains rien, tu es en sécurité.

Ses yeux se tournent dans ma direction, s'écarquillent lorsqu'ils rencontrent dans l'obscurité mon sourire qui annonce plutôt le calme avant la tempête. Maintenant qu'il émerge de son état éthylique, je vais pouvoir lui passer le savon qu'il mérite. Je me lève alors, allume un halogène en périphérie de la pièce, avant de me poster juste devant lui.

Accoudé, il soupire et laisse retomber son visage dans l'oreiller. Saisissant l'eau ainsi que l'antalgique, je les lui tends. Simon me jette un coup d'œil, récupère ce que je lui donne et avale d'une traite la capsule blanche et rouge.

Tant bien que mal, il repose le verre sur la table, ramène ses genoux contre sa poitrine et les emprisonne de ses bras. Il porte son attention vers la fenêtre qu'il observe, le regard dans le vide, prenant soin de ne plus croiser le mien.

— Tu sais ce que tu fais là ? l'interrogé-je d'une voix sévère.

Il hausse les épaules, agit comme un enfant à qui l'on donnerait une leçon. Je ne suis pas si loin de la vérité lorsque je l'apparente à un môme capricieux.

— Tu n'étais pas capable de repartir chez toi. Tu t'es presque écroulé en bas de l'immeuble, énoncé-je en tentant de ne pas céder à la colère.

— J'ai de vagues souvenirs. Je ne me rappelle pas être monté ici.

— Ça t'arrive souvent d'avoir des trous noirs comme ça ?

— Qu'est-ce que ça peut te foutre ?

Ma poigne enserre vivement sa mâchoire, lui arrache un grognement de douleur. Mes yeux plus noirs que jamais le scrutent, plongent en lui pour le contraindre à ressentir toute l'aversion qu'il m'inspire. Il s'en dégage avec agressivité et se lève pour se diriger vers la porte d'entrée. Je l'intercepte avant qu'il n'ait eu le temps de faire un pas, le ramène contre moi et bloque son visage entre mes paumes.

— Qu'est-ce qui te prend, Simon ?

Ma voix est calme, posée et douce. Ce ton que j'emploie rarement semble le surprendre puisqu'il entrouvre les lèvres pour me répondre, les referme l'instant d'après sans savoir quoi dire. Il ne parvient pas à maintenir mon regard, dévie le sien. Je devine qu'il se force à garder ses pensées pour lui-même. Pourquoi ne veut-il pas me les confier ? Maintenant que cette crise avec les dealers a été désamorcée, que je sais pertinemment la position qu'il occupe, il n'a plus rien à me cacher.

— Tu peux tout me dire, soufflé-je contre sa bouche.

Il tente de tourner la tête, pour me fuir, menacé comme un animal traqué par un chasseur. Ses paupières se ferment tandis qu'une perle cristalline lui échappe, avant que je ne la recueille de la pulpe de mon pouce. Le souffle hachuré, le petit blond tente de se contenir du mieux qu'il le peut, jusqu'à atteindre le point de non-retour, celui qui l'oblige à lâcher prise et laisser les stigmates de ses tourments couler sur la peau fine de ses joues.

De longs sanglots le secouent, l'empêchent de respirer correctement, ce qui me prend de court. Instinctivement, mes bras s'enroulent autour de son buste qui tremblote, je le serre plus que de raison contre mon torse où il enfouit son visage.

Mon t-shirt absorbe sa peine, j'ignore comment stopper ce chagrin qui semble plus sérieux que je ne le pensais initialement.

Est-ce ma faute ? Réagit-il si intensément à cause de notre relation tumultueuse ? Je ne peux pas le croire, la panique que dégage son corps m'incite à croire que quelque chose de bien plus important se cache derrière ces spasmes qui le heurtent. Et mon intuition me souffle que son passé l'a rattrapé et ne souhaite pas le lâcher de sitôt.

Mes mains ne cessent de caresser son dos jusqu'à ce qu'il se calme quelque peu. Doucement, je me détache de lui, l'invite à s'asseoir tant il me paraît faible et prêt à s'écrouler sur le sol. L'alcool a dû affaiblir les barrières inhibitrices qu'il avait dressées entre nous, mais le voilà désormais vulnérable devant moi. Et je compte bien comprendre la situation.

— Tu es dans cet état par ma faute ? lui demandé-je en glissant ma paume sur sa joue.

Il baisse les yeux, l'affirme d'un hochement de tête. Je ne peux ignorer que mon cœur se serre face à cette révélation qui me frappe de plein fouet. Je sais que j'ai mal agi, que je me suis amusé sans penser aux conséquences que cette relation aurait sur lui, mais aussi sur moi. Pourtant, je refuse de croire que son état est uniquement ma faute.

— Oublie tout ça, je vais rentrer chez moi, frémit-il.

Je fronce les sourcils, m'approche un peu plus près pour le forcer à m'observer. Je tente de lui expliquer, dans un langage bien plus profond que celui des mots, qui n'est en rien naturel pour moi, que malgré tout ce qui a pu se produire entre nous, il peut m'accorder sa confiance et se livrer à moi.

Pourtant, aucun son ne s'échappe de ses lèvres. Il reste muré dans le silence, me prive même de notre contact en scellant ses paupières. Les incisives fermement plantées dans sa lèvre inférieure, il tente de prendre de longues inspirations pour ne pas sombrer de nouveau.

— Je suis épuisé, murmure-t-il.

En deux temps, trois mouvements, je me lève, le hisse de nouveau dans mes bras et le porte jusqu'à ma chambre. Ses mains serpentent dans ma nuque, s'y accrochent fermement tandis qu'il m'offre enfin le loisir de croiser son visage dont je m'enivre. Seulement, il est empli de tristesse.

Putain, je déteste ça.

Je le pose sur le lit, le déchausse et le déleste de son jean. La couverture ramenée sur lui, il s'emmitoufle et m'observe un instant, alors que je me suis assis sur le rebord du matelas. Ce que je lis dans les émeraudes qui lui dévorent le visage me perturbe au point où mon ventre se contracte comme si on m'éviscérait. Le souffle coupé, je me raccroche à ses prunelles qui m'implorent silencieusement de lui venir en aide.

Puis il ferme les yeux, plonge en quelques minutes dans les bras de Morphée.

Je suis dans l'incapacité de trouver le sommeil dans l'état actuel des choses, et ce, malgré la fatigue qui m'accable depuis deux jours. Ne pas dormir m'empêchera de cauchemarder, et c'est une des raisons qui me permettent de tenir. Je déplace alors le fauteuil crapaud, installé dans ma chambre, de manière à le placer juste face au jeune homme endormi, comme si je devais absolument m'assurer de ne pas le laisser seul.

***

— Marc, je vais te poser une dernière fois la question. Est-ce que tout se passe bien chez les Caloton ?

Sous ses épaisses lunettes, cette assistante sociale est bien la première personne à me poser cette question aussi directement. Personne n'a jamais remarqué à quel point ils me considéraient comme un chien. Non, comme une merde. Et encore, je crois que je suis trop optimiste. J'ignore pourquoi ils me détestent à ce point… C'est vrai qu'à 7 ans, quand je suis arrivé chez eux, j'étais un enfant perturbé et turbulent. Mais c'était il y a 8 ans, j'ai tout tenté pour me calmer. Je ne bronche jamais, je les évite un maximum et leur haine n'a pas cessé. Depuis que Mike est reparti chez ses parents, les choses ont empiré. Je suis seul là-bas, j'ose à peine sortir de ma chambre et je ne mange plus à ma faim depuis qu'ils m'interdisent de partager leur table.

Je les déteste.

Je vais les buter.

— Marc, tu ne dois pas avoir peur de me parler, m'interrompt de nouveau l'assistante sociale. Tu as 15 ans maintenant… Je peux t'envoyer dans un foyer, si tu le désires.

— Ça fait 8 ans que personne ne remarque rien. Qu'est-ce qui vous a mis la puce à l'oreille ? grogné-je entre mes dents.

— Ton comportement. Laisse-moi t'aider, ajoute-t-elle en avançant sa main sur la mienne.

Je la retire vivement. Je n'aime pas qu'on me touche.

J'opine simplement du chef, envieux de goûter à une autre vie…

***

Putain de cauchemar.

J'ai fini par m'assoupir, mais le réveil en sursaut me remet bien les idées en place. Je me demande ce qui a été pire : vivre chez les Caloton ou passer trois années dans ce foyer pour adolescents difficiles. Je ne sais pas où j'ai reçu le plus de maltraitance, mais l'avantage c'est que j'ai eu le droit de commencer le *kick-boxing* et ce sport m'a bien aidé à me défendre. J'y ai connu aussi ma première expérience homosexuelle avec un jeune prénommé Billy. J'ai mis du temps à comprendre que les mecs m'attiraient. Je fréquentais des nanas pour frimer et me fondre dans la masse, j'ai même essayé d'en baiser deux ou trois, sans que ces rapports ne m'apportent la moindre excitation. Et puis, un jour, avec ce fameux garçon, tout est parti en couilles. Et ce que j'ai ressenti m'a permis de comprendre pourquoi je m'emmerdais royalement avec les filles. Évidemment, j'ai gardé mon orientation sexuelle secrète, convaincu que les autres mecs du centre me prendraient pour cible. Et je n'ai pas eu tort. Des gars ont découvert que Billy était gay, ils lui ont enfoncé un balai si profondément dans le rectum qu'il en est resté handicapé. Y'a pas à dire, les gosses sont en sécurité dans ce type de structures… J'ai attendu mes 18 ans, et je me suis cassé. Une fois mon concours de police obtenu, j'ai eu l'impression de quitter toute cette merde… Seulement, les cicatrices blanchissent avec le temps, mais elles restent bel et bien présentes.

Bref.

Pourquoi je débriefe toujours sur mes cauchemars ? Ce sont les mêmes, années après années, je devrais être rodé à force.

Le restant de cette nuit-là, je me jure de trouver ce qui terrifie Simon à ce point, mais au fond de moi, j'ai déjà la réponse.

CHAPITRE CINQ

Louise

Plantée devant le miroir sur pied de ma chambre, j'observe ma tenue avec une minutie rare, même pour la *fashionista* que je suis. Mon corps moulé dans une robe blanche, mes cheveux ondulés encadrant mon visage, un maquillage léger, mais frais, je ne suis pas trop mal.

T'es canon, meuf !

Juchée sur des talons aiguilles jaune vif, je m'apprête à quitter la coloc' pour rejoindre le centre de désintoxication où se trouve Adam. Une infirmière m'a enfin appelée pour m'indiquer que le jeune homme pouvait de nouveau recevoir des visiteurs. J'ai cessé de compter les jours qui m'ont séparée de lui tant ils m'ont paru longs. Trois, peut-être quatre. Je comprends bien que les visites sont réglementées pour permettre aux résidents de poursuivre un programme de reconstruction, mais s'il s'avère que c'est compliqué pour eux, il en est de même pour leurs proches.

Une fois dans le métro, je consulte l'heure sur mon portable : 17h45. Je devrais être tout pile à l'heure. J'appréhende quelque peu notre entrevue. Comment va-t-il être ? L'homme des bons jours, ou celui que je n'aime pas voir ? Il risque d'être irrité par les conditions imposées par la structure. Aujourd'hui, ils organisent des visites de 18 à 21h, une sorte de petit cadeau qui ne va sans doute pas plaire au British qui aurait préféré m'avoir pour lui tout un après-midi.

Les marches qui me séparent de l'entrée du centre me paraissent infranchissables. Le cœur au bord des lèvres, les jambes en coton, je tente de les gravir sans vaciller. Ce n'est pourtant pas la première fois que viens ici, mais j'ai peur de ne pas le reconnaître. C'est vrai que j'aimerais qu'il change, pour être plus heureux, mais sera-t-il le même Adam qui m'a fait craquer, malgré tous les aspects sombres de sa personnalité ?

À ma grande surprise, l'hôtesse d'accueil m'indique que l'homme que je recherche devrait se trouver dans la salle commune, pour un atelier. Je ne l'imagine pas du tout se mélanger aux autres pour une quelconque activité.

Voilà, il a déjà changé !

Mon angoisse s'intensifie à mesure que je déambule à travers le couloir principal pour rejoindre ladite salle. Lorsque je me poste dans l'encadrement de la double porte, je balaie la pièce des yeux, m'attarde sur les différentes tables où des tas de personnes sont attroupées. Pour être honnête, je serais bien incapable d'affirmer qu'ils ont des têtes de drogués… Mon attention se fixe finalement sur un coin reculé, où trois personnes sont assises.

Il est là.

En pleine discussion avec un petit brun aux cheveux bouclés et une jeune femme blonde, les lèvres de *mon* Britannique découvrent ses dents. Il plaisante avec eux. Je suis prête à me pincer la joue pour m'assurer que je ne rêve pas. Jameson rit avec des êtres humains. Si j'avais dû parier sur un fait, jamais ça n'aurait été sur celui-là. Je ne peux empêcher une pointe de jalousie de poindre face à cette scène pour le moins surréaliste. Le voir passer un bon moment sans moi me serre l'estomac, me coupe le souffle et me donne la nausée. C'est ridicule et surtout, honteux de ma part.

Il a bel et bien changé.

Je me giflerais de ressentir une telle chose si toutes ces paires d'yeux n'avaient pas fini par se braquer sur moi. C'est vrai que j'attire l'attention, campée sur des talons vertigineux et flashy à l'entrée de la salle. Le rouge me monte aussitôt aux joues, j'aurais dû venir un autre jour. Enfin, je croise le visage de l'homme à qui je suis venu rendre visite. Aussitôt, les dizaines de malades disparaissent, ne laissant place qu'à un flou artistique dont la seule netteté se trouve être celle du visage pâle, mais absolument splendide, de mon Londonien préféré. La couleur qu'arbore désormais mon teint prend une tout autre origine. La manière dont son regard s'agrippe au mien, comme s'il s'attachait aux dernières branches d'un arbre, avant de s'écraser au sol, me coupe une nouvelle fois la respiration.

Défibrillateur, d'urgence !

Dans un bâtiment comme celui-ci, ça doit se trouver ? Mon cœur s'est mis à tambouriner dans ma poitrine à tel point que je vérifie d'un coup d'œil rapide si ça ne se perçoit pas à travers ma robe. Le souffle court, je l'observe esquisser un rictus si discret que je dois être la seule à le remarquer. Il se lève alors, traverse la salle d'une démarche assurée qui me fait chanceler sur mes échasses. Ses longues jambes, accentuant sa taille imposante, n'ont que quelques mètres à parcourir pour se poster face à moi. Pourtant, le temps semble ralentir sa course, comme si Jameson se déplaçait très lentement. Vêtu d'un simple jean clair, d'un t-shirt gris dévoilant ses biceps musclés, il déambule entre les tables sans même se détourner de moi. Il passe une main dans ses cheveux en bataille, pour dégager son front, et m'offre ce sourire resplendissant qui creuse les fossettes sur ses joues.

Oh mon Dieu !

Je fonds.

Littéralement.

Il se plante enfin face à moi, me laissant le loisir de détailler la perfection de ses traits, de ses sourcils marqués, en passant par son nez droit sans défaut, jusqu'à sa bouche pleine dans laquelle j'ai envie de croquer.

— Bonjour, Louise, murmure-t-il si près de moi que je suis capable de humer son odeur.

Mes lèvres s'étirent sans que je ne le décide tandis qu'il écrase les siennes contre ma joue qui s'enflamme à ce contact. Clairement, j'ai eu une idée de génie d'insister sur le blush ou je m'apparenterais davantage à une écrevisse qu'à la jeune femme moderne que je voudrais incarner. J'ignore si je suis gênée qu'il m'embrasse devant tout le monde ou plutôt intimidée par l'aura qu'il dégage et qui m'enveloppe, me happe et me laisse pantelante sous son regard de glace qui me réchauffe.

Ses doigts s'entrelacent aux miens, avant qu'il ne m'attire dans le couloir pour quitter le réfectoire. Je soupire finalement de soulagement en abandonnant toute cette attention focalisée sur nous. Sans un mot, il parcourt le chemin jusqu'à sa chambre dans laquelle il m'incite à pénétrer. Son attitude si calme, si posée et décontractée me rappelle qu'il n'est réellement plus le même homme.

Il prend place dans le fauteuil situé dans un coin de la pièce, tandis que je m'assieds sur son lit, mes doigts jouant nerveusement avec ma bague que je ne quitte pas des yeux.

— Tu en as mis du temps pour venir, se décide-t-il à rompre le silence.

— Je n'ai pas pu avant. Ce n'est pas moi qui décide, Adam.

Il se lève, s'approche de moi sans que je ne redresse pour autant le visage. C'est fou ce qu'il en impose, je ne me suis jamais sentie aussi petite face à lui, comme si je m'enfonçais dans son matelas à mesure que sa carrure m'engloutit. Sa paume caresse finalement ma joue et m'oblige à rencontrer les glaçons qui ornent son visage. Mon cœur rate évidemment un battement, je ne peux pas compter sur ce traître pour m'aider à l'affronter.

— Je sais, consent-il. Alors, que penses-tu du nouvel Adam ?

Je détaille la mine qu'il affiche à la recherche d'une réponse adéquate à lui fournir. S'il a changé à l'intérieur, je ne tarderai pas à le découvrir, mais physiquement, je perçois de petites nouveautés. Ses joues sont moins creusées, son teint plus lumineux et la barbe un peu plus fournie qui encadre ses maxillaires lui confère un côté mauvais garçon qui lui sied à merveille. En d'autres termes, s'il était beau auparavant, il est splendide désormais.

Et méga sex…

Je ne peux m'empêcher de dévorer ses lèvres, diaboliquement gourmandes, du regard. Son tic nerveux qui consiste à passer la pointe de sa langue sur sa chair me rend folle, mes cuisses se serrent l'une contre l'autre tandis qu'une douleur martèle mon bas-ventre comme un coup de pic à glace.

Glace…

Mon Dieu, ses billes plus claires que de l'eau de montagne et de la couleur d'un ciel nuageux me fixent, m'étudient avec minutie à la recherche d'une réponse.

Parler, Louise. Tu sais le faire en temps normal ?

— Euh… tu es nouveau, alors ? bafouillé-je.

Lamentable.

— Oui, enfin je crois. Ça ne te plaît pas ?

Je ferme les yeux quelques secondes, le temps de reprendre une certaine contenance pour éviter de me liquéfier à ses pieds.

— Je te dirai ça dans quelques heures, certifié-je en rencontrant de nouveau son regard inquisiteur.

— Je pensais que ça se voyait sur ma tête, se marre-t-il.

Dois-je lui dire que ça se voit particulièrement sur son visage ? Que j'ai failli faire un AVC tant il m'émoustille…

Mauvaise idée.

— Quel est ton secret ? poursuis-je.

— C'est un secret, justement.

— Vraiment ? Tu ne vas pas m'en parler ?

— Peut-être. Peut-être pas, me titille-t-il.

Je pince les lèvres, faussement vexée qu'il ne me partage pas ses pensées. Je détourne alors mon attention, inspecte la pièce que je connais pourtant. Il ne s'écoule pas dix secondes avant qu'il place une mèche derrière mon oreille pour me ramener à lui. Évidemment, le contact de sa peau déclenche un frisson qui me parcourt l'échine et termine sa course dans ma nuque. Je bats des cils comme une biche égarée qui serait éblouie par des phares. Mon regard rencontre de nouveau le sien qui reste impénétrable. Ça, c'est identique.

Un léger sourire se dessine enfin sur son visage tandis qu'il s'assied à mes côtés. Il se rapproche, encore, dangereusement. Son souffle qui chatouille ma mâchoire, son odeur enivrante qui perturbe mon odorat, le contact de ses doigts qu'il pose sur les miens, je suis prête à exploser à l'instar d'une cocotte-minute sous pression. Afin de contenir ce qui menace de jaillir de mes entrailles, je romps le contact visuel avec ce suppôt de Satan qui ne cesse de me tenter. Les paupières fermement closes, j'inspire par à-coups tandis que ses lèvres sont si proches des miennes que je pourrais presque déjà les goûter…

— Adam, c'est l'heur… Oh ! Désolée ! se confond en excuses l'infirmière qui vient d'entrer.

D'un même mouvement, nous sursautons, avant que je ne replace machinalement mes cheveux autour de mon visage pour me dissimuler.

— Ce n'est pas grave, la rassure-t-il, vous pouvez entrer, Marie-Rose.

Qui êtes-vous et qu'avez-vous fait de mon British ?

Sa réaction est à mille lieues de celle que j'aurais imaginée en temps normal. Il y a encore quelques jours, il aurait craché une remarque acerbe à cette infirmière aux cheveux écarlate avec qui il semble partager un lien particulier.

— Je vous apporte vos cachets, explique-t-elle en couvrant ses yeux de sa paume. Je les pose sur la table.

Jameson ricane, avant de secouer la tête tant la scène lui semble surjouée, j'imagine.

— Merci, mais vous pouvez enlever votre main.

La femme d'une quarantaine d'années s'exécute. Derrière ses lunettes rondes, plus voyantes encore que sa chevelure, elle alterne entre nos visages, semble se poser tout un tas de questions.

— Mais, dites-moi, mon petit, vous ne m'aviez pas confié que vous aviez une petite-copine ?

— Oh, nous ne sommes pas ensemble, lui assuré-je du tac au tac.

— Bien sûr, ironise-t-elle en sortant.

Adam fronce les sourcils. Il se lève, s'appuie sur la table face à moi et me fixe. Son regard s'est assombri, d'un amas de cumulus il a viré à l'orage menaçant.

— Qu'est-ce que tu as ? risqué-je.

— Pourquoi tu as dit ça ?

Je sais très bien de quoi il parle. J'ignore pourquoi c'est sorti aussi spontanément de ma bouche. Je n'ai pour unique réponse qu'un haussement d'épaules qui astreint sa mâchoire à se serrer davantage.

— Visiblement, tu ne t'imagines pas avec moi ! s'insurge-t-il.

Je me disais bien que le bon vieil Adam n'avait pas pu totalement disparaître. Je vais paraître complètement folle, mais au fond de moi, je sautille.

Ça, c'est mon British !

— C'est la vérité, hasardé-je, je ne suis pas ta petite-amie…

Un instant, il clôt les paupières, visiblement très agacé par ma personne, puisqu'il soupire. Ses lèvres qui m'attirent depuis de longues minutes, et dont j'ai imaginé secrètement le goût, s'étrécissent pour ne laisser place qu'à une mince ligne de chair. Si je ne le connaissais pas, je pourrais croire qu'il tente de se contrôler pour ne pas m'égorger vive, mais en réalité, il réprime sans aucun doute son envie de me sauter dessus et arracher ma robe.

À 200 balles, même pas en rêve !

— Certes, mais on aurait dit que ça te dégoûtait, articule-t-il brusquement, si bien que je retiens un sursaut. Si c'est le cas, tu peux très bien…

— Adam, arrête ! le coupé-je.

— Alors quoi ?

— J'ai juste été surprise, j'ai parlé sans réfléchir.

— Réfléchis, la prochaine fois, cingle-t-il. Car tu pourrais très bien être ma petite-amie.

Ça va pas de me dire des trucs pareils ?

Ces mots, murmurés avec son superbe petit accent britannique, agissent sur moi comme une formule envoûtante. Hypnotisée, je l'observe marmonner entre ses dents, sans pour autant comprendre un traître mot de ce qu'il baragouine.

— Tu me présenteras à tes amis ? demandé-je subitement.

Il interrompt son flot de paroles, avant de se radoucir et s'asseoir de nouveau sur le lit.

— Ce ne sont pas mes amis.

— Je t'ai vu parler avec eux tout à l'heure.

— Et alors, ce ne sont pas mes amis pour autant.

— D'accord, soufflé-je, légèrement exaspérée. C'est quand même bien que tu ne restes pas seul.

Il élude ma remarque en se redressant aussi vite qu'il s'est assis. J'imagine qu'il tente *encore* de détourner la conversation. À ce train-là, je n'apprendrai jamais rien sur lui. Derechef, sa main m'entraîne à travers les longs corridors qui mènent à l'extérieur.

Le soleil est au rendez-vous lorsque nous rejoignons le parc. Nous allons assurément assister à un magnifique coucher de soleil. C'est très agréable de marcher le long des chemins bordés de fleurs, on ne se croirait clairement pas à Paris. Il passe son bras autour de mes épaules et laisse tomber sa paume, nonchalamment, juste au-dessus de ma poitrine.

— Donne-moi ta main, me chuchote-t-il dans l'oreille.

Je m'exécute si rapidement que je me demande si je suis encore apte à diriger mon corps par ma propre volonté. Nos doigts s'entrelacent avec un naturel qui me déconcerte, comme si nous avions toujours procédé ainsi.

— Tu vois que tu pourrais être ma petite-amie, ajoute-t-il dans un sourire facétieux.

— Être en couple ne se résume pas à se donner la main.

D'ailleurs ce n'est pas la première fois que ça se produit, mais celle-ci est différente, je ne saurais l'expliquer.

— Tu aimes ça ?

Je ne peux pas lui mentir, mon cœur exploserait sous la pression si c'était le cas.

— Un peu, soufflé-je.

— Un peu ? répète-t-il.

— D'accord, beaucoup.

Les commissures de ses lèvres se retroussent très subtilement, il sourit davantage pour lui-même que pour moi. Nous nous asseyons finalement sur le même banc qu'il y a quelques jours. Le soleil rayonne sur ma peau, m'aide à me détendre en la présence d'Adam qui m'électrise de plus en plus. Ce changement soudain dans notre relation me perturbe : lui, bien plus apaisé, moi, les hormones en folie. Tout semble plus simple de son côté, il a l'air vraiment heureux.

— Tu vas me dire à quoi tu occupes ton temps, ici ? hasardé-je.

— J'apprends à ne plus me droguer.

— C'est un peu le principe d'une cure, oui. Pourquoi tu ne veux pas me raconter ?

Il détourne le visage, porte son attention sur le bâtiment qui nous fait face et semble l'étudier avec soin. C'est vrai que c'est un bel édifice, mais on s'en moque. Lorsque mes ongles courent sur le dos de sa main, il ajoute sur un ton détaché :

— Je n'ai pas envie que tu me voies comme un camé, Louise.

— Si je t'ai amené ici, c'était pour t'aider, pas pour te juger.

— Je ne veux pas que tu saches tout de moi.

— Je te demande simplement comment tu occupes ton temps.

Ses narines vibrent lorsqu'il expulse bruyamment l'air comprimé dans ses poumons.

— Médocs, bouffe, psy, réunions de groupe.

— Tu vas voir le psy, alors ?

— Oui.

— Et tu parviens à te contrôler ?

— Oui, *Louise.*

— Je t'embête ? surenchéris-je.

Il déporte finalement son regard sur moi, m'offre un sourire si franc que je me demande si cet homme est humain tant il est beau.

— Un peu, répond-il en me fixant avec une insistance si percutante qu'elle pourrait être inconvenante.

— Bon, j'arrête.

Soudain, une alarme retentit, m'arrache à nouveau un sursaut.

— *Shit*… c'est l'heure du dîner, annonce-t-il.

— C'est très militaire, dis donc.

— Je crois que c'est leur intention, nous redonner un cadre de vie.

— Je me suis inscrite pour manger ici, le renseigné-je.

Son sourire reprend place sur ses lèvres tandis qu'il m'entraîne à l'intérieur de l'édifice.

***

Alors que nous entamons notre repas sur une table à l'écart des autres, j'aperçois le garçon et la fille, avec qui Adam riait un peu plus tôt, s'approcher de nous. Le petit brun m'adresse un sourire, avant de demander au British :

— On peut manger avec vous ?

Aussitôt, Jameson se crispe, soupire de façon peu discrète. Sous la table, je coule mes doigts sur les siens et les presse pour lui intimer de se détendre. Il me jette un coup d'œil, obtempère en leur assénant un signe de tête pour leur indiquer de s'asseoir.

— Alors, tu ne nous présentes pas ton amie ? intervient la jeune femme.

Je la détaille rapidement. C'est peut-être parce que nous avons des similitudes physiques, mais je ne l'aime pas. Blonde, prunelles azur, une bouche en cœur à faire pâlir un homo… Nan, elle est beaucoup trop jolie pour passer du temps avec l'homme dont je broie désormais les phalanges sous le coup de ma soudaine montée de pression. Puisqu'il ne se décide pas à lui répondre dans la seconde, j'ajoute sans attendre :

— Je suis Louise, sa *petite*-amie.

À l'instant où ces mots franchissent la barrière de mes dents, je me demande si j'ai correctement entendu. Pourquoi ai-je dit ça ?

Bordel, c'est sa faute aussi, il n'avait qu'à me présenter !

Je tente de ne pas écarquiller les yeux sous l'effet de la surprise, de rester aussi impassible que possible en affichant un sourire assuré et radieux. De son côté, je sens Adam s'agiter, il roulerait presque des mécaniques en s'accoudant de manière très séductrice sur la table.

— Oui, voilà Louise, ma *petite*-amie, répète-t-il.

Si nous n'étions pas en présence de ces deux compagnons de cure, je le rabrouerais d'une tape derrière la tête pour punir la façon dont il ourle les lèvres en se moquant ouvertement de moi. Une chose est sûre, mon petit dérapage n'est pas tombé dans l'oreille d'un sourd.

— Je m'appelle Mia, se présente la blonde, et lui, c'est Hugo. Tu n'es pas du centre, toi ?

— Non, je suis venue rendre visite à Adam.

— T'as de la chance, mec ! ajoute le prénommé Hugo.

— Ouais, sûrement, répond le principal concerné.

J'arque un sourcil, avant de tourner le visage vers lui. Son petit sourire s'accentue devant la mine agacée que j'affiche.

— Sûrement ? relevé-je.

— Oui, j'ai *beaucoup* de chance, se reprend-il en levant les yeux au ciel.

— Elle a du caractère en plus, c'est génial, s'esclaffe Mia.

Bon, j'ai peut-être bitché un peu trop rapidement…

— Vous êtes là depuis combien de temps ? m'enquiers-je.

— Moi, ça fait deux mois, me renseigne Mia.

— Et moi, trois, ajoute le garçon.

— Ce n'est pas trop long ?

— On n'a pas de famille, ni l'un ni l'autre. Alors au moins, ici, on se sent soutenus.

— Ça a l'air d'être bien encadré.

— Oui, c'est top.

Enfin des gens qui acceptent de communiquer sur ce centre !

— Vous participez beaucoup aux activités ?

— Ils en prévoient tous les jours. On peut même aider à la préparation des repas. Je pense que c'est moi qui ai coupé tes carottes, me fait-elle remarquer en riant.

— Et Adam, qu'est-ce qu'il fabrique ici ? me renseigné-je, trop envieuse d'en apprendre davantage. Il ne veut rien me raconter !

— Bon, ça suffit maintenant ?! s'exclame-t-il en claquant sa fourchette sur la table.

Il se lève d'un bond, quitte la grande salle en foulant le sol de ses grandes enjambées. Je mets quelques instants à comprendre ce qui vient de se passer, toujours rivée vers la sortie où Adam vient de disparaître.

Je prends seulement conscience que j'ai retenu ma respiration pendant tout ce laps de temps, inspire une bouffée d'air pour ne pas chanceler. Mes tempes battent violemment contre mon crâne tandis que je tente de me calmer face à la situation qui s'est déroulée sous mes yeux. Je savais bien qu'un accès de rage pointerait le bout de son nez à un moment ou à un autre. C'était bien trop beau… Et moi qui me réjouissais un peu plus tôt que le Jameson que j'ai connu n'avait pas disparu…

— Faut pas lui en vouloir, finit par dire Mia.

Je reporte mon attention sur les deux visages qui me scrutent en ne sachant pas réellement comment réagir. Je les avais presque occultés à vrai dire, bien trop perturbée par la réaction de mon fou à lier.

— Je ne lui en veux pas, garantis-je. Je suis juste… surprise.

— Il ne changera pas du jour au lendemain, ajoute Hugo.

Je leur adresse un sourire poli, avant de repousser mon assiette sur le côté. J'ai l'appétit coupé, Adam a jeté un froid glacial comme il le maîtrise à la perfection. Je les prie de m'excuser, rassemble ma veste, mon sac à main, et quitte leur compagnie pour traverser le réfectoire où tous les regards se braquent de nouveau sur moi.

C'est parce que je suis bonne, c'est tout.

En arrivant dans la chambre du Britannique, je constate amèrement qu'il ne s'y trouve pas.

Parfait, je rêvais justement d'une partie de cache-cache !

Honnêtement, je peine à contenir l'agacement qui tente de m'ensevelir sous des tonnes de ressentiments à son égard. Ses réactions disproportionnées ne m'avaient pas manqué, finalement. Me laisser en plan, à une table d'inconnus, dans la cafétéria d'un centre de désintox', ça commence à peser dans la balance. Cerise sur le gâteau : il disparaît de sa chambre. Et la vérité, c'est que je m'agace encore plus. Qu'est-ce que je croyais ? Qu'il serait parfait, complètement changé ? Au juste, en ai-je envie ? Ne suis-je pas tombée sous le charme de cet homme, que j'ai rencontré il y a quelques semaines, étrange, arrogant, sans limites ?

J'exige des choses de lui alors que moi-même, je suis inconstante depuis qu'il est entré dans ce centre. Je ne parviens pas à trouver ma place à ses côtés. Il est en pleine reconstruction, tente de combattre ses démons, et je me montre comme la parfaite idiote que je déteste. Qu'est-ce qui m'a pris de questionner ses compagnons de galère, alors qu'il était là, juste à côté, et qu'il ne souhaitait clairement pas m'en dire davantage ? Je dois bien reconnaître que *j'ai* merdé, et qu'il avait tous les droits de péter un câble.

Assise dans le fauteuil situé dans un coin de sa chambre, je patiente, aussi calmement que possible. Je n'en reste pas moins agacée qu'il disparaisse de cette manière, me laissant en plan dans cet endroit qui m'est inconnu. J'ai beau naviguer sur mon portable pour m'empêcher d'écouter cette voix qui me somme de me casser, rien ne fonctionne. Alors, lorsque l'exaspération grandit en moi, devient trop puissante, je me lève comme une furie, traverse la pièce, à l'instant où la porte s'ouvre et laisse pénétrer le British.

Comme par hasard.

Je stoppe mon élan, épingle d'un regard sombre l'homme face à moi et qui m'observe avec une attention particulière. Si seulement j'étais capable de comprendre l'étendue polaire que je perçois, mais je ne suis pas pourvue de cette faculté. Les yeux d'Adam Jameson restent pour moi une énigme indéchiffrable.

— Tu partais ? m'interroge-t-il sur un ton qui reflète la froideur de ses billes grises.

— Oui. Tu ne revenais pas, réponds-je de la même manière.

Un instant, il pince les lèvres, comme pour contenir les démons qui tentent de refaire surface. Un moment qui dure peut-être un peu trop longtemps…

Ils m'entraînent… au bout de la nuit… les… démons de minuit…[32]

Ouais, je deviens complètement dingue en sa présence. Mais vraiment, je me demande s'il est toujours connecté à la réalité, là. Lorsqu'il daigne enfin m'adresser la parole, je manque de sursauter.

— Je suis là, maintenant, *honey*, souffle-t-il beaucoup plus calmement.

Il faut croire que le *self-control* est plus aisé pour lui désormais. Je n'apprécie pas le petit nom qu'il m'adresse et qui, à force de persévérance, a fini par me conquérir.

— Où étais-tu ?

— J'étais parti voir le psy.

Je ne peux m'empêcher d'arquer un sourcil devant cette révélation pour le moins frappante. Bon, est-ce toujours le Adam que j'ai connu ou a-t-il vraiment changé à la fin ?

— Nous parlions de toi et ta fâcheuse tendance à fliquer les autres.

---

[32] Paroles des Démons de minuit, chanson du groupe Émile et Images

J'ignore si je devrais laisser libre cours au rire qui tente d'assiéger ma gorge ou à la rage qui grouille au fin fond de mes entrailles.

— *Moi*, je flique les autres ?

— Oui, *toi* !

Ce mec est un ovni, mais je n'ai pourtant jamais été attirée par les extra-terrestres. En réalité, ils me font même peur, alors je ferais mieux de le laisser dans son délire de persécution, avant de dire quelque chose que je ne pense pas.

Mes idées d'excuses ? Envolées.

Désireuse de quitter cet endroit, je fonce sur lui pour rejoindre la porte. Il m'intercepte, bloque mon passage et me placarde contre le mur. La douleur qui frappe mes omoplates n'est rien en comparaison de la frénésie qui déferle dans mes veines jusqu'à tremper mon dos, comme si j'étais prise d'une fièvre aiguë. Mes poignets prisonniers de ses doigts, qu'il contracte comme les serres d'un rapace, il contraint mon regard à se fixer au sien. Son visage est si proche du mien que je n'ai pas d'autre choix, mis à part baisser les yeux. Clairement, il en est hors de question. Cette situation me rappelle l'époque où je lui donnais des coups de genou dans ses attributs, peut-être que ça lui remettrait les idées en place…

Le hic : je ne souhaite pas abîmer son patrimoine génétique.

Allez savoir pourquoi…

L'assurance qu'il m'impose morcelle petit à petit tout l'aplomb que je peux afficher. Les bras relevés au-dessus de la tête, je suis vulnérable à l'image d'une souris prise au piège entre les griffes d'un chat. Son souffle caresse ma peau qui rosit tant je suis excitée. Je donnerais cher pour ne pas être si faible, mais je ne peux ignorer le désir qui gronde au plus profond de mon être, cet appétit insatiable qui se réjouit d'être prisonnier d'un homme tel qu'Adam Jameson.

Sans en donner l'ordre à mes incisives, elles se plantent très subtilement dans la chair de ma lèvre que je malmène désormais à l'en faire quasiment saigner.

— *Don't bite your lip like that, baby*[33].

Non, non et non !

C'est de l'antijeu, je suis prête à crier au scandale tant je me sens injustement démunie face à lui. Quelles défenses puis-je lui opposer pour résister à cette langue qui me fait chavirer ?

Aucune, nada, walou.

Dangereusement, les quelques millimètres qui séparent nos visages s'amenuisent, obligent mes poumons à prendre des inspirations plus rapprochées pour tenter de survivre. Instinctivement, mes cuisses se resserrent lorsqu'il lâche une de mes mains pour venir caresser ma hanche.

À l'instant où ses dents remplacent les miennes sur ma lèvre qu'il mordille, aspire à m'en rendre folle, je lâche les armes, dont j'étais d'ailleurs déjà dépossédée, pour m'abandonner à la concupiscence que m'inspire cet Apollon. Mes doigts désormais libres de tout mouvement se faufilent sous le t-shirt qu'il porte, envahissent ses abdominaux fins, mais dessinés, tandis que la pointe de sa langue lèche désormais la mienne.

Horrifiée de me rendre compte qu'à ce moment très précis je serais capable de me donner entièrement à cet homme, dans la chambre qu'il occupe au sein d'un centre de désintoxication, alors qu'il est addict à la cocaïne, je suis soulagée d'entendre une deuxième sonnerie retentir dans les couloirs pour indiquer que les visites prennent fin.

---

33 Ne mords pas ta lèvre comme ça, bébé

— Je ne veux pas que tu partes tout de suite, murmure-t-il contre ma bouche.

Ma seule réponse est un gémissement qui s'échappe, alors que je l'avais contenu tout ce temps.

— Reste là, *sweety*, ajoute-t-il en encadrant mes joues de ses mains.

Sa respiration haletante contre mes lèvres, il m'est difficile de réfléchir avec raison.

— Ils vont finir par nous découvrir. Si ce n'est pas ce soir, ce sera demain.

Je ne vois même pas pourquoi je parlemente avec lui, je *dois* partir.

— Tu t'enfuiras dans la nuit.

Je ne peux m'empêcher de sourire en constatant que nous nous comportons comme deux adolescents dans l'incapacité d'être séparés.

— Il doit y avoir des caméras de surveillance.

— J'ai déjà bien inspecté les lieux. Je sais comment échapper à leurs yeux, me glisse-t-il dans un rictus démoniaque.

— J'aurais dû me douter que tu prévoyais un plan d'évasion, badiné-je.

— L'infirmière va bientôt passer, tu vas te cacher dans la salle de bains.

Il ne plaisante pas, lui. Très sérieux, il m'entraîne vers la porte qui mène à ses toilettes et sa douche. Je me laisse guider à la manière d'un pantin dont le marionnettiste tirerait les ficelles. Avant de me laisser seule dans cet endroit exigu, il pose son index sur ses lèvres pour me signifier de rester aussi silencieuse que possible.

C'est lorsque je me retrouve dans le noir, assise sur les W.C., que je me rends compte à quel point je suis inconsciente. Qu'est-ce qui me prend d'enfreindre les règles de cet établissement, risquant de m'attirer des problèmes et surtout, de mettre à mal la guérison de mon Britannique ? C'est de la folie, je ne peux pas rester, je ferais mieux de prendre mes jambes à mon cou et de déguerpir aussi vite que possible…

Les poils blonds sur mes bras ne cessent de se hérisser chaque fois que je perçois des pas dans le couloir. Je suis paralysée, ma volonté m'a lâchement laissée en plan, livrée à moi-même. Le cœur battant à risquer une pathologie cardio-vasculaire, je tente de prendre de longues inspirations pour discipliner mes membres qui tremblent. Il ne servirait à rien que je me lève, mes jambes ne sont sans doute plus en mesure de me tenir en position verticale.

Mon sang se glace brusquement dans mes veines lorsque la porte de la chambre grince, indiquant que quelqu'un y a pénétré. Je retiens mon souffle pour me faire aussi discrète que la situation le permet. Sincèrement, je suis plus morte que vive, capable de me fondre dans le décor afin que personne ne me découvre.

Putain, je hais les films d'horreur !

Le battant de la salle d'eau s'ouvre avec une lenteur extrême et laisse pénétrer de la lueur dans la pièce. Je soupire de soulagement en découvrant une silhouette avoisinant le mètre quatre-vingt-dix devant moi. Je redresse le visage, plante mon regard dans celui d'Adam dont le sourire atteint ses yeux. Je dois être ridicule, recroquevillée sur les chiottes, paralysée par la peur et le teint plus pâle que celui d'un fantôme.

— *Don't stress, honey, it's just me*[34], ricane Adam en m'observant.

---

[34] Pas de panique, chérie, ce n'est que moi

— Idiot ! le rabroué-je en chuchotant. J'ai frôlé l'arrêt cardiaque.

— Ton cœur est entre mes mains, folâtre-t-il en esquissant un rictus plus-charmeur-tu-meurs. Ne t'inquiète pas. Et elles n'y ont vu que du feu, je suis allé les prévenir que tu étais repartie.

Dubitative, je le dévisage pour me donner le temps de prendre ma décision. Maintenant qu'il leur a affirmé mon départ, je me sens quelque peu piégée ici Clairement, je tente simplement de me donner bonne conscience, mais au fond, je jubile de rester à ses côtés dans l'interdit.

— Elles ne rentrent jamais la nuit ? m'assuré-je.

— Non. Jamais.

— Tu es sûr ? insisté-je dans un excès de zèle.

— Certain. Il n'y a que toi… et moi, m'assure-t-il dans un sourire lubrique.

Je malmène de nouveau ma lèvre inférieure, alors qu'il tend sa main devant lui, patientant que je quitte mon lieu de repli. Après une légère inspiration, je me lève, rejette mes cheveux en arrière de manière théâtrale et glisse mes doigts dans sa paume.

La reine quitte son trône.

Je préfère rire de la situation plutôt qu'affronter l'angoisse qui tente toujours de m'asservir par tous les moyens. Seulement, Adam a des arguments de choc pour la reléguer au second plan. Il m'attire contre son buste, encercle ma taille d'un bras tandis que ses doigts fouillent ma chevelure et enserrent mon crâne. Ma joue blottie contre un de ses pectoraux, je cale ma respiration sur la sienne. Son rythme cardiaque, qui m'a obligée à vivre toutes les émotions par le passé, est particulièrement calme, comme si notre étreinte lui offrait la sérénité dont il a besoin.

Regagnant sa chambre, il s'allonge sur le lit, m'adresse un signe de tête discret pour m'inviter à le rejoindre. J'obtempère, désireuse de retrouver son corps musclé qui me manque déjà viscéralement, si fort que mon ventre se tord en deux, affolant ma conscience qui s'était tue depuis quelque temps.

Une fois positionnée, mon dos lové contre son torse, je sens son souffle sur ma nuque dont il a dégagé ma chevelure. Lent, posé, chaud, il me transporte dans un monde où tous les soucis que nous rencontrons ont disparu, là où seuls ses bras qui m'écrouent comme une tenaille existent. Sa main se fraie un chemin sur mon ventre, à travers le tissu moulant de ma robe. Je clos les paupières à cet instant et me laisse complètement aller…

***

— Louise ?

Extirpée du sommeil dans lequel j'ai plongé, je marmonne dans mes dents en m'étirant comme un chat qui sort de sa sieste.

— Tu dormais ? me demande-t-il.

— Je ne me suis pas sentie partir, articulé-je d'une voix enrouée.

— Tu es belle dans ton sommeil.

Je pouffe discrètement, pivote tant bien que mal pour affronter ses iris qui me fascinent, m'ensorcellent et m'empêchent de détourner le regard.

— Comment tu peux le savoir ? Je te tournais le dos.

— Ça ne peut pas être autrement…

Je lève les yeux au ciel face à tant de guimauve…

— Ne sois pas désabusée, tu adores mon côté fleur-bleue.

— Tu en as un ?

Il affiche une moue dubitative – craquante. J'imagine bien qu'il l'ignore tout autant que moi. La nuit est tombée, je saisis mon portable pour consulter l'heure : 23h34. Je ferais mieux d'y aller, avant que les infirmières ne fassent un roulement. Je m'assieds donc sur le lit, réajuste mes cheveux de chaque côté de ma poitrine. Adam s'agite derrière moi, je lui jette un œil par-dessus mon épaule. Il s'est positionné en tailleur, m'offre un regard de *Chat potté*[35]. Je secoue la tête et ajoute :

— Il est temps que je parte…

— Je sais, ronchonne-t-il. Attends encore un peu, s'il te plaît.

Il passe une main sur ma taille, la pose sur mon ventre et m'attire contre lui en plongeant son nez dans ma chevelure. L'inspiration profonde qu'il prend me donne l'impression qu'il stocke mon odeur dans sa mémoire… pour se la remémorer quand il sera seul. Je ne peux ignorer le pincement au cœur qui me ramène à la réalité : d'ici quelques minutes, nous serons séparés, peut-être pendant des jours. Je tourne le visage vers lui, l'observe, morose, alors que les coins de ses lèvres s'étirent discrètement.

— Je vais survivre, souffle-t-il.

Je suis surprise qu'il parvienne à deviner ce qui se trame dans ma tête. Il est visiblement beaucoup plus doué que moi pour décrypter les émotions qui traversent mes yeux. Avec un naturel des plus surprenants, il appuie sa bouche contre la mienne, sans que je ne trouve cela étrange. J'ignore ce que nous représentons pour l'autre à cet instant, mais je me

[35] Personnage de *Shrek* aux grands yeux suppliants

sens à ma place, dans ses bras, l'humidité de sa chair sur la mienne.

***

Le couloir que nous traversons est plongé dans le noir, seuls les halos des sorties de secours l'éclairent faiblement de nuances verdâtres. La gorge serrée de devoir l'abandonner ici, je tente de ne pas me laisser submerger par la tristesse qui serpente en moi. Je broierai du noir plus tard. Ces sentiments négatifs qui me poursuivent laissent finalement place à la nervosité et l'inquiétude qu'on nous découvre à une heure pareille, arpentant le centre. Tendue à l'extrême, j'imite les pas de loup d'Adam, mes doigts fermement agrippés aux siens. Mon cœur bat si fort que je crains qu'on puisse l'entendre à l'autre bout du bâtiment. Le souffle court, je rassemble mon courage pour maîtriser mes membres qui tremblotent, ma peau qui frissonne de terreur. J'aimerais être plus petite qu'une souris. Quelle idée d'être restée ici.

Note à moi-même : ne plus croiser le regard de Jameson lorsqu'il souhaite me convaincre.

Soudain, mon sang ne fait qu'un tour lorsque je perçois des pas à quelques mètres de nous. Seul l'angle du couloir nous sépare de la supposée infirmière qui déambule pour vérifier que tout est en ordre. Heureusement qu'aucun son n'est capable de sortir de ma bouche car à l'intérieur, je hurle. Si Adam n'était pas aussi réactif, je resterais clouée sur place, attendant qu'on nous prenne la main dans le sac.

Il rebrousse chemin en pressant la cadence, je le suis sans protestation. Il s'arrête devant un boîtier en métal dont il compose le code. La seconde suivante, la porte se déverrouille. Tout se passe très vite. Je tourne la tête, observe l'infirmière pianotant sur son portable. L'instant d'après, elle redresse son visage alors que je suis happée vers l'arrière. Jameson referme le battant avec douceur tandis que je peine à respirer, les jambes en coton et l'ensemble de mon système pileux hérissé sur mon épiderme. La main du Britannique se plaque sur ma bouche pour contenir ma respiration haletante. Je me concentre pour ma part sur son regard rassurant qui est le reflet complet de la pleine lune dont la lueur inonde la pièce.

— Où sommes-nous ? chuchoté-je après m'être calmée.

— Dans le bureau de mon psychiatre, répond-il sur le même mode.

Je jette un œil nerveux autour de moi, imaginant mille et un scénarios, mais deux mains encerclent mon visage pour m'obliger à rencontrer des yeux gris qui me calmaient il y a encore une minute.

— Elles ne viendront pas ici, me rassure-t-il.

— Comment connais-tu le code ?

— Je suis observateur, glisse-t-il dans un rictus. Pourquoi crois-tu que je vienne aussi souvent ?

— Je pensais que ça te faisait du bien…

— Je plaisante. Je n'avais pas prévu de braquer son bureau en pleine nuit.

Je secoue la tête. Même s'il m'apaise, j'ai besoin de faire le point avec moi-même. Nous voilà dans l'antre d'un psychiatre probablement cinglé, encerclés par des dizaines d'infirmières qui n'attentent qu'une seule chose : nous tomber dessus.

Et voilà que je me crois dans un film d'horreur ! Le psy n'a rien de fou, il a même était très sympa quand je l'ai rencontré, lorsque je manigançais l'internement de Jameson.

Nous sommes vulnérables, sans défense et comble de la situation, je suis perchée sur des talons de 10 cm ! C'est simple, nous sommes morts.

Moi, drama queen ? Un poil.

— On ne peut pas rester ici, gémis-je. Si on nous surprend, c'est très grave, Adam !

— Ne t'en fais pas, nous pourrons tenter de ressortir un peu plus tard.

— Oui, mais…

— Tu as confiance en moi ? me coupe-t-il.

Ai-je le choix ? Je suis bloquée avec cet imprudent sans connaître le code à saisir pour partir d'ici. Résignée, j'opine du chef, avant que ses mains qui protègent toujours mes joues se resserrent légèrement pour me presser un peu plus fort.

Ses yeux s'arriment aux miens, me font défaillir si bien que je vacille sur mes talons aiguilles. Une de ses paumes coulisse alors le long de ma colonne vertébrale, m'arrache un frisson au passage et s'immobilise sur la chute de mes reins. D'un mouvement brusque, il avale la distance entre nos corps, précipitant mon bassin contre le sien dont je sens une masse dure qui m'empêche de déglutir correctement.

Nos souffles coordonnés s'effleurent, apprivoisent le *no man's land* entre nos bouches qui se préparent à la bataille. Bataille qui éveille en moi un désir profond de le rencontrer. Le cœur battant à se rompre, le ventre flagellé par des pointes de plaisir, je tente de rassembler les dernières miettes de lucidité que j'ai en ma possession pour contrôler la tigresse qui rugit en moi.

Je dois bien l'admettre, me retrouver dans cet endroit, avec l'homme qui habite tous mes rêves et me rend folle d'envie, me fait tourner la tête. Je ne parviens plus à réfléchir avec clarté, soupesant le pour et le contre.

Maintenant, tout de suite, je le veux.

Tout à coup, Adam prend une brève inspiration, écrase ses lèvres qu'il appuie fermement contre les miennes comme si sa vie en dépendait. Je laisse échapper un gémissement de surprise, mon sac à main tombe et je clos les paupières, bien incapable de faire front à ses magnifiques prunelles qui me dévorent de connivence avec sa bouche. Pas à pas, alors que sa langue caresse la mienne, il m'incite à reculer jusqu'à ce que l'arrière de mes cuisses bute contre un obstacle, me soutirant un nouveau couinement de stupeur.

Lorsque je rencontre de nouveau son regard glacial, ce dernier me couve d'une émotion que je ne lui connais pas. Peut-être de la tendresse. Mon ventre s'incendie de concert avec mon cœur qui brûle pour cet homme.

Les mains de mon British sinuent sur mon corps pour en revendiquer chaque recoin, du creux juste derrière l'oreille, en passant par le repli sous ma poitrine, pour venir mourir sur le galbe de mes fesses qu'il pétrit sans ménagement. À l'instar d'une intelligence artificielle, les mouvements de mon corps m'échappent, mes ongles zigzaguent dans son dos, se plantent fermement dans sa chevelure pour la fourrager.

Lorsqu'il agrippe mes cuisses pour m'aider à grimper sur le bureau, je ne peux contenir le son rauque qui s'échappe de ma gorge. Adam y parsème des baisers humides, fait courir la pointe de sa langue le long de ma jugulaire qui palpite fébrilement.

Mon bassin ondule contre lui comme un serpent qui hypnotiserait sa proie avant de la dévorer. En furie, ma libido prend l'ascendant sur ma conscience, mes jambes se replient autour des hanches d'Adam, les emprisonnent dans une cage dorée dont je voudrais perdre la clef.

Un instant, notre attirance magnétique se suspend, alors que je plonge dans l'océan de ses yeux qui reflètent un ciel orageux. Ils captivent les miens, les envoûtent au point où je serais prête à le suivre dans toutes ses folies, tant l'empreinte dont il me marque est puissante, presque mystique. Mon esprit dissocié de mon corps, j'ai l'impression de vivre une expérience spirituelle hors du commun, connectée à l'homme dont le regard me fait littéralement l'amour.

— Tu es la plus belle fille… femme, se reprend-il sur un ton intimidé, que j'ai pu voir dans ma vie.

Le souffle de sa voix me percute, rebondit sur toutes les parois de mon être qu'il trouve sur son passage. Alors je perds pied, répète ses mots en boucle dans ma tête en souhaitant lui révéler qu'il est plus beau qu'un dieu. Mais ma gorge nouée m'en empêche. J'ignore le son que pourraient produire mes cordes vocales tant je suis sous pression et tendue à l'extrême.

Sans réfléchir une seconde de plus, je fonds sur ses lèvres que je malmène en les mordillant. Les petits grognements de plaisir qui s'évadent de sa bouche me contraignent à renforcer davantage l'emprise de mes dents sur sa chair, m'en délectant comme jamais je n'en ai eu l'occasion. La tension qui nous relie l'un à l'autre est percutante, m'oblige à resserrer l'étreinte de mes jambes autour de son bassin.

De nouveau, sa langue franchit la barrière de ma dentition pour venir s'enrouler à la mienne, lui extirper tout le désir dont elle regorge, à la manière d'un incube. Haletante, les yeux fermement clos pour contenir l'explosion qui menace déjà de tout brûler sur son passage, je glisse mes paumes sous son t-shirt que je relève en ne manquant pas d'aduler chacun de ses abdominaux qui se bandent à mon contact. Je crois n'avoir jamais touché un homme aussi dessiné, ce qui me met une pression énorme quant à ma propre plastique. Lorsque mes mains terminent leur course sur les pectoraux de l'Apollon, je manque de défaillir tant les muscles qu'il arbore tirent une corde sensible au fond de mon être. J'ignorais que le physique d'un homme puisse me troubler à ce point, jusqu'à rencontrer Adam Jameson et que sa beauté foudroyante guide chacun de mes actes.

Le British m'extirpe de mes pensées en passant son vêtement au-dessus de sa tête pour le balancer dans un coin de la pièce. Je m'écarte légèrement de son étreinte pour contempler de tout mon soûl son torse que j'ai très souvent imaginé en songe. Sans hésitation, c'est cent fois mieux que dans mes aventures oniriques. Mes incisives s'acharnent avec délectation sur ma lèvre sur le point de déverser une goutte de sang. La convoitise qui doit se lire aisément sur mon visage ourle les lèvres d'Adam qui détaille chacune de mes réactions. Je le soupçonne même de contracter exagérément ses muscles pour me pousser à dérailler complètement.

Chauffées au fer rouge, mes mains agrippent la ceinture de l'homme, qui m'excite comme une malade, pour l'attirer à moi. Je les loge tout contre sa peau que je parcours de mes ongles. De son côté, Jameson fouille mon dos à la recherche de la fermeture de ma robe qu'il trouve finalement et dézippe avec une lenteur extrême. Le tissu glisse de mes épaules à mesure que la course du cliquetis métallique se poursuit. Les yeux du mannequin s'arrondissent légèrement lorsqu'ils tombent sur ma poitrine, recouverte d'un tissu blanc en dentelle, et la lorgnent avec inconvenance. Mes joues s'empourprent aussitôt, mais je présume qu'il ne s'en rend pas compte en raison du peu de luminosité qu'offre la pièce. La manière dont il me dévore du regard intensifie le brasier qui ravage désormais tout sur son passage au fond de mon ventre. Une pression lancinante logée dans mon intimité me pousse à me débarrasser de ma tenue qui décline le long de mes jambes, alors que je me suis dressée sur mes chaussures.

Exposée comme jamais je ne l'ai été à ses yeux, Adam recule d'un pas, détaille mon corps de la pointe de mes cheveux aux aiguilles de mes talons. Dieu merci, j'ai enfilé un ensemble de lingerie coordonné aujourd'hui. Hasard ou acte manqué ? On ne le saura jamais, mais je soupçonne mon inconscient d'avoir envisagé l'éventualité…

— Tu es divine, *honey*, susurre-t-il si bas, que je ne suis pas certaine d'avoir réellement compris. Je pourrais te dévorer toute crue.

Sa voix sourde contracte davantage mon bas-ventre, si bien que je crains qu'il se déchire en deux. Le souffle court, j'attends qu'il prenne une initiative, bien trop désorientée pour jouer à la femme fatale juchée sur ses escarpins de secrétaire coquine. J'aimerais arborer une confiance à toute épreuve, mais l'attention qu'il pose sur moi est si déstabilisante que je me trouve bloquée dans le corps d'une adolescente qui vivrait sa première fois avec l'homme vedette des posters placardés sur les murs de sa chambre.

D'un même mouvement, nos corps se plaquent l'un contre l'autre, sa bouche asservit la mienne, ma langue flirte avec la sienne, mes doigts fébriles débouclent sa ceinture et déboutonnent son jean dont il se débarrasse en deux temps, trois mouvements. Je peux également percevoir le stress qui l'habite : son souffle saccadé, ses gestes mal assurés, ses déglutitions répétées, marqueurs de son angoisse. Pourtant, s'il savait combien il comble mes espérances jusqu'à présent, il se détendrait aussitôt.

Une fois débarrassé de ses chaussettes, il presse son érection contre mon bassin. Si je m'écoutais, j'arracherais le tissu qui me sépare de son membre pour le presser entre mes mains qui le réclament en s'agitant comme des damnées dans sa nuque. Je cède finalement en plongeant mes doigts dans son boxer, lui soutirant un gémissement qui meurt contre ma bouche. Ses paumes fermement accrochées à mes hanches coulissent sous les ficelles de mon string et s'écartent brutalement pour le disloquer. Je laisse échapper un couinement tandis qu'Adam vire tout ce qui se trouve sur le bureau, faisant tomber au sol quelques crayons. Dans le silence assourdissant qui nous entoure, les objets semblent résonner et réveiller toute la ville.

Nous nous figeons, le regard harponné par celui de l'autre, la respiration coupée et l'oreille tendue pour vérifier que l'incident est passé inaperçu.

RAS.

D'un geste vif, Jameson dégrafe mon soutien-gorge dont je me débarrasse rapidement. Sa large paume encercle mon sein droit, le pétrit jusqu'à me soutirer des glapissements d'impatience tant je me consume dans l'incendie qui ravage mon intimité. Ses longs doigts titillent mon mamelon qui s'étire de désir. Je ne tiens plus, abaisse brusquement son caleçon dont il se débarrasse, laissant son épaisse et longue verge se libérer. Je suis inexorablement attirée par son entrejambe qui me partage entre la faim de le goûter et l'appréhension de le rencontrer.

Monté comme un putain de dieu !

La pression qu'il exerce sur mon buste m'oblige à m'allonger sur le plateau du bureau. Tel un fauve, Adam grimpe au-dessus de moi, appuyé sur ses bras puissants qui se postent de chaque côté de mon visage. Me surplombant, il m'observe avec concupiscence, un léger rictus malsain lui barrant le visage.

— Tu es parfaite, Louise. Absolument parfaite. Tu m'inspires tellement de mauvaises idées, comme ça, m'avoue-t-il en parcourant ma peau nue d'une œillade lascive.

— Elles sont si lubriques que je l'imagine ? demandé-je faussement ingénue.

— Nous irions tout droit en enfer, *honey*.

— Je suis prête, Adam.

— À ?

— Te suivre en enfer, murmuré-je.

Son sourire s'accentue tandis qu'il caresse ma joue du revers de sa main. Nous y voilà, à la croisée des chemins. Je savais que ce moment se produirait à l'instant où cet homme, de prime abord diabolique, a posé son regard polaire sur moi. Je pensais que lorsque ce jour arriverait, mille et une questions assailliraient mon esprit, le tortureraient afin de savoir si je suis réellement sûre de vouloir franchir le pas avec lui. Oui, c'est ce que je croyais. J'imaginais que ma conscience me mettrait en garde, que je ferais tout pour résister, que je trouverais des tas de stratagèmes pour ne pas tomber entre ses griffes.

Vous voulez un scoop ?

Il n'en est rien. Je n'ai jamais été aussi certaine de ma vie. Je veux faire l'amour avec Adam Jameson. Le rencontrer. Le désirer. Le mordre. L'essouffler. Le rendre fou. Le baiser. Le sentir jouir. Louise Dario n'est plus. Seul l'animal aux instincts primaires à la recherche d'un partenaire sexuel subsiste dans ce bureau.

— J'ai envie de toi, Louise, souffle-t-il.

Plus rien ne compte autour de moi. Ni l'endroit insolite dans lequel nous nous trouvons, ni toutes ces pensées moralisatrices que je relègue dans un coin de mon esprit. Ce que nous partageons est plus fort que tout, dévastateur, et j'ai beau savoir que céder à des rapports non protégés est hautement risqué, je suis incapable de mettre un terme à notre passion dévorante. Alors, d'un simple signe de tête, quasi imperceptible, je l'autorise à prendre tout ce qu'il souhaite de moi. Je me livre à lui, sans retenue aucune.

Mes mains entourent son sexe, le guident jusqu'à ma fente pour lui permettre de s'insérer sans difficulté, alors que je suis déjà trempée d'excitation. Les longues secondes qui nous séparent de ce moment de communion, dont je me languis depuis un moment déjà, me permettent de constater à quel point sa virilité risque de ne pas me laisser indifférente.

Prête ?

Oui. Non. Je ne sais plus.

J'ignore même jusqu'à mon propre prénom tant la confusion qui assiège mon esprit est proportionnelle à l'excitation qui investit mes entrailles. Le gland posé contre l'entrée de mon sexe, Adam expose mon visage à son souffle qu'il ne parvient plus à maîtriser. Ses pectoraux se soulèvent, se gonflent avec excès. Je crois être dans le même état, mais incapable d'en prendre réellement conscience. Me raccrocher à ses prunelles fascinantes est la seule manière pour moi de rester connectée au moment présent, de m'empêcher de vriller dans tous les sens.

Alors, lorsqu'il débute sa longue invasion au plus profond de mon être, je pince les lèvres en corrélation avec la douleur mêlée au plaisir qui me prennent d'assaut.

Je passe par tous les états ; la crispation, les suées froides, la détente et pour finir, le délice. Mon antre l'accueille comme s'il l'avait attendu depuis toujours.

Appuyé sur ses coudes, en équilibre au-dessus de moi, Adam me couve d'un regard protecteur, la couleur de ses iris brille d'une lueur que je n'ai encore jamais détectée. Les lents et délicieux mouvements de bassin qu'il m'offre accélèrent le rythme de mon cœur qui défaille par à-coups, tandis que des frissons arpentent la peau de mes bras pour venir mourir dans ma nuque.

Les parois de mon vagin s'acclimatent à l'épaisseur de son sexe, si bien que je m'apaise entièrement, vais à la rencontre de ses hanches pour le sentir plus profondément en moi. Mon Britannique se rue alors sur ma bouche qu'il malmène brutalement alors que les élans de son bas-ventre se font plus secs, plus rapides. Ma langue glisse contre la sienne, mes mains fourragent dans ses cheveux mi-longs. Je me perds. Je m'égare dans les sentiments contraires qui me bombardent. Je voudrais hurler tant la pression qui m'accable est difficilement supportable.

Désir.

Plaisir.

Colère.

Frustration.

Amour…

Amour. Voilà ce qui me paralyse désormais. Une étincelle jaillit en moi alors qu'il m'offre des coups de reins assurés, que ses yeux ont retrouvé leur place dans les miens. Je suis bien plus qu'attirée par lui, bien plus qu'excitée.

J'ai des sentiments.

J'ignore si je suis réellement amoureuse. Je ne l'espère pas, c'est trop tôt. Je suis troublée. Mon corps tremblote, mais est-ce dû au plaisir qu'il me provoque ou à ma soudaine révélation ?

Je secoue légèrement la tête, me recentre sur le moment présent, sur nos corps mêlés et la jouissance qu'il me promet. L'assaut de son déhanché se fait plus rapide alors que je halète, à bout de souffle, le front en nage. Mes mains s'agrippent fermement à ses épaules, mes ongles lacèrent sa chair et lui soutirent des grognements contre ma bouche. Je lui rends chaque coup qu'il m'impose.

Lorsque mes cuisses se cramponnent autour de lui, que mes pieds se rejoignent pour ne plus le laisser partir, il libère la sauvagerie qu'il abrite. Sa fougue se transforme presque en violence, le martèlement qu'il m'accorde libère l'amas de désir bloqué dans ma gorge, déclenchant un gémissement bruyant qui retentit dans la pièce.

Sa main se plaque aussitôt contre ma bouche, mes yeux sont exorbités. Je suis partagée entre l'horreur de me sentir étouffée à moitié et la délectation qu'il me contrôle. L'embrasement qui a réduit chaque partie de mon bas-ventre à néant s'intensifie encore un peu plus, amorce la bombe qui menace d'exploser, avant que mon amant m'assène un dernier coup de boutoir en me sentant au bord du précipice.

Pris de convulsions, il se déverse *en moi*, tandis que mon cri de jouissance meurt contre sa paume dont il resserre la pression. Mon corps, envahi de millions de fourmis, tremble comme une feuille. Lorsque je suis en mesure de prendre de nouveau une vraie inspiration, mes poumons se gonflent alors que je repose lourdement ma tête contre le bois dur du bureau. Je suis douloureuse, épuisée, crispée autour de son sexe qui me quitte petit à petit et me laisse comme abandonnée.

Sentir le British au plus profond de moi, connectés comme jamais auparavant, sans que rien ne nous sépare, m'a permis de me rendre compte à quel point je tiens à lui. Ce fait est incontestable, et même si je suis loin d'être prête à le lui révéler, je le garde dans un coin de ma tête.

Les oreilles bourdonnantes, je me concentre sur ses lèvres qui s'agitent pour déchiffrer les mots qui s'en échappent.

— *You are wonderful, my love*[36].

---

[36] Tu es merveilleuse, mon amour

Sa voix essoufflée, éraillée, me transperce jusqu'à toucher mon âme. Émue, je tente de contenir les larmes qui bordent mes cils pour ne pas craquer devant lui. Pourtant, je suis déjà nostalgique de cet échange entre nos corps qui m'a emmenée ailleurs, hors du temps et de l'espace. Les spasmes dont mes muscles sont victimes ne parviennent même pas à me ramener à la réalité. Je voudrais rester, des heures durant, plongée dans le calme des yeux magnifiques d'Adam Jameson…

***

Appuyée sur le rebord du bureau, j'enfile rapidement mon soutien-gorge, soudainement gênée de me trouver nue dans cette pièce, alors que j'ai laissé naître en moi un orgasme sans précédent, lui ai même permis de s'échapper de mes lèvres. Adam m'aide à remonter la fermeture de ma robe, après que je l'ai enfilée, tandis que je ramasse les lambeaux de ma culotte et les range dans mon sac à main. Il n'y est pas allé de main morte, mais je m'en contrefiche, il était si excitant…

— J'ai… j'ai une question à te poser, murmuré-je, alors que j'époussette nerveusement mon vêtement.

— Je t'écoute, *honey*.

Bordel, dans quoi est-ce que je m'embarque encore ? C'est délicat, mais je ne peux pas faire l'impasse sur ce que je ressens, surtout quand il s'agit de choses aussi importantes.

— On n'a pas été très prudents, hein.

Il comprend aussitôt ce dont je parle.

— Je sais. Mais si ça peut te rassurer, c'était la première fois de ma vie que… que je n'utilisais pas de préservatif. Et en plus, j'ai dû réaliser des tests sanguins à mon arrivée ici, je suis *clean*.

Bon, c'est déjà ça. Je ne sais pas si c'est censé me rassurer, ou même m'aider à déculpabiliser d'avoir franchi cette barrière que je ne m'étais jamais autorisée à dépasser, mais je me sens légèrement plus sereine.

— De mon côté, je prends la pilule. Et je n'ai jamais… couché avec un mec sans protection, avoué-je, le rouge aux joues.

Il s'approche de moi, pose son index sur mon nez, le glisse sur ma joue et sinue jusqu'à mon menton qu'il relève.

— *Honey*, je n'ai pas envie de parler de tes précédentes relations. Elles sont inexistantes pour moi, et tu verras, elles le seront bientôt pour toi également.

Prétentieux !

Je ne peux m'empêcher d'afficher un rictus amusé, chaque fois happée par l'arrogance qui se dégage de lui, mais qu'à mon plus grand effarement, je commence à apprécier.

— C'était absolument incroyable de jouir en toi, me confesse-t-il en écrasant ses lèvres sur les miennes.

Et je rougis de honte, encore.

Quand vais-je réussir à abandonner cette petite coincée que je suis lorsqu'il est dans les parages ? Jamais, je dis bien jamais, un homme n'a réussi à m'intimider de cette manière. Je suis prête à le lui révéler, mais un sursaut de conscience me permet de me concentrer pour bloquer ces pensées.

— J'ai peur de sortir d'ici, avoué-je pour détourner la conversation.

Il enserre fermement ma taille, avant de déposer un baiser sur mon front. Je clos aussitôt les paupières, voulant profiter un dernier instant de ce contact.

— Je voudrais que tu restes, pour toujours.

Je ne parviens pas à lui répondre, encore bien trop affolée par tout ce que notre rapprochement physique a éveillé en moi. Je me contente de le contourner et d'afficher un petit sourire pour lui signifier que, moi aussi, je voudrais rester pour toujours, tout en ramassant tous les objets que nous avons fait tomber quelques minutes auparavant.

Il s'approche du boîtier pour taper le code qui garantira notre sortie, mais la porte ne se déverrouille pas. Que fabrique-t-il ? Il pivote alors, l'expression que je lis sur ses traits ne me plaît pas du tout.

— C'est pas le même code, m'informe-t-il en passant sa main sur son visage.

La panique que je perçois dans son regard me fait céder à l'anxiété qui grouillait déjà en moi.

— Pardon ? m'étranglé-je.

— Je n'ai pas le code pour sortir !

— Mais… comment va-t-on faire ?

— Je n'en sais rien…

CHAPITRE SIX

Adam

Les doigts tremblants, je reste figé devant le boîtier métallique dont l'écran affiche le mot « erreur ». Je pivote, affronte la mine déconfite de Louise qui m'observe en ne sachant pas ce qui se trame réellement. Ma paume glisse machinalement sur mon visage pour me laisser le temps de trouver une solution.

Shit happens[37].

— C'est pas le même code, soufflé-je, la gorge serrée.

Les yeux de ma petite blonde s'arrondissent, s'emplissent de panique, si bien que son visage blanchit en un quart de seconde.

— Pardon ?

Elle va reporter la faute sur moi, j'en suis certain. En même temps, elle n'a pas tout à fait tort.

— Je n'ai pas le code pour sortir !

— Mais… comment va-t-on faire ?

— Je n'en sais rien…

Je réitère mon essai, on ne sait jamais, sur un malentendu… Bien sûr, les miracles n'existent pas. Nous sommes enfermés dans ce bureau qui est mieux gardé qu'une forteresse médiévale, piégés comme des rats. Ce psychiatre est

[37] Voilà les emmerdes

un véritable paranoïaque à vouloir un code différent pour l'entrée *et* la sortie.

Une main posée à plat contre le mur, je tire fermement sur la poignée pour tenter de l'ouvrir comme par enchantement. Elle reste évidemment close. Résigné, mon front s'écrase contre le battant, que je serais prêt à défoncer par la force de mon crâne. Un soupir s'échappe de mes lèvres en imaginant le moment où l'on nous découvrira. Je suis mort, c'est un fait indéniable.

La panique que je perçois chez Louise s'intensifie, prend totalement possession de son corps. Ses jambes ne semblent plus la porter correctement, ses mains s'agitent légèrement. Elle me fixe avec incrédulité, avant que ses lèvres remuent, laissant échapper une voix rauque et paniquée.

— Adam, comment ne t'es-tu pas rendu compte que c'était un code différent ?

Je me mords très discrètement le bout de la langue pour m'empêcher de lâcher une remarque acerbe à sa question plus que stupide.

— Je n'aurais pas pu m'en douter.

— Mais enfin, on est bloqués ! geint-elle en joignant ses paumes dans un signe de prière contre sa bouche.

— Je suis au courant, Louise. N'en rajoute pas.

Son regard s'obscurcit de colère. Elle fronce les sourcils, avant de me flageller d'une phrase qu'elle aurait dû garder pour elle.

— Tu es vraiment irréfléchi !

Cette fois, ni mes incisives qui se plantent férocement dans mon apex, ni mon inspiration profonde censée me calmer, ne changent quoi que ce soit. Alors je riposte sans attendre :

— Ça ne semblait pas te poser de souci il y a cinq minutes, quand tu gémissais !

Je regrette aussitôt ces mots crus et blessants à l'instant où ils franchissent la barrière de ma bouche. Les yeux de Louise s'embuent en un claquement de doigts, me laissant face à la peine qui l'envahit.

Gormless[38] *!*

J'imagine qu'elle refuse de s'exposer plus longtemps face à moi puisqu'elle pivote, me privant de tout ce que son visage peut traduire de ses émotions. Elle s'éloigne vers la baie vitrée qui donne sur le parc et patiente, les bras croisés contre sa poitrine.

Je suis prêt à exploser, mon envie de cocaïne inonde mon cerveau plus que jamais, crispant chacune de mes veines, contractant mes muscles pour me faire céder à la tentation. Pourquoi faut-il que je me retrouve sans cesse dans des situations aussi délicates que celle-ci ? Comme si être enfermé dans le bureau de mon psy en compagnie de la femme que je viens de baiser entre des dossiers de patients ne suffisait pas, il faut que cette petite peste joue la vexée. Elle me connaît assez maintenant. Elle *sait* que je peux m'emporter facilement et laisser mes paroles dépasser mes pensées.

Je presse les paupières, me laisse le temps de recouvrer le calme nécessaire pour ne pas agir comme le parfait connard que j'adorais être. Comme toujours, seul ce regard, d'un bleu si pur qu'il me percute violemment, apparaît dans mon esprit. Louise possède ce don, celui d'étouffer la colère qui gronde en moi, de m'inciter à agir avec réflexion. Elle est capable de me pousser au plus loin de mes retranchements et de me ramener à elle à sa guise. J'ai parfois l'impression d'être sa marionnette, chose qui m'effraie plus qu'elle ne me plaît.

[38] Idiot

Lorsque je me reconnecte au monde, je tombe directement sur les cheveux blond cendré de la jeune femme qui observe l'extérieur, sur sa taille fine faite pour accueillir mes mains, sur le galbe de ses délicieuses hanches… L'observer de dos serait une maigre compensation si je ne devais plus rien voir d'autre de ma vie, mais je m'en contenterais.

À pas de loup, je réduis l'insupportable espace qui me sépare d'elle, stoppe lorsque mon torse bute contre son dos. Mus par une force indépendante de ma volonté, mes bras enveloppent son ventre alors que ma main se loge contre son nombril, à travers sa robe. Je ne peux m'empêcher de plonger mon nez dans sa chevelure, d'en humer l'odeur à l'instar d'un drogué qui se shoote. Je le sais, Louise est ma nouvelle addiction. Elle me permet d'en remplacer une autre. Si elle n'est plus là, je suis perdu.

— Excuse-moi, lui chuchoté-je à l'oreille.

Je ne manque pas de remarquer ses sourcils froncés dans le reflet de la vitre. Elle est en colère, c'est une évidence. Je déteste la voir fâchée, j'en suis le premier affecté. Tout ce que je désire, c'est une esquisse de sourire sur son visage parfait. Voir ses pommettes saillantes se relever, ses yeux s'illuminer, est ma plus belle récompense. Je ne suis pas doué pour rendre les gens heureux, mais lorsque j'y parviens avec elle, c'est une bouffée d'euphorie à l'état pur qui m'envahit.

— Louise, pardonne-moi, ajouté-je doucement.

— Tu gâches toujours tout, Adam, souffle-t-elle.

— Je suis un con, tu le sais.

Elle se retourne dans mes bras, sa bouche à quelques millimètres de la mienne, ses prunelles perçantes épinglées aux miennes, froides, que je tente de rendre moins impassibles.

— Ça n'excuse pas tout, ta réflexion était blessante.

— C'est vrai. Je ne vais pas te cacher que c'était mon intention. Mais je suis comblé par tes gémissements, *blue eyes*[39]. C'était bon entre nous, non ?

— Mouais, me taquine-t-elle en me défiant du regard.

— Mouais ? répété-je, mes lèvres contre les siennes.

— C'était très bon.

Un petit sourire s'affiche sur son visage.

I won[40].

Cette nana me rend tellement dingue, je voudrais qu'elle renouvelle cette confidence, encore et encore. Mes doigts suivent la courbe de sa mâchoire, se posent sur ses joues que j'encercle avec un peu plus de fermeté que je ne le souhaiterais. J'ai tellement peur qu'elle s'évapore, qu'elle me laisse seul dans cet endroit que j'abhorre en réalité…

Ma bouche se joint alors à la sienne tandis que je presse mes paupières pour mémoriser du mieux que je le peux chaque sensation dont mon corps est bombardé. Goûter ce fruit défendu me laisse un sentiment d'inachevé, comme si j'avais encore des tas de choses à découvrir sur ce qui anime réellement Louise Dario. Son odeur sucrée s'infiltre dans mes narines, emplit mes veines d'un bien-être que je n'ai pas l'habitude d'appréhender de cette manière.

Très vite, mes mains serpentent le long de son corps, se posent sur ses hanches rondes et féminines. Je pensais aimer les mannequins filiformes qui s'offraient à moi sans retenue, mais c'était avant de connaître le corps d'une réelle femme, comme le sien, capable de faire fondre la glace qui s'érige autour de moi.

Je ne peux contrôler mon érection qui s'éveille déjà, pressée contre son bassin. Mon envie d'elle surgit de nulle

---

[39] Littéralement « yeux bleus » : chérie

[40] J'ai gagné

part, comme un retour de flamme qui m'immole dans un brasier digne d'une scène post-apocalyptique. De nouveau, je souhaite la baiser… non… Les autres je les baisais. J'ignore ce que nous avons fait, mais c'était plus que de la baise.

— Adam… Adam, répète-t-elle.

— Quoi ? réponds-je en m'écartant.

— Je suis désolée de m'être emportée et de t'avoir tout mis sur le dos.

Les commissures de mes lèvres s'agitent, je suis conquis par cette jeune femme. Je ne reconnais pas l'homme que je suis à ses côtés et pourtant, je m'en moque. Hors de question que je calcule quoi que ce soit avec elle.

— C'est oublié, soupiré-je en l'embrassant.

— Tu ne penses pas qu'on devrait chercher une solution pour sortir d'ici ?

Bon. Elle semble plus concentrée sur la situation que nous vivons plutôt que sur ma virilité qui hurle à la mort. Elle n'a peut-être pas tort. Je desserre donc mon étreinte et m'approche des fenêtres qui surplombent le parc. Nous sommes juchés à plusieurs mètres au-dessus du sol, ce serait trop dangereux d'emprunter ce passage. Je ne souhaite pas risquer nos vies, surtout pas la sienne.

C'est définitif. Nous n'avons aucun moyen de sortir.

— Que va-t-il se passer si on nous trouve ? m'interroge-t-elle d'une voix effrayée.

— Il ne vaut mieux pas y penser.

— On va avoir de gros ennuis.

Je me retourne, observe ses sourcils froncés et sa bouche pincée par la contrariété. Je refuse que notre relation paie les pots cassés de ma stupidité. Je n'aurais jamais dû lui proposer de rester ici pour la nuit, c'était de l'inconscience. Les imaginer nous séparer, moi enfermé entre ces murs, elle dans l'impossibilité de me rendre visite, me révulse.

— *Fuck both of them*[41] ! craché-je.

— Adam… tu as signé un contrat… tu ne peux pas partir quand tu en as envie.

— Pourquoi je l'ai signé, tu peux me le dire ? demandé-je à voix basse.

— C'était la close imposée par ton agence. Le moyen le plus sûr que tu te fasses réellement soigner.

Je voudrais fuir la réalité, ne plus penser à ce qui nous arrivera à l'aube, lorsque la porte de ce bureau s'ouvrira et qu'on nous découvrira.

— Viens.

Je lui saisis la main, l'entraîne au fond de la pièce sur une méridienne. J'ignore la raison pour laquelle nous nous sommes obstinés à batifoler sur cette planche de bois, ce sofa aurait offert bien plus de confort. Mais j'étais si pressé de me sentir en elle que je n'ai pas réfléchi plus d'une seconde et demie.

Assis sur le tissu bleu cobalt, Louise pose sa joue contre mon torse tandis que mon bras l'enlace, l'approche plus près de moi encore. La pression inconsciente que je lui impose me laisse présager la peur qui m'inondera lorsque le moment fatidique arrivera. Ses doigts longs et fins, dont les ongles sont laqués de rouge, sinuent de mes abdominaux à mes pectoraux pour venir se camper juste au-dessus de mon cœur qui bat frénétiquement.

Calé sur sa respiration qui se calme à présent, le sommeil l'englobant, je reste un long moment à observer chacun des traits de son visage. Après avoir enregistré son odeur, son goût, il ne me reste plus qu'à dessiner la perfection de son portrait dans mon esprit, comme une ancre à laquelle

[41] Qu'ils aillent se faire foutre

je pourrai me raccrocher lorsque le besoin s'en fera ressentir…

***

D'un sursaut, je suis ramené à mon état de conscience. Plongé dans l'obscurité, le souffle hachuré, mes paupières s'agitent pour m'aider à me repérer.

Le bureau du psy.

Louise.

La réalité des faits me frappe de plein fouet, je comprends parfaitement ce que nous faisons là. Ma montre affiche une heure plus proche du matin que de la nuit. Si je le pouvais, j'arrêterais le temps pour rester dans cette bulle avec la petite blonde qui est plus fermement collée à moi.

Je m'avance vers elle, dépose un baiser sur son front et souris. Elle papillonne doucement de ses épais cils noirs, puis finit par ouvrir les yeux. Son maquillage a légèrement coulé, elle en serait presque encore plus belle. Ensommeillée, elle me scrute, j'imagine qu'elle est quelque peu désorientée.

— Désolé de te réveiller, *sweetheart*[42], chuchoté-je.

Elle m'observe un instant, son regard rebondit de ma bouche à mes billes de glace. Son souffle s'accélère alors, comme si l'angoisse l'envahissait soudainement.

— J'ai peur du moment où cette porte va s'ouvrir, m'avoue-t-elle.

Pas sûr de vouloir parler de ça. Je ne parviens pas à penser à autre chose qu'à ce fait inéluctable qui nous confrontera à une situation que je ne saurai pas gérer.

— N'y pense pas, éludé-je son inquiétude.

— Ça ne t'effraie pas ?

---

[42] Un énième mot doux : mon cœur

Rien ne me fait plus peur, mais je m'y refuse. C'est inconcevable, je ne survivrai pas ici si on me prive de Louise.

— Ils ne me sépareront pas de toi, assuré-je avec amertume.

— Je n'en suis pas si sûre, dit-elle en baissant la tête.

De mon index, je redresse son menton pour l'obliger à me rencontrer. J'ai besoin de lire en elle, à chaque instant.

— Que t'arrive-t-il ?

— Te savoir ici me brise le cœur. Prendre la décision de t'y amener a été l'une des plus difficiles de ma vie.

— Si j'y suis, c'est pour toi, uniquement pour toi. Je reste car tu me l'as demandé.

— Tu ne te soignes pas un peu pour toi ?

— J'aimerais te répondre que si, mais je ne crois pas…

***

Brusquement, nous sommes de nouveau tirés de notre sommeil léger lorsque la porte se déverrouille. Aussitôt, mon sang se glace dans mes veines, ma respiration reste bloquée dans mes poumons si bien que je me sens étouffer. Les poils hérissés sur les bras, j'observe l'homme en blouse médicale à l'opposé de la pièce, ses lunettes en demi-lune repoussées sur le bout de son nez aquilin et ses sourcils si froncés qu'ils s'apparentent à une unique bande de poils blancs.

Son regard est planté sur moi à l'instar d'un harpon qui ne lâche pas sa proie. Et c'est exactement ce que je ressens : un animal devant son bourreau.

— Que faites-vous là, Adam ? m'interroge le doc' sur un ton neutre qui contrebalance la mine qu'il affiche.

La gorge sèche, le souffle toujours coupé, je ne suis pas en mesure de lui fournir une réponse adéquate. Je me contente de ne pas le lâcher des yeux, comme s'il pouvait nous attaquer d'un instant à l'autre.

— Tout est ma faute, Docteur, s'écrie Louise en se dressant sur ses talons. Je suis désolée.

L'entendre se vendre à ma place me rattache enfin à la réalité. Un élan de vitalité s'empare de mes membres, de ma voix, alors que je me lève à mon tour et contre les dires de la blonde.

— Arrête, Louise. Le docteur Gonset n'est pas idiot.

— Vous êtes entrés dans mon bureau par effraction ? Mais… comment ? s'effare-t-il en balayant la pièce, comme s'il cherchait une explication.

Mon instinct de survie me pousse à réagir de la seule et unique manière que je connaisse. Mes lèvres s'ourlent dans un sourire démoniaque tandis que je gonfle la poitrine pour me tenir plus droit qu'un i.

— À votre avis ? ajouté-je avec sarcasme.

Il marque une pause, déploie un regard sombre sur moi, me jaugeant de la tête aux pieds. Je ne lui connaissais pas une attitude si courroucée, ça fait froid dans le dos.

— J'appelle la sécurité, annonce-t-il en appuyant sur un bouton sous son bureau.

Louise me jette une œillade terrifiée, sa poitrine se soulève à fréquences rapprochées tant le stress qui l'habite joue sur son corps. Je tente de ne pas vraiment croiser ses prunelles, c'est trop difficile pour moi de faire face à son effroi, de me dire que d'ici quelques instants, rien ne sera plus pareil. Je suis dans l'obligation de me concentrer pour que mon cœur n'implose pas dans ma poitrine et que mon attitude défensive ne surgisse pas pour tout détruire sur son passage.

Quelques instants plus tard, des hommes baraqués vêtus de combinaisons blanches apparaissent dans la pièce. Je rejoins Louise, incapable de la laisser seule alors qu'elle affiche clairement des signes de nervosité, sûrement prête à fondre en larmes. Je ne peux me résoudre à l'observer, impuissant. Je me poste devant elle, tourne le dos à ces sous-merdes que j'efface de ma perspective.

Elle. Seulement elle.

Plus rien n'existe autour de moi. Mes mains fermement posées sur ses joues rougies par l'émoi qui l'assaille, je force son regard à se cadenasser au mien, plonge au plus profond de son âme pour lui soutirer la force d'affronter ce qui nous attend par la suite…

Suite qui ne tarde pas à arriver. Des poignes de fer enserrent mes biceps, me tirent vers l'arrière tandis que le vieux Gonset poste deux mains autour des épaules affaissées de la jeune femme. Je l'observe l'éloigner, la suis de ma vue périphérique alors qu'elle craque, lâche une perle salée qu'elle chasse rapidement de sa joue. Je ne peux le supporter un instant de plus. Violemment, je me débats pour la voir partir, les deux gorilles resserrant leur prise.

— Laissez-la tranquille, craché-je à l'adresse du docteur.

— Estimez-vous heureux que je n'engage pas de poursuite à son encontre, Adam.

— Louise, ne pars pas ! m'époumoné-je alors que le psy la pousse vers la sortie.

Elle tourne son visage, les joues ruisselantes, cette fois. Son visage porte les marques de la désolation. J'y perçois toutes sortes d'émotions allant de la peine à la pitié.

— Vous ne la reverrez pas, Monsieur Jameson, reprend le psychiatre.

Un instant, je me fige. L'angoisse et la crainte s'évaporent, libèrent en un éclair toute la fureur et l'hystérie dont je suis capable. J'assène un violent coup d'épaule au gardien de droite, qui perd l'équilibre et me lâche, balance un crochet du droit à celui de gauche, qui desserre également son emprise. Le cœur tambourinant dans ma poitrine, je m'élance pour rejoindre ma nana, bien décidé à m'échapper de cet asile de cinglés avec elle. La colère qui assiège mon être est plus noire que mon âme, je ne perçois plus rien mis à part le visage sans défaut de la jeune femme qui m'observe agir, les yeux écarquillés.

Je suis prêt à lui saisir la main lorsque les deux gardes me rattrapent, m'obligent à passer mes bras dans une camisole de force qu'ils attachent à la va-vite. Je me retrouve impuissant alors que Gonset fait disparaître Louise de ma vue, me laissant seul, faible et plus excité qu'un lion qu'on aurait enfermé dans une cage étroite. Je me surprends à hurler le prénom de la blonde qui me quitte. Mon cri résonne en écho dans les couloirs et s'y perd.

À bout de force, je finis par m'écrouler sur les genoux. Je suis vidé, complètement apathique comme si toute source d'énergie avait quitté définitivement mon corps. Je savais depuis quelques heures que ce moment tragique arriverait, mais je ne m'étais pas préparé à y réagir aussi mal.

Tout ce dont je me souviens, ce sont mes pieds qui raclent le sol derrière moi alors que les deux hommes en blanc me traînent dans les couloirs comme une bête achevée…

CHAPITRE SEPT

Eva

L'appartement d'Anton s'apparente à la prison dorée de *Raiponce,* y rester enfermée est un vrai supplice. La peur des débuts s'est quelque peu dissipée, j'ai envie de sortir, rire, m'amuser… vivre, en somme. Ce petit séjour loin de Paris et de sa vie tourmentée m'a fait comprendre que j'étais dans l'incapacité de me terrer de nouveau pour disparaître de la société. Voilà pourquoi j'ai tant insisté pour qu'Anton accepte mon départ de ce centre pour femmes en réinsertion.

20h30. Des heures que j'erre comme une âme esseulée dans ce splendide loft, lumineux et spacieux, qui m'étouffe pourtant. Nettoyer le sol ou traîner devant la télévision m'a bien occupée cinq minutes, c'est vrai, mais à présent je tourne en rond.

J'inspecte finalement le contenu du frigo, mes yeux rebondissent sur chaque étage à la recherche d'un petit plat à concocter. Une chose est certaine, Anton mange par nécessité et non par plaisir. Une simple barquette d'escalopes de poulet se bat en duel avec un tupperware qui ne lui appartient sûrement pas. Je l'imagine très bien se faire préparer ses repas par une tierce personne.

Poulet-pâtes, ça passe ?

Je ne suis pas un chef gastronomique, mais la cuisine fait partie de mon ADN. Je me revois nettement mitonner de délicieux festins en compagnie de ma mère qui m'a transmis cette passion. Sa disparition a évidemment freiné mon plaisir, mais je sais que lorsque je me trouve derrière les fourneaux, c'est comme si elle m'accompagnait.

Après avoir dressé les assiettes remplies de pâtes au beurre et de quelques morceaux de viande, j'entends la porte d'entrée s'actionner, à croire que l'odeur a attiré le propriétaire de l'appartement. L'homme, aussi brun que son frère est clair de cheveux, dépose sa veste sur le portemanteau et m'observe à l'autre bout de la large pièce ouverte.

Alors qu'il s'approche de moi, il m'offre un magnifique sourire, point commun qu'il partage avec Alex. Même si certains aspects physiques les divisent, ils présentent tout de même des similarités.

— Bonsoir, fredonne-t-il.

Il dépose un baiser sur ma joue, ce contact dure peut-être un peu trop longtemps. Vivre à une telle proximité l'un de l'autre n'est sûrement pas la meilleure des solutions, mais je suis en sécurité ici et c'est le principal.

— J'espère que tu aimes les pâtes et le poulet, ajouté-je en désignant le repas.

— Parfait. C'est sûrement tout ce qu'il y avait dans le frigo de toute manière.

— Tu rigoles ? Il était plein à craquer, ironisé-je.

Il me sourit, s'installe sur le haut tabouret du bar et ajoute en ricanant à son tour :

— Je ferai des courses demain.

En réalité, je préférerais m'en occuper pour avoir le prétexte de quitter ces murs, mais j'acquiesce simplement, persuadée qu'il m'en dissuadera.

Si j'en crois le coup de fourchette de *Loki*[43], il semble que le dîner ne soit pas si mauvais. C'est à peine si j'ai vidé la

---

[43] Frère de Thor, qui est le surnom qu'Eva donne à Alex

moitié de mon assiette qu'il pose déjà la sienne dans le lave-vaisselle. Il s'installe de nouveau face à moi, se sert du vin, avant de m'en proposer, ce que j'accepte volontiers.

L'alcool contre l'ennui mortel…

Si je finis alcoolique, on saura définitivement pourquoi. Je savoure une gorgée, observe Anton du coin de l'œil, une question me brûlant les lèvres. N'y tenant plus, je me lance :

— Quand pourrai-je envisager un retour chez moi ?

L'agent de la DGSE repose son verre, marque une pause et me détaille comme s'il cherchait une réponse justifiée.

— Si Abrimi te cherche, il finira par trouver ton adresse. Être à Paris est déjà une avancée considérable pour toi. Ton loyer sera payé pour que tu puisses récupérer ton appart' quand toute cette sordide histoire sera derrière toi.

Je hausse les épaules, incertaine de ce qu'il avance. Je me demande finalement ce qui est pire entre vivre ici la plupart du temps seule ou m'exiler à des centaines de kilomètres, mais entourée d'autres femmes. Le sujet est clos, je suis là.

Anton disparaît finalement dans la salle de bains, j'en profite pour m'allonger sur le canapé, faute de mieux. Je remonte la couverture sur mes épaules et pose ma tête sur l'oreiller. Le bruit de fond de la télé me berce tandis que le sommeil me gagne…

***

Une légère chatouille sur la joue m'extirpe de mon sommeil peu profond. Les paupières mi-closes, j'observe *Thor* me replacer une mèche derrière l'oreille.

— Alex… murmuré-je.

Il ne répond pas. Je tente d'effectuer une mise au point dans la pénombre. Une barbe, un visage carré, des yeux bleus intenses, mais des cheveux foncés.

Oups.

Je me redresse vivement, me confonds en excuses tandis qu'un sourire moqueur s'étire sur le visage d'Anton.

— Ce n'est pas grave. Gamins, on nous confondait sans cesse.

— Vous étiez proches ? l'interrogé-je.

Ses lèvres se pincent, m'indiquant qu'il ne garde pas de meilleurs souvenirs d'enfance que son cadet. La situation entre les deux frères et ma place au cœur de leur querelle m'oppressent chaque jour un peu plus. Je ne peux m'empêcher de penser à Alex qui doit m'en vouloir de ne pas avoir pris contact avec lui. Être écartelée entre les dieux *Asgardiens* n'est vraiment pas une situation aisée à gérer. Je ne veux trahir la confiance d'aucun des deux, mais le fait est que je suis sous la protection de la DGSE, et par extension, d'Anton. Pourtant, la présence de mon flic me manque…

— C'est vraiment impossible que je voie Alex ?

— Dois-je te rappeler que tu cours un danger ?

Je baisse les yeux, secoue imperceptiblement la tête pour lui signifier que je le sais plus que quiconque.

— Cet appartement doit rester ton environnement. Alekseï n'est pas en mesure de gérer la situation.

— Mais je vais devenir folle ici, soufflé-je, plus pour moi que pour lui.

— Je ne peux pas te séquestrer, te retenir contre ton gré. Mais chaque fois que tu mets un pied à l'extérieur, tu risques ta vie. Si tu ne te soumets pas aux conditions imposées par la DGSE, nous ne serons plus en mesure d'assurer ta protection.

Une moue barre mes lèvres. Je suis bien consciente qu'il a entièrement raison et que mon enfermement temporaire est un moindre mal, face au danger qui me guette. Pourtant, j'étouffe ici. Et même si Anton s'occupe bien de moi, je rêve de retrouver ma vie, celle que je me suis construite ces dernières années. J'ai mal. Je souffre d'imaginer qu'un homme est peut-être à mes trousses actuellement, et qu'il sait peut-être déjà où je me trouve, attendant le moment le plus opportun pour me tomber dessus.

Je frissonne de peur, ne parvenant pas à me raisonner. Lorsque la nuit tombe, mes craintes s'amplifient démesurément. C'est comme si je m'enfonçais dans la part la plus obscure de mon esprit.

Une main large, légèrement rugueuse, se pose sur mon visage. De son pouce, Anton trace la marque de mon cerne, sourit timidement. Son geste tendre ne suffit pas à effacer les bleus qui entachent mon âme. Chaque jour qui passe me ramène un peu plus dans mon passé, me confronte à tous ces évènements que ma mémoire souhaiterait balayer. La nostalgie qui s'empare de moi, couplée à la tristesse de ne pas être en mesure d'être tout à fait honnête avec mes proches, s'abat sur moi et m'oblige à broyer du noir.

Le regard de l'homme qui me fait face s'illumine un peu plus tandis que son souffle mentholé s'écrase lourdement contre ma peau. Nos bouches à quelques centimètres l'une de l'autre, je l'observe bêtement en réduire l'espace. Intimidée par son attitude assurée, je ne bouge pas d'une semelle, ose à peine respirer. Lorsque ses lèvres s'écrasent contre les miennes, qu'il clôt fermement les paupières, je ne peux qu'examiner son grain de peau. Gênée, je m'écarte doucement.

— Anton, débuté-je.

— Pardon, je ne sais pas ce qui m'a pris.

Son regard me fuit. L'agent se redresse subitement, effectue une volte-face, avant que je ne saisisse le bout de ses doigts pour le stopper et me lever à mon tour.

— La situation est très compliquée actuellement…

— Je pensais juste être ton type d'homme… c'est tout. Excuse-moi.

Je le détaille, perturbée par son attitude. Mon cœur s'emballe alors que mon cerveau hésite, l'espace d'un instant, à succomber au charme de cet homme qui a plus d'un atout. Pourtant, je détourne mon attention de ses lèvres, ne souhaitant pas m'aventurer sur un terrain si dangereux. Anton est beau, mais ce n'est pas lui qui me plaît…

— Ce n'est pas le problème. Je vais aller me laver, désolée.

Plus rapide qu'une gazelle, je me réfugie dans la salle de bains, plonge littéralement sur le lavabo pour m'asperger le visage à grandes eaux. Qu'est-ce qui me prend ? Jouer avec le feu à ce point est une chose à laquelle j'aurais succombé sans hésiter auparavant, mais depuis qu'Alex est entré dans ma vie, mon comportement a évolué. J'ignore ce qui me lie à lui, mais jamais ô grand jamais je ne le trahirais avec son frère.

Une douche brûlante plus tard, je rejoins le salon, enveloppée d'un peignoir, les cheveux enroulés dans une serviette. Anton, qui est assis sur le divan, se redresse aussitôt lorsqu'il me voit approcher. Son attitude est fuyante, ses yeux n'ont de cesse de chercher un point dans le vide pour éviter de tomber sur les miens. Secrètement, son attitude m'amuse, mais je ne me permets pas d'afficher un sourire moqueur pour éviter de le mettre plus mal à l'aise qu'il ne l'est déjà.

— J'espère que tu ne m'en veux pas, Eva ? souffle-t-il lorsque je m'assieds à côté de lui.

— Non, oublions cet incident.

Je frictionne ma chevelure tandis qu'il me dévisage à la recherche d'une bouée de sauvetage. Mon attitude semble l'embarrasser, pourtant je ne fais rien pour accentuer son malaise.

— Tu peux dormir dans ma chambre, si tu veux.

Je lui adresse un sourire sincèrement reconnaissant, secoue la tête pour lui signifier que ce n'est vraiment pas la peine d'agir ainsi, lorsqu'on tambourine à la porte. Aussitôt, je relâche mes cheveux qui retombent lourdement sur mes épaules en paquets de nœuds. Le souffle court, je me laisse submerger par l'anxiété qui m'arrache des frissons. Ce phénomène désagréable ne peut être qu'un signe de syndrome post-traumatique…

Anton m'adresse une œillade, comme pour me demander si je sais de quoi il s'agit. Je hausse les épaules avant qu'il ne fronce les sourcils et se lève pour se diriger vers la porte.

À l'instant où le battant s'ouvre, un poing s'écrase contre sa mâchoire, mon sang se glace dans mes veines tandis que je porte mes mains à ma bouche pour étouffer le cri de stupeur qui s'échappe de mes lèvres. Mue par un instinct de protection, je m'élance par-dessus le canapé pour m'assurer qu'il n'est pas amoché.

— Espèce de connard de merde, hurle la voix de celui qui vient de le frapper.

Comme dans une scène au ralenti, j'observe Alex pénétrer dans l'entrée, envahi de colère, le visage si transformé par la haine que je ne le reconnais pas. Il me jette à peine un regard et rejoint son frère avant moi, l'empoigne par le col, son poing serré prêt à lui assener un second coup.

Furibonde, je me précipite sur lui, agrippe son poignet pour l'empêcher de commettre un tel acte. Mon autre main enserre sa mâchoire que je redresse avec force pour l'obliger à rencontrer mes yeux, qui reflètent sans doute les siens à cet instant.

— Tu es taré ou quoi ? hurlé-je.

Il me détaille, s'attarde sur mon peignoir et presse les paupières tout en secouant la tête, comme pour effacer de son crâne une image déplaisante.

Lorsqu'il les ouvre de nouveau, je manque de vaciller tant la rage qui s'en dégage me frappe à la manière d'un boxeur. Ma poigne se desserre, je recule d'un pas sans savoir qui est l'homme qui se tient face à moi. Anton se redresse sur ses coudes. Son frère recule d'un pas, son attention reste figée sur moi un moment, puis se tourne vers son aîné jusqu'à heurter une nouvelle fois mon visage qui se décompose.

— Je n'y croyais pas, mais j'aurais dû me douter que tu finirais dans son lit, gronde-t-il d'une voix si basse que je suis obligée de tendre l'oreille pour comprendre.

Je reste abasourdie par ses propos, la violence de son ton est plus percutante que s'il m'avait giflée. De quoi parle-t-il ? J'ignore si je suis furieuse ou déçue, peut-être les deux à la fois. Je suis incapable de rétorquer, certaine que si je le fais, je vais bégayer de colère. Alors je reste là, les épaules affaissées, le regard dans le vague et la bouche bêtement entrouverte.

— Allez vous faire foutre tous les deux, crache-t-il, comme pour enfoncer le clou qui était pourtant déjà parfaitement planté. Je t'ai crue lorsque tu m'as dit qu'il ne s'était rien passé entre vous, mais c'est fini.

Sans un mot de plus, il nous tourne le dos et s'éloigne en prenant soin de claquer violemment la porte derrière lui. Je mets quelques instants à réaliser ce qui vient de se produire, ne réalisant pas encore qu'Alex a agi avec une violence inouïe.

Je suis vite ramenée à la réalité lorsque les plaintes de l'homme qui gît au sol arrivent jusqu'à mes oreilles. Je me précipite sur Anton qui tient son nez ensanglanté entre ses doigts. Il se relève tant bien que mal et marmonne sûrement des jurons en Russe à l'adresse de son frère. Je l'observe s'éloigner vers la salle de bains, reste figée sur place alors qu'il disparaît dans la pièce dont les murs sont recouverts de marbre. Je suis incapable d'agir, comme si le temps s'était arrêté et m'avait privée de ma capacité à me mouvoir. Mes jambes sont plus lourdes que du plomb, mon cœur plus morcelé que de l'argile asséchée… Je jette un œil sur le sang au sol, me lamente en pensées de vivre une existence aussi merdique.

Les poings serrés pour me donner le courage d'avancer, un pas après l'autre, je traverse l'immense salon, rejoins Anton qui s'examine devant le large miroir situé au-dessus de la double vasque. Le liquide bordeaux s'écoule toujours de ses narines alors qu'il tamponne sa blessure avec un coton.

Je m'approche discrètement, me poste à ses côtés et l'observe dans la glace. Me heurter de plein fouet à son regard sombre est trop difficile. Tout ce qui lui arrive est entièrement ma faute, comment pourrais-je ne pas m'en vouloir ?

— Ça va ? parviens-je à chuchoter.

Il rencontre enfin mon reflet, esquisse un léger sourire qui me rassure quelque peu. Je crois qu'à sa place, je serais furax.

— Oui, ne t'en fais pas.

— Je ne sais plus comment gérer la situation, avoué-je en pinçant mon arête nasale entre mes doigts.

Anton pose une main sur mon épaule, m'oblige à pivoter tandis qu'il presse toujours sa compresse pour empêcher le sang de couler.

— Ce comportement ne m'étonne pas de mon frère, mais je ne vais pas le tuer pour autant. Il a toujours été très possessif, très colérique. Ce que tu as vu ce soir, c'est son vrai visage.

Si mon cœur était en morceaux, le voilà réduit en poussière. Pourtant, l'attitude d'Alex ne peut que confirmer les dires d'Anton. Je pensais qu'il était doux, calme et respirait la joie de vivre, mais je me rends à présent compte qu'il cache une part d'ombre, qu'il est bien plus torturé qu'il ne le laisse paraître.

— Il semblait t'accuser de quelque chose, vous vous êtes disputés à mon sujet ?

Sa réponse est si rapide, son regard si franc que je ne peux que le croire.

— Non, il est dans un délire paranoïaque. Je t'assure que je n'ai rien à me reprocher. Je te protège, comme mon métier me le commande. Que les choses soient claires, je suis heureux de ta présence chez moi, je t'apprécie énormément. Mais mon frère te veut pour lui seul et ne supporte pas de te savoir ici. Il a voué son enfance à me rendre la vie impossible et a continué à l'âge adulte, jusqu'à coucher avec mon ex-petite-amie.

Je tombe des nues, ne sais plus dénouer le vrai du faux. Alex a déjà tenu des discours contradictoires pour décrire son frère, me certifiant que leur compétition ne datait pas d'hier et qu'Anton n'avait eu de cesse de s'attirer les faveurs de leur père. Pourtant, aujourd'hui c'est ce même Alex qui agresse sans arrêt son aîné, sans justification évidente.

— Je n'arrive pas à te croire, me lamenté-je en secouant la tête.

— Je les ai surpris ensemble, j'ai quitté ma copine après ça. Je sais que tu es attachée à lui, je n'essaie pas de t'éloigner de mon frère. Tu es une adulte responsable, mais je ne peux pas te cacher la vérité à son sujet.

La honte que j'éprouve pour le flic que j'ai rencontré il y a quelques semaines, idéalisé au point de croire que j'avais peut-être des… sentiments, m'engloutit dans une colère latente. C'est indéniable, j'ai baissé ma garde, laissé trop de personnes s'infiltrer dans ma vie et me rendre vulnérable. L'alter ego que je me suis créé au fil des années, sous l'identité d'Eva Tentiller, n'aurait jamais accepté que le comportement d'un homme m'atteigne à ce point.

L'hostilité qui m'anime, dès que son visage s'impose à mon esprit, me fait trembler de colère, je serais prête à l'assommer de toutes les méchancetés que j'ai en stock pour le punir de m'avoir rendue si faible.

Ce sentiment d'infériorité m'est insupportable, je voudrais hurler pour alléger la pression qui me percute depuis quelques minutes. Des tas d'émotions négatives se succèdent, me harcèlent pour que je réagisse et prenne la situation en main. Je sais exactement ce que mon corps essaie d'entreprendre et je finis par y céder, trop désireuse de retrouver un certain contrôle.

— Je n'en peux plus, lâché-je de but en blanc. Je dois mettre les choses au clair avec lui. Il est allé beaucoup trop loin.

Un instant, Anton cesse d'appliquer sa compresse, sous l'effet de la surprise. Le sang s'écoule jusqu'à sa bouche, avant qu'il ne s'en rende compte et tamponne sa moustache. Il opine finalement du chef pour appuyer mes mots, ses doigts glissent sur le dos de ma main alors que son regard ne me quitte plus. Je suis troublée, alterne entre ses yeux impassibles et le contact de nos peaux.

— Je vais aller le voir, ce soir.

Visiblement, il ne l'avait pas envisagé de cette manière, si j'en crois ses sourcils froncés. Il attend, plus patient que je ne le serai jamais, que j'ajoute quelque chose. Il finit pourtant par céder et rompt le silence, percevant mon entêtement.

— Eva, dois-je te répéter qu'en dehors de cet appartement tu es…

— En danger ! le coupé-je. Je sais ! Je le sais parfaitement puisque tu me le répètes sans cesse, mais moi, je pète un plomb ! Et là, j'ai besoin de mettre de l'ordre dans ma vie, dans ma tête, et de ne pas laisser le château de cartes, que j'ai difficilement construit, s'effondrer sans lever le petit doigt. Alors, soit j'y vais seule, soit tu m'y conduis si tu veux t'assurer que je ne cours aucun danger, mais une chose est certaine, je ne patienterai pas ici. Je *dois* m'expliquer avec ton frère, Anton Azarov !

***

Vous vous souvenez de l'Amazone que j'étais il y a de ça une heure, la guerrière prête à tout détruire sur son passage ? Petit scoop : elle s'est fait la malle sur son cheval blanc.

Juchée sur une paire d'escarpins vertigineux, je tangue sur les pavés qui recouvrent le trottoir devant l'immeuble d'Alex. La jupe crayon que j'ai enfilée et le chemisier fluide n'arrangent rien à mon engoncement. Seulement, c'était impossible pour moi d'aller régler mes comptes dans la peau de la pouilleuse que je suis depuis que je vis chez Anton. J'avais besoin d'être au top, de me sentir aussi forte que la femme que j'étais il y a quelques semaines.

Les secondes qui s'écoulent, après que j'ai appuyé sur le bouton de l'interphone, me semblent interminables. Alors, lorsque la voix d'Alex résonne dans l'appareil pour n'articuler qu'un simple « oui », je manque de m'écrouler sur le sol.

Voilà ce qui arrive quand on veut jouer à la femme fatale.

Le souffle coupé, peut-être par la gaine ultra serrante dans laquelle je me suis moulée tant bien que mal, je bafouille :

— Salut, c'est Eva.

— Monte.

Le ton sec qu'il me réserve me laisse présager la suite des évènements. Deux scénarios possibles : ou il me baise violemment contre le mur pour décharger sa colère, ou il me cogne, me tue et m'enterre dans un bois. Je ne me laisserai pas baiser, je n'ai donc plus qu'à prier pour qu'il ait pitié et épargne ma vie.

Le cœur plus lourd qu'une pierre, je crois le laisser sur le perron alors que je gravis l'escalier en colimaçon qui m'entraîne inéluctablement vers la porte d'entrée de *Thor*, ou plutôt de son jumeau maléfique. Je prends plusieurs inspirations, refuse de laisser le stress s'afficher sur mon visage et prendre le contrôle de mes moindres faits et gestes. Ou encore de permettre à Alex de constater que ma gorge est plus nouée qu'un nœud en huit, que mes dents claquent tellement qu'elles menacent de fissurer leur émail.

Pourquoi suis-je dans un tel état alors que je suis initialement venue l'incendier ?

Pourquoi ?

Que je suis naïve ! Parce qu'il est Alex, l'homme qui me fait rater une inspiration chaque fois qu'il bat des cils, celui qui oblige mes cuisses à se serrer l'une contre l'autre lorsqu'il ouvre la bouche pour lâcher des sons qui résonnent brutalement en moi. Cet individu m'attire comme un aimant, me rend folle depuis que je le connais, va jusqu'à remettre en question mes principes les plus élémentaires. Voilà pourquoi je tremble comme un lapin tenu en joue par un putain de chasseur !

J'ai à peine le temps de prendre une inspiration pour lisser mes traits que le battant de la porte s'ouvre à la volée, me fait sursauter comme jamais et couiner à la manière d'une souris apeurée.

— Eva, te voilà, souffle-t-il sur un ton qui ne me laisse rien présager de bon.

À vrai dire, je crois avoir pris trois grammes d'alcool dans le sang rien qu'en inhalant son haleine qui pue le whisky à dix kilomètres à la ronde. La petite biche effarouchée détale à grandes enjambées pour laisser place au *Gremlins* qui sommeille en moi.

— Je voulais te parler, aboyé-je plus que je n'articule.

La courbette qu'il m'offre à la manière d'un gentleman du 18ème siècle me prend au dépourvu. À quoi joue-t-il ?

— Entre, répond-il mielleusement.

Je me retrouve au beau milieu de son salon, qui ressemble davantage à un champ de bataille, dénombre les cadavres de bouteilles qui gisent sur le parquet.

Une.

Deux.

Trois.

Voilà qui explique la douce brise que je me suis prise dans la tronche sur le palier. J'effectue une volte-face tout en grâce – merci à mes talons aiguilles – et plante sur l'ivrogne un regard plus noir que le vide intersidéral. Il a sans aucun doute agressé son frère sous l'emprise de l'alcool, ce qui n'excuse rien, ni la patate dans le nez, ni les mots qu'il a vomis à notre encontre.

D'une démarche mal assurée, il réduit la distance qui nous sépare, manque de tomber à plusieurs reprises en butant contre le bordel monstre qui règne en maître dans la pièce, et s'arrête tout juste devant moi, à quelques centimètres de mon visage.

La manière dont il brandit son index, comme les personnes ivres le font lorsqu'elles s'apprètent à monologuer, ne m'annonce rien qui vaille. Pourtant, la détresse que je perçois soudain dans ses yeux effrite subtilement ma carapace. Sa peine répond en écho à la mienne, ramène la boule qui s'était logée dans ma gorge quelques instants plus tôt, avant que je ne découvre le tableau.

— Je… pensais… pas que tu… viendrais… Eva.

Euh ? C'était du français, ça ?

Avez-vous déjà été ivre de colère, vide de tristesse et gonflée d'amusement ? Vraiment, les trois émotions à la fois ? Parce que c'est exactement ce que je ressens à cet instant. Je ne parviens même plus à déceler si ce qui va sortir de ma bouche sera une injure, un sanglot ou un éclat de rire. Attentive à mes propres mots, je me lance.

— Moi… moi non plus. Pas après ce qui s'est passé.

Bon, je sauve les apparences. Mon courroux a pris le dessus.

— Ce petit bâtard l'a bien mérité, après ce qu'il t'a fait.

Tiens, il a dû trouver le bouton « articulation », je comprends mieux ce qu'il baragouine. Il n'empêche que je ne saisis pas le sens de sa phrase, hausse donc un sourcil interrogateur pour qu'il éclaire ma lanterne.

— Ne joue pas l'innocente, souffle-t-il en caressant ma joue. Mais je m'en fous.

Son autre main se plaque sur la cambrure de mon dos, rapproche nos bustes qui s'entrechoquent, avant qu'elle ne glisse sur mon postérieur moulé et qu'il ronronne :

— T'es bonne ce soir.

Paf.

Ma main est partie toute seule. Le voir dans cet état, agir avec autant de vulgarité, alors qu'il m'a toujours respectée, me donne la nausée, me retourne le cœur et le réduit en charpie.

— Bonne… et sauvage, continue-t-il en portant sa paume contre sa joue qu'il frotte.

— Alex, ce n'est pas toi…

Je n'en reviens pas. Comment avons-nous pu en arriver à une situation aussi catastrophique ? Je donnerais tout ce que j'ai pour remonter le temps et retrouver l'homme que j'ai connu, celui qui m'a fait rire aux éclats et oublier quelques instants mon passé. Mais existe-t-il au juste ? N'était-ce pas simplement moi qui ai voulu un peu trop y croire ? Anton n'a-t-il tout simplement pas raison ?

Le regard du flic s'assombrit, ses pupilles se dilatent, menacent d'exploser tant la fureur qui l'envahit doit être foudroyante. Je serais inconsciente de ne pas avouer qu'à cet instant, je suis tétanisée, incapable de faire le moindre geste.

Lorsqu'il reprend la parole, je sursaute tant je suis sur le qui-vive.

— Non. Et c'est *ta* faute. Mais j'ai envie de toi…

À l'instar d'un fauve, il saute sur moi, emprisonne mon visage entre ses paumes si puissantes que je n'ai pas d'autre choix que de le laisser m'embrasser, glisser sa langue dans ma bouche. Sa main sinue le long de mon dos, s'accroche fermement à mes fesses qu'il palpe comme un forcené. La rage monte en moi, détruit tout sur son passage, annihile tous les sentiments que j'éprouve à son égard tandis que je lui assène un énorme coup de genou dans son *putain* de paquet.

— T'es complètement taré ??? Qu'est-ce qui te prend ?

Plié en deux par la douleur, il redresse le visage, me harponne de ses yeux que je n'ai jamais vus ainsi. S'ils étaient des mitraillettes, je serais fusillée sur le champ. Pourtant, je ne regrette pas mon geste et si je m'écoutais, mon poing s'écraserait contre son nez comme ce qu'il a infligé à son frère.

— Tu es une belle salope, Eva ! crache-t-il avec une férocité sans précédent. Tu baises avec moi, puis tu baises avec cet enculé et tu refuses de m'accorder ce dernier plaisir ?!

C'en est trop. Il dépasse les limites ! Je ne suis même plus en colère, tous les sentiments haineux que j'éprouvais à son encontre se sont évaporés à l'instant où le mot « salope » a franchi sa bouche.

De la pitié.

Voilà tout ce que cet individu alcoolisé m'inspire. Sans attendre, je ramasse mon sac à main qu'il m'a contrainte à lâcher avec ses conneries, traverse la pièce d'un pas décidé en passant à côté de lui sans même lui jeter la moindre attention. Il m'intercepte par le poignet, me retient et m'oblige à me retourner pour lui faire face. Je ne cille pas, le poignarde de mon regard le plus cruellement noir.

— Je ne veux plus avoir affaire à toi, *jamais* ! gronde-t-il les lèvres retroussées, tel un carnassier.

Je sais que son attitude le dégoûtera au plus haut point, qu'elle le hantera cette nuit et à son réveil, lorsque l'alcool se dissipera de son sang et qu'il décuvera. Oui, il est ivre, mais j'ai tendance à croire que les vérités se révèlent sous ce type d'emprise. Alors je lui adresse mon sourire le plus radieux, me force à parler de ma voix la plus mélodieuse, pour ne pas lui révéler ma meurtrissure.

— J'ignore ce qui a pu me plaire chez toi. Anton avait raison depuis le début. Ne m'approche plus, Alekseï !

Sans attendre une seconde de plus dans cet appartement étouffant, je me défais de sa domination, rejoins la porte d'entrée, que je claque, et dévale l'escalier en manquant de me rompre le cou à plusieurs reprises.

Je tombe directement sur la voiture d'Anton garée juste devant le bâtiment, y monte aussi vite que possible pour m'éloigner de cet endroit. Le conducteur me jette un coup d'œil inquiet, bien que mon visage reste impassible, je suis trop en colère pour laisser paraître quoi que ce soit. Je n'accorderai pas cette victoire à Alex, il est hors de question que je pleure pour un crétin comme lui.

Comme s'il percevait mon état émotionnel, l'aîné des Azarov conserve le silence tout le long du trajet, me laissant le temps de digérer ce qui s'est produit chez son frère. Pourtant, traverser les rues de Paris ne m'aide pas à y voir plus clair. Les ressentiments que j'éprouve pour le flic me submergent, je ne parviens plus à penser à autre chose qu'à son attitude et ses paroles complètement déplacées. Je suis persuadée qu'il ne m'aurait jamais touchée sans mon accord, mais découvrir le monstre qui sommeille en lui a fragilisé une part déjà branlante en moi. Ma confiance en la gent masculine s'est vue réduite à néant.

J'essaie tant bien que mal de garder le cap, de ne pas révéler à Anton que je suis touchée à l'extrême, au bord de la crise de larmes tant je suis secouée, comme prise dans le remous de vagues déchaînées. Les images des yeux rougis par l'alcool de son cadet ne cessent de s'afficher dans mon esprit, me marquant de leur empreinte sûrement pour le restant de mes jours.

Alors que je me réfugie dans le loft de l'agent de la DGSE, me déchausse et envoie valdinguer mes superbes escarpins dans un coin de la pièce, Anton me stoppe en saisissant mes doigts. Je me retourne, baisse le regard pour ne pas rencontrer le sien qui me ferait craquer sans hésitation. À fleur de peau, humiliée de devoir me retrouver face à un homme qui doit me juger pour être si idiote, je plante mes incisives dans la chair de ma lèvre que je malmène.

Inspirer. Bloquer. Expirer.

À une époque, ce petit rituel fonctionnait pas mal, lorsque j'étais prise de crises d'angoisse qui m'obligeaient à me terrer dans un recoin de mon lit. Aujourd'hui, je ne suis plus la même, mes faiblesses sont différentes, je me retrouve confrontée aux tourments que les êtres humains lambda subissent et quelque part, je regrette de ne plus être cette jeune femme apeurée qui ne laissait personne l'approcher.

— Eva, que s'est-il passé ?

Si je parle, je vais m'effondrer, je le sais. J'ai beau jouer à l'insensible, mon altercation avec Alex ne m'a pas laissée indemne. Le trou béant dans ma poitrine peut en témoigner, je suis vide.

Anton pose deux doigts sous mon menton, me force à l'affronter. Ses phalanges se déplacent, suivent la courbe de ma mâchoire jusqu'à me caresser la joue. Sa paume m'englobe, je presse les paupières pour tenter de faire table rase des récents évènements. Je me laisse aller contre alors qu'il replace une mèche derrière mon oreille.

— Tu peux te confier à moi, tu sais, m'encourage-t-il d'une voix rassurante.

Je m'en veux à l'instant où je sens une larme s'échapper, rouler sur ma joue. Et puis, je ne peux plus m'arrêter. Je m'effondre comme si le monde s'écroulait autour de moi, comme si je réalisais soudainement que rien ne serait plus pareil qu'auparavant. Deux bras puissants m'enveloppent, me pressent contre un torse semblable à une terre d'asile. Les larges mains d'Anton me caressent les omoplates alors que mes sanglots redoublent. Je ne parviens plus à les contrôler. Je suffoque, hoquette, mon cœur se serre dans ma poitrine, mes jambes flageolent sous mon poids et menacent de ne plus me porter.

Je me retrouve finalement dans un lit, sans avoir réellement eu conscience d'y avoir été portée. Anton me tend un mouchoir que je saisis de mes doigts tremblants pour tamponner mes yeux, essuyer mon nez. Je suis au summum du glamour, c'est certain.

Mon hôte s'éclipse. Son absence me panique aussitôt, je ne parviens même plus à rester seule ne serait-ce que quelques secondes. Je suis soulagée lorsqu'il revient avec une tasse fumante.

— Je n'ai que du thé à la menthe, commente-t-il.

— C'est parfait, merci, réponds-je en saisissant la boisson sur laquelle je souffle.

Le liquide chaud qui coule dans ma gorge me calme un peu, m'enrobe dans un manteau apaisant et douillet. Qui est cette fille que je deviens ? Vraiment, je m'insupporte. Il ne manquerait plus que je prenne un « bon bain chaud ». Je déteste cette expression et toutes ces niaiseries et pourtant, je me transforme en une guimauve qui fond, léchée par les flammes d'un brasier qui me consume en réalité de l'intérieur. Bientôt, il ne restera plus qu'un tas de cendres censé représenter mon existence. À l'instar d'un phénix, j'ai déjà vécu une seconde vie, je ne pense pas être capable de réitérer l'exploit.

Anton m'arrache au constat déplorable de ma cénesthésie en balayant mes joues de la pulpe de ses pouces. J'arrime mon regard au sien tandis que ses lèvres s'incurvent légèrement jusqu'à découvrir sa dentition qui est tout aussi alignée et éclatante que celle de son frère. J'ose à peine imaginer la beauté de leurs parents pour avoir eu des enfants si parfaits…

— Je dois être affreuse, déploré-je en songeant à mon mascara qui a dû couler.

Le waterproof, bordel ! Je ne suis pourtant pas née de la dernière pluie.

Seulement, j'avais envisagé plusieurs scénarios en débarquant chez Alex, mais celui où je finissais en sanglots, dans les bras de son aîné, ne m'était bizarrement pas venu à l'esprit. Jamais je n'aurais pensé que le flic puisse être si virulent dans ses paroles. Je suis rassurée de ne pas avoir craqué alors que je me trouvais face à lui, il doit sûrement penser que je le hais plus que tout désormais. Est-ce le cas ? Je ne pourrais même pas le confirmer… Une part de moi, oui.

— Je te trouve plutôt attendrissante comme ça, au contraire, bredouille-t-il.

— Je suis désolée de t'imposer tout ça, Anton.

De nouveau, il saisit mon visage en coupe et ne le lâche plus. Il ne me quitte pas des yeux, insiste pour verrouiller ses pupilles aux miennes comme s'il voulait pénétrer mon âme. Je ne peux m'empêcher de rougir devant une attitude si déstabilisante. Anton connaît les femmes, sait comment leur parler, usant de tous les types de langage possibles.

— Je t'ai dit que je te protégerais, pas vrai ?

J'esquisse un sourire. Initialement, sa promesse n'incluait pas son frère. Maintenant, je ne suis plus sûre de rien. Je doutais d'Anton, pensais qu'il racontait des inepties sur son cadet pour le discréditer, mais Alex m'a prouvé qu'une part de vérité se cachait toujours.

Mon cœur se met à battre un peu plus rapidement lorsqu'il s'approche dangereusement de moi. Mes paupières se soudent avec empressement, je ne souhaite pas réfléchir à la suite des évènements. J'ai besoin d'oublier, de m'évader. Je me sens tellement vide que je dois m'assurer que quelque chose est encore capable de vibrer à l'intérieur de moi.

Les lèvres fermes et légèrement charnues du Russe se posent délicatement contre les miennes. Je ne réagis pas. Il en profite pour réitérer ses baisers jusqu'à ce que sa langue glisse contre mes dents, en franchisse la barrière et caresse la mienne. Une de ses mains serpente dans mon dos, remonte ma colonne vertébrale pour se caler sur ma nuque et m'approcher un peu plus près de lui. La seconde épouse la chute de mes reins, me presse fermement. La virilité de ses bras est plaisante, mais je ne réagis toujours pas, me laissant contrôler comme une poupée délaissée par son marionnettiste.

Rien.

Désertique.

Pourquoi suis-je aussi creuse qu'une huître dépossédée de sa perle ? Plus morte que vive, je suis terrifiée à l'idée de ne plus rien ressentir. La gorge sèche, j'oblige mes mains à enserrer le visage d'Anton, à m'y cramponner comme un alpiniste qui tente l'opération de la dernière chance pour éviter la chute mortelle. Tout est confus en moi, la méfiance, la frustration, la vulnérabilité… Je ne sais plus où donner de la tête.

Je dois m'assurer de pas être une lueur qui faiblit, prête à s'éteindre. Mes ongles sinuent sur le torse dessiné du brun à travers sa chemise, stoppent juste au-dessus de sa ceinture.

Allez, Eva. Baise-le !

Et soudain, un éclair de stupeur me foudroie, me désintègre sur place. J'en suis incapable. Mon cœur est stérile. Mes envies réduites à de simples étincelles qui s'étouffent aussitôt qu'elles se sont allumées. Ni Anton, ni Alex, ni personne d'autre ne pourrait y changer quoi que ce soit.

Doucement, je m'extirpe de son emprise. Son regard alterne entre ma mine déconfite et mes doigts que je tords nerveusement.

Incapable de l'affronter un instant de plus, je m'échappe de la chambre pour m'enfermer à double tour dans la salle de bains. Le dos plaqué contre la porte, je me laisse glisser alors que les larmes, que je contenais pendant notre étreinte qui m'aspirait dans un abîme sans fond, jaillissent de plus belle…

CHAPITRE HUIT

Adam

J'ignore si je suis désormais dans une unité psychiatrique ou un centre de désintoxication tant j'ai l'impression de perdre la tête. Les murs de ma chambre s'apparentent davantage à ceux d'une prison qui me retient contre mon gré. Jamais je n'aurais dû accepter de signer les papiers les autorisant à m'enfermer de force s'il le fallait… C'étaient les conditions de l'agence Élite, j'aurais dû tous les envoyer sur les roses et partir loin d'ici tant qu'il en était encore temps. Mais Louise a insisté, je l'ai écoutée…

Je suis vide, c'est atroce. Le gouffre qui oppresse ma poitrine me tue à petit feu. Son absence est un supplice sans précédent que j'endure viscéralement. Mon corps tout entier rejette la situation, je végète dans ce lit dans lequel je suis cloué depuis plusieurs jours… J'ai arrêté de tenir le compte. Sa voix, son odeur, la douceur de sa peau, tout en elle me manque. Ses yeux, en particulier. Ne plus les rencontrer me confronte à mes démons les plus sordides.

Je donnerais tout, absolument tout, pour la voir ou l'entendre ne serait qu'une infime fraction de seconde. Pourtant, je ne regrette rien. Rien du tout…

Les secondes sont des minutes, les minutes des heures et ainsi de suite. Tout fonctionne au ralenti autour de moi, jusqu'à mon propre corps. Ma bouche pâteuse, mon regard vitreux marquent mon état quasi végétatif. Je refuse d'avaler leurs médicaments, ils sont obligés de me les administrer par intraveineuses. Ces nombreux tuyaux de plastique qui me relient à plusieurs poches où un liquide visqueux flotte me rappellent à quel point je suis diminué.

Le grincement de la porte de ma chambre m'indique qu'une personne y pénètre. Je ne jette pas même un regard en coin. Si ce n'est pas Louise, à quoi bon ?

— Vous ne pouvez pas vous laisser dépérir, Adam, annonce une voix que je connais bien trop.

Aussitôt, mes traits se déforment de fureur. Je ne peux m'empêcher de tourner le visage vers l'homme à cause duquel je me retrouve dans cette situation abominable. Le souffle coupé par l'acrimonie qui pulse dans mes veines, je suffoque de rage. Son attitude est sereine, ses traits détendus comme s'il n'avait rien à se reprocher.

Piece of shit[44].

J'abhorre cet homme, jamais un être humain ne m'a autant répugné que celui-ci. Ses petits yeux perçants et sournois font bouillir mon sang prêt à jaillir sur lui tel un acide corrosif.

— Qu'est-ce que ça peut vous foutre ? craché-je sur un ton haineux.

— Vous étiez sur le bon chemin, c'est dommage de tout gâcher.

Je ris sans le vouloir réellement, mais c'est un rire jaune, un rire qui me rappelle à quel point ma présence ici est un ramassis de conneries. En quoi étais-je sur le bon chemin ? Je me contentais simplement de respecter ce foutu règlement pour qu'on me permette de *la* voir. Ni plus, ni moins.

— La faute à qui ? l'interrogé-je, la voix blanche de colère.

---

[44] Littéralement « tas de merde »

— Vous ne pouvez vous en prendre qu'à vous-même. Ou à cette jeune fille.

Mes molaires se serrent si fort que je crains de les briser. Deux possibilités, ou ce vieux débris est suicidaire, ou il est complètement déficient.

— Je vous conseille de vous taire ! tempêté-je.

— Ça vous irrite que je parle d'elle ?

— La ferme ! hurlé-je.

Mes poignets me font souffrir, je me suis redressé trop rapidement sous le coup de l'adrénaline. Mon corps est trop faible pour lui imposer de tels caprices.

— Je suis toujours disposé à vous aider, Adam.

— Je ne veux pas de votre aide. Je veux sortir d'ici.

— Vous pourrez nous quitter lorsque vous serez sevré.

Qu'est-ce que ça peut bien lui foutre au juste ? Je mène ma vie comme je l'entends, m'occupe de ma santé comme il me plaît. Si j'étais suffisamment en forme, je lui encastrerais son petit sourire poli dans le mur.

— Ça fait des années que je suis ce chemin, qu'est-ce que je crains de plus ?

— La mort, peut-être ?

— Ici, c'est pire.

Je retombe lourdement contre mon oreiller, épuisé de m'être emporté à ce point. De plus, ça n'a aucun effet sur lui, il reste aussi impassible qu'à son habitude. Ne pas réussir à l'ébranler me perturbe, je suis très doué pour provoquer ce genre de débordement chez les autres en général.

— Vous ne pouvez pas m'empêcher de la voir, j'en ai besoin, soupiré-je en fermant les yeux quelques secondes.

— Remplacer une addiction par une autre n'est pas la meilleure solution qui soit.

Il a raison, c'est exactement ce que je suis en train de faire. Et alors ? Ne vaut-il mieux pas Louise à la cocaïne ? Il ne sait vraiment pas ce qu'il veut !

— Ça n'a strictement rien à voir, mens-je éhontément.

— Nous pouvons envisager des visites, mais pas dans l'immédiat. Vous devez reprendre là où vous en étiez, Adam.

Je secoue la tête en signe de dénégation. Je suis las de ce programme, las de ces murs et de ce personnel soignant qui pense pouvoir m'aider à emprunter le chemin de la rédemption.

— Je n'en ai pas envie, marmonné-je.

— Réfléchissez, vous ne pouvez pas fuir éternellement.

Sur ces mots, il quitte précipitamment la chambre, me laissant avec pour seule compagnie ma culpabilité. J'ai tout foiré. Absolument tout. Si je m'étais tenu au programme, Louise pourrait encore me rendre visite, je sortirais d'ici quelques semaines et ma vie reprendrait là où je l'ai laissée… peut-être la drogue en moins.

Ne sachant plus comment réagir, perdu sur le fil qui relie la fureur à la déception, je saisis la télécommande sur la table de chevet et la balance avec une violence inouïe contre la porte qui me sépare du monde réel. Elle s'écrase, explose et se disloque au sol.

Well, no more television[45] !

***

Croyez-le ou non, je suis installé à une table de la salle commune, prêt à déjeuner. Je n'ai pas d'autre choix que de

---

[45] Bien, plus de télévision

faire preuve d'un minimum de bonne volonté si je veux qu'on m'accorde le droit de voir Louise. Une fois débarrassé des perfusions et à l'aide d'une canne pour m'aider à traverser les couloirs, je me suis retrouvé ici.

— Oh, un revenant, scande une voix féminine.

Je déporte mon attention de mon assiette de brocolis pour tomber sur deux visages familiers : Mia et Hugo. Tous deux me sourient comme s'ils ne m'avaient pas vu depuis des années. J'essaie d'étirer mes lèvres, mais je ne suis pas certain d'y parvenir. Ma besogne accomplie, je replonge les dents de la fourchette dans un des légumes verts et le porte à ma bouche, feignant de ne pas réellement remarquer leur présence.

— Tu vas bien ? s'enquiert le petit casse-couilles.

Je coupe un bout de saucisse, me lamentant de ne pas accueillir ne serait-ce qu'un petit morceau de frite dans mon plat, et l'engloutis avant de parler la bouche pleine.

— Pas la peine de faire semblant ! Je sais que vous êtes au courant.

— On a bien entendu quelques bruits de couloirs, oui.

— Mia… la réprimande Hugo.

La jeune femme blonde claque sa langue contre son palais pour marquer son agacement, avant de fusiller son comparse du regard.

— Quoi ? Autant qu'il le sache.

— Que savez-vous ? les interrogé-je sur un ton détaché.

Mia hésite, jette un œil par-dessus son épaule pour s'assurer que personne ne nous épie, puis ajoute en chuchotant :

— Tu te serais introduit dans le bureau du psy, avec ta copine…

— Bien joué, mec ! intervient Hugo en m'offrant sa paume pour la taper.

— Hugo ! intervient Mia

— Quoi, ce mec est trop fort !

J'observe la main de ce petit crétin en esquissant un sourire très discret, mais lève les yeux au ciel pour lui signifier qu'il peut oublier le check qu'il me réclame.

— Je ne suis pas un héros, me contenté-je de bafouiller.

— Tu as été mis en isolement, je suppose ?

J'opine légèrement du chef, repensant à ces journées interminables où je me suis vu diminué au point de ne plus pouvoir quitter mon lit.

— Si tu te comportes bien, ça devrait aller, tente-t-elle de me rassurer.

— Je n'ai plus le droit de voir Louise, je ne vois pas comment ça pourrait aller, réponds-je, amer.

— Si tu veux t'en sortir, tu vas devoir changer et comprendre pourquoi tu es réellement ici, poursuit Mia. À mon arrivée, je ne dormais pas plus d'une ou deux heures par nuit. Les terreurs nocturnes étaient tellement horribles que ça me vidait complètement. Le docteur Gonset m'a aidée à comprendre comment j'en étais arrivée là…

— Ce crétin ne sert à rien, je ne fais que lui raconter ce que j'ai mangé le midi.

— J'ai passé une semaine à lui parler des autres résidents, sans aborder ma vie, précise Hugo.

Si j'ai décidé de quitter de mon plein gré ma prison d'à peine 10 m², ce n'est sûrement pas pour recevoir des leçons de morale de la part de ces deux morveux.

— Je n'ai pas envie de lui parler, grommelé-je. Ni de lui raconter ma vie d'ailleurs, ou qu'il essaie de s'introduire dans ma tête pour la décortiquer et analyser mes réactions. Je suis camé, point final.

Mia avance sa main vers la mienne, frôle ma peau de la pulpe de ses doigts et plonge son regard d'un bleu profond dans le mien, qui doit refléter toute la froideur qui me caractérise.

— Tu sais que c'est plus compliqué que ça, Adam, souffle-t-elle avec ce que j'interprète comme étant de la bienveillance.

Dommage pour elle, ce n'est pas un comportement qui fonctionne avec moi. Rien à cirer qu'on prenne soin de ma petite personne, qu'on me guide. Tout ce dont j'ai besoin, c'est Louise. Uniquement Louise.

— Je me passerai de deux nouveaux psys, ajouté-je sur un ton glacial.

Je me lève, emmène mon plateau sur les chariots de débarrassage et quitte ce réfectoire qui m'oppresse depuis quelques instants. Mon souffle bloqué dans ma poitrine, l'angoisse qui s'empare de moi me confronte à mon attitude déplorable. Je n'ai pas été sympa avec eux alors qu'ils sont les seuls à s'apparenter à des alliés au sein de cet établissement. Comment pourrais-je sortir d'ici et retrouver ma petite créatrice de mode si je suis incapable de ne pas m'emporter au cours d'une simple conversation ?

Les longs couloirs qui me ramènent à ma chambre semblent s'étrécir, comme si les murs se rapprochaient l'un de l'autre pour finir par me compresser comme un vulgaire morceau de viande. Tous ces fascicules qui encombrent les étagères accrochées au placo me rappellent sans cesse l'endroit où je suis. Des témoignages de drogués sortis *clean* du centre, d'autres sur la désintoxication et son fonctionnement. Pourquoi pas « La cure pour les Nuls » tant qu'on y est ? Pourtant, j'aurais bien besoin d'un manuel pour m'aider à sortir indemne de cet endroit.

À l'instant où je m'apprête à ouvrir la porte de ma petite prison personnelle, je clos les paupières et presse fermement la poignée entre mes doigts. Un visage angélique aux traits parfaits, orné de deux topazes et entouré d'un halo de cheveux d'un blond si clair qu'il s'apparente à la couleur de la glace, s'impose sur mes rétines.

Louise.

Encore et toujours elle. Si je n'étais pas déjà un camé, pratiquement alcoolique, enragé, névrosé et sûrement fou à lier, je me demanderais si je ne suis pas un psychopathe pour être obsédé à ce point par cette nana. Heureusement pour moi, cumuler autant de tares est impossible… enfin, je l'espère.

Lorsque j'ouvre les yeux, ma poigne se desserre, mes jambes m'entraînent malgré moi à travers les couloirs jusqu'à me poster devant la porte d'un bureau dans lequel je ne suis pas revenu depuis plusieurs jours. L'écriteau « Docteur Gonset – Psychiatre » me fait froid dans le dos, une goutte de sueur déferle dans ma nuque et poursuit son trajet le long de ma colonne vertébrale. Je n'arrive pas à croire que je sois là, alors que la colère que j'éprouve pour ce vieil homme est sans égale.

Pourtant, me retrouver face à cette pièce m'apparaît comme une évidence. L'aval du médecin me permettra de retrouver la femme que je convoite. Il est le seul à détenir les clefs de mon cachot.

Je patiente donc, installé sur une des chaises accolées au mur, lorsque des pas se rapprochent de moi. Je redresse le visage, rencontre le regard perçant de mon geôlier, dont les lèvres s'étirent quelque peu. Une légère inspiration me permet de garder tout mon calme face à ce professionnel des maladies mentales qui ne cesse de me provoquer avec son attitude parfaitement mesurée.

— Je pensais que vous seriez entré seul, Adam, lâche-t-il en tapant le code qui déverrouille l'entrée.

— Je vois que vous prenez soin de le composer discrètement désormais, ironisé-je.

Il m'adresse un sourire entendu, il n'est pas rancunier. À sa place, je serais incapable de travailler avec la personne qui s'est infiltrée dans mon bureau en pleine nuit pour batifoler avec sa petite-amie.

Girlfriend[46].

Ce terme est toujours aussi étrange pour moi et pourtant, n'est-ce pas ce que nous sommes ? Du moins, avant que tout ne bascule. Désormais, rien n'est sûr.

En pénétrant dans l'antre du psy, des images envahissent mon esprit, me ramènent à quelques jours auparavant. Louise allongée nue sur le plateau du bureau, gémissant pour répondre à chaque coup de reins que je lui offrais. Je ne peux empêcher mon membre de réagir à ces pensées lubriques, et prendre toute la place dans mon caleçon. Si j'étais seul, l'appel de la masturbation serait sûrement trop puissant pour que j'y résiste.

Je m'installe dans le siège, face au docteur, réprime ces pulsions qui tentent d'asservir ma volonté. Je ne peux décemment pas m'astiquer devant ce vieux pervers.

— Je ne pensais pas vous voir de sitôt, me sort-il de mes pensées.

Je cligne des yeux pour recouvrer mes esprits, me calme pour me concentrer sur l'intervention de cet homme insupportable.

---

[46] Petite-amie

— Je n'en peux plus de rester dans ma chambre, avoué-je.

— C'est une bonne nouvelle que vous acceptiez de me voir.

Je ricane, lui offre mon sourire le plus moqueur. Il se prend vraiment pour un sauveur, ne comprend rien à rien.

— Je ne suis pas là pour vous, raillé-je, juste pour me changer les idées.

Docteur Jekyll m'observe sous ses lunettes en demi-lune, croise les mains sur son bureau, comme s'il essayait de percer un mystère, en l'occurrence, moi.

— Je crois n'avoir jamais rencontré quelqu'un comme vous, affirme-t-il.

Je hausse un sourcil, cherche à déterminer ce qu'il veut dire par là. Voyant que je ne saisis pas son insinuation, il poursuit :

— À vous entendre, tout va bien. La plupart des gens, ici, reconnaissent rapidement avoir besoin d'aide.

— Je n'aime pas les psys, m'obstiné-je.

Une demi-seconde, il me semble apercevoir une once d'agacement dans son regard, comme si je rongeais peu à peu sa patience.

So, Doc', are you losing your temper[47] *?*

Seulement, il se reprend plus rapidement qu'un battement de cœur et enchaîne aussitôt.

— Vous ne pensez pas avoir des choses à régler, des portes à ouvrir pour explorer les zones d'ombre ?

— Peut-être. Mais je ne pense pas que vous puissiez quoi que ce soit pour moi.

— Pour le savoir, il faudrait déjà essayer.

---

[47] Alors, Doc', on perd son sang-froid

Il ne me lâchera pas, c'est une certitude. Cet homme est un *challenger*, s'occuper des cas désespérés comme le mien semble être un *hobby* pour lui, une sorte de mise au point pour s'assurer que ses compétences sont toujours les meilleures. En outre, entrer dans son jeu pourrait me permettre de parvenir à mes fins… Alors, je me décide à sauter à pieds joints dans son monde, non sans m'assurer d'avoir un filet de sécurité en cas de chute libre.

Je m'avance vers son bureau, y dépose mes coudes tout en appuyant mon menton sur mes phalanges. Mon regard planté dans le sien, je prépare le terrain pour poser *la* question qui, je l'espère, obtiendra une réponse positive en ma faveur.

— Êtes-vous un bon négociateur, Docteur Gonset ?

Il marque une pause, sûrement surpris par ma question.

— J'imagine, oui.

Bien. Que les choses sérieuses commencent, cher Docteur. J'ignore qui de nous deux remportera la guerre, mais s'il accepte mon marché, j'aurai gagné une bataille.

— Je me soumets à vos conneries si je peux voir Louise, proposé-je sur un ton convaincant. C'est aussi simple que ça.

Verdict ?

— Non.

Je manque de m'étouffer en entendant sa réponse brève et tranchée. Vert de rage, je presse les accoudoirs du fauteuil dans mes mains, prêt à les briser. C'est ça, ou sa tête. Je ne parviens plus à contrôler mes nerfs qui me lâchent un par un, laissant place à la bête enragée qui se tapit en moi et ne demande qu'à être libérée. Les traits déformés par l'aversion, je me dresse sur mes pieds et crache d'une voix rauque de colère :

— *Kind of dickhead*[48] !

Les yeux exorbités, mes membres se mettent à trembler, je presse les poings pour éviter de lui sauter à la gorge. Je n'arrive pas à y croire. Qu'est-ce qu'il lui faut de plus pour obtempérer ?

— Adam, asseyez-vous, réclame-t-il calmement.

Son ton me donne plus envie encore de le cogner jusqu'à éclater ses binocles sur son nez. Le visage de Louise flotte de nouveau dans mon esprit, je pourrais presque entendre sa voix m'intimer de m'apaiser si je ne souhaite pas voir la situation s'envenimer.

Résigné, je me rassieds, pose mes coudes sur mes genoux, ma tête plongée dans mes mains. Même si ce que je m'apprête à dire me brûle la langue, la transperce et l'arrache, je m'y contrains.

— Excusez-moi, articulé-je dans un soupir.

— Vous avez besoin d'avancer seul, Adam.

Je secoue la tête tout en la gardant à l'abri dans mes paumes. La pression qui écrase mes épaules devient trop difficile à gérer, je suis prêt à tout abandonner tant mon âme se morcelle. Comment lui faire comprendre ?

Je relève les yeux, rencontre les siens qui me détaillent avec attention. La façon qu'il a de m'analyser me met mal à l'aise, me pousse vers des contrées de mon esprit que je n'ai jamais foulées. Le regard morose, la gorge nouée et la mine plus triste qu'un endeuillé, je lève la tête et expire dans un souffle :

— Quelques jours…

Il ne réagit pas, continue de m'observer. Je jurerais que son attitude change légèrement, comme s'il pressentait

---

48 Espèce de connard, littéralement « tête de bite »

que je baisse la garde, que la voie est libre. Je prends une nouvelle inspiration et poursuis.

— Je ferai tout ce que vous souhaitez, en contrepartie vous m'autorisez une visite. J'ai besoin de lui parler.

Les secondes qu'il s'accorde pour prendre une décision sont plus longues que des années. Je ne respire plus, mes organes vitaux s'alarment, mon cœur tente de pomper comme un forcené mon sang pour irriguer chacune de mes cellules, mais n'y parvient pas. Mes poumons sont comprimés dans ma cage thoracique qui manque de s'effondrer sur elle-même. Tout ce que je parviens à entreprendre, c'est scruter ses lèvres jusqu'à ce qu'elles s'agitent à une vitesse folle.

— Quelques jours, d'accord.

Je ne suis pas certain d'avoir correctement interprété ses paroles, mais si j'en crois son regard conciliant, il semblerait que nous ayons trouvé un terrain d'entente. Je hoche la tête, accepte à mon tour notre *deal*. J'ignore si je dois me réjouir d'attendre encore l'arrivée de Louise, mais c'est une avancée.

— J'aimerais comprendre qui vous êtes, Adam, persévère Gonset.

Je hausse les épaules. Maintenant que nous avons passé un marché, je dois tenir parole.

— Les questions vous brûlent les lèvres…

Il sourit, ouvre son tiroir qu'il fouille pour en sortir une feuille A4 et un crayon de bois qu'il pose sur la table.

— Nous allons représenter votre vie, m'explique-t-il en traçant une ligne droite. Et mettre en évidence des périodes charnières.

— Très bien.

— Nous partirons du terme « infarctus du myocarde », je suis désolé de vous rappeler cet accident de parcours.

Il inscrit les mots en rouge à l'extrémité droite du trait fléché. Ma vie est une suite d'éléments plus fous les uns que les autres. Je suis tellement camé que j'ai failli en crever.

— Si nous remontons quelque temps en arrière, reprend-il, que pouvez-vous me dire ?

Je fouille ma mémoire tout en sachant pertinemment quel élément survient juste avant.

— J'ai rencontré Louise, ça a été compliqué entre nous. J'alternais entre les périodes où je me droguais encore plus et celles où j'avais l'impression de pouvoir m'en passer.

— Et pourquoi cela ?

La bouche asséchée, je prends une lampée du contenu du verre qui se trouve devant moi. J'essuie mes mains moites sur mon jean, chasse la sueur qui coule sur mes tempes. M'introspecter est un comportement dont je ne raffole pas.

Don't do your sissy, Adam[49] *!*

— Ce que je ressentais me faisait peur, me lancé-je sur un ton peu assuré. Je devais me droguer pour ne pas m'adoucir. Et à la fois, je ne souhaitais plus être horrible avec elle.

Le docteur prend quelques notes, avant de reporter son attention sur mon visage qui doit se décomposer à mesure que sa curiosité s'intensifie.

— Vous êtes en France depuis combien de temps, Adam ?

— Quelques mois.

— Comment cela se fait-il que vous parliez si bien notre langue ?

— Euh… je… balbutié-je

Accablé par tous les souvenirs de mon passé qui s'entremêlent dans ma tête, je me concentre sur un point

---

[49] Ne fais pas ta poule mouillée, Adam

précis sur le mur situé juste derrière le docteur Gonset, pour ne pas voir des chandelles tournoyer. Pourquoi suis-je cloué sur place, paralysé à coups de *petrificus totalus*[50] ? Mon cœur tambourine dans ma poitrine, résonne dans mon thorax. L'effroi qui m'envahit est tel que, de mon mètre quatre-vingt-dix, je souhaiterais me terrer dans un trou de souris.

Je suis incapable de parcourir mon passé, de parler de tout ce que je souhaiterais oublier. Le doc' semble comprendre que quelque chose ne tourne pas rond chez moi puisque d'une voix calme, mais ferme, il me somme de fermer les yeux. Je l'observe un instant d'un regard inquisiteur, obtempère ensuite aussi surpris qu'il l'est.

— Adossez-vous confortablement dans le fauteuil et écoutez ma voix.

Une fois de plus, j'obéis, me cale dans le fond du siège et me concentre sur les mots qui sortent de sa bouche. Pendant quelques secondes, il m'explique comment va se dérouler l'entretien, me rassurant sur les éventuelles craintes que je peux avoir. Aussi étrange que cela puisse être, ma respiration recouvre sa fonctionnalité, je parviens à prendre de longues inspirations comme il me le préconise, expire lentement et profondément. Mon rythme cardiaque ralentit, les muscles de mon corps se détendent, laissent place à quelque chose qui s'apparente à de la… sérénité.

— Vous viviez au Royaume-Uni ? s'enquiert le doc'.

— Oui, à Londres.

Ma voix me paraît différente, comme si ce n'était pas réellement moi qui parlais, qu'on prenait le contrôle de mon corps.

— Où avez-vous appris le français ?

— J'étais dans un collège francophone, confessé-je.

---

[50] Formule magique de la saga Harry Potter visant à pétrifier quelqu'un

— Et pour quelle raison ?

Mes globes oculaires s'agitent sous mes paupières fermement closes, une part de moi se débat pour ne révéler aucune information supplémentaire. Mais je suis si détendu que les sons sortent seuls de ma bouche, fusionnant entre eux pour former des syllabes, puis des mots.

— Une partie de ma famille est française…

Suite à cette confession, il me semble sentir mon palpitant rater une pulsation. Peut-être est-ce le fruit de mon imagination.

— Où viviez-vous ?

— À l'internat. J'y suis resté de nombreuses années.

— Vous aviez quel âge ?

— Je ne sais plus, dix ans peut-être, lorsque j'y suis entré.

Je ne parviens plus à inhiber mes réponses, le psychiatre peut alors lire en moi comme dans un livre ouvert. Des années que je n'ai pas évoqué ces faits et pourtant, je ne me sens pas plus mal qu'il y a quelques minutes.

— Et avant ça ?

— Ma tante m'avait inscrit dans une école ordinaire, il me semble.

— Votre tante est Française ?

— Non, elle est Britannique.

— Et vos parents ?

That's enough[51] !

Ma gorge se serre, mon corps frissonne comme une feuille emportée par une rafale. Je voudrais ouvrir les yeux, mais j'en suis incapable. Prisonnier de mon enveloppe corporelle, je gémis, me débats à l'intérieur, plongé dans un état de léthargie qui me terrorise. Les longues suées froides

---

[51] C'est assez

qui coulent sous mes aisselles, et inondent mon t-shirt, m'indiquent que mon esprit combat mon corps pour partir d'ici.

— Adam, voulez-vous me parler de vos parents ?

— NON ! crié-je en écarquillant les yeux.

Je me redresse subitement, le souffle hachuré, les cheveux dressés sur la tête alors que mon regard sillonne le visage du vieil homme qui me fait face. J'ignore ce qui a pu se produire, mais je ne veux plus jamais revivre une telle expérience.

Never[52].

Sans prendre la peine de réfléchir, je me lève et disparais aussi loin que possible de ce psy qui a pénétré dans ma tête à la manière d'un sorcier aux pouvoirs obscurs. Le chemin qui me mène à ma chambre me paraît interminable, embûché d'obstacles humains que je souhaiterais éradiquer pour aller plus vite encore. Tout se confond dans ma tête : fureur, panique et vulnérabilité. Mes jambes me portent par je ne sais quel miracle, je pourrais très bien m'étaler sur le sol lustré tant je me sens affaibli.

À l'instant où je rejoins ma salle de bains, je me jette sur la cuvette des toilettes, y recrache le contenu de mon repas du midi et mes tripes, par la même occasion. Mon estomac est pris de spasmes douloureux qui me font grimacer alors qu'un goût atroce se répand dans ma bouche… celui de la mort.

J'essuie mes lèvres à l'aide de la manche de mon t-shirt, m'adosse contre le mur et y repose ma tête, complètement vidé, dans tous les sens du terme. Mes paupières se scellent pour contenir les larmes qui se logent à la lisière de mes cils…

---

52 Jamais

… et sans que je ne m'y attende, une perle salée déferle sur ma joue.

Pour la première fois depuis plus de vingt ans, je pleure.

CHAPITRE NEUF

Alex

J'ignore comment je m'y suis pris pour m'extirper de mon lit, prendre le métro et me rendre jusqu'au commissariat. La cuite qui m'a assommé hier soir rend ma démarche mal assurée si bien que je prends un temps de pause tous les dix mètres, pour éviter de m'écrouler comme un ivrogne. Deux jours que je bois sans pouvoir m'arrêter, que les cadavres de bouteilles s'accumulent dans mon appartement. J'ai bien conscience que ça ne réglera pas mes problèmes, mais c'est tout ce que j'ai trouvé dans l'immédiat pour atténuer la douleur du vide qui occupe désormais la place de mon cœur.

Lorsque je pénètre dans le bureau, Marc relève les yeux, pose le document qu'il lisait et hausse un sourcil en détaillant la mine de zombie que j'affiche.

Eh ! Je peux jouer dans The Walking Dead[53] *sans passer par la case maquillage !*

Je ne peux m'empêcher de lui sourire comme un idiot, trop heureux de revoir le visage de mon meilleur ami. Il doit sûrement me vouer de la rancœur pour l'avoir questionné sur ce petit blond qu'il avait arrêté et rencontré à la soirée en l'honneur du Procureur, mais je m'en moque. C'est mon ami le plus fidèle, je ne nous imagine pas fâchés plus de quelques

---

[53] Série sur les Zombies

jours. Je m'excuserais bien, mais il m'enverrait bouler à coup sûr.

— Je rêve ou tu es bourré ? m'interroge mon collègue.

Je porte mon pouce et mon index devant mon œil, les espace de quelques centimètres pour lui signifier que c'est probable. Un ricanement caractéristique de mon état me trahit.

Ça se voit tant que ça ?

Mon coéquipier soupire exagérément, se lève pour m'obliger à m'asseoir sur la chaise face à la porte. Le regard qu'il m'adresse me dissuade de bouger de ma place et franchement, je ne suis pas certain d'être capable de me relever seul.

— Tu restes là ! m'ordonne-t-il en me pointant du doigt. Je vais aller voir si ton super copain du moment est présent. Si je m'occupe personnellement de toi, je risque de t'en coller une.

Je ne peux m'empêcher de pouffer de rire, ce qui me rassure. Je préfère largement avoir affaire au Alex rigolo lorsqu'il est bourré, que l'espèce de taré qui s'en est pris à Eva… Je ne parviens pas à me retirer ces images de la tête, hanté par les mots que je lui ai dits et les gestes que j'ai eus. Je me dégoûte, me révulse et c'est bien la raison pour laquelle je bois davantage, pour tenter d'oublier à quel point j'ai été un monstre avec elle.

Seulement… si elle savait la vérité. Si elle savait ce que l'homme chez qui elle vit trame derrière son dos…

Le retour de Marc, suivi de Martin, me sort de mes pensées, me ramène à une réalité que je préférerais oublier. Mon collègue est furax. Il contourne son bureau et prend place sur son fauteuil. Lui tournant le dos, je lui jette un coup d'œil par-dessus mon épaule, avant qu'il ne me prévienne froidement :

— Je te couvre cette fois, mais il n'y aura pas de prochaine.

Je n'ai plus envie de rire désormais, la déception que je lis sur son visage me met mal à l'aise et me confronte d'autant plus aux difficultés que je rencontre ces temps-ci. Pour un capitaine, je ne tiens pas du tout mon rôle, Marc a toutes les raisons d'être en colère contre moi.

Martin passe alors un de mes bras sur ses épaules, vérifie que personne n'obstrue le couloir, avant de m'expliquer brièvement que nous allons emprunter la sortie de secours qui mène à l'arrière du bâtiment. Alors qu'il appelle un taxi, une fois à l'extérieur, mon corps réagit plus mal que je ne l'aurais pensé à l'air qui me fouette et s'infiltre dans mes poumons. Je me trouve dans l'obligation de m'appuyer à la rambarde pour ne pas chanceler. Les escaliers de fer que nous allons devoir traverser pour rejoindre la rue m'apparaissent comme une épreuve insurmontable. Je parviens à peine à mettre un pied devant l'autre…

***

Le soleil qui chauffe mon visage m'oblige à ouvrir un œil qui se referme aussitôt, aveuglé, voire même agressé, par la lumière ambiante. Je me retourne sur le ventre, extirpe mon portable de ma poche, aussi difficilement que s'il était enfermé dans un coffre-fort, et consulte l'heure.

Quelle larve, il est 18h.

J'ai pioncé toute la journée, incapable de reprendre connaissance. Je ne me souviens même pas avoir fait le trajet jusqu'à mon immeuble, être monté jusqu'à mon appartement pour tomber dans mon canapé. Ma tête est si douloureuse que si on me proposait de m'ouvrir le crâne pour soulager la pression que ma cervelle de moineau subit, j'accepterais sans hésiter.

— Bonne gueule de bois, se moque une voix qui s'approche.

Je jette un œil à Martin qui s'assied sur le sofa face à moi, grogne et enfouis ma tête dans le petit oreiller trop dur pour être confortable. En vérité, j'ai honte que mes amis aient dû subir mon débordement alors que j'étais dans l'exercice de mes fonctions. Je prends maintenant conscience que j'ai risqué ma carrière et ma perspective d'évolution pour accéder au grade de commandant.

Mon ami me tend un verre rempli d'un liquide qui ne m'inspire pas confiance. Aussi maladroitement qu'un nourrisson, je me redresse en position assise, me maintiens d'une main pour ne pas vaciller et saisis le contenant de l'autre.

— Je te présente la potion magique de ma grand-mère.

J'arque un sourcil, approche le liquide de mes narines, pour analyser l'émanation qui s'en dégage, et grimace aussitôt.

C'est mon vomi qu'il me demande d'ingérer ?

Martin ne peut s'empêcher de ricaner devant l'écœurement qu'affiche mon visage, avant de m'encourager d'un signe de tête à avaler la mixture. Suspicieux, j'approche le bord transparent de mes lèvres, espère de tout mon être que le goût sera plus agréable que l'odeur, et bois une gorgée. Ma main se plaque par réflexe contre ma bouche pour m'empêcher de rendre le contenu sur mon tapis tout neuf. Mon estomac se retourne, comme pour protester contre ce que je lui impose, tandis que ma mâchoire se contracte à outrance, m'interdisant de réitérer l'essai.

Ne tenant plus, je repose cette horreur sur la table basse, cours du mieux que je le peux et recrache le breuvage de « mamie Martin » dans les toilettes. Je le soupçonne d'avoir ajouté un ingrédient mystère à la recette, un qui me pousserait nécessairement à dégueuler, simplement pour me punir de m'être mis dans un état pareil.

— C'est quoi ta merde ? grommelé-je en regagnant le salon.

— Continue de boire, la deuxième gorgée devrait mieux se passer.

Pendant un instant, j'examine mon ami gay d'un regard sombre et tente de déceler s'il me dit la vérité ou non. N'y parvenant pas, je hausse les épaules, m'assieds et décide de retenter une nouvelle fois l'expérience. Après tout, je sais à quoi m'attendre désormais. Le goût est toujours aussi infect, mais mon estomac semble réagir avec bien moins de violence. Je grimace, suis prêt à me boucher le nez pour engloutir plusieurs gorgées et en terminer une bonne fois pour toutes avec ce supplice, mais m'abstiens, certain que Martin se foutrait de ma gueule pendant des mois.

— Bravo, mon vieux, se réjouit-il alors que je repose bruyamment le verre sur la table.

J'aimerais lui adresser un petit sourire reconnaissant pour s'être occupé de moi, mais je suis actuellement hors service. Mon corps est aussi barbouillé que mon esprit qui ne cesse de se tourner vers Eva et… Anton. Si je m'écoutais, j'appellerais sur le champ notre mère pour lui dire à quel point son fils est un connard, mais elle chercherait une fois de plus à apaiser les tensions. En bonne matriarche, elle souhaite que nous nous entendions, même si notre relation a toujours été conflictuelle et compliquée.

— Tu vas mieux ? s'enquiert le graphologue.

— Ouais, je me sens moins nauséeux.

Il m'adresse un sourire, appuie ses coudes contre ses genoux et joint ses paumes l'une contre l'autre en recouvrant sa bouche. Son regard inquisiteur me fait déjà pressentir sur quel terrain il compte m'amener si bien que je préfère le devancer.

— J'ai totalement merdé avec Eva, je lui ai dit des choses horribles et elle ne me pardonnera jamais, expliqué-je sur un ton que je souhaite détaché, mais qui est loin de l'être.

Voilà. Affaire réglée. Fermez le rideau.

Martin conserve le silence quelques instants, se réinstalle finalement confortablement dans le fauteuil, puis croise les jambes en m'adressant un sourire que j'interprète comme narquois. Clairement, il se fout de ma gueule.

— Alex, combien de fois faudra-t-il que je te le dise ?

Je fronce les sourcils devant les commissures de ses lèvres qui s'incurvent davantage, lève les yeux au ciel lorsqu'il oscille exagérément des sourcils pour me tenir en haleine.

— Tu es vraiment le mec le plus idiot que je connaisse, me ridiculise-t-il. Tu donnes tellement raison à ton frère en agissant comme un crétin avec elle. Chaque fois, tu la pousses un peu plus dans ses bras, idiot ! Elle a besoin de stabilité et de sécurité, et elle a affaire à un homme de Neandertal avec toi !

Mon majeur se dresse de son propre chef dans sa direction alors que je lui assène un coup d'œil orageux qui reflète la tempête qui gronde en moi. Je ne suis pas particulièrement touché des vérités qu'il m'expose, j'en ai bien conscience. Mais constater qu'il a tout à fait raison me fait réaliser que je ne peux pas en vouloir à Eva… Je suis le seul responsable de la situation dans laquelle je nous ai poussés. C'est à peine si je peux détester mon frère d'agir ainsi, il est fidèle à lui-même.

— Je vais tout arranger, soupire-t-il en saisissant mon téléphone que j'ai posé sur la table.

Je tente de le récupérer, mais mon état de soûlard qui débourre me rappelle à l'ordre, m'obligeant à me rasseoir rapidement, au risque de dégueuler. Martin en profite donc pour déverrouiller mon smartphone et naviguer dessus.

Depuis le temps que Marc me bassine pour mettre un code de sécurité !

Ce fourbe d'homosexuel de mes deux me tend finalement mon portable que je récupère alors qu'une voix retentit de l'autre côté.

Putain, je n'y crois pas, elle a décroché !

C'est peut-être que tout n'est pas perdu si elle décide de me répondre. Dans tous les scénarios d'excuses que j'ai élaborés durant mes nombreuses heures à la dérive, je suis toujours parvenu à la même conclusion : elle refusait de me parler, m'envoyait chier en me menaçant de me couper les couilles si je l'approchais encore ou la contactais ne serait-ce qu'une fois de plus.

Les yeux de Martin s'écarquillent, il réalise de grands gestes devant moi, me sommant de sortir de la torpeur dans laquelle l'écho de sa voix m'a plongé. Ce n'est que lorsque je perçois de nouveau son « allô » que je réagis. Je colle précipitamment l'appareil contre mon oreille, clos les paupières pour trouver le courage de lui parler.

— Je vais raccrocher, Alex, s'impatiente-t-elle.

Bougre d'âne, tu vas te bouger le fion ?

— Non, attends, parviens-je enfin à articuler.

Je reconnais à peine la voix hésitante et légèrement voilée qui s'échappe de ma gorge. Martin bouge exagérément ses lèvres sans pour autant produire de son. Après trois essais non concluants, j'y lis finalement « continue ».

— Je… hésité-je, je suis désolé.

— Ça ne change rien.

Son ton est si froid et distant qu'un frisson parcourt mes avant-bras dont les poils se dressent, je suis totalement réfrigéré par son insensibilité que je ne peine pas à concevoir.

— Je sais. Je ne t'appelle pas pour te demander de me pardonner.

Pas de réponse. Les secondes s'égrènent, ralentissent en corrélation avec l'angoisse qui me tord le ventre, m'empêche de respirer. Si j'étais encore capable de le sentir, je crois que j'assisterais au fractionnement de mon cœur, au point où toutes les colles existantes seraient incapables d'en recoller les morceaux. Au-delà de ne plus jamais revoir Eva, percevoir toute la déception et le dégoût que dégage sa voix, habituellement si envoûtante, me fracture l'âme.

Voyant que je ne parviens plus à poursuivre, Martin dresse les pouces en l'air pour m'encourager de nouveau. Le fossé qui s'est creusé entre nos corps, qui se comprenaient pourtant à la perfection il fut un temps, est tel que j'ignore si cela vaut la peine de continuer à me ridiculiser.

— Tu es encore là ? hasardé-je.

— Oui.

Je soupire, incapable de mettre des mots sur les regrets que j'éprouve à son égard. J'ai blessé la seule personne que je souhaitais préserver des atrocités dont ce monde peut se nourrir. Comment réparer les dégâts après tant d'erreurs commises ?

— Est-ce que tu penses qu'on pourrait se voir, Eva ?

Son absence de réponse s'éternise, ma respiration devient anarchique, se coupant dès qu'elle prend une inspiration. Pourtant, elle ne parvient pas à se lancer et reste muette à l'autre bout du combiné.

Si je lui parlais, que je lui révélais ce qui me tourmente, ce qui ne cesse de tourner dans ma tête, peut-être qu'elle finirait par comprendre… J'ai besoin de vider mon sac, de me décharger de cette culpabilité qui me ronge depuis plus de 48 heures, grignotant à chaque seconde passée un peu plus de la personne intègre que j'étais.

Atteint de fébricule, je me lance comme un parachutiste qui saute du haut d'un avion, à 4000 mètres d'altitude, en espérant que sa toile s'ouvrira à temps.

— Je sais que ce que j'ai dit est impardonnable, mon comportement est pire encore. Si tu savais comme je me dégoûte, Eva. Je ne parviens plus à me regarder dans un miroir, seul l'alcool, qui m'a pourtant poussé à être ce monstre que tu as croisé, me permet de survivre face à mon attitude. Les rapports avec mon frère sont si compliqués que je ne parviens pas à me raisonner lorsqu'il s'agit de lui… Je n'arrive même pas à te dire quel type d'homme il est… mais j'aurais dû le faire il y a longtemps. J'ai besoin de te parler, si après tout ça, tu ne souhaites plus me voir, alors je respecterai ton choix. Mais je veux que tu saches que je serai toujours là pour toi…

Si elle pouvait au moins émettre ne serait-ce qu'un bruit, pour m'indiquer qu'elle est toujours présente, je lui en serais reconnaissant. J'ai bien conscience qu'elle ne me doit rien, et je mérite qu'elle me raccroche au nez, mais je sais aussi qu'Eva Tentiller est une trop bonne personne pour agir ainsi.

— J'ai besoin de réfléchir, souffle-t-elle. Au revoir, Alekseï.

Le bruit blanc qui s'échappe de mon portable résonne dans mes oreilles pendant de longues secondes, avant que je ne comprenne qu'elle n'est plus là, me laissant plus perdu que je ne l'étais auparavant.

Acceptera-t-elle que je lui explique la réalité des faits ? Rien n'est moins sûr…

***

Après une nuit de sommeil complète, chose qui n'était pas arrivée depuis quelques jours, j'arrive plus frais qu'un gardon au commissariat. Bien sûr, mon esprit est toujours préoccupé par une brune à la peau mate, mais je retrouve l'homme que j'étais, avenant et sympathique. Il m'a manqué, devoir cohabiter avec ce déchet que j'ai laissé s'installer a été l'une des expériences les plus pénibles de ma vie.

Marc est encore plongé dans un dossier plus épais qu'un mémoire, un éternel gobelet de café dans la main. Les sourcils froncés, il surligne des phrases en fluo tout en marmonnant entre ses dents. Il est si concentré que je comprends très rapidement qu'il ne m'a pas encore remarqué. Je me racle donc la gorge, rejoins mon bureau tandis qu'il lève le nez du texte qu'il épluche.

— Sobre, aujourd'hui ? m'interroge-t-il en arquant un sourcil.

Je lui adresse un sourire entendu, le remerciant silencieusement pour avoir accepté de me couvrir auprès de notre commandant. Je suis dans un si bon jour, que je me risque même à esquisser des excuses pour mon comportement intrusif qui l'a visiblement chagriné…

— D'abord, je suis désolé d'avoir insisté pour le fils du Proc'.

Son attention reste braquée sur moi, son visage plus immobile qu'un mammifère qui tente de se dissimuler d'un prédateur. Il ne sourcille pas, ne cligne pas des yeux pendant ce qui me semble être des heures. Puis, d'un geste de la main, me signifie que le sujet est clos.

— Je ne me mêlerai plus de ta vie, promets-je en avançant mon poing pour qu'il le cogne contre le sien.

Il s'y résout, ses lèvres s'ourlent finalement pour laisser place à un rictus dont seul mon meilleur ami a le secret.

Un sourire si discret qu'il faut se concentrer pour le remarquer.

— Tu fais tout un plat de cette histoire, je ne sais pas ce que tu t'imagines, crétin, se gausse-t-il. J'ai simplement le boulot dans le sang, contrairement à toi. Et il représentait une piste tangible.

J'opine du chef, comprenant soudain que mon attitude a pris des proportions si peu mesurées que le capitaine de police en moi rougit de honte. À ma décharge, je ne suis pas dans mon état normal depuis quelques semaines et prends le moindre prétexte pour penser à autre chose qu'aux mystères qui entourent Eva.

— J'ai retrouvé la trace de notre inconnu mystère, m'annonce-t-il en me tendant une photographie. Il a été vu il y a deux jours sur les bords de Seine. Il ne pourra pas se cacher bien longtemps.

J'étudie le cliché, remarque que son visage n'est pas dissimulé, comme s'il voulait qu'on le repère. C'est sans doute une coïncidence, mais ce fait m'interpelle.

— On n'a toujours pas de nom ? m'enquiers-je.

Mon collègue secoue la tête, saisit la balle de mousse qu'il malaxe lorsque sa colère menace d'exploser, avant d'ajouter sur un ton tranché :

— Pas de reconnaissance faciale, même pas fiché en France. C'est un fantôme.

— On devrait afficher son portrait, non ?

— Je préfère qu'il ignore qu'on resserre l'étau autour de lui.

Il n'a pas tort, le mettre en lumière ne ferait que le rendre suspicieux et particulièrement prudent. Nous aurons moins de difficultés à le coincer s'il pense pouvoir magouiller ses petites affaires en plein jour, sans se mettre à l'abri des caméras de surveillance.

— Bon, et cette histoire avec ton frère, c'est pour ça que tu t'es mis dans cet état hier ?

— Ouais…

Marc se retourne vers moi, appuie ses coudes sur ses genoux et m'examine comme un chercheur observerait l'évolution d'un virus. Ses pupilles plus noires que le pétrole fouillent les miennes, puis il ajoute :

— Quand est-ce que tu te décides à lui casser la gueule ?

Je ricane, passe ma paume sur mon visage pour ne pas dévoiler à quel point il tape dans le mille. Et puis, qu'importe, ce n'est pas Marc qui va juger ma réaction.

— Déjà fait.

Ses yeux s'illuminent. Dès qu'il s'agit de se foutre sur la tronche, Tillard est le premier à se jeter dans la mêlée. C'est une tête brûlée, je ne connais personne d'aussi cinglé.

— On se ressemble plus que je ne le pensais, fanfaronne-t-il.

— Oui, mis à part que tout nous oppose.

— Tout, répond-il dans un rictus voilé.

***

J'ai promis à Martin, un peu plus tôt dans la journée, de le retrouver à la salle de sport pour me défouler et me permettre de gérer la violence qui me pousse à commettre des actes irréparables. J'ignore si cela peut avoir un impact, mais le graphologue semble persuadé que j'ai besoin d'évacuer ma colère.

Je le rejoins donc dans les vestiaires alors qu'il enfile un t-shirt de sport. J'ignorais que des abdos si dessinés se cachaient sous les pulls informes qu'il arbore fièrement. S'il le souhaitait réellement, il n'aurait aucune difficulté à trouver quelqu'un. Mais je l'imagine bien être pénible, sélectif et intransigeant avec ses conquêtes, chose qui se comprend lorsqu'on soupèse son intelligence. N'est pas toute trouvée la personne qui correspondra aux critères de Monsieur Constancia.

Nous bavardons de la réunion que le commissaire principal a dispensée, lorsque deux brigadiers entrent à leur tour pour se changer. À peine se sont-ils assis que des chuchotis s'ébruitent jusqu'à nous, ils n'ont de cesse de nous jeter des coups d'œil tout en ricanant. Certes, ils ne font pas partie de mon service et ne sont donc, par conséquent, pas sous mes ordres, mais ils me doivent tout de même le respect puisque je suis officier de police, contrairement à eux.

Mes mains se resserrent autour du banc à mesure que la pression monte, m'aveugle au point où si je m'écoutais, je leur sauterais dessus et les bastonnerais sans m'arrêter. Martin prend très vite conscience de la situation, pose ses doigts sur mon avant-bras et plonge son regard dans le mien pour m'intimer de me calmer.

Seulement, un de ces bouffons articule si clairement « sale pédé » que les sons arrivent sans mal jusqu'à mes oreilles. Quelques secondes me sont nécessaires pour traiter l'information, céder à l'impulsion meurtrière qui s'empare de moi et m'obliger à me redresser d'un bond pour foncer sur ces deux raclures qui se lèvent comme un seul homme. L'espace d'un instant, un éclair de crainte traverse leurs yeux, avant qu'ils ne se reprennent et affichent une mine hostile.

— Y'a un problème ? aboyé-je.

— Ouais, tu peux dire à ton pote que la salle n'autorise pas les suceurs de queue dans son genre !

La suite des évènements est quelque peu floue dans mon esprit. J'ignore si c'est le coup de boule que j'ai foutu au plus grand qui s'est déroulé en premier, ou alors mon poing qui s'est écrasé contre le nez du plus frêle. Toujours est-il qu'ils gisent tous deux au sol, geignant comme deux petites fillettes. La rage qui pulse dans mes veines ne décroît pas, s'intensifie même au point où je serais prêt à continuer. Ces deux larves me révulsent si fort que j'ai du mal à le concevoir, même si je sais qu'au fond de moi, les ressentiments que j'éprouve à l'encontre de mon frère ne sont pas anodins.

— Notre capitaine sera mis au courant, se lamente l'un deux.

— Allez-y, je l'attends, votre capitaine. Si je vous entends encore tenir ce genre de propos, je vous brise.

Une main se referme sur mon biceps, je jette un coup d'œil par-dessus mon épaule, observe le visage déconfit de mon ami et rencontre ses yeux remplis de panique. Alors, je laisse ma haine s'échapper dans le soupir que j'expire, suis Martin jusqu'aux tapis de course sur lesquels nous courons sans plus réfléchir à rien d'autre que mettre un pied devant l'autre.

— La prochaine fois, évite de me secourir si je ne t'ai rien demandé, me confie-t-il à bout de souffle.

J'opine du chef, je sais que je l'ai mis dans une situation délicate, marquant la position de faiblesse qu'il a déjà du mal à gérer au sein du commissariat lorsqu'il y bosse. J'espère juste que ses collègues de la criminelle, avec qui il travaille le plus souvent en étroite collaboration, sont plus sympas avec lui que ces sous-merdes qui l'ont agressé verbalement.

***

Après plus d'une heure et demie de sport et une bonne douche qui finit de me remettre les idées en place,

Martin et moi regagnons la sortie du commissariat, descendons les marches qui nous ramènent à la rue principale.

À mi-chemin, je relève la tête, marque un temps d'arrêt en me demandant si mon cerveau subit une hallucination visuelle. Je prends une inspiration, vais jusqu'à secouer la tête pour m'assurer que les longs cheveux ébène, qui virevoltent autour du visage aux traits fins de la jeune femme qui est postée en contrebas, sont bien réels.

Elle est là.

Elle n'a jamais été aussi ravissante.

Moulée dans une jupe crayon bleu foncé, ses hanches roulent tandis que ses longues jambes gravissent les marches pour nous rejoindre. Je suis subjugué par sa beauté, comme si je la voyais pour la première fois. Je devine sa poitrine ronde et généreuse sous ce chemisier bleu ciel d'une matière fluide, laquelle suggère ses formes, tout en les gardant secrètes.

— Bonjour, Martin, le salue-t-elle.

La sonorité douce et légèrement intimidée de sa voix me surprend, contraste totalement avec le ton qu'elle a employé la veille au téléphone.

— Salut, Eva, bafouille le principal intéressé. Euh… je vais vous laisser, j'ai des trucs à faire. À demain, Alex.

Il s'éloigne à toute vitesse, à l'instar du capitaine Crochet poursuivi par le crocodile. À vrai dire, je remarque à peine son départ, oubliant même de lui répondre tant je suis déconnecté de la réalité, bien trop accaparé par la créature chimérique qui me fait face. Ses grands yeux noirs, entourés de longs cils sombres et d'un halo qui ne fait qu'approfondir son regard, me scrutent avec insistance. Elle replace une mèche qui la gêne derrière son oreille, le vent qui s'intensifie semble être à l'image de notre relation : tumultueux.

— Salut, souffle-t-elle en papillonnant.

Le fait-elle délibérément pour m'achever ? Si c'est le cas, elle remporte la bataille. Je suis à genoux, complètement hypnotisé par cette femme et prêt à faire fi de tous les ressentiments qui m'ont animé, presque résolu à accepter que mon frère partage sa vie, si c'est ce qui la rend heureuse.

Elle patiente, m'observe un long moment en détaillant mon expression qui, j'imagine, doit s'apparenter à celle d'un merlan frit.

Ferme la bouche, Alex ! Ou alors, parle !

Je crains qu'à l'instant où les sons s'échapperont de ma gorge, je me réveille en nage dans mon lit, constatant qu'il ne s'agissait que d'un rêve et que la jeune femme face à moi n'acceptera plus jamais de me parler.

— Salut, répété-je bêtement, plus crispé qu'un puceau devant *Scarlett Johansson.*

Les commissures de ses lèvres peintes d'un rouge framboise s'étirent légèrement, remarquant que je suis bien plus emprunté qu'à l'ordinaire. Heureusement, elle se décide à engager la conversation.

— Tu as fini de bosser ?

J'opine du chef, retrouve la fonction de mes membres tandis que je descends les marches, Eva à mes côtés.

— J'allais rentrer chez moi, mais on peut aller se balader un peu… lui proposé-je.

Elle me jette une œillade, réfléchit quelques secondes qui m'arrachent du continuum temporel tant elles me paraissent longues, avant de hocher la tête pour me faire part de son accord. Nous nous enfonçons donc sur les chemins gravillonnés du parc situé juste en face du commissariat.

De nouveau, le silence s'installe entre nous, accentuant les bruits qui nous entourent, les cris des enfants qui respirent la joie de vivre, ceux des oiseaux qui pépient dans les arbres en cette fin mai.

Nous finissons par trouver un banc, à l'écart de l'agitation. Eva prend soin de garder une certaine distance de sécurité. Secrètement, j'espère qu'elle agit ainsi en sachant pertinemment que si elle s'approche, elle succombera à l'attraction irrésistible qui nous unit. Mais sa position marque sûrement le désir de me montrer qu'entre nous, plus rien n'est pareil.

L'attention rivée devant elle, sa voix se confond avec le bruissement des feuilles dans les arbres.

— J'ai changé d'avis, parviens-je à comprendre.

Je tourne le visage vers elle, la scrute pour qu'elle cède et m'offre le bonheur de croiser les tourmalines qui mangent son visage tant elles sont immenses. Elle finit par accéder à ma requête mentale et me détaille.

— Je veux croire que tu n'es pas cet homme que j'ai détesté.

Je ne peux me contraindre à rester loin d'elle. Sa peau qui semble incroyablement douce m'attire comme un aimant, agite mes doigts sans que je ne le veuille, si bien qu'en une seconde, mon corps se retrouve contre le sien.

— Toute une vie ne serait pas assez longue pour que je me rattrape de ce comportement minable dont j'ai fait preuve, regretté-je.

— J'ai ma part de responsabilité dans cette histoire…

— Mon frère a toujours réussi à extirper le pire de ma personnalité.

— Je ne comprends pas votre rivalité, surtout à mon sujet.

C'est maintenant ou jamais, je dois lui dire l'homme qu'il est, ce qu'il est prêt à infliger à son propre frère. Mais la honte que j'éprouve d'avoir accepté la situation sans même me rebeller m'empêche de me lancer. Je ne pourrais plus regarder Eva dans les yeux si elle me perçoit comme un type faible, se rendant compte à quel point mon aîné est capable de me marcher sur les pieds sans que je ne me rebiffe…

Encore quelques secondes.

J'ai besoin de converser un peu avant de me lancer. Sans quoi, je vais vomir ces paroles et j'ignore comment je réagirai.

— On a avancé dans notre enquête, hasardé-je pour me laisser un peu de répit.

— Ah oui ?

— Oui, nous avons aperçu l'homme que nous cherchons sur les bords de Seine.

Eva m'observe comme si j'étais rempli de pustules purulentes. Aussi blanche que son teint le permette, ses yeux s'emplissent de panique, cherchant un point d'arrêt où se fixer, mais n'y parviennent pas.

— La Seine, balbutie-t-elle. Tu veux dire, ici, à Paris ?

J'opine du chef pour le lui confirmer.

— Ça ne va pas ? m'enquiers-je, inquiet.

Je remarque bien que son comportement a changé. Sur le qui-vive, elle ne cesse de jeter des coups d'œil autour de nous, essuyant sans cesse ses mains sur sa jupe.

— Si, tout va bien. Je dois rentrer, Anton ne va pas tarder.

Je n'ai pas le temps de réagir qu'elle s'échappe déjà dans les allées pour regagner la sortie du parc, me laissant avec pour seule compagnie mes doutes à son sujet. Qu'est-ce qui peut l'angoisser à ce point ? Je n'ai pourtant rien dit qui pourrait déclencher une telle réaction. En quoi ce trafiquant de drogue serait lié à la protection dont elle dispose ? La DGSE ne s'occupe pas de ce type de problème… à moins qu'Eva ne soit liée au trafic en question ?

Se pourrait-il qu'elle me cache des choses bien plus sérieuses que je ne l'imaginais, allant jusqu'à interférer avec mon enquête ?

Et si elle était au cœur de cette dernière, justement ?

Comment s'y prend-elle pour semer des cailloux derrière elle, me permettant de comprendre peu à peu là où elle veut m'emmener, pour ensuite changer subitement de direction sans que je n'y comprenne rien ?

Une chose est sûre : Eva Tentiller ne pourra me tenir éternellement à distance. J'ai la ferme intention de découvrir toute la vérité sur les mystères qui l'entourent. Quoi qu'il en soit, notre relation ne pourra jamais se stabiliser si elle s'obstine à garder ses zones d'ombre secrètes.

Au fond de moi, je crains qu'elle soit bien plus dangereuse qu'elle ne le prétend. Et si elle est reliée à cet immense trafic de drogue, elle pourrait très bien être proche d'une des figures de tête, ce qui expliquerait la protection de la DGSE qu'elle reçoit, en échange d'éventuels renseignements. Seulement, joue-t-elle sur plusieurs tableaux ?

Sincèrement, je deviens cinglé. Voilà que j'envisage que cette sublime femme se soit rapprochée de moi, et par conséquent du commissariat, pour avoir la mainmise sur l'avancée de notre enquête…

Ridicule !

Ou pas.

CHAPITRE DIX

Eva

Le souffle saccadé, je presse le pas dans la rue en jetant régulièrement un œil par-dessus mon épaule, afin de vérifier que personne ne me suit. Ce n'est plus de la paranoïa à ce stade, mais de la folie pure. Comment Abrimi pourrait-il savoir que je me trouve en France, plus particulièrement à Paris, après autant d'années d'absence ? Tout cela ne peut-être qu'une coïncidence. Il ne peut pas savoir que je suis ici…

Seulement, la révélation d'Alex agit sur moi comme une bombe que je ne parviens pas à désamorcer.

Fil bleu ? Fil rouge ? J'en sais fichtre rien !

J'ignore de quelle manière je vais me sortir de cette impasse dans laquelle je sombre à mesure que le soleil décroît et plonge la ville dans le crépuscule. Je sais bien que le flic que je viens de quitter aura nécessairement trouvé mon comportement étrange, mais je ne pouvais pas réagir autrement. La panique m'a submergée, engloutie au point où des chandelles lumineuses ont obstrué ma vue, menaçant de me faire tourner de l'œil.

Je m'occuperai de *Thor* plus tard. Pour l'instant, la priorité est de rentrer chez Anton et me barricader pour me sentir enfin en sécurité. J'ai été imprudente de sortir de chez lui, encore une fois, mais j'avais un tel besoin de discuter avec Alex, de mettre les choses au clair, que je n'y ai pas résisté. Pourtant, je n'ai pas parlé du quart de ce que j'avais prévu. J'ai l'impression que la situation délicate dans laquelle nous avons sombré n'est pas moins houleuse qu'auparavant.

Lorsque j'ouvre la porte de l'appartement, je tombe tout de suite sur Anton, assis à l'autre bout de la pièce sur un sofa, m'épinglant d'un regard ombrageux. Les mâchoires serrées, il se lève, avale la distance qui nous sépare tandis que j'accroche ma veste au portemanteau.

— Je peux savoir où tu étais ?

La voix basse qu'il adopte me fait bien comprendre qu'il est très en colère, mais qu'il tente de se mesurer. Agir de la même manière que son frère me pousserait définitivement dans une autre galaxie.

Je pivote, tombe sur ses prunelles océanes et cherche un point de fuite. Je m'accroche à la mèche folle qui n'est pas rassemblée dans le mouvement de ses cheveux impeccablement ramenés sur le côté, puis m'attarde sur ses lèvres pincées qui sont presque plus intimidantes que ses yeux.

Lorsque je parviens enfin à lâcher un filet de voix, c'est pour gémir l'effroi qui me terrorise depuis que j'ai quitté son cadet.

— Il a été aperçu sur les bords de la Seine… Abrimi rôde…

Ma gorge se serre, je réprime les larmes qui menacent de jaillir dans un torrent incontrôlable. Je sais que c'est idiot, que ça ne résoudra rien, mais je suis tellement à fleur de peau ces dernières semaines que le moindre évènement m'oblige à réagir avec excès.

La seconde suivante, Anton écrase mon corps contre son torse musculeux, entre ses bras puissants. La paume d'une de ses mains se cale derrière ma tête, caresse ma chevelure, tandis que l'autre se loge entre mes omoplates et m'impose une contention de sécurité qui m'empêche d'exploser en sanglots.

Mon expiration, bien que discontinue, m'aide à garder le contrôle de mes émotions, à reprendre le dessus comme l'aurait décidé la femme que j'étais il y a quelques semaines, avant qu'Abrimi ne fasse un retour fracassant dans mon existence, bousculant sur son passage tout ce que j'avais péniblement construit au fil des années.

— Comment le sais-tu ?

Je m'écarte de l'agent de la DGSE qui me couve d'un regard empli de compassion. Un pincement me serre le cœur à l'instant où je comprends qu'Anton et Alex sont aussi bons l'un que l'autre, que le fossé qui les sépare ne devrait pas exister.

Sa mine se renfrogne lorsqu'il réalise la façon dont j'ai appris cette nouvelle. Il exécute une volte-face qui me laisse une sensation d'abandon, privée de son aura protectrice. Il traverse l'immense pièce ouverte à grandes enjambées, avant de se poster devant la baie vitrée qui occupe tout un pan de l'appartement et donne sur la rue en contrebas.

À pas feutrés, je m'approche de lui, m'arrête à ses côtés et observe ses traits soucieux dans le reflet de la vitre. Ses yeux croisent finalement les miens qui se détournent, pour tenter de me donner une certaine contenance.

— Tu ne peux t'empêcher d'aller voir mon frère, malgré tous ses actes déplorables.

Sur ce point, je ne peux le contredire. C'est plus fort que moi, comme inscrit dans mes gènes et que j'étais incapable d'aller contre. Je conçois que ce fait dérange Anton que j'ai éconduit il y a deux nuits, mais l'amertume que je décèle dans sa voix me laisse perplexe. Parfois, je me demande ce qu'il cherche vraiment… ma protection, ou m'avoir dans son lit ?

Son comportement est contradictoire si bien que je ne sais plus sur quel pied danser, oscillant entre l'envie de me livrer à lui, de lui faire part de tous mes tourments ou celui de me protéger de cet homme chez qui je détecte une part d'ombre.

Je suis mal placée pour jouer la moralisatrice !

— Il n'y a que ça qui t'intéresse ? l'interrogé-je en me tournant face à lui.

Il pivote la tête, marque une pause comme s'il ne souhaitait pas céder au flux de mots qui se bousculent dans sa bouche. Sa main glisse contre ma joue, son pouce la caresse alors qu'il clôt les paupières et inspire bruyamment. Lorsqu'il repose de nouveau sur moi son doux regard d'un bleu profond, je me concentre sur sa voix basse.

— Tu sais que je tiens à toi…

Je hoche la tête pour ne pas vaciller. Employer des mots si forts alors que je me sens si fragile en ce moment est dangereux. Mais ce qui m'inquiète le plus est bel et bien l'attitude d'Anton qui a changé depuis quelque temps. J'ai été naïve, refusé de voir qu'il outrepassait ses fonctions, que peu à peu, il développait des sentiments à mon égard. Voilà pourquoi il est si jaloux de son cadet, prêt à tout pour le discréditer. C'est cette même raison qui pousse Alex à haïr son frère, parce qu'il s'interpose entre ce qu'il ressent pour moi, et lui. Ça ne fait plus l'ombre d'un doute, je serais idiote de l'ignorer : les frères Azarov sont tous deux amoureux de la pauvre victime que je suis.

Et moi, justement, dans cette histoire, que suis-je censée faire ? Ai-je le droit d'avoir mes opinions, mes envies, mes craintes et mes doutes ? Ils agissent sans cesse comme si mes désirs ne comptaient pas, comme si ma seule option pour exister était de vivre à travers eux. Mais ce n'est pas le cas, malgré mon apparente fragilité, je ne suis toujours pas prête à m'enraciner à l'existence d'un homme pour ne pas sombrer. Croire que le seul moyen de ne pas partir à la dérive est de choisir l'un d'eux est la terrible erreur qu'ils commettent, celle qui me pousse à n'en revendiquer aucun.

Sans un mot, je rejoins la salle de bains et laisse Anton en pleine méditation. Il pense sûrement que je suis inaccessible, incompréhensible et que mon comportement relève de la psychiatrie. Je m'en moque, j'en ai assez de cette situation, assez de leur petite guerre.

Je me réfugie sous la douche, laisse l'eau couler sur ma peau et emporter avec elle tous les questionnements qui bouillonnent dans ma tête, tournoient dans une spirale infernale qui me pousse un peu plus vers la folie à chaque seconde qui passe. Je voudrais retrouver la sérénité et la tranquillité d'esprit que j'avais avant le retour de Redouane Abrimi, avant l'apparition des frères Azarov dans ma vie…

***

J'ouvre péniblement un œil, constate que le jour se lève seulement, mon attention attirée par le tohu-bohu provenant de la cuisine ouverte. Je me redresse discrètement, observe un Anton agité qui se prépare un café en quatrième vitesse. Simplement vêtu d'un caleçon, j'ai le loisir de contempler ses cuisses solides, son torse ciselé. Je plisse les yeux pour le détailler davantage, remarque qu'une fine ligne de poils traverse ses abdominaux et disparaît sous son vêtement. Ses pectoraux se gonflent au rythme de ses inspirations agacées de ne pas parvenir à régler le problème apparent de sa machine à expresso.

Mon idée de comparer les frères à des dieux *Asgardiens* n'était pas si loin de la réalité, ils sont aussi beaux que différents. Alex semble simplement un peu plus grand que son aîné, à vue de nez. Leurs bras sont puissants, parfaits pour rassurer une demoiselle en détresse et ça, ils l'ont parfaitement compris. Lorsqu'Anton s'approche du canapé dans lequel je passe mes nuits, sa grosse tasse fumante à la main, je feins de dormir encore pour ne pas avoir à l'affronter. Après ma douche, hier soir, il s'était déjà réfugié dans sa chambre. J'ai mangé seule, alors qu'il s'est relevé dans la nuit, pensant que j'étais lovée dans les bras de Morphée, pour grignoter à son tour.

Les yeux clos, mais pas totalement, je l'observe très discrètement poser un étrange regard sur mon corps inerte dans la pénombre, comme s'il cherchait ce qu'il allait bien pouvoir faire de moi. Il soupire, secoue la tête en signe de découragement et porte son arabica jusqu'à ses lèvres. La façon dont il reste fixé sur mon visage, ne me lâchant pas une seule seconde, intensifie mon malaise si bien que mes pieds commencent à remuer seuls, pour m'indiquer que tous mes membres ne vont pas tarder à trahir mon supposé sommeil.

Remarquant que je m'éveille peu à peu, il déguerpit, pose son mug dans l'évier, avant de s'enfermer dans la salle de bains. Je me redresse, m'étire alors que mes jambes se sont engourdies à se contracter de cette manière, et trottine jusqu'à la cuisine pour fouiller le placard à gâteaux.

Bientôt, on me roulera comme un tonneau !

J'ai tout de même des circonstances atténuantes. Ma vie est une pièce de théâtre qui oscille entre le drame et la comédie, je n'ai plus de boulot, deux hommes, des frères de surcroît, prêts à se déchirer pour obtenir mes faveurs et, pour couronner le tout, un dangereux terroriste, trafiquant de drogue à ses heures perdues, à qui j'ai échappé il y a dix ans !

On est d'accord, j'ai de quoi me goinfrer jusqu'à ne plus passer les portes !

Alors que je termine un sablé chocolaté, j'entends le verrou de la salle d'eau s'enclencher et constate que la poignée s'abaisse. Ni une ni deux, je saute jusqu'au canapé, non sans semer des miettes derrière moi, et plonge sous ma couverture dont je me recouvre. La porte s'ouvre, Anton se presse pour enfiler ses chaussures, attraper un manteau et disparaître de l'appartement.

La légende raconte qu'il était sacrément en retard, mais je me demande, moi, s'il ne s'est pas plutôt pressé pour éviter de me tomber dessus.

***

La matinée s'étire en longueur, je tourne dans le loft comme une lionne prisonnière d'un enclos de cirque. Pourtant, je sais que si je m'échappe encore d'ici, Anton va vraiment finir par perdre patience et me confier à un de ses collègues qui n'aura peut-être pas la même indulgence avec moi. Au fond, je sais que sa manière d'agir est dans mon intérêt, il pourrait très bien céder à mes demandes, me laisser vivre dans mon appartement, mais il insiste tellement pour assurer ma protection que je ne peux pas le décevoir à nouveau…

Alors que le soleil brille à son zénith, tapant sur les immenses baies vitrées, je m'autorise un bol d'air sur le balcon qui longe l'entièreté de la façade du bâtiment. Accoudée à la balustrade, j'observe le tumulte de la vie parisienne, les klaxons qui résonnent, les gens qui râlent et s'insultent. Mais je constate aussi que je me suis écartée depuis quelques semaines de ce que je préfère : les choses simples. Les habitués d'un café qui prennent leur petit verre de vin rouge, tous les jours à la même heure, les enfants qui chahutent à la sortie de l'école et leur mère qui les gronde dix mètres derrière… Tout ce dont je suis désormais privée et qui me rend folle, enfermée dans ma cage de cristal.

D'ailleurs, les mômes qui se chamaillent ne sont pas sans me rappeler deux personnes que je connais. L'un est brun, l'autre légèrement plus clair de cheveux, et même si, de ma place, je ne peux distinguer la couleur de leurs iris, je les imagine d'un bleu cobalt magnifique. La maman les rejoint, les oblige à s'excuser pour le comportement déplorable qu'ils ont eu l'un envers l'autre… Voilà ce qui a manqué à la fratrie Azarov, de la cohésion, de compassion et du pardon. Je suis persuadée que si leur père ne les avait pas opposés depuis leur enfance, leur relation serait différente à présent.

Cette histoire de frères ennemis me serre le cœur, me ramène à mon propre passé et à ma sœur qui était tout, sauf ma rivale. Elle était pour moi un rayon de soleil, une magnifique petite fille aux cheveux noirs, contrastant avec la lumière qui l'englobe dans mon souvenir. Elle m'a été arrachée, je ne pourrai jamais la revoir mis à part lorsque je clos les paupières. Alors, assister à ce déchirement entre eux m'est insupportable… Si j'avais la chance de pouvoir admirer sa beauté ne serait-ce qu'une demi-seconde, je serais prête à tous les sacrifices…

Et c'est avec ce sentiment de nostalgie qui flotte autour de moi que je saisis mon téléphone portable, sélectionne le numéro d'Alex et l'appelle. La sonnerie n'a pas le temps de retentir une seconde fois qu'il décroche avec empressement. Sa voix grave résonne en moi, souffle tout sur son passage au point où le pincement imposé à mon cœur est balayé au second plan tant je me sens étourdie.

— Bonjour, Alex.

Maintenant que je suis au pied du mur, j'hésite à aller jusqu'au bout de mon idée qui me paraît moins bonne qu'il y a quelques minutes.

— Tout va bien ? s'enquiert-il.

Sa voix est nerveuse, reflète les œufs sur lesquels il marche constamment lorsqu'il s'agit de moi. Je prends une légère inspiration, me lance sans réfléchir, avant de me raviser et de raccrocher.

— Je voulais savoir si… tu voulais dîner avec moi, ce soir ?

Je n'ai pour seule réponse qu'un long silence qui me saisit les tripes, les emmêle et me laisse ébranlée, pareillement à un arbre après le passage d'un ouragan. Je soupire de soulagement lorsqu'il se décide enfin à articuler d'une voix masquée :

— Mon frère…

— Ne sera pas au courant, le coupé-je.

Il toussote comme si je lui avais appris une nouvelle à laquelle il ne s'attendait pas. Peut-être que c'est le cas, en fait. Mon inconstance est pourtant renommée, il ne devrait pas être plus surpris que ça.

— Il bosse, bafouillé-je précipitamment. Passe me chercher à 20h, tu connais déjà le code de l'immeuble, si je ne m'abuse.

Il ricane de la petite pique que je lui lance, l'élude en ajoutant simplement :

— Très bien. À ce soir…

Il n'a pas le temps de terminer sa phrase que j'ai déjà raccroché pour ne pas faire machine arrière. La soirée qui arrive s'annonce intéressante. J'ignore si je terminerai morte ou vive, mais je ne regrette pas ma décision.

***

Perchée sur des escarpins argentés aux talons vertigineux et entourés d'un fin liseré d'or, je m'inspecte une dernière fois dans le miroir colossal accroché dans l'entrée. Au loin, je surveille Anton qui m'épie discrètement, ne remarquant pas que je suis en mesure de le voir dans le reflet de la glace. Il ne cesse d'alterner entre son verre de vin rouge posé sur le bar et la robe blanche coupée au-dessus du genou que je porte. À de nombreuses reprises, son attention ne peut se déporter de mes hanches moulées dans le tissu, dérivant sur la longue cascade de boucles volumineuses que j'ai réalisée à l'aide d'un fer chauffant, laquelle camoufle un décolleté dorsal à faire rougir un curé.

Je consulte ma montre : 19h59. Mes dents malmènent l'intérieur de ma joue lorsqu'une légère frappe retentit contre la porte en acier.

Pile à l'heure.

De ma vision périphérique, je constate qu'Anton relève le menton, recule son verre de Bordeaux et se lève pour venir me rejoindre. Je m'empresse de réduire le dernier mètre qui me sépare du battant, le fais coulisser sur son rail pour tomber nez à nez sur Alex qui affiche un sourire radieux. Habillé d'un costume noir qui ne peut que souligner le bleu azur de ses yeux, il est encore plus beau qu'à l'ordinaire. Ses muscles saillants semblent trop imposants pour être contenus dans une coupe si cintrée, mais son allure générale est à couper le souffle. Ses cheveux en bataille parachèvent ce spectacle en apothéose.

Un bouquet à la main, son regard balance entre ma bouche légèrement colorée de prune et mes prunelles encerclées d'un halo brun. Les siens pétillent, traduisent l'exaltation qui l'anime, jusqu'à se poser juste derrière moi et s'assombrir aussitôt.

Je serre les dents pour contenir le petit cri plaintif qui menace de s'échapper de ma gorge. Je cherche à le raccrocher à moi, mais c'est comme si j'étais devenue tout simplement transparente. Je sais parfaitement qu'il est tombé sur Anton, posté à environ un mètre derrière moi, et dont la mine doit refléter celle de son frère.

La tension électrique qui se dégage de ces deux hommes bourrés de testostérone me donne l'impression de me retrouver parachutée en plein milieu d'un champ de bataille, à mi-chemin entre les camps ennemis de deux nations en guerre. La boule de stress qui sommeillait dans mon abdomen s'agite, remonte le long de mon larynx pour venir se loger au bord de mes lèvres qui se mettent à trembler, réaction physique de ce qui m'assaille.

Prête à réagir au moindre débordement de l'un ou l'autre, je reste sur mes gardes, verrouillant mes chevilles sur les aiguilles de mes talons pour éviter de me briser comme une brindille. Mon souffle hachuré trahit l'angoisse qui m'accable, me supplie de mettre un terme à cette pression qui m'oppresse la poitrine au point où mon cœur menace d'imploser.

Furibond, Alex lâche les fleurs qui s'écrasent sur le sol, envisage une volte-face, avant que mes doigts glissent sur son poignet et l'enlacent pour tenter de le retenir. Son regard empli d'un mélange de colère et de déception se pose sur moi, s'attarde pendant un laps de temps qui paraît se prolonger, s'éloigner de la réalité. Je plonge littéralement dans la couleur azurée de ses iris, m'y noie tant je me sens coupable de l'avoir piégé de cette manière.

— Reste, je t'en prie.

Houla, c'était ma voix, ça ?

Au moment où je sens Anton s'approcher d'un pas vif, trahissant son énervement, je me retourne, lui accorde un froncement de sourcils si convaincant qu'il stoppe, penche légèrement la tête sur le côté pour détailler son frère.

Il finit par hausser les épaules, faire demi-tour et rejoindre la cuisine où son verre, ultime réconfort à cet instant, l'attend sagement.

Alex soupire et ramasse le bouquet de fleurs, qu'il me tend. Je m'en saisis donc, le pose dans un vase sur la commode de l'entrée, où il rejoint un congénère qui commence à dépérir. Le flic m'emboîte finalement le pas, suivant à la trace mes talons qui martèlent le parquet en chêne massif du loft. Je m'approche des ballons en cristal, en attrape un et jette une œillade à mon invité pour lui proposer implicitement un peu de liquide couleur sang…

C'est de rigueur, vu la situation.

Le cadet des Azarov opine du chef, saisit le verre à pied tandis que je le remplis à moitié. Mes yeux rebondissent de ma propre boisson à leurs visages, je prends quelques secondes pour rassembler mes esprits, me donner le temps de trouver les mots adéquats pour ne pas les brusquer d'emblée…

— Je suis désolée de vous avoir tendu ce piège, les garçons, débuté-je.

Je m'attends à ce que l'un deux me coupe, ce qui m'aurait arrangée étant donné que j'ignore encore ce que je vais pouvoir ajouter, mais ils sont aussi calmes et attentifs que des écoliers, suspendus à mes lèvres.

— Je vous réclame un seul repas, reprends-je en jouant nerveusement avec mes cheveux que je replace derrière mon oreille.

J'ai bien conscience d'user peut-être un peu trop de mes charmes, les couvant à tour de rôle de papillonnements de mes longs cils auxquels j'ai ajouté des franges artificielles.

Ouais, j'ai sorti le grand jeu ! J'étais morte de trouille, merde !

— Après tout ce que nous avons vécu, je voudrais simplement passer une soirée civilisée, autour d'un plat que j'ai spécialement préparé pour vous. Je ne vous demande pas de vous enlacer, mais simplement de vous tolérer l'espace de quelques heures.

Alex m'observe à mi-chemin entre l'amusement et l'exaspération. Pendant une infime fraction de seconde, son regard croise celui de son frère. J'alterne entre eux, constatant leur affrontement discret, croise les doigts pour que la situation ne dégénère pas. Je suis presque certaine de remarquer le léger hochement de tête qu'ils échangent, prenant la décision commune de céder à ma requête.

— Une soirée, bougonne *Thor*.

— Une seule, ajoute son aîné sur le même ton.

Je ne peux réprimer le rictus qui incurve malgré moi les commissures de mes lèvres tandis que je descends du tabouret en hauteur, contourne le capitaine de police, puis son frère, pour me poster devant le four que j'ouvre. À l'aide de maniques, je sors un énorme tajine que je pose sur un dessous de plat.

Ne me demandez pas ce qu'Anton fiche avec ce type d'ustensile de cuisine, j'ai également été surprise en le découvrant !

Toujours est-il que j'ai entamé une danse de la joie dans tout l'appartement lorsque je suis tombée sur ce petit bijou de terre cuite, abandonné au fin fond d'un placard. Après avoir fait les courses en quatrième vitesse dans l'épicerie en bas de l'immeuble, j'ai concocté un tajine au poulet, pommes de terre, tomates et citrons confits des six cent mille diables !

Je sais, moi aussi ça me donne trop faim !

Rapidement, j'installe les assiettes, les invite à s'asseoir l'un en face de l'autre, alors que ma place se trouve en bout de table, et ramène le plat. Lorsque je soulève le couvercle, une délicieuse odeur titille notre odorat si bien que les yeux des garçons s'arrondissent, exprimant toute l'envie que le mets servi leur provoque. Rompant le pain en plusieurs morceaux, je m'installe à mon tour en leur offrant à chacun un sourire reconnaissant.

Pour la première fois depuis quelque temps, j'ai l'impression de vivre une situation tout à fait normale. Quoi de mieux qu'un repas partagé pour se rapprocher ?

— Dans mon pays d'origine, on le mange avec les mains, mais vous n'êtes pas obligés.

Alex me jette une œillade, sûrement interloqué par ce que je viens de dire…

J'y viens, curieux.

— Je rêve de découvrir l'Égypte, déclare Anton en plongeant ses doigts dans son assiette.

Son frère repose son morceau de pain, lui adresse un regard noir, avant d'incliner légèrement la tête vers moi. La manière dont ses lèvres s'ourlent dans un rictus sarcastique me refroidit instantanément, tétanise mes membres tandis qu'une suée glacée glisse le long de ma colonne vertébrale. Je redoute sa réaction, maintenant qu'il se rend réellement compte que son aîné en sait beaucoup plus que lui.

— C'est bien, il y en a au moins un de nous qui connaît la vraie Eva.

La petite remarque acerbe que sa langue persifle me fouette le visage, contracte mon ventre si fort que je crains de m'évanouir. J'ignore la raison pour laquelle je suis si inquiète, je réagis sûrement de façon épidermique en réponse à la tension qui règne autour de cette table, installée par les frères Azarov.

Je prends une légère inspiration, essuie les coins de ma bouche, avant de me racler la gorge pour vérifier que mes cordes vocales sont toujours capables de se mettre en action.

— Je vais y venir, Alex… Je vais profiter de cette soirée pour t'expliquer la situation.

Anton tourne le visage vers moi, les yeux aussi ronds que les rondelles de citron qui baignent dans l'huile du tajine. Silencieusement, il tente de me lancer des appels intempestifs pour m'indiquer que je franchis les règles imposées par le programme de protection des témoins.

J'ignore évidemment ses coups d'œil peu discrets, feins de ne pas le remarquer et poursuis d'une voix blanche :

— Je t'ai raconté pas mal de mensonges car je n'avais pas le droit de te parler de la vérité…

— Et tu n'es toujours pas censée le faire, me coupe Anton.

Ses paroles résonnent dans la pièce, le ton qu'il emploie est sans équivoque. Il est fou de rage que je le mette devant le fait accompli, que je décide d'aborder ces sujets si sensibles devant son frère à qui il ne fait visiblement pas confiance. Ce dernier claque une paume sur la table, le fusille du regard avant de gronder :

— Je suis officier de police, merde !

— Tu n'es pas issu de la DGSE !

— Et toi, tu prends ce prétexte pour l'éloigner de moi !

Je n'ai pas d'autre choix que crier plus fort qu'eux et leur montrer que ce petit combat de coqs doit cesser sous peine de me rendre folle.

— Stop, vous deux !

Mon intonation est si percutante qu'elle meurt en écho dans l'immensité de la pièce de séjour, clouant le bec à ces rapaces qui agissent comme s'ils se disputaient un morceau de viande.

Le calme revenu, j'affiche un sourire aussi faux et mielleux que celui de *Bree Van De Kamp*[54], avant de porter un morceau de tomate à ma bouche et d'ajouter :

— Mangeons tant que c'est chaud. Nous avons la soirée pour discuter.

***

Alors que je range les assiettes propres dans le placard de la cuisine, j'observe discrètement les deux frères à l'autre bout de l'appartement. La musique de fond et leurs chuchotis apparents m'empêchent de suivre le cours de leur discussion, mais si j'en crois leurs traits crispés, j'en conclus qu'ils se chamaillent.

Alex tente de mettre un terme à leur querelle, se tourne vers moi pour me rejoindre, mais son frère lui saisit le poignet et le contraint à pivoter. J'ignore ce qu'il peut bien lui dire, mais le flic secoue la tête et se dégage de l'emprise de son aîné. Lorsque son regard croise de nouveau le mien, je remarque qu'il s'est assombri, passant d'une mer caraïbéenne à une tempête orageuse.

Je m'empresse de les rejoindre, ne souhaitant pas que les circonstances se dégradent davantage.

— Alex, je peux te parler un petit moment ?

Les éclairs que me lancent les yeux d'Anton ne me dissuadent pas de poursuivre ma démarche, saisir la main de l'homme à qui je dois des explications et l'entraîner vers la chambre. Je ne manque pas non plus les coups d'œil qu'échangent les frères : Anton menaçant, Alex résigné.

---

[54] Personnage de la série *Desperate Housewives* qui tente d'être sans cesse la parfaite ménagère

Nous nous réfugions dans l'immense et unique chambre du loft, prenons place sur le lit. La gorge serrée, les lèvres asséchées, j'ignore si je suis capable de lui révéler toute la vérité… Je ne l'ai jamais dite, à personne en dehors des agents en charge de ma sécurité. Avouer la condition de mon existence à quelqu'un qui n'est pas au courant me semble insurmontable, comme si mon passé allait me rattraper en un claquement de doigts en agissant ainsi.

C'est déjà un peu le cas, idiote !

Je l'observe discrètement, son léger sourire apaisant, sa respiration calme. Sans en être réellement conscient, il me rassure tant il est empli de compassion et de bienveillance. Il m'incite en silence à me livrer, à lui accorder ma confiance et à sauter dans le vide sans savoir comment j'atterrirai. Je ferme alors les yeux, prends une légère inspiration.

— Je ne sais pas par où commencer, murmuré-je.

Sa large paume englobe ma joue, son pouce lisse la peau juste sous mon œil, avant que je ne croise de nouveau ses iris qui ont recouvré toute leur limpidité.

— Comme tu l'as deviné, je t'ai menti sur ma vie, Alex. Je n'ai pas grandi dans un village paumé du centre de la France…

— Je m'en étais un peu douté, oui…

Mon index s'écrase sur ses lèvres, l'enjoint à se taire pour ne pas me pousser à me dégonfler et lui refuser toute révélation. Ses lèvres s'étirent sous la pulpe de mon doigt, son regard ne me quitte pas et m'encourage à continuer.

— Je suis née au Caire, d'un père Égyptien et d'une mère Française. Il y a une dizaine d'années, je suis tombée sous le charme d'un homme un peu plus âgé que moi, un homme si magnétique et séduisant que l'emprise qu'il a eue sur moi m'a complètement aveuglée sur la personne qu'il était en réalité.

Je marque une pause, empêchant ainsi les souvenirs de me submerger. Chaque mot qui s'échappe de mes lèvres est comme un poignard qui me transperce le cœur, me replonge dans ces sombres années qui ont détruit ma vie pour toujours. Pourtant, avec l'aide silencieuse du flic, je trouve la force de poursuivre.

— Un jour, Redouane Abrimi m'a fait basculer sans que je ne le veuille dans son monde. Cet homme était très puissant et contrôlait toute la ville, dans l'espoir d'étendre son pouvoir. La drogue, la corruption et la violence étaient les piliers de son empire, trois moyens d'accéder au sommet et visiblement, il voulait se servir de moi pour y parvenir. Les attentats à la bombe étaient déjà monnaie courante à l'époque, pas une semaine ne passait sans qu'une attaque à plus ou moins grande échelle n'éclate.

La suite reste bloquée dans ma bouche, s'échappe par l'intermédiaire d'une larme qui se déploie sur ma joue. Alex la recueille tandis que j'enfonce violemment mes incisives dans ma chair pour m'empêcher de craquer davantage.

J'accepte le mouchoir qu'il me tend, tamponne mes yeux avant de conserver le silence durant quelques secondes pour m'aider à faire le vide, trouver le moyen de déblatérer mon histoire en prenant de la distance.

Lorsque je me sens prête, je prends une légère inspiration et murmure :

— J'ai honte de moi, Alex. Je m'en voudrai toute ma vie. Abrimi m'a demandé de déposer un sac en plein centre de la ville, juste à côté d'un commissariat de police. J'ignorais ce que contenait ce sac, mais au fond de moi je savais bien que c'était mal, que je m'apprêtais à faire quelque chose de terrible… alors, au dernier moment, je l'ai abandonné un peu plus loin et j'ai couru aussi vite que possible. Bien sûr, quelques minutes après, la bombe a explosé…

Ma voix se coupe nette, m'empêche de lui confier l'effroyable. Alex enferme mon visage entre ses mains tandis que mes larmes, cette fois, se mettent à couler sans que je ne les contrôle. Il ne cesse de me répéter que tout va bien, qu'il est là et que je peux compter sur lui.

Une fois calmée, j'expire douloureusement :

— J'ai blessé plusieurs personnes. Je remercie chaque jour le ciel que personne ne soit mort, mais je ne parviens pas à me pardonner cet acte que j'ai commis. La manipulation, l'aveuglement, ni même mon jeune âge, ne peuvent m'excuser. J'aurais dû être punie, emprisonnée. Seulement, j'ai décidé d'aller voir la police et de leur révéler tout ce je que savais sur Redouane Abrimi. Et Dieu sait si j'étais au courant de ses magouilles… Il ne s'est jamais méfié de moi, pensant que ma fidélité était plus forte que tout. C'est la seule chose qui m'a aidée à tenir par la suite, savoir que j'avais détruit son empire de l'intérieur. Après ça, tous ses repaires ont été démantelés par les forces de police, il a même été poursuivi par l'armée pour son statut de terroriste dangereux…

Voilà le moment que je redoute le plus, celui qui hante mes nuits depuis huit ans, qui ne m'a jamais quittée, même lorsque je suis devenue Eva Tentiller, cette jeune femme en apparence forte et indépendante. Pas une seconde ne passe sans que je regrette d'avoir agi avec tant d'impulsivité, sans prendre la mesure de mon acte. Attaquer de front l'un des plus grands criminels d'Égypte ne reste pas impuni…

Alors cette fois, je suis prise de sanglots si puissants qu'Alex se rapproche, plaque son torse contre moi et m'emprisonne dans ses bras musculeux dont il resserre l'étreinte pour contenir ma peine. Mon corps est soulevé de spasmes tant je laisse le chagrin qui me consume éclater autour de moi. Je remarque seulement aujourd'hui que je n'ai jamais pris le temps de pleurer à ce point, de laisser s'évacuer ma douleur… comme si depuis tout ce temps, je ne m'étais pas permis d'éprouver ces sentiments libérateurs… comme si je m'étais interdit d'aller mieux, trop honteuse de vivre encore.

— Ils sont morts, Alex, sangloté-je.

— De qui parles-tu ? m'interroge-t-il en tapotant mon dos.

— Je suis responsable de leur mort, lâché-je, mon gémissement redoublant.

La protection de l'homme se détache de moi. Il plonge son regard dans le mien qui doit être rougi et noyé par les larmes. Je me mouche sans grâce aucune, expire par à-coups et me rattache à la douceur que je lis dans les immenses billes azur qui s'obstinent à plonger en moi et toucher mon âme, si j'en ai encore une.

— Abrimi… a… tué… mes parents… bredouillé-je dans un trémolo.

Le visage d'Alex se transforme, ses traits passent de la peine partagée à la fureur. Sa mâchoire convulse, les ailes de ses narines s'écartent lorsqu'il prend des inspirations pour se calmer. Je sais qu'à cet instant, la haine qu'il éprouve pour cet homme, qu'il recherche depuis des mois et qu'il ignore être mon tortionnaire, est aussi intense que celle que j'éprouve.

— Ma petite sœur aussi, soufflé-je maintenant que je me suis un peu calmée. Lorsqu'il a appris que j'étais responsable de sa chute, il a chargé des hommes d'enfermer ma famille au sein de la maison de mon enfance et y a mis le feu… Leurs corps étaient si carbonisés que nous n'avons même pas pu les reconnaître…

— Je suis tellement désolé pour toi, Eva.

Les mots qui s'échappent des lèvres d'Alex, son ton indescriptible, agissent sur moi comme des pansements qui empêchent mes blessures de suinter. Un petit sourire se profile sur mon visage tandis que j'essuie mes joues baignées de perles salées.

— L'ambassade française m'a renvoyée en France, comme ma mère est née ici. J'ai pu bénéficier du programme de protection des témoins, mais je suis restée cloîtrée de nombreuses années, j'étais paranoïaque. Et puis, j'ai réussi petit à petit à me sortir de cette torpeur. J'ai rencontré ton frère pour la première fois quand j'ai voulu me reconstruire une vie. Je venais de terminer mes études de journalisme par correspondance. Je me sentais prête à avancer.

Je marque une pause, redoute l'ultime révélation que je vais lui annoncer. J'humidifie mes lèvres, redouble de concentration pour visualiser les mots que je lui adresserai dans quelques instants. Nul doute qu'il sera en colère et qu'il m'en voudra pour le lui avoir caché.

— J'ai une dernière chose à te confier, murmuré-je.

Comme s'il sentait que la suite n'allait pas lui plaire, Alex plisse les paupières, me scrute avec insistance, m'interdisant de conserver le silence une seconde de plus.

— L'homme que vous recherchez, celui que vous pensez être le dirigeant du trafic de drogue sur lequel vous bossez depuis des mois… est Redouane Abrimi.

Je suis obligée de me concentrer et lire sur ses lèvres pour les voir articuler un « quoi ? » si bas que je suis incapable de l'entendre. Il passe une main sur son visage, soupire et se lève pour me tourner le dos. J'observe ses paumes trembler le long de son corps, ses omoplates se contracter à travers sa veste de costard, au rythme de ses inspirations. Le buste de profil, il jette un œil par-dessus son épaule pour me percuter de ses pupilles assassines.

— Pourquoi tu ne m'as rien dit ?

Je perçois nettement la colère latente qu'il contient du mieux qu'il le peut, ne trouve rien d'autre à faire que hausser bêtement les épaules en baissant le menton pour observer mon index qui triture la peau autour de mon pouce.

— Je suis allé jusqu'à imaginer que tu faisais partie de ce trafic hier, quand tu as paniqué, gronde-t-il. Merde, Eva, nous aurions pu avancer à vitesse grand V !

— Ne m'en veux pas, la situation était… compliquée.

— Ce n'est pas contre toi que je suis en colère, mais contre lui, crache-t-il en pointant la porte du doigt, et par extension, son frère qui se trouve dans le salon.

Sans me laisser le temps de réagir, il franchit le battant coulissant et déboule dans la pièce de vie en direction de son aîné. Prise de panique, je reste clouée sur le matelas, encore secouée de l'histoire que j'ai confessée, abasourdie par la colère qui émane du capitaine de police.

— Espèce de connard ! rage Alex. En plus de me mettre des bâtons dans les roues avec elle, il faut aussi que tu interfères dans mon job ?!

— Ton enquête est le cadet de mes soucis, Alekseï.

Ils sont si proches l'un de l'autre, se toisant en chiens de faïence, que je crains à tout moment qu'ils en viennent de nouveau aux mains, se battent comme des chiffonniers. Après tout, d'après le dicton, la troisième fois est inévitable. Je les observe, impuissante, à quelques mètres de la bulle invisible qui les entoure, chargée de tout un tas d'énergies négatives.

— C'est quoi ton problème, Anton ? Pourquoi ne supportes-tu pas quand quelque chose de bien arrive dans ma vie ? Ça ne t'a pas suffi avec Julie ?

L'aîné des Azarov jette un coup d'œil dans ma direction, pour vérifier si j'écoute ou non, et reporte finalement son attention sur Alex et persifle :

— La ferme !

— Tu sais quoi, j'en ai plus que ras-le-bol de toutes ces conneries ! Va te faire foutre !

Le flic se tourne vers moi, s'approche d'un pas décidé et dépose un baiser sur mon front, avant de me glisser à l'oreille :

— Je ne peux pas continuer, Eva. Je te remercie d'avoir été honnête avec moi, de t'être confiée, mais là, c'est trop. C'est mieux pour nous deux que je parte et que je te laisse tranquille. Ni toi ni moi ne méritons de nous déchirer sans cesse. Cette histoire a pris des proportions que je ne parviens plus à gérer, et je suis las.

Sur ces mots, il tourne les talons, referme la porte derrière lui et nous laisse seuls, entourés d'un silence de plomb qui alourdit mon cœur et menace de faire jaillir de nouveau les larmes de mes yeux.

J'observe Anton, incrédule, et repense à leur altercation.

— Qu'est-ce qu'il a voulu dire par « ça ne t'a pas suffi avec Julie » ? l'interrogé-je sur un ton suspicieux.

L'homme me fuit du regard, tente de trouver un point de la pièce où se raccrocher et se dirige finalement vers la cuisine pour se servir un autre verre de vin.

— Laisse tomber, souffle-t-il.

Moi, laisser tomber ? La blague.

— Qui est cette fille ? l'interrogé-je d'une voix accusatrice.

Il ne me répond pas, je me rapproche, me plante face à lui et cherche à comprendre en sondant ses iris qui ne laissent plus rien transparaître. Il soupire alors et articule, dents serrées :

— Tu es vraiment idiote, tu ne vois pas qu'il ne cherche qu'à te baiser !

Ma paume s'écrase lourdement contre sa joue, le bruit résonne dans l'appartement tandis qu'Anton porte sa main sur sa peau et se la frotte légèrement, son regard me lançant des éclairs qui me font reculer d'un pas.

— Parfois, je me demande si tu ne mérites pas ce qu'il t'arrive ! crache-t-il dans une expiration.

La rudesse de ses propos me contraint à progresser à reculons, comme si j'avais été frappée de plein fouet. Je lui adresse une œillade plus noire que l'obscurité de mes remords et secoue la tête imperceptiblement, me demandant si j'ai bien entendu.

— Excuse-moi, ce n'est pas ce que j'ai voulu dire, se repent-il précipitamment.

— Bien sûr que si, tranché-je.

Il tente de s'approcher de moi. Je le stoppe, ma paume brandie dans sa direction.

— Tu refuses d'être indulgente avec moi, mais pas avec lui ! crache-t-il avec une haine sans précédent. Eh bien, va le rejoindre puisque tu en meurs d'envie ! Casse-toi ! Tu es bien plus coriace que la précédente de toute manière !

Ses lèvres se pincent aussitôt que les mots ont jailli de sa bouche à l'instar d'un geyser acide et brûlant. Mes pensées fusent dans ma tête, s'entrechoquent comme pour m'aider à comprendre quelque chose qui est pourtant évident, sous mes yeux depuis le début. Je recompose le puzzle dont il manquait des pièces, suis le fil conducteur et retrace tous les évènements qui se sont produits depuis plusieurs semaines…

… *et soudain, je comprends.*

— C'est toi, soufflé-je. C'est avec toi que son ex-petite-amie l'a trompé.

Ma voix n'est qu'un souffle, un fragile filet qui menace de s'éteindre tant je suis médusée. Le regard empli de fureur de l'homme qui me fait face s'intensifie tandis que sa lèvre supérieure se retrousse. J'ignore si c'est une grimace ou un sourire démoniaque.

— Comment as-tu pu te comporter ainsi ? Comment as-tu pu me manipuler pour me faire penser qu'il était le fautif dans l'histoire, qu'il était ivre de jalousie et qu'il avait toujours tenté d'accaparer ceux à qui tu tenais ?

Il ne trouve rien à répondre, évidemment. Et c'est très bien ainsi. Sa bouche essaie bien de se mouvoir pour échafauder je ne sais quel mensonge, mais je l'en empêche d'un geste de la main.

Taré de monstre !

Sans pouvoir rester une seconde de plus en présence de ce connard, je fonce droit vers la porte d'entrée, saisis mon trench au vol et mon sac à main, puis dévale la cage d'escalier pour rattraper l'homme qui vient de nous quitter.

Lorsque j'atterris dans la rue, je perçois les phares de la voiture d'Alex s'approcher, je cours droit sur la route pour l'intercepter, mue par un instinct dont j'ignore l'origine. Le véhicule stoppe brutalement, les freins crissant sur le bitume légèrement humide, tandis que mes paumes se plaquent sur le capot alors que je perds l'équilibre.

Mon regard s'empare aussitôt de celui du conducteur à travers le parebrise, nous restons immobiles, comme si le temps s'était arrêté autour de la sphère qui se crée, nous englobe et comprime mon cœur. J'ignore comment interpréter ce que je lis dans le reflet des yeux du policier, perdue sur le fil de mes sentiments à son égard.

Soudain, un bruit de portière retentit, j'ai à peine le temps de comprendre quoi que ce soit qu'il se dirige vers moi, enserre fermement mes joues de ses paumes et articule à voix basse :

— Putain, mais t'es folle ? J'aurais pu te renverser !

Entendre sa voix se répercuter sur moi m'entraîne dans un abîme sans fond et m'oblige à prendre conscience que j'ai tout gâché, que j'ai mis en danger une relation à laquelle je tenais par simple stupidité. Moi qui pensais être perspicace et fine, je me suis fait berner.

Alors, toutes les émotions que j'ai brassées un peu plus tôt dans la soirée ressurgissent, me poussent un peu plus vers le gouffre par lequel je suis attirée comme un aimant.

Sans rien pouvoir contrôler, mes larmes se mettent à couler.

— Pardon, Alex. Pardon… sangloté-je.

Comme un peu plus tôt, ses pouces récupèrent l'eau qui glisse sur mes joues. Il secoue la tête et murmure de me calmer. Mais comment le pourrais-je ? Je ne sais plus où j'en suis, ma tête va éclater. Je suis plus perdue que je ne l'ai jamais été de ma vie, effrayée par la proximité d'Abrimi dans cette ville, tiraillée par le grondement qui rugit dans mon ventre lorsqu'Alex plonge dans le néant de mes yeux.

— Qu'y a-t-il ? soupire-t-il.

Ce qu'il y a ?

Comment ne peut-il pas s'en douter ? Il est si bon avec moi qu'il me donne l'impression de pouvoir tout me pardonner, mais je ne le mérite pas. Là où je passe, le malheur s'abat, c'est comme ça et je devrais enfin l'accepter.

Je ne parviens plus à savoir ce qu'il pense. Et si j'avais été définitivement trop loin ? Si toute cette histoire avec son frère avait cassé quelque chose en lui… quelque chose d'irréparable ?

Peut-être que l'attachement qu'il a pour moi a disparu. Peut-être qu'il en assez de la catastrophe ambulante que je suis. La femme qu'il a connue, celle pour qui il a sûrement craqué, a disparu. Mais l'ai-je réellement été un jour ? Rien n'est moins sûr.

Alex s'est longtemps raccroché à un mirage et il a tout simplement fini par comprendre qu'il ne retrouverait sans doute jamais Eva Tentiller.

CHAPITRE ONZE

Simon

Boire au point de ne plus être maître de mes actions est une chose que je dois bannir de ma vie. Je devrais pourtant en être convaincu désormais, mais il semblerait que mes expériences passées n'aient pas eu l'impact escompté. Chaque fois que je me retrouve dans une situation compliquée, à laquelle je ne trouve pas de porte de secours, j'agis bêtement. Alcool, cannabis, je suis prêt à tout pour soulager l'oppression qui comprime ma poitrine dans ces cas-là.

Le harcèlement que je subis me ronge comme l'acide sur le fer, je suis sans cesse sur le qui-vive, effrayé de croiser *sa* route ou celle de ses hommes. J'ai bien sûr continué à recevoir des sms de *lui*, jusqu'à ce que je ne puisse plus les ignorer… Et il a fallu que je le rencontre, je n'ai pas eu d'autre choix. Seulement, j'étais tellement déboussolé après cette entrevue, que j'ai bu, énormément.

Me pointer chez Marc, assailli par ma rancœur envers lui, les sentiments qui me bouleversent et surtout, *cette* putain d'histoire, était la plus mauvaise idée de toutes celles qui ont déjà pu me traverser l'esprit

À quoi m'attendais-je en allant chez le flic ? Du réconfort ? Des excuses ? J'ai atterri en bas de son immeuble, sans savoir comment je me suis débrouillé pour retrouver mon chemin. Je pense que très profondément enfoui en moi, j'espérais qu'il m'apporte l'aide que je réclame en silence.

Heureusement, je ne lui ai parlé de rien, j'ai su tenir ma langue pour ne pas envenimer la situation dans laquelle j'ai glissé au fil des mois… La dernière fois, à vouloir interférer dans ma vie, il y a mis un bordel monstre. Et c'est désormais par sa faute que je me trouve replongé dans une histoire dont je n'entrevois pas la porte de sortie. Une chose est certaine : je dois tenir le capitaine Tillard loin de mes magouilles sous peine qu'il agisse, mais que son action me desserve.

Franchement, je me giflerais parfois, je suis vraiment un petit con insouciant et j'en paie désormais le prix fort.

— Simon, tu m'écoutes ?

Joseph m'observe de ses grands yeux ambrés, les sourcils légèrement froncés et les lèvres si pincées qu'elles semblent avoir disparu. Je tente de reprendre le dessus sur les pensées sombres qui m'ensevelissent, esquisse un rictus, avant d'avancer mes doigts pour toucher les siens.

— Excuse-moi, je rêvassais.

Cauchemarder est un verbe plus précis, en réalité.

— Tu es bizarre depuis ce matin, tu es sûr que ça va ?

J'opine du chef, affiche sur mon visage mon sourire le plus faux, avant de piquer une frite dans l'assiette de mon voisin de table. Joseph feint l'avanie, la main placardée sur son torse, puis affiche un léger rictus. C'est vrai qu'il est gentil, mignon et qu'il fait son possible pour me rendre la vie facile, mais je ne parviens pas à me détendre en sa présence. À l'instar d'un jeu d'encastrement, il me manque une pièce majeure qui permet à mon équilibre de se maintenir. Je refuse d'y croire, mais parfois, je songe que cette partie dont je suis dépossédé est peut-être bel et bien restée avec Marc, ce soir-là, dans le sauna. Après avoir pensé qu'il m'emmènerait sur un chemin qui me correspondait, j'ai finalement compris que nous étions… incompatibles. Ce morceau de ma personnalité ne verra plus jamais le jour car, si je suis tombé sous le charme de ce beau flic taciturne qui cache certainement, sous toutes ces couches d'insensibilité, une certaine fragilité, je me retrouve confronté à un mur que je ne peux gravir. Notre relation est vouée à l'échec et clairement, je n'ai jamais apprécié les montagnes russes, et avec lui, on est au-delà du manège à sensations.

— Il paraît qu'une méga soirée est organisée sur le campus, m'avertit Joseph.

Je vous vois venir, des étoiles dans les yeux, à croire que notre université ressemble à ces facultés américaines où sororités, fraternités et compagnie règnent en maîtres. Il n'en est rien, on est bien en France, et notre « campus » se cantonne à un ensemble d'appartements dans une résidence accolée aux bâtiments où les cours ont lieu. Il faut presque tuer un des résidents pour obtenir une place, raison pour laquelle Louise et moi avons choisi de nous mettre en colocation, quelques semaines après la rentrée en première année. Pendant près d'un mois, j'ai fait la navette de chez ma mère, qui vit en banlieue parisienne, à la fac, tandis que Louise vivait en auberge de jeunesse.

L'angoisse !

Parfois, je me demande à quoi notre vie aurait ressemblé si nos chemins ne s'étaient pas croisés. En réalité, penser à cette éventualité me donne la nausée.

Tiens, quand on parle du loup, on en voit la queue !

Bon, là, il s'agit plutôt de la queue d'une licorne. Louise vient de nous apercevoir et s'approche, son plateau entre les mains, ses cheveux se balançant derrière sa tête au rythme des nouvelles bottines qu'elle vient d'acheter. Y'a pas à dire, elle est canon, bien que légèrement cernée ces derniers temps.

— Hello, les garçons, nous salue-t-elle en prenant place à mes côtés.

Joseph lui adresse un sourire poli, ils ne se connaissent pas très bien. D'ailleurs, je ne pense pas que ma meilleure amie imagine ce qu'il y a entre le brun et moi.

Au juste, qu'y a-t-il ? De son côté, j'imagine qu'il pense que nous sommes plus ou moins ensemble. Du mien…

Flou artistique.

Ne pas réussir à faire la mise au point reste quand même le comble pour un photographe, mais vous savez ce qu'on dit des cordonniers.

— J'expliquais à Simon qu'il y avait une soirée à la villa des Laurens ce soir, mais il n'écoute rien aujourd'hui, affirme Joseph.

Oups, c'est vrai que je ne lui ai pas répondu.

Louise se tourne vers moi, m'étudie quelques instants en fronçant les sourcils. Je suis persuadé qu'elle a déjà détecté que quelque chose n'allait pas. C'est le revers de la médaille quand on accepte de reconnaître en autrui son jumeau cosmique. Elle et moi nous sommes développés dans des utérus différents et pourtant, je suis persuadé que nos cœurs battaient déjà à l'unisson à l'époque. Toujours est-il qu'elle ne me lâche pas, ce qui commence à renforcer le sentiment d'oppression qui m'écrase depuis quelques jours.

— On n'a qu'à y aller ensemble, proposé-je pour échapper à cet interrogatoire silencieux.

De ma vue périphérique, je constate que les lèvres de Joseph s'étirent tandis que son regard s'illumine. S'il s'écoutait, il sautillerait de joie.

Et un de convaincu, un !

Mais on ne berne pas si facilement Louise Dario. Elle est loin de se laisser séduire par mon ton enjoué, bien que factice, mon sourire *ultra bright* et les petites fossettes qui se creusent dans mes joues.

Alors que Joseph se dirige vers la vitrine des desserts, ma meilleure amie se penche plus près de moi, plonge ses billes claires et inquisitrices dans les miennes, qui s'assombrissent sûrement un peu, avant que sa main se referme sur mon avant-bras.

— Que se passe-t-il ? souffle-t-elle.

Opération : Suicide Squad[55].

Je tente le tout pour le tout, hausse un sourcil si haut que je me demande s'il ne se fond pas avec l'implantation de mes cheveux, et pose ma main sur la sienne.

— Tu t'inquiètes encore pour rien, tout baigne ! lui assuré-je d'une voix si claire qu'elle ne peut que me croire.

Ou pas.

Elle plisse les yeux davantage, sa langue claque sur son palais en signe de négation. Elle lâche mon bras, replace une mèche folle derrière son oreille et caresse ma joue de sa paume si douce qu'elle me donne l'impression de pouvoir me déconnecter de tous mes problèmes. Je voudrais m'y reposer, lâcher prise et souffler l'espace de quelques secondes, mais elle saurait alors que quelque chose me contrarie…

Et elle est loin, très loin du compte. Si loin que si elle l'apprenait, elle ferait un arrêt cardiaque.

Alors, je soupire, secoue légèrement la tête pour lui indiquer que son attitude et ses soupçons sont infondés et surtout, ridicules. Ma coloc' m'imite, souffle légèrement, avant de reporter son attention sur mon…

Non, ce n'est pas mon mec !

… mon ami qui revient. Murée dans le silence, elle entame son assiette de pâtes, non sans me jeter régulièrement des coups d'œil discrets pour visualiser la faille que je laisserai

[55] Escadron suicide

tôt ou tard paraître et dans laquelle elle s'engouffrera sans ménagement.

Voilà son plus gros défaut, dès qu'elle est contrariée, elle ne peut s'empêcher de materner les autres. Autant dire qu'elle est en mode « mère poule » avec ce qui arrive en ce moment à Adam. Et maintenant qu'elle n'a plus le droit de le voir, depuis qu'ils ont fait *vous savez quoi*, c'est pire !

Non, mais aussi, baisez dans le bureau du psy ! Même moi je n'aurais pas osé, c'est dire !

***

Comme convenu, et pour faire bonne figure devant mes potes, j'ai accepté d'aller à cette fête organisée dans la magnifique demeure des Laurens, ces insupportables jumeaux qui terminent bientôt leur master et dont les richissimes parents ont acheté une immense maison de maître tout juste accolée à l'université. J'avoue qu'obtenir le droit d'entrer à leurs soirées n'a pas été une mince affaire, mais j'ai mes astuces. Si Louise et Joseph savaient comment je me suis procuré ces *pass*, nous entamerions sans aucun doute un demi-tour sur le champ.

Le hall de la maison est plus grand que tout notre appartement, si haut que le lustre, aussi gros qu'une voiture sans permis, paraît ridicule. Il fut un temps où j'adorais venir ici, quand je fournissais Paula et Victor Laurens en tous types de drogue qu'ils me réclamaient.

J'ai déjà précisé que j'avais vécu une sale période. Pas la peine de faire les offusqués !

Ça ne fait pas si longtemps que je me suis éloigné de mes petites activités illicites, mais le jour où j'ai annoncé que j'arrêtais aux *jumoniaques*, j'ai bien cru qu'ils allaient se mettre à pleurer.

Eh ouais !

J'étais consciencieux, professionnel, disponible et rapide. Ils ne retrouveront jamais un revendeur comme moi. Mais j'ai très vite rencontré les limites que me proposait cette vie, je me suis retrouvé propulsé dans un monde que je ne parvenais plus à gérer… C'est vrai que je gagnais pas mal de tunes avec ce trafic, mais je ne me reconnaissais plus dans les miroirs que je croisais sur ma route.

Initialement, c'était simplement pour emmerder mes parents, pour prouver à mon père que, malgré son statut, il avait été incapable de gérer la vie de son fils et surtout, son éducation. Je dois bien avouer que par la suite, je me suis laissé piéger dans ce bordel sans fin. Alors j'ai décidé de tout stopper…

On connaît la suite : je tombe sur Marc.

Premier problème.

Je dois rembourser 3500 balles aux dealers et ils comprennent que j'ai un lien avec la police à cause du capitaine qui a décidé de se mêler d'autre chose que son cul – parfait, soit dit en passant.

Problèmes numéro 2 et 3.

Youssef m'a obligé à replonger tête la première.

Problème numéro 4.

Bref, je vais tenter de passer une soirée normale, de me vider la tête sans pour autant me la mettre à l'envers et atterrir chez le capitaine Tillard. Ce soir, je dois incarner le Simon mesuré, suffisamment entraîné par l'ambiance pour duper ses amis, mais tenu à distance des tentations pour garder le contrôle de ses actes.

— Simon, je suis heureuse de te voir, s'écrie Paula qui fonce droit sur moi.

Elle m'étouffe contre sa poitrine, dont je remets en cause l'authenticité, et plaque sa bouche sur la mienne pour me saluer.

Ah… les gosses de riches !

Quand je les surnomme les « jumoniaques », ce n'est pas méchant. En réalité, ils ne sont pas foncièrement mauvais, simplement, nous ne vivons pas dans le même monde et leur réalité les déconnecte de ce qui est acceptable ou non en société. Ils sont responsables de nombreuses affaires assez obscures qui sont arrivées à certains étudiants, mais le conseil de discipline les met sans cesse hors de cause étant donné leur statut et surtout, le chèque à plusieurs zéros que leur père octroie à l'université chaque année. C'est un peu leur mécène, il l'a été bien avant l'entrée de ses enfants, et il le restera après leur départ. Voilà pourquoi la fratrie Laurens se sent supérieure et en quelque sorte, elle l'est.

Je jette un œil par-dessus mon épaule, pendant que Paula déblatère tout un ramassis de conneries à mon attention, et observe la mine renfrognée de Louise dont les bras se sont instantanément croisés sur sa poitrine – qu'elle juge très certainement ridicule désormais.

Plus jalouse, tu meurs !

L'hôtesse de la soirée ne s'arrête plus, jacasse comme une poule affamée, je crois sincèrement qu'elle est atteinte de logorrhée. Je n'écoute plus ce qu'elle raconte depuis plusieurs minutes, hochant la tête pour confirmer les inepties qui s'échappent de sa bouche.

La silhouette sculptée de son jumeau se profile finalement à ses côtés, ses mains encadrent les épaules de sa sœur, puis il m'adresse un clin d'œil. J'avais oublié à quel point Victor Laurens est beau : teint hâlé, mâchoire carrée, yeux pervenche, barbe de trois jours et cheveux mi-longs qui lui donnent des allures de surfer. Son sourire s'étire, avant de me glisser :

— Ecstasy.

Je comprends mieux l'agitation de sa jumelle qui lui ressemble comme deux gouttes d'eau. Il l'emmène alors un peu plus loin, nous libérant de son braquage verbal, et nous souhaite de passer une bonne soirée. Le regard de Joseph le suit – ou plutôt ses fesses – jusqu'à ce qu'il disparaisse dans une autre pièce. Étrangement, je ne peux m'empêcher de ressentir une pointe de jalousie, m'abstiens de la lui laisser pressentir pour qu'il ne s'imagine pas tout un tas de choses.

En revanche, Louise ne manque pas de souligner la conduite absolument déplacée de Paula Laurens, ce qui me fait éclater de rire.

— Simon, si elle avait pu enfoncer sa langue dans ta bouche, elle ne se serait pas privée !

— Mais arrête, tu sais que nous avons passé pas mal de temps ensemble.

Elle lève les yeux au ciel, sachant pertinemment à quelle époque je me réfère. J'ai déjà souligné le comportement très maternant de mon amie, on peut aisément imaginer sa manière de me fliquer il y a quelques mois, lorsqu'elle savait que je dealais. À côté, Marc est un agneau ! Ne souhaitant pas glisser sur ce terrain semé de mines antipersonnel, j'invite mes amis à pénétrer dans le gigantesque salon où une ambiance de dingue bat déjà son plein. Tout un tas d'étudiants dansent, crient, boivent et sont presque sur le point de baiser, pour certains. J'observe la mine déconfite de Joseph qui n'a vraisemblablement pas l'habitude de ce type de fête. Après tout, c'est lui qui a insisté pour venir ici, bien heureux de savoir que j'avais des passe-droits. J'aurais dû me taire quand je le lui ai révélé, nous aurions évité l'un et l'autre une soirée pénible. Seule Louise semble heureuse d'être là, un punch déjà à la main.

Elle a vraiment besoin de se changer les idées, d'agir comme si sa vie ne s'était pas écroulée il y a peu. Et j'admire la manière déconcertante avec laquelle elle y parvient.

— Surveille ton verre, cette fois-ci, crié-je par-dessus la musique.

Elle me tire la langue, sachant très bien que je parle de cette fameuse soirée en compagnie de Jameson où elle a été droguée. Elle ne m'a pas tout raconté en détail, mais j'en sais suffisamment pour lui intimer d'être prudente.

— J'ai envie de m'amuser, je suis trop sous-pression depuis que…

Sa phrase meurt entre ses lèvres. J'imagine qu'il est difficile pour elle de se remémorer les circonstances qui l'ont séparée de son camé de Britannique. Elle engloutit le contenu de son verre, s'en ressert déjà un autre, avant de chanter les paroles de la chanson qui résonne dans nos oreilles.

7 Rings – Ariana Grande.

Je dois bien avouer que la suivre dans son délire ne me demande pas énormément d'efforts. Louise se trémousse, frottant outrageusement, contre mon entrejambe, son postérieur rebondi et moulé dans une robe qui lui arrive mi-cuisse. Clairement, si j'étais hétéro, je banderais comme un malade. Heureusement pour moi, l'attitude exagérément provocatrice de ma meilleure amie nous fait éclater de rire, tandis que de réelles *bitches*, pour le coup, nous jugent un peu plus loin alors qu'elles devraient reconnaître dans le personnage que la blonde incarne, une sœur. Joseph nous observe, légèrement en retrait, amusé par la folie qui s'empare de nos corps.

J'avais tort. Cette soirée n'était pas une si mauvaise idée. Je pourrais presque dire que je m'amuse et que les problèmes dans lesquels je m'enlise ces derniers jours me paraissent bien loin. Et surtout, je n'ai pas besoin de boire ou ingérer quoi que ce soit d'autre pour oublier. La seule présence de mes amis me permet de me sentir léger, insouciant… Simon, quoi !

***

Je devrais pourtant être au courant maintenant… Dès que je passe un bon moment, il faut qu'un évènement le gâche. Allez savoir pourquoi, hasard ou destinée, j'ai reçu un sms plus que fâcheux au cours de la soirée. Prétextant un aller express aux toilettes, j'ai abandonné Louise et Joseph qui s'amusaient comme des fous, alors que moi, mon moral s'effondrait.

Machinalement, je consulte de nouveau le texto en rejoignant le trottoir en face de la maison.

[Y / 23h47 : Tu ne penses pas que tu exagères ? Aller dans une soirée remplie d'étudiants sans me prévenir, c'est pas bien du tout. Je sais toujours tout, j'ai des yeux et des oreilles partout. Rendez-vous au coin de la rue dans 10 minutes. Je te conseille de ne pas jouer au plus malin.]

Relire ces mots me colle un goût amer dans la bouche, qui ne désemplit pas à mesure que je m'avance vers mon « rendez-vous ». Mon cœur martèle ma poitrine, qui menace d'exploser si elle ne s'élargit pas pour lui laisser plus de place. C'est à peine si je sais comment mettre un pied devant l'autre, mes jambes cherchant par tous les moyens à rebrousser chemin. Seulement, je ne peux pas. Ce sera bien pire si je ne le rejoins pas !

À une vingtaine de mètres de *lui*, je distingue nettement sa silhouette menaçante, enveloppée dans un jogging qui me rappelle de mauvais souvenirs. L'écart qui nous sépare se réduit, détraque mon souffle qui s'interrompt suivant un schéma anarchique, m'obligeant presque à réaliser des pauses pour ne pas m'écrouler. Ma vision se brouille, mes oreilles bourdonnent. Mes mains deviennent étrangement moites à l'instant où la longue suée froide glisse le long de ma colonne vertébrale, lorsqu'il me fouille de ses yeux noirs.

Je maintiens une distance de sécurité avec lui, m'arrêtant à un pas de l'homme encapuchonné. Il me scrute et installe un malaise qui ne me quittera qu'au moment où je déguerpirai.

— Qu'est-ce que je t'avais dit, Simon ?

Sa voix grave et profonde me percute, me soutire presque des larmes. En vérité, l'aura qu'il dégage, l'emprise qu'il a sur moi, sont telles que je ne suis plus qu'une sous-merde face à lui, complètement soumise à sa volonté.

— Excuse-moi, Youssef. Je n'ai pas pensé à te parler de cette soirée.

Il s'avance d'un pas si tranquille qu'il en devient menaçant, au point où ma salive stagne dans ma bouche. Les jambes tremblant sous mon poids, j'hésite à me tenir au mur, mais m'y refuse, évitant ainsi de lui montrer que je suis mort de trouille. La respiration hachurée, je suis dans l'incapacité de quitter son regard inquisiteur plus inquiétant que pourrait l'être celui d'un animal aux crocs acérés.

Ses doigts enserrent finalement ma mâchoire, l'emprisonnent jusqu'à me faire grimacer de douleur. Une pellicule opaque obstrue ma vue. Je tente désespérément d'inspirer et expirer aussi calmement que possible pour ne pas lui révéler l'effroi qui s'empare de mes tripes.

Et dire qu'à une époque, je pensais être fou de lui. Sa manière de se comporter avec moi, de me traiter comme un chien… je pensais que c'était de l'amour. J'aimais lui obéir au doigt et à l'œil. Pas étonnant que ce penchant m'ait plu chez Marc, jusqu'à ce que je comprenne que je ne pouvais pas revivre une situation similaire.

J'ai bien conscience que les deux hommes sont en totale contradiction, si ce n'est ce petit côté dominant. Enfin, petit. Non. Chez Youssef, il est puissant, destructeur. J'étais sa « lope », c'était son terme préféré pour me désigner… si bien que j'ai fini par m'en convaincre, moi aussi. Et puis, je me suis rendu à l'évidence : il était mauvais pour moi, il m'utilisait simplement pour assouvir ses désirs homosexuels refoulés. Lorsque ce fait m'a sauté aux yeux, ou plutôt lorsque Louise m'a exposé la vérité en pleine face, j'ai décidé de tout arrêter. Ma pseudo-relation avec lui, mais aussi le trafic de drogue dans lequel il m'avait entraîné. C'est comme ça que j'avais connu Paula et Victor, Youssef voulait absolument élargir sa clientèle aux petits bourges. Mon intermédiaire était idéal. C'est vrai que j'inspirais une telle confiance, personne ne soupçonnait qu'un mec comme lui se cachait derrière la drogue que je revendais.

— Refais-moi un coup comme ça et tu le regretteras. Tu ne voudrais pas qu'on s'en prenne à ta petite sœur, elle n'est qu'en CM2 ! Je t'ai dit, je te surveille. Je sais aussi que cette petite blonde est avec toi dans cette maison, ainsi qu'un mec… qui semble être plus qu'un ami… selon mes sources.

Mes poings se serrent instantanément, me somment de les écraser contre son visage. Mais je sais que cet acte, aussi courageux soit-il, serait totalement vain. Le dealer est puissant, sa musculature si impressionnante qu'il y a quelques mois, j'en étais dingue. Sa force surpasse de loin la mienne, il me materait en deux temps, trois mouvements. Chaque fois que je le croise, j'ai peur qu'il me viole, maintenant que je me refuse à lui, mais il a dû trouver un autre petit minet dans mon genre.

Ne pas tenter le Diable !

Je sais que les menaces qu'il profère ne sont pas des paroles en l'air. Les gars qui bossent pour lui sont des brutes élevées dans ce monde, baignant dans la violence, les trafics et tout ce qui s'y rattache, depuis des années. Ils ont déjà suivi ma mère, ma sœur, ont même des renseignements sur mon père tout en sachant qui il est. Louise et Joseph n'échappent pas à leur surveillance non plus. Jamais je ne prendrai le risque de les mettre en danger parce que j'ai été stupide. Je savais qu'après ma dernière altercation avec les dealers, les conséquences seraient regrettables, et nous y voilà. Youssef réapparaît pour la seconde fois dans ma vie alors que j'ai cru, pendant quelque temps, m'être débarrassé de lui.

Même si replonger dans ses combines me fout en l'air, me tord le ventre au point que je le sens se déchirer, je n'ai aucun autre choix. Si j'avais tout balancé à Marc, cette nuit où j'ai failli craquer, j'aurais mis la sécurité de mes proches en danger. Il m'aurait nécessairement obligé à les dénoncer pour démanteler leur groupe, mais j'en aurais subi les conséquences. C'est vrai que j'étais submergé ce soir-là, l'homme qui me fait face était venu me voir en personne, m'avait ordonné d'aller refiler de la came à un couple de bourgeois. Après ça, j'avais d'abord vomi mes tripes, horrifié de suivre de nouveau ce chemin, pour ensuite me bourrer la gueule afin de m'extirper cette situation merdique du crâne.

On connaît la suite…

Le regard noir de Youssef se montre plus menaçant tandis qu'il s'approche de mon visage. Son souffle nicotiné s'écrase contre ma mâchoire, envahit mes narines et me donne la nausée. Ses yeux assujettissent les miens, ses doigts pincent fermement mon menton pour m'empêcher de baisser la tête. Je peine à contenir ma nervosité, mes jambes flageolent sous mon poids, ma gorge s'assèche sans que je ne puisse bouger d'un millimètre, plus mort que vif.

— Ta bouche autour de ma queue me manque, ma petite lope.

Le cœur au bord des lèvres, je manque de dégueuler le verre de punch que j'ai bu au cours de la soirée. Sa voix sourde et légèrement rocailleuse me ramène quelques mois en arrière. Repenser à nos ébats me rend malade, j'ignore encore pourquoi je me suis laissé charmer par un homme tel que lui… Sûrement encore un élan de contradiction envers mon père, un moyen de lui faire payer son absence. Sûrement aussi mon attirance pour le danger, pour l'adrénaline. Pourtant, maintenant je regrette.

Sur le point de céder à ma peur, je secoue la tête pour lui indiquer que je ne souhaite plus entretenir ce genre de relation avec lui. Plus jamais. Au moment où il est prêt à m'enfoncer sa langue dans la bouche sans m'en laisser le choix, des pas résonnent derrière lui et s'approchent rapidement. Je penche la tête, reste stupéfait de distinguer l'homme qui se dirige vers nous.

— Marc, soufflé-je entre mes dents.

Youssef jette un œil par-dessus son épaule, retombe l'instant d'après sur mon visage déconfit, avant de me fourrer dans la main un sachet rempli de pilules bleues que je range aussitôt dans ma veste.

— Tu as une semaine pour les revendre. Pas un mot ou toi et ta famille, vous êtes morts.

Je n'ai pas le temps de reprendre une inspiration digne de ce nom que le dealer s'est déjà échappé. La seconde suivante, Marc se hâte vers moi, stoppe et se penche légèrement pour observer la silhouette disparaître dans la nuit, avant de plonger à son tour ses yeux aussi noirs que ceux de Youssef, mais tellement plus doux pour qui sait les décrypter, dans les miens. Comme si je recouvrais le chemin de la raison, je respire plus calmement, mes lèvres s'incurvent timidement, si heureux de voir cet homme à cet instant. Même si les ténèbres l'entourent, l'attirent bien souvent, Marc Tillard m'apparaît ce soir comme un chevalier lumineux qui me sauve de toutes les situations catastrophiques dans lesquelles je tombe bêtement.

— C'était qui ? grogne-t-il.

Bon. Maintenant on va devoir jouer la seconde pièce de théâtre de la journée. Donner le change à mes amis n'était pas aisé, mais réalisable. Là, je m'attaque à un tout autre adversaire qui ne se laissera pas tromper par mes mensonges. La seule manière que j'ai de le contrer est de m'engouffrer dans le perpétuel affrontement que nous entretenons. Je dois bien avouer que je n'en ai pas la moindre envie, bien plus désireux de lui sauter au cou pour être tombé à pic.

— Qu'est-ce que ça peut te foutre ?

Pas mal la voix, Simon. Mais… peux mieux faire. 7/10.

Je réalise un demi-tour, m'éloigne de lui pour rejoindre la demeure des Laurens. Mes amis doivent maintenant se demander ce que je fous, même si je ne suis parti que depuis cinq minutes à tout casser. Bien sûr, les pas de Marc me suivent à la trace, comme si je risquais de m'étaler sur le sol à tout moment. Ce qu'il peut être inconsciemment prévenant, c'est assez décontenançant.

Alors que je m'apprête à gravir les marches qui mènent au perron devant la porte d'entrée, une main à la fois ferme et délicate s'enroule autour de mon poignet et m'empêche de poursuivre ma route. Je me fige, pivote pour me retrouver face à un roc musculeux. Ma salive stagne dans ma bouche, je voudrais presque vérifier qu'elle ne s'écoule pas le long de mon menton. Le regard de Marc est brûlant, si intense qu'il enflamme mon bas-ventre, me pousse presque à glisser mes doigts sur son crâne, dont les cheveux sont coupés court, sur sa barbe de trois jours qui commence à être trop longue pour son job.

Ça, c'est l'effet Tillard.

Voilà la réelle attirance. Incontrôlable, inévitable et totalement dévastatrice. Rien à voir avec ce que j'ai pu ressentir un jour pour cette merde de dealer. La façon dont il m'observe, détaille chacun de mes traits comme s'il me découvrait pour la première fois, est si intense que je meurs d'envie pour lui. Ma respiration s'accélère, oblige mon cœur à pomper comme un acharné pour envoyer le sang dans mes organes vitaux afin de ne pas défaillir.

Comment ça ? Ma teub n'est pas vitale ? Ah. Je croyais !

Soudain, il observe ma poche dans laquelle j'ai enfourné le sachet que m'a donné Youssef. La panique s'empare de moi, mon front se met à transpirer comme si j'étais sous acide tandis que chacun des pores de ma peau est arraché par le frisson qui sillonne mon corps.

— Qu'est-ce que tu fous là, d'ailleurs ? tenté-je de détourner la conversation.

Il me fixe donc de nouveau, ce qui me permet de soupirer de soulagement, et esquisse un léger sourire que je ne parviens pas à interpréter. Qu'est-ce qui peut bien le faire marrer ? Réellement, je me demande bien ce qu'il fait dans cette rue qui n'est pas du tout proche de son secteur, très éloignée du commissariat, de son appart', du sauna et de la salle de combat… Tout ce qui résume sa vie, en somme.

— C'est pas un hasard si tu es ici. Je me trompe ?

Ses lèvres frémissent, depuis quand le capitaine Tillard n'est-il plus en mesure de maîtriser ses émotions ? Remarque, c'est plus simple pour moi de le déchiffrer lorsqu'il agit ainsi !

— Tu as mis une balise GPS dans mon téléphone ou quoi ?

Cette fois, un rire profond et grave s'échappe de sa gorge, son visage s'illumine sous mon évidente ineptie. Je ne peux évidemment pas m'empêcher de le suivre, expulsant l'air de mes poumons pour me joindre à lui. Ce moment coupé du temps me procure un bien fou, me déconnecte de la réalité et parvient même à me faire oublier quelques instants les évènements précédents. Pour la première fois depuis que je l'ai rencontré, Marc se révèle être ma bouffée d'oxygène, ma bouée de sauvetage et mon phare dans la nuit.

Ouais, tout ça à la fois. Ce mec est un surhomme !

— Simon, tu fais quoi ? s'enquiert Joseph derrière moi.

Je clos les paupières à l'instant où cette voix parvient jusqu'à mes oreilles. Peut-être que si je les garde fermement pressées, je vais disparaître avec le policier, nous emmener dans un endroit où nous ne serons plus que tous les deux. Pour toujours.

Ça s'appelle l'utopie.

Lorsque je tombe de nouveau sur le visage du flic au teint hâlé, ses traits se sont légèrement figés. Il penche la tête pour observer mon ami qui se tient à quelques mètres derrière moi, devant la porte d'entrée. Si c'était possible, les lettres du mot « rivalité » s'inscriraient en ligne de sang sur le front de Marc. Ses yeux lancent des éclairs au pauvre Joe qui n'a finalement rien demandé à personne.

Je me racle alors la gorge pour l'obliger à reporter son attention sur moi. Frappé de constater que son attitude ne change pas, je remarque qu'il est toujours fou de rage, me forçant même à reculer d'un pas pour amorcer une volte-face et rejoindre mon ami.

De nouveau, il m'arrête en pressant mon poignet, expose d'une voix profonde :

— Je t'ai simplement suivi depuis chez toi. Je ne sais pas réellement ce que tu me caches, Simon, mais je vais le découvrir.

Je me détache de sa prise avec férocité. Je n'ai pas le choix. Je dois me débarrasser de Marc Tillard une bonne fois pour toutes, l'oublier et donner une chance à Joseph, qui est à l'opposé du flic, mais avec qui je passe de bons moments. Je rassemble alors toute l'acidité dont je suis capable.

— C'est gentil de t'inquiéter pour moi, mais il est un peu tard, non ? raillé-je. Si tu n'avais pas agi comme un crétin, ma vie serait peut-être moins compliquée. Et puis, arrête de me suivre, tant qu'on y est. Tu vois ce mec en haut des marches ? Je me sens bien avec lui. Je sais ce que tu tentes de faire, mais je ne céderai pas, Marc. Nous n'avons strictement rien à voir tous les deux.

Il ricane.

Bordel, j'essaie d'être un monstre et il ricane !

— Surveille tes arrières, petit con.

Sans rien ajouter, il disparaît comme une ombre, insinuant un sentiment d'abandon plus profond que celui qui grandissait auparavant.

Je lui mens.

Je me mens.

Je mens à Joseph, à Louise.

À tout le monde, en fait.

Je ne suis qu'un connard.

Je reste quelques secondes immobile, perdu dans la direction qu'il a empruntée, ébahi de constater qu'à l'intérieur, je m'effondre.

Ne souhaitant rien révéler de tout ce qui m'assaille, je me retourne, évite de croiser le regard de Joseph, braqué sur moi, et remonte l'escalier vers la maison.

— C'était qui ? m'interroge-t-il alors que je le rejoins.

L'espace d'une seconde, je souhaite lui crier que c'est l'homme dont j'ai cru tomber amoureux. Et puis, je me souviens que rien ne sera jamais possible entre Marc et moi, que nous sommes aussi incompatibles qu'avec Youssef, pour des raisons tout autres, et que je ferais mieux de poursuivre ma vie…

Je tourne le visage, affronte les questionnements qui tournoient dans les prunelles sombres de mon camarade de classe, les balaie pour ne pas me laisser submerger par la culpabilité qui m'engloutit et, sans réfléchir, plaque mes lèvres contre les siennes tout en murmurant :

— C'est personne.

CHAPITRE DOUZE

Eva

Des jours que je dors seule dans le lit de cet homme alors qu'il ne se trouve qu'à quelques pièces de moi. Toujours ce sentiment d'abandon, celui d'être délaissée et que rien ne redeviendra comme avant. La relation qu'Alex et moi avons entretenue ne renaîtra jamais, chacun reste dans son coin sans oser se dévoiler. Je ne sais plus comment me comporter en sa présence, son attitude est plus qu'étrange. J'ai cette impression qu'il n'est plus lui-même lorsque je suis là, et je sais très bien que quelque part… moi non plus.

J'ai eu si peur de le perdre cette nuit-là, celle où je suis partie de chez Anton. J'étais bouleversée, je crois que lui aussi. Depuis, nous marchons sur des œufs…

***

La tasse de thé que me sert le flic, une fois rentrés chez lui, me réconforte et me permet de calmer ma respiration que je ne parvenais plus à gérer dans la voiture. Ce silence pesant qui nous enveloppait, nous interdisant d'aborder certains non-dits, n'a fait qu'augmenter mon angoisse. J'ignore comment désamorcer la situation, pour la simple et bonne raison que je ne sais plus ce que pense Alex.

Lorsqu'il s'assied à mes côtés sur le divan, nos yeux se rencontrent, avant de se détourner, gênés.

— Je suis tellement conne, soufflé-je.

— Que s'est-il passé chez mon frère ? Tu restes muette depuis tout à l'heure.

Mes lèvres se pincent malgré moi, le sujet que je dois aborder doit être délicat pour lui, s'il s'est refusé à m'en parler malgré tout ce qui a pu se passer avec Anton. Pourtant, je ne veux plus lui mentir sur quoi que ce soit, maintenant que je lui ai révélé l'entièreté de mon histoire.

— Je sais… à propos de Julie.

Son regard croise de nouveau le mien, s'enténèbre lorsqu'il plisse les paupières. Je ne suis pas certaine de ce qui l'habite, si sa colère apparente m'est destinée ou non. Il se lève, arpente le salon comme un fauve en cage, avant que je ne le rejoigne, le stoppe et pose la paume de ma main contre son pectoral.

— Tu n'es pas obligé de m'en parler si tu ne le souhaites pas. Mais c'est la raison pour laquelle j'ai décidé de partir de chez Anton. Je me suis royalement trompée sur lui.

Un instant, il hésite, je peux lire les questions qui se promènent sur son visage crispé. Il se soustrait à mon inspection, tente de se raccrocher à autre chose qu'à moi, jusqu'à céder et replonger dans mes prunelles en quête de réponses.

— J'ai honte… il n'y a pas d'autre terme. J'allais tout te dire, l'autre fois au parc, et je n'en ai pas eu l'occasion. Tu es partie si vite que je suis resté avec ce secret qui me rongeait et nous éloignait.

— Mais pourquoi tu ne m'as rien dit avant ?

Il esquisse un sourire, replace une mèche derrière mon oreille, avant de reprendre.

— Sincèrement, tu m'aurais cru après ce qu'Anton t'avait raconté ? C'est pour ça que j'ai mis tant de temps… jusqu'à ne plus en pouvoir. J'ai agressé mon frère chez lui parce qu'il m'avait envoyé une photo de toi en train de dormir, en mentionnant qu'il prenait soin de toi. Je le connais par cœur, j'étais persuadé qu'il était parvenu à ses fins et ça m'a rendu dingue. Ensuite, tout à l'heure, juste après le dîner, il m'a expressément ordonné de garder le secret pour Julie, qu'il arriverait toujours à renverser la situation et que tu ne me croirais jamais. Mon

frère a toujours su faire de moi sa marionnette. Exposer mes faiblesses devant toi était trop difficile, j'aurais eu l'impression de me faire émasculer, que tu n'aurais plus jamais vu le même Alex, mais juste la victime de son aîné qui le transforme en cocu.

La peine que dégage la voix de mon capitaine de police me serre la gorge, la relation qu'il entretient avec Anton lui a laissé de profondes cicatrices qu'il a encore du mal à gérer aujourd'hui. Je suis attristée de constater que cet homme est plus fragile qu'il ne le laisse paraître, mais bien trop fier pour s'être confié à moi. Jamais je ne l'aurais trouvé moins viril ou attirant si j'avais su la vérité…

— Tu n'as pas à te sentir honteux, Alex.

— C'est pourtant le cas.

Nous conservons le silence pendant un temps qui me semble interminable, attentifs à la moindre réaction de l'autre, sans même prendre une inspiration. C'est en tout cas l'idée que je m'en fais… Je ne parviens pas à interpréter ce que je lis dans son regard doux et un tantinet mélancolique. Qu'est-ce qui peut le rendre si triste alors que nous sommes réunis ?

— Tu peux rester chez moi autant de temps que tu veux. Tu prendras ma chambre, et c'est non négociable. Notre relation n'a peut-être pas fonctionné comme je l'espérais, mais je ne te laisserai pas tomber.

Il recule d'un pas et me tend sa main avec un léger sourire navré. Je bute un instant, avant de comprendre ce qu'il souhaite. Je l'imite, coule ma paume dans la sienne, bien que mon esprit soit à des milliers de lieues d'ici.

— Colocataires ? demande-t-il en scellant ce pacte d'une poignée franche.

Pourquoi ? Comment peut-il croire que c'est ce que je veux ? Pourtant, j'opine simplement du chef.

C'est très clair désormais, j'ai tout gâché. Alex se protège et décide de notre avenir commun sans que je n'aie d'autre choix qu'accepter…

— Je ne voudrais pas remuer le couteau dans la plaie, mais je dois te parler de cet homme, Abrimi, énonce-t-il. Lorsque tu seras prête et que tu auras digéré toutes ces histoires, je vais avoir besoin de toi au commissariat pour que tu expliques tout ce que tu sais à son sujet, établir un profil et un portrait-robot qui pourrait corroborer les clichés que nous avons de lui, et éventuellement nous aider à y voir plus clair sur cette affaire.

Plus vidée que jamais, je hoche simplement la tête. Pourtant, la seule phrase qui y tourne en boucle se résume à cinq mots : « il ne m'aime pas. »

***

Voilà pourquoi je suis si malheureuse depuis plusieurs jours. Parce que nous partageons tant de moments ensemble sans qu'à aucune occasion, nous glissions sur un tout autre terrain. Alex se montre très prudent, ne se promène jamais torse nu et mesure les gestes qu'il m'octroie. J'ignore ce qui se passe dans sa tête, j'ai l'impression d'être devenue un monstre repoussant. Je suis persuadée de ne rien imaginer, c'est pour cette raison que j'agis par mimétisme, adoptant le même comportement que lui : gentille, mais distante. Notre relation est réduite à ce partage d'espace sans que notre harmonie ne soit atteinte. Nous nous entendons à merveille, à l'instar de deux amis…

Fantasmer sur son meilleur ami, c'est autorisé ?

Aucune nuit ne s'écoule sans que le corps musculeux de *Thor* vienne me rejoindre et que nos sexes se rencontrent… Je me réveille chaque fois en nage, perdue, ne sachant plus si c'est la réalité ou un rêve, obligée de m'aventurer dans l'appartement pour vérifier qu'Alex dort bel et bien sur le canapé du salon.

Je sais bien, pas la peine de me faire la morale, j'aurais dû réagir avant, me rendre compte qu'Anton n'était pas celui qu'il prétendait être et surtout, j'aurais dû arrêter d'être une girouette entre les Azarov. Mais je voudrais vous voir à ma place, protégée par les services secrets français, probablement recherchée par un terroriste et trafiquant de drogue et tiraillée entre les mensonges de frères ennemis. Ma tête est un ballon de baudruche qui risque de péter à tout moment !

La seule solution est de récupérer ma vie, de reprendre le cours de mon existence et de laisser du temps à mon histoire avec Alex. Si nous sommes destinés, nous nous retrouverons. Je n'étais pas du genre à croire à la providence auparavant, mais j'ai désormais davantage envie de penser que tout est écrit, que rien n'est laissé au hasard…

***

Alors que je m'empiffre, la main plongée dans un énorme paquet de chips au vinaigre, la sonnette retentit dans l'appartement, m'arrache un sursaut, si bien qu'une partie du contenu du sachet se déverse sur le sol.

Pourtant, je n'y prête pas la moindre attention. Le regard rivé sur la porte d'entrée, je tente de reprendre mon souffle qui s'est coupé, de calmer mon palpitant qui s'agite dans ma poitrine, terrorisée à l'idée d'imaginer qui peut se trouver de l'autre côté, sur le palier. L'estomac dans la gorge, je me lève, réduis les quelques mètres qui me séparent du judas qui m'angoisse de plus en plus.

Et si c'est Abrimi ou l'un de ses hommes de main ?

Bon. On se calme. On jette un œil et on avise.

Soulagement !

J'ouvre la porte en grand, tombe dans les bras de Noémie sans réfléchir une seconde de plus. Ma meilleure amie me rend mon étreinte, me presse pendant de longues secondes durant lesquelles nous restons particulièrement silencieuses. Je sais qu'à l'instant où je la lâcherai, je devrai me confronter à la culpabilité que j'éprouve.

— Mais qu'est-ce tu fabriquais ?!

Je pivote pour rentrer dans l'appartement et l'invite à l'intérieur. Elle s'exécute tandis que je la conduis dans le salon où nous nous installons, ignorant les vestiges de ma fringale passée.

— Je suis désolée d'avoir disparu comme ça, soufflé-je.

Mon amie plante deux doigts sous mon menton, m'oblige à redresser la tête pour me fouiller silencieusement à la recherche de réponses.

— Ça fait des semaines que tu t'es volatilisée sans laisser de trace ! J'ai contacté la police qui m'a assuré que je n'avais pas à m'inquiéter pour toi… Ils ont quand même mis plusieurs jours avant de me révéler cette information ! Sauf que moi, j'étais morte de trouille ! Tu te rends compte ? Plus rien au journal, et j'apprends ensuite que tu ne vis plus chez toi ! Eva, tu aurais pu me…

Je plaque une main contre ses lèvres, l'empêchant de déblatérer un mot de plus. Je sais pertinemment qu'elle en a besoin, qu'elle relâche la pression, mais être confrontée à ce que je lui ai fait endurer est bien trop difficile à supporter.

— Je vais tout te dire. Je te le promets.

Noémie se fige, acquiesce en plongeant sa main dans le peu de pétales soufflés qu'il reste. Je lui relate mon fameux récit, celui que j'ai raconté en détail à Alex quelques jours plus tôt. Elle boit mes paroles, se goinfre pour ne pas défaillir, j'imagine. Ses yeux s'écarquillent à intervalles réguliers, elle lâche des soupirs horrifiés, avant de finalement laisser couler une larme, puis une deuxième. L'observer fondre en sanglots m'entraîne inéluctablement sur le même terrain, nous poussant dans les bras de l'autre, secouées par des spasmes déchirants qui, au fond, doivent sceller davantage notre amitié.

— En tout cas, tu as de la chance d'être tombée sur quelqu'un comme Alex, larmoie-t-elle en se mouchant très fort.

— C'est encore une autre histoire, ça. C'est lui qui t'a dit que j'étais ici, j'imagine ?

Elle approuve en se tamponnant d'un mouchoir à l'instant même où, pour la seconde fois de la journée, un bruit strident me casse les oreilles. Comme initialement, je me fige, croise le regard de mon amie, qui doit certainement refléter le mien. L'une comme l'autre sait que le danger se cache désormais à chaque coin de rue et que ma sécurité est en sursis.

Mue par un instinct dont j'ignore la fiabilité, je décide de ne pas répondre, de faire la morte. Noémie m'imite évidemment, nous restons blotties comme deux chatons effrayés par la présence d'un chien enragé qui rôde.

Soudain, une voix nous arrache à notre torpeur, me poussant à bondir sur mes pieds.

— Je sais que tu es là, Eva, poursuit l'homme.

Mon amie articule un « c'est qui ? » si bas que je mets quelques secondes à le comprendre. Je lève les yeux au ciel, claque des talons jusqu'à la porte d'entrée, que j'ouvre à la volée, les poings fermement cramponnés sur les hanches.

— Qu'est-ce que tu fiches là ? craché-je avec hargne.

Anton s'attarde quelques interminables secondes sur mes lèvres retroussées par la colère, avant d'esquisser un pas pour entrer. D'un geste vif, je l'empêche de pénétrer dans l'appartement, bientôt rejointe par Noémie qui se campe à mes côtés. L'aîné des Azarov la dévisage un instant, puis retombe finalement sur moi.

— On pourrait au moins discuter ?

— Je n'en ai pas envie, tranché-je.

Il fronce les sourcils, avant que ses mâchoires ne convulsent sous le coup de son soudain énervement. Il peut bien l'être, il mérite tout mon mépris et mon indifférence.

— C'est étrange comme tu as toujours trouvé des excuses à ce petit con d'Alekseï.

— La relation que j'entretiens avec ton frère ne te concerne pas. Et comment peux-tu encore parler de lui après ce que tu lui as fait ?

Il soupire exagérément, clôt les paupières, sûrement pour contenir ce qui menace de se déverser de sa bouche remplie de mensonges. Je patiente, échangeant de temps à autre des regards inquiets avec mon amie qui ose à peine respirer.

— Écoute, je ne suis pas là pour parler de mes erreurs. La rivalité avec mon frère n'est pas nouvelle, je ne dis pas que mon comportement est acceptable, mais je veux que tu saches que ce que je ressens pour toi n'a rien à voir avec lui… Tu me manques, Eva.

Les lèvres scellées, je ne parviens pas à ajouter ne serait-ce qu'un mot. Je dois bien admettre que cette révélation me perturbe, je ne suis pas en train de céder, loin de là, mais je ne l'imaginais pas avouer qu'il avait des torts. Lui. L'agent de la DGSE, si fier et supérieur avec son cadet. Mes yeux restent perdus dans les siens sans savoir comment réagir. Je suis incapable, pour le moment, de lui pardonner l'attitude qu'il a eue envers son petit frère et surtout, la manière dont il m'a manipulée. Quoi qu'il en soit, les sentiments que j'éprouve pour son cadet sont bien trop forts pour que je le trahisse de nouveau en incluant Anton dans ma vie.

— Au revoir, Agent Denoiseau.

La formulation que j'emploie et mon ton revêche sont comme un coup de poignard que je lui assène en plein cœur. Il recule d'un pas, pivote, non sans me jeter une œillade par-dessus son épaule lorsqu'il descend la cage d'escalier. Je ne peux pas affirmer que la fierté me gagne à cet instant, mais c'était le seul moyen pour me débarrasser de lui et éviter qu'il m'approche de sitôt… du moins, pas tant qu'une réconciliation fraternelle soit envisageable.

***

La voix enjouée et l'air fanfaronnant d'Alex me crispent l'estomac, plus qu'il ne l'est déjà en temps normal, lorsqu'il pénètre dans l'appartement. Je repose le bouquin que je lisais, porte mon attention sur le flic alors qu'il accroche son manteau dans l'entrée. Lèvres étirées, yeux plissés, goguenards, autant d'indicateurs de l'info que j'ai sûrement loupée.

Sors de ta tête, Eva !

— Tu m'as posé une question ?

Il opine du chef, me rejoint sur le divan, saisit mon livre et le retourne dans tous les sens. Il feuillette les pages un instant, avant d'enfin me révéler ce qu'il baragouinait alors que j'étais inattentive.

— « Six », *Black Ink Éditions*… voilà la réponse à ma question. Je te demandais ce que tu lisais.

Je m'efforce de lui offrir un sourire, avant de récupérer le roman que je pose sur la table basse. Mon cœur se serre à l'idée d'imaginer que, si Alex et moi étions des personnages fictifs, nous aurions nécessairement une fin heureuse. Mais ce n'est pas le cas, je ne suis pas certaine que ce soit possible. Malgré tout ce qu'il a éveillé en moi, il semblerait que ça ne suffise pas à notre bonheur. J'ai beau être follement amoureuse de lui, je suis dans l'incapacité de le lui révéler, n'étant pas certaine que mes sentiments soient encore réciproques. Je sais bien qu'à une époque, ça a pu être le cas, mais aujourd'hui…

— Tout va bien ?

Sa question me sort de mes pensées, je me détourne de ses lèvres charnues qui me donnent une irrépressible envie de l'embrasser.

— Oui, ça va, c'est l'histoire que je lis, c'était un passage triste.

Je ne mens pas, mais ce n'est pas réellement ce fait qui me touche à ce point. Non, je suis effarée que moi, cette femme au cœur de glace, je puisse tomber amoureuse d'un homme, alors que je m'en pensais incapable, et constater que je sombre dans mon propre piège.

Alex me détaille un instant qui se prolonge finalement, me sonde sans complexe. Il a toujours ce petit sourire en coin, cette même fraîcheur qui est pour moi comme une bouffée d'oxygène. Et pourtant, j'étouffe irrépressiblement.

— Tu sais quoi, je crois qu'il est temps que tu sortes d'ici. Si tu le veux bien, je t'emmène aujourd'hui au commissariat, pour parler de l'enquête sur laquelle nous planchons. Je pense que te sentir réellement utile t'aidera. Ne laisse pas tes peurs t'éteindre, Eva. Je ne te laisserai pas faire.

Je sais qu'il a raison, mais tant que je me sentirai prisonnière de la cage que j'ai de nouveau ouverte dans ma tête, rien ne pourra aller mieux. Pourtant, j'obtempère, me lève et enfile une tenue plus décente que ce jogging informe. Une fois « présentable », nous déjeunons rapidement, puis j'emboîte le pas d'Alex pour le suivre à l'extérieur, non sans craindre de voir le sol se dérober sous mes pas.

***

Le silence qui nous englobe au sein de la voiture n'est pas pesant, nous roulons simplement comme si se déplacer ensemble suffisait à nous procurer une bonne dose d'endorphine. Pourtant, rien n'a jamais été plus compliqué avec le capitaine de police. Nos violentes disputes me manqueraient presque. Là, nous la frôlons, que dis-je, nous l'avons dépassée depuis belle lurette…

Quoi donc ? La friend zone.

Seulement, dans notre cas, j'ignore qui est l'investigateur de cette relation amicale qui s'installe entre nous. Ne suis-je pas moi aussi fautive en ayant renoncé à toute séduction envers lui tant qu'il ne montre pas le même désir pour moi ?

Je suis tirée de mes pensées lorsque le policier se gare, effectuant un créneau parfait, coupe le contact et tourne son visage vers moi, un léger sourire accroché aux lèvres. Nous voilà déjà arrivés au commissariat, sans que je n'aie vu la route passer. Perdue dans mes pensées, et sur tout ce qui me lie au flic, je ne me suis même pas rendu compte du chemin qu'a emprunté Alex. Nous rejoignons très vite le poste de police, où nous nous enfermons dans son bureau. Marc n'est pas là, ce qui rend la situation plus étrange encore. J'ignore si je vais réussir à contenir la vague déferlante qui s'abat sur mon estomac et me pousse à exploser face au capitaine de police. J'ai besoin de lui dire que son attitude me blesse. J'ai besoin de savoir s'il y a toujours un « nous » envisageable. Et pourtant, je me morfonds dans le mutisme.

Au fond de moi, je hurle, saigne et voudrais le secouer pour qu'il réagisse. Mais je ne peux pas l'obliger à ressentir quoi que ce soit pour moi, je ne peux m'en prendre qu'à moi-même. Si c'est la seule relation que nous devons envisager, alors je finirai par y céder. Je n'ai pas d'autre choix, je suis trop attachée à lui pour m'en séparer définitivement. Je risque de souffrir tout mon soûl, mais ce sera pire si je me force à l'oublier, surtout dans l'état actuel des choses.

— Bon, je vais déjà notifier sur un rapport toutes les infos que tu pourras me rapporter sur Redouane Abrimi. Après ça, je t'enverrai voir la personne qui réalise les portraits-robots, ce qui risque de prendre un petit moment. Tu te sens prête ?

J'acquiesce d'un signe de tête pour lui signifier qu'il peut débuter l'interrogatoire. Si je suis prête ? Non, bien sûr. Mais qu'importe, j'ai besoin d'être extirpée de mon esprit torturé pour ne pas succomber à la tentation qui me dévore : crier. Je me concentre sur les lèvres dessinées qui s'agitent devant moi, répondant en automate aux questions qu'elles me posent. Retracer mon parcours, ma terrible histoire est de moins en moins difficile, comme si chaque fois que je la confessais, une partie de ma peine s'envolait avec les mots. Ou alors, c'est simplement dû à mes difficultés à ressentir intensément ces derniers temps.

— Eva, tu m'écoutes ?

Merde. Non.

Et il le sait tout autant que moi. Il roule des yeux, me demande si je peux lui fournir un des dossiers situés dans l'armoire juste derrière moi. Je m'exécute, soulagée qu'il ne me questionne pas sur mes absences répétées. Si seulement il savait qu'il occupe la majeure partie de mes pensées…

J'ai à peine le temps de récupérer les documents en question que la porte s'ouvre sur Marc Tillard, dont la mâchoire est si serrée qu'elle confère à son visage une expression encore plus renfrognée qu'à l'ordinaire. Ce mec pourrait être une gravure de mode s'il se laissait aller à sourire. Je me demande toujours les atomes crochus qu'ils peuvent se trouver avec Alex. Ils sont tout simplement aux antipodes. Ce n'est qu'en basculant légèrement la tête sur mon épaule que je distingue un petit jeune derrière lui, aux cheveux décolorés à blanc.

— J'ai une reconnaissance de suspects, informe Tillard.

Alex bloque une seconde ou deux sur le blond, puis reporte son attention sur son coéquipier.

— OK, je bosse sur l'affaire Abrimi, moi.

Le brun ténébreux me destine une œillade sombre, souhaitant sûrement insinuer implicitement que je n'aurais jamais dû conserver ces informations capitales, mais je détourne le visage pour ne pas me confronter à la culpabilité qu'il tente de distiller en moi.

La porte se referme.

Peut-être un peu trop brutalement.

J'exagère à peine lorsque j'affirme qu'Alex saute par-dessus son bureau pour venir se poster à mes côtés et entrebâiller le battant.

— Qu'est-ce que tu fabriques ? m'enquiers-je.

Il me fait face et fronce les sourcils.

— Je ne sais pas ce qu'il fabrique. Pour être honnête, il se comporte bizarrement avec ce môme, qui se trouve être le fils du Procureur de la République de Paris.

Je pose un doigt sur mes lèvres, réfléchis une seconde.

— C'est peut-être son mec, qui sait ?

Thor s'esclaffe. Et j'ignore pourquoi.

— J'ai dit quelque chose de drôle ?

— Marc… gay ? Non mais, réfléchis un peu. Y'a pas plus hétéro que lui. Tu l'as bien regardé ?

J'arque un sourcil, étonnée qu'il réagisse comme si je sortais des inepties plus grosses encore que ses préjugés. Il comprend très vite de quoi il en retourne et s'empresse d'ajouter :

— Pas que ça poserait problème, hein. Mais non, ce n'est pas ça. Y'a une affaire sous-jacente avec ce gamin, et il ne veut pas me mettre au courant. Mais je finirai bien par découvrir la vérité. En attendant, tu as raison, ma réaction a été un peu… primitive. Je ne suis pas ce type de mec, tu le sais ? Tu me connais maintenant, Eva Tentiller…

Imperceptiblement, il se rapproche, happant l'air disponible autour de moi. La fragrance de son parfum infiltre aussitôt mon nez et déclenche une vague de bonheur dans ma poitrine. L'envergure de sa carrure me pousse à reculer jusqu'à ce que mon dos rencontre le mur. Je déglutis péniblement, troublée par son petit manège qui semble l'amuser. Je connais cet air mutin, cette façon de me narguer et d'esquisser un sourire moqueur. Ça, c'est le Alex duquel je suis tombée amoureuse. C'est vrai que je l'ignorais à l'époque, ou alors je refusais juste de me l'avouer.

Mon cœur s'accélère à l'instant où nos pupilles s'interceptent de nouveau, s'accrochent comme si l'équilibre du monde en dépendait. Ma respiration devient plus difficile, ne me permet pas d'envoyer correctement le sang dans les cellules de mon corps, si bien qu'au bout de quelques secondes, des fourmis envahissent la pulpe de mes doigts, me forçant à les agiter.

Ou sont-ce simplement mes mains qui m'envoient un message très clair ?

Toucher Alekseï !

Perdue dans l'océan tempétueux de ses iris, je reste figée face à lui, sans savoir ce qu'il peut bien penser. C'est devenu si difficile de le comprendre, j'oscille sans cesse entre l'espoir qu'il n'ait pas définitivement tourné la page et la consternation qu'il l'ait fait.

— Eva…

Un coup sur la porte l'interrompt. Je maudis la personne derrière le battant, peu importe qui cela puisse-t-il être. Je suis persuadée qu'il s'apprêtait à me révéler quelque chose d'important, peut-être même en rapport avec notre relation plus qu'ambiguë ces derniers jours.

Alex soupire, lâche un « oui » crispé entre ses mâchoires et se retourne pour accueillir notre perturbateur mystère. Tout ce que je distingue, c'est une chevelure rousse aussi bouclée que la mienne, un corps menu caché par un tailleur pantalon noir. Perchée sur des escarpins vernis, la rouquine incendiaire adresse un sourire au policier, puis tombe sur moi. J'imagine bien que la mine pincée que j'affiche ne l'incite pas à me saluer, mais à vrai dire, je ne crois qu'elle en avait l'intention. Elle reporte toute son attention sur l'homme qui lui sert de bouclier contre la jalousie sournoise qui serpente le long de mon système nerveux.

— Je vous dérange, Capitaine Azarov ? s'enquiert-elle d'une voix que je juge immédiatement comme criarde. J'étais venue vous demander si vous étiez toujours d'accord pour ce verre que je vous ai proposé.

Instinctivement, mes bras se resserrent contre ma poitrine, à la manière d'une armure protectrice face à cette mante religieuse que j'ai parfaitement reconnue. Mais ce qui m'agace le plus n'est pas l'attitude conquérante de la jeune femme, mais bel et bien la nervosité que dégagent la voix et le corps d'Alex.

— Euh, je vous reconfirmerai ça, Mademoiselle Maréchal. Je suis un peu occupé.

— Très bien. Tenez-moi au courant, dans ce cas.

Elle tourne les talons, non sans lâcher de sa voix de garce : « à plus tard, Capitaine. » Et moi, je suis si transparente que ça ?

Pauvre conne !

Avant que le flic n'élabore sa volte-face, je tente le tout pour le tout afin de ne rien laisser transparaître de la déchirure que subit mon cœur. Pourtant, je suis au bord de l'apoplexie, complètement déboussolée par le comportement d'Alex que je peine à comprendre ces derniers temps. À quoi s'amuse-t-il, au juste ? Suis-je un pantin pour lui ? Un défi qu'il voulait absolument remporter face à son frère ? J'ai des torts, je le reconnais, j'ai laissé un « ami-mour » s'installer entre nous, mais il n'agit pas comme un homme qui souhaite à tout prix débuter une histoire avec moi. Au contraire même, il n'aurait pas pu faire pire pour que je fuie.

Il se retourne.

Je détourne les yeux, incapable de rester réellement de marbre.

— Tu sais, elle m'a juste proposé de boire un verre, mais si ça te dérange…

— Pourquoi ça me dérangerait, Alex ? le coupé-je, piquée au vif. Je ne crois pas qu'on ait signé un contrat nous liant. Tu peux très bien voir qui tu souhaites, je ne suis pas ta mère, encore moins ta petite-amie.

Il souffle d'agacement, avant de plaquer sa main sur le mur juste à côté de mon crâne. Il patiente, sans un mot. J'imagine qu'il attend que j'affronte enfin son regard, que je finis par croiser. J'y lis des tas de questions, de l'amertume et de l'exaspération.

— Je vois bien que tu es en colère. Bordel, pourquoi tu te replies toujours comme ça ?

Je tente de m'échapper, mais il m'emprisonne entre ses avant-bras. Je ne peux me soustraire, ni à son corps, ni à son inquisition qui me harponne de toute la noirceur dont il est capable. Lorsqu'il perd patience de cette manière, je n'en mène pas large, mais il est hors de question que je me démonte face à lui. Je pointe mon index sur son torse, appuie pour l'inciter à reculer. Il obtempère, soudainement résigné.

— Deuxième porte à droite, au fond du couloir. On t'attend pour faire le portrait-robot, grommelle-t-il.

Il regagne sa place, s'occupe de boucler le dossier qu'il a ouvert sur moi. Pas un regard, et je peux le comprendre. Il est lassé de mon comportement, tout comme je le suis du sien. Qui a tort, qui a raison ? Je l'ignore. J'imagine que nous avons tous deux notre part de responsabilité, mais objectivement, je ne parviens plus à mettre de l'ordre dans le puzzle éclaté qu'est ma vie, et ma relation avec lui.

Comme une âme en peine, j'arpente le couloir étroit pour rejoindre le bureau dans lequel je vais devoir me remémorer avec précision les traits d'un homme que je tente d'oublier depuis près d'une décennie. Je sais que c'est indispensable, que je dois gérer mes angoisses pour apporter toute l'aide nécessaire à la police, même si cet acte représente bien plus pour moi qu'une simple description physique. Chaque fois que je clos les paupières et que je permets à mon esprit de dessiner *son* visage, je sens encore l'odeur de sa peau, la rugosité de ses doigts, le piquant de sa barbe, le son rauque de sa voix… et imaginer qu'il a, un jour, posé ses mains sur mon corps me révulse.

J'ai eu beau recourir à l'hypnose, à des tas de techniques pour gérer mes craintes, jamais je n'ai réussi à me détacher de ces souvenirs empreints de réalisme. Alors oui, la plupart de mes angoisses ont disparu grâce à l'énorme travail que j'ai réalisé sur mon inconscient, mais certaines blessures ne guérissent jamais…

Troisième porte à droite au fond du couloir, me voilà !

Bordel de merde ! C'est, de toute évidence, la mauvaise pièce.

Le petit blond plaqué contre le mur de briques.

Marc enserrant sa mâchoire d'une main, ses lèvres si proches de celles du jeune qu'elles sont presque accolées.

Mayday. Mayday. Mayday !

Il faut croire que je n'étais pas si loin de la vérité, et qu'Alex risque de subir une attaque cardiaque lorsqu'il apprendra cette nouvelle pour le moins… surprenante. Je dois filer de là sans qu'ils me surprennent, mais mes pieds sont cloués au sol, dans l'impossibilité de se mouvoir. Marc oblique le visage dans ma direction, avance d'un pas menaçant vers moi et me tire par le poignet, tout en reclaquant la porte violemment.

— Qu'est-ce que tu fous là ? grogne-t-il.

Je défaille, soudainement privée de l'air dont mes poumons ont cruellement besoin. Que c'est agaçant, ce corps qui prend des décisions sans me consulter. Lorsque je parviens à happer une brève inspiration pour donner le courage à ma voix de rester claire et à mes jambes de me maintenir en position verticale, je bafouille :

— J-je suis désolée… je me suis trompée de salle. Je devais retrouver quelqu'un pour réaliser un portrait-robot.

Marc fronce les sourcils si fort que la ride du lion qui se plisse entre ses yeux semble se creuser exagérément. Il me bloque contre le battant clos et me fusille littéralement de ses armes plus noires que la nuit.

— Qu'est-ce que tu as vu ?

Merde, il aboie.

— Rien, je t'assure.

— Réponds ! m'ordonne-t-il en frappant le panneau de bois.

Je sursaute, envisage de prendre mes jambes à mon cou pour échapper à ce fou furieux qui me fait presque autant flipper qu'Abrimi.

OK, j'exagère. Un peu.

— Simplement…

Je rapproche mon index de mon pouce pour leur signifier qu'ils étaient réellement très, très proches. Le gamin, qui est jusqu'alors resté muet, pouffe dans son coin, avant que le flic terrifiant ne lui assène un regard plus fuligineux que celui qu'il m'a adressé. Pourtant, le jeune ne semble pas être intimidé le moins du monde par cette espèce de brute épaisse. Au contraire, il le défie même en affichant un sourire plus large que ce que sa bouche ne le lui permet.

À l'égal d'une bête enragée, Marc souffle, reporte son attention sur moi et dresse un doigt dans ma direction, dans une posture plus qu'inquiétante.

— Tu n'en parleras pas à Alex, ni à qui que ce soit d'ailleurs.

Ça, ce n'est pas une question.

Bien qu'il me terrifie, je parviens à rassembler tout le cran dont je dispose, invoquant la femme que j'étais avant que tout ne bascule à nouveau, cette *badass* qui ne craignait plus rien ni personne.

— C'est une menace ?

Ton hautain. Sourcil arqué. Voix posée et calme. Tout y est.

— Exactement.

Ouh, merde. Ce mec ne plaisante vraiment pas !

Nous nous toisons pendant de longues secondes qui s'éternisent, avant que je ne secoue la tête, pivote et regagne le couloir. Si je pouvais m'énucléer les cinq dernières minutes de la tête, je le ferais sans hésiter. Comment vais-je pouvoir cacher cette information capitale à Alex, alors que je me suis promis qu'il n'y aurait plus jamais de mensonges entre nous ? Oh, et puis, de toute manière, il doit être occupé avec la rouquine, il n'a pas de temps à m'accorder. C'est son ami, ce n'est pas à moi de le lui apprendre. Si Marc souhaite lui révéler sa probable homosexualité un jour, il sautera le pas. En attendant, je vais agir comme si de rien n'était et procéder une bonne fois pour toutes à ce fichu portrait-robot.

***

Je rejoins le salon après ma douche, tombe sur Alex avachi dans le fauteuil, rivé sur l'écran de la télévision. Nous ne nous sommes pas adressé la parole depuis notre dispute, chacun campant sur ses positions. Il faut croire que nos caractères explosifs menacent parfois de mettre le feu aux poudres.

Simplement vêtu d'un caleçon blanc qui moule outrageusement ses attributs, je le détaille discrètement. Je ne l'ai pas vu se promener presque nu depuis des jours entiers, comme s'il prenait soin de masquer ses muscles saillants à ma vue. J'ignore pourquoi il agit ainsi ce soir… si c'est parce qu'il est en nage, ou juste pour m'aguicher et m'inciter à céder la première.

Toujours est-il que ça fonctionne.

Mon intimité s'échauffe à mesure que mes yeux parcourent chaque centimètre carré de sa peau, s'attardent sur la fine ligne de poils qui longe la jonction de ses abdominaux, s'enflamment lorsqu'ils se figent sur ses pectoraux qui se gonflent au rythme de ses lentes et profondes inspirations. Je peine à déglutir, me racle légèrement la gorge pour lui indiquer ma présence et éviter d'entrer en combustion spontanée.

Aouuuuuuuuuuuuuuh.

Oui, c'est le cri du loup !

Thor tourne la tête dans ma direction, m'observe un moment, sans que je ne parvienne à déchiffrer son expression, s'attarde sur mon visage. Impossible pour moi de maîtriser le courant électrique qui traverse mon corps et se loge au creux de mon ventre. L'espace d'une seconde, je jurerais apercevoir son regard azur se balader sur la peau lisse et colorée de mes jambes nues, puis constater son imperceptible secouement de tête, avant de se lever, frôler ma main de la sienne, tout en m'accordant une œillade discrète, et s'éclipser dans le couloir. Je m'assieds, feins de m'intéresser au match de rugby qu'il matait tandis qu'il me rejoint très vite, un t-shirt noir sur le dos et son éternel bas de pyjama à carreaux dissimulant l'objet de tous mes fantasmes.

Détourner mon attention ! Et vite !

J'ai compris son petit jeu, il souhaite simplement que je lui présente des excuses pour avoir surréagi. Mais au fond, il devrait également savoir que son comportement me blesse, que sa soudaine gêne face à cette garce en tailleur m'a rendue folle de jalousie Je ne peux pas établir un premier pas vers lui sans me fourvoyer. Je verrai ça demain, lorsque la nuit m'aura porté conseil.

Pour l'heure, je me lève, rejoins couloir, mais la voix d'Alex m'interpelle. Je stoppe net, étudie ses traits crispés.

— On se fait la gueule, alors ?

Je hausse les épaules.

— Tu es incroyable. Quand tu auras décidé de mettre un terme à tes enfantillages, tu m'appelleras.

Il a raison. J'agis comme une gamine. Et lui comme un crétin d'ado. Pourtant, je commence à croire qu'il a définitivement tourné la page « Eva Tentiller ». Je m'échappe dans la chambre, le cœur en mal d'amour, le corps en manque de sa présence et l'esprit tourmenté par ce qui me tiraille en mon tréfonds.

Je sais une chose.

J'aime Alex.

Mais de son côté, qu'en est-il ? Serons-nous capables de nous retrouver sur le chemin de la compréhension ? Se décidera-t-il à me montrer qu'une histoire est encore possible entre nous ? Ou au contraire, tente-t-il de m'expliquer doucement qu'il n'attend plus rien de moi ?

J'ai merdé, et tout ce que j'espère, c'est que la situation ne soit pas irréversible.

CHAPITRE TREIZE

Marc

Après mûre réflexion, j'ai pris une décision radicale. Puisque Simon s'obstine à jouer dans la cour des grands, sans l'aide de personne. Je vais donc l'y faire entrer par la grande porte. Peut-être qu'il réalisera enfin que les affaires dans lesquelles il s'embarque sont dangereuses. J'ignore de quoi il en retourne exactement, mais je ne parviens pas à le laisser se démerder. La raison m'échappe, je m'exècre d'être si bienveillant avec lui. Parce que, oui, n'en déplaise aux médisants, il s'agit bien de bienveillance. Une ampoule s'est allumée dans mon cerveau détraqué. J'ai compris que ce petit con n'était qu'un dommage collatéral dans toute cette histoire, qu'il était assez idiot pour s'y enliser et ne pas réclamer d'aide. Il me reste encore à découvrir ce qui le pousse à ne pas me confier ses problèmes, même en pleurs, dans mon appartement, complètement bourré. Ou même à faire appel à son père qui est tout de même le Procureur de la République !

Bref.

Tout ça pour dire que, cette fois, j'ai envoyé moi-même une convocation chez lui, pour qu'il se pointe au commissariat afin de réaliser une reconnaissance de suspects. Nous avons arrêté quelques délinquants récemment, qui pourraient correspondre aux profils avec lesquels Simon a des démêlés. Je vais lui donner la chance de se sortir par lui-même de la merde dans laquelle il s'enlise, il ne pourra pas me reprocher de n'être qu'un connard qui s'est servi de lui, après ça. C'est con, mais je sens le vent tourner. J'ai un très mauvais pressentiment qui me pousse à penser que les choses vont très mal finir pour lui… et ce, d'ici peu de temps. Mon instinct me met en alerte, et même si j'ai manqué de flair avec Fauquet, en pensant qu'il était pleinement consentant quant à ses magouilles, je refuse de me planter une seconde fois. Après l'altercation avec ces dealers dans l'entrepôt, je me doute bien qu'ils n'en sont pas restés là. Deux possibilités : ou ils vont finir par le buter – inconcevable pour moi – ou alors, ils l'ont embrigadé au cœur de leur trafic pour garder un œil sur lui.

Lorsqu'il pénètre dans le hall du bâtiment, je perçois immédiatement sa silhouette au seuil de ma vision périphérique, alors que je suis occupé à récupérer des documents à l'accueil. Je tourne légèrement la tête et le détaille sans qu'il ne m'ait encore vu. Observer en toute impunité est ce que je préfère. J'ai toujours aimé déambuler dans l'ombre, suivre les personnes qui retenaient mon attention, simplement pour m'assurer de qui ils étaient en réalité, sans le masque qu'ils enfilaient en présence des autres. Ce n'est pas réellement un comportement pervers, juste un petit défaut duquel je n'arrive pas à me défaire.

Ses yeux perçants se posent finalement sur moi, s'attardent une seconde de trop qui me révèle à la fois qu'il est terrifié d'être ici, mais que ma présence ne le laisse pas si indifférent que ce qu'il a pu me balancer à la gueule, ce fameux soir où je l'ai surpris en pleine transaction avec celui que j'ai identifié comme étant l'homme qui lui fournit la came qu'il doit revendre. Pas l'ombre d'un doute, il ne pourra pas me prendre pour une buse encore bien longtemps. Tout ce que je souhaite, c'est qu'il m'avoue lui-même les faits. C'est peut-être malsain de ma part, j'ai bien conscience de le pousser dans ses retranchements, de jouer encore un peu avec lui, d'une certaine manière. Merde, ce n'est pas ma faute. J'ai ce besoin irrépressible d'être sans cesse sur la corde raide, même si ça met à mal mon petit Fauquet.

Je suis pourtant honnête avec moi-même. Il me plaît, plus que n'importe quel homme que j'ai pu me taper par le passé. Mais si cette information m'apparaît comme limpide, il n'empêche qu'elle me fout en l'air. Pourquoi ce merdeux éveille-t-il une sensation que je n'ai jusqu'alors jamais connue ? Étrangement, je souhaite le préserver du monde qui l'entoure, mais également… de moi. Je dois absolument l'éloigner de ma nocivité. Tous ceux qui m'approchent de trop près finissent par dépérir, je l'ai appris à mes dépens.

Voilà pourquoi je ne laisse personne entrer réellement dans ma vie, même Alex, qui ne comprend pas toujours les raisons qui me poussent à me montrer si distant et froid. Pourtant, Simon Fauquet a réussi à s'infiltrer, sans que je ne le remarque, dans mes pensées, jusqu'à y prendre toute la place. Je les repousse avec énergie, les chasse même, mais il se montre aussi coriace qu'imprévisible. Qui aurait cru qu'un type qui fait tout son possible pour me repousser puisse m'attirer et m'exciter à ce point ? Auparavant, je serais passé à autre chose, mais là, c'est différent. Tout est confus dans mon esprit qui, de base, se trouve déjà être brumeux. J'ai mêlé le pro et le perso, mes envies de résoudre cette putain d'enquête et ma soif de plaisir, mon besoin de contrôle et celui de vivre intensément. Et maintenant, c'est un bordel monstre à l'intérieur de ma caboche.

Le gosse insolent s'approche finalement de moi, les lèvres pincées, mais ce petit air satisfait accroché au visage. Une chose est certaine, je vais très rapidement le faire redescendre d'un étage. Sa confiance démesurée, lorsqu'il s'agit d'interagir avec moi, commence à réveiller les instincts qu'il déteste dans ma personnalité atypique.

— Pourquoi tu m'as *encore* convoqué ? s'enquiert-il avec impertinence.

— Peut-être parce que tu es toujours mêlé à ce putain de trafic, Simon ? Si tu veux savoir, c'est même ton père en personne qui m'a donné son accord. Il se doute dans quoi tu trempes. Sa substitut s'est chargée d'organiser la reconnaissance d'individus.

Je ne peux m'empêcher de lui répondre avec acidité, plus qu'agacé par sa désinvolture. Bordel, quand comprendra-t-il que je suis un allié pour lui ? Il a toutes les raisons de ne pas me croire, mais merde, je pense lui avoir démontré que je ne cherchais plus à le piéger. Que veut-il de plus ? Que je ploie le genou à terre pour lui présenter mes plus plates excuses ? Il peut toujours se fourrer le bras dans le…

— Bon, j'ai pas la journée devant moi, interrompt-il le fil de mes pensées.

Je serre les poings.

M'imagine que je lui en balance un dans le nez.

Et me calme.

Rapidement, je passe par le bureau pour avertir Alex de ma reconnaissance de témoins, le surprend avec sa brune, Eva, à qui je n'accorde pratiquement pas d'attention.

D'un signe de tête, j'indique à Simon de me suivre dans le couloir qui mène à un petit sas muni d'une vitre sans tain, laquelle donne sur une pièce où se trouvent des suspects potentiels. Je le précède, m'assieds sur le rebord d'une table, patiente qu'il entre et inspecte ce qui l'entoure. Je l'observe attentivement, pour décrypter chacune des micro-expressions que son visage pourrait trahir. Comme très souvent, il parvient à garder une mine impassible, ne laissant rien paraître des émotions qui peuvent l'habiter.

Mais…

Mais il ne connaît pas mon don pour m'attarder sur les détails imperceptibles. À l'instant où son regard dénué d'affect se pose sur l'homme en troisième position, le bout de sa langue humidifie insensiblement sa lèvre, marquant sans aucun doute l'angoisse qui prend possession de lui.

— Tu en connais un ? le questionné-je.

J'essaie d'être le moins froid possible, pleinement conscient que si je n'y mets pas un minimum de formes, Simon se repliera sur lui-même. Pourtant, malgré tous mes efforts pour conférer à mon timbre le velours nécessaire, ou à mon aura la sécurité qu'il recherche, il secoue la tête négativement. Le contraire n'aurait pas collé avec la personnalité de ce petit con qui ne cesse de jouer avec le feu, mais je m'y étais préparé. Je m'approche alors doucement, pose une main sur son épaule, l'incitant ainsi à obliquer le visage vers moi. Je sais que c'est mal, mais l'ascendant que je possède sur lui est toujours aussi palpable. Chaque fois que j'entre dans son sillage, il crève de désir et se martèle de sermons pour ne pas craquer et céder à l'alchimie indéniable qui oscille entre nous. Je dois bien avouer que je ne suis pas en reste, complètement excité par son regard émeraude qui alterne entre docilité et entêtement. Il a très bien compris qui j'étais, mes besoins et ma manière de procéder. Et une chose est certaine, il ne s'y soumet pas.

— Tu mens, une fois de plus. Quand comprendras-tu que je cherche à t'aider ?

Un léger rire jaune s'échappe de ses lèvres.

— Toi, m'aider ? Mais c'est l'hôpital qui se fout de la charité, ma parole ! Marc, tu n'as cessé de me foutre des bâtons dans les roues depuis qu'on se connaît. Tu t'es joué de moi, tu m'as pris pour un con ! Tu es allé jusqu'à me baiser pour savoir ce que je fabriquais réellement. Donc, pardon de croire dur comme fer que tu n'es pas de mon côté, mais que tu me tends un énième piège.

J'inspire brièvement pour conserver un calme olympien que je maîtrise, en règle générale, très mal.

— Tu avoues être encore mêlé à cette bande de dealers ?

— Mais putain, Marc ! Réveille-toi ! Ils en ont après moi ! Ils pensent que je suis un indic' de la police, j'en suis certain ! Avec tes conneries, je vais finir par me faire buter. Alors franchement, lâche-moi. Oublie-moi. S'il te plaît.

— Est-ce que tu revends leur marchandise, Simon ?

— Non ! Et je ne connais aucun de ces mecs !

Je balance la tête, irrité qu'il ne parvienne pas à me dire la vérité.

— Tu connais le troisième, affirmé-je.

Simon soupire de lassitude. Il semblerait qu'une fois de plus, je n'obtienne rien de lui. Et je dois bien avouer que je serais prêt à glisser de nouveau sur le chemin du sexe pour brouiller ses a priori sur moi et qu'il lève le voile sur ce qu'il cache. Si je n'ai pas tous les tenants et aboutissants de cette histoire, je suis incapable de la résoudre. Je suis méthodique, psychorigide et, bordel, ce môme me pousse hors des sentiers battus, que je pensais pourtant connaître parfaitement.

Cet interrogatoire n'aboutira pas. J'écrase mon index sur un bouton, pour signifier au brigadier qu'il peut emmener les suspects en cellule. Ce dernier débarque dans la pièce pour venir chercher les hommes menottés, qui prendront un couloir annexe au nôtre pour que nous ne les croisions pas. Sans un mot de plus, je quitte le sas, Simon sur mes pas. Je m'apprête à le reconduire à l'accueil, carburant pour chercher d'ores et déjà mon second axe d'attaque, lorsqu'une voix résonne derrière moi.

— Fauquet, t'es mort ! Tu m'entends ? T'es mort !!

De concert, nous nous retournons, alors que le môme se cache pratiquement derrière moi, comme si j'étais un bouclier.

— Boulier, putain ! Vous deviez emprunter le couloir annexe ! Qu'est-ce que vous foutez là ?! l'enguirlandé-je.

Ce dernier se confond en excuses et, aidé par deux de ses collègues, parvient à maîtriser l'homme agité pour le ramener avec ses camarades. Et après on s'étonne que je pète un plomb sur mes subalternes, mais avec des incompétents pareils, rien d'étonnant !

En rogne, je me retourne sur Simon, qui est plus effrayé qu'un chaton livré à lui-même face à une meute de chiens. Sans réfléchir, j'empoigne son biceps et le traîne à travers le corridor, jusqu'à trouver une salle d'interrogatoire vide. C'est à peine si je le balance, la rage prenant le dessus sur ma conscience qui a finalement décidé de croiser ses bras pour assister à la scène que je compte lui faire vivre.

— Tu te fous de ma gueule ? Je croyais que tu n'en connaissais aucun !?

Il serre les poings, contrôlant très certainement son envie de me sauter à la gorge. Ses pupilles m'impactent comme des balles, mais je n'ai rien à carrer de sa colère. Je suis également hors de moi. Furieux qu'il soit si bête et crédule, pensant qu'en me cachant ses liens avec des trafiquants dangereux, ils lui laisseront une quelconque chance de s'en tirer.

— Une fois de plus, *tu* m'as foutu dans la merde ! Chaque fois que j'essaie de résoudre mes problèmes, tu fais tout foirer. Tu n'es qu'un connard prétentieux, queutard et complètement aveuglé parce que tu crois juste ! Mais merde, Marc ! Dans quel monde vis-tu ? Oui j'ai des emmerdes avec eux ! Oui j'ai menti et prétendu n'en connaître aucun, parce que si les autres apprennent que je les ai dénoncés, je suis un homme mort, et mes proches seront en danger. T'es flic, mais tu ne réfléchis pas plus loin que le bout de ton nez et franchement, je commence à en avoir assez de ton comportement de taré ! Alors, une bonne fois pour toutes, va te faire foutre !

Je ne lui laisse pas le temps de reprendre sa respiration que ma bouche asservit ses lèvres qui ont débité tant de fureur. Ma langue s'enroule avec une violence inouïe autour de la sienne. Je cramponne sa mâchoire et le pousse contre le mur. Sa tête y claque, mais je m'en branle. J'ai besoin qu'il ferme sa gueule. Maintenant. J'ai besoin de sentir son désir pour moi aussi, car il m'obsède littéralement. Tout ce que je souhaite, c'est sentir son corps contre le mien, ma virilité dans son intimité. Je me perds une fois de plus sur ce foutu chemin, parsemé de bribes de ce que je ressens et ne parviens pourtant pas à interpréter.

Et ce petit connard ne me repousse pas, serait même prêt à en réclamer davantage si je n'interrompais pas moi-même ce baiser.

Je le quitte avec regret et, sa mâchoire toujours enserrée dans ma paume, grogne :

— Ferme-la un peu. J'ai compris. Tu es en colère. Tu as le droit, mais ne me manque pas de respect.

Je desserre mon étreinte et me détourne, incapable de rester face à lui et d'affronter la tempête qui souffle en moi. Que m'arrive-t-il ? C'est quoi toutes ces pensées de lopette qui investissent ma cervelle ? Je dois me reprendre. Tout de suite.

— Marc, à quoi tu joues ? souffle-t-il.

Sa demande s'apparente davantage à une supplique, comme s'il était à bout. À bout de nerfs face à mon comportement complètement arbitraire. À bout de force face à ce qu'il ressent pour moi, mais qui l'effraie. J'ai conscience de frôler la bipolarité avec lui, mais comment contrôler cet aspect absolument ingérable de ma personnalité ?

Je me retourne. La gorge serrée. La mâchoire crispée. Mon regard noir braqué sur le visage déconfit de Simon. L'air qui s'infiltre par mes narines les fait trembler, je suis incapable de gérer mon corps. Je crois qu'à cet instant, je voudrais détruire ce gosse autant que mon envie de le tirer de ce mauvais pas est puissante. Pourquoi le détruire ? Parce qu'il éveille en moi un besoin d'aller toujours plus loin. De l'embrasser sans m'arrêter. De le protéger sans faiblir. De vivre. Putain, cette sensation d'ouvrir une porte interdite dans mon esprit reprend de plus belle. Que se passerait-il si je me mettais à espérer plus que je n'ai déjà ?

Je m'approche, avec toute la douceur dont je suis capable, prêt à réaliser un pas vers lui. Une avancée sincère dans ce que j'endure. Sans calcul. Sans piège. Juste en écoutant ce… truc, au fond de moi.

— Tu as raison. J'ai déconné. Je me suis amusé avec toi en pensant que je faisais tout ça pour le boulot, mais ce n'était pas totalement la vérité. Je n'ai pas joué un jeu, du moins, pas entièrement. J'ai pris du plaisir avec toi, réellement. Et le plus surprenant, c'est que j'ai même apprécié qui tu étais, pas simplement en tant qu'amant, mais en tant qu'homme. Alors, laisse-moi rattraper mes conneries. Dis-moi qui sont ces mecs. Et avoue-moi si tu bosses pour eux.

Des larmes opacifient ses prunelles.

— T'as pas le droit, murmure-t-il. Tu ne peux pas m'avoir traité comme la pire des merdes et maintenant, rebrousser chemin. On se déteste, je ne veux plus te voir et c'est très bien comme ça. Mais ne va pas me sortir que tu m'as apprécié et compagnie. Je ne te croirai plus.

— Tu as atterri chez moi l'autre fois. Pourquoi, si ce n'est pas pour réclamer mon aide ?

— J'étais bourré. Tu as détruit quelque chose en moi, et je ne te le pardonnerai pas. Ce soir-là, j'avais la haine contre toi. J'étais perdu et… j'ai craqué.

Je secoue la tête, élabore un pas et, de nouveau, glisse ma paume contre sa mâchoire. Cette fois, avec bien plus de délicatesse. Ne pas céder à mon tempérament. Lui montrer que je ne suis pas qu'une brute qui pense avec sa bite. Le confronter à ses propres erreurs.

— Tu me mens… encore.

Il ne bouge pas, me défie du regard et maintient cette tension obsédante entre nous

— Cette nuit-là, tu n'étais pas dans cet état à cause de moi. Je ne nie pas être un connard, je l'assume. Mais lorsque tu t'es effondré chez moi, dans mes bras, tu étais terrifié. Il te suffirait de tout me dire pour que ça cesse.

— Non. Tu ne peux rien pour moi.

Si proche de ses lèvres dessinées, je ne peux m'empêcher de m'approcher un peu plus près, jusqu'à les frôler et sentir son souffle investir ma bouche entrouverte. Ce mec est si enivrant que je me demande parfois s'il n'exerce pas un bazar vaudou sur moi.

Je suis sur le point de céder une nouvelle fois à l'attraction qui me pousse irrésistiblement à me sceller à lui. Le voir abdiquer pour moi, alors même qu'il entretient sûrement une pseudo-relation avec ce petit connard qui l'accompagnait à cette soirée, me donne plus envie de son corps encore, comme s'il me challengeait sans le vouloir. Je sais qu'avec ce type, il tente simplement d'oublier tout ce qu'il a vécu avec moi, notre connexion sexuelle inexplicable. Qu'on se le dise, je ne tire aucune satisfaction de le tourmenter, mais il semblerait que notre relation soit écrite de cette manière. Ce jeu du chat et de la souris est un éternel recommencement entre nous, mais honnêtement, je me demande qui de nous deux tient le rôle du chasseur…

Mon attention est brusquement attirée par un mouvement sur la droite. Je pivote légèrement la tête… et tombe sur la silhouette d'une femme brune, dont les traits finissent par se dessiner nettement.

Eva.

La meuf d'Alex nous observe, une expression ébahie épinglée sur le visage. La main crispée sur la poignée, je suis certain qu'elle hésite à déguerpir de là, comme si elle ne nous avait jamais surpris. Seulement, je sais ce qu'il en est. Elle a vu nos lèvres pratiquement accolées, ma main autour de sa mâchoire… rien qui ne puisse laisser penser que j'agis dans l'exercice de mes fonctions.

Pas l'ombre d'un doute, elle a tout compris.

Bordel de merde.

Plus rapide qu'une ombre, j'amorce un pas vers elle, enserre son poignet pour l'empêcher de filer en douce, et referme la porte afin de nous isoler quelques instants.

— Qu'est-ce que tu fous là ?

Je tente de rester calme, mais pense échouer lamentablement.

Elle ne répond rien, m'observe simplement de ses billes aussi noires que les miennes, emplies d'inquiétude et de peur. J'ai bien conscience de ne pas me montrer sous mon meilleur jour. Je suis pourtant à mon max, dans l'état actuel des choses.

— J-je suis désolée… je me suis trompée de salle. Je devais retrouver quelqu'un pour réaliser un portrait-robot.

Et comme par hasard, elle tombe sur moi, dans une posture plus que délicate. Je ne crois pas au karma, mais là, si ce n'est pas une punition en règle, je ne m'appelle pas Marc Tillard. J'avance vers elle, la bloque contre la porte. J'essaie bien de contenir ma rage, pour ne pas la faire flipper plus que de raison, mais mon ton me trahit.

— Qu'est-ce que tu as vu ?

— Rien, je t'assure.

— Réponds !

Merde, je déconne.

D'exaspération, ma paume frappe la porte. Ce qui est complètement idiot puisque je pourrais alerter mes collègues de l'autre côté du battant. La jeune femme sursaute légèrement et obtempère sans broncher.

— Simplement…

Elle approche son index de son pouce, sans doute pour signifier qu'elle nous a vus très proches. Mes dents se serrent lorsque je perçois un rire étouffé, juste derrière moi. Par-dessus mon épaule, je le fusille de mon regard le plus flippant. Mon envie de meurtre grandit, éclate comme une bulle, lorsqu'un sourire étire ses lèvres, marquant parfaitement son sarcasme.

Soit. Je m'occuperai de son cas un peu plus tard.

Je me retourne vers mademoiselle-mêle-tout et la pointe d'un index menaçant.

— Tu n'en parleras pas à Alex, ni à qui que ce soit d'ailleurs.

Elle arque un sourcil et, sur un ton calme, mais franc, me demande :

— C'est une menace ?

— Exactement.

Pour sa survie, mieux vaut qu'elle disparaisse maintenant. Il semble qu'elle lise dans mes pensées, puisque la seconde suivante, elle tourne les talons et disparaît dans le couloir.

— Du grand Marc, ricane Simon.

Je fais volte-face, enragé.

— Toi, je ne t'ai pas sonné !

— Tu vois, c'est ce que je me tue à t'expliquer. Nous sommes complètement aux antipodes. Alors, par pitié, arrête de vouloir me sauver. Chaque fois que tu tentes une de tes combines à la con, tu me fous un peu plus dans la merde. Je te l'ai déjà dit, si tu as quelque chose contre moi, arrête-moi. Sinon, laisse-moi partir.

Je crois que je ne trouverai pas de solution à son problème aujourd'hui, ni au mien d'ailleurs. Comment aider quelqu'un qui ne le souhaite pas ? Pourquoi aurait-il confiance en moi, au juste ? Il a raison. Il serait inconscient, plus qu'il ne l'est déjà, de me l'accorder, alors qu'il connaît mes travers les plus sombres.

Je suis blasé par cette journée. Passablement énervé par ce que je ressens depuis que Simon a mis un pied dans ce commissariat. Le laisser partir sans commettre de vagues est la meilleure décision que je peux prendre.

Je hoche simplement la tête, pour l'autoriser à quitter la pièce. Il ne se fait pas prier et disparaît, imitant la brune quelques instants auparavant.

À mon habitude, je me retrouve comme un con. Je croise mon reflet dans un miroir. Mes yeux cernés me somment de décrocher un peu, de laisser en suspens mes tourments liés à ce môme, et de retrouver le Marc Tillard que rien ni personne n'atteignait. Seulement, à l'instar d'une machine dont une pièce serait légèrement défectueuse, les rouages de mon quotidien semblent compromis…

CHAPITRE QUATORZE

Louise

Je pense devenir folle. Ni Simon, ni les soirées alcoolisées, pas même plonger tête la première dans ma passion ne peut m'aider à surmonter cette attente qui me déchire un peu plus chaque jour. Comme lorsque j'étais enfant, le mois précédent Noël, je marque le calendrier d'une croix rouge vif, couleur en parfaite adéquation avec mon cœur qui saigne.

Ce moment où j'ai participé à l'entrée forcée de mon Britannique en cure de désintoxication me paraît lointain. J'ai arrêté de compter les jours depuis que nous avons été découverts dans le bureau de ce maudit psy. Je regrette tout un tas de choses, à commencer par avoir accepté de céder à sa requête. Jamais je n'aurais dû passer la nuit là-bas, mais j'ai été faible, aveuglée par les sentiments que j'éprouve pour lui, hypnotisée par son regard de glace qui m'empêche d'agir avec raison. Seulement, maintenant nous sommes loin de l'autre. De la même manière qu'un couple d'inséparables, je peine à poursuivre la route seule. J'ignorais à quel point j'étais attachée à lui, mais désormais, je connais la nature de ce qui nous lie.

Je comprends parfaitement l'expression « tomber amoureux » ces derniers temps.

Ouais, ça fait un mal de chien et dans mon cas, je me suis ramassé le nez contre le bitume !

Assise sur le sol de ma chambre dans laquelle je suffoque, le dos contre mon lit, je patiente, comme depuis de longs jours, que la tonalité insupportable du combiné laisse place à la voix revêche d'une de ces infirmières, qui me répétera l'interminable suite de mots que j'exècre à présent.

« Monsieur Jameson est dans l'incapacité de prendre un appel. Nous ne manquerons pas de vous prévenir lorsqu'il pourra de nouveau recevoir des visites. »

Je ne les crois pas. J'avoue avoir eu un espoir, au début. Après tout, j'avais quitté le centre sans faire d'histoires, je m'étais excusée un million de fois auprès de son psychiatre. Mais les jours passent… je me persuade qu'ils ne me laisseront plus mettre ne serait-ce qu'un orteil à l'intérieur du bâtiment. Seulement, les cures sont aléatoires. Elles peuvent durer un mois, comme six. Tout dépend de la volonté du malade, et ça, le docteur Gonset me l'a bien précisé lorsque j'ai pris rendez-vous pour Adam la première fois.

Reste à savoir la manière dont le British réagit depuis que nous avons été arrachés l'un à l'autre, et si j'en crois les derniers coups d'œil que j'ai pu lui jeter… ça ne s'annonce pas bien. Son regard furieux, son visage transformé par la colère et sa voix écrasée par la haine ne me laissent rien présager de bon : Adam Jameson doit se comporter comme le pire patient que le centre ait connu.

Cette fois, personne ne me répond. Je reporte mon cellulaire devant moi, fixe l'écran quelques secondes, avant d'écraser la touche rouge qui mettra fin à mon appel. La pression que ma poigne inflige à l'appareil n'est rien en comparaison de la tempête qui souffle en moi, dévaste tout jusqu'à balayer toute chance de me calmer.

Écumante d'une rancœur qu'il ne vaudrait mieux pas croiser dans l'immédiat, je me réfugie dans la salle de bains, saute sous la douche dont j'active le pommeau sans régler la température. Une eau brûlante s'abat sur ma peau, la fouette plus fort pareillement à des coups de ceinture, mais je ne réagis pas. Complètement déconnectée, déboussolée, je reste impuissante sous cette armure aquatique, ignorant si elle me protège ou resserre davantage l'étau qui engourdit une à une les cellules de mon corps.

Je reconnais à peine la jeune femme que je croise dans la glace au-dessus du lavabo. Mes cernes sont si profonds qu'un tube entier d'anticerne ne suffirait pas à les camoufler, mon teint est plus livide qu'il ne l'a jamais été et mes cheveux si emmêlés et fourchus que je songe à les couper à la garçonne. Il faut dire que je me suis laissé aller ces derniers temps, oscillant entre les périodes d'hyperactivité, pour éviter de cogiter, et les phases d'apathie, recroquevillée au fond de mon lit comme un pauvre rongeur pris au piège d'une tapette qui l'aurait coincé.

Frappée par mon reflet, persuadée que la Louise que j'ai connue ne refera jamais surface, je m'adosse au mur derrière moi, me laisse choir sur le carrelage froid, nue comme un ver, tandis qu'une eau acide inonde mes yeux, menace de s'écouler et de brûler ma peau devenue si fragile à force de ne plus l'hydrater. Les longues inspirations que j'avale m'aident à me contenir. Je sais bien que tout ceci est temporaire, mais rester sans nouvelles de lui est… compliqué.

Au fond, c'en est même ridicule, il est vivant, je dois juste patienter !

Mais dans le cas présent, je suis incapable de prendre ne serait qu'un millimètre de recul pour me persuader que tout ira bien, qu'Adam se fera soigner et que nous nous retrouverons à sa sortie. Non. Être coincée ici et lui, là-bas, me comprime le cœur. Il doit se sentir si seul. Abandonné.

Une larme coule lorsque j'imagine son visage triste. Je me laisse aller à déverser le trop-plein d'émotions. Je n'avais pas pleuré depuis ce fameux matin où j'ai été expulsée du centre, j'avais contenu tous ces ressentiments au plus profond de mon être, les avais cadenassés pour être certaine ne pas défaillir. La vérité est que j'en avais besoin, je devais me débarrasser de ce mal qui me ronge sans que je n'y puisse rien.

Transie de froid, après de longues minutes à végéter sur le sol de la salle de bains, je saisis mon peignoir et m'y emmitoufle, tentant de retrouver un sentiment de sécurité que le moelleux du tissu pourrait me procurer.

En vain.

Lorsque j'ouvre la porte, je tombe directement sur Simon, à l'autre bout du couloir, dont les yeux sont immédiatement attirés par la mine que j'affiche. Il s'approche d'un pas pressé, encadre mon visage de ses mains douces et plonge ses iris émeraude dans les miens qui doivent être éteints à cet instant. Pendant de longues secondes qui me paraissent interminables, il me sonde, tente de lire mes pensées que je ne souhaite pas lui révéler pour le moment. Si je cède à mes idées infondées, je suis foutue ! Oui, je suis triste, mais je retrouverai Adam !

Pas vrai ?

— Mon Dieu, Louise…

Voilà ce que j'inspire, une supplication à une divinité. Mon état est tel que je ne peux qu'espérer un miracle pour aller mieux. Mais c'est sans compter la persévérance de mon meilleur ami qui ne laisse jamais passer l'occasion de glisser une petite remarque dont il est le seul à avoir le secret.

— … *Cristina Cordula* ferait un arrêt cardiaque en te voyant, ajoute-t-il.

Le sourire moqueur dessiné sur ses lèvres ne peut que m'inciter à incurver très légèrement les miennes.

Idiot !

Mais je l'aime. Je l'aime d'un amour si fort qu'il ne me blessera jamais, j'en suis certaine. Je crois bien que s'il n'était pas présent dans ma vie, je ne pourrais pas surmonter cette période. Je me laisserais sans aucun doute dépérir jusqu'à ce qu'on me retrouve desséchée, rongée par les vers et affublée d'un affreux peignoir *pilou-pilou*, pas maquillée, pas coiffée.

La pire mort imaginable pour moi.

La *drama queen* en moi est réellement le versant de ma personnalité que j'exècre le plus. Merde, pourquoi ne suis-je pas plus combative et *badass* ?

J'observe à mon tour mon ami dont les poches violacées sous les yeux rivalisent presque avec celles que j'arbore. Mes lèvres se pincent tandis que je fronce les sourcils, inquiète qu'il déploie une mine si soucieuse et fatiguée. C'est exactement ce qu'il me fallait, m'occuper de quelqu'un d'autre que moi-même pour faire front.

— Je suis affreuse, mais tu n'as pas vu ta tronche ! raillé-je sans le moindre amusement dans la voix.

Faut pas pousser, j'en suis incapable.

Pourtant, Simon a parfaitement conscience que je plaisante puisqu'il sourit, puis traverse le couloir pour rejoindre le salon, me traînant par la main. J'enfile ma capuche en matière éponge, presse mes cheveux à travers pour les essorer, avant que nous nous installions sur le canapé.

— Je m'inquiète pour toi, Simon. Qu'est-ce que tu me caches, encore ?

— Rien, je t'assure.

Comment je sais qu'il me sert un mensonge ? C'est très simple ! La main qu'il passe dans ses cheveux. C'est encore plus flagrant depuis qu'ils sont courts, ce geste est devenu totalement inutile et ne peut être que le marqueur physique d'un bobard qu'il vient de fabriquer de toutes pièces.

— Et d'abord, c'est à toi que je devrais poser cette question. Ton état me préoccupe, mentionne-t-il.

— Moi, je te dis tout. Tu sais pourquoi je suis… comme je suis. Mais je n'ai pas envie d'en parler sous peine d'inonder l'appartement. Tu sais combien coûte un dégât des eaux ?

Je lui arrache un rire contagieux qui me fait à mon tour glousser. C'est plaisant de savoir que je n'ai pas perdu mon petit côté humoristique, même si je sais pertinemment n'être cette personne qu'en présence de mon colocataire. Une fois que je me retrouverai seule, on sera plutôt dans un remake de *La ligne verte*. Voilà pourquoi je prends la décision de me raccrocher à tout prix à ce blondinet, je ne dois pas le quitter d'une semelle pour éviter de me noyer dans la peine qui s'est adoucie depuis quelques minutes, mais dont l'éveil peut se pointer en moins de temps qu'il ne faut pour dire le mot « Britannique ».

Superbe remarque, Louise !

Je secoue légèrement la tête, saisis les mains de Simon et plonge dans son regard pour avoir le courage de ne pas me défiler et prendre le prétexte d'être seule pour aller m'allonger en PLS, sur le sol de ma chambre.

— Dis-moi que tu as quelque chose de prévu aujourd'hui, je t'en prie, l'imploré-je d'un ton si abattu que si ça n'avait pas été le cas, je pense qu'il aurait improvisé une activité spéciale pour me sortir d'ici.

— Ça tombe à pic ! J'ai été contacté pour assister un photographe sur un shooting, tu vas venir avec moi.

— Parfait, je saute dans un jean et j'arrive, m'empressé-je d'ajouter en me levant.

Je n'ai pas le temps d'amorcer ne serait-ce qu'un pas que la main de Simon se resserre autour de mon poignet. Je remarque ce petit sourire narquois si caractéristique qui me fait lever les yeux au ciel. Sans qu'il ait besoin de dire un mot, je comprends immédiatement.

C'est bon ! Je vais m'apprêter et ressembler à une styliste en devenir digne de ce nom !

***

Perchée sur des talons aiguilles jaune moutarde, je tente de mettre un pied devant l'autre avec panache alors que je sais pertinemment que je dois me dandiner comme une oie. N'empêche que la couche de maquillage, le *brushing wavy*, le jean *boyfriend* et le chemisier écru, surmonté d'une veste bleu dur, me donnent l'impression de revivre. Comment ai-je pu penser une seule seconde que me transformer en *The Grudge*[56] était mon unique issue ?

Lorsque je redresse la tête, observe le bâtiment où Simon nous a conduits, je suis aussitôt submergée d'un sentiment mêlant nostalgie et rancune. C'est dans ces studios que le British et moi nous sommes rencontrés, ici même qu'il a détruit ma carrière naissante et qu'il m'a montré toute la noirceur de sa personnalité. Pourtant, aujourd'hui, je ne le hais plus, comme c'était le cas il y quelques semaines.

Je sais de quoi ça a l'air, vu d'un œil extérieur… Mais je ne suis pas une pauvre gourde qui pardonne l'impardonnable à un homme. On ne peut pas comprendre ma décision, à savoir, lui donner une seconde chance, voire même une troisième et quatrième, tant qu'on n'a pas connu ce sentiment extrême d'être si puissamment lié à une personne que son absence vous prive de votre capacité première à survivre : respirer.

---

56 Personnage du film d'horreur éponyme

Pourtant, je prends mon courage à deux mains, en glisse une dans celle de Simon et franchis les derniers mètres qui me séparent de ce lieu chargé de souvenirs. Le cœur serré, je retiens mon souffle, en effectuant les premiers pas dans le hall, et me détends en constatant que rien de mal ne pourra m'arriver. Le passé est derrière moi, il faut maintenant relever le menton, redresser les épaules et défiler devant ces professionnels de la mode.

Mon ami se voit dans l'obligation de m'abandonner sur une chaise à l'écart du shooting, tandis qu'il rejoint le photographe qu'il doit assister pour la journée. Certes, observer cette agitation de loin n'est pas l'activité la plus passionnante qu'il m'ait été donné de vivre, mais ce sera toujours plus bénéfique que me lamenter sur mon sort dans un recoin de l'appartement.

La vibration dans mon petit sac à main en osier me tire de mes pensées. Je saisis mon portable, affiche des yeux ronds en déchiffrant le numéro qui apparaît sur l'écran – numéro que je connais par cœur désormais puisque je l'appelle chaque jour, parfois même plusieurs fois, depuis quelque temps. Fébrile, mon pouce se déplace sur le petit téléphone vert, le presse pour décrocher. Oubliant de prendre une inspiration, je porte le mobile jusqu'à mon oreille et patiente sans être capable de dire un mot.

— Louise ?

La voix qui résonne me coupe les jambes. Heureusement que je suis assise ou je me serais écroulée comme une poupée de chiffon sur le sol.

C'est lui.

Je voudrais me pincer pour m'assurer que mon cerveau n'est pas en train de me jouer un mauvais tour, m'enfermant dans un songe ou une hallucination pour me procurer un peu de bonheur. Bonheur qui serait de courte durée, ramenée de force à la réalité. Pourtant, je cligne plusieurs fois des yeux, déglutis péniblement, avant de me rendre compte qu'il est bien là, à l'autre bout de la tonalité.

— Tu es là ?

Je réprime un sursaut lorsqu'il pose cette question, prends conscience que je ferais mieux de lui répondre, avant qu'il ne raccroche et m'abandonne ici, seule, loin de lui.

— Adam, soufflé-je.

Plus d'un mot de vocabulaire, c'est possible ?

— J'ai cru qu'ils ne te laisseraient jamais me parler, me lamenté-je. Tout va bien ?

— Oui, je vais bien.

Le ton qu'il emploie comprime ma poitrine, surtout en étant à l'intérieur de ce bâtiment qui ne peut que me rappeler la façon dont il interagissait avec moi. Seulement, cet homme affable et détestable n'est plus, il a changé depuis que je le connais. Alors pourquoi l'angoisse qui sommeillait en moi s'agite de nouveau, me pousse à hurler pour libérer la pression qui me rend folle d'inquiétude ?

— Quand pourra-t-on se voir ? tenté-je pour réduire le mal-être qui me ronge.

— Je n'en sais rien.

D'ici quelques secondes, je vais me mettre à pleurer, noyée parmi toutes ces informations qui me percutent : la joie de l'entendre, l'effroi de percevoir son ton polaire, et tout un tas d'autres choses que je ne parviens même pas à comprendre.

— Tu es sûr que ça va ? Je te trouve étrange.

— Je suis en train de faire le point sur ma vie.

Cette simple phrase me glace le sang, me vide de toute mon énergie, tandis que je la répète en boucle dans ma tête.

Le point sur ma vie. Le point sur ma vie. Le point sur ma vie.

Qu'essaie-t-il de me dire ? Mille et un scénarios défilent, me poussent à me confronter à toutes sortes d'humeurs, imaginant une seconde qu'il va m'avouer ses sentiments, la suivante qu'il ne veut plus jamais me voir. Finalement, je comprends très bien ce qu'il tente de me dire et reste interdite, avant d'ajouter avec acidité :

— Tu ne souhaites pas que je vienne te voir, c'est bien ça ?

Le long silence qu'il m'offre sera son unique réponse. Les secondes défilent, ou est-ce une vie entière ? Mon cœur récemment réduit en miettes finit tout simplement par se désagréger.

Ma main se met à trembler, menaçant de lâcher le cellulaire, mais je ne parviens pas à m'y résoudre, et la maintiens de ma paume libre pour rester accrochée à cet homme encore quelques instants. Je ne suis pas prête à l'abandonner et à sombrer dans l'obscurité, j'ai peur de devenir définitivement cette ombre vers laquelle j'ai basculé chaque jour un peu plus ces derniers temps.

— Je suis désolé, Louise. Au revoir.

Biiiiiiiiiiiiiip…

C'est le son qui résonne dans mes oreilles, c'est également ce que produirait un encéphalogramme si on le reliait à mon activité cérébrale. La coquille vide dans laquelle je me suis engouffrée me laisse plus perdue que jamais, tremblante de la tête aux pieds. Je ne pourrais même pas dire que mon cœur tambourine dans ma poitrine, ou que ma respiration se coupe et me pousse vers la suffocation. Non. Je ne suis plus qu'un automate qui observe l'effervescence sous ses yeux, incapable d'analyser, de comprendre, ou faire quoi que ce soit, d'ailleurs. Il me semble bien sentir mes jambes se redresser, mes chevilles vaciller à chaque pas sur mes escarpins et mon estomac menacer de rendre son contenu, mais je continue d'avancer sans savoir pourquoi.

Ma vue est soudain trop embuée pour que je distingue la silhouette qui s'avance vers moi, je crois que des larmes opacifient mes globes oculaires sûrement écarlates.

À l'instant où deux mains encerclent mes épaules, je m'effondre, chacun des muscles de mon corps m'abandonnant pareillement à ce Britannique de malheur. La personne me rattrape, avant que je ne heurte le sol et m'éclate le crâne, ce qui soulagerait sans doute la pression que je lui impose.

— Louise ?! résonne une voix au loin.

C'est celle de Simon, j'en suis certaine. Mes larmes redoublent lorsque je perçois les pas de mon ami qui se rapprochent de moi. Mais qui m'a donc rattrapée ?

— Que s'est-il passé, Monsieur Danton ? s'inquiète le petit blond.

C'est donc dans ses bras puissants que je me suis écroulée. Benjamin Danton, le créateur de mode qui m'a proposé de découvrir sa collection et sur qui A… *Il* a laissé libre cours à sa rage.

— Je l'ignore, je m'approchais d'elle pour la saluer et elle est tombée sans prévenir.

— Je vais appeler les pompiers, panique Simon.

Un élan de vitalité, venu du plus profond recoin de mon être, si enfoui que je ne soupçonnais pas même son existence, m'aide à reprendre un tant soit peu mes esprits et balbutier :

— Non… pas les pompiers… ça va aller.

Je cligne plusieurs fois des yeux, tente de réaliser une mise au point, tandis que je m'agrippe au biceps de Benjamin Danton, désormais à genoux, pour me redresser. Je rencontre le regard affolé de Simon, hoche la tête en signe de dénégation pour lui indiquer que je souhaite simplement rentrer chez nous et mourir en paix.

— Je vais la ramener, décide mon coloc'.

— Non, soufflé-je, tu ne peux pas partir d'ici, c'est important.

Danton confie mon corps inerte à mon ami, le prévient qu'il s'éclipse pour aller me chercher de quoi grignoter et revient quelques instants plus tard avec des biscuits sucrés qu'il me tend. Même si je n'en ai pas la moindre envie, je me force, les engloutis pour les rassurer et prétendre qu'il ne s'agissait que d'une simple crise d'hypoglycémie.

— Si vous le souhaitez, je peux vous raccompagner chez vous, me propose le styliste. J'ai terminé ici, ils n'ont plus besoin de moi.

Je me fige, surprise par sa proposition, avant d'étudier mon ami dont le visage s'est décomposé. J'alterne entre eux, plusieurs fois, avant que Simon acquiesce pour m'inciter à accepter.

J'opine alors du chef, consentant à ce que ce créateur riche et influent m'aide à me relever et m'entraîne jusqu'à sa voiture. À plusieurs reprises, je jette un coup d'œil par-dessus mon épaule. Mon coloc' reste planté là, le visage transpirant le souci que je lui impose.

Une fois devant mon immeuble, Benjamin Danton se gare, coupe le contact et se tourne légèrement vers moi. Ses yeux d'un bleu si clair qu'ils s'apparentent à des diamants, me scrutent, détaillent mes traits tirés, s'attardent quelques instants sur ma bouche que je ne peux m'empêcher de pincer pour la dissimuler à son intrusion.

Il détourne aussitôt son attention, tapote légèrement le volant de ses longs doigts et articule d'une voix si basse que je me demande si j'ai bien entendu ce qu'il me demande.

— C'est toujours ce sombre idiot qui vous rend la vie impossible ?

Sans concerter mon cerveau, mes doigts s'agitent comme s'ils allaient s'écraser contre la joue de l'homme qui m'a ramenée. J'use de stratagèmes et chantages en tout genre pour calmer cette pulsion meurtrière qui m'anime, prenant finalement conscience qu'il n'a pas tout à fait tort. Même si je peine à l'avouer, *il* donne raison à tous ceux qui ont pu me mettre en garde et se sont confrontés à son tempérament inacceptable.

Remarquant que le créateur de mode attend sûrement une réponse, je hoche simplement la tête, m'immolant de l'intérieur de trahir l'homme qui m'a abandonnée après que je me suis totalement donnée à lui…

— Si vous avez besoin de quoi que ce soit, appelez-moi, ajoute-t-il en me tendant sa carte de visite.

La suite des évènements est un peu floue dans mes souvenirs. Je me rappelle avoir saisi le rectangle cartonné, gravi les interminables marches menant à mon logement, avec la crainte de m'écrouler à chaque pas, puis avoir finalement sombré dans mon lit…

***

Quel est le gros point positif à rester clouée une semaine entière à son matelas ? Non, vraiment !? Il y a pourtant un avantage non négligeable !

Je vais pouvoir rentrer dans un jean taille 36 !

J'hésiterais presque à souhaiter rester dans cet état apathique pour perdre encore un kilo ou deux. Seulement, l'image que me renvoie la psyché délaissée dans un coin de ma chambre me hurle de réagir, de raser les poils qui envahissent mon corps, défaire les nœuds accumulés dans le nid qui se trouve au-dessus de ma tête et décaper la tronche de déterrée que j'affiche.

Une semaine sans pratiquement passer par la case « salle de bains », on peut considérer ça comme un manque d'hygiène ? Ce n'est pas ma faute, plus rien ne m'intéresse, je ne cesse de le répéter à Simon, mais c'est la stricte vérité : je suis vide. Je dois bien admettre que chaque jour qui passe anesthésie la douleur que j'ai ressentie, mais je pense ne pas vouloir aller mieux, bien trop accrochée à ces souvenirs qui me relient à *lui*, comme si je ne souhaitais pas le laisser partir définitivement. Pourtant, c'est ce qu'il désire…

Je suis en train de faire le point sur ma vie.

Il a pris une décision radicale, s'est sûrement rendu compte qu'il n'avait pas besoin de moi pour continuer. Je devrais agir à l'identique, c'est aussi ce que me rabâche Simon qui commence à s'agacer de me voir me complaire dans mon malheur. C'est aussi ce que réclament les courriers d'absence de la fac… Ce n'est pourtant pas un trait de caractère dominant chez moi, mais maintenant tout est différent. Un vent britannique a soufflé sur ma vie et déréglé tous les outils de mesure que je possédais, au point de ne plus savoir comment m'en servir.

Mon coloc' fait brusquement irruption dans ma chambre en brandissant une comédie légère, et surtout pas romantique, que nous adorons tous deux : *Mean Girls.*

Mais si, ce film avec Lyndsay Lohan ! Bon, vous avez gagné, bandes de non bilingues : Lolita malgré moi.

— On regarde ce film, ensuite tu prends une douche et tu bouges ton gros cul ! me rabroue-t-il en me lançant un pot de crème glacée *Ben & Jerry's*, que je réceptionne non sans manquer de me le prendre en plein dans la figure.

Peanut Butter Cup, mon parfum préféré !

— Déjà, j'ai dû perdre au moins cinq kilos, donc remballe « ton gros cul », je te prie, réponds-je en feignant la vexation.

Mon meilleur ami ricane, insère le DVD dans mon lecteur et s'installe à mes côtés, tandis que je pose ma tête sur son torse tout en ouvrant le couvercle de mon unique repas du jour.

En fait, je vis ma meilleure vie !

Le film touche presque à sa fin lorsque mon portable vrombit sur la couette, attirant notre attention. J'observe le numéro qui s'affiche, réfléchis quelques instants, avant de conclure que je ne le connais pas, et décide de l'ignorer. Simon attrape alors la télécommande, met la télé sur pause et décroche aussitôt mon cellulaire qu'il me tend, non sans avoir appuyé sur le haut-parleur.

Prise de court, je lui lance des éclairs de mes yeux cernés et enténébrés, furieuse qu'il me prenne au piège de cette manière.

— Oui, allô ? grogné-je sur un ton nonchalant.

— Bonjour, Mademoiselle Dario. C'est Benjamin.

— Benjamin ? poursuis-je d'une voix si désintéressée qu'elle frise l'irrespect.

— Oui, Benjamin Danton.

Dans un sursaut digne des scènes hilarantes de comédies dont Simon et moi raffolons, je jette le portable en l'air, lequel retombe sur le lit, rebondit une fois, une seconde, avant de s'écraser sur le sol. D'un même mouvement, nous sautons par terre, tentons de récupérer chacun le téléphone pour reprendre l'appel.

— Bonjour, Benjamin ! parviens-je à articuler, essoufflée, lorsque je saisis mon mobile.

— J'attendais que vous m'appeliez, mais puisque vous ne le faites pas, je vous propose de passer à l'atelier.

Je reste silencieuse pendant un moment trop prolongé, visiblement, puisque Simon arrondit ses billes vertes, finit par gesticuler pour m'indiquer de parler.

— À l'atelier… répété-je, hébétée.

Mon ami claque sa paume contre son front, lève les yeux au ciel en soupirant d'exaspération. Il finit par secouer la tête tandis que je hausse les épaules face à mon attitude qui frôle la débilité profonde.

Je vous rappelle que j'ai végété pendant une semaine, merde !

— Oui, à l'atelier, réitère la voix à l'autre bout du fil, sur un ton qui ne laisse pas de place au doute.

Super, tout le monde se fout de ma gueule !

— Je… je… balbutié-je.

Cette fois, Simon singe un étranglement factice pour me montrer que c'est tout ce que mérite mon comportement d'idiote finie. Sans me laisser le temps de réagir, il arrache l'appareil de mes mains, avant d'articuler très distinctement :

— Bonjour, Monsieur Danton, c'est Simon Fauquet, le photographe. Elle accepte, bien évidemment.

Je tente de récupérer mon cellulaire de ses pinces de fourbe, mais ce traître m'en empêche en se levant avec vivacité pour détaler dans l'appartement. J'essaie de le suivre, me prends les pieds dans l'épaisse couette qui traîne au sol et me rétame en maugréant toutes sortes de noms d'oiseaux à destination de ce sale gosse.

Quelques instants plus tard, il réapparaît dans la chambre, s'appuie contre l'encadrement de la porte et affiche un sourire vainqueur et absolument radieux.

Comment pourrais-je en vouloir à cet éclat Émail Diamant, la magie du blanc ?!

— Tu as rendez-vous cet après-midi à 15h, il va t'envoyer l'adresse.

Ses sourcils oscillent exagérément sur son front, me narguent outrageusement, alors qu'il ricane en s'approchant de moi. Je l'épingle de mon regard le plus noir, il faut bien que je marque le coup quand même ! Mais ce débile ne se laisse pas berner, me saute dessus et me chatouille jusqu'à ce que j'éclate de rire en le suppliant d'arrêter.

Sans ce mec, je ne serais pas grand-chose, c'est moi qui vous le dis !

***

Cinq minutes que j'attends devant les immenses baies vitrées du bâtiment qui allie charme architectural d'antan et lignes modernes, mêlant la pierre et le verre. Je ne parviens pas à franchir l'impressionnante double porte qui mène à l'intérieur, pétrifiée de rencontrer cet homme qui est un monstre de la haute couture et qui n'a plus grand-chose à prouver. C'est un peu comme si j'étais une chanteuse en herbe et que *Beyoncé* en personne m'invitait dans son studio privé. Complètement surréaliste !

Je m'inspecte pour la vingtième fois dans le reflet de la vitre, me mets soudain à douter de cet attirail dont je suis affublée… Cette robe jaune poussin, qui m'arrive au-dessus du genou et moule sûrement trop mes formes, est peut-être un poil *too much*, sans parler de ces escarpins noirs dont les lanières serpentent jusqu'à mes mollets – et les saucissonnent comme des rôtis !

Mon Dieu, je suis trop grosse pour porter ça !

Simon m'a pourtant assuré que j'étais ultra tendance dans cette tenue, avant de me lancer une veste en jean pour casser les codes, un sac rouge pourpre et d'énormes boucles d'oreille dans un camaïeu déclinant l'orange. Moi, tout ce que je vois, c'est une danseuse du Carnaval de Rio tant je suis colorée de la tête aux pieds. Pourquoi l'ai-je écouté ? Qui étudie le stylisme et tient un blog sur la mode ? Lui, peut-être ?

Bah non ! C'est moi !

Seuls mes cheveux simplement lissés, et dont j'ai placé la raie au centre de mon crâne, me conviennent. Pas étonnant quand on sait que c'est l'unique élément pour lequel j'ai tenu tête au tyran ! C'est bien parce que je suis plus paumée qu'un navire en pleine mer déchaînée, et dont le GPS serait totalement HS, sinon, je n'aurais jamais accepté de sortir le grand jeu pour un premier rendez-vous professionnel. Pour qui va-t-il me prendre ?

Je frôle l'arrêt cardiaque lorsque l'entrée s'ouvre sur Benjamin Danton, taillé dans un costume hors de prix bleu roi, les mains ancrées dans les poches, m'observant avec amusement, ses yeux limpides légèrement plissés et un sourire discret accroché aux lèvres.

— Vous comptiez rester longtemps dehors, Mademoiselle Dario ?

Sa voix grave me met plus mal à l'aise que je ne le suis déjà, en raison de mon attitude ridicule et de l'éclat que dégagent mes vêtements, si bien que je baisse le menton, rencontre ces fameux talons que je préférerais oublier, puis retombe finalement sur Danton qui ricane désormais.

— Ça fait quelques minutes que je vous observe depuis les écrans de vidéo surveillance.

Ma bouche s'entrouvre de gêne. Mon envie de me terrer dans un trou se trouve soudainement plus importante que celle de percer dans ce milieu, tandis qu'il pointe les deux caméras de surveillance fixées sur la façade.

Idiote. Gourde. Connasse. Triple buse…

— Je vous taquine, interrompt-il le fil de mes insultes mentales. Entrez.

D'un geste de la main, il m'invite à pénétrer dans le magnifique hall immaculé et dont les murs sont tapissés de toiles d'artistes représentant les œuvres du créateur. Je ne sais plus où donner de la tête, perdue entre le majestueux lustre de cristal accroché au plafond, les meubles contemporains mêlant le Plexiglas et le plastique laqué, et la surprenante fontaine au milieu de la pièce, rappelant celles que l'on trouve en Italie.

Benjamin Danton me précède, écrase son index contre un bouton incrusté dans un carré de pierre, avant que deux portes de verre ne s'ouvrent et nous laissent entrer dans l'ascenseur, qui doit conduire à l'atelier du couturier se trouvant sans doute à l'étage.

À l'instant où la machinerie retentit et nous indique que nous sommes arrivés à destination, je découvre une immense pièce encore plus impressionnante que l'endroit que nous venons de quitter. Du bureau en bois ancien tout droit sorti de chez un antiquaire, au tapis sur le sol me faisant penser aux mille et une nuits, en passant par ces sofas des années 70, ce sanctuaire regorge d'objets de valeur que l'homme aux cheveux noir de jais a dû collectionner au fil des années. Ce n'est que lorsque je tourne la tête, tombe sur un gigantesque atelier dont les murs sont remplis de rouleaux de tissu, de tables de travail occupées par les machines de couture les plus perfectionnées du marché, que je manque réellement de défaillir, mes poumons ne parvenant plus à happer l'air qui m'entoure.

— Alors, que pensez-vous de mon entreprise ?

Je prends une légère inspiration pour me donner quelques secondes de répit, afin de vérifier que ma voix ne sera pas un filet inaudible, réalise une volte-face en pivotant sur mes aiguilles noires et bats des cils en croisant le regard sibyllin du créateur de mode.

— C'est plus beau que tout ce que j'ai pu voir dans ma vie, murmuré-je ébahie.

Le son de l'ascenseur retentit de nouveau, les portes s'ouvrent et laissent entrer une jeune femme moulée dans un tailleur blanc et donc les cheveux noirs sont impeccablement tirés en un chignon sophistiqué.

On est dans Amour, Gloire et Beauté ou quoi ?

Elle pose un large plateau, sur lequel sont disséminés des biscuits dans une assiette, deux flûtes et une bouteille de champagne, sur la table basse près des canapés. Danton m'invite à m'asseoir, débouche la *Moet*[57] et remplit les coupes, puis m'en tend une en découvrant sa dentition qui m'éblouirait presque tant elle est éclatante. Ses cheveux rabattus à l'arrière lui donnent des airs de mafieux italien irrésistiblement attirant, malgré la crainte qu'il impose. Il me détaille avec insistance, affiche un rictus et cogne légèrement son verre contre le mien.

— À notre rencontre, Mademoiselle Dario.

J'esquisse à mon tour un léger sourire, songe immédiatement que la situation est gênante, mais refuse de lui montrer ma nervosité, évitant ainsi de passer pour l'idiote de service pour laquelle il doit sûrement déjà me prendre.

Son aura est intimidante. Je sens mes joues s'empourprer, ne peux m'empêcher de papillonner comme une allumeuse que je ne veux absolument pas incarner. Fort heureusement, il rompt très vite le silence, alors que je porte le liquide pétillant entre mes lèvres.

— Alors comme ça, vous étudiez la mode, Louise ? Je peux vous appeler Louise ? se reprend-il.

J'opine du chef en reposant le verre sur la table, il peut m'appeler de toutes les manières qu'il souhaite étant donné

[57] Marque de champagne très chère

son statut et surtout, le mien. Alors qu'il me propose de goûter un des scones au sucre, je rassemble mon courage pour lui prouver que je ne suis pas muette.

— Je suis en dernière année de master marketing mode et luxe, option stylisme et matière.

Je m'exaspère !

On dirait que je me présente à *Jean-Pierre Foucault* pour l'élection *Miss France*. Au détail près que je mesure un mètre soixante-cinq et pèse soixante-trois kilos ! Autant dire un cachalot dans le monde des concours de beauté…

— Si je ne m'abuse, vous avez travaillé pour Jeanine Verdant ?

Seigneur, non !

Je manque de m'étrangler avec ce biscuit étouffe-chrétien, dont les miettes se sont collées sur les parois de mon pharynx, déglutis péniblement, avant d'engloutir une lampée de bulles et répondre le plus sérieusement possible :

— En effet, j'ai eu la chance de l'assister quelques mois.

La chance, la chance… faut le dire vite, hein !

Je scrute sa réaction, cherche à deviner s'il sait qu'elle m'a renvoyée comme une moins que rien après l'erreur que j'ai commise. Évidemment, je ne peux m'empêcher de penser à un certain Britannique que j'occulte très vite de mon esprit. Danton m'y aide en poursuivant rapidement.

— Je ne vais pas y aller par quatre chemins, Louise. J'aime offrir sa chance à la jeunesse et je souhaiterais vous proposer un stage au sein de mon entreprise, en tant qu'assistant-designer exclusif.

L'espace d'un instant, je jette des coups d'œil autour de moi, cherchant la caméra cachée. Le regard insistant du créateur me permet de comprendre que ce n'est pas une plaisanterie, qu'il est sérieux et m'a proposé ce job en pleine connaissance de cause.

Je hurle maintenant ou je m'abstiens ?

— Je ne sais pas quoi vous répondre… bafouillé-je aussi surprise que s'il m'avait soumis un voyage pour la Lune.

— Dites oui, alors.

***

Devinez à côté de qui je me trouve ?

Tout juste !

Bosser avec Benjamin Danton s'apparente à un rêve éveillé qui me propulse dans un monde irréel composé de couleurs vives, paires de ciseaux, fils de couture et machines à coudre. Depuis une semaine, nous bossons comme des forcenés après qu'il m'a expliqué qu'il organisait un très gros défilé pour le printemps, où tout le gratin serait présent. À 32 ans, l'un des couturiers les plus célèbres de France prend, depuis quelques mois, une notoriété incroyable. Qu'il me propose ma chance est surréaliste.

Il a loué un bâtiment pour organiser le *show*, nous y sommes chaque jour pour préparer la collection, la décoration des lieux et surtout, le podium. Les étoiles qui brillent dans mes yeux reflètent la fierté qui m'anime. Cet homme a réussi l'exploit de me sortir de la condition merdique dans laquelle je m'enfonçais. Même si la douleur infligée par Adam est toujours intense, je parviens à la maîtriser davantage.

Ouais, je réussis à prononcer son prénom sans m'effondrer comme un flan.

En nage, à force de réfléchir à m'en faire fumer le cerveau, j'attrape ma longue chevelure irisée et réalise une queue de cheval, mon portemine bloqué entre mes lèvres.

Une fois ma tâche accomplie, je m'étire légèrement en plantant mon attention droit devant moi…

… et…

… je lâche…

… le crayon de papier…

… qui rebondit sur la table.

Je manque de tomber de mon tabouret et de pousser un cri de stupeur.

Il est là.

Adam Jameson se trouve à l'entrée de l'immense entrepôt, son regard froid braqué sur moi comme deux pics à glace prêts à me transpercer le cœur. L'espace d'une seconde, je me nourris de sa beauté. Ses longues jambes musclées sublimées par un jean délavé et abîmé aux genoux. Sa large carrure mise en exergue par un t-shirt gris dont il a ourlé les manches. Des *Stan Smith* aux pieds. Ses mâchoires recouvertes d'une barbe de trois jours se serrent si fort que je crains qu'elles se brisent. Sa chevelure ébouriffée oblige mon ventre à se tordre…

Il est toujours aussi… *sex* !

Les sourcils froncés, ses yeux rebondissent de mon visage à celui du créateur de mode qui vient tout juste de s'apercevoir de la présence du mannequin. Sa main se pose sur mon épaule, sans doute pour m'apporter le soutien dont j'ai besoin, avant de glisser le long de ma colonne vertébrale.

Sans attendre, le Britannique pivote et disparaît en un éclair.

Bouge tes fesses, Louise !

CHAPITRE QUINZE

Adam

Recouvrer la liberté après plus d'un mois d'enfermement est une sensation spéciale. Mon corps réagit de manière étrange, mes poumons s'emplissent d'air comme pour la première fois. Le soleil qui chatouille la peau de mon visage me paraît nouveau. Même les odeurs sont différentes. En somme, je redécouvre la vie et le monde qui m'entoure. Est-ce dû à cet isolement prolongé ou au fait que je sois *clean* depuis plusieurs semaines ? Je l'ignore. Tout ce que je constate, c'est que je n'ai pas pris un gramme de cocaïne depuis mon entrée dans ce centre, pas même une goutte d'alcool. La dépendance physique s'est dissipée et je parviens à maîtriser celle qui asservissait mon mental. Le docteur Gonset a accepté que je poursuive la cure en hôpital de jour, étant donné les progrès fulgurants que j'ai réalisés. Je ne préfère rien révéler pour le moment quant au contenu de ce que nous avons échangé, l'évoquer est encore complexe pour moi. En outre, je dois participer à toutes les réunions du programme.

En d'autres termes : je me sens comme neuf.

Petite nouveauté : je ne suis plus soumis à un contrat, ils ne peuvent plus me garder contre ma volonté, mais j'ai donné ma parole. Ça aussi c'est nouveau, je n'avais aucune morale auparavant.

Toujours est-il que je n'ai qu'une idée en tête ; revoir Louise. Après être passé chez elle, son coloc' m'a certifié qu'elle n'était pas là et qu'elle bossait sur un nouveau projet. Il m'a d'abord très mal accueilli, m'assommant de toutes sortes d'insultes en français, dont je ne connaissais pas la moitié. Grande chance pour lui ! Je me demande encore comment j'ai pu garder mon sang-froid, il faut croire que j'ai réellement changé. Le convaincre que je ne voulais pas de mal à Louise n'a pas été une sinécure, j'ai dû lui tirer les vers du nez pour qu'il accepte de me donner l'adresse où elle se trouve. J'ignore ce qu'elle peut y fabriquer, elle n'a plus de stage. Je le sais très bien puisque je me suis moi-même occupé de ce petit détail.

I was really an asshole[58] *!*

Une fois devant l'entrepôt, réaménagé en lieu spécifique pour tous types d'évènements mondains, je stoppe quelques secondes pour faire le point, souffler un bon coup, avant de me planter face à la jolie blonde qu'il me tarde de retrouver pour lui montrer à quel point je suis un homme nouveau.

Je pousse la double porte, celle qui mène aux coulisses, longe un corridor qui doit déboucher sur la longue étendue désertique du bâtiment. Le palpitant branché sur le 15 000 Volts, je presse le pas pour atteindre une petite alcôve vitrée. À l'instant où mon regard se pose sur Louise, concentrée derrière sa table de travail, mes sourcils se froncent aussitôt. D'un geste lent, je pousse le battant, avance de quelques pas en alternant entre la jeune femme et l'homme qui se trouve à ses côtés.

Danton.

Louise place son crayon de bois entre ses lèvres, toujours happée par le projet sur lequel elle bosse, s'attache les cheveux en queue de cheval, puis s'étend en étirant ses

---

[58] J'étais vraiment un connard

bras très haut au-dessus de sa tête. Enfin, ses yeux se stabilisent à l'horizon, tombent sur moi.

Nos prunelles se connectent à distance, attirées comme des aimants, tandis qu'elle lâche son portemine qui rebondit sur la table. Je ne sourcille pas, la détaille d'une œillade que je sais glaciale si bien que son visage devient plus livide qu'il ne l'est en temps normal. Mes mâchoires convulsent, marqueur physique du vacarme qui s'est déclenché en moi. Mon cœur est sur le point d'exploser, incapable de gérer cette pression qui l'assaille. Ma vue se trouble, mes membres se mettent à trembler sans que je ne puisse les contrôler.

Je cède finalement à une implosion atomique lorsque la sale patte de ce *fucking* créateur se pose sur l'épaule de *ma* copine. Les commissures de ce *bastard*[59] s'étirent dans un sourire qu'un seul mot pourrait qualifier : démoniaque. Cet homme me toise, me nargue et s'en délecte. Sa main glisse finalement dans le dos de Louise qui ne bronche pas, le laisse agir sans être capable de décrocher son attention de mon visage, qui doit sûrement afficher tout un tas d'émotions allant de la haine à la rage.

Bloody hell[60] *!*

Sans pouvoir assister une seconde de plus à cette scène digne de mes cauchemars les plus effrayants, je pivote. Pas le moindre coup d'œil dans sa direction. Je détale d'ici, ne me retourne pas et me concentre sur mes jambes chancelantes et les points lumineux qui tournoient devant moi.

Alors, lorsque le vent fouette ma peau, à l'instant où je rejoins la rue, que l'air s'infiltre dans mes poumons, je suis pris de vertiges, plus instable qu'un réacteur nucléaire refroidi

---

[59] Bâtard

[60] Bordel

par un bassin d'eau. Mon estomac se tord si fort que je crains de rendre la viennoiserie que j'ai engloutie, mais je ne me laisse pas submerger par mon corps qui tente de se rebeller.

Je m'enfuis vers la bouche de métro à quelques dizaines de mètres, dévale les marches à toute vitesse avant d'intercepter la rame qui arrive. Sans même me retourner, malgré les bruits de talons qui claquent derrière moi, je monte tandis que la porte se referme. Louise m'interpelle, avant de s'arrêter juste devant moi, et tente en vain d'ouvrir le wagon. Seuls quelques centimètres nous séparent.

Ses yeux sont noyés de larmes.

Les miens aussi secs qu'un désert, pour la simple et bonne raison que je suis incapable de ressentir quoi que ce soit à cet instant.

Elle pose sa main sur la vitre. Je l'observe toujours avec une insensibilité qui me surprend moi-même. Comment a-t-elle osé m'oublier dans les bras de cet homme ? Elle avait pourtant promis qu'elle m'attendrait, c'est en tout cas ce que j'avais déduit de ses silences. Nous commencions seulement à nous entendre, à nous comprendre. J'ai changé pour elle, j'ai combattu une addiction qui me dominait depuis près d'une décennie. Et c'est ainsi qu'elle me rend la monnaie de ma pièce ?

Au moment où le convoi se met en route, il me semble percevoir une larme rouler sur sa joue, s'écraser contre la commissure de ses lèvres.

You deserved it[61] *!*

Le trajet me paraît interminable. Je me presse dans la rue, puis gravis à toute vitesse les étages de mon immeuble pour m'enfermer chez moi. Les lames de parquet grincent sous mes pas lorsque je foule mon appartement stérile, sans

[61] Tu ne l'as pas volée

vie. Les femmes de ménage sont sans doute venues plusieurs fois pendant mon absence pour remettre de l'ordre dans le chaos que j'avais créé ici. Tout est froid, pesant, à l'opposé de ce dont j'ai besoin actuellement. Je dois à tout prix me sortir ces images de la tête…

Elle et lui…

Comment m'y prendre ? M'enfoncer une perceuse dans le crâne ne suffirait pas.

Alors que j'ai à peine quitté le centre de désintoxication, je rencontre déjà une difficulté, et non des moindres. Comment rester sobre lorsque la vie est si cruelle avec moi ?

Résigné, je m'installe sur le canapé et clos les paupières, souhaitant ne jamais me réveiller…

***

La sonnette qui retentit m'arrache à mon sommeil, je cligne plusieurs fois des yeux pour comprendre où je me trouve, recouvrer mes esprits afin de déambuler dans un état comateux jusqu'à la porte d'entrée. Lentement, j'ouvre le battant et manque de le reclaquer aussitôt.

She's here[62].

Derrière ses longs cils noirs, elle m'observe sans savoir comment réagir. La bouche entrouverte, elle semble vouloir parler, mais reste pourtant muette. L'objet de tous mes désirs se trouve juste devant moi sans que je ne m'autorise à la toucher. Elle papillonne une première fois, puis une seconde, détruisant peu à peu toutes les barrières que j'ai érigées depuis que je l'ai surprise avec Benjamin Danton.

---

[62] Elle est là

— Qu'est-ce que tu fais là ? demandé-je sur le ton le plus froid que j'ai en stock.

Elle enfonce ses incisives dans sa lèvre. Je peux lire l'incompréhension sur son visage, mais reste aussi impassible et impénétrable que possible. Sa bouche s'agite, mais le filet de voix qui s'en échappe est si faible que je ne comprends rien de ce qu'elle tente de me révéler. Je fronce donc les sourcils pour lui indiquer qu'il serait judicieux d'augmenter le volume…

— Je ne comprends pas, Adam…

Très juste. J'ai du mal, moi aussi. Mais je ne suis pas idiot, j'ai très bien saisi qu'elle s'est foutue de moi, qu'elle n'a pas réussi à m'attendre autant de temps, alors que je me battais contre mes pires démons pour gérer la situation. Je ne pouvais pas voir Louise, c'était trop difficile pour moi de l'inviter à entrer si loin dans ma sphère, alors que je ne souhaitais pas lui montrer certaines facettes de ma personnalité.

— *It's clear. I saw this son of bitch achieved what he want to*[63].

Elle recule d'un pas, me foudroie d'un regard ombrageux, avant de secouer la tête comme pour vérifier qu'elle n'est pas en train de rêver. C'est exactement ce que je ressens présentement.

— Tu plaisantes, j'espère ?!

— Pas du tout. Tu avais promis que tu serais là, que tu m'attendrais !

— Mais tu m'as dit que tu devais faire le point sur ta vie ! Tu étais si froid, si distant… comme avant.

— Tu en as conclu que c'était fini entre nous ? Tu passes très vite à autre chose en baisant avec lui.

---

[63] C'est clair. J'ai vu que ce fils de pute était parvenu à ses fins

J'ai à peine fini ma phrase que sa main s'écrase avec force contre ma joue, propulsant ma tête sur le côté. Les dents serrées, je frotte légèrement ma peau mordue par ses doigts et redresse finalement le visage vers elle. L'expression horrifiée qu'elle arbore laisse planer le doute sur ce qu'elle ressent. Est-elle peinée par mes mots ou horrifiée de son geste ?

— Pardon…

Un murmure que j'ai plus deviné qu'entendu…

Les larmes qui oscillent à la lisière de ses cils s'agglutinent si vite qu'en quelques secondes, ses joues se marbrent de lignes cristallines. Je reste impuissant face à cette déferlante qui m'ensevelit sous un monticule de culpabilité. Cette jeune femme est si fragile par ma faute, c'est un fait que je ne peux nier et qu'il m'est toujours difficile d'accepter.

Sans calculer mes gestes, mes bras l'entourent comme une armure protectrice tandis qu'elle se réfugie contre mon torse, y laisse s'écouler toute la peine qui la ronge. Ma main serpente jusqu'à son crâne que je caresse en attrapant à intervalles réguliers des mèches de cheveux que je tortillonne.

— Je n'aime pas te voir pleurer, *honey*, soupiré-je contre son oreille.

Je saisis alors son visage entre mes mains, recueille les dernières perles salées qui s'écoulent de ses yeux, avant d'esquisser un petit sourire pour tenter de détendre l'atmosphère étrange qui nous enveloppe.

— C'était tellement dur de ne pas avoir de nouvelles de toi, souffle-t-elle si proche de moi que son odeur florale me fait tourner la tête. Je ne respirais plus, appelais sans cesse pour avoir de tes nouvelles… alors… quand tu m'as dit que tu ne souhaitais pas ma visite…

— Je ne voulais pas que tu me voies pendant cette période difficile, quand j'ai enfin compris que je pouvais évoluer et me confronter à mes démons… J'ai entrepris de changer pour toi. Mais j'étais si mal que préférais attendre de sortir pour te revoir. Le docteur Gonset m'a certifié que si je remplaçais mon addiction par ta présence, je ne m'en sortirais jamais. Alors nous avons travaillé sur qui je suis… et pourquoi. Et ça, je ne suis pas encore prêt à te le montrer. Je refuse de voir le monstre que je suis devenu dans ton regard qui m'apaise.

Elle soupire, secoue légèrement la tête, avant de détacher mes mains de ses joues. Le sentiment de rejet qui s'empare de moi m'aveugle, je souhaiterais lui infliger du mal pour m'obliger à ressentir cela.

Heureusement, elle reprend la parole avant que j'en aie le temps.

— Tu as rendu les choses tellement compliquées.

— Je te signale que c'est toi qui étais avec ce mec ! tempêté-je.

— C'est mon patron, Adam ! La Terre ne s'est pas arrêtée de tourner quand j'ai pensé que tu ne voulais plus me voir. Benjamin Danton est apparu au bon moment, il m'a sortie d'un état auquel je ne préfère même plus penser, en m'obligeant à plonger tête la première dans le travail. J'étais perdue, en colère contre toi… dévastée de me dire que je m'étais donnée corps et âme à toi et que…

— Non ! la coupé-je. Tu ne peux pas penser que ce qui s'est passé entre nous n'était qu'une affaire de sexe !

Dans un geste machinal, elle essuie ses yeux, avant de pivoter pour faire mine de partir. Je la rattrape aussitôt, entrelaçant mes doigts aux siens, et la ramène contre moi. Nos visages à quelques millimètres, nous nous observons longuement. Je contemple chaque détail de sa frimousse délicate, mon souffle s'accélère, la peur de la perdre menaçant.

— J'ai besoin de prendre du recul… Je me suis rendu compte que l'attachement que j'ai pour toi est terriblement dangereux et que tu pourrais me briser comme une brindille si tu le souhaitais. Je ne sais pas si je suis capable d'endurer ça…

J'encaisse ses mots sans rien laisser paraître, bien trop conscient que ce n'est pas le moment de lui révéler ce que j'ai découvert sur elle… et moi. Je recule alors d'un pas, détaille chacun de ses traits, son corps parfait, ses seins, ses hanches… tout, de la pointe de ses cheveux à ses escarpins. J'immortalise son image, si jamais j'en suis privé…

Un sourire triste étire ses lèvres, avant qu'elle ne se retourne et disparaisse dans la cage d'escalier, me laissant plus perdu que je ne l'ai jamais été, plus effrayé également, si bien que je reste de longues minutes sur le seuil de la porte, ne sachant pas ce que j'attends réellement, mais incapable de réagir.

Première règle. Première chose que j'ai promise : aller voir le docteur Gonset dès que le besoin s'en ferait sentir. À peine quelques heures que j'ai quitté le centre et je me vois déjà dans l'impossibilité de gérer une situation seul. Le constat de ma fragilité me rend à la fois nerveux et en colère, mais je me résous à céder à cette faiblesse.

En arrivant devant le bureau du psy, je patiente qu'il termine sa consultation, avant qu'il n'ouvre sa porte, bute une seconde sur moi, sûrement surpris de me voir si rapidement après ma sortie, et me sourit en m'invitant à entrer.

— Bonjour, Adam. Je ne pensais pas vous revoir si vite. À vrai dire, je ne pensais pas vous revoir du tout.

Nous échangeons un rictus de connivence. Qui eût cru que cet homme et moi partagerions un certain lien un jour ? Sûrement pas moi. Le mépris qu'il m'inspirait était plus puissant que tout ce que j'ai pu ressentir au cours de ma vie, je l'abhorrais comme jamais personne auparavant.

— Moi non plus, Doc'.

— Que vous arrive-t-il ?

Je marque une pause, reste silencieux pendant un temps qui me paraît interminable, réfléchissant à tout ce que j'ai vécu à l'intérieur de ce bureau, les découvertes surprenantes comme effrayantes, le désir d'en savoir davantage sur qui je suis au plus profond de moi, derrière toutes ces couches de glace que je me suis obligé à construire.

— Vous pensez que c'était la meilleure solution, de ne pas inclure Louise ?

L'espace d'un instant, il semble douter, je me fige en pensant que nous avons peut-être commis une erreur, que j'aurais dû révéler à ma blonde tout ce qui se tramait pendant nos séances.

— Nos entrevues sont très perturbantes. Louise est votre rédemption, la lier à tout ce que nous découvrons sur vous risquerait de vous bloquer quant à l'exploration de votre inconscient.

J'opine du chef, lui accordant une fois de plus ma confiance. J'ignore pourquoi, mais cet homme et nos échanges sont devenus tellement importants à mes yeux que les mots qui sortent de sa bouche ne peuvent qu'être empreints de véracité.

Rassuré d'entendre de nouveau que j'ai pris la bonne décision, je me lève, salue le docteur, avant qu'il ne m'interpelle.

— Adam, n'oubliez pas notre rendez-vous en fin de semaine.

Un clin d'œil plus tard, je m'éclipse, rejoins la rue en quête de ma prochaine mission : récupérer Louise.

***

Campé devant les portes de l'amphithéâtre que la secrétaire m'a indiqué, j'attends patiemment que la sonnerie retentisse pour libérer les étudiants afin de repérer la personne que je cherche. Alors que le son strident agresse mes oreilles, je reste aux aguets, jonglant sur les visages qui défilent devant moi. Seulement, ils sont si nombreux que je perds très vite le fil et constate que j'ai sûrement loupé l'objet de ma recherche.

Je pivote, plisse les paupières et distingue enfin des cheveux décolorés à blanc. Sans attendre, je m'avance d'un pas pressé, bouscule quelques personnes – sans pour autant m'excuser – et pose ma main sur son épaule une fois sortis du bâtiment.

Simon se retourne alors, reste interdit quelques secondes en se rendant compte qu'il s'agit bien de moi. Les sourcils froncés, il me demande :

— Encore toi ?

Be charming, Adam[64].

Mes lèvres s'incurvent de manière à faire apparaître deux petites fossettes sur mes joues. En général, ça suffit aux autres pour céder à mon charisme naturel.

— Si tu t'es engueulé avec Louise, je ne peux rien pour toi. Et surtout, je n'en ai pas envie.

Ouch.

Un instant, j'ignore s'il plaisante ou pas. Je finis par comprendre qu'il est sérieux lorsqu'il reprend sa route et s'éloigne de moi. Très vite, je pèse le pour et le contre, décide finalement que me rabaisser est la seule solution. Je le rattrape en quelques enjambées, marche à son rythme tout en ajoutant :

— Je sais que c'est compliqué entre nous, mais je tiens vraiment à elle. Je ne veux pas la perdre.

L'avouer à un inconnu, bien qu'il soit son meilleur ami, me brûle la langue. Jamais je n'ai exposé aussi

---

[64] Sois charmant, Adam

ouvertement mes faiblesses à qui que ce soit, mais je pressens que ce petit blond peut m'aider, et toucher sa corde sensible est le meilleur moyen d'y parvenir.

— J'ai cru que tu l'avais définitivement brisée, je ne peux pas prendre le risque que ça se reproduise.

Sans réfléchir, je me plante devant lui, si abruptement qu'il me rentre dedans. Il soupire alors, tandis que je pose une main sur son épaule. Il alterne entre mon visage et mes doigts qui se pressent sans que je ne les contrôle.

— Ne. M'oblige. Pas. À te supplier. Simon.

Je suis persuadé qu'entendre son prénom prononcé à l'anglaise le titille puisque les coins de ses lèvres s'étirent légèrement. Il prend une inspiration et expire un simple « OK ».

— Tu vas me donner un coup de la main ? m'enquiers-je.

— De main, un coup *de* main.

— Si tu pouvais le faire aujourd'hui, je t'en serais reconnaissant.

Il s'esclaffe avec peu de retenue. Visiblement, il se moque de moi. Je fronce alors les sourcils, contrarié de le laisser agir impunément… Mais j'ai trop besoin de lui.

— On dit « donner un coup de main » pas « de *la* main », se gausse-t-il.

Shit. Fucking expressions[65].

J'esquisse un sourire pour me détendre, attendant qu'il retrouve son sérieux. Lorsque c'est le cas, il ajoute simplement :

— Je suis d'accord pour collaborer avec toi, mais si tu lui fais encore du mal, je te démonte la gueule !

---

[65] Merde. Putain d'expressions

En temps normal, mon sourire diabolique apparaîtrait sur mon visage, obligeant mes lèvres à cracher une remarque acerbe à mon adversaire. Pourtant, là, je parviens à me contenir. Prendre conscience que je suis capable de mesure, même en dehors du centre, est un fait des plus surprenants.

Simon s'éloigne dans la rue lorsque je crie :

— Ne lui dis rien, surtout. Je te revaudrai ça !

Il balance sa main dans les airs, comme pour signifier « ouais, ouais, tu m'en diras tant », et disparaît finalement dans la bouche de métro.

Maintenant que ce petit problème est résolu, j'en ai un autre à régler, et non des moindres. Direction l'agence de mannequinat pour laquelle je travaille. Le docteur Gonset m'a fait comprendre qu'une mise au point sur ma vie était indispensable, que je devais décider ce que je souhaitais réellement et supprimer tout ce qui avait causé mon naufrage dans le monde de la drogue. Clairement, mon métier n'a rien arrangé. L'argent, la facilité, et tous ces toxicos autour de moi, ne m'ont pas aidé à décrocher.

Une fois à l'agence, je placarde sur mon visage ce masque d'arrogance que je sais désormais utiliser à bon escient et surtout, sans l'aide de la cocaïne. Après avoir frappé légèrement à la porte du bureau de Paul, j'y pénètre sans avoir été invité à entrer. Ce dernier redresse le visage, détournant son attention du document qu'il lisait, avant de porter un regard étonné sur moi.

— Adam ? Tu es sorti de cure ?

De mon attitude la plus hautaine, je lui octroie un coup d'œil particulièrement réfrigérant, au point qu'il me semble voir les poils de ses bras se dresser.

— Il faut croire que oui. Si tu avais pris de mes nouvelles, tu le saurais.

— Je n'ai pas trop eu le…

— *Shut up, Paul*[66] *!* le coupé-je.

Surpris de m'entendre lui parler de cette manière, avec tant de férocité, il écarquille les yeux avant de trifouiller son stylo pour se donner une certaine contenance.

— J'arrête tout, je quitte l'agence. Je n'ai plus envie de bosser avec vous.

— Quoi ? Mais sans l'enseigne, tu n'es rien !

Je ricane avant de m'avancer, le surplombant de toute ma hauteur, plus menaçant que jamais, si bien que le petit roquet se ratatine sur son fauteuil, ne cesse de papillonner pour garder son sang-froid et ne pas se mettre à chialer.

— Tu ne peux pas rompre ton contrat comme ça…

Cette fois, je ne ris plus. L'ensemble des muscles de mon visage se contracte, affichant réellement ce faciès de glace. Un sourire barre mes lèvres, si diabolique que même le maître des Enfers serait incapable de le reproduire, avant que je n'ajoute dans un grondement sourd :

— Essaie un peu et tu verras qu'avant, j'étais un agneau.

Envoyer bouler cette bande de merdeux me procure le plus grand bien, m'emplit d'un sentiment nouveau que je pense n'avoir jamais goûté : la liberté. Certes, je vais devoir quitter cet immense appartement, rassembler des babioles, dans deux ou trois cartons à tout casser, et me trouver un nouveau logement, mais rien ne vaut ce luxe d'être décisionnaire de sa vie. Et puis, tout ira bien, j'ai encore pas mal d'argent de côté pour me permettre de rebondir.

***

[66] Ta gueule, Paul

C'est maintenant, c'est l'instant. J'ignore comment Simon s'est procuré mon numéro de portable, mais il m'a plus ou moins conseillé de venir jusqu'à leur appartement pour la voir. Je suis fou de lui accorder ma confiance, peut-être est-ce un piège qu'il me tend pour définitivement me séparer de son amie. Seulement, je pense être en mesure de le croire, c'était l'exercice de la semaine proposé par mon psy et je pense le relever avec brio.

J'ai mis toutes les chances de mon côté pour la pousser à craquer à la seconde où elle me découvrira. Chemise bleu ciel épousant mon torse développé, que j'ai entretenu avec un peu de sport pendant ma « convalescence ». Pantalon chino bleu marine moulant parfaitement mon fessier d'avion de chasse. Mocassins aux pieds pour titiller son goût pour la mode. Avant de partir, j'ai observé mon visage dans le miroir de mon entrée. Et force est de constater que me mettre au vert a eu des effets considérables sur ma santé. Mon teint est resplendissant de vitalité, mes lèvres charnues plus rosées qu'à l'ordinaire, la couleur atypique de mes billes plus étincelantes. Sans prétention – on y croit tous –, je pense pouvoir affirmer qu'elle en tombera à la renverse.

Lorsque je me retrouve devant la porte de leur colocation, je prends une grande inspiration, ébouriffe ma tignasse dans laquelle elle adore fourrager, avant d'abattre mes phalanges contre le battant en bois. Quelques secondes s'égrènent, me laissent présager le pire, puis la porte s'ouvre et laisse apparaître le visage enjoué de mon surprenant allié.

— Louise, c'est pour toi, singe-t-il en appuyant sa phrase d'un énorme clin d'œil à mon attention.

Je ne peux réprimer le sourire qui tente de poindre sur mes lèvres, avant de lever les yeux au ciel, déconcerté qu'un garçon comme lui souhaite aider un homme comme moi.

Seulement, je n'entends pas les pas de sa coloc'. Si j'en crois les chuchotements, que Simon tente de rendre discrets, ma petite Louise refuse de me parler et se cache sûrement en lui ordonnant de refermer. Aussi surprenant que cela puisse être, son meilleur ami la trahit en ma faveur, ouvre la porte en entier et me laisse pénétrer dans leur vestibule. Aussitôt, les billes céruléennes de la styliste en herbe se posent sur moi, s'assombrissent lorsqu'elles rebondissent sur son pote, qui affiche un grand sourire avant de disparaître en dehors de l'appartement.

Je reste immobile, muet, plus discret qu'une plante verte, puis me reprends, invoque le charmeur qui sommeille en moi et dont j'aurai bien besoin pour ramener la jeune femme dans mes filets. Alors, j'engage la conversation, peu importe le sujet, pourvu que le silence se brise.

— Je suis allé voir le psy après notre dernière entrevue.

What a start to the game[67] !

Elle reste captive du futon sur lequel elle est recroquevillée, m'examine comme si j'étais une bête curieuse dont elle devait apprendre tous les comportements pour s'en protéger. Penaud, j'avance d'un pas en ajoutant d'une voix profonde et mesurée :

— Devine de qui a-t-on parlé ?

— De moi ? souffle-t-elle.

— Exactement. Pour ton information, tu es mon unique sujet de conversation.

C'est faux, mais elle n'a pas besoin de savoir quels sont les autres. Ma petite phrase de *lover* a l'effet escompté. Louise se redresse d'un bond, court vers moi à la manière d'un fauve qui traque sa proie, et me saute dessus, agrippant ses

---

[67] Quelle entrée en matière

jambes autour de ma taille, tandis que je la réceptionne fermement entre mes bras et l'enserre comme si je n'allais plus jamais la lâcher. Le nez enfoui dans sa chevelure, je la respire à l'instar d'un camé qui prend sa dose… et c'est exactement le cas. J'avais besoin de me la réapproprier, de m'enivrer d'elle.

— Tu m'as tellement manqué, Adam.

Le sanglot qui s'étouffe dans sa gorge me serre le cœur de l'avoir tenue à distance, sachant pertinemment que c'était la meilleure solution pour qu'elle découvre l'homme que je suis désormais, sans sombrer avec lui dans les méandres de sa noirceur. Je dois la rassurer, pour elle et surtout, pour moi. C'est un besoin viscéral qui guide mes lèvres.

— Je n'ai pas cessé de penser à toi. Pas une seule seconde. Mais je devais agir par moi-même, je ne pouvais pas te mêler à tout ça. Jamais je ne pourrai t'abandonner.

Voulant très certainement me cacher son émotion, elle niche son visage dans mon cou. Je n'imaginais pas que j'avais pu la faire souffrir à ce point, je m'en veux tellement. S'arrachant à moi, elle m'offre un de ses sourires empreints de mélancolie, me transmettant tout ce qu'elle ressent à cet instant : la joie de me retrouver, la peur de me perdre et surtout, son amour pour moi. Enfin, je crois…

Je ne tiens plus, enserre sa taille d'une main et coule la seconde contre sa joue. Ma bouche rejoint la sienne, comme attirée par une force invisible et étonnamment puissante. Je me repais de ses lèvres gourmandes, les aspire avec passion, les mordille avec délectation, et finalement, glisse lentement ma langue pour la mêler à la sienne afin d'entamer une danse enfiévrée, qui me déconnecte totalement de tout ce que je ressens et qui peut encore me terroriser. À cet instant, rien ne compte. Mis à part cette nana qui m'obsède et que je souhaite reconquérir par tous les moyens, même si pour cela, je dois oublier qui je suis.

Louise intensifie notre étreinte en agrippant mon cou, ses ongles s'enfonçant dans mon crâne. Elle plaque son bassin contre le mien, rencontrant aussitôt ma virilité en furie qui s'est éveillée, et lâche un gémissement qui meurt contre ma chair. Résolument excité, je l'oblige à reculer peu à peu contre le mur, sans interrompre nos retrouvailles à la fois magiques et explosives. Plaquée contre la tapisserie de son sas, je me décale légèrement, appose ma paume contre la surface plane, juste à côté de son visage au teint enflammé. Derechef, j'approche mes lèvres des siennes et murmure dans un souffle :

— Tu m'as tellement manqué, *honey*. Toutes les nuits, j'ai rêvé de t'embrasser, te faire l'amour comme dans le bureau de mon psy. Je n'ai cessé d'être obsédé par ton corps. Ta peau. Tes gémissements. Tu sais comme je suis étrange et instable. Ce fameux coup de téléphone était maladroit, j'en conviens. Je ne savais pas comment t'expliquer les choses, comment te dire que j'avais besoin de te tenir à l'écart pour me reconstruire, pour montrer qui je pouvais devenir. Alors, j'ai agi comme un connard, comme toujours…

Elle m'interrompt en cédant à la tension entre nos bouches affamées. Notre baiser reprend, plus doux, plus sensuel. J'absorbe tout ce qu'elle m'offre. Son goût exquis. Son odeur enivrante. La douceur de sa peau…

Fuck ! I'm crazy about this girl[68]…

— Y'a des hôtels pour ça, intervient une voix.

Nous nous tournons aussitôt vers Simon, alors que je me décale légèrement de ma bombe atomique. Quelque peu gênée, elle sourit à son ami qui referme la porte, nous contourne en imitant *Michael Jackson*, et son célèbre *moon-walk*,

---

[68] Putain ! Je suis fou de cette nana

jusqu'à la table de salon où il dépose un sachet plastique transparent qui semble être rempli de nourriture.

Louise ne peut s'empêcher de rire face à l'attitude de son ami, tandis que je suis pris d'un malaise, celui de me sentir en trop dans cette scène de vie qui leur appartient. Ne souhaitant pas imposer ma présence, je me racle la gorge.

— Je ne vais pas vous déranger plus longtemps.

— Tu n'as qu'à manger avec nous.

J'ignore si j'ai bien entendu ce qu'a proposé le garçon aux cheveux décolorés, tourne le visage vers ma nana pour m'assurer que mon ouïe ne m'a pas fait défaut, et constate qu'elle est parfaitement fonctionnelle lorsque j'examine sa bouche en cœur, ses yeux légèrement écarquillés, surpris de la proposition inattendue de son colocataire. Leur échange de regards la convainc à son tour puisqu'elle répète :

— Oui, tu n'as qu'à manger avec nous.

— Je ne veux pas m'imposer.

— Ce n'est pas le cas, conclut-elle.

J'opine du chef, sidéré de vivre une telle situation. Si on m'avait dit il y a encore quelques mois que je dînerais avec ma petite-amie et son meilleur ami… je ne l'aurais jamais cru.

Qui suis-je désormais ? Mes démons sont-ils réellement annihilés ?

Yes, I see you coming. Who said she was my girlfriend ? We'll clarify this little detail very soon[69].

---

[69] Ouais, je vous voir venir. Qui a dit que c'était ma petite-amie ? Nous mettrons au clair ce petit détail très prochainement

CHAPITRE SEIZE

Simon

Assis sur les bancs de la fac, je suis incapable de me concentrer sur ce que raconte le prof. Il faut dire que la comptabilité ne me servira qu'à la condition que j'ouvre mon magasin de photographie, et ce n'est clairement pas dans mes projets. Mon goût artistique est bien trop prononcé pour que je me contente de développer des clichés et réaliser des portraits d'identité. Notre rêve, à Louise et moi, est de monter notre propre maison de mode et de tout diriger d'une main de maître.

Bref, tout ça pour dire que j'ai envie d'être partout ailleurs, sauf ici. Et en réalité, je ne cesse de penser à un homme ténébreux à souhait, aux prunelles plus sombres que sa personnalité, qui m'a permis de goûter au paradis, puis à l'enfer. Et maintenant, où en sommes-nous ? C'est vrai que je ne cesse de l'éconduire, de le repousser et de le faire tourner chèvre, mais quelque part, c'est le juste retour du bâton qu'il mériterait littéralement de se prendre en pleine poire. Je ne suis pas dupe, j'ai bien remarqué que l'attention qu'il me porte est différente de celle qu'il m'accordait il y a quelques semaines. Pour autant, suis-je disposé à lui pardonner son attitude ? Il m'a utilisé et n'aurait pas hésité une seule seconde à me coffrer s'il l'avait pu.

Dans une réalité alternative, je rêverais que le capitaine Tillard soit capable de changer pour moi, d'être l'homme de mes rêves, celui que j'attends sûrement et qui pourrait m'aider à trouver la sérénité, à me canaliser et à cesser de prendre sans cesse les mauvaises décisions. Mais tout cela n'est qu'un fantasme, et notre dernière entrevue me l'a, une fois de plus, prouvé. Il ne sera jamais le genre de type à accepter de s'afficher ouvertement avec moi, à me prendre la main dans la rue. Il est bien trop effrayé par le regard des autres, même si je suis certain qu'il croit s'en tamponner royalement. Je n'ai pas un diplôme de psy en poche, mais je suis pourtant certain que Marc Tillard ne se connaît pas, refuse de voir qui il est réellement et surtout, ignore la vie qu'il souhaiterait mener. Alors que je l'ai fréquenté un temps ridiculement court, j'ai décelé en lui des tas de failles qu'il justifie par son tempérament imbuvable, ses accès de rage et sa manie à régler tous ses problèmes avec le sexe. Si j'étais suffisamment patient, je crois que j'essaierais de l'aider, mais là, je pense bien avoir d'autres priorités que tenter de sauver une cause perdue…

En y repensant, il est quand même incroyable ! C'est vrai que cette fille nous a surpris plus proches qu'un policier ne l'est avec un témoin – ou un suspect, j'ignore encore l'étiquette qu'il m'a collée sur le front – et qu'elle a sans doute compris que Marc n'en aurait jamais après sa vertu, mais quand bien même. En quoi est-ce grave ? De ce que j'ai deviné, elle entretient sans doute une relation avec son collègue, le capitaine Azarov. Si ce dernier l'apprend, Tillard sortira enfin du placard dans lequel il se cache sans arrêt. Et de mon point de vue, être lui-même, réellement, serait la meilleure chose qui pourrait lui arriver. Voilà exactement la raison pour laquelle une quelconque relation entre nous aurait été vouée à l'échec. Vivre dans l'ombre, je l'ai suffisamment subi par le passé…

Il est hors de question que ça se reproduise !

Bon, et finalement, ce dont je devrais me soucier n'est clairement pas l'éventuel *coming out* de Marc ni même notre histoire avortée, non. Je devrais plutôt être affolé qu'il m'ait embrassé et surtout, que je n'aie opposé aucune forme de résistance. Comme si tout mon corps le réclamait, je me suis laissé faire, abandonnant les armes à mes pieds alors que les barrières que j'avais mises en place pour ne plus craquer se sont toutes effondrées les unes après les autres.

Super la muraille de défense !

Et Joseph dans tout ça ? Je ne peux pas ignorer son existence, nous sommes plus ou moins ensemble même si nous n'avons pas encore…

Oh merde, ça me gêne de m'imaginer baiser avec lui… Y'a comme un souci.

Il ne mérite pas que je joue avec lui, que je voie un autre homme en parallèle, auquel je suis incapable de résister. Je devrais être plus tenace, renforcer ma volonté plutôt qu'agir avec impulsivité, laissant mes émotions et ma queue me guider.

Et les sentiments dans l'histoire ?

Pas de sentiments. Avec Marc, c'est purement physique… Pas vrai ? Si j'en ai, je dois les repousser, les combattre de toutes mes forces car ils ne me mèneront qu'à la souffrance, la tristesse et la solitude. Je finirai par tout perdre, à commencer par Joseph, qui est un garçon charmant, intelligent, respectueux et qui me ressemble.

Non, il n'y aura pas de « mais » ! J'y mets un point d'honneur.

Aussi délicieux qu'ait été ce baiser, je suis soulagé que la brune nous ait interrompus. C'est bien trop dangereux pour moi de me retrouver seul avec lui. Pas parce que je le crains – quoique –, mais bel et bien car je ne m'accorde pas une confiance suffisante pour ne pas craquer face à ses atouts de taille : son charme taciturne et son physique de dieu. En sa présence, j'oublie tout, deviens faible, laisse derrière moi toutes les raisons évidentes qui s'imposent à mon esprit et me permettent de concevoir qu'entre lui et moi, ça reviendrait à vouloir mélanger l'huile et l'eau. Il n'y a qu'un seul et unique terrain sur lequel nous nous entendons à merveille, comme deux vieilles âmes qui se retrouvent après des millénaires de séparation : le sexe. Et encore, il y a des aspects de ses pratiques qui me terrifient. Cela suffit-il à compenser tout le reste ?

Définitivement, non !

Au juste, qui j'essaie de convaincre, là ? Eh bien… moi, je crois. J'ai beau me marteler de résolutions, l'empreinte de ses doigts brûlants sur ma peau, la domination de son regard incisif, l'odeur mentholée qu'il dégage, la puissance de son corps… autant de souvenirs qui me hantent et me poussent à croire que je me mens. Malgré tout ce que représente cet homme, tout ce qu'il m'a infligé, je craque toujours pour lui. Et même si cette prise de conscience me débecte au plus haut point, comment puis-je lutter contre ce qui bouillonne au plus profond de moi ?

La sonnerie retentit, marquant la fin des cours.

Hallelujah !

Encore un peu, et je plantais mon critérium dans la chair de ma main pour y inscrire : « je ne dois pas mentir. »[70]

Je rassemble mes affaires dans mon sac à dos, le balance par-dessus mon épaule et m'empresse de quitter cet espace clos pour retrouver l'extérieur, afin de permettre à mes poumons de se remplir d'un air qui ne serait pas saturé de mes pensées néfastes. Je cours presque dans le couloir, pousse les immenses portes vitrées et, lorsque le soleil frappe mon visage, inspire une grande bouffée d'oxygène. J'ignore si cet

---

[70] Référence à Harry Potter

homme possède des dons mystiques, mais si ça continue, je risque de créer une poupée vaudou à son effigie pour me désenvoûter de l'emprise malsaine qu'il détient sur moi.

— Tu vas prendre un coup de soleil.

Je sursaute, me retourne et tombe nécessairement sur Marc, dont j'ai reconnu la voix. Moulé dans un t-shirt sombre et un jean brut, chaussé de baskets de running, il me détaille avec un petit sourire satisfait. Son visage à la peau basanée marqué d'une barbe de trois jours, la ride d'expression creusée entre ses yeux, sa bouche charnue, mais pincée… tout en lui m'attire inexplicablement.

Putain.

— Qu'est-ce que tu fiches ici ? l'agressé-je presque. Tu me suis, c'est ça ?

Il ricane et m'offre un léger sourire. Oui, le capitaine Tillard en est parfois capable, et moi aussi ça m'étonne chaque fois. Toujours est-il que je ne vais pas me plaindre qu'il ne me hurle pas dessus ou n'essaie pas de me choper la mâchoire pour m'obliger à la boucler. Il est d'une étonnante humeur, ma foi, plutôt agréable… Et nécessairement, dans ces cas-là, je me demande ce qu'il me dissimule. Après tout, il n'agit jamais sans avoir une idée derrière la tête.

— Je suis simplement venu te proposer de boire un verre. Je suis passé chez toi, mais tu n'étais pas là, donc j'ai tenté ma chance ici.

Euh… c'est une caméra cachée ?

À quel moment sommes-nous passés de « que me caches-tu Simon ? Je vais te foutre derrière les barreaux » à « un petit verre ? » L'inconstance de ce mec me désarçonne, plus encore que les gemmes brillantes qui ornent son regard. Je suis certain que depuis l'épisode où je suis arrivé chez lui complètement bourré, son cerveau s'est à nouveau mis à carburer comme un malade. Pourquoi a-t-il fallu que je m'effondre dans ses bras et que je manque de lui balancer le chantage que ce connard de Youssef m'impose ? Sûrement parce qu'au fond de mon petit cœur d'artichaut, je souhaite lui confier ce rôle de sauveteur qu'il m'assure vouloir tenir. Mais qui pourrait accorder sa confiance à Marc Tillard ? Quoi qu'il arrive, aider la police reviendrait à creuser la tombe de mes proches, et par extension, la mienne. Je sais, par expérience, qu'on ne plaisante pas avec Youssef Belloua et sa bande.

Il a beau me proposer une simple discussion dans un bar, je ne suis pas suffisamment idiot pour ignorer les dizaines d'interrogations sans réponse qui le rendent dingue, si j'en crois son comportement pour le moins intrusif – venir jusqu'à ma fac, quoi ! Je me détourne, pour échapper à l'hypnose qu'il tente de m'imposer, et recule d'un pas, bien décidé à le tenir à distance. Au sens propre, comme au figuré.

— Sérieusement, un verre ?? Tu crois réellement que je vais gober ça ?

— Tant que tu es avec moi, tu ne prends pas de risques inutiles.

Sa réponse franche et honnête me prend de court, me déstabilise passablement pour que je balbutie et me rende ridicule face à lui. Pourtant, il n'esquisse pas même une ébauche de sourire. Son visage reste fermé, ses traits tirés par la fatigue et l'inquiétude, tandis que ses yeux charbonneux, entourés de profonds cernes violacés, me scrutent avec une insistance si percutante qu'elle envoie les règles de la bienséance à la poubelle. Sous ses longs cils noirs, si fournis qu'un trait de crayon khôl semble être tracé autour de ses paupières, il me percute d'un regard tranché, incisif, à la manière d'une lame affûtée prête à vous cisailler la gorge.

— OK. Mais tu paies les consos et je prends de l'alcool si j'en ai envie, *of course*.

Mon attitude se veut détachée et rebelle, mais au fond, je suis tapi dans un coin de mon esprit, terrorisé qu'il me pète encore un plomb dessus. Ou pire… que par une fâcheuse intervention divine, il apprenne la vérité sur ma nouvelle activité de dealer et me trucide sur place de ne pas m'être confié à lui, avant que je ne sombre. Comment le pourrais-je ? Je me sens pris au piège, trop avancé sur le chemin du trafic de drogue pour décider d'un demi-tour et encore loin de l'arrivée pour me sentir soulagé et confiant sur ces secrets qui m'étouffent.

Il opine du chef et, d'un simple signe de tête, m'indique la voiture garée sur le bord du trottoir. Résolu, je le suis jusqu'à son véhicule, y monte, tandis que Marc démarre et s'insère très vite dans la circulation. Le silence, comme très souvent en sa présence, nous engloutit. Pourtant, je profite de la concentration du flic pour l'épier sous cape… et regrette aussitôt lorsque je tombe sur ce maxillaire carré, où je rêve de déposer des baisers humides, de remontrer jusqu'à la commissure de ses lèvres que je frôlerais, juste pour permettre à son excitation de monter d'un cran…

— Et donc, tu te tapes ce petit brun ? interrompt-il en beauté ma cession de matage intempestif.

Je fixe mon attention sur la Citroën juste devant nous, pour éviter de rencontrer son air satisfait de m'avoir surpris, j'en suis certain.

— D'un, ça ne te regarde pas. De deux, c'est un très gentil garçon.

— Gentil, je n'en doute pas. Mais il ne te fait pas bander le moins du monde, sinon tu ne me materais pas comme il y a deux secondes. Tu ne me laisserais pas t'embrasser non plus, comme dans ce bureau, au commissariat.

Me dire ça, maintenant, alors que je suis piégé dans une bagnole avec lui ! Si je m'écoutais, et que je ne craignais pas de me casser une jambe, je sauterais de la voiture en route. Typiquement, c'est un sublime piège à la Marc Tillard. À l'instar d'une araignée, il tisse sa toile, y attire sa proie et, au moment où elle s'y attend le moins, l'attaque de front. Et bien sûr, je suis toujours l'insecte en danger !

— Tu n'as rien à répondre pour ta défense ?

Sincèrement, son ton ne me permet pas d'interpréter s'il s'agit pour lui d'un simple amusement.

— Cette irruption à la fac, là, c'est une énième façon de me cuisiner, c'est ça ?

— Tu es perspicace, mais pour le coup, tu as tout faux. Je pense qu'on devrait discuter de tout ce qui a pu se passer entre nous ces derniers temps.

Depuis quand est-il capable d'entretenir une conversation comme le commun des mortels ? D'ordinaire, il ne sait que grogner, râler et, quand il est d'humeur joueuse, baiser. Alors, franchement, je ne vois pas pourquoi je devrais le croire. Pourtant, je me laisse conduire sans broncher, peut-être parce qu'au fond, passer du temps avec lui me plaît… et bien sûr, ma conscience lève les yeux au ciel, très haut, et je suis prêt à la suivre dans son jugement sévère tant je m'agace. Qui de Tillard ou moi montre le plus de signes de bipolarité ? Mais merde, notre relation s'apparente à celle qu'un drogué entretient avec sa came. J'ai beau savoir qu'il est toxique pour moi, je ne peux m'empêcher de distiller des doses de sa présence dans mon quotidien, comme un *shoot* enivrant que je ne tarderai pas à regretter.

Mon insupportable flic a la superbe idée de nous conduire dans le bar où nous avons eu notre premier « rendez-vous », même s'il s'agissait pour lui d'une simple routine, comme il doit en avoir l'habitude dans son job. Il se gare à quelques mètres de l'entrée, puis nous rejoignons l'établissement qui, à cette heure, se trouve être particulièrement vide. Nous nous installons sur une table isolée, à l'écart des regards indiscrets – règle numéro 1 du capitaine de police.

Un serveur finit par prendre notre commande et, vu le moment de la journée, je reste plutôt sage en choisissant une bière.

Bah quoi ?! J'aurais pu prendre une double vodka, hein !

Marc parvient à contenir ses remarques acerbes et maîtrise sa fâcheuse tendance à dérober mon verre pour m'empêcher de le boire. Il faut croire qu'il a réussi à dompter la bête, pour la renvoyer dans sa niche en ma présence. Ou alors, c'est une énième combine pour mieux m'attraper dans ses filets…

On ne va pas me reprocher d'être trop suspicieux !

Il saisit son Coca, le porte à ses lèvres et, lorsqu'il repose la canette, les pourlèche. J'ai bien compris son petit jeu, il ne s'en cache pas. Il semble même s'en amuser, ce qui me pousse à mi-chemin entre l'exaspération et l'envie de rire.

— De quoi tu voulais me parler ? l'interrogé-je.

— De cette fâcheuse tendance que tu as de m'embrasser alors que tu es en couple avec quelqu'un d'autre, peut-être ?

Je repose violemment la chope que je tenais en main, tousse pour dégager le liquide que j'ai avalé de travers. Je n'ai pas de mot suffisamment fort pour exprimer ce qu'il m'inspire à cet instant précis, alors je me contente de le fusiller, en espérant qu'il se prenne réellement une balle, ce qui lui remettrait peut-être les idées en place.

Lorsque, enfin, je retrouve l'usage de la parole, je tempête contre lui :

— Tu te fous de la ma gueule ? Non, mais je rêve ?! *Moi* je t'ai embrassé ? Tu ne cesses de me bloquer contre des murs pour fourrer ta langue au fond de ma gorge et ça serait *moi* qui te force ? Alors là, j'aurai tout entendu.

Il sourit.

— Oui, Simon. Je me foutais de ta gueule. Arrête un peu d'insister sur les « moi », aussi, j'ai compris. Et soit dit en passant, tu ne me repousses jamais.

Ah.

Voilà qu'il fait dans l'humour maintenant. Une fois de plus, alors même que je me suis promis d'essayer de ne pas faire les mauvais choix, je n'ai pas pris la bonne décision. Je n'aurais pas dû venir ici, surtout pas lorsque Marc se montre aussi charmant qu'il l'est, un coin de sa bouche incurvé, un sourcil arqué dans une expression goguenarde. La pulpe de mes doigts picote, me poussant clairement à les passer sur son crâne aux cheveux coupés courts. Mon cœur s'alourdit d'une chape de plomb. Ce que je ressens me déplaît totalement, car si je suis sur le point de craquer à nouveau pour lui, je me rappelle aussi que notre histoire est intimement liée à l'affaire de drogue sur laquelle il planche.

Mes petites voix intérieures me chuchotent que je dois agir en adulte et penser à mon entourage. Je pourrais succomber au capitaine de police, de ce fait, l'aider dans son enquête, même lui permettre de boucler Youssef et tous ceux qui bossent avec, et pour lui. Mais dans ce type d'organisation, couper une tête revient à en faire pousser deux autres. J'ai beau participer à l'incarcération du dealer qui m'oblige à revendre sa marchandise, qui me dit que d'autres ne me prendront pas en chasse par la suite ?

Non, je ne peux pas. Je dois continuer jusqu'à ce que cet homme de malheur, qui joue avec moi comme avec une poupée, en ait assez de moi. Youssef finira bien par ne plus avoir besoin de mes services et m'oublier…

Oui, hein ? Non ?

Dans l'état actuel des choses, j'ai juste besoin de vider ma vessie. L'effet de la bière est toujours immédiat.

— Je vais aux toilettes.

Je me lève sans attendre et rejoins les W.C., soulagé de me soustraire, ne serait-ce que quelques secondes, à l'inquisition visuelle que le flic m'impose. Je me soulage, me lave les mains, prêt à rejoindre la salle et affronter de nouveau ce qui grouille en moi et me terrifie, mais une silhouette se profile à côté de la porte. Je tourne légèrement le visage, tombe sur celui de Marc qui me bouffe littéralement du regard. Adossé au mur, mains cachées derrière les fesses, jambe pliée et pied contre les briques, il penche légèrement la tête en arrière, de manière à y trouver un appui. Dans un premier temps, il étrécit ses paupières, comme pour me verrouiller de ses armes assassines, puis plante presque imperceptiblement ses dents dans sa lèvre.

Si c'est ça l'enfer, qu'on m'y conduise sur le champ.

— J'ai des souvenirs très précis de cet endroit.

Son murmure est bas, révèle toute la bestialité qui l'habite et qui ne demande qu'à s'exprimer. Je tente d'y être imperméable, saisis des serviettes pour me sécher les mains, amorce un pas pour passer l'encadrement de bois et rejoindre notre table. C'est évidemment sans compter le flic qui, de taciturne, est passé à bouillant. Il me barre la route en appuyant sa paume contre le chambranle de la porte. Son biceps frôle ma joue, déclenche un frisson qui agrippe mes reins et remonte douloureusement mes vertèbres, pour venir se loger dans le creux de ma nuque.

Je relève les yeux vers lui, contraint de soutenir toute la puissance et la sensualité qu'il dégage. Son haleine fraîche caresse ma peau, exige de mon cœur qu'il rate une pulsation, tandis que ma salive reste bloquée dans ma gorge, comme si mon œsophage refusait désormais de s'ouvrir. Il est si magnétique que c'en est perturbant, jamais je n'ai eu le loisir d'observer un homme dont la beauté surpassait l'entendement humain. Et pourtant, des avions de chasse, j'en ai vu passer un paquet sous mon objectif. Mais un de cette envergure, jamais. Chacun des traits de son visage est en parfaite harmonie avec son voisin, des arêtes saillantes de sa mâchoire, à son nez droit légèrement recourbé, jusqu'à ses arcades sourcilières fournies et si protubérantes qu'elles révèlent le côté froid, distant et mystérieux de sa personnalité.

Putain de bordel de merde !

Je me détourne aussitôt, refusant de glisser davantage sur cette pente vertigineuse dont je sais que l'arrivée ne pourra se finaliser que dans la douleur.

Je pivote, passe sous son bras et regagne ma place, suivant mon idée initiale. À quoi joue-t-il ? Là, c'est de l'antijeu. À croire qu'il a parfaitement compris comment m'allumer avec une simple braise.

— Tu n'es pas très joueur, aujourd'hui.

Je roule des yeux, désabusé.

— Tu testes ma fidélité, c'est ça ? grogné-je.

— J'ai compris depuis plus longtemps que toi que tu n'en avais rien à carrer de ce type.

Oh le connard !

Bien sûr que je suis attaché à Joseph. C'est juste que Marc me trouble énormément, et cela à cause de son putain de physique parfait.

— Ne t'en déplaise, je l'aime bien ! Et puis d'abord, tu ne veux pas d'un couple et toutes ces conneries, alors pourquoi tu me chauffes comme ça ?

— À une époque, le sexe avec moi, sans mettre une putain d'étiquette sur ce qu'on vivait, ne te dérangeait pas.

— Pas faux. Mais au risque de me répéter, tu m'as niqué ! Et pas de la manière que je préfère !

Il s'esclaffe. Bordel. Ce son rocailleux qui roule dans sa gorge m'arrache un spasme douloureux dans l'abdomen. C'est décidé : je me débecte puissance 1000 !

— Bon, soyons sérieux. C'était quoi ton plan en m'amenant ici ?

— Note bien ce que je vais te dire, c'est très rare que j'y aie recours. Mais je tenais à… m'excuser. Je n'aurais pas dû te charmer et jouir de ton plaisir pour parvenir à mes fins. La situation m'a échappé et même si ça ne change pas grand-chose de ton côté, je n'ai pas fait que jouer un jeu.

Oh non. Non, non et non !

C'est trop facile. Pas maintenant. Pas alors qu'il a presque atteint son but, à savoir, me pousser dans ses bras. Marc Tillard est de l'histoire ancienne. Je vis un truc cool avec Joseph, alors son *mea culpa*, il peut se l'enfoncer là où je pense.

— OK. C'est bien que tu le reconnaisses, ajouté-je avec détachement.

Sa mâchoire se crispe. Il attendait visiblement une tout autre réaction, mais c'est mal me connaître.

Mon gars, tu vas ramer !

— Je te ramène, grogne-t-il froidement.

J'ai peut-être avorté son unique demande de pardon en presque 30 ans d'existence, mais vraiment, pour avoir pesé le pour et le contre, je ne peux rien envisager avec ce mec. Quand je serai enfin sorti de la merde dans laquelle je suis, nous verrons. Maintenant, c'est mort !

***

C'est le cœur lourd que je me dirige vers l'immeuble de Joseph. J'ai besoin de me prouver que je tiens à lui, qu'il est capable d'exercer la même attraction que le flic, de me procurer le réconfort nécessaire.

Un peu plus tôt dans la soirée, après que Marc m'a déposé chez moi et que j'ai vérifié qu'il ne me suivait pas, j'ai dû livrer de la marchandise à un petit bourge qui a, au passage, tenté de me garder avec lui pour la nuit. Chaque livraison que je me vois dans l'obligation d'honorer est plus difficile que la précédente, je déteste devoir mentir à tout le monde, continuer à évoluer dans ce monde pourri… J'aurais peut-être aimé que Marc m'interpelle, me prenne la main dans le sac et me coffre, pour être enfin débarrassé…

— T'as occupé ta soirée à quoi ? demande Joe, après m'avoir embrassé.

Ce contact n'est pas désagréable, mais ne me procure pas une once de papillons dans le ventre. J'emprunte ses pas, le suis dans le salon, persuadé qu'avec du temps, je finirai par développer des sentiments pour lui. C'est impossible autrement, il possède toutes les qualités requises, ce type est tout simplement une crème…

Peut-être plus un yaourt non sucré sans saveur.

Je me flagellerais pour laisser de telles pensées glisser sournoisement jusqu'à s'imposer à moi, sans que je ne les voie arriver. Pourtant, je parviens à me convaincre que mon prétendu attachement à Marc n'est qu'une illusion que crée mon cerveau pour semer le doute dans mon esprit. Qu'est-ce que cet homme a de plus ? Qu'on me le dise ! J'ai bien des prémices de réponses, mais je ne préfère même pas les évoquer maintenant, alors que mon supposé petit-ami se trouve à un mètre, ses yeux ambrés braqués sur moi, un léger sourire dessiné sur les lèvres.

— Tu ne comptes pas me répondre ?

— Désolé, je réfléchissais. Je traînais avec des potes, rien de bien intéressant.

Il s'approche de moi, effleure ma joue en ne me quittant pas une seule seconde de son regard flamboyant. J'avoue ne pas réussir à maintenir cette tension qu'il tente d'installer, balaie la pièce d'une œillade discrète pour ne pas sombrer au malaise qui m'envahit. J'imagine qu'il interprète mon comportement comme de la timidité puisqu'il réduit la distance entre nos bouches, espace que je considérais comme sécuritaire.

Je clos les paupières sans délai, repoussant de toutes mes forces cette voix qui me somme d'arrêter, de ne pas jouer avec ce garçon qui ne mérite pas que je me moque de lui.

Un peu de courage, Simon !

Je dois essayer, me forcer pour ensuite décider si, oui ou non, je peux envisager quelque chose avec lui. Peut-être qu'il m'aidera à me sortir Marc de la tête, peut-être que lorsque je m'engagerai davantage, tout sera plus simple. Je ne peux pas laisser quelques semaines où j'ai vécu une histoire en dents de scie avec un homme irrésistiblement attirant, mais tellement compliqué, dicter ma vie comme si seule ma relation avec lui comptait désormais.

Sans réfléchir, je plaque mes mains contre ses joues, lui rends son baiser au centuple, glissant ma langue dans sa bouche, étouffant le gémissement qui s'échappe de sa gorge. Le Simon entreprenant s'agite en moi, se réveille et incite Joseph à reculer, jusqu'à ce qu'il chute sur le canapé. Je grimpe à califourchon sur ses cuisses et redouble d'efforts pour faire monter l'excitation en moi, ondulant lascivement du bassin.

Zéro pointé.

Je ne me laisse pas atteindre par cette absence d'envie, simplement trop stressé et soucieux d'agir correctement avec ce garçon. Alors, mes mains caressent son abdomen à travers son t-shirt, se chargent de déboucler sa ceinture dans un mouvement pressé, de déboutonner son pantalon pour caresser, à travers son boxer, son membre qui durcit davantage entre mes doigts qui le pressent. Les incisives plantées dans sa lèvre, j'aspire tout son désir tandis qu'il grogne à mesure que je titille sa virilité.

Décidé à aller plus loin pour me prouver que Joseph m'attire véritablement, je m'agenouille au sol, libère sa verge sous son regard brûlant et l'engloutis dans ma bouche, ne pensant à rien d'autre que mon bas-ventre qui ne réagit pas d'un poil…

Bordel !

Perdu entre la désolation et la frustration, j'aspire sa queue jusqu'à m'étouffer, lui soutirant des gémissements de plaisir qui ne me font ni chaud ni froid. Je m'empare alors de la mienne, me masturbe pour tenter de déclencher ce feu qui immolera chaque cellule de mon être, en vain. Je continue pourtant de le sucer, présent de corps, mais sûrement pas d'esprit.

Lorsque je sens enfin l'orgasme de ce pauvre Joseph sur le point d'exploser, je me retire. Plusieurs jets nacrés éclatent et s'écrasent sur son t-shirt. Secoué par quelques spasmes, je lui laisse le temps de recouvrer ses esprits, remballe mon service trois-pièces, que je crains être hors service, et me rhabille pour m'asseoir sur le fauteuil face à lui.

Il ouvre de nouveau les yeux, un sourire radieux s'étirant d'une oreille à l'autre alors qu'il soupire dans un souffle de contentement :

— Tu suces comme un dieu, Simon.

Il ôte son haut, se lève, s'approche de moi et monte à son tour sur mes cuisses, déposant ses lèvres contre les miennes, alors qu'il s'embrase davantage.

— Tu n'as pas éjaculé ? s'enquiert-il les sourcils froncés.

— Nan, je n'aime pas trop me branler, mens-je en prenant soin de ne pas le lui faire remarquer.

— OK, je vais me charger de toi alors, souffle-t-il dans un sourire coquin.

Pourquoi ai-je dit ça ? J'ai envie de tout, sauf qu'il me pompe. Je dois lui dire d'arrêter, lui avouer que je ne partage pas les sentiments qui commencent sans aucun doute à lui compresser le cœur lorsqu'il m'aperçoit. Je n'ai pas le droit de lui infliger du mal, comme j'ai pu moi aussi le subir par le passé, juste pour me convaincre que je n'ai pas un autre homme en tête… Il dépose alors des baisers sur mes joues, mon nez et s'attarde sur ma bouche jusqu'à ce que j'articule péniblement :

— Joseph… attends…

Mon portable vibre dans ma poche à cet instant, je l'en extirpe et ne constate que cette fameuse lettre que j'exècre : Y.

Y comme Youssef.

Quelque part, je suis sauvé pour ce soir, je n'aurai pas à affronter mon idiotie face à Joe.

— Je dois y aller, risqué-je en m'extirpant de l'emprise du jeune homme qui m'observe m'éloigner vers la porte, le regard empli d'incompréhension.

Après lui avoir assuré que je l'appellerais, je disparais et soupire de soulagement en dévalant la cage d'escalier.

***

Mon cœur bat si vite que je crains de le sentir exploser dans ma poitrine, ou alors qu'il s'en échappe et me laisse tel un mourant sur le trottoir. Quoique, ça ne serait pas une si mauvaise chose, toutes ces conneries cesseraient définitivement. Je n'aurais plus à subir la pression de quiconque et encore moins d'agir sous l'influence d'un homme peu scrupuleux. J'aimerais sincèrement lui dire d'aller se faire foutre, de trouver le cran de lui tenir tête, mais je sais inéluctablement que les choses tourneraient mal pour moi… je l'ai déjà appris à mes dépens.

Je tourne à droite, pénètre dans ce parc qui se charge d'une atmosphère lugubre aussitôt la nuit tombée. Sur le qui-vive, je ne cesse de vérifier dans toutes les directions que je ne vais pas tomber nez à nez avec ce type qui me terrorise. Le crissement du gravier sous mes pas me colle la chair de poule, me provoque des suées froides qui inondent mon t-shirt. Le souffle court, j'aperçois finalement une silhouette imposante au loin. Le dealer, dont le visage est à moitié dissimulé sous une capuche, m'observe sans aucun doute, je peux sentir son regard me dévorer, grignoter mon courage à mesure que je réduis la distance qui nous sépare.

— T'as revendu la came ?

Je ne parviens même pas à interpréter son ton. C'est une question, évidemment, mais elle sonne plutôt comme un ordre, une menace qui me prévient que si ce n'est pas le cas, je ne perds rien pour attendre. Terrifié, j'opine aussitôt du chef, ne parvenant plus à afficher cette façade que je tentais de maintenir efficace. Je lui tends une enveloppe, dans laquelle son fric se trouve. Il la récupère et la range dans la poche de sa veste, comme si elle ne valait rien.

L'aura comminatoire que dégage Youssef me fait perdre mes moyens, m'empêche d'être le jeune homme imprudent et entêté que je suis au quotidien. Face à lui, je ne suis plus qu'une chose dont il peut se servir à sa guise.

J'exècre la façon qu'il a de me toiser comme si je lui appartenais, mais je suis pourtant incapable de me rebeller.

— Alors comme ça, tu traînes encore au commissariat, Simon ?

Merde.

Il a appris que Steven m'y avait vu dans les couloirs. Je pâlis. Mon cœur subit une défaillance, mais je me reprends aussitôt.

— Un flic m'a convoqué, mais je te promets que je n'ai rien dit ! Si Steven a été accusé après ma venue, c'est parce qu'il a ouvert sa gueule lorsqu'il m'a vu. Je te jure que j'ai certifié ne connaître aucun des types qu'on me montrait.

— Je sais. Steven va être relâché, mais je voulais voir ce que tu me dirais. Je savais que tu ne me décevrais pas. Par contre, je dois avouer que l'autre soir, je n'ai pas du tout aimé que tu refuses de me sucer, donc tu vas t'y coller maintenant.

Sans aucune gêne, il abaisse légèrement son jogging, laisse apparaître sa queue qui commence à gonfler d'excitation. Comme à son habitude, je remarque qu'il ne porte pas de caleçon, il est sans cesse prêt à dégainer son attirail pour assouvir ses désirs enfouis et cachés à son entourage. Il n'en a jamais parlé, mais je suis persuadé qu'une femme et des enfants l'attendent à son domicile, ignorant ses activités illicites.

Un claquement de doigts résonne dans mes oreilles, me ramène à la réalité alors que mon regard alterne entre le sexe circoncis de cette enflure et son visage tordu par un sourire atroce. Les lèvres tremblantes, j'obéis à sa volonté implicite, m'agenouille sur le sol. Les larmes qui opacifient mes yeux m'empêchent de remarquer sa réaction, mais alors que l'une d'elles coule sur ma joue, je suis violemment projeté en arrière et m'écroule sur le chemin en grimaçant de douleur. Un coup de pied dans le ventre m'arrache un cri que je tente d'étouffer pour ne pas alerter de passant, ce qui aggraverait nécessairement mon cas.

— Espèce de petite pute, ça te dégoûte tant que ça que je te baise la bouche ? Il n'y a pas si longtemps, tu te comportais comme ma chienne rien que pour avoir le privilège d'avoir ma bite au fond de ta gorge !

J'ose à peine observer ses traits transformés par la haine, reste en position fœtale, me protégeant la tête de mes avant-bras. Je ne perçois plus que sa respiration bruyante, râlante comme celle d'un buffle enragé, tandis que je tente de contrôler la mienne pour ne pas céder à la panique et éclater en sanglots.

Si seulement Marc était là…

Soudain, un paquet s'écrase devant moi. J'y jette un œil, comprends qu'il s'agit d'une énième marchandise à revendre dans un délai qui sera sans doute encore plus court que le précédent. Je suis désormais persuadé que Youssef joue avec moi, comme un chat le ferait avec une souris. Il me pousse à bout, au plus loin de mes retranchements, pour finalement m'achever lorsqu'il en aura assez…

— Tu as deux jours.

Je clos les paupières aussi fort que je le peux, les presse en espérant disparaître de ce monde et en rencontrer un où la vie y sera plus douce. Les pas qui s'éloignent de moi ne soulagent pas ce qui grouille dans chaque cellule de mon corps. L'ampleur de la merde dans laquelle je suis enlisé jusqu'au cou me paraît insurmontable, m'engloutit au point que ma respiration se coupe véritablement, oppresse ma poitrine et contracte mon estomac si douloureusement que je crains de voir s'y développer un ulcère…

CHAPITRE DIX-SEPT

Alex

Qui risque de se voir décerner la palme d'or du pire ami de l'année ?

Dans le mille !

Le comportement que mon collègue adopte avec le fils du Procureur Fauquet est trop étrange pour que je ne m'y intéresse pas. Et le fait qu'il l'interroge, une fois de plus, au commissariat, me laisse croire qu'il magouille quelque chose en douce, sans me mettre au courant.

J'ai beau savoir que je ferais mieux d'arrêter de fouiller, impossible de me maîtriser. Si bien que j'ai profité de son jour de repos pour m'installer derrière son ordinateur et tenter de déchiffrer son mot de passe, en vain. Je finis par rester bêtement devant l'écran en retraçant tous les éléments qui le lient à ce Simon Fauquet.

Je n'y comprends rien. Peut-être que le Procureur de la République lui a demandé de le surveiller personnellement… J'ignore la raison pour laquelle il tient cette mission secrète, mais c'est la seule piste plausible.

Je soupire en constatant que je suis posté devant son PC depuis que je suis arrivé, il est temps que je me mette au travail. Je rejoins mon propre bureau, ouvre mes dossiers pour tenter de faire avancer notre enquête qui, je dois le reconnaître, a fait un bond ces derniers temps, depuis que j'ai appris que le dénommé Redouane Abrimi était l'homme à la tête de l'immense trafic de drogue que nous essayons de démanteler depuis des mois. Point noir : il se trouve aussi être le commanditaire de nombreux attentats en Égypte, ce qui complique davantage la situation. Il reste introuvable et très discret, et je vais jusqu'à me demander s'il est toujours en France actuellement. Si ce n'était pas le cas, ce serait problématique pour l'enquête, mais je serais rassuré en ce qui concerne Eva – avec qui c'est toujours plus que glacial !

Une légère frappe sur la porte me tire de mes pensées tandis que je relève le visage et tombe sur celui de Chloé Maréchal, la substitut du Procureur. Ses yeux noirs me scrutent sans ciller, un petit sourire étire ses lèvres alors qu'elle passe une main dans son épaisse chevelure rousse, avant de pénétrer dans la pièce et de se poster juste devant mon bureau.

— Bonjour, Alex. C'est toujours OK pour ce soir ?

L'espace d'un instant, je souhaite faire machine arrière, repensant à la mini-crise de mon Égyptienne, et expliquer à la jeune femme qui attend une réponse que mon cœur est pris et que celle que j'aime n'apprécie pas du tout de me voir boire un verre avec une autre. Et après tout, je commence à en avoir assez. Je marche sur des œufs depuis des jours avec Eva, ne sachant pas réellement la position à adopter. Bien sûr, je rêve de vivre de nouveau une relation avec elle, de lui avouer les sentiments irrésistibles qui me submergent lorsque je la vois, mais pour autant, je reste perplexe quant à son comportement. Un jour, elle se montre distante avec moi, un autre, elle me révèle sa jalousie latente. Je le reconnais, j'ai moi-même mis des barrières à nos interactions, ne souhaitant pas lui imposer quoi que ce soit, alors que je suis son dernier refuge. Si les choses se passaient mal entre nous, qu'adviendrait-il ? Sa vie est assez compliquée telle qu'elle est pour s'encombrer d'une liaison. Elle habite chez moi, je n'ai pas le droit de prendre le risque qu'elle se sente obligée de partir si notre entente finit par se faner. Non, je ne peux pas être égoïste et ne penser qu'aux sentiments qui m'animent lorsque mes pensées se tournent vers elle.

Et au risque de me répéter, je ne sais pas quelle mouche a pu la piquer, mais elle est aussi inconstante que moi.

— Vous savez, notre petit pot ? reprend la rousse, voyant que je ne réponds pas.

J'opine du chef, me gausse pour faire fi du malaise qui s'est installé entre nous. Je dois prendre rapidement ma décision, et si Eva est jalouse de cette fille, elle peut très bien me le dire clairement !

— Oui, oui. Je réfléchissais simplement si je n'avais pas quelque chose de prévu.

— Super, je suis contente d'apprendre à connaître le plus sympa des capitaines de ce bureau.

Je ricane en jetant un œil à l'écriteau où le nom de mon collègue est inscrit en lettres capitales noires.

— Marc n'est pas un mauvais bougre, il faut simplement apprendre à le connaître.

Elle me sourit, peu convaincue par mes dires, puis me gratifie d'un sourire charmeur qui me met mal à l'aise. Je sais que ce rendez-vous est une très mauvaise idée, je n'ai aucune intention de commencer quoi que ce soit avec elle… ce qui ne semble pas être son cas.

— Je vous laisse choisir le bar où vous souhaitez que l'on se retrouve.

Elle m'adresse un léger signe de tête, puis s'éclipse dans le couloir, non sans me jeter une dernière œillade sous ses longs cils recouverts d'un épais mascara.

Même si Marc ne peut pas se l'encadrer, j'ai sympathisé avec l'adjointe du Proc'. Sous ses airs dirigistes, elle n'est pas si mauvaise que mon collègue le pense. De toute manière, il n'aime personne !

La journée s'étire en longueur, je déteste bosser seul et rester cloué à mon fauteuil. Alors, lorsque j'aperçois Martin fouler le couloir sans s'arrêter devant ma porte entrouverte, je fronce les sourcils, me lève et le hèle. Il se retourne, rebrousse chemin et marmonne qu'il est pressé. Je le convaincs tout de même de discuter quelques minutes.

— Je dois encore passer à la DGSE, je suis surbooké.

— Tu fraternises avec l'ennemi ? ironisé-je.

— Il faut bien que je gagne ma vie, avec un Azarov… ou l'autre.

Nos rires se mêlent alors que je lui lance mon stylo qu'il rattrape d'un geste de la main. Le silence nous entourant finalement, il bifurque sur un tout autre terrain, bien moins hilarant.

— Comment ça se passe avec Eva ?

Mes lèvres se pincent aussitôt. Bizarrement, Martin ne me connaît pas depuis très longtemps, mais il semble lire dans mes pensées. Il secoue la tête d'un air résigné, avant de plisser les yeux. Les avant-bras tendus sur le plateau de mon bureau, il se penche vers moi, tandis que je trifouille mon pot à crayons à la recherche d'une occupation.

— Qu'est-ce que tu as encore fait ? s'agace-t-il.

Je lève les mains en l'air pour me dédouaner de toute responsabilité. On ne peut pas me reprocher d'agir avec impulsivité ou égoïsme pour le coup.

— Tout va bien avec Eva… c'est juste que…

— Que ? répète-t-il aussitôt.

— Que notre relation est au point mort. Je ne veux ni la brusquer, ni que nous nous rapprochions tant que sa vie est compliquée. Je préfère penser à son bien-être plutôt qu'au mien.

Martin claque sa paume contre son front, soupire en observant longuement le plafond défraîchi. L'arête de son nez emprisonnée entre le pouce et l'index, il secoue finalement la tête en m'accordant un regard dépité.

— Tu le sais que t'es un *looser*, hein ? Ça ne t'est pas venu à l'idée qu'elle voulait être avec toi ?

— Et si ça ne marche pas entre nous, où ira-t-elle ?Je dois voir plus loin que ce qui se passe autour de mon petit nombril, Martin !

Il me fixe quelques secondes, semble réfléchir à ce que je lui explique, puis hausse les épaules en se levant pour rejoindre le couloir. Alors qu'il s'apprête à refermer la porte derrière lui, je ne peux m'empêcher de lui confesser que j'ai quand même merdé.

— Je bois un verre avec Chloé Maréchal ce soir.

Les mots sont si rapidement sortis de ma bouche que j'ignore si le graphologue a saisi le contenu de ma phrase. Il fronce d'abord les sourcils, revient dans le bureau et ferme le battant derrière lui. Dans un chuchotement, il s'effare :

— Chloé Maréchal ? La rousse incendiaire ?! Mais… Pourquoi ?!

Ma seule réponse n'est autre qu'une moue quelque peu gênée. Je prends une légère inspiration et avoue :

— Je sais que c'est idiot. Je suis certain qu'Eva est jalouse, mais elle ne me montre pas qu'elle a envie de plus… alors c'est bon, j'en sais rien, moi ! De toute manière, j'y vais en tout bien tout honneur, c'est juste une collègue. Je réglerai le problème avec Mademoiselle Tentiller ensuite.

Martin maugrée entre ses dents, j'ignore ce qu'il peut ronchonner, mais je le devine très bien. Il disparaît, me laissant seul avec les questions qui tournent inlassablement dans ma tête.

Dans quelle merde me suis-je encore foutu ?

***

À l'instant où je franchis le seuil de mon appartement, une étrange atmosphère m'englobe au point qu'elle m'oppresse physiquement. Cherchant désespérément plus d'air pour emplir mes poumons, je tourne le visage et tombe sur Eva qui lit un magazine féminin dans le canapé. La tignasse rassemblée dans un chignon négligé, elle me jette un coup d'œil, tandis que j'observe les cernes creusés et violacés qui ont élu domicile sous ses cils. Si j'en crois la mine qu'elle affiche, elle a passé une très mauvaise nuit et a broyé du noir tout au long de la journée.

Je m'approche d'elle après avoir accroché ma veste dans l'entrée, lui dépose un baiser sur le sommet du crâne – elle ne bouge pas d'un iota – et m'affaire à ranger son bordel. En temps normal, elle se serait confondue en excuses d'avoir laissé un bazar monstre ici, mais elle semble présentement toujours décidée à bouder. Des paquets de chips éventrés, des bouteilles de soda à moitié entamées, des sachets de bonbons braqués… Mon salon ressemble à une ville ravagée par un champignon atomique.

Alors que je lui tourne le dos pour rassembler des vêtements empilés en boule, elle se racle la gorge et se décide enfin à remarquer ma présence.

— Qu'est-ce qu'on mange ce soir ?

Je clos les paupières un quart de seconde, dans l'espoir de disparaître, déglutis péniblement, avant d'amorcer une volte-face tout en lenteur.

Putain, première phrase qu'elle m'adresse depuis notre accrochage et je vais tout faire foirer !

— Je… c'est… bredouillé-je.

Elle dissèque mon attitude gênée, me met plus mal à l'aise que ce jour en CE2 où je me suis pissé dessus devant toute la classe. Elle n'est pas disposée à apaiser mon inquiétude, ni même la tension palpable qui s'électrise entre nous. Elle hausse un sourcil dédaigneux, cherchant à me faire part de son agacement.

— C'est ce soir que je vais boire un verre, marmonné-je en prenant soin de ne pas croiser son regard.

Je me risque finalement à lui jeter une œillade, remarque l'espace d'une fraction de seconde que ses traits sont envahis par autre chose que le précédent mépris qu'elle me destinait, avant qu'elle ne se reprenne, se lève et disparaisse dans le couloir en soufflant un « amuse-toi bien !» Le verrou de la salle de bains résonne jusqu'à mes oreilles, puis l'eau coule dans la baignoire, annonçant qu'elle compte s'y prélasser et ne plus me voir avant que je ne parte.

Bordel de mes deux !

Ni une ni deux, je traverse l'appartement, frappe contre le battant et m'agace passablement.

— Eva, réponds-moi, s'il te plaît.

Vous attendez vraiment une réponse ? Vous ne la connaissez pas encore assez…

Un long silence s'abat sur moi, m'enracine au sol au point où je serais capable d'attendre désespérément qu'elle m'ouvre…

— Si ça te pose un problème, pourquoi tu refuses de me le dire ? Tu n'as qu'un mot à prononcer et j'annule. Mais là, franchement, c'est abusé ! Je ne te comprends plus.

J'aimerais qu'elle me réponde, mais je sais qu'elle est trop fière pour s'abaisser à désamorcer la bombe dès maintenant. J'ai besoin de réfléchir, de m'évader et changer d'air pour éviter d'imploser et de me disputer violemment avec elle. J'ai compris ! Elle est en colère ! Moi aussi ! Et le pire dans tout ça, c'est que je ne sais plus réellement pourquoi. Seulement, sa mauvaise humeur m'a contaminé au point que là, tout de suite, il vaut mieux que je m'éloigne d'elle, et vite !

***

En arrivant au bar où Chloé m'a demandé de la rejoindre, je peine encore à contenir mon irritabilité. Moulé dans un jean et un polo qui m'engoncent, je souhaiterais tout arracher pour libérer le poids qui m'écrase. Ce n'est que lorsque je vois le sourire de la rousse au loin que je prends sur moi pour me détendre, elle ne mérite pas que je lui fasse payer ma prise de tête avec Eva.

L'idée de me retrouver ici n'est pas la plus brillante qui soit, mais elle aura au moins le mérite de me permettre de constater ce que je ressens en la présence d'une autre femme. Je tiens à Eva, plus qu'à quiconque, mais notre histoire a-t-elle un avenir ? J'ai réellement besoin de me changer les idées…

Tapotant sur son smartphone, elle est installée sur une table haute, vêtue d'un simple jean, des talons aiguilles aux pieds, son teint est rehaussé par un chemisier mauve qui se marie parfaitement avec la couleur flamboyante de ses cheveux. Elle est différente de la substitut que je rencontre habituellement au commissariat, dans un style beaucoup plus décontracté.

— Salut, Alex.

Ses lèvres s'étirent, découvrant une dentition alignée, mais jaunie par le tabac, sans aucun doute. J'ai beau reconnaître que c'est une jolie femme, je ne parviens pas à m'extirper de la tête les traits parfaits d'Eva, son sourire étincelant, la couleur de ses yeux si percutante…

— J'ai été un peu retenu, désolé du retard.

— Ce n'est pas grave, j'avais quelques mails à envoyer.

— Le boulot n'est jamais bien loin, ajouté-je en prenant place face à elle.

— Tu as tout compris, c'est parfois dur de prendre du bon temps.

Je lui souris, saisis la carte des vins pour en choisir un tout en lui faisant remarquer :

— On se tutoie maintenant ?

Elle me rend mon sourire, interpelle un serveur qui prend notre commande et revient quelques minutes plus tard avec nos boissons. Après avoir trinqué, nous entamons une discussion sans temps mort, sautant de sujet en sujet avec une facilité déconcertante. Quelque part, ça me fait du bien de déconnecter l'espace d'une soirée, d'apprendre à connaître une femme qui est aussi mystérieuse qu'une vieille concierge d'immeuble. Autant dire que j'en ai appris plus sur elle en quelques heures que sur Eva, qui habite chez moi, en plusieurs semaines. Je passe d'ailleurs sous silence l'ouragan « Eva » qui souffle sur ma vie…

En fin de soirée, nous regagnons la rue et je me dirige vers ma voiture que Chloé repère au loin.

— Tu es venue comment ? lui demandé-je.

— En métro.

— Je peux te raccompagner, si tu veux…

— Ou alors on prend un dernier verre chez toi ?

Sa proposition est si abrupte que je me sens pris de court. Après tout, je n'ai montré aucun signe qui pourrait lui laisser penser que j'étais intéressé par elle, et honnêtement, elle s'est plutôt tenue en matière de séduction.

Seule ombre au tableau, à aucun moment je ne lui ai fait part d'Eva dans ma vie, et dans mon appart'. Je ne peux décemment pas la laisser imaginer que je la ramène chez moi pour la baiser. Un verre, OK, mais je me dois de lui fournir la vérité.

— Je ne te l'ai pas dit, mais j'héberge une amie. Il ne faudra pas la déranger.

— C'est ta petite-amie ?

Ouais, peut-être…

— Non, suis-je obligé d'avouer.

— Bon alors, il n'y a aucun souci à ce que tu m'invites.

Je soupire, mais me résigne en lui adressant un sourire.

Elle reste silencieuse jusqu'à ce que nous nous retrouvions devant la porte de mon domicile. L'inviter à venir ici est une très, très mauvaise idée, j'en suis plus que convaincu maintenant. Franchement, je mérite tout ce qui m'arrive, j'ai la jugeote d'un gamin de 3 ans et demi, et encore ! Mais… d'un autre point de vue, ce sera peut-être l'occasion de voir si Eva se décide enfin à m'avouer qu'elle est jalouse et qu'elle tient à moi. Ce petit stratagème, que je n'ai pourtant pas échafaudé, pourrait se montrer utile.

Le vestibule et le salon sont plongés dans le noir, Eva doit sans aucun doute dormir vu l'heure qu'il est. Ce n'est peut-être pas plus mal si elle ne se rend compte de rien. Je n'en sais rien, à vrai dire. J'ai autant envie qu'elle nous surprenne, que cette histoire reste un secret que je lui dissimulerai.

J'avance à pas feutrés en m'adressant à Chloé.

— Voilà, rien d'extraordinaire.

Son rire résonne dans la pièce. Je me dégonfle aussitôt, certain que la brune va débarquer, tente de l'étouffer, une main contre sa bouche en lui intimant de se taire, mon index plaqué sur mes lèvres.

Drame.

La lumière du couloir s'allume.

Je presse les yeux.

Oublie de respirer.

— Alex ?

On invente quand la téléportation, pour que je me casse vite fait bien fait d'ici ?

Je jette un coup d'œil, observe Eva stopper net à l'instant où elle nous aperçoit, son attention ricochant sur la jeune femme postée à mes côtés jusqu'à ma main encore sur ses lèvres. Je sais pertinemment quelle image faussement intime nous devons renvoyer à l'instant précis. Et malgré la présence de la rousse incendiaire contre moi, je suis obnubilé par mon Égyptienne. Emmitouflée dans un legging stretch et un gros sweat de mon dressing, elle semble plus perdue que jamais, son éternel chignon volumineux sur la tête.

— Alex ? répète Chloé.

Mayday.

Je ne parviens pas à la calculer.

— C'est quoi le problème, là ? J'ai l'impression de déranger. Je pensais que tu hébergeais simplement une amie, Alex, mais je vois que nous nous sommes déjà rencontrées. Et visiblement, ce n'est pas qu'une amie. Je suis la conne de service, c'est ça ? Si tu savais que cette situation serait ambiguë, pourquoi m'as-tu autorisée à monter ? Sous tes airs de mec sans défaut, tu es un bel enfoiré !

Sur ces mots, elle me lance un regard furieux que je distingue brièvement, mais qui ne parvient pas à m'inciter à tourner le visage. Sans attendre, elle grogne qu'elle reprendra le métro et disparaît de l'appartement.

Je ne la retiens même pas. À vrai dire, je me moque bien de ce qu'elle peut faire maintenant que je me trouve face à une mante religieuse qui attend le bon moment pour me décapiter. Plus immobile qu'une statue de cire, elle m'observe, la mine courroucée, la lèvre supérieure légèrement retroussée dans une moue dégoûtée.

À force de retenir ma respiration, je crains de devenir bleu et m'écrouler. Je prends donc une inspiration bruyante à l'instant où les yeux d'Eva se voilent d'une pellicule larmoyante qu'elle efface d'un revers de la main.

Nous restons stoïques, pendant un temps que je serais bien incapable de quantifier, avant qu'elle ne fonce sur moi, me bousculant au passage, saute dans ses UGG et s'échappe sur le palier. Il ne me faut pas plus d'un battement de cils pour réagir, la poursuivre dans la cage d'escalier, sans cesser de l'interpeller à travers les étages qu'elle dévale. Cette femme est plus rapide qu'un petit singe sautant de branche en branche, je peine à la rattraper si bien qu'à l'instant où elle franchit la lourde porte qui donne sur la rue, j'accélère pour saisir son poignet, l'arrêter et propulser son corps contre le mien.

— Lâche-moi ! hurle-t-elle en éclatant en sanglots.

Pas de souci, ma chérie.

Elle ne s'est même pas rendu compte que je ne la retiens absolument pas contre son gré et que c'est elle qui est farouchement agrippée à ma nuque, son nez enfoui au creux de mon cou, tandis que ses larmes coulent et redoublent à l'instant où mes bras glissent délicatement dans son dos et la pressent plus que je ne le voudrais.

Je m'enivre d'elle en respirant à pleins poumons ses cheveux qui dégagent une odeur qui me rend fou de cette femme, comme si elle diffusait des phéromones destinées à me séduire.

Soudain, elle semble se rendre compte de la situation que nous partageons, se décale et écrase brutalement ses paumes contre mes pectoraux. Le regard furieux, elle réitère, déchargeant tout ce qu'elle a pu contenir depuis plusieurs semaines. Je ne bouge pas d'un millimètre, imperméable à ses coups qui ne parviennent pas à me provoquer ne serait-ce qu'une grimace. Et même si elle pouvait me faire souffrir le martyre en me tabassant, je la laisserais se défouler, car elle en a besoin à ce moment précis.

— Pourquoi ?

Sa voix n'est qu'un souffle brisé. Eva chancelle sur ses jambes et essuie rageusement ses yeux bouffis par le chagrin. Je reste stoïque, incapable de me justifier ou de comprendre ce qu'elle me demande réellement.

— Tu ne vois donc rien, Alex ?

C'est bien ça le problème, Eva Tentiller m'aveugle sans cesse, m'empêchant d'agir avec raison et recul. Toutes les décisions que je prends la concernant se soldent par un échec cuisant. J'ai pensé être sur la bonne voie en lui offrant la possibilité de n'être qu'un ami épaulant, de ne pas lui infliger le poids que peut représenter une relation sentimentale, mais il semblerait que le couillon que je suis se soit encore planté en beauté.

— Je… je ne sais plus ce que tu attends de moi, parviens-je à articuler en la dévorant d'un regard si affamé qu'il me semble la voir défaillir quelque peu. Tu t'es montrée distante ces derniers temps, et à la fois jalouse. C'est incompréhensible.

Ses traits se figent. Elle recule d'un pas et paraît décontenancée par mes propos. Une goutte d'eau s'écrase sur mon front, l'atmosphère se charge en électricité statique annonçant un orage épouvantable, mais je ne parviens pas à détourner mon attention de cette sublime créature qui oscille entre colère et passion.

— J'aurais voulu que tu me montres que j'avais fait erreur et que j'aurais dû tomber amoureuse de toi à la seconde où je t'ai vu. J'aurais voulu que tu me prouves que tu es l'homme de ma vie, Alex. Et toi, tu n'as pas bougé le petit doigt. Tu t'es contenté de rester spectateur de la situation.

J'ignore si ma mâchoire pendouille dans le vide tant je suis abasourdi par ce qu'elle me révèle. J'amorce un pas vers elle, glisse une main contre sa joue dans laquelle elle se repose tout en me privant de ses yeux si sombres lorsqu'elle clôt les paupières. Ses lèvres pulpeuses m'attirent comme jamais auparavant, son visage dénué de tout artifice m'apparaît plus parfait qu'à l'ordinaire. Tout ce que je souhaite, c'est la serrer dans mes bras jusqu'à n'en plus pouvoir et lui révéler que je suis fou amoureux d'elle…

Nous sommes si idiots, restés chacun de notre côté en pensant que l'autre souhaitait prendre ses distances pour respirer.

Je crois sentir mon rythme cardiaque ralentir lorsqu'elle recule d'un nouveau pas tandis que la pluie se met à chuter du ciel. Pourtant, ni elle ni moi n'en prenons réellement conscience et restons comme deux âmes en peine sur ce trottoir trempé.

— Comment voulais-tu que je le devine ? demandé-je résigné.

Pourquoi ne suis-je pas en mesure de lui ouvrir mon cœur, de lui dévoiler toute l'ampleur de mes sentiments ?

Plus coincé qu'un ado prépubère…

Je patiente, tente d'aller chercher au plus profond de moi tout le courage nécessaire pour m'exposer corps et âme à elle et lui démontrer qu'elle est la seule dans mes pensées, que jamais de ma vie je n'ai désiré une femme aussi fort qu'elle…

La grande inspiration qui gonfle mes poumons chasse la peur qui me serrait la gorge, m'obligeant à expulser ce que je garde caché en mon tréfonds et que je ressens depuis le début. Dans une expiration douloureuse, les mots jaillissent de ma bouche sans que je ne puisse les contrôler.

— Je suis tombé amoureux de toi à la seconde où je t'ai vue dans ces toilettes. Tu vois, je ne crois pas au destin, mais je veux bien me laisser convaincre aujourd'hui car rien ne laissait présager que j'aille dans ce bar, ce soir-là. J'étais déprimé à cause de mon ex, de mon frère, j'avais juste envie de boire un verre et je me suis arrêté pour noyer ma peine dans l'alcool. Sans prévenir, je tombe sur une splendide créature à qui je manque de fracasser le crâne… toi… Quelle était la probabilité pour que je sois étourdi à ce moment précis et que je me trompe de porte ? Je te laisse calculer, je suis nul en maths. Je ne m'en suis pas rendu compte tout de suite, Eva, j'étais bien trop déçu par les femmes. Ça me convenait tout à fait de n'être qu'un jouet sexuel pour toi et j'ignore pourquoi ça ne m'a pas sauté aux yeux plus tôt. Je te faisais rire à cette époque et pour être honnête, je me faisais beaucoup rire aussi. Et maintenant, je ne parviens qu'à te tirer des larmes. Je ne me reconnais plus, je n'ai plus cette joie de vivre qui me caractérisait, car je suis malheureux. Je te veux pour le reste de ma vie et si tu ne me coupes pas la parole, je vais continuer à parler toute la nuit pour t'expliquer et te démontrer par A + B, que je suis l'homme de ta vie, Eva Tentiller…

Alors que nous sommes noyés sous des trombes d'eau, la jeune femme me saute au cou, écrase brutalement ses lèvres contre les miennes et les presse si fort que j'espère les voir se sceller pour l'éternité. Je la laisse caresser ma langue, s'enrouler comme un serpent autour de sa proie, me soutirer tout le désir qui me brûle les entrailles à mesure qu'elle m'embrasse. Bien que la pluie me rafraîchisse, mon corps est en ébullition, percuté par des millions d'informations sensorielles. De la peau fine de son visage que je tiens en coupe à son odeur si envoûtante, je reste ébahi par ce que dégage cette jeune femme.

— Ava, articule-t-elle entre deux baisers, Ava Atiyeh… voilà… comment… je m'appelle.

Mes lèvres s'étirent malgré moi, extatique qu'elle baisse définitivement sa garde pour me révéler celle qui se tapit depuis des années au fond d'elle. Mon attachement pour cette brune transcendante redouble, me submerge à l'image d'un tsunami. Mes mains glissent le long de son corps, épousent chacune de ses formes, s'attardent sur ses hanches arrondies pour se caler sous ses fesses que je pétris amoureusement, avant de l'agripper et la porter contre mon bassin durci par ma virilité. Ses jambes se cramponnent fermement autour tandis que l'attache de ses bras se resserre derrière ma nuque.

Bouche contre bouche, je nous emmène sous le porche de l'immeuble, à l'abri du torrent qui déferle dans la rue. D'un geste habile, je compose le code, déverrouille l'entrée et m'y engouffre, la jeune brune toujours entre mes bras puissants. La lumière du hall s'active aussitôt, nous éblouissant quelque peu alors que nos yeux s'étaient habitués à l'obscurité de la nuit. Nous stoppons notre étreinte passionnée, nous toisons un instant, plongés dans le regard de l'autre comme jamais auparavant. De la pulpe de mes doigts, je caresse son front pour en dégager des tas de micro-cheveux plaqués par l'eau qui s'est abattue sur nous. Ses lèvres s'étirent légèrement tandis que je gravis les étages pour regagner mon chez-moi, le souffle court, toujours perdu quelque part dans le lac sans fond de ses iris.

À l'instant où je franchis le seuil de l'appartement, je referme la porte et la dépose délicatement sur ses pieds. Ses doigts s'enlacent aux miens, elle m'entraîne vers ma chambre dans laquelle elle nous enferme. Ses paumes coulent sur mon torse, me poussant à reculer vers le lit jusqu'à me faire buter et m'y écrouler lourdement. Sans que je ne parvienne à réaliser quoi que ce soit, elle grimpe sur moi à la manière d'un fauve en chasse, son regard arrimé au mien, dégageant un érotisme qui me coupe le souffle et m'empêche même de le reprendre correctement.

En ondulant sur mon corps, elle approche son visage si près que nos nez se collent, nos billes enflammées, miroir de celles de l'autre, s'embrasent un peu plus.

— Tu m'as tellement manqué, Alex.

La fêlure de sa voix me fait perdre pied, m'excite et m'attriste à la fois. Je ne réalisais pas à quel point mon comportement avait pu être difficile à supporter. J'étais tellement persuadé d'agir dans son intérêt, pour son bien-être, que j'en ai oublié que je pouvais me tromper. Tout ce temps où elle s'est languie que je lui montre à quel point je tenais à elle, et je n'ai réussi qu'à mettre un point d'honneur à ne créer aucune situation qui nous pousserait à craquer. Même si c'était insupportable de l'avoir près de moi et de devoir patiemment refouler mon désir…

Je ne tiens pas une seconde de plus, cale une main sur la chute de ses reins, pour qu'elle ne m'échappe plus jamais, et l'autre derrière sa nuque, détachant tant bien que mal sa chevelure que je souhaite voir cascader sur sa poitrine que je rêve de presser entre mes lèvres.

Elle secoue lentement la tête en se plaçant à califourchon sur mon bassin, place ses longs cheveux ébène de chaque côté de ses épaules et s'humidifie si outrageusement la bouche que ma queue tressaute dans mon caleçon, si fort qu'elle le ressent et esquisse un sourire coquin. Ses doigts parcourent mon torse à travers mon polo, se chargent de le relever pour découvrir mon épiderme qui s'enflamme. Avec une lenteur extrême, elle s'exécute, fouillant sans cesse mon regard à la recherche de toute l'avidité dont elle se nourrit sûrement.

Lorsqu'elle enfonce délicieusement ses ongles dans la peau frissonnante de mes pectoraux, qu'elle tire douloureusement les poils de ma poitrine, je lâche un râle rauque et ne peux m'empêcher de lui assener un coup de bassin qui la fait tomber en avant et se rattraper *in extremis* sur ses avant-bras. Les miens enserrent sa taille, tandis que je la fais basculer sur le dos, mon corps reposant sur mon coude pour éviter de l'écraser sous mon poids.

— J'ai tellement, tellement envie de toi, putain.

Le son rauque et soufflé qui s'échappe de mes lèvres me surprend. Je reconnais à peine ma voix, me demandant si je ne l'ai pas empruntée à un acteur porno. Pourtant, je pense n'avoir jamais été aussi excité de ma vie, prêt à vendre mon âme au diable pour la posséder ne serait-ce qu'une dernière fois. Mes mains sont si moites que je crains de la tremper en la touchant, mais je n'écoute pas les doutes qui tentent de m'ensevelir, approche ma paume du bas du sweat à moi qu'elle a enfilé, que je remonte, non sans trembler. Je me rends compte, au fil de ma course, qu'elle ne porte pas de soutien-gorge, mais contiens le gémissement qui gronde pour se libérer de ma gorge. Son vêtement envoyé en boule dans un coin de la pièce, mes doigts sont irrépressiblement attirés par ses mamelons déjà durs d'excitation. Je ne peux m'empêcher de les tirailler un instant entre mes pulpes, avant que mes lèvres fondent dessus et se referment, les emprisonnant pour aspirer toute l'envie qui s'en dégage.

Lui soutirant des bruissements étouffés, je me rapproche de son visage, me confronte à son souffle erratique qui s'écrase contre ma mâchoire et me fait frissonner tant il est chaud et excitant. Je dissémine de doux baisers sur chaque parcelle de sa peau fine, m'attaque à son cou où je fais glisser ma langue, atterris entre ses seins galbés et longe la ligne de ses abdominaux pour finalement m'arrêter juste au-dessus de son pantalon de sport. J'oblique un regard incandescent sur son visage, rencontre le sien qui brûle d'impatience, avant qu'elle ne plonge sa main dans mes cheveux qu'elle fourrage, m'encourageant à ne plus réfléchir.

Sans hésiter une seconde de plus, je la déleste de son bas, retire sa culotte, ses socquettes et ses chaussures dans un même élan. La délicieuse Eva se retrouve alors nue, offerte à moi, aussi fascinante que Venus sur la toile de Botticelli. Je me redresse, ses tourmalines bouillonnantes soudées aux miennes, tandis que je me débarrasse en deux temps, trois mouvements, de mes vêtements.

Ma virilité au garde-à-vous, je m'avance vers elle de cette manière animale qu'elle a adoptée quelques minutes plus tôt, lui décoche un sourire qui la pousse sans aucun doute à craquer puisqu'elle pourlèche ses lèvres, avant de s'empourprer.

— Fais-moi l'amour, souffle-t-elle.

De tous nos ébats confondus, elle n'a jamais été si douce, déployant la sensualité à la place de l'animosité bestiale qui l'animait auparavant. Ce soir, la femme effeuillée sous mon corps est loin d'être celle que j'ai connue à nos débuts, mais elle n'en est que plus attirante, plus touchante au point où, si je m'écoutais, je ne coucherais pas avec elle, simplement prêt à l'observer, la contempler pendant des heures.

J'imagine que ce n'est pas ce qu'elle souhaite puisqu'elle presse son intimité déjà humide contre ma verge qui durcit davantage à son contact. Je comprends parfaitement sa demande silencieuse, fouille dans mon tiroir pour me saisir d'un préservatif que je déballe et déroule sur ma queue qui me fait souffrir, tendue comme un ressort.

Plongé dans son regard déstabilisant, je place le bout de mon sexe contre le sien, ferme les yeux quelques instants, me remémorant les innombrables moments de ces dernières semaines où j'ai imaginé toutes les façons dont je pouvais la posséder. Sans réfléchir une seconde de plus, je m'enfonce en elle, étirant ses chairs, centimètre par centimètre, lui soutirant un long gémissement de plaisir qui résonne en moi et libère tous mes instincts primaires que je domine pour ne pas les laisser me guider. La retrouver de cette manière est plus exquis que tous les plaisirs que j'ai pu expérimenter, je suis subjugué en admirant son visage basculer en arrière, ses dents s'enfoncer de désir dans sa lèvre alors que son vagin m'engloutit jusqu'à la garde.

Je suis sur le point de défaillir, ma respiration suspendue à ses réactions, attentif au moindre froncement de sourcils qu'elle pourrait effectuer si j'étais maladroit. La longue inspiration que je prends l'oblige à planter son regard sur moi, me détailler tandis que ses mains cheminent dans mon dos et me caressent délicatement. Je lui laisse le temps de s'habituer à ma présence, me délectant de me trouver au plus profond d'elle avec l'impression d'être à ma place, là où je me sens le mieux. Nos souffles s'effleurent dans l'espace réduit entre nos bouches, suspendant le temps et nous plongeant dans une bulle qui, je l'espère, ne se percera plus jamais.

— Je suis affreuse ce soir, un vrai tue l'amour !

Je ne peux m'empêcher de ricaner en l'entendant dégoiser de telles absurdités, alors que je pense tout le contraire. Je ne l'ai jamais trouvée aussi jolie, même si ses cheveux humides lui collent au front, même si ses cernes mangent la moitié de son visage… Eva est la femme dont j'ai toujours rêvé, radieuse à l'intérieur tout en arborant une plastique onirique…

— Tu es merveilleusement belle… et bandante.

Sa canine qui agace une petite parcelle de sa chair me fait défaillir, je fonds sur sa bouche tout en remuant très lentement des hanches. La jeune femme m'imite, nous dansons un tango horizontal des plus torrides, notre corps épousant parfaitement les courbes de l'autre, sachant exactement ce dont il a besoin et comment le lui offrir. C'est ainsi que ma paume s'écrase contre son sein, le palpe avec volupté, tandis qu'elle enfonce ses ongles derrière mon crâne, zone qui me fait particulièrement décliner, à la limite de l'orgasme.

Mon autre main glisse le long de sa cuisse, la ramène contre moi, inclinant la profondeur des coups de reins que je lui destine. Elle laisse échapper une plainte à chaque mouvement qu'elle me rend en pressant son bassin contre le mien, les faisant fusionner au point de ne former plus qu'un seul et même corps.

J'investis sa bouche, récupère toute l'excitation qu'elle m'offre et tente de la garder dans un coin de ma tête, au cas où tout s'arrête en l'espace d'une seconde. Je souhaite me souvenir pour le restant de mes jours de cette nuit où Eva et moi nous sommes retrouvés d'une manière que je n'espérais plus…

Haletant l'un et l'autre, les assauts de mes hanches se font plus brutaux, pour le plus grand plaisir de ma belle Égyptienne qui ahane à intervalles réguliers. Nos pupilles verrouillées, je ne parviens pas à détourner mon regard de ses billes rondes et plus noires que la nuit, y observant tout son ressenti, ses pensées et son plaisir. Si on m'avait dit un jour que je serais en mesure de sentir mon cœur se comprimer à ce point pour une nana, jamais je n'y aurais cru. Et pourtant, Eva me procure des sensations inouïes, me propulsant sur un chemin sinueux où désir, peur et adrénaline se mêlent pour ne former qu'un seul et unique sentiment…

Je crois que c'est ça, l'amour, le véritable.

***

Des heures que j'observe le délicat visage endormi d'Eva, caché sous sa masse informe de cheveux qui sèchent en de volumineuses boucles ébouriffées. Je ne parviens pas à trouver le sommeil, bien trop subjugué par notre fusion sexuelle, par sa façon de faire éclater mon prénom entre ses lèvres. Son orgasme nous a engloutis dans une faille temporelle qui m'a semblé durer des heures, tout juste suivi du mien.

Des heures que je ne cesse de me répéter que cette femme qui partage enfin mon lit est parfaite.

Des heures que je réitère cette litanie : je l'aime.

CHAPITRE DIX-HUIT

Louise

Jongler entre la fac, Adam et mon job avec Benjamin Danton m'oblige à être plus organisée qu'un ministre, sans cesse à la recherche de la moindre minute à grappiller pour pouvoir boucler toutes mes occupations.

AVC, bonjour !

La semaine qui s'annonce risque d'être éprouvante : shooting photo pour préparer le défilé que nous organisons depuis des semaines, puis le fameux *show* le week-end prochain. Je ne suis pas près de me reposer puisque Benjamin m'a demandé si je pouvais venir toute la journée demain pour mettre les bouchées doubles et rattraper notre retard.

Éreintée d'avoir bossé un samedi, je rejoins la rue en maudissant l'air chaud qui englobe mon corps et active les perles d'eau qui glissent sur mon épiderme. La clim des bureaux de mon patron va me manquer et j'ose à peine imaginer la chaleur qui a dû envahir les souterrains de la ville. Je bifurque en soupirant à l'angle de la rue…

— Bonsoir, *honey*…

Sans prévenir, mon sac à main s'écrase contre un torse solide qui ne vacille pas. Le souffle court, je relève les yeux sur le visage d'Adam qui affiche un sourire enjôleur, et pose une main sur mon cœur pour m'assurer qu'il ne risque pas de me lâcher.

— Tu veux me provoquer un arrêt cardiaque ? l'enguirlandé-je sur un ton réprobateur. Pourquoi es-tu caché comme ça ?

Ce grand couillon se marre dans sa barbe, m'enveloppe entre ses longs bras tandis que mon palpitant se calme à écouter le sien, lorsqu'il me presse contre son buste.

— Je suis venu chercher ma petit-amie. Ne suis-je pas dans mon droit ?

— Ta *petite-amie ?* répété-je en me détachant de lui.

Millimètre après millimètre, ses commissures s'étirent, avant qu'il ne dépose un baiser sur mes lèvres. J'en reste interdite et… pantoise. Son comportement a radicalement changé depuis quelques semaines, diamétralement opposé à celui qu'il entretenait et qui a bien failli me rendre folle. Pourtant, une petite voix dans ma tête ne cesse de me répéter que tout peut voler en éclats et que cet irrésistible Britannique est un homme instable.

La ferme, je le sais !

Les doigts de mon *petit-ami* s'enlacent aux miens, m'entraînent dans la rue alors que son sourire s'accentue. Nous rejoignons la bouche de métro la plus proche et nous engouffrons dans les tunnels jusqu'à ce que la température atteigne son paroxysme.

Bordel, quand le nudisme sera-t-il autorisé entre mai et septembre dans la capitale ?

La rame bondée qui s'arrête juste devant nous me donne envie de sauter sur les rails et me faire percuter par le véhicule lancé à pleine vitesse. Après avoir passé une longue journée à surchauffer mon cerveau, le poussant pratiquement à la rupture, je dois désormais intégrer cette marée humaine collante, poisseuse et malodorante.

On adore !

Bloquée entre une femme à la corpulence non négligeable et un petit jeune vêtu d'un jogging tout droit sorti de la banlieue, je m'accroche fermement à la barre centrale, grimaçant de devoir poser ma main sur ce nid à microbes. Séparée d'Adam par quelques personnes, il garde tout de même un œil sur moi, à distance, me couvant d'un regard protecteur qui échauffe mes joues… et pas que. Cette attitude que certains qualifieraient de « machiste » me procure pourtant le plus grand effet, rassurée qu'un homme tienne suffisamment à moi pour ne pas me quitter des yeux.

Les allées et venues ne cessent de m'obliger à me déplacer à mesure que les stations défilent, si bien que le banlieusard se retrouve finalement accolé à moi, nos cuisses l'une contre l'autre tant l'espace au sein du wagon se réduit. Adam fronce légèrement les sourcils, je lui destine un léger rictus qui se veut rassurant, lui intimant en pensées de rester calme, que tout va bien. J'ai raison de l'apaiser, et de me contenir, puisqu'une main baladeuse glisse sur mes fesses au moment où le véhicule ralentit. En temps normal, je giflerais le propriétaire, mais avec Jameson qui ne me quitte pas le temps d'un battement de cils, il m'est impossible de montrer le moindre signe d'énervement. Je reste donc impassible et me maudis de laisser ce lascar me peloter. Je vérifie tout de même que mon portefeuille se trouve toujours rangé au fond de mon sac à main, c'est peut-être simplement un *pickpocket !*

RAS.

Je ne résiste pas, lui admoneste une œillade sombre en me rendant compte que son geste était bien prémédité tandis qu'il me décoche un sourire charmeur à deux balles, prêt à me sortir une phrase bateau et ringarde du type : « ton père est un voleur… »

Bordel, ouais, il l'est. Et il volerait ton cœur en l'arrachant à mains nues s'il savait que tu venais de me toucher, Ducon !

Les portes s'ouvrent, je détale à l'extérieur alors qu'Adam me rejoint, saisit mes doigts et coule sur moi un regard si inquisiteur que je ne peux m'empêcher de détourner les yeux. Il pince les lèvres, maugrée entre ses dents des noms d'oiseaux à consonance anglophone.

Pas l'ombre d'un doute.

Il a tout compris en observant ma réaction quelques secondes plus tôt tandis que mon attitude fuyante vient de lui confirmer ses soupçons.

J'ai à peine le temps de comprendre la suite des évènements que mon British s'est déjà rué sur les portes encore ouvertes, resserre sa poigne sur le biceps du lascar et le tire à l'extérieur, laissant le métro reprendre sa course. La petite frappe perd l'équilibre, s'écroule au sol en invectivant Adam qui se rapproche de lui, le chope par le colback et envoie son poing serré en plein dans le nez de l'homme, dont le sang envahit soudain le visage, alors que sa tête claque contre le carrelage sale.

— *I forbid you to touch my girlfriend, son of a bitch*[71] !

Guidé par la rage, le Londonien empoigne sa victime et lui assène un deuxième coup. Le bruit des os qui se fendillent sous ses phalanges blanchies par la rage me glace le sang, m'empêchant de réaliser le moindre mouvement pour tenter de l'arrêter. Les frappes pleuvent sur la figure du jeune qui gît désormais la figure réduite à un amas de chair sanguinolente.

Ne supportant plus d'assister impuissante à ce spectacle cauchemardesque, je parviens à hurler pour que Jameson cesse son agression.

Il va le buter !

---

[71] Je t'interdis de toucher à ma petite-amie, fils de pute

Son poing se suspend au-dessus du visage tuméfié de sa proie, ses yeux s'arriment aux miens, se figent tandis que ses pupilles dilatées pulsent au rythme de son souffle court et bestial. De concert, nous plongeons dans un lieu qui nous protège de cet effroyable acte qu'il vient de commettre. Les larmes ondulent à la lisière de mes cils. Les dents plantées dans ma lèvre, je tente de ne pas craquer davantage, mais mon regard ne cesse de rebondir du poing ensanglanté de l'homme que j'aime à ses traits crispés par la haine. Je ne parviens même pas à jeter un coup d'œil sur son souffre-douleur, atterrée qu'il lui ait encastré le crâne de cette manière…

Mon cœur cesse de battre lorsque notre sphère protectrice est percée par une horde d'agents de sécurité qui sautent sur Adam, l'écroulent au sol, tandis que des sirènes résonnent au loin et m'assaillent de tous les côtés. Quelques secondes plus tard, des policiers débarquent dans le hall, s'occupent de menotter l'agresseur. Je me précipite pour le rejoindre, mais un vigile m'en empêche, me gardant fermement emprisonnée entre ses bras alors que je me débats. À l'instant où un brancard rejoint la scène pour transporter le blessé dans l'ambulance, la police emmène mon petit-ami vers l'extérieur, sans me laisser leur expliquer la situation.

Nous échangeons une œillade qui s'éternise. Le sien tente de me calmer silencieusement, le mien est plus hystérique que jamais. Lorsqu'il disparaît dans la rue, je m'écroule sur les genoux, l'homme qui tentait de me retenir reste désemparé face à ma détresse. Je n'entends même plus les questions que me pose le flic, afin de prendre ma déposition, me contente simplement d'élaborer des morceaux de phrases dont je doute du sens.

***

Je déboule dans notre appartement, fonce tout droit vers la chambre de Simon, dont j'ouvre la porte à la volée, et tombe sur mon ami qui travaille sur son ordinateur. Lorsqu'il croise mes traits tordus d'inquiétude, il se précipite sur moi, saisit mon visage en coupe et m'interroge avec empressement.

— C'est Adam, bafouillé-je… ils l'ont emmené… le vigile… et quand le lascar est tombé… le métro… et mes fesses…

Simon me stoppe en plaquant sa paume contre ma bouche, m'intime de me calmer et de prendre une grande inspiration. Je m'exécute, ce qui m'aide à mettre un peu d'ordre dans mes pensées confuses. Mon meilleur ami place ses mains autour de mes épaules, m'entraîne jusqu'à son lit sur lequel il m'oblige à m'asseoir.

— Que se passe-t-il, Louise ?

Sa voix calme et posée m'aide à reprendre mon souffle, à ignorer les sanglots qui souhaitent me secouer, et à construire des phrases cohérentes dans ma tête. Une fois apte, je balbutie d'une voix chevrotante :

— Adam a agressé un mec dans le métro… il m'avait pelotée… les flics l'ont embarqué.

Je lui retrace tant bien que mal le sang, le visage tuméfié de l'homme, l'agent qui m'a empêché d'intervenir auprès de la police. Simon m'écoute attentivement, opine du chef, avant de se lever et saisir son portable. Il le déverrouille, pianote quelques instants dessus, puis porte le cellulaire contre son oreille. Complètement désorientée, je peine à suivre la discussion que mon ami entretient, capte seulement quelques mots et me laisse finalement mener par Simon lorsqu'il raccroche, saisit ma main et nous entraîne vers l'extérieur.

— Qu'est-ce qu'on fait ? demandé-je alors que nous foulons la rue.

— On rejoint Marc au commissariat.

Je l'interroge du regard, il esquisse un petit sourire tout en pressant le pas pour filer vers le métro. Est-ce vraiment une bonne idée de consulter son flic avec qui il entretient une relation… particulière ? Il ne manquerait plus qu'il nous mette des bâtons dans les roues pour emmerder Simon. Je ne le connais pas, ignore si lui accorder ma confiance est raisonnable, mais dans l'état actuel des choses, ai-je une autre alternative ?

Non ! Donc, la ferme !

Je ne parviens plus à me raisonner, le long chemin en transports en commun me laisse tout le loisir de tourner et retourner mille et une questions dans ma tête. Les images du crâne fracassé de ce type ne cessent de se poser sur mes rétines, les brûlant comme si on m'aspergeait d'acide sulfurique. Et si les blessures de ce pervers étaient gravissimes ? S'il gardait des séquelles et attaquait Adam en justice ? S'il ne s'en sortait finalement pas ? Mon British pourrait aller en prison pour le reste de ses jours, croupir loin de moi parce qu'il a été impulsif et plus stupide qu'un homme de Cro-Magnon. Quel idiot ! J'aurais dû l'arrêter, lui sauter dessus, l'empêcher de continuer, mais j'en étais incapable, paralysée par la peur de découvrir une telle violence émanant de son corps. Je savais que ses mots pouvaient être tranchants, mais pas ses poings… J'ai cru qu'un nouvel homme était né du tas de cendres que j'avais quitté au centre de désintoxication, mais je me rends désormais compte que les problèmes d'Adam Jameson sont loin d'être résolus…

— Louise, réveille-toi, on descend là !

Simon me sort de mes pensées, enveloppe ma main dans la sienne, avant de me tirer à l'extérieur de la rame qui ne tarde pas à repartir.

Je déteste le métro !

Nous remontons au pas de course jusqu'à la surface, mon ami s'agace dans l'escalator derrière des touristes qui bouchent le passage. Ça ne fait aucun doute que nous passons, aux yeux de ces personnes, pour des Parisiens typiques : pressés, taciturnes et râleurs. Mais ils ne peuvent pas imaginer ce que recèle ma boîte crânienne, ni même la tempête qui hurle en moi depuis plusieurs heures, dévaste tout sur son passage et me laisse plus vide qu'une coquille dépossédée de sa perle de culture.

Même si Jameson est fou à lier, je n'aspire qu'à le retrouver et le serrer contre moi pour apaiser cette brûlure qui lèche mon ventre depuis que nous avons été séparés. Je n'ai qu'une envie : m'assurer qu'il va bien. Après tout ce qu'il a subi, il est encore très fragile psychologiquement, je ne veux pas le voir replonger dans la noirceur qui le tirait, pas après pas, vers une mort certaine.

Nous foulons finalement les marches qui mènent au commissariat sans que je ne me sois rendu compte du chemin parcouru, enfermée dans un recoin de ma tête. Marc est posté devant les portes, les mains fermement ancrées dans les poches de son jean brut. Vêtu d'une veste en cuir, arborant un regard mystérieux et froid, à la fois opposé, mais similaire à celui d'Adam, il dégage une attitude de *bad boy* malgré sa fonction au sein de la police.

— Merci d'être venu, souffle Simon en évitant de l'observer réellement.

— Il devrait se trouver là, c'est ici que les délinquants sont amenés en cas d'agression.

Je le fustige d'un coup d'œil belliqueux qui n'a, pour ainsi dire, aucun effet sur lui. Le capitaine Tillard continue de me toiser avec froideur, sans une once de compassion pour moi. Il nous indique finalement, d'un signe de tête, de le suivre. Nous nous exécutons sans piper mot, impressionnés l'un et l'autre par l'aura que dégage cet homme…

— Ce n'est pas du tout mon service, mais je connais pas mal de monde, marmonne-t-il entre ses dents alors que nous attendons à l'accueil.

Simon me jette un regard de coin, fixe ensuite son attention sur son… je ne sais pas quoi à vrai dire, avant d'afficher un petit rictus. Moqueur, évidemment. Je le connais par cœur !

Bon, ce n'est pas le moment de mettre en rogne le flic qui accepte de m'aider !

— Encore faut-il qu'ils t'apprécient… raille-t-il en étouffant son gloussement dans le revers de sa manche.

Les prunelles sombres et insondables de Marc s'immobilisent sur mon crétin de meilleur ami qui cesse de caqueter et se calme en enfonçant ses incisives dans sa lèvre. Je ne peux m'empêcher de lui donner un coup de coude et d'écarquiller mes yeux bouffis par les pleurs pour lui intimer implicitement de la boucler.

Après avoir dû donner mon numéro de téléphone en cas d'appel concernant Adam, le flic nous laisse seuls dans la salle d'attente et plus stressés que jamais. Enfin, pour ma part. Simon n'a pas l'air si inquiet que ça, bien trop occupé à scruter les allées venues de son Marc entre les pièces situées l'une face à l'autre.

Commettre un meurtre dans un commissariat, c'est risqué ?

Lorsque le brun ténébreux revient enfin, je suis incapable de déchiffrer sa mine. Je suis persuadée que toutes les émotions s'affichent toujours de la même manière sur le visage de cet homme.

Colère : taciturne.

Joie : taciturne.

Inquiétude : vous avez compris.

Je suis prête à demander à mon ami la tête que tire son amant quand il éjacule, lorsque ce dernier se plante devant moi, fouille dans mes pupilles des réponses que je ne possède sûrement pas, puis me révèle sur un ton plat et indifférent :

— Il est bien ici.

Quoi ? C'est tout ?

Je rêve ! Il n'ajoute rien. Il prend un malin plaisir à instaurer un climat de tension extrême pour simplement me préciser qu'Adam se trouve entre ces foutus murs.

Merci, Simon ! Elle est géniale ta tête de gland de flic !

Mon cœur s'emballe dans ma poitrine, résonne dans mes tempes que je presse quelques secondes pour m'assurer qu'elles ne compriment pas ma boîte crânienne et la poussent à imploser. Mon coloc' se racle alors la gorge, je lui jette un coup d'œil tandis qu'il incite Marc à m'en dire davantage en effectuant un signe de tête dans ma direction. Le gorille asocial soupire légèrement, poursuit sur un ton légèrement plus rassurant :

— J'ai demandé à ce qu'il sorte plus rapidement, mais ils attendent d'abord des nouvelles de la personne qu'il a tabassée. Lorsqu'ils se seront assurés que l'homme ne court pas de danger, ils le relâcheront en attendant le jugement. Ils ont pris sa déposition, un dossier d'enquête a été ouvert sur lui. Nul doute qu'il sera reconvoqué dans les semaines à venir.

Les derniers mots qu'il prononce terminent de m'achever. Du reste, je ne retiens que ceux-là, occultant complètement qu'Adam va certainement sortir ce soir. Il y a peu de chance que ce mec soit en mauvaise posture, il ne peut pas lui avoir infligé des dégâts irréversibles.

Si si, il le peut très bien.

Mais je ne le veux pas ! Je ne le conçois pas, c'est même inimaginable pour moi. C'est du déni pur et dur, mais tant que je pense à ça, je ne risque pas de bifurquer sur autre chose…

Trop tard… la prison…

Comment vais-je m'y prendre s'il y est envoyé ? Et surtout, comment s'en sortira-t-il ? Le milieu carcéral est dur, les trafics de drogue y sont fréquents malgré toutes les précautions employées, Adam cédera nécessairement à ses démons. Tout le travail fourni en amont n'aura servi à rien, il retournera à la case départ et cette fois, je ne serai pas avec lui pour l'aider. Il se peut même, qu'un jour, il soit victime d'une overdose si…

— Louise, un gars vient vers nous.

La voix de Simon me ramène à la réalité tandis que j'observe ledit gars se diriger dans notre direction, les sourcils froncés, un dossier entre les mains. Marc le rejoint aussitôt, s'entretient quelques minutes qui me semblent durer des heures. Je suis nulle pour la lecture labiale, ne parvenant pas à déchiffrer leur échange.

Je vais devenir barjot !

Terminator se poste finalement de nouveau face à mon ami et moi, sa sempiternelle ride du lion creusée entre les sourcils.

— Respire, blondie.

J'arque un sourcil hautain, les bras fièrement croisés sur ma poitrine.

Blondie ?

Sa commissure droite s'étire si imperceptiblement que je plisse les paupières pour m'en assurer, mais j'en suis finalement certaine lorsque Simon laisse échapper le soupir – discret, mais je le connais par cœur – qu'il émet lorsqu'il fond comme une guimauve. Marc se reprend aussitôt et enchaîne :

— Ton copain n'est pas un meurtrier, sa victime a juste un traumatisme crânien.

Mes yeux ronds comme des soucoupes doivent être amusants à observer puisque le flic, que je n'avais jusqu'alors pas vu esquisser plus qu'un léger rictus, ricane discrètement, suivi de mon traître de meilleur ami. Agacée que ces deux couillons se foutent royalement de ma gueule, je les réprimande d'un regard exaspéré qui ne semble qu'accroître leur hilarité.

— *Juste* un traumatisme, mais c'est grave, putain ! tempêté-je.

— Il sort, c'est ce que tu voulais, se renfrogne aussitôt le capitaine de police.

Oups. Tout doux, Rahan[72] *!*

Je me ravise, lui destine un sourire reconnaissant, avant de hausser les épaules et papillonner exagérément de mes longs cils pour me faire pardonner mon comportement de petite peste capricieuse. Le beau Marc reste de marbre devant mon numéro de charme, oblique son visage vers Simon et arque un sourcil interrogateur, à la recherche d'une justification à mon comportement étrange. Évidemment, cet écervelé de petit blond décoloré repart de plus belle dans un fou rire incontrôlable.

Marc est gay, espèce de gourde !

— Je vous remercie, Monsieur Tillard, bredouillé-je.

— Appelle-moi Marc, pitié.

— Merci, Marc, ajouté-je, en espérant son indulgence.

***

Le soupir de soulagement qui s'échappe de ma gorge ne peut annoncer qu'une seule et unique chose : Adam sort. Cerné, les cheveux complètement en bataille, il traîne des

---

[72] Personnage de dessin animé, guerrier bodybuildé

pieds en contractant exagérément la mâchoire, signe de son agacement. Son regard de glace se plante dans le mien, s'adoucit à l'instant où j'esquisse un sourire sans le vouloir.

Il causera ma perte !

Propulsée par une force extérieure, à la manière d'une marionnette guidée par son créateur, je me retrouve entre les bras solides de mon inconscient de British. Ses mains se plaquent fermement dans mon dos tandis que, hissée sur la pointe des pieds malgré mes talons aiguilles, j'enfouis mon nez dans son cou et respire son odeur comme si j'en avais été privée durant des siècles. Ses mains serpentent le long de mon corps, encadrent mon visage alors qu'il m'oblige à faire face à ses glaçons hypnotiques.

Ne pas se laisser avoir par cette manipulation visuelle surnaturelle !

— Espèce d'idiot ! le sermonné-je en fronçant les sourcils.

Sans lâcher mes joues, qu'il presse même davantage entre ses paumes, il dépose un baiser sur mon front, avant de m'adresser un coup d'œil sincèrement désolé accompagné d'une moue terriblement craquante.

— Je te demande pardon, Louise.

La manière dont sa langue claque sur son palais, lorsqu'il prononce la première lettre de mon prénom, m'arrache un frisson, son petit accent anglais n'arrangeant rien. Je suis fichue, incapable de rester en colère contre lui bien longtemps, malgré son acte effroyable Je secoue la tête, agacée de constater que je suis d'une faiblesse sans nom.

— Tu aurais pu le tuer, Adam ! Heureusement que le copain de Simon était là pour te faire sortir. Tu es fou…

— … de toi, oui, me coupe-t-il. Je suis fou de toi.

Ouh merde, inondation à 6h30.

— Personne n'a le droit de te toucher, si ce n'est moi. Tu comprends ça ?

Je hoche légèrement la tête, incapable d'agir autrement. Cet homme est un panier garni de surprises, me permettant de découvrir des bribes de sa personnalité à mesure que nous apprenons à nous connaître. Et comme une petite idiote amourachée d'une gravure de mode, mes joues deviennent si colorées que je crains d'influer sur le réchauffement climatique. Il a besoin de moi, et la réciproque est vraie.

— Bon, vous continuerez vos retrouvailles plus tard, il faudrait partir d'ici, nous interrompt Marc.

Mon… petit-ami pose sur lui un regard si froid que l'ébullition qui s'était emparée de moi est aussitôt étouffée, emportant dans un nuage de vapeur toute la sérénité recouvrée depuis qu'Adam m'a serrée dans ses bras. Se détaillant avec un dédain accru, au point que leurs yeux se scannent véritablement, cherchant sûrement à percevoir un point faible chez l'autre, la tension palpable entre les deux chiens fous s'étend jusqu'à moi qui agite nerveusement mes mains pour tenter de l'évacuer.

Afin de détendre l'atmosphère, je cramponne mon petit doigt à celui du Britannique. J'obtiens ainsi son attention et, lèvres pincées, effectue un léger signe de tête en direction de Marc. Ce dernier fixe Adam, prêt à exploser.

— Merci… souffle froidement le plus grand des deux.

Je lui broie la phalange en resserrant mon emprise, il ajoute en grognant :

— … beaucoup.

Le flic qui l'a sorti de cette mauvaise posture lui accorde un bref hochement de tête, pivote pour rejoindre Simon avec qui il échange quelques mots. Je profite de notre dernier moment de solitude pour planter un regard fâché sur le mannequin qui me toise de son mètre quatre-vingt-dix. Ses lèvres s'étirent devant la mine que j'affiche, ce n'est pourtant pas l'effet que je souhaite provoquer. Pourquoi personne ne me prend-il jamais au sérieux ? J'affiche la tête d'un chaton attendrissant ou quoi ? Il faut que je hurle et jure comme une poissonnière pour qu'on me redoute enfin ?

Bordel de couille de chiotte de bite à cul !

Non, ça, ce n'est pas moi. Mon rêve serait d'être crainte d'un simple coup d'œil ombrageux, mais ce n'est pas demain la veille qu'on me respectera aussi facilement…

— Je l'ai remercié, roucoule Adam en déposant ses lèvres contre les miennes.

Et je fonds… bordel de couille de chiotte de bite à cul !

Il ricane contre ma bouche, certain d'avoir remporté cette petite bataille, aussi sûr de lui que s'il avait assisté en personne à mon débat intérieur. Je mets fin à notre baiser, lève les yeux au ciel et rejoins les deux garçons tandis que Jameson me rattrape en une enjambée.

Mon mètre soixante-cinq et moi, on vous emmerde !

Sur ce langage fleuri, je permets à Adam d'enrouler ses doigts aux miens, ne manquant pas de remarquer les jointures de ses mains meurtries. Il m'adresse un léger sourire de coin, cherchant ainsi à s'excuser… avant de nous conduire vers la sortie du commissariat, Marc et Simon sur nos pas. Alors que nous descendons les marches, le capitaine de police se fige sur le perron. Je l'observe quelques instants par-dessus mon épaule, il semble particulièrement contrarié et fusille le dos de mon meilleur ami.

— Simon, je peux te parler ? demande-t-il d'une voix si basse que je ne suis pas certaine d'avoir correctement entendu.

Pourtant, mon coloc' se fige, reste immobile quelques instants, avant de pivoter et lui jeter un regard que je ne parviens pas à interpréter. Je l'interroge silencieusement, il se contente de m'indiquer, d'un signe de la tête, d'avancer un peu plus bas. Résignée, je plaque mes doigts contre ma bouche et lui envoie un baiser factice dont il simule la réception au vol. Je ne peux m'empêcher de glousser, consternée de constater que nous sommes parfois pires que des collégiens puérils.

Jameson m'entraîne en contrebas, mais je ne peux m'empêcher de jeter des coups d'œil en catimini à mon ami qui a rejoint sa tête de mule de flic. Je donnerais cher pour être une petite souris à ce moment-là et écouter ce qu'ils peuvent bien échanger. Les traits de Marc sont durs, presque douloureux, tandis que Simon paraît agacé par l'attitude du grand brun. De prime abord, leur conversation n'est pas calme.

Deux mains m'extirpent de ma curiosité maladive en saisissant mes joues pour m'obliger à abdiquer. Je tombe alors sur deux billes grises aussi claires qu'un ciel voilé et orageux. Adam coule sur moi un regard si protecteur que mon palpitant rate une pulsation, n'irriguant plus correctement mes jambes qui se mettent à vaciller sur mes escarpins. Son souffle caresse délicatement ma peau s'empourprant tandis qu'il avance ses lèvres si proches des miennes que l'attraction de sa chair me paraît inévitable.

— Je suis navré de t'avoir fait peur, articule-t-il contre ma bouche.

Les mots restent bloqués dans ma gorge, je suis trop subjuguée par ce qui s'agite en moi. Je me décale, observe sa bouche arrondie, les petites fossettes sur ses joues, sa coupe en pétard… Il est si beau, mais si effrayant. Je voudrais lui confesser chacune de mes craintes, particulièrement ma peur de son jugement au tribunal, et surtout, mon effroi d'avoir pensé qu'il était capable de tuer cet homme…

— Tu as peur de moi ? s'enquiert-il d'une voix soufflée et rocailleuse.

Je hoche la tête de gauche à droite, ne quittant pas ses yeux ne serait-ce que pour battre des cils. J'appréhende chacune de ses réactions, c'est indéniable, mais en aucun cas je m'inquiète pour ma sécurité lorsque je suis en sa présence. Aussi douloureux qu'aient été nos débuts, je lui accorde une confiance aveugle désormais, convaincue qu'il serait prêt à tout pour mon bonheur. Son attitude n'est pas toujours la meilleure, mais il fait de son mieux, tâtonne et fait des erreurs, comme un enfant commet des bêtises avant d'adopter les bons comportements.

— Ça tourne à la guimauve votre histoire, raille une voix qui s'approche de nous.

Je réprime le sursaut qui tente de se libérer de mon ventre, observe Adam encore une seconde dont je souhaiterais ne jamais connaître la fin, et me résous à quitter ce moment dans lequel nous étions plongés, si loin de la vie et ses tracas.

Je tourne le visage vers mon ami, lui décoche un sourire gêné tandis que le Britannique hausse un sourcil à son égard, sans aucun doute irrité que Simon le vanne de cette manière. Mes doigts glissent dans ses cheveux, l'obligeant à reporter son attention sur moi qui le somme silencieusement d'être agréable. Il se contente d'esquisser un sourire qui m'est uniquement destiné, avant que nous prenions la direction du chemin de retour.

— Tout va bien avec Marc ? interrogé-je mon ami.

— Pas pire que d'habitude.

Je risque une œillade vers Simon qui se tient à ma gauche, Adam fermement agrippé à mes doigts sur la droite, et rencontre des traits quelque peu tirés par la contrariété.

— Tu as des soucis ? Tu es étrange ces derniers temps, m'aventuré-je.

Simon affiche un grand sourire, passe son bras sur mes épaules et chatouille l'oreille de Jameson qui marmonne entre ses dents. Je ne peux m'empêcher de m'amuser des chicaneries destinées à mon petit-ami qui, pour sa part, tente de rester aussi patient que son tempérament le lui permet.

— On mange ensemble ? propose Simon en éludant ma question.

— Je vous invite alors, surenchérit mon voisin de droite. Encore un peu, et je me risquais à bouffer un truc dégueulasse dans cette cellule.

Mon coloc' se place alors devant nous tout en parcourant la rue à reculons. Les mains jointes en signe de prière, il alterne entre nos visages, arrondit ses yeux de *Chat Potté* tout en tordant ses lèvres dans une moue supplicatoire.

— Louise, je t'en prie, propose McDo'. Il ne peut rien te refuser à toi !

J'éclate de rire en récupérant ce clown sous mon bras, il m'imite en faisant résonner autour de nous son rire communicatif. Aussi surprenant que cela puisse être, Adam Jameson ricane discrètement, incapable de rester sérieux face aux pitreries de ce petit singe décoloré.

***

Du gras, du sucre, je vivais ma meilleure vie jusqu'à ce que Simon propose un film d'horreur, qu'Adam accepte avec enthousiasme, avant que je ne mette mon droit de veto, prétextant bosser le lendemain. Évidemment, mon capricieux British s'est offusqué que je travaille un dimanche, a traité mon patron de tortionnaire esclavagiste, mais mon obstination a réussi à le convaincre de la nécessité de ma présence sur cette dernière ligne droite. En échange de son calme, Simon a proposé un compromis : *Rec*[73], contre l'abdication de ce mannequin à la noix. Qu'ils m'agacent ces deux-là à comploter contre moi ! Dans quel monde vit-on, je vous le demande ?!

Sursauts, suées froides sous l'épaisse couette suffocante, cris étouffés dans mon coussin, frissons arrachant mon épiderme, voilà la soirée que je passe ! Blottie entre mon coloc' et mon petit-ami, je ne cesse de répéter que je les hais au plus haut point, pressée que ce film d'épouvante absolument détestable se termine. 1h18, c'est très long, au point que Simon finit même par s'assoupir, reposant sa tête sur le coussin à côté de lui. Adam parvient particulièrement à me contraindre de détourner mon attention des images qui défilent sur la télé, ses ongles traçant de petits cercles sur mon ventre, juste au-dessus de mon short de pyjama. Les yeux clos, je parviens à faire abstraction de la musique angoissante qui sort des enceintes, trop concentrée sur nos peaux en contact.

Lorsqu'il soulève, centimètre par centimètre, l'élastique de mon bas, je plante mes dents dans ma lèvre pour contenir le gémissement qui tente déjà de s'échapper de ma gorge. Je jette un œil à mon ami qui pionce toujours, me détourne vers l'homme qui échauffe mon épiderme. Un sourire lubrique étire ses lèvres tandis que je tente de lui indiquer discrètement que nous ne sommes pas seuls. Clairement, ça ne lui pose pas de problème. La pulpe de ses doigts s'aventure bien plus au sud, bravant la barrière de ma culotte pour venir se loger contre mon intimité que je sens palpiter comme une aliénée, désireuse qu'il la fouille avec lasciveté.

---

[73] Film d'horreur sur une infection de zombies

Mon Dieu, mon envie de ses doigts en moi se décuple. Je m'arcboute instantanément de concert avec ses lèvres qui se plaquent contre les miennes, aspirant mon désir à mesure que son pouce réalise des arabesques sur mes replis, étirant peu à peu mes chairs.

Tiraillé entre la passion et la gêne, mon cerveau tente une mise au point, me basculant l'espace d'une seconde sur le chemin de la luxure, laissant échapper un geignement de plaisir qui s'étouffe contre sa bouche. Ma conscience tente péniblement de me marteler toutes les limites qu'on s'est toujours promis de ne pas franchir avec mon colocataire depuis que nous avons emménagé dans cet appartement.

Règle numéro 1 : pas de sexe que l'autre peut découvrir !

Merde, je suis en plein dedans. Juste à côté, pour être précise. Mais les doigts magiques de mon amant me galvanisent au point que, si je ne m'arrête pas maintenant, le petit blond au pays des songes risque d'assister à un remake très intéressant de la *Belle au bois au dormant*, pas si endormie que ça…

— Simon… bredouillé-je en tentant de ne pas laisser exploser la complainte qui me menace.

— Il dort, murmure Adam d'une voix si sourde, qu'elle m'arrache un gémissement qu'il réfrène en pressant ma bouche.

Mon ami endormi grogne soudain à côté de moi, se redresse en frottant ses yeux tandis qu'Adam retire rapidement ses mains de… *là*. Frustrée et à la fois soulagée qu'il interrompe ce moment gênant, je l'observe en ne sachant pas quelle attitude adopter. Il ne semble pas s'être rendu compte de quoi que ce soit puisqu'il se lève, grogne qu'il part se coucher.

— J'espère que tu te feras bouffer par un zombie, maugréé-je sur un ton vengeur.

Il ricane, referme la porte derrière lui, me laissant seule, à la merci de cette bombe sexuelle qui se tient tout juste derrière moi, sa large paume déjà glissée sur mon ventre et son nez enfoui dans ma chevelure.

Je suis certaine qu'à l'instant où je me retournerai, il me dévorera toute crue…

CHAPITRE DIX-NEUF

Adam

Respirant sa divine odeur à pleins poumons, je resserre mon étreinte autour de sa taille étroite, glisse mes mains sur son buste pour entourer ses seins ronds et délicieusement galbés. Basculant sa tête contre mon épaule, la sublime blonde rabat sa chevelure irisée et m'offre sa gorge comme une pucelle ésotérique le ferait face à un vampire. Je la parsème de baisers humides, m'attardant sur sa jugulaire que je sens battre contre ma bouche. J'entrouvre légèrement les lèvres, mordille sa peau fine et diaphane tandis qu'elle lève une main vers mon visage, effleure ma barbe naissante et râpeuse de la pulpe de ses doigts, avant de fourrager dans les légères ondulations de mes cheveux dont je devrais rafraîchir la coupe.

Désireux de rencontrer ses iris énigmatiques, je la contrains à se retourner pour me faire face. Elle s'exécute. Je manque de flancher lorsque son regard me percute avec une intensité que j'ai rarement eu l'occasion de croiser. Un ange passe entre nous, nous nous attardons à détailler les traits de l'autre. Mes yeux retracent les contours de son visage, sautent de sa bouche pulpeuse et pleine à ses pommettes dessinées pour recevoir des baisers, puis à son nez court et fin qui donne l'impression d'agrandir davantage ses billes céruléennes.

Incapable de résister une seconde de plus à l'attraction qui me lie à elle, je l'approche de moi d'un geste doux, mais ferme. De mon pouce, je lui caresse la joue. Elle bat des cils comme une poupée, avant que je n'écrase presque brutalement ma bouche contre la sienne dans un geste quasi désespéré de la sentir au plus près de moi.

Mon palpitant s'accélère dans ma poitrine, propulse le sang vers le sud de mon anatomie, si bien qu'en une fraction de seconde, je manque définitivement de place dans mon caleçon.

Je romps notre contact, l'observe un instant.

— Si tu ne veux pas aller plus loin, arrête-moi là. Après, j'en serai incapable et il sera trop tard, soufflé-je d'une voix rauque.

Ses lèvres s'étirent, elle y plante ses incisives et les malmène tout en m'adressant un regard qui, pour parler vulgairement, pue le sexe.

Goddamn, this girl is going to kill me[74] *!*

— Je veux que tu me fasses l'amour, Adam.

Ma langue pourlèche ma chair. Je perds pied à la simple entente de mon prénom articulé dans cette bouche qui m'apparaît dans des tas d'images mentales qui pousseraient une bonne sœur à jurer.

Elle saute sur moi, grimpe à califourchon sur mon corps qui a basculé sous la force de sa propulsion, puis m'embrasse avec une telle passion que j'en reste ébahi, ne sachant plus à qui j'ai réellement affaire. Sa main serpente jusqu'à mon entrejambe, déboucle ma ceinture et glisse sous l'élastique de mon caleçon. Elle affiche une moue joueuse qui me donne des tas d'idées.

Really a lot of ideas[75].

---

[74] Nom de Dieu, cette fille va me tuer

[75] Réellement beaucoup d'idées

— *You keep your cards close to your chest, honey*[76].

Elle m'offre un de ces sourires à vous couper le souffle, me jette un regard énigmatique pour m'indiquer qu'elle n'a pas saisi le sens de ma phrase. Ma langue maternelle ne peut s'empêcher de surgir malgré moi lorsque je ne suis plus maître de mes émotions.

— Je ne saurais pas te le traduire… ça veut dire, en quelque sorte, que sous ton apparence de petite fille bien sage se cache une femme pleine de surprises.

Ses lèvres forment un o parfait tandis qu'elle porte sa main contre, feignant l'indignation. Elle ajoute, mi-amusée, mi-agacée :

— Je suis une sainte !

Malgré moi, j'éclate de rire, subjugué par son jeu théâtral et sa petite touche d'humour. Elle ne me laisse pourtant pas le temps de me gausser bien longtemps, son débardeur de pyjama passe par-dessus sa tête, découvrant sa poitrine généreuse que je ne peux m'empêcher d'admirer. Mes mains se plaquent aussitôt contre, comme si elles y avaient été attirées sans que je leur en donne l'ordre. Je suis certain de lui avoir fait rater une inspiration et m'en délecte en retirant à mon tour mon t-shirt.

Comme deux adolescents maladroits, nous nous désapons mutuellement jusqu'à nous retrouver complètement nus, peau contre peau, mon corps au-dessus du sien qui tremble légèrement. Est-ce de peur ou d'excitation ? Je dois m'en assurer, ses prunelles ne m'indiquent rien qui me permettrait de comprendre et d'ajuster mon comportement.

— Tout va bien ?

— Je suis un peu… stressée, murmure-t-elle.

---

[76] Tu caches bien ton jeu, chérie

— Ne le sois pas, je vais t'emmener si loin que tu en oublieras même notre première fois, dans le bureau de mon psy.

Elle me prive aussitôt de l'unique moyen qui me permet de la déchiffrer, en pressant ses paupières. J'imagine que repenser à cette fameuse nuit est pour elle source d'excitation et de contrariété, lorsqu'on sait comment elle a fini. Je ne la laisse pas s'enliser dans ses pensées néfastes, passe la pulpe de mes pouces sur la peau fragile sous ses yeux, jusqu'à ce qu'elle les ouvre et esquisse un petit sourire. Elle hoche légèrement la tête, me soulignant qu'elle est parée.

Prêt à m'insérer délicatement en elle, j'écrase mes lèvres contre les siennes, franchis le barrage de ses dents pour enlacer sa langue de la mienne, avant d'appuyer mon gland à l'entrée de son intimité. Elle tressaille aussitôt, se crispe lorsque je m'enfonce avec une douceur extrême jusqu'à rencontrer son tréfonds. Dans un premier temps, elle grimace. Puis, sous mes lascifs mouvements de bassin, les traits de son visage parfait se détendent et laissent place à la béatitude tandis que ses hanches s'agitent sous mon corps.

Ma main ne peut s'empêcher de se loger contre son sein droit, d'agacer son mamelon qui s'étire sous mes doigts. Elle gémit dans ma bouche, ondulant comme un serpent qui, en inversant les rôles, charme son flûtiste. Je suis à sa merci, complètement rendu dingue de ses formes, de son odeur, du velouté de sa peau… Chaque cellule de son être m'enchaîne au point où je me sens prisonnier de cette jeune femme, et j'aime ça.

Dans un mouvement plus furtif qu'un fauve, elle enroule ses jambes autour de mon bassin, me propulse sur le côté si bien que je me retrouve plaqué sur le dos. Ses paumes se resserrent autour de mes poignets qu'elle place au-dessus de ma tête. Elle se penche vers moi, assise en amazone sur mon membre qui s'engorge tant il durcit et étire les parois intimes de mon amante.

— On va voir qui baise qui… murmure-t-elle d'une voix si… érotique.

Damn[77].

Son bassin réalise des mouvements d'avant en arrière, cherchant chaque fois à me faire gronder un peu plus de plaisir. Elle s'acharne à coulisser sur ma queue, à s'enfoncer toujours plus loin. La tête basculée dévoilant sa gorge, ses cheveux tressautent au rythme de ses seins alors qu'elle rebondit contre mon corps, haletant. Cette vision m'achève d'une telle puissance que j'en perds mes moyens… et… c'est… à ce moment… que les sentiments que j'ai pour elle envahissent les milliards de synapses de mon cerveau, le colorant d'explosions rouges et roses…

Oh my God, it's wonderful[78] *!*

Sans que je ne puisse avoir ne serait-ce qu'un millième de contrôle, mon bas-ventre se contracte, déchire chacun de mes muscles tandis qu'un courant électrique envahit mes testicules qui se tendent de plaisir jusqu'à ce qu'un liquide visqueux se déverse en elle, me faisant grogner comme un ours.

Je me fige.

Mes yeux interceptent aussitôt ceux de Louise qui s'est stoppée net.

Dans ma langue maternelle, je bafouille quelques phrases dans ma barbe tandis qu'elle me laisse me lever. Sans croiser son regard, bien trop honteux pour cela, je fonce droit vers la salle de bains, m'y enferme à double tour et actionne le robinet pour m'asperger d'eau glaciale.

---

[77] Bordel

[78] Oh mon Dieu, c'est merveilleux

Je m'observe finalement dans le miroir, prêt à y lancer mon poing pour effacer le dégoût que me provoque mon reflet d'éjaculateur précoce. Cette nana est une déesse. Je suis censé être une bête de sexe et voilà que je ne parviens pas à me maîtriser parce qu'elle ondule un peu trop sur ma *fucking dick*[79] !

Well done, Adam[80] *!*

J'ignore combien de temps je reste dans cette minuscule pièce, à me barricader pour ne pas affronter ma honte. Il y a deux choses que je pensais immuables dans ma vie, deux piliers fondateurs qui me permettaient d'être rassuré en chaque instant. Le premier est sans conteste mes performances au lit. Je n'ai jamais, jamais, failli à ce rôle d'amant précis et endurant. Le second ? J'ai toujours estimé être dépourvu d'un cœur et par extension, de sentiments.

Ce soir, les fondements de la personne que je pensais être se sont effondrés sous l'attention à la fois inquiète et intriguée d'une sublime blonde au visage parfaitement harmonieux, aux courbes dangereusement irrésistibles et au caractère dual, à la fois sage et sauvage. Je suis incapable de sortir de cette minuscule pièce et de me confronter à son jugement…

Après avoir entendu la chasse d'eau des W.C., un léger coup sur le battant interrompt mes pensées. Je me fige en pressant le rebord du lavabo entre mes paumes. Mes phalanges blanchissent à mesure que la rage dévastatrice se répand dans mes veines, voile mon regard qui, de glacial, se rapproche dangereusement du zéro absolu. Je sais qu'elle ne mérite pas de rencontrer cet Adam-là, elle plus que

---

[79] Putain de bite
[80] Bien joué, Adam

quiconque, mais suis-je capable d'avoir une quelconque maîtrise sur ma personnalité la plus sombre ?

— Adam, tout va bien ?

Sa voix est si douce et bienveillante qu'un goût de bile se déverse dans ma bouche, me collant une nausée qui me fait cracher dans le réceptacle en faïence et repasser de l'eau sur mon visage pour éclaircir mes idées. Je m'essuie avec une serviette qui traîne, voulant effacer les traces de ma médiocrité.

Lorsque j'ouvre la porte, je tombe directement sur des prunelles inquiètes, plus lumineuses que jamais dans la pénombre. Les lèvres pincées, mon regard polaire scanne l'expression qu'affiche Louise, tente de l'analyser pour ajuster mon comportement. Elle happe l'air autour d'elle et je crois que si elle agit ainsi, c'est pour contenir son émotion de me voir si… distant.

Dumbass[81] *!*

La petite blonde, aux formes affriolantes dans cette nuisette en satin rose, avance sa main pour la poser sur mon torse. Je l'intercepte avant qu'elle n'entre en contact avec ma peau, serrant son poignet avec un peu trop de vigueur. Elle grimace, me jette un regard brumeux. Je l'empêche de glisser sur ce terrain en avançant d'un pas, la bousculant quelque peu au passage, et m'enfuis dans la chambre.

Nu comme un ver, je m'assieds sur le lit, repose ma tête entre mes paumes, accoudé sur mes genoux. Voilà pourquoi je refusais de la voir, j'étais persuadé qu'elle tenterait de minimiser la situation, de me rassurer. J'ai envie de tout, sauf qu'on me prenne en pitié. C'est une pratique que j'exècre au plus haut point et ça a toujours été le cas. Je suis un homme

---

[81] Crétin

orgueilleux. Exposer mes faiblesses relève du supplice en ce qui me concerne.

As much to tell you that lately I have been surched[82].

L'eau coule quelques instants dans la salle d'eau, elle doit sans doute se rafraîchir.

Ai-je déjà dit que *Miss Dario* était du genre tenace dans son style ?

C'est bien ce qu'il me semblait…

La revoilà dans la chambre. J'oblique une œillade dans sa direction. Son visage est de nouveau impassible, mon comportement semble avoir ruisselé sur elle sans l'atteindre, comme si elle y était imperméable. Derechef, je fixe mon attention sur le sol abîmé de sa chambre, étudiant avec minutie les morceaux de balatum arrachés.

La jeune femme s'assied juste à côté de moi, son parfum fleuri et sucré envahit chaque cellule olfactive de mon corps, adoucissant bien malgré moi les tumultes qui ne cessent de frapper ma boîte crânienne. Elle conserve le silence quelques secondes, peut-être des minutes, avant de glisser sa tête dans l'interstice entre mes bras et mes jambes. Elle ne peut s'empêcher de glousser en remarquant qu'elle est coincée, ce qui m'arrache évidemment un rictus.

Je me redresse alors, la laisse se hisser sur mes genoux, coller sa poitrine, dont les images sexuelles ne me quittent plus, à mon torse, et m'entourer de ses bras fins. Sans dire un mot, elle resserre son étreinte, absorbant ma colère et mon humiliation…

— Excuse-moi, finis-je par marmonner honteusement.

[82] Autant vous dire que ces derniers temps j'ai été servi

Elle se décale légèrement de moi, saisit mon visage entre ses mains délicates et me destine un regard si attendrissant qu'un coin de ma bouche se redresse.

— Tes… performances sexuelles…

Mes traits se durcissent instantanément à l'entente de ces mots, mes sourcils se joignent pour n'en former qu'un unique. Elle s'interrompt un instant, avant de poursuivre :

— … ne m'intéressent pas. J'ai pris énormément de plaisir, Adam. Et tu as raison, j'ai oublié notre première fois.

— Impossible, maugréé-je. J'ai été nul et ridicule.

— Tout était différent aujourd'hui, tu as été… toi. Je suis contente que tu aies écouté ton plaisir…

Je ricane, d'un rire abject que je ne reconnais plus. J'arrime mes pupilles aux siennes, retrousse la lèvre supérieure dans une moue dégoûtée, avant d'éructer :

— Je ne l'ai pas écouté, il s'est invité à notre petite fête sans prévenir.

Je jurerais observer les joues de cette petite peste se creuser, signe qu'elle se les mord pour s'empêcher de rire. Je secoue légèrement la tête en claquant la langue pour lui signifier ma désapprobation, la fustige d'un coup d'œil réfrigérant, avant de me dresser sur mes jambes, Louise fermement cramponnée dans mes bras. Comme un vulgaire sac de patates, je la catapulte sur mon épaule et plaque ma paume contre sa fesse pour la punir de se moquer de moi.

No one makes fun of Adam Jameson[83].

L'écervelée couine tandis que je la repose sur le lit, l'écrase de tout mon poids pour la chatouiller. Elle hurle, se débat et émet des gloussements dignes d'un dindon. Les yeux dans les yeux, nous chahutons, laissant de côté les petits

---

[83] Personne ne se moque d'Adam Jameson

désagréments de cette soirée. Je parviens même à me vider la tête, me rassasiant de son rire qui n'équivaut aucun autre…

Soudain, le silence nous englobe. Les petits sourires que nous affichions une seconde plus tôt s'effacent peu à peu, laissant place à une ambiance sérieuse et solennelle. Mes doigts effleurent ses lèvres rougies, glissent jusqu'à sa pommette saillante, avant de replacer une mèche derrière son oreille. Elle est… splendide. Son regard immense ne perd pas une miette des expressions qui doivent sans doute transparaître sur mon visage, mais elle conserve le silence… respectant mon intimité.

— Merci, soufflé-je.

Elle fronce les sourcils, me questionne mentalement.

— Je sais que je ne te raconte pas grand-chose sur ce qui se passe dans ma tête, avoué-je… depuis que je suis entré en cure.

Sa seule réponse est un baiser qui s'attarde et que je souhaiterais ne jamais terminer…

***

La lumière du jour qui me brûle les yeux, à travers mes paupières fermement closes, m'oblige à me réveiller plus tôt que je ne l'avais prévu. Geignant comme un animal sortant d'hibernation, je constate que je suis seul dans le lit, à poil.

Louise est déjà partie *le* rejoindre.

Mes dents se serrent instantanément, grincent alors que je remarque un petit papier sur la table de chevet. Je m'en saisis, le déplie en expirant longuement pour maîtriser mes accès de colère. J'ai promis de faire un effort et de la laisser travailler avec cet homme qui ne m'inspire aucune confiance…

Salut Adam,

Tu dormais bien quand je suis partie, je n'ai pas voulu te réveiller... Je ne sais pas ce que tu as prévu de faire aujourd'hui, mais si tu dois partir, laisse la clef dans la boîte aux lettres, je la reprendrai ce soir.

Je t'embrasse...

Un sourire béat s'affiche sur mon visage. Un sourire que j'aurais abominé il y a encore quelque temps. Ce petit mot s'apparente étrangement au premier qu'elle m'avait laissé et pourtant, aujourd'hui tout est différent. J'accepte qu'elle me procure une certaine dose de bien-être. Depuis mon entrée en désintox', je n'ai cessé de penser que Louise est ma nouvelle came. Son absence me tord l'estomac, m'empêche de respirer à pleins poumons et m'oblige à cogiter sans cesse, ne laissant aucune seconde de répit à mon cerveau déjà bien attaqué par toutes mes années d'excès.

Comment ai-je pu la haïr au point de vouloir la faire souffrir et la détruire, allant jusqu'à participer au renvoi de son job d'assistante créatrice de Jeanine Verdant ? Je me débecte, l'homme que j'étais était une pauvre merde, un déchet qui polluait et détériorait tout ce qu'il touchait. Comment ai-je pu me supporter, me regarder jour après jour dans une glace sans avoir envie de mettre fin à cette vie merdique ? L'état dans lequel j'avais plongé me frappe, me choque et me donne envie de tout oublier, de faire table rase du passé. J'ai longtemps survécu, tiraillé par mon enfance chaotique dont je ne garde que très peu de souvenirs, mais aujourd'hui, pour la première fois depuis… toujours, je veux vivre.

Pleinement.

Intensément.
Passionnément.
Actually[84].

***

Puisque j'ai rendu mon appart' à l'agence, me voilà dans l'obligation de vivre à l'hôtel depuis plusieurs jours. Après y avoir fait un saut pour me changer, je n'ai pas résisté à rendre visite à ma blonde préférée. Je sais, j'ai juré de la laisser bosser tranquillement, mais croyez-le ou non, c'est une simple visite de courtoisie, je me comporterai comme un petit ami exemplaire et je ne ferai pas de vague avec ce *beautiful bastard*[85] !

Je presse le pas lorsque je ne me trouve plus qu'à deux rues de ma dose personnelle de drogue, mon héroïne, Louise. Comme un toxicomane en manque, mes jambes s'activent seules, réduisant la distance qui me sépare de ma libération. Mon palpitant danse une samba effrénée tandis que chacun de mes muscles se bande, imposant une tension à mon corps comme rarement j'ai pu le constater, même lorsque j'étais au plus profond de mon addiction.

La savoir dans cet entrepôt désert en périphérie de la ville, et surtout avec cet homme, ne me rassure pas. Je ne suis plus certain de la raison de ma présence désormais. Est-ce parce que je ne peux me tenir bien longtemps loin d'elle, ou simplement m'assurer qu'il se comporte correctement ? Mon esprit et ma réflexion sont embrumés, peu réfléchis, aveuglés par ma jalousie. C'est son travail, je dois le respecter et ne pas

---

[84] Réellement
[85] Beau bâtard

m'immiscer dans la relation professionnelle qu'elle entretient avec Benjamin Danton.

Professional, really[86] ?

Je franchis la petite porte du couloir qui mène à leur salle de travail, me rappelant parfaitement que la dernière fois que j'ai foulé ce sol, les choses ne se sont pas tout à fait déroulées comme je l'avais souhaité. Alors que je m'approche peu à peu de l'objet de toutes mes convoitises, des rires me parviennent jusqu'aux oreilles, les contraignent à saigner tant ces sons m'arrachent le cœur, le malmènent et le coupent en morceaux. La voix grave et rauque de ce maudit créateur enveloppe la sienne. Je m'approche pour vérifier qu'il ne la touche pas.

Caché par un pan de mur, à l'abri de leurs regards, je les observe de longues minutes interagir, remarquant leur complicité indéniable. La main de Danton ne cesse de se balader dans son dos, sur son avant-bras, sans que Louise ne pipe mot. Pourtant, je remarque qu'elle se déplace chaque fois un peu plus, gesticule pour échapper à ses grandes paluches dont je rêve de briser désormais une à une les phalanges, jusqu'à ce qu'il me supplie d'arrêter comme une fillette.

Mes dents se plantent fermement dans la peau de ma main que j'ai portée à ma bouche, la serrant jusqu'à ce qu'à y laisser une marque rouge, seul moyen efficace d'éviter d'exploser devant elle et la confronter de nouveau à ce qu'il y a de pire en moi. Je ne cesse de me répéter un nouveau mantra que j'espère efficace : « *stay calm, he is harmless*[87]. » Cette litanie tourne en boucle dans ma tête alors que j'ai clos les paupières pour ne plus assister à cette scène qui me rend dingue, envoyant en première ligne le monstre qui sommeille en moi

[86] Professionnelle, réellement

[87] Reste calme, il est inoffensif

et ne demande qu'à ressurgir pour tout détruire sur son passage.

She will not forgive you[88].

Est-ce une intervention divine ou simplement ma volonté qui s'est endurcie ces dernières semaines, mais je parviens à rebrousser chemin, déambulant tel un automate, ma vue à la recherche d'un point de fuite très lointain, mon ouïe hermétique à tous les bruits environnants.

Comment vais-je pouvoir supporter cette vie à ses côtés, si je ne tolère pas qu'une autre personne, en particulier un homme, entre en interaction avec elle ? Le seul moyen serait de l'enlever, la séquestrer pour toujours… et encore, je suis persuadé qu'elle trouverait un subterfuge dont elle a le secret pour me contrarier.

— Salut, Adam.

Je bats exagérément des cils, observe où je suis… une rame de métro. J'ignore de quelle manière je me suis retrouvé ici, j'ai un *blackout* total. Je tourne le visage, tombe sur celui de Zodia, la copine de Joé, mon ex-fournisseur. Ses lèvres carmin s'étirent, elle m'offre un sourire resplendissant en passant sa main dans sa chevelure crantée à la *Dita von Teese*[89]. Je reste stoïque, désagréablement surpris de tomber sur elle…

Il ne manquait plus que le passé me rattrape, maintenant, à un moment où je suis plus perturbé que jamais et enclin à faire toutes sortes de conneries irréfléchies.

— Salut, ajouté-je finalement sur un ton froid.

Elle pose sa main sur mon avant-bras, accentue son sourire et infiltre mes pupilles à la recherche de réponses à ses questions mentales. Je reste évidemment impassible, ne souhaitant pas étaler ma vie et ma soudaine… sobriété.

---

[88] Elle ne te le pardonnera pas

[89] Célébrité américaine au look de pinup des années 40

Minaudeuse, elle sillonne ma peau de ses ongles colorés d'un orange flashy tout en me faisant remarquer :

— Ça fait un moment qu'on ne t'a pas vu…

— J'ai été pas mal occupé ces derniers temps.

— Tu te fournis ailleurs ? s'enquiert-elle sur un ton réprobateur.

Je secoue la tête, reste évasif quant aux raisons qui m'ont poussé à ne pas les contacter. Elle finit par opiner du chef lorsqu'elle gobe mon bobard concernant le supposé stock que je possède.

— Tu n'as qu'à passer à l'appartement, Joé serait ravi de te voir.

No way[90].

Si j'y vais, je vais craquer. C'est certain, plus limpide que de l'eau de roche. Prenez une personne en obésité morbide, au régime depuis peu et souffrant d'un manque accru de sucre, mettez-la dans une pâtisserie où des gâteaux plus appétissants les uns que les autres se volent la vedette, proposez-lui-en un en le fourguant sous son nez, histoire qu'elle reçoive bien toutes les informations qui activent sa dépendance, et attendez. Pensez-vous réellement qu'elle va résister à la tentation ? Moi, je n'y crois pas.

Malheureusement, sa proposition tombe à pic, c'est comme si j'avais déjà un pied chez eux…

Say no, say no, say no[91] !

— OK.

***

---

[90] Hors de question

[91] Dis non

L'odeur de marijuana qui circule dans le salon me fait tourner la tête, me provoque des nausées que je tente de cacher tant bien que mal. Joé s'avance alors vers moi, m'offre son éternelle accolade à l'américaine, avant d'ajouter sur un ton légèrement *stone* :

— Mon pote, je suis content de te voir !

Je me contente d'esquisser un rictus gêné, m'assieds sur leur canapé en détaillant les centaines de pilules qui traînent sur la table basse. Mes doigts se mettent à trembler sans que je ne le contrôle, me supplient d'avancer le bras pour me saisir d'un de ces bonbons aux effets loufoques. Ce *fucking* sevrage me joue des tours, je ne suis pourtant plus dépendant de toutes ces drogues… du moins, mon corps ne l'est plus. Mais qu'en est-il de mon esprit vicieux et tortueux ? N'attendait-il justement pas le moment opportun pour se manifester de nouveau alors que je pensais l'avoir relégué à un plan si lointain qu'il en était presque annihilé ?

— Qu'est-ce qui te ferait plaisir ? me demande Joé.

Pendant des secondes qui s'égrènent à une vitesse plus lente que celle d'une tortue, je l'observe, perdu dans son regard énigmatique dont les pupilles dilatées me rappellent de folles soirées. Un débat virulent retentit à l'intérieur de ma boîte crânienne, opposant l'homme qui appartient corps et âme à Louise à celui qui serait prêt à vendre un rein pour une miette d'une substance inconnue, tant qu'elle fait effet.

J'ignore ce qui s'apprêtait à sortir de ma bouche, et je ne le saurai jamais. Mon portable vibre dans ma poche, me déconnecte quelques instants de cette influence hypnotique que le dealer m'imposait. Je saisis l'appareil et consulte le sms que j'ai reçu.

[Louise / 13h32 : Coucou Adam, j'espère que tout va bien. J'ai une petite pause et je voulais simplement te dire que tu me manques. On se voit ce soir ? Je t'embrasse <3]

Louise is my redemption[92].

Je clos les paupières, prends une inspiration tandis que le temps s'arrête autour de moi. Plus rien ni personne, si ce n'est elle, n'existe dans mon esprit. Je dois résister, il le faut. Je ne veux pas lui causer du tort, la décevoir et lui prouver que je ne suis qu'un raté. Si je suis ici, dans cet appartement miteux, c'est parce que je suis encore instable, mais pas nécessairement faible.

Encouragé par cette positivité naissante, j'affronte le visage anguleux de mon dealer, avant d'articuler d'une voix ferme et impassible :

— Je pars, désolé.

***

Soit j'ai un très, très mauvais karma, soit ma vie est destinée à être semée d'embûches. Les mains plaquées contre le comptoir de l'accueil, je lance des éclairs à cette secrétaire qui vient de m'annoncer que le docteur Gonset était parti en séminaire pour deux jours, mais que je pouvais m'entretenir avec un autre thérapeute si je le souhaitais.

Il en est clairement hors de question. Ce vieux débris est le seul à qui j'accepte de confier les méandres de mon esprit, personne d'autre n'y entrera.

Tout le trajet qui me ramène jusqu'à ma chambre d'hôtel est une épreuve à laquelle je crains d'échouer. Chaque fois que je ferme les yeux, des images de cette table remplie de pilules colorées se fixent sur mes rétines, je pourrais

---

92 Louise est ma rédemption

presque sentir la drogue couler dans mes veines, lier chacune de mes synapses pour m'inciter à planer et devenir cet être que j'exècre. La kyrielle de recommandations qui se déverse dans ma tête ne m'apporte pas l'aide souhaitée, Louise ne suffit plus.

What is going on[93] *?*

En entrant dans cette minuscule pièce que je loue, je déambule difficilement jusqu'à la salle de bains, jette mon portable dans un coin, actionne le pommeau de douche et règle la température maximale. Je dois trouver le moyen d'anéantir ces pensées qui me terrorisent, d'effacer ces images qui me harcèlent. Sans prendre le temps de me déshabiller, je saute sous l'eau brûlante, me laisse glisser contre la paroi carrelée et végète durant un laps de temps qu'il m'est impossible de quantifier.

Rien ne fonctionne. Plus je souhaite extirper cette envie de mon être, plus elle redouble d'efficacité pour me faire plier.

Comme un animal sur le point de rendre son dernier souffle, j'éteins le jet qui n'a aucun effet, me hisse sur le sol froid pour saisir mon cellulaire, après avoir essuyé mes mains, et donner rendez-vous à Joé. J'ignore pourquoi j'agis ainsi, ni même si c'est réellement moi qui appuie sur les lettres de l'écran. Ni les conseils prodigués par le centre, ni mon attachement pour Louise ne peuvent m'empêcher de commettre cet acte…

Le dealer me demande de le rejoindre à la gare du Nord, j'accepte sans rechigner, même si j'ai horreur de me fournir dans les lieux publics. Je me sèche entièrement, enfile un jean brut qui me tombe sur les hanches – Louise adorerait

[93] Que se passe-t-il

observer mon V tracé –, un t-shirt noir et une casquette assortie, histoire de me dissimuler et me fondre dans la masse.

Je suis la route qui me mène à quelques kilomètres d'ici, comme un homme emprunterait le couloir qui le conduit à la chaise électrique. Je sais pertinemment que la mort m'attend au bout du chemin, qu'un retour ne sera pas possible… mais je m'en moque. Je ne suis plus qu'un automate.

Très discrètement, je repère mon fournisseur au centre de l'édifice. La meilleure manière de passer inaperçu est de se comporter comme un passant lambda. Et c'est ainsi que notre échange ne dure pas plus de quelques secondes. Une simple poignée de main nous permet d'intervertir nos enveloppes. La sienne contenant ma dose de cocaïne, la mienne, son fric. Et il disparaît aussi vite qu'il est apparu, aussi furtivement qu'un fantôme passe à travers un mur.

Don't think[94].

Sur le point de bifurquer pour quitter la gare routière, une main se referme sur mon poignet et m'empêche de partir. Je jette un œil par-dessus mon épaule et manque de m'écrouler en voyant le visage de Simon se profiler. Ses billes interrogatrices et suspicieuses, ses sourcils froncés d'inquiétude, ne laissent pas de place au doute : il a tout vu.

Comme j'ai des années d'expérience, je parviens à me greffer sur le visage le masque glacial que je porte en cas de nécessité. Je pivote, le détaille de la tête aux pieds, m'attardant sur ses traits tirés et ses cernes creusés. Lui non plus n'a pas l'air de tenir une forme olympique. Mon regard polaire se pose sur l'emprise de ses doigts sur ma peau qu'il lâche aussitôt, comme si je l'avais brûlé à la neige carbonique.

— Je… je t'ai vu avec ce gars… balbutie-t-il.

---

[94] Ne pas penser

Ma mâchoire convulse au fur et à mesure que l'angoisse et la rage s'emparent de moi, me forçant à agripper le col de la veste du petit blond. Je rapproche son visage, qui s'emplit de panique, du mien, et martèle d'une voix sourde :

— Si tu en parles à Louise, je t'explose. J'espère que le message est passé.

Un ton plus grave que le mien retentit aussitôt dans mon dos.

— Et si tu ne le lâches pas immédiatement, je te détruis sur place. *J'espère que le message est passé.*

Je libère le colocataire de ma petite-amie, me retourne à la hâte et tombe nez à nez avec ce flic qui m'a fait libérer de prison. Comment s'appelle-t-il déjà ?

Of course[95]*, Marc.*

Je l'observe quelques instants, lui offre mon mépris le plus glacial, avant de tourner à nouveau mon attention sur Simon. Je n'ai plus qu'à la jouer fine, il m'accordait sa confiance ces derniers temps. Un petit sourire dont j'ai le secret devrait suffire à lui intimer de garder cette information pour lui.

— Écoute, mon ancien dealer voulait me voir et comme un con, j'ai accepté. Il m'a proposé de la came en me serrant la main, mais je l'ai envoyé chier. L'espace d'une seconde, j'ai failli craquer, c'est vrai, mais je te promets sur la tête de Louise que j'ai refusé de prendre son paquet. Si tu lui parles de ça, elle ne va pas me croire et par ta faute, nous risquons de nous quitter. Alors, crois-moi et laisse une chance à ma relation avec elle de perdurer.

Je croise discrètement les doigts, évidemment. Jamais je ne prendrais le risque de mettre la vie de la femme que j'aime en danger, en jurant sans prendre mes précautions.

---

[95] Bien sûr

Mais c'était le seul moyen pour que Simon me lâche et franchement, que ne ferait pas un camé pour sa dose ?

L'espace d'une seconde, je crains qu'il ne pipe pas un traître mot de ce que je lui avance, mais il hoche finalement la tête en ajoutant :

— Tu as intérêt à dire la vérité, Louise te fait confiance.

— *I promess*[96].

— Tu ferais mieux de dégager avant que je ne t'arrête, intervient le molosse dans mon dos.

— M'arrêter pour quoi ? Je n'ai rien à me reprocher, ajouté-je avec dédain.

J'adresse une dernière œillade mauvaise à ce flic, inspecte quelques secondes le visage de Simon qui oscille entre le scepticisme et l'espoir. Il n'est pas sûr de vouloir me croire, mais il le souhaite. Je n'ai plus qu'à espérer qu'il tiendra sa langue bien pendue…

Je déguerpis en un éclair, m'éloignant aussi vite que mes jambes me le permettent, pour échapper à ces yeux inquisiteurs devant lesquels mon anxiété s'intensifiait à vitesse grand V. Même si je vis désormais avec une épée de Damoclès au-dessus de la tête, je préfère ne pas tergiverser avec eux, cherchant à les persuader de mon innocence par tous les moyens.

Je rentre rapidement à l'hôtel, m'installe sur la chaise du bureau tout en observant mon reflet dans le miroir accroché au mur. Sans quitter mon visage crispé, ma main se pose instinctivement sur ma poche que je presse. J'extirpe le sachet, le porte juste sous mon nez et l'observe un moment en retenant ma respiration. Comme pour m'assurer que je ne

---

[96] Je promets

suis pas en train d'halluciner, je l'agite tandis que la poudre blanche remue et effectue une danse hypnotique.

Mon cœur se comprime dans ma poitrine, peine à battre normalement et envoyer le sang dans mes organes vitaux qui me font douloureusement souffrir. Ou est-ce simplement qu'ils ont tous compris ce que je manigance et manifestent leur impatience ? Je suis certain de sentir mes pupilles se dilater d'excitation tandis que mes lèvres s'étirent malgré ma conscience qui s'affole et me somme de prendre le temps de réfléchir.

Un sourire machiavélique collé au coin de la bouche, j'ouvre lentement le sachet de plastique, profite de chaque sensation dont mon corps est assommé : l'enivrement, l'exaltation, la fièvre et la frénésie. Tout disparaît autour de moi, tout est flou et plus rien n'a d'importance, mis à part cette petite ligne que je trace sur le bois laqué. Tout compte fait, le camé se cachait en attendant que le petit-ami parfait faiblisse…

Les gestes quasi religieux que je réalise sont effrayants. Minutieux, je replace chaque grain qui s'échappe à l'aide de ma carte bancaire. Je ferme les yeux, prends une inspiration et réfute ces idées de renoncement qui tentent de me ramener à la raison.

Je me penche.

Mon index écrase ma narine gauche.

J'aspire tout en effectuant un mouvement de tête latéral.

Oh my fucking God[97] !

La sensation qui parcourt mes veines, déferle dans mon corps et rafle tout sur son passage, n'a pas d'égal. Elle efface en un clin d'œil ces semaines d'abstinence, ce chemin

---

[97] Bordel de Dieu

parcouru avec le docteur Gonset, le visage radieux et lumineux de ma magnifique Louise. Je suis drogué et je le resterai. Tous les muscles de mon corps se rigidifient, mon visage se contracte avec une force inouïe.

Game over.

Le masque affable est de retour.

The boyfriend ?

Piégé dans sa cellule fermée à double tour.

CHAPITRE VINGT

Marc

Quand vais-je enfin réussir à me sortir ce foutu gosse de la tête, bordel de merde ? Je lui en veux tellement de me rendre si dépendant de lui, de me contraindre à me soucier, malgré moi, de sa sécurité. Pas une journée ne passe sans que je n'y pense, ou que je me mette à le suivre carrément dans la rue pour vérifier qu'il ne tombe pas dans un de ces guets-apens dont je l'ai sorti à de nombreuses reprises.

Merde, ce mec dans le miroir n'est pas moi !

Mon reflet est effrayant, exit le flic mystérieux au regard impénétrable et au visage charismatique. Ces derniers temps, je ne ressemble plus qu'à l'ombre de l'homme que j'étais. Mes yeux sont si cernés qu'ils me vieillissent d'une bonne dizaine d'années, mon teint d'ordinaire hâlé s'apparente plutôt à une substance olivâtre, tandis que mes cheveux sont ébouriffés dans tous les sens.

Il est temps que je me les rase, on dirait un vieux quarantenaire.

En quelques coups de tondeuse, je retrouve ma coupe des bons jours, coupée à raz du crâne. Ma paume caresse ce dernier, j'esquisse un léger sourire dans l'espoir de raviver l'ancien Marc, celui qui ne se soucie de rien ni personne. Mon plus gros problème réside bel et bien dans mon incertitude, je ne suis plus sûr de ce que j'avance. Je ne suis pas certain d'être le même qu'il y a quelques semaines, avant que ce petit con ne surgisse dans ma vie et y mette un bordel monstre. J'ai longtemps prétendu mener la barque, l'emmener là où je le souhaitais, mais je me suis fourvoyé. Il a réussi à renverser la vapeur et à immiscer en moi une certaine forme de dépendance.

Putain, que m'arrive-t-il ?

Voilà que, depuis quelque temps, je le suis à la trace, m'assurant qu'il ne risque pas sa vie, qu'il n'agit pas avec stupidité. Alors, c'est vrai que je suis persuadé qu'il deale, mais désormais, je sais qu'il a besoin de mon aide. Mes envies de le coffrer sont lointaines… Aussi surprenant que cela puisse être, je me suis… attaché à lui. Moi, l'homme des cavernes. Moi, qui ne crois en rien ni en personne.

Depuis qu'il a décidé de me balader chaque fois que j'essaie de le charmer, il a éveillé un tout autre instinct en moi : celui du réel prédateur. Je le veux, simplement parce qu'il me résiste, et peut-être parce qu'il a agité autre chose en moi… C'est surprenant, mais passer du temps avec lui m'amuse, me calme. J'aime le séduire, j'aime notre petit jeu. J'adore qu'il me tienne tête, car à l'instant où je gagnerai, la victoire sera d'autant plus savoureuse.

Mais, inversement, il m'exaspère. Non, pire. Il me débecte. Il s'obstine à magouiller dans des affaires plus que louches, et je connais parfaitement ce milieu pour savoir qu'il court à sa perte s'il ne s'arrête pas tant qu'il est encore temps. S'il croit pouvoir me cacher son lien avec le trafic de drogue et son rôle de livreur de marchandise, c'est qu'il me prend vraiment pour un lapin de six semaines, ce qui m'agace passablement. Notre énième entrevue devant le commissariat, quand j'ai participé à la libération du mec de sa coloc', s'est de nouveau soldée par une incompréhension. Nous ne parvenons jamais à trouver un terrain d'entente.

Bref. Restons zen, je vais bien finir par le prendre la main dans le sac.

Je sais de quoi j'ai l'air d'un œil extérieur, on se dit que je suis un fragile qui s'amourache d'un mec à peine sorti de l'adolescence et qui le rend dingue. Je peux certifier que le premier qui ose me faire remarquer ce fait, je lui brise les genoux. C'est vrai que j'ai du mal à me reconnaître ces derniers temps, que j'agis de façon très étrange et que ma vie est un peu… chamboulée. Mais en aucun cas j'ai perdu ce qui constitue l'homme que je suis. Ce n'est pas un petit merdeux aux cheveux décolorés qui va remettre en question 28 années d'existence.

Sûr de ça ?

Ces voix ne cessent de tourner dans ma tête, me taclant à chaque situation que j'expose, me poussant inexorablement vers le pétage de plomb. Encore un peu, et je serais prêt à me coller une perceuse sur la tempe. Deux possibilités : ou je sombre dans la folie, voire la schizophrénie, ou je suis dans une phase existentialiste qui me les brise… mais alors me les brise !

Clou du spectacle, je n'ai pas envie d'un autre mec, et ça me perturbe réellement. J'ai bien essayé, mais impossible. Je suis tourmenté par Simon, et j'aimerais que ça cesse.

Je saute dans la douche pour me débarrasser de toutes ces idées qui ne cessent de me harceler, augmente la température en constatant que rien ne fonctionne, que Simon et ses ennuis restent ma principale préoccupation. Furieux, je me sèche, m'habille en vitesse et file au bureau. Alex est parti enquêter durant deux jours à Lyon, mais avant de quitter le commissariat, nous avons travaillé sur notre enquête. La découverte de l'identité de notre principal suspect a été une avancée majeure. Abrimi ne sera pas éternellement dans l'ombre et je suis persuadé que, tôt ou tard, son trafic sera mis à mal. Ma seule crainte réside dans la position qu'entretient Fauquet fils. Ce n'est pas un secret, la plupart des organisations de drogues sont liées. S'il est embringué dans l'une d'elles, il se trouve, de près ou de loin, relié à cet homme que nous recherchons depuis des mois.

Tiens, tiens, le retour du petit con…

Merde, je ne peux m'empêcher de laisser cette obsession interférer dans mon boulot. Je suis un piètre capitaine, sûrement pas un modèle à suivre. Pourquoi faut-il que je sois incapable de me concentrer plus de deux minutes sans que des images n'assaillent mon esprit ? Simon à cette soirée en compagnie de ce type louche que je n'ai pas eu le temps de voir, Simon se faufilant dans les rues de Paris en guettant les alentours comme s'il s'assurait de ne pas être suivi… Et des exemples comme ceux-ci, j'en ai plusieurs à citer. Pas moins de cinq filatures m'ont permis de constater qu'il adoptait un comportement plus que louche, sans jamais que je ne réussisse à l'appréhender. Si je le voulais, j'ouvrirais de nouveau une enquête sur lui, mais c'est bien là le problème, je ne souhaite plus participer à son arrestation et lui causer des ennuis. Il est simplement manipulé par les mauvaises personnes, dans une posture inconfortable, et tout ce que je désire, c'est le sauver. Au fond, je voudrais qu'il me fasse confiance, qu'il se livre à moi et me demande de l'aide.

J'ai aussi d'autres choses en tête. Simon à cet évènement en l'honneur de son père, accompagné de ce type de sa classe. Mais également à cette soirée, comme s'ils étaient ensemble… Je devrais être satisfait qu'il ne veuille plus me voir, ce qui pourrait m'en débarrasser définitivement, mais je suis pourtant envoûté par lui.

Bordel.

Je presse les paupières un quart de seconde, tente de résister à cette pulsion qui me pousse à poser ma journée pour le suivre une énième fois. Mes doigts se resserrent autour du plateau de mon bureau si bien que, lorsque j'ouvre les yeux, je distingue mes jointures blanchies agrémentées de veines gonflées sur le dos de mes mains.

Aucun suspens. Ma décision est prise.

Je briefe un lieutenant sur le déroulé de l'après-midi à venir et les tâches à effectuer, préviens le commandant que je sors sur le terrain pour suivre une piste et quitte l'enceinte du bâtiment d'un pas pressé. Après tout, c'est un demi-mensonge, mon pistage a bel et bien un lien plus ou moins direct avec notre principale enquête.

Une fois posté devant l'immeuble de Simon, je me dissimule à l'abri des regards dans un renfoncement qui mène à une cave sous un immeuble. Ici, il ne pourra pas me distinguer. C'est la première fois que je compte le suivre en plein jour, ce qui ne s'annonce pas aisé, mais mon instinct me dicte ma conduite depuis le matin même. Je me trompe rarement et si je suis guidé avec autant d'élan par cette force extérieure, je dois l'écouter.

***

Opération licorne : lancée.

Pourquoi licorne ? Eh bien, tout d'abord la couleur de cheveux de Simon s'apparente à celle de l'animal mythique et ensuite, j'ai moi-même une corne que j'ai envie d'utiliser et ces heures à attendre l'apparition du jeune homme m'ont donné tout le loisir d'imaginer des tas de manières de m'en servir.

Lancée ? La raison est simple. Ma proie vient de quitter son immeuble et se dirige d'un pas pressé vers la station de métro la plus proche. Je me faufile entre les voitures, prends soin de rester à une bonne centaine de mètres de ma cible, apeurée, que je suis à la trace. Je remarque bien son angoisse, ses mains, ancrées dans ses poches, qui ne cessent de jouer avec un objet indétectable. Ses coups d'œil furtifs me donnent du fil à retordre, mais je suis suffisamment professionnel pour rester invisible à ses yeux.

Comme prévu, Simon s'enfonce dans les souterrains qui serpentent sous la capitale, saute dans une rame dès que le véhicule s'arrête à son niveau tandis que je m'installe dans le même wagon bondé, à l'extrême opposé du blond. Il ne me remarque pas, je suis bien planqué sur un siège du fond, caché par des femmes d'origine africaine affublées d'épais tissus colorés. Par contre, je peux aisément l'épier, ses écouteurs enfoncés dans ses oreilles, son visage fermé, cerné et inquiet. Le stress que je lis sur ses traits ne me laisse rien présager de bon, un étau semble se refermer autour de son corps si fragile…

Putain, Marc. Ça va deux minutes les mièvreries !

Je déconne grave, c'est vrai. Mais la détresse qui émane de lui me rend mal à l'aise, je souhaiterais à la fois le fuir et le serrer dans mes bras pour lui dire que tout se passera bien. Ce qui serait le cas, s'il cessait de tout me cacher. Il est plus têtu qu'une mule, peut-être même plus que moi… c'est dire.

Lorsqu'il descend à la gare du Nord, je fronce les sourcils, pressentant que cet arrêt n'est pas anodin. Cet endroit n'est pas le plus fréquentable de la ville, et de loin. Étant donné ce que je le soupçonne de traficoter, je ne doute pas que mes suspicions soient désormais fondées. Choisir un lieu surchargé de corps en mouvement est une technique typique des dealers pour se fondre dans la masse. Je suis interdit que Simon, que je considère parfois comme candide et innocent, adopte de telles tactiques avec un naturel déconcertant. Il se comporte en vrai professionnel, ce qui me fait bondir intérieurement, mais je reste aussi calme qu'impassible pour rendre ma présence indécelable et assister dans l'ombre à son petit manège.

L'édifice recèle de recoins en tout genre, le jeune en rejoint un où l'attend un homme légèrement plus âgé que moi, à qui l'on donnerait le bon Dieu sans confession. Chemise cintrée, cravate nouée, pantalon de ville. Le parfait bobo parisien qui passe ses soirées à planer pour agrémenter sa misérable existence.

Si je suivais ce que me dictent mes instincts, je sauterais sur cette réunion fortuite et bouclerais vendeur et acheteur. Seulement, il m'est impossible d'agir sans mettre le fils du Procureur dans une mauvaise posture. J'abhorre ce petit con de mes deux de me pousser à ce point dans mes retranchements, jusqu'à renier mes propres valeurs. Depuis quand suis-je capable d'agir dans l'intérêt d'un autre ?

Cette fois, il ne m'échappera pas. Je saisis mon smartphone, disposant d'un superbe appareil photo, et, à l'instant où l'échange se produit, je mitraille les deux hommes pour apporter des preuves irréfutables une fois que je coincerai Simon pour le mettre devant le fait accompli. Tout se passe très vite, mais mes réflexes me permettent d'obtenir des clichés parfaits.

À nous deux, Fauquet.

Il observe autour de lui que personne ne l'ait surpris, je me cache derrière un poteau et l'espionne en catimini. Il s'éclipse aussitôt tandis que son client détale aussi vite qu'il est arrivé. Sur le qui-vive, je le suis à la trace, souhaitant profiter de mes photos pour l'interpeller. J'attends simplement de me retrouver à l'écart de la gare pour disposer d'un peu plus d'intimité.

Simon s'apprête à quitter le bâtiment lorsque son attention est attirée sur la droite. Il tourne le visage, plisse les yeux, avant de les ouvrir en grand comme s'il voyait un fantôme. Je suis le tracé de son regard et tombe à mon tour sur deux personnes, dont l'une ne m'est pas étrangère.

Ce mannequin à la con, le petit-ami de Louise.

Il échange une poignée de main avec un homme plus petit que lui qui disparaît aussi vite qu'il est apparu. Bien que leur geste soit passé inaperçu pour les passants, il ne peut me tromper. Le Britannique vient de récupérer de la came et je constate que je ne suis pas le seul à m'en être rendu compte. Mon petit dealer en herbe secoue la tête alors que ses mâchoires claquent spasmodiquement sous l'effet de la colère qui semble l'envahir.

Ni une ni deux, il zigzague entre les voyageurs, si concentré sur le dos de cet Adam qu'il manque de trébucher contre une valise. Il jure entre ses dents serrées, agite sa main pour ignorer les excuses de la propriétaire du bagage et continue de foncer droit sur l'homme qui s'apprête à quitter, lui aussi, les lieux.

Lorsqu'il parvient à saisir son poignet, le mètre quatre-vingt-dix du Rosbif se tourne avec virulence, son regard froid s'accroche à celui de Simon tandis que leurs lèvres remuent. Son attitude menaçante ne me plaît pas, mes poings se serrent sans que je ne le contrôle. Je parcours en un temps record la distance qui nous sépare.

Je me poste un mètre derrière Simon, Adam ne s'aperçoit même pas de ma présence, bien trop préoccupé à tenir le blond par le colback, l'invectivant :

— Si tu en parles à Louise, je t'explose. J'espère que le message est passé.

Je ne peux rester spectateur de la scène plus longtemps et interviens d'une voix sourde, que je contrôle à la perfection. S'il ne se méfie pas de moi, c'est qu'il est fou.

— Et si tu ne le lâches pas immédiatement, je te détruis sur place. *J'espère que le message est passé.*

J'insiste particulièrement sur la fin, répète ses propres mots pour lui signifier que, s'il ne me croit pas, il risque de le regretter amèrement. Son regard croise aussitôt le mien, puis il lâche le jeune homme. L'espace de quelques secondes, il cherche à quelle occasion il a pu croiser mon visage jusqu'à ce qu'une ampoule s'éclaire…

Et ouais, Ducon, c'est moi qui t'ai sauvé les miches.

Il me détaille de son attitude froide et méprisante, cherche peut-être à m'intimider, mais son comportement ne peut que renforcer la colère qu'il m'inspire. Les phalanges contractées, je le dévisage au point de le faire plier puisqu'il reporte son attention sur le jeune qu'il vient d'empoigner et échange plus calmement avec lui. Simon se laisse berner par ses bobards.

Plus naïf, tu crèves !

— Tu ferais mieux de dégager avant que je ne t'arrête, le menacé-je pour qu'il déguerpisse au plus vite.

— M'arrêter pour quoi ? Je n'ai rien à me reprocher.

Le grand con me fusille pendant une seconde, s'attarde quelques instants sur Fauquet, en le suppliant mentalement de la boucler, avant de disparaître.

Bon débarras !

C'est maintenant que la véritable partie d'échecs commence. Simon Fauquet plante sur moi ses yeux vert de jade, qui m'apparaissent comme plus sombres que les miens tant j'y lis tous les ressentiments qui l'animent. Il n'est pas du tout, du tout, enchanté que je l'aie tiré des griffes de ce péquenaud à deux balles, ou plutôt que je l'aie suivi une énième fois. Quand comprendra-t-il que je suis extrêmement borné et que celui qui me fera lâcher prise n'est pas encore né ? Ce n'est pas faute de l'avoir mis au courant, je l'ai explicitement prévenu que je découvrirais ce qu'il fabrique.

On y est.

Je ne me laisse pas intimider par son attitude de petit roquet en rogne, il ne manquerait plus que ça, et me charge de le toiser d'un regard imperméable à toute émotion. Notre affrontement immobile s'éternise alors que des tas de personnes nous frôlent, déambulent entre nos corps figés sans qu'aucun de nous, à aucun moment, ne batte des cils.

Sans prévenir, Simon rompt notre contact, pivote et s'échappe vers la sortie. Évidemment, je ne le laisse pas disparaître si facilement, lui emboîte le pas et le laisse gagner la rue pour quitter ce lieu surpeuplé. Ce n'est qu'une fois sur le trottoir que je mets mon plan à exécution, le poussant dans une ruelle déserte à l'instant où je fais mine de me poster à côté de lui.

Son dos heurte un mur qui se trouve sur notre passage tandis que mes bras encadrent son visage, mains plaquées contre la pierre calcaire du bâtiment. Son souffle erratique ripe sur ma mâchoire, envahit chaque cellule de mon corps et me pousse à écraser mes lèvres contre les siennes, à les presser jusqu'à ce que j'en sois rassasié. Mon envie de lui peut-elle être assouvie ? J'en doute sérieusement, mais rien que l'idée d'essayer me procure une gaule de malade que je tente de dissimuler à ses yeux, en maintenant les miens qui se sont assombris.

— Ça suffit maintenant, Simon, grondé-je entre mes dents.

Je me moque bien de la mine que j'affiche, si elle est affolée ou simplement rongée par la colère. Tout ce qui m'intéresse, c'est le voir enfin baisser sa garde et me laisser entrer dans sa sphère. Je lui ai prouvé à plusieurs reprises que je ne cherchais plus à le piéger. À ma manière, j'ai même entamé mon *mea culpa* pour m'absoudre de la merde dans laquelle j'ai pu le plonger. Après tout ça, je pensais qu'il se livrerait plus facilement à moi. Pourtant, il reste hermétique et rien ne parvient à le faire plier, à semer le doute en lui. Mon intimidation n'y contribue en aucun cas.

Aussi impassible que s'il fixait un morceau de plastique, il me toise avec indifférence, ses émeraudes braquées sur moi. Pas un seul battement de cils, pas même une brève inspiration, il reste stoïque, presque inexistant jusqu'à ce qu'un de ses sourcils s'arque sur son front et révèle sa condescendance. Silencieusement, il me fait remarquer ce qu'il pense réellement de mon attitude : je ne lui inspire que ridicule et désintérêt. Puis, il daigne enfin m'adresser la parole.

— Tu me suis encore, c'est ça ? Ton numéro dans le bar, c'était encore des conneries ?! J'aurais dû m'en douter, puisque tu m'as pris la tête au commissariat.

Je suis tiraillé entre l'envie extrême de lui hurler dessus et celle de le supplier de me laisser l'aider. Mes paupières se referment de leur propre chef, me permettant de me recentrer durant une infime fraction de seconde. Comment l'obliger à se livrer ? Quelle est la méthode à suivre ? J'ai toujours agi de cette manière, foncer dans le tas sans réfléchir est mon mécanisme de défense le plus routinier, mais il semble qu'avec Simon, ce procédé soit tout bonnement inefficace. Il refuse catégoriquement de céder et son comportement en témoigne : je n'obtiendrai rien de lui.

— La dernière fois, je ne jouais aucun rôle. Mais visiblement, j'ai bien fait de te suivre aujourd'hui. Je sais que tu livres des trucs depuis quelque temps, Simon.

— T'es un putain de psychopathe.

Son ton distant et supérieur provoque une rafale d'agressivité en moi, me pousse à le prendre entre quatre yeux pour le secouer et le ramener sur terre. À quel jeu joue-t-il ? Il attend quoi au juste, de commettre un acte irréparable ? Je secoue la tête, las de me battre contre lui, de constater qu'il me repousse chaque fois un peu plus. Sérieusement, en quoi ses problèmes me concernent ? Et pourtant, je suis planté devant lui, entretenant ma ride du lion qui se creuse profondément ces derniers temps.

Je note son petit sourire arrogant.

Je. Vais. Le. Buter.

Sans rompre notre combat visuel, je plonge ma main dans la poche de mon jean, maugrée qu'il soit un peu trop serré et en extirpe furtivement mon smartphone dernière génération. D'un geste du pouce, je déverrouille l'écran que je lui flanque sous le nez. Simon détaille très rapidement le contenu de la photo, oscille entre mes prunelles flamboyant d'impatience et le mobile, avant d'ouvrir la bouche comme pour m'apporter une justification à ce que je crois avoir vu. Il se reprend finalement tandis que ses lèvres se pincent dans une moue hostile.

— Qu'est-ce que tu vas faire ? Me coffrer, Marc ? Ou dois-je reprendre les « Capitaine Tillard » ?

La manière qu'il a d'insister sur mon prénom voile mon regard de fureur. Mon poing s'écrase contre le mur à côté de sa tête. Contrairement à la première fois où c'est arrivé, il ne montre aucun signe d'effroi. Imperturbable, ses yeux si attrayants s'arriment aux miens tandis que je retrousse le nez sous l'effet de la douleur qui se propage de mes phalanges ensanglantées à mon avant-bras qui la répercute jusque dans les muscles de mon cou. Le voyou tourne très lentement la tête en direction de l'impact et la secoue avec exaspération en découvrant le liquide rouge qui s'en écoule. Il m'offre un dernier coup d'œil, se faufile sous mon bras pour rejoindre la route.

Avant de disparaître définitivement, il souffle par-dessus son épaule :

— Pauvre type…

Sa voix est la fois distante et impliquée, je suis persuadé que cette phrase est l'ultime rempart qu'il me destine pour me tenir éloigné de lui. Je ne peux le nier, il est très bon comédien, mais il ne me dupe pas une seule seconde. Ce petit merdeux s'engouffre dans les complications de son existence et même s'il se bat pour faire bonne figure, il ne peut me cacher les sables mouvants dans lesquels il s'enlise.

Pour la millième fois depuis quelques semaines, je me réitère cette promesse que je ne cesse de me répéter mentalement : je ne le lâcherai pas.

***

Alors que mon appartement est plongé dans le silence le plus complet, que seules mes pensées résonnent contre les murs, alors que mon cerveau carbure depuis des heures, pour trouver *la* solution qui me permettra de déverrouiller cette porte que ce petit con de Fauquet me refuse, la sonnette retentit et m'arrache un micro-sursaut. Je jette un œil à l'horloge accrochée au-dessus de la télé : 22h30. Mes lèvres s'étirent, je suis convaincu de qui a pu sonner. Je ne saurais pas dire ce qui m'incite à le penser avec autant de certitude, mais un instinct affiné me pousse à décrocher le combiné relié à l'interphone et articuler d'une voix grave :

— Monte, Simon.

Je n'ai pour seule réponse qu'une inspiration bruyante qui trahit sa surprise de constater que j'avais pressenti sa venue. En bas, à quelques mètres de moi. Le souffle court, le cœur tambourinant dans ma poitrine, je resserre ma paume autour de la poignée et ouvre la porte sur le palier, attendant avec une impatience non dissimulée que les cheveux décolorés de mon petit con apparaissent, accompagnés de son regard énigmatique qui me perturbe chaque fois que je le rencontre.

Tu es foutu, mon vieux.

Je rate une inspiration lorsque les traits du jeune homme se profilent dans la cage d'escalier, mais sûrement pas pour les raisons qu'on peut imaginer de prime abord. Je me précipite à sa rencontre. Simon tombe à moitié dans mes bras, le visage ruisselant de larmes, chacun des muscles de son corps tremblant comme une feuille. Mes paumes se plaquent avec force contre ses joues, je tente de le rassurer sans mot. Sa lèvre trémule, il y plante ses incisives pour la stopper.

Démuni, je passe un bras sous ses genoux et l'autre dans son dos pour le hisser contre mon torse, où il se réfugie. Ses sanglots redoublent. Le temps que je traverse mon appartement pour le déposer sur le canapé, l'eau qui inonde ses joues transperce mon t-shirt et mouille ma peau. Je réprime un frisson qui tente d'arracher mon épiderme pour laisser mon corps à vif, me reprends pour ne pas céder à cette affliction qui ronge mon…

Mon quoi, au juste ?

Simon gémit lorsqu'il se rend compte qu'il est seul sur le divan, rampe jusqu'à moi pour se cacher, comme si je représentais l'unique rempart qui le sépare de ses démons. Ma main glisse dans ses cheveux, l'emprisonne pour lui assurer que je suis bel et bien présent et que je ne compte pas le laisser tomber maintenant. Je lui laisse le temps de pleurer tout son soûl, attendant que ses larmes se tarissent et qu'il trouve le courage d'affronter mon regard pour m'expliquer ce qui peut bien le mettre dans cet état.

Une minute. Une heure. Un jour peut-être ?

Le temps s'est arrêté, seul le cœur de Simon, qui martèle sa poitrine et résonne contre la mienne, me rappelle que nous ne sommes pas figés et que le tumulte de la vie continue sa course déchaînée autour de nous. Inquiet de percer la bulle dans laquelle nous avons plongé, je me risque à glisser mon index sous la mâchoire du jeune homme que je soupçonne de s'être endormi. Il relève doucement la tête, m'offre le loisir de me perdre dans les émeraudes qui ont pris la place de ses yeux tant ils étincellent, et bat des cils, allongés par les larmes qui les ont rassemblés en d'immenses franges noires.

— Tout va bien, tu es en sécurité ici, avec moi, soupiré-je contre son front.

Il secoue la tête en signe de dénégation, se redresse pour m'aviser et baisse aussitôt le menton, comme si se heurter à mon attitude inquisitrice lui était impossible. Je le force à maintenir son regard dans le mien. Mentalement, j'essaie, du mieux que je le peux, de l'inciter à se confier bien que cette manière de procéder soit totalement novatrice pour moi. Une fois de plus, Simon me pousse sur un chemin inconnu, me confrontant à des ressentis dont je ne connais pas les aboutissants.

Putain, parle, mon petit blondinet ! Je suis perdu.

— Ce que j'ai fait est…

Sa voix se coupe, je crois même que le verbe « se briser » serait plus approprié. Il presse les paupières, laisse couler une nouvelle larme qui roule sur sa joue et s'écrase contre la commissure de ses lèvres. J'observe sa pomme d'Adam s'élever avec difficulté tandis qu'il intériorise un sanglot qui souhaite s'échapper et le pousser de nouveau sur le chemin tortueux de la peine.

Moi qui ne supporte pas la chialerie en temps normal, je me surprends à vouloir absorber tout ce qui le travaille et le pousse à être dans cet état lamentable. Je pourrais endurer mille fois les pires douleurs du monde plutôt que me retrouver aussi impuissant face à lui. Je suis démuni et complètement inutile, incapable de l'encourager à parler pour libérer ce poids qui semble le ronger. Je n'ai pas appris à me comporter en être humain altruiste, à l'écoute, soucieux du monde qui l'entoure et surtout, des autres. J'ai toujours été enfermé dans ma tête, pris au piège de mes traumatismes et de la peine qui m'a poussé à construire l'homme qu'on peut observer aujourd'hui.

— Je suis… un monstre, Marc. Tu devrais m'arrêter sur le champ, me foutre dans une cellule pour le restant de mes jours.

Je m'accorde une seconde pour encaisser ce qu'il me révèle. J'imagine toutes les horreurs qu'il a pu commettre pour penser une telle chose de lui, allant jusqu'à me représenter la scène où il est responsable d'un meurtre. Comment réagirais-je si c'était le cas ? Je sais que c'est idiot, mais on ne peut pas savoir le sentiment qui nous envahirait avant d'être confronté à la situation.

— Tu peux tout me dire. Absolument tout, murmuré-je en l'observant de nouveau.

Est-ce un mensonge ? Franchement, je l'ignore encore. Mais je me refuse de le laisser sur ce fil tendu entre nous, alors qu'il menace de chuter et s'écraser lourdement sur le sol, se brisant en un millier de morceaux. Il a l'air si fragile et vulnérable que seul mon instinct de protection m'anime. Ce dernier est primitif et peu développé, c'est vrai, mais Simon n'est pas obligé de s'en apercevoir.

— Je ne vais pas te faire un dessin, tu sais tout, et depuis longtemps, avoue-t-il à voix basse.

— Non, c'est inutile. Mais tu m'as pris pour un con depuis le début. À plusieurs reprises, je t'ai proposé mon aide, et tu l'as refusée. Pourquoi ?

— J'ai essayé, Marc… mais tu es flic… je suis le fils du Procureur… et… je ne pouvais pas.

Il prend une profonde inspiration, la bloque alors que ses paupières se scellent de concert avec sa bouche. Me calquant sur lui, je suspends ma respiration, pendu à ses lèvres dont j'attends impatiemment de constater le mouvement.

— Tu te souviens de cette soirée où tu m'as surpris dans la rue avec un homme, reprend-il, celle où j'étais parti à une fête avec Louise et… Joseph ?

J'opine du chef, faisant fi de ce dernier, trop pressé qu'il continue. Ce qu'il ne tarde pas à entreprendre.

— Ce soir-là, celui que tu as vu s'éclipser en vitesse est l'homme qui me charge de refourguer la marchandise. C'est compliqué, à une époque, nous… nous avons été… amants, grimace-t-il.

Je fais mon possible pour ne pas l'imiter et surtout, rester impassible face à la jalousie qui coule dans mes veines et tente de m'aveugler.

— Il y a quelques mois, j'ai décidé de tout arrêter. Louise m'a aidé à comprendre que ma relation avec lui était nocive et ce n'est qu'en y mettant un terme que j'en ai, moi aussi, pris conscience. Il me considérait comme son chien. Non, pire que ça, comme sa chose… tu comprendras pourquoi je gère mal mes relations avec les personnes légèrement… despotiques…

— Les personnes comme moi, tu peux le dire, le coupé-je.

Il m'adresse un léger rictus, qui me rassure, et ricane. J'étais quasi persuadé qu'il ne parviendrait plus jamais à sourire, que je n'entendrais plus son rire si désopilant, même pour un mec comme moi.

— Je pensais qu'en prenant mes distances avec lui, tout ce dans quoi il m'avait entraîné cesserait sur le champ, mais il ne l'entendait pas de cette oreille. La première fois que tu m'as arrêté dans cette ruelle, celle où tu m'as trouvé dans le métro, le guet-apens où tu as voulu me coffrer… il est derrière chacune des magouilles dans lesquelles j'ai pu tremper. J'ai cru qu'il s'agissait simplement d'un moyen pour lui de me faire payer mon départ. Je me suis trompé. Sur toute la ligne. Youssef comptait étendre l'emprise qu'il avait sur moi en menaçant mes proches, ma mère, ma petite sœur, mon père, mes amis et Louise. Il m'a juré qu'il s'en prendrait physiquement à tous ceux que j'aimais si je n'endossais pas mon rôle. Voilà pourquoi j'ai repris le trafic, j'ai livré sa came sans rien dire, acceptant chaque fois d'aller un peu plus loin et…

De nouveau, sa voix s'étouffe dans sa gorge, l'empêchant de me révéler ce qui semble l'avoir atteint à un point que je n'imagine sûrement pas. Mes doigts courent sur le canapé, s'agrippent aux siens tandis que d'un hochement de tête, je l'incite à continuer.

— Je revendais de la coke à… à une gamine de 13 ans, hoquette-t-il. Tu te rends compte ?

J'emprisonne sa main dans la mienne, la serre peut-être plus fort que je ne le voudrais puisque ses yeux tombent sur notre étreinte alors qu'il renifle en grimaçant de douleur.

Bordel, Simon.

— Elle… elle a fait… une overdose, explose-t-il en sanglots, dissimulant son effroi à mon regard qui flanche.

Sans que je ne le veuille vraiment, mon visage se referme. Chacun des muscles de ma face se contracte et m'oblige à me lever pour éviter d'exploser face au gosse qui gémit dans mon canapé. Cette fois, je suis clairement incapable de prendre sa peine pour le soulager, je suis tellement furax et déboussolé par ce qu'il me confie.

Je me lève sans pouvoir rester si proche de lui, comme si sa simple proximité me brûlait la peau et l'enflammait encore et encore. Les tempes pressées entre mes paumes, je secoue la tête et marmonne des paroles inintelligibles en expirant de manière saccadée, ne sachant plus comment contenir la colère qui gronde en moi et me propulse dans un passé que je souhaiterais oublier, m'obligeant à me confronter à tous mes démons et à ceux de…

Non !

— Putain, Simon ! hurlé-je.

Alors que je lui tourne le dos, je sais que le corps de ce dernier tressaille face à mon cri qui résonne encore dans la pièce. Je réalise une volte-face agressive, l'assassine du regard et me rapproche pour venir me planter face à lui, mon mètre quatre-vingt-cinq le surplombant. Mes mâchoires convulsent spasmodiquement, menacent de craquer tant je m'obstine à les serrer pour éviter de déverser sur ce petit con, que j'exècre et fantasme à la fois, toute la rancœur, le dégoût et la déception qu'il m'inspire.

— Pourquoi ?

Voilà le seul mot que je répète, inlassablement, comme si j'allais finir par trouver la réponse moi-même. Mais elle ne vient pas, je reste complètement impuissant face aux soubresauts qui assaillent le petit blond rabougri dans le fauteuil. Alors, lorsqu'il redresse le visage, porte sur moi ses yeux rougis et noyés par les larmes, je ne sais plus comment me comporter, perdu à mi-chemin entre l'envie de le gifler et celle de m'effondrer.

Je pense que j'aurais finalement préféré qu'il m'avoue avoir ôté une vie. La dépendance à la drogue, à un âge si précoce, est un sujet qui me touche de trop près. Comment suis-je censé y faire face, alors que moi-même, je n'ai toujours pas digéré tous les ressentiments que j'ai à l'encontre de ces personnes qui poussent de jeunes innocents à sombrer un peu plus dans la crasse de ce chemin merdique ?

— Je… je suis désolé, Marc.

Désolé ?

C'est pourtant plus que de la désolation que je ressens, je suis épouvanté qu'il n'ait pas refusé ce type de transaction. Jamais, je dis bien jamais, je n'aurais pu mettre la vie d'une gamine en danger. À quoi pensait-il ? Qu'est-ce qui a bien pu lui traverser la tête pour le convaincre qu'il ne franchissait pas de limites intolérables ?

— Je sais ce que tu penses de moi, chouine-t-il.

— Non, tu ne sais pas.

Et il ne vaut mieux pas ou tes larmes couleraient de plus belle.

Sûrement ahuri par mes propos et mon ton plus qu'implacable, Simon bat exagérément des cils pour contenir ses larmes et plante violemment ses dents dans sa lèvre qui rougit instantanément, prête à saigner. Je ne peux pas dire que sa peine ne me touche pas, que son attitude ne me donne pas envie de le serrer très fort dans mes bras jusqu'au point de rupture, mais mon corps entier rejette cette idée. Je suis physiquement atterré par le mot qui tourne en boucle dans ma tête : « overdose ».

— Tu… tu m'as dit que je pouvais tout te dire… tu as menti. Je vois dans ton regard combien tu me détestes.

Sa voix n'est qu'un mince filet sonore. Je clos aussitôt les paupières pour ne plus avoir à soutenir ses prunelles déstabilisantes qui, de brillantes, sont devenues complètement étincelantes tant elles sont noyées. Simon sanglote en silence, s'étouffe parfois pour ne pas laisser exploser la boule qui loge dans sa gorge. Je ne sais plus comment réagir, de toute ma vie, je n'ai jamais été piégé entre deux ressentis comme ceux qui m'engloutissent. J'ai beau prendre de profondes inspirations, les bloquer pour les relâcher de façon continue par la suite, je reste tout aussi déboussolé et ce n'est que lorsque ses doigts se glissent dans les miens, me ramenant à la triste réalité, que je me décide à ouvrir les yeux.

Simon est debout, légèrement chancelant. Il me scrute avec insistance et angoisse, patientant que mon couperet tombe…

Bien que les mots soient bloqués au plus profond de mon âme, je parviens à articuler péniblement :

— Elle a l'âge de ta sœur et…

Mon cerveau court-circuite ma phrase, l'empêche de passer la barrière de mes dents. Je soupire d'exaspération, prenant conscience que je ne suis pas du tout prêt à aborder ce sujet sensible avec le jeune homme qui se tient face à moi. Ses doigts pressent les miens, signe qu'il ne tiendra très certainement plus longtemps avant de s'écrouler.

La décision que j'ai à prendre doit être rapide. Je n'ai plus le temps de soupeser les tenants et aboutissants. Simon a besoin de moi, tout de suite, plus que jamais. J'ignore toujours si je suis capable de lui pardonner son geste, mais je ne sais pas non plus si je supporterais de l'abandonner maintenant, aussi lâchement qu'on m'a déjà laissé tomber.

Malgré tout, il reste ce petit con que j'ai rencontré, que j'ai pensé manipuler, mais qui m'a mené lui-même par le bout du nez ces derniers temps. Il est piégé dans une cage dont les barreaux se resserrent un peu plus à chaque seconde qui passe, prisonnier d'un homme qui l'oppresse. Je n'ai pas de nombreux choix si je souhaite l'aider… Nous devons arrêter le trafic de son dealer, le faire tomber pour lui permettre de recouvrer sa liberté et de sortir de cette mauvaise posture. J'ai bien conscience que l'opération sera dangereuse, que je lui ferai prendre des risques, mais c'est la seule solution…

Décision… validée.

Sans réfléchir plus d'un millième de seconde, j'écrase mon torse contre le sien, l'emprisonne dans mes bras et le serre aussi fort que je le peux. Son souffle se coupe sous l'impulsion de notre étreinte, je crains même de le broyer entre mes biceps. Il m'est impossible de contrôler ma force, comme si mon étau répondait à ma colère grandissante en ne lâchant plus prise. Mon cœur se dérègle, ne bat plus à intervalles réguliers et ma respiration, perturbée de saccades que je ne parviens plus à réguler, se détraque à son tour. La machine qu'est mon corps disjoncte, n'assimile plus les dizaines d'informations que mon cerveau lui envoie, pour la plupart contradictoires.

Je me retrouve dans l'obligation de m'éloigner de Simon, recule de deux pas en prenant des inspirations que j'espère salvatrices.

Bordel de merde, que m'arrive-t-il ?

— Tout va bien ? murmure-t-il.

Je secoue la tête pour lui signifier que non. Je m'entends nettement marmonner que j'ai besoin de prendre une douche, m'éclipse dans la salle de bains sous le regard médusé du garçon, et m'y enferme pour plonger sous l'épais torrent d'eau brûlante.

Rien de mieux pour mettre en place un plan d'action.

***

— Grand-père, raconte-moi l'histoire de la petite fille qui désobéissait tout le temps à son père.

— Marc, il est tard, tu dois dormir.

— S'il te plaît, et après je dormirai, c'est promis.

Grand-père soupire, se pince l'arête du nez, comme lorsqu'il est agacé, et m'observe, un léger sourire accroché au coin de sa bouche. Sous ses airs grognons, il ne peut jamais rien me refuser. Il faut dire que nous ne sommes que tous les deux… Il se racle la gorge et entame :

— Il était une fois, une petite fille aussi libre que l'air, plus espiègle qu'un lutin et dont l'obéissance n'avait d'égal que son désir d'être enfermée. Chaque fois que son père lui demandait quelque chose, elle

prenait un malin plaisir à le contrarier. Il faut dire que son papa n'était pas toujours tendre avec elle, mais il ne souhaitait que le meilleur pour sa fille. Alors il la poussait à être parfaite et reproduisait l'éducation que lui-même avait reçue. Un jour, la petite fille s'amusa même à entamer les dix tartes que son père avait demandées à leur cuisinière pour une réception importante…

Je glousse à ce passage que j'adore. Grand-père fronce les sourcils, comme s'il me prévenait silencieusement que s'il me prenait l'idée d'agir ainsi un jour, je le regretterais.

— Son père était furieux, reprend-il, et il la punit pendant près d'un mois. Mais la petite fille était rusée, et avec les années, elle trouva des stratagèmes pour échapper à la surveillance de son père. Jusqu'au jour où, devenue une adolescente de plus en plus rebelle, elle tomba sur un jeune homme un peu plus âgé et qu'elle n'aurait pas dû fréquenter. Ils étaient inséparables, elle s'échappait la nuit pour le rejoindre et son père ne savait plus comment agir pour aider sa fille à retrouver le droit chemin. Elle était incontrôlable, et il savait que sa nouvelle fréquentation n'était pas de bon augure…

Grand-père marque une nouvelle pause, constatant que je l'écoute plus qu'attentivement, allongé sur le ventre, la mâchoire reposée dans mes paumes.

— Allez, Marc, cette fois, il est l'heure de dormir. La suite, demain.

J'opine du chef, me couche sous les couvertures et alors que grand-père s'éloigne vers la porte, je l'arrête.

— Dis, grand-père, la petite fille et ce garçon… ce sont mes parents, pas vrai ?

Il me fixe un instant durant lequel je ne sais plus si j'ai bien fait de poser cette question. La seconde suivante, il me souhaite une bonne nuit, éteint la lumière et disparaît, me laissant pour seule compagnie mes questions sans réponses…

***

Il est plus d'une heure du matin lorsque je reprends réellement conscience. Simon se trouve à côté de moi dans une voiture banalisée appartenant à la police. Depuis ma sortie de la salle de bains, mes idées fusent, j'agis en automate comme si j'avais endossé ma casquette de capitaine de police.

Fauquet soupire, essuie ses mains moites sur son jean plus fréquemment que les battements de ses cils. Son stress est palpable. Je finis par abattre ma paume contre ses doigts qui se figent, se crispent tandis qu'il tourne lentement le visage vers moi pour me jeter un coup d'œil inquiet.

— Tout va bien se passer, marmonné-je entre mes dents, le regard braqué droit devant moi.

J'observe un point lointain dans la nuit, refusant de songer que je couvre le jeune qui se trouve à mes côtés, même si j'ai du mal à comprendre ma réaction. Il m'a envoûté, a perturbé chacune de mes pensées au point où, désormais, je me trouve dans l'incapacité d'agir comme je n'aurais pas hésité à le faire auparavant. J'ignore la raison pour laquelle je m'adoucis à ses côtés, comme s'il était un inhibiteur à ma colère. Je dois bien reconnaître que la nature de notre relation n'est pas seulement d'ordre sexuel, comme j'ai pu le croire. Pour autant, je suis un handicapé émotionnel, refusant de m'attacher à qui que ce soit ou de laisser quelqu'un m'approcher de trop près. Et de toute manière, lui comme moi savons que nos personnalités sont incompatibles et dorénavant, la faute qu'il a commise flotte dans mes pensées. Chaque fois que je croise son regard, je ne peux m'empêcher d'entendre ses aveux. Je suis un homme bourré de principes, guidé par la rancune. Je ne vois pas comment lui pardonner.

— Il ne gobera pas ce bobard, Marc. Youssef est un professionnel, il vit dans ce monde de mensonges, de trahisons et de complots depuis qu'il est né. Je ne jouerai pas suffisamment bien la comédie pour qu'il croie ma fausse histoire.

Cette fois, je déporte mon attention sur les grands yeux verts effrayés du passager de la voiture. Mon cœur rate une pulsation de concert avec mon inspiration qui ne s'infiltre pas jusqu'à mes poumons. Jamais je n'ai été à ce point attiré par un homme, je ne sais même pas ce que je lui trouve, cette fascination est sans conteste d'ordre chimique.

Putain, ta gueule !

Je m'insupporte de me laisser glisser sur ce terrain alors que je ferais mieux d'être concentré sur notre objectif, pour m'assurer de la protection de ce petit con qui ne le mérite peut-être même pas. Qu'aurait fait Alex à ma place ? La question ne se pose pas, il aurait couvert sa belle Égyptienne à tout prix. Mon comportement est naturel, je n'ai pas à m'en vouloir. Il a commis une erreur, mais il est pris dans un engrenage orchestré par un homme sans scrupule.

Lorsque l'heure du rendez-vous arrive, Simon s'apprête à s'extirper de l'habitacle pour rejoindre Youssef. Je saisis *in extremis* ses doigts avant qu'il ne claque la portière. Il se penche, me destine une œillade qui me fait chanceler l'espace d'un instant, bloquant mes mots si bien que je reste hébété face à lui.

— Sois prudent, parviens-je à articuler à voix basse.

Il opine du chef, referme la portière avec précaution, pour ne pas trahir la présence de la bagnole. Mes doigts tapotent nerveusement le volant alors que je l'observe s'éloigner dans la nuit noire. Je malmène férocement ma lèvre inférieure en espérant que tout se déroulera comme je l'ai prévu ; le dévouement de Simon, sa soumission à ce salopard, la proposition d'un contrat plus gros auquel il ne pourra pas résister. Je ne vois pas pourquoi il refuserait ce qu'il souhaite depuis des semaines : contrôler en tous points le petit blond.

Il devrait lui préparer une très grosse commande en personne et alors, au moment précis de leur prochaine rencontre, nous mettrons la main sur ce fils de pute et pourrons démanteler son réseau. Positionner Simon en appât me déplaît fortement, mais c'est le seul moyen d'appréhender le dealer et de disposer de preuves tangibles qui me permettront de le mettre derrière les barreaux.

Ce plan n'est pas bancal !

J'ai tout élaboré durant mon interminable douche, ai tout expliqué au jeune homme alors que je pouvais observer sa surprise de me voir l'aider. La partie d'aujourd'hui devrait être la plus simple de l'opération !

Je suis soulagé lorsque la silhouette du gamin se dégage entre les buissons. Il me rejoint, s'infiltre discrètement à mes côtés et soupire de soulagement. Je lui laisse quelques secondes pour reprendre ses esprits, mais voyant qu'il ne réagit pas, j'insiste :

— Alors ?

— Je crois… qu'il m'a cru.

— Parfait, je savais que tu en étais capable.

Ses lèvres s'étirent avec difficulté tandis que j'enclenche le contact et rejoins le périphérique. Avant de mettre à exécution notre plan, je dois le préparer. Pour cela, un détour au commissariat s'impose. J'ai besoin de lui montrer les archives des anciennes enquêtes sur les trafics de drogue, afin de lui permettre d'ajuster son comportement. Nous devons tout envisager de A à Z, toutes les réactions que Youssef pourrait avoir et pour ce faire, rien de tel que du concret.

Silencieusement, Simon me suit dans les rayonnages d'archives complètement déserts à cette heure de la nuit. Nous nous engouffrons dans une petite pièce où des cartons sont entassés, j'en récupère plusieurs et épluche les dossiers en préconisant des recommandations à ma nouvelle recrue. Il reste attentif, hoche la tête et se contente de marmonner des « OK ». Cependant, je remarque bien qu'à mesure que mes explications avancent, ses pensées dérivent sur un tout autre terrain. Sans qu'il n'en prenne réellement conscience, son regard est braqué sur mes lèvres tandis qu'il humidifie les siennes très, trop fréquemment.

Avec une faiblesse sans précédent, malgré toute l'aigreur qui flotte au-dessus de moi, je pose la feuille sur le plan de travail, m'approche d'une démarche féline de son corps qui trahit la tension qui l'habite. Il se rend alors compte de son imprudence et tente de bafouiller une excuse pour m'arrêter dans ma course. Je sais parfaitement qu'il est plus ou moins en couple avec ce gamin avec qui il étudie, mais qu'importe…

Ma bouche fond sur la sienne avec une frénésie incontrôlable…

CHAPITRE VINGT ET UN

Eva

Il y a des moments dans la vie où tout semble parfait. Avec la mienne, il faut bien avouer que c'est illusoire et pourtant, je suis heureuse. C'est vrai que ces derniers jours, je me pose pas mal de questions, mais je me sens vraiment bien. Alex et moi ne nous sommes pas revus, depuis notre fabuleuse nuit, puisqu'il a dû partir pour une enquête sur Lyon. Je ne cesse pourtant de repasser ses mots en boucle dans ma tête, cette déclaration digne d'un film d'amour. Je ne parviens pas non plus à m'enlever ces images torrides de nos corps mêlés, de sa bouche contre la mienne, du contact de sa peau qui me fait frissonner et surtout, de son regard rassurant.

Jamais je n'avais été excitée à ce point par un homme, comme si toute ma vie, j'avais attendu que ce moment arrive. Mon capitaine de police semble me connaître par cœur, savoir exactement ce qui me contraint à gémir, quelle partie de mon anatomie se trouve être la plus sensible. Il sait à quel moment me faire basculer pour décupler mon plaisir et aussi, comment y parvenir.

Je suis persuadée que nous sommes amants depuis des siècles, que dans nos vies antérieures, nous partagions déjà ces moments charnels hors du temps. C'est la seule explication plausible à cet assemblage parfait de nos corps.

D'ici quelques heures, nous nous retrouverons. Je dois bien avouer que j'appréhende quelque peu ce moment.

Est-ce que le cocon dans lequel nous nous sommes réfugiés durant une nuit entière sera toujours intact ? Ou alors serons-nous gênés, comme si nous avions bravé un interdit ? Les quelques messages que nous nous sommes envoyés ne me permettent pas de me positionner, même s'ils ont été marqués d'affection, je ne peux le démentir.

Le dernier que j'ai reçu titille davantage ma curiosité, et on peut aisément le comprendre.

[Alex / 15h50 : Salut, ma belle. Tu as quelques heures pour sortir le grand jeu. Sois prête pour 19h. Il me tarde de te retrouver. À ce soir.]

Sur ce coup-là, il me prend au dépourvu. Je ne cesse de déverrouiller mon téléphone, pour lequel j'ai souscrit un nouvel abonnement avec une fausse identité à l'aide de la DGSE. Son sms est mystérieux, il me sort de la zone de confort dans laquelle je m'enlise depuis des semaines.

Sortir le grand jeu…

Le cadre qu'il pose est censé me faire espérer une superbe soirée en perspective, sauf que je suis plus stressée qu'excitée. Ce genre de défi est à la hauteur de l'ancienne Eva, mais pour celle que je suis désormais, à mi-chemin entre Eva et la victime, Ava, ça relève de la mission impossible.

Alors que je dépasse le miroir accroché dans l'entrée, sans y prêter réellement attention, je stoppe finalement net. En *moonwalk*, je rebrousse chemin, manque de subir un arrêt cardiaque en observant… le yéti qui a pris possession de mon corps.

C'est donc… à ça… que… je ressemble ?

Je déclare l'opération *Bibbidi-Bobbidi-Boo*[98] ouverte ! Mon Dieu, mais comment ai-je pu me laisser aller à ce point ? La réelle énigme subsiste plutôt dans le fait qu'Alex m'ait servi une déclaration d'amour magnifique pour ensuite jouer de son corps avec moi, alors que j'étais plus chenille que papillon.

Je n'en crois pas mes yeux, mes cheveux sont devenus ni plus ni moins que des *dreadlocks*, mes sourcils sont si broussailleux qu'une tronçonneuse ne serait pas de trop pour les ratiboiser… Je ne vous parle pas de mon teint terne, ni de ma toison au sud. Je suis affreuse, olivâtre, négligée et… affreuse !

Merde, c'est déjà dit !

Direction : salle de bains.

Douche, peeling, masque facial et capillaire, épilations. Tout y passe !

Tout.

Démêler ma crinière est un jeu d'enfants avec tous les soins que j'ai pu y apporter. Ma peau reprend vie après les crèmes que j'y applique. Et enfin, mon intimité respire et me remercie de lui avoir redonné vie. Complètement nue dans la salle de bains, je m'observe dans la psyché. Ces dernières semaines, j'ai oscillé entre les phases de perte d'appétit et de bouffe réconfort. Mon corps a été malmené si bien que mon fessier semble avoir perdu de son rebondi et mon ventre est moins plat. Je ne suis pas fan de l'image que me renvoie mon reflet. Je secoue la tête, décidée à être en forme pour mon beau flic, enfile une brassière de sport et une culotte pour me défouler : séance d'abdominaux, squats et pompes à m'en faire perdre la tête. La musique « It's raining men » de *Geri Halliwell* retentit à fond la caisse dans l'appartement, je me

---

[98] Formule magique de la fée pour transformer Cendrillon de souillon à princesse

démène pour bander chacun de mes muscles et m'apparenter à une bombe sexuelle pour la soirée qui s'annonce.

En nage, je saute de nouveau sous la douche pour effacer toutes les traces odorantes de ma demi-heure sportive. Enveloppée dans un drap de bain, je m'asperge de parfum jusqu'à ce que mes cellules olfactives saturent et me fassent tourner la tête. Avec un souffle digne d'un clip de *Beyoncé*, je sèche ma longue chevelure ébène et observe finalement, les biceps et trapèzes douloureux, mon sublime *brushing* hollywoodien. J'en suis certaine, Alex en tombera à la renverse.

Maintenant, il me faut une tenue. Et vu le peu d'affaires que j'ai amenées, je ne vais sûrement pas trouver mon bonheur dans ma garde-robe. Heureusement que je peux compter sur le dévouement sans faille de ma meilleure amie, Noémie, qui m'apporte très rapidement une magnifique robe de sa collection. Alors que je reviens de la salle de bains, après avoir enfilé un string chair, les bras contre ma poitrine pour cacher ma nudité, elle sourit bêtement en secouant la tête, assise sur le lit d'Alex.

— C'est vraiment injuste d'être belle à ce point, soupire-t-elle, faussement jalouse.

Je lève les yeux au ciel, claque ma langue sur mon palais pour souligner mon désaccord, enfile un peignoir et ajoute ensuite :

— Charge-toi plutôt de me faire un *make-up* digne d'un défilé de mannequins plutôt que débiter tes conneries.

Elle tape frénétiquement ses paumes, trop heureuse de laisser libre-court à son inventivité. Noémie est beaucoup plus douée que moi pour le maquillage. Si je maîtrise parfaitement les bases et suis capable de me mettre en valeur, elle est de son côté en mesure de transformer une grenouille en princesse. C'est ainsi qu'à grand renfort d'anticerne, fond de teint, ombres à paupières, et tout cet attirail que les poupées *Barbie* utilisent, je ressemble à l'une d'elles. Mon amie termine d'appliquer le mascara sur mes cils noirs naturellement longs et épais. Une touche de rouge à lèvre carmin et me voilà parée à me glisser dans le fourreau maculé qu'elle m'a prêté.

Le tissu blanc et fluide épouse chaque forme de mon corps, moule mes fesses et souligne ma poitrine. La fente qui parcourt un pan de la robe, et dévoile ma jambe jusqu'à mi-cuisse, est glamour, sexy sans être vulgaire. Je crois respecter la définition de « sortir le grand jeu ». Sans me vanter, j'ai rarement été aussi belle, une version métissée de *Jessica Rabbit*[99]. Nul doute que Mademoiselle Sanchez y soit pour quelque chose. Je lui envoie un baiser pour la remercier, puis enfile des escarpins noirs à lanières qui serpentent sur mes mollets.

Ma meilleure amie s'éclipse avant qu'Alex ne fasse son apparition, j'en profite pour prendre quelques minutes pour fignoler mon apparence. Rivière de diamants – factice évidemment – autour du cou, parure assortie accrochée aux oreilles. Je saisis le *clutch*[100] en velours anthracite et pose sur mes épaules une étole foncée.

J'ai à peine le temps de m'inspecter une dernière fois dans l'entrée que la sonnette retentit dans l'appart'. Je m'échappe dans la cage d'escalier, après avoir fermé la porte à clef, et rejoins l'homme qui me réserve, vraisemblablement, une surprise. J'ai l'impression d'être une ado de 14 ans qui vit son premier rencard, c'est à la fois ridicule et rafraîchissant. J'ai passé tant d'années dans les ténèbres que ces moments

---

[99] Personnage très glamour du film Roger Rabbit
[100] Petite pochette à main

d'insouciance s'apparentent à de véritables bouffées d'oxygène.

Je prends une légère inspiration, avant d'ouvrir le lourd battant en bois. La main tremblante, j'abaisse la poignée et tombe sur Alex, planté devant sa voiture et plus droit qu'un i. Son regard s'arrondit sensiblement en me découvrant, puis parcourt ma tenue, s'attarde sur ma jambe dévoilée et remonte jusqu'au décolleté drapé que j'arbore. Ses lèvres s'étirent, laissent place à un sourire radieux.

À mon tour, je risque un coup d'œil au dieu *Asgardien*, et force est de constater que *Thor* est tout simplement ca-non. Cintré dans un smoking bleu nuit, son large torse est mis en valeur par une chemise blanche aux boutons marine. Le pantalon fuselé dans lequel il est moulé doit lui conférer un cul d'enfer, qu'il me tarde de mater dès qu'il pivotera pour rejoindre le côté conducteur. Lorsque je relève finalement le menton pour observer son visage, je manque de défaillir en percevant cette étincelle de désir qui ne l'a pas quitté depuis notre… dernière nuit.

Bordel, ça devrait être déclaré aux impôts d'être aussi beau !

Ses cheveux courts et clairs, coiffés en bataille, finissent de m'achever. Je crois que là, tout de suite, je suis plus humide que le Pacifique, au sud de mon anatomie. C'est bien parce que je ne veux pas tacher mes dents de carmin, mais je pourrais les planter férocement dans ma lèvre pour contenir ce gémissement qui chatouille ma gorge et me pousse à rugir.

Pour me donner une certaine contenance, j'avance vers lui, peu convaincue de ne pas vaciller sur mes échasses. Il glisse ses doigts dans les miens lorsque je m'approche, dépose un baiser sur ma joue et ouvre la portière du véhicule. D'un geste protocolaire, il m'invite à y monter en ajoutant :

— Vous êtes ravissante, Mademoiselle. Prenez place.

Bécasse que je suis !

Je ne peux m'empêcher de glousser comme une dinde écervelée, et dissimule ma gêne apparente en m'engouffrant dans l'habitacle. Le temps qu'il contourne son Audi, je ne manque évidemment pas de lorgner son fessier rebondi – qui tient ses promesses – et m'inspecte une dernière fois dans le miroir du pare-soleil.

Bouche : OK.

Teint : OK.

Excès de sébum : R.A.S.

Mon cœur battant la chamade, j'accueille la présence de mon flic préféré avec une légère appréhension. Il faut dire que me retrouver si proche de lui, je l'ai fantasmé ces trois derniers jours, alors que nous étions séparés. Tout en lui est fait pour m'attirer, de son parfum enivrant à sa voix grave et légèrement essoufflée. Tout. Jusqu'au léger rictus qui étire ses lèvres, que j'observe discrètement tandis qu'il démarre.

— Tu es très beau aussi, parviens-je à articuler malgré ma bouche asséchée, alors qu'il sillonne les rues de Paris.

Bientôt, il s'insère sur le périphérique d'un coup de volant habile, m'offre un regard en coin, avant de ricaner et approcher sa main pour saisir la mienne.

— Tu veux dire par là que je suis baisable ?

J'éclate de rire, ravie qu'il détende enfin cette atmosphère suffocante qui m'engouffrait dans les méandres de la tension sexuelle. Les fourmis qui grouillaient dans mon bas-ventre, voire un peu plus bas, s'échappent en un claquement de doigts, tandis que le son de ma voix résonne autour de nous, très vite suivi par le sien.

— Tu le sors d'où ton costume ? le questionné-je.

— Je suis comme *James Bond*, j'en ai toujours un qui traîne dans mon coffre.

Petit clin d'œil taquin.

Je ne l'avais pas vu agir de cette manière depuis des lustres. Il me rappelle immédiatement le Alex de nos débuts, celui qui me faisait marrer avec ses pitreries. Je dois bien avouer que ça ne me déplaît pas, loin de là même. C'est de cet homme dont je suis tombée amoureuse, et je ne peux qu'être soulagée de constater qu'il n'a pas disparu. Je l'ai simplement étouffé avec ma vie désastreuse, mais notre récent rapprochement semble l'avoir ravivé.

— Tu m'emmènes où ? m'enquiers-je avec curiosité.

— Si je te le disais, je ne suis pas certain que ça resterait une surprise.

Je roule des yeux, faussement agacée qu'il maintienne tant de mystère sur notre soirée. Au fond, je suis en ébullition, enchantée de vivre la vie d'une jeune femme de mon âge tout à fait ordinaire.

Au détail près que je suis accoutrée d'une robe de créateur hors de prix et que le beau flic et moi sommes prêts à monter les marches de Cannes.

Alex opère un créneau, en respectant parfaitement les codes de l'homme fier de sa conduite : paume plaquée derrière l'appui-être, maniement du volant à une main et sourire de publicité. Je secoue la tête, faussement désabusée face à son petit jeu.

Il s'échappe dans la rue, m'ouvre la portière avec un protocole similaire à la manière dont j'y suis entrée. Lorsque je saisis les doigts qu'il me tend, nos regards s'interceptent un instant, se verrouillent tandis qu'un éclair traverse le sien. J'ignore de quoi il s'agit. Est-ce du stress, de l'excitation ou alors de l'impatience ? Me cacherait-il quelque chose d'important qui justifierait toute cette mise en scène ?

Il se reprend très vite. Je rejoins le trottoir et me laisse guider par sa main qui serpente dans mon dos pour m'intimer d'avancer. Nous longeons le quai de la Tournelle qui suit les courbes sinueuses de la Seine, avançons droit vers un immense bâtiment haussmannien qui surplombe le fleuve. De larges lettres magnifiées de dorures sont accrochées sur la façade : *La Tour D'Argent.* Je connais ce restaurant gastronomique de réputation, mais jamais ô grand jamais je n'y ai mis les pieds.

Je suis journaliste, hein, pas aristocrate !

Je jette un coup d'œil à mon cavalier qui arbore une mine étrange, semblant à la fois très heureux et quelque peu… préoccupé. Pour ma part, je me concentre sur ces foutus pavés qui rendent ma démarche chaotique à cause des aiguilles sur lesquelles je suis perchée. Bien trop inquiète de passer pour une alcoolique en crise, je fais mon possible pour planter les pointes des talons sur des carreaux stables et ne pas vaciller.

Lorsque nous pénétrons dans le hall majestueux, mes yeux se perdent parmi la myriade d'informations que recèle l'endroit. Une hôtesse nous accueille, se charge de nous conduire jusqu'à un ascenseur qui nous plonge directement dans l'ambiance rétro de ce restaurant qui a gardé tout de son charme d'antan, datant du début du 20ème siècle. Il n'y a qu'à lever la tête pour se rendre compte que le lustre en cristal est d'époque ! J'ai à peine le temps d'accrocher mon regard aux centaines d'objets que cache la salle, à l'instar d'un musée, que les portes de la machine se referment sur nous. Un homme, vêtu à la manière d'un majordome, décoiffe son chapeau haut de forme en nous souhaitant la bienvenue. Timidement, je le remercie tandis qu'Alex lui précise qui nous sommes. Le quinquagénaire lui adresse un signe de tête entendu et écrase son index sur le dernier bouton du cadran métallique.

Alors que nous gravissons les étages, le mystérieux Russe plaque sa main sur la chute de mes reins et me caresse avec sensualité. J'ose une œillade dans sa direction alors que l'homme qui s'occupe des allées et venues dans l'ascenseur nous observe du coin de l'œil. Je tombe directement sur le sourire taquin du flic, lequel s'accentue lorsque ses doigts conquièrent le sud de mon buste et parcourent le sillon entre mes fesses moulées. Je réprime un couinement, lui offre cette fois un regard courroucé et, très discrètement, l'empoigne pour remonter ses phalanges baladeuses un peu plus haut. Évidemment, l'homme aux tempes grisonnantes nous avise avec étonnement, avant de se détourner vers les portes qui s'ouvrent.

Thor se gausse encore discrètement lorsque nous sortons. Je suis pour ma part accaparée par la vue spectaculaire qui se profile face à moi. Je franchis les quelques mètres qui me séparent d'une sublime terrasse, installée sur le toit du bâtiment, et reste béate face au charme typiquement parisien dont on ne peut avoir idée que dans les films. Intimiste, hors du temps, la scène nous offre une table en plein milieu, agrémentée d'une nappe et d'un service de vaisselle dont l'assiette doit coûter plus cher que la caution de mon appartement.

Des fleurs et des guirlandes lumineuses, montées sur des arches, entourent le lieu et lui confèrent un aspect bucolique qui ravit la fleur bleue qui sommeille en moi. Je n'ai jamais connu de situation similaire, mais je dois bien avouer que cette « première fois » tire une corde sensible de la harpe de mes émotions. Au fond, il se cache donc bel et bien une femme réceptive à ce genre… d'attentions.

Alex me ramène à la réalité en saisissant mes doigts, m'entraîne jusqu'à la balustrade qui donne sur la rue et reste silencieux. J'observe le fabuleux coucher de soleil qui se déroule sous nos yeux et baigne de lumière Notre-Dame-de-Paris à quelques centaines de mètres. L'astre flamboyant qui décroît m'éblouit, je déporte donc mon regard sur l'homme à mes côtés. Visiblement, mon visage est bien plus intéressant pour lui que le spectacle devant nous. Braqué sur moi, le flic détaille chaque parcelle de ma peau, rebondissant du halo foncé qui colore mes paupières à ma bouche peinte de grenat.

Gênée par l'insistance non dissimulée avec laquelle il me contemple, je détourne les yeux et toussote.

— Comment as-tu dégoté un tel endroit ? Tu es un mafieux russe ou quoi ? raillé-je.

Il secoue la tête, un petit sourire étirant légèrement ses lèvres. Sans me donner une quelconque réponse, il m'invite à m'asseoir après avoir tiré lui-même ma chaise, évidemment. Ce petit côté prévenant et vieux jeu n'est pas pour me déplaire, j'ai l'impression de jouer dans un film ridicule à l'eau de rose. J'imagine bientôt que l'Apollon qui me fait face va sauter dans le vide, rejoindre un hélicoptère en plein vol, et me promettre qu'il reviendra me chercher.

Je vous l'accorde, je ne manque pas d'imagination !

Le capitaine de police m'explique alors que le patron du restaurant lui devait une fière chandelle et qu'il a profité de sa dette pour m'organiser ce petit repas en tête à tête, je cite, « maintenant que nous sommes réconciliés ! » Je n'ai donc rien fabulé, notre nuit d'amour n'est pas un simple moment d'égarement pour lui, les mots sortis de sa bouche sont sincères et réfléchis. Je ne vois pas pourquoi j'en doutais, mais comme le schéma de ma vie se répète inlassablement, je suspecte toujours le pire de se pointer après le meilleur.

— Merci, Alekseï. Ça me fait énormément de bien cette soirée…

Il claque sa langue contre son palais pour souligner mon erreur, ajoute ensuite :

— Alex, s'il te plaît.

— Alekseï me plaît pourtant, c'est la personne que tu es… tout au fond.

Un sourire qui n'atteint pas ses yeux se profile timidement sur ses lèvres, avant qu'il ne poursuivre d'une voix détachée :

— Il n'existe plus. J'ai laissé un petit garçon malheureux en Russie, il y a de ça de nombreuses années.

Je hausse les épaules, consciente que c'est à lui de choisir qui il veut être. Évidemment, il ne tarde pas à souligner que je ne suis pas la mieux placée pour lui donner une leçon d'identité.

— Parle-moi d'Ava.

Mes lèvres se pincent aussitôt. C'est plus fort que moi, je me referme comme une huître. Évoquer mon passé est douloureux et chaque fois si compliqué que j'en reste perturbée pendant des jours. Il sait pourtant tout de mon histoire, que veut-il apprendre de plus ?

— Ma famille a péri dans cet incendie… Ava s'est consumée avec elle, soufflé-je entre le sanglot et le feulement.

Alex avance aussitôt sa main vers la mienne, trace de la pulpe de ses doigts des cercles sur ma peau. Je ne parviens pas à redresser le visage pour rencontrer son aura qui, j'en suis certaine, doit être rassurante. Je m'insuffle des pensées positives, refusant de laisser mon passé gâcher cette merveilleuse soirée qui a si bien commencé.

Le serveur qui apporte deux coupes de champagne tombe à pic, je profite de cet instant de répit pour m'armer de courage et recouvrer un semblant de consistance. Comme convenu, je croise le regard tendre de mon amant, esquisse un sourire, alors qu'il m'assure :

— Nous retrouverons ce fils de pute et il paiera pour ce qu'il a fait, je te le promets.

Son ton est si hostile que je ne peux que le croire. En attendant, je préfère ne plus penser à *lui*.

— Oublions-le le temps d'une soirée. Il ne risque pas de se pointer ici, j'imagine.

— Si c'est le cas, je le balance par-dessus la balustrade, grommelle-t-il.

***

Seigneur, pourquoi ai-je enfilé cette robe près du corps ? Certes, les quantités ne sont pas astronomiques dans ce type d'établissement, mais après l'entrée, le plat *et* le dessert, j'ai peur d'exploser. Pourtant, j'ai même proposé à Alex de terminer mon filet de dorade, ce qu'il n'a évidemment pas pu refuser, malgré la pièce de bœuf qu'il venait de s'enfiler.

Je ne peux qu'accepter sa proposition lorsqu'il me soumet l'idée de marcher un instant pour nous aider à digérer. Main dans la main, nous déambulons sur le toit qui s'étend, à ma grande surprise, sur tout un pan dont l'accès nous était dissimulé par des charpentes pentues. La présence du flic, le toucher légèrement rugueux de sa peau contre la mienne, son odeur musquée, et la sécurité qu'il dégage, suffisent à me rendre heureuse et détendue. En cet instant, aucun de mes soucis ne me paraît réel, je profite simplement du moment présent et évite de me poser mes mille et une questions quotidiennes.

« Carpe Diem » me répétait inlassablement mon adorable maman.

Aussitôt, je bloque mes pensées, refusant de glisser sur la pente de la mélancolie. Elle est trop abrupte et peu praticable pour être compatible avec une soirée comme celle-ci. Heureusement, la voix d'Alex me ramène très vite à la réalité. Ses inflexions graves et légèrement rocailleuses provoquent une impétueuse bourrasque en moi, s'apparentant même à un éboulement qui me cloue au sol et m'empêche de respirer correctement.

Cet homme n'a donc aucun défaut. Aucun !

Il pivote pour me faire face. Sa main serpente le long de ma joue et je m'y laisse aller. Les yeux mi-clos, je profite de chaque sensation qui parcourt mon corps et étire bêtement les lèvres, sans aucune raison évidente.

C'est donc ça, le bonheur ?

Si c'est le cas, je veux le vivre tous les jours de ma vie, jusqu'à mon dernier souffle. Aucun doute que cet homme soit en mesure de me combler pour les cinquante prochaines années. Je nous imagine parfaitement avec des cheveux blancs, la peau fripée, sur le perron d'une petite maison dans mon pays d'origine. Après avoir passé une infinité de moments ensemble, seule la présence de l'autre serait encore capable de nous apaiser…

— À quoi penses-tu ?

Mon cœur rate un battement lorsque je m'aperçois d'avoir été profondément perdue dans mes pensées en sa présence.

— À chez moi, réponds-je avec nostalgie.

— Un jour, nous irons en Égypte ensemble. C'est une promesse.

Je le remercie, d'un sourire discret, de se montrer si bienveillant à mon égard.

— Sans aucune transition, poursuit-il, je pense que c'est le bon moment…

Je fronce aussitôt les sourcils en le voyant sortir une petite boîte en velours noir de la poche intérieure de sa veste.

Ma bouche s'assèche.

Mes mains s'inondent de moiteur.

Mon cœur s'arrête net.

Incapable de prendre une inspiration, je reste en apnée, tandis qu'il se lance dans une tirade sans même prêter attention à la panique qui m'envahit.

— Je ne sais pas vraiment ce que nous sommes l'un pour l'autre… mais je voulais t'offrir un petit cadeau pour… pour officialiser notre relation. J'aimerais pouvoir crier à la Terre entière que j'ai la chance d'avoir une petite-amie aussi géniale que toi, vois-tu. Et je voudrais aussi pouvoir me la péter devant mes collègues… se gausse-t-il.

Sa petite touche d'humour m'arrache un rire étouffé qui interrompt les larmes logées dans mes yeux, menaçant de se déverser sur mes joues. Son geste est si… je n'en sais rien en fait. J'ignore comment doit se comporter une femme dans ces cas-là. Tout ce que je parviens à réaliser, c'est un hochement de tête qui ne me permet plus de contenir l'eau salée qui va m'apparenter à un panda géant.

— Tu pensais que j'allais te demander en mariage, pas vrai ? ricane-t-il.

— Tu as remarqué mon affolement ?

— Tu es un livre ouvert pour moi.

Je n'en suis pas si sûre, mais je ne peux que constater son impressionnante connaissance de mes réactions. Je reste, dans un premier temps, hébétée face à ce saligaud qui s'est assurément amusé de moi, immisçant dans ma tête les idées de robe blanche et d'autel. Je finis simplement par rire en tapant son avant-bras. Il me suit et ajoute avec sérieux, le tout accompagné d'un coin d'œil :

— Ce ne sera pas pour tout de suite, mon cœur.

Ses lèvres s'écrasent aussitôt contre les miennes avec une force impétueuse, comme si j'allais m'évaporer d'une seconde à l'autre. Sa main libre fourrage dans mon superbe *brushing*, bloque ma nuque pour m'approcher davantage de lui. Avec délice, je laisse sa langue s'enrouler à la mienne, tandis que mes hanches se collent aux siennes pour sentir son érection naissante. Mon bas-ventre se rompt, me supplie de faire glisser ma robe le long de mon corps pour rencontrer le sexe de mon… *petit-ami.*

Aussitôt, je me fige. Alex mesure très rapidement que mon attitude s'inscrit dans le repli, se décolle légèrement de moi, sans pour autant retirer sa paume de mon crâne, qu'il maintient toujours.

— Que se passe-t-il ? souffle-t-il contre ma bouche.

Je presse les paupières pour ne pas pleurer. Je suis une idiote, j'abhorre cette partie de ma personnalité qui surgit sans cesse sans prévenir. Le flic tente par tous les moyens de me ramener à lui en disséminant des baisers sur mon nez, mes pommettes, les commissures de mes lèvres… Rien n'y fait, je reste prisonnière de mes peurs.

— Parle-moi, je t'en prie.

Sa supplique me déchire le cœur. Je voudrais disparaître, plutôt que me confronter à la peine que je perçois dans sa voix. Pourtant, je rassemble mon maigre courage et ouvre les yeux.

— Je ne te mérite pas, Alex. Je ne suis même pas capable de t'ouvrir mon cœur et de formuler en pensées que tu es mon… petit-ami. J'ai sans cesse l'impression d'être détruite et… je ne veux pas t'entraîner dans un puits sans fond avec moi.

J'aurais pu parier sur un millier de réactions, oui. Mais pas sur la sienne. Interdite, je ne peux que constater son rire qui résonne dans mes oreilles, alors qu'il secoue la tête comme si je lui avais sorti la plus grosse absurdité qu'il ait jamais entendue. Il pose l'écrin dans ma main, encadre mon visage de ses paumes et plaque un baiser sur mes lèvres en chuchotant :

— Je t'aime plus que tout ce que j'ai de plus précieux au monde.

Je défaille. Très fort. Mes cils extra longs s'agitent sans que je ne les contrôle. Je lui avoue ma peur profonde pour l'engagement et…

Je t'aime plus que tout ce que j'ai de plus précieux au monde ?

Ce mec est malade, c'est un fait que je devrais me greffer dans le crâne pour ne plus être surprise la prochaine fois. Il recule son visage de quelques centimètres, plongeant son regard d'un bleu si réconfortant dans le mien qui n'a rien d'enjôleur.

— Tu penses vraiment que tu peux blesser un grand gaillard comme moi ? Maintenant que nous sommes réunis, je ne te lâcherai plus jamais. Tu es à moi… et je suis à toi. Je ne te demande pas de m'ouvrir ton cœur pour le moment, Eva. Mais ne me repousse pas, cesse d'avoir peur de notre relation et surtout, vis. Tu ne peux pas continuer à te cacher derrière tes peurs. Ce ne sont pas elles qui te guident, elles ne te définissent pas. Promets-le-moi !

Bordel. Une téquila cul sec, s'il vous plaît !

Je hoche la tête en chialant comme une bécasse. Je me ficherais des baffes jusqu'à n'en plus pouvoir si j'avais le don d'ubiquité. Non, mais regardez-moi, à suffoquer comme une gamine de 4 ans ½, c'est lamentable.

Mon… petit-ami presse ses pouces sous mes yeux pour essuyer les vestiges de mes larmes et m'offre un de ces sourires qui vous animent instantanément. Je prends sur moi, stoppe les vannes et me concentre sur son attitude positive. Il récupère alors l'écrin dans ma paume, l'ouvre et en sort une chaîne agrémentée de deux perles de culture entourées d'un fin liseré argenté qui les réunit. Mes lèvres s'étirent de leur propre chef, mon cœur accélère sa course, une sensation d'euphorie envahit mon système nerveux et me donne foi en l'avenir.

Alors qu'il me contourne pour se placer dans mon dos, je rabats ma chevelure sur mon épaule, tandis qu'il me déleste de ma parure, qu'il glisse dans sa poche, et passe le pendentif autour de mon cou pour l'accrocher délicatement. Ses lèvres s'écrasent contre ma nuque, remontent lentement jusqu'à mon oreille, où il souffle :

— Ce n'est pas grand-chose, simplement pour te rappeler que je serai *toujours* près de toi… quoi qu'il arrive. Je ne t'abandonnerai jamais.

Je réalise une volte-face en pivotant sur la pointe de mes escarpins, me cramponne fermement au cou de *Thor* et plaque à mon tour ma bouche contre la sienne. Par ce simple baiser, j'essaie de lui révéler tous les mots que je ne peux encore formuler, mais aussi tous les maux qu'il parvient à guérir à force de patience.

— Merci d'être l'homme que tu es, Alex…

Nos bouches se caressent…

— D'être toujours là pour moi…

Nos langues s'emmêlent…

— D'être si patient…

Son sexe durcit contre le mien…

— Excusez-moi, nous interrompt une voix.

De concert, nous nous écartons l'un de l'autre et échangeons un regard complice, mais surtout embarrassé.

— Vous ne pouvez pas vous trouver de ce côté-là du toit, je suis désolé.

Alex opine du chef, se débarrasse de sa veste et me la pose sur les épaules, voyant que je frissonne. Il saisit mes doigts tandis que nous rebroussons chemin pour rejoindre la cage d'ascenseur. Juste avant que les portes ne se referment et nous obligent à partager l'espace confiné avec le serveur *et* l'homme en charge des allées et venues de la machine, il se penche vers moi et chuchote :

— Heureusement qu'il nous a interrompus, ou je t'aurais prise contre la balustrade, jusqu'à ce que tu cries à tout Paris combien je suis un bon amant et l'amour que tu ressens pour moi.

D'emblée, il ricane. Je m'empourpre en craignant que nos deux compères l'aient entendu et lui adresse un coup d'œil effaré qu'il ait attendu de se retrouver *ici* pour me dire *ça*.

Incorrigible !

Un coup d'œil effaré, c'est vrai, mais pas que…

J'imagine que la lubricité dans mon regard transpire de vérité.

***

Le mutisme qui s'est installé entre nous durant notre trajet de retour m'interpelle. Pourquoi est-il soudain si silencieux, comme s'il s'apprêtait à m'annoncer une nouvelle grave ? Mes soupçons se confirment lorsque je constate que nous ne rentrons pas chez lui, mais nous dirigeons vers le poste de police. Pourtant, je reste moi aussi sur la réserve, pressentant que quelque chose se prépare. Est-ce un sixième sens ou simplement l'intuition féminine ? J'en sais foutre rien. Une chose est sûre, Alex s'est enfermé dans une bulle à l'instant où nous sommes montés dans la voiture.

Lorsqu'il se gare en face de son lieu de travail et qu'il éteint le moteur, la discrétion qui nous englobe me provoque un frisson. Comme à mon habitude, j'imagine toujours le pire et jette un œil inquiet à l'homme dont les marques de préoccupation sont inratables. Il ne cesse de frotter ses paumes contre son pantalon de costume, joue nerveusement avec ses clefs et passe frénétiquement sa main dans ses cheveux décoiffés.

— Tu vas me dire ce qui se passe ? l'interpelé-je, ne tenant plus.

Un instant, j'ai peur que le monde s'écroule autour de nous. Le suivant, ses lèvres remuent si vite que je me trouve dans l'obligation de tendre l'oreille et pratiquer la suppléance mentale pour deviner ce qu'il me révèle.

— J'ai quelque chose à te montrer.

Mon cœur dégringole dans mon abdomen. À bout de souffle, je l'inspecte, estomaquée qu'il emploie un ton si sérieux après la soirée que nous venons de passer. Sans ajouter un mot, je le suis dans la nuit noire, resserrant les pans de sa veste contre moi. Je suis persuadée que le fond de l'air n'est pas si froid en réalité, mais mon corps est aussi gelé que si je me trouvais en pleine tempête polaire.

Alex saisit mes doigts, me les presse peut-être un peu plus fort qu'il ne le devrait. Il nous fait sillonner les sous-sols du bâtiment, m'explique qu'il doit récupérer un dossier dans la réserve, avant de me montrer « quelque chose » dans son bureau.

« Quelque chose ». Deux fois qu'il utilise cette expression !!

L'agitation des bureaux au-dessus de nos têtes laisse place au silence des corridors faiblement éclairés. J'ignore s'il a le droit de me conduire ici, puisque cette partie souterraine semble plus privée que les zones accessibles aux visiteurs, mais il ne paraît pas en faire cas.

Alors qu'il ouvre la porte, sa main, qui était enlacée à la mienne, retombe mollement contre son flanc. Je l'observe, interloquée par son attitude. Aussi blême que s'il avait vu un fantôme, il fixe un point droit devant lui. J'entame alors un pas en avant et…

Merde et double merde !

Marc…

… sa langue au fond de la bouche du môme de l'autre fois…

… ce dernier plaqué brutalement contre le mur…

Je risque une œillade vers Alex qui les examine, incrédule, la mâchoire pendouillant dans le vide. Dans d'autres circonstances, je me risquerais à la lui refermer, mais dans l'état actuel des choses, je souhaite claquer des doigts et disparaître à la manière de *Joséphine, ange gardien*.

— Marc… balbutie-t-il dans un souffle.

Son coéquipier se détache brusquement de son amant, porte un visage horrifié dans notre direction et alterne entre nos mines médusées.

— Je me doutais que tu me cachais quelque chose, mais là…

Les poings serrés, la mâchoire tremblante, le capitaine ténébreux me fusille d'un regard plus noir que le néant.

— T'aurais fini par lui dire de toute manière, grogne-t-il.

Je secoue la tête avec vivacité pour lui signifier que j'aurais tenu ma langue, mais c'est déjà trop tard. Le bulldozer fonce sur Alex, qui lève les paumes pour l'empêcher de partir, et l'empoigne par le col pour l'envoyer valdinguer contre le mur du couloir. La chute de mon flic produit un son assourdissant qui se répand partout autour de nous, tandis que le brun enragé s'enfuit vers la sortie.

— Alex, tonné-je en m'agenouillant pour m'assurer qu'il n'est pas sonné.

— Putain, ma tête, se plaint-il en se frottant l'arrière du crâne.

Je tourne le visage vers le petit blond, la rage qui m'envahit est injustifiée, mais incontrôlable.

— Il est fou ton mec ! vilipendé-je à son encontre.

Ahuri, il tente de rétorquer quelque chose. Ses lèvres se scellent finalement et il déguerpit aussi rapidement que Marc une seconde auparavant. Je porte donc mon attention sur Alex, qui se remet tant bien que mal sur ses pieds. Malgré son corps tout en muscles, le capitaine Tillard l'a envoyé cabrioler comme s'il n'était pas plus lourd qu'une plume. La colère peut réellement décupler la force et la rendre herculéenne.

— Tu… tu étais au courant ? me questionne Alekseï sur un ton qui me déplaît.

Je plante mon regard dans le sien et opine du chef. Hors de question que je lui montre mes remords de le lui avoir caché alors qu'il m'accuse déjà implicitement de haute trahison.

Un instant, j'ai espoir que nous en discutions. Mon optimisme retombe aussitôt lorsqu'à son tour, Alex martèle le balatum du couloir de ses chaussures de ville camel. Exaspérée, je lui emboîte le pas, me poste à ses côtés et me risque à lui demander de quoi il voulait me parler avant que nous ne surprenions son coéquipier. Il grogne que ça n'a pas d'importance pour le moment et que c'était une mauvaise idée.

Je me réfugie dans le silence jusqu'à ce que nous arrivions chez lui. Sans un mot, il déboutonne sa chemise, se déleste de ses souliers et s'affale dans le canapé comme si j'étais complètement transparente.

Zen.

— On peut en parler calmement ? risqué-je.

Son visage oblique vers le mien, courroucé. Je pince les lèvres pour ne pas envenimer la situation et lui répondre la première pique véhémente qui me traverse l'esprit.

— Tu comptais me le dire au moins ?

Je secoue la tête pour lui signifier que non. Ses yeux s'arrondissent. Il se lève, se plante devant moi et, de toute sa hauteur, me toise comme si je n'étais qu'une chose insignifiante. Pourtant, juchée sur mes escarpins, je n'ai rien d'une créature de petite taille, mais ce qu'il dégage est si puissant que je m'ancre au sol.

— Ce n'était pas à moi de te le révéler, Alex. C'est la vie privée de Marc.

— Depuis quand le sais-tu ?

— Je l'ai découvert quand tu m'as emmenée au commissariat pour l'enquête. Je les ai surpris dans un bureau. Tu avais des doutes sur lui, tu te demandais ce qu'il fabriquait. Maintenant tu sais qu'il te cachait son homosexualité ou sa bisexualité.

Il plisse les paupières, retrousse la lèvre supérieure et m'invective :

— N'essaie pas de retourner la situation. Tu me l'as caché. Un point c'est tout.

— Si c'est comme ça que tu le prends, toutes tes belles paroles, tu peux te les foutre au…

Vous connaissez la meilleure tactique pour fermer définitivement le clapet de quelqu'un ?

Bien sûr que vous la connaissez !

Et la réconciliation sur l'oreiller aussi…

CHAPITRE VINGT-DEUX

Marc

Chaque heure du réveil est passée sous mes yeux sans que je ne les ferme une seule seconde. C'est idiot, je reste figé sur mon plafond à repasser une certaine scène dans ma tête… Celle où mon putain de coéquipier m'a surpris la langue au fond de la bouche de Simon. Comment cela a-t-il pu se produire ? J'ai toujours pris mille et une précautions pour que ma vie privée le reste et, depuis que le petit Fauquet y est entré, rien ne va plus.

Alex était estomaqué, je crois que je l'ai choqué jusqu'à la fin des temps et à en croire sa réaction, il ne m'avait jamais imaginé un seul instant avec un mec. J'ai bien conscience que son Égyptienne n'y est pour rien, il ne semblait vraiment pas au courant et pourtant, je lui en veux aussi. Ce n'est pas justifié, elle a vraisemblablement gardé le secret, mais je tiens pour responsables toutes les personnes présentes il y a quelques heures. Alex. Cette fille. Simon. Je sais qu'il ne mérite pas que j'agisse de cette manière, surtout pas maintenant, mais il m'était impossible d'avoir une autre réaction. Je l'ai déjà dit et répété : qui je baise me concerne.

Rien ne me retire ces mots qui tournent en boucle dans ma tête : « je me doutais que tu me cachais quelque chose, mais là… »

Bordel de chiottes.

J'ignore ce que j'ai perçu dans son regard. Était-ce réellement de l'étonnement ou y avait-il une part de dégoût ? C'est bien la raison pour laquelle j'ai toujours caché mon homosexualité. Non pas que j'en aie honte – quoique –, sauter des mecs ne me pose aucun problème. Mais observer le mépris dans l'attitude de mes pairs est au-dessus de mes forces, je ne supporterais pas de n'être réduit qu'à… *ça*. Ce n'est clairement pas ce qui me définit et je sais pertinemment que dans mon corps de métier, les raccourcis sont très vite réalisés.

Coller une balle dans la tête de tous ceux qui m'observent de travers passerait mal auprès de mes supérieurs, hein ?

Non, rien ne retire cette scène de mon esprit. Ni mon footing vers 8h du mat', ni toute la bouffe que j'ai ingérée à la manière d'un boulimique, pas même la douche glaciale que je viens de quitter. Je ne suis pas certain d'être capable de croiser de nouveau Alex et d'agir comme si tout allait bien entre nous. Plus rien ne sera comme auparavant et c'est pour ce fait très précis que je n'ai jamais procédé à mon *putain de coming-out.*

J'exècre ce terme.

À quel moment ai-je souffert d'être enfermé dans un placard ? Ma place et ma vie me convenaient très bien, j'étais à l'aise dans mes baskets et personne n'avait à savoir que je cachais ce que certains qualifieraient de « lourd secret ». Je n'ai jamais été comme les autres, depuis mon plus jeune âge. Ne pas entrer dans le moule me convient, mais je ne vois en aucun cas la raison pour laquelle je devrais le crier sur les toits de cette putain de ville.

Quoi ? Trop de putains ?

Putain, allez vous faire foutre.

Je m'apprête à enlever ma serviette pour m'habiller lorsque la sonnette retentit dans mon appartement. Je ne suis pas d'humeur à discuter avec la vieille concierge qui me lorgne sans cesse d'un air lubrique, encore moins disposé à m'entretenir avec Simon pour le moment.

Deuxième son strident qui me casse les oreilles.

Les gens sont donc assez suicidaires pour emmerder le capitaine Tillard lorsqu'il n'a pas fermé l'œil de la nuit.

À leurs risques et périls.

Je martèle le parquet de mon appart', risquant de le démonter à chaque pas, me poste devant la porte d'entrée en soupirant d'agacement, et l'ouvre à la volée. Quelle n'est pas ma surprise lorsqu'un large torse moulé dans un t-shirt de sport se dessine devant moi. Je relève la tête vers le visage d'Alex qui affiche un léger sourire contrit. Je reste évidemment aussi impassible que possible, bien qu'en mon for intérieur, j'oscille entre l'envie de lui sauter à la gorge comme la veille et celle de refermer la porte et me prostrer au fin fond de mon lit pour le restant de mes jours.

Son regard balance entre ma mine étonnée, mon torse nu et ciselé *et* la serviette noire qui entoure nonchalamment mes hanches, laissant apparaître le V parfaitement dessiné dont je suis si fier.

— Je sais que tu rêves de mon corps, mon lapin, mais m'accueillir dans cette tenue… quand même…

Mon sang ne met qu'une seconde pour parcourir le trajet de mon crâne à mes orteils, menace même de jaillir au-dehors pour l'asperger de toute son acidité. Sans réfléchir, je reclaque le battant sur son petit rictus moqueur, que j'aimerais lui faire avaler jusqu'à ce qu'il s'étouffe.

Avec un réflexe digne d'un ninja, son pied se coince entre le chambranle de la porte et cette dernière. Je n'y crois pas, il insiste, le con. Je pourrais très bien forcer et l'envoyer à l'hôpital pour un plâtre en urgence, mais je ne suis pas encore atteint à ce niveau-là. Je me contente donc simplement de soupirer, rebrousser chemin pour m'affaler sur mon canapé et ignorer sa présence devant le programme pourri qui passe à la télé. Peut-être qu'ainsi, il finira par disparaître.

Comme si je ne connaissais pas par cœur mon coéquipier… mon frère.

Il me rejoint dans le salon de sa démarche la moins discrète pour marquer sa présence. Non pas que je puisse le louper avec son allure de *bodybuilder* parfaitement dessiné, mais bon. Je suis ravi de l'avoir envoyé dans le décor au commissariat, j'ai toujours pensé que je pouvais avoir le dessus sur mes adversaires, peu importe leur gabarit, et cette fois n'a pas dérogé à la règle.

— Je voulais juste détendre l'atmosphère, désolé si…

— Ne commence pas, Alex Azarov ! le coupé-je en lui jetant un regard furibond.

Aussitôt, je reporte mon attention sur ces cas sociaux qui se donnent en spectacle à l'écran, passablement agacé qu'il ait réussi à me faire lui adresser la parole. Je me doutais qu'il tenterait de me prendre avec des pincettes, d'aborder le sujet en douceur… Comme si c'était ce que souhaitais !? C'est aux antipodes de mon mode de fonctionnement et qu'il n'en tienne pas compte me provoque des grincements de dents.

Aussi à l'aise que s'il était chez lui, il s'installe sur le fauteuil et reste muet, ne faisant aucun commentaire, ni sur moi ni sur les guignols qui s'engueulent à la télévision. C'est peut-être pire de supporter sa présence silencieuse, comme s'il me soutenait dans une épreuve particulièrement pénible.

Merde, quelqu'un a passé l'arme à gauche ou quoi ?

Sans tenir un moment de plus, je tourne le visage vers lui et grommelle :

— T'as couru ?

Il réprime un putain de rictus. Il est fort, c'est imperceptible, mais manque de bol pour lui, rien ne m'échappe jamais. C'est l'avantage quand on passe le plus clair de son temps à observer les autres plutôt qu'à participer à des conversations inutiles. Il penche alors la tête sur le côté, plante son regard dans le mien et me déstabilise une nanoseconde. Un vide m'engloutit et me terrifie, avant que je ne me reprenne aussitôt.

— J'avais prévu de faire un jogging pour réfléchir, mais j'ai finalement pris le métro.

— Je m'en serais douté, espèce de grosse feignasse.

Il ricane entre ses dents pour masquer le moment de gêne qui suit, j'imagine.

— Écoute, que ça te plaise ou non, on va en parler. Je suis désol…

— Putain, Alex, le coupé-je. J'ai dit non ! Je n'ai pas envie d'en discuter avec toi. Tu m'as surpris dans un moment de ma vie privée, ça ne te donne pas le droit de t'immiscer de cette manière-là. C'était un mec, je le baise, je suis pédé et ça s'arrête là. Pourquoi serait-on obligés d'aborder ce sujet alors que je ne le désire pas, ça ne m'intéresse pas et ça ne t'apportera pas plus qu'à moi. Donc maintenant, tu vas fermer ta grande gueule.

Il se fige, semble chercher ses mots et une sortie de secours à cette situation embarrassante. Ma tactique de poser quelques termes crus a fonctionné, il est couvert de gêne et ne sait plus comment se dépatouiller de la merde que je viens de lui fourguer entre les mains.

Enfin, c'est ce que j'aimerais…

— C'est toi qui vas fermer ta gueule, Tillard. Et ne t'avise plus de me couper la parole, se reprend-il en bombant le torse. J'en ai *strictement* rien à branler que tu baises des mecs, ça ne me fait ni chaud ni froid. Je l'avoue, j'ai été surpris… *ça s'arrête là.*

Et il répète mes mots, en plus. Non, mais c'est un cauchemar !

— Ce qui m'emmerde, poursuit-il, c'est que tu ne me considères pas suffisamment comme un ami pour me confier ta vie. Merde ! Je mettrais la mienne entre tes mains, je t'accorde une confiance aveugle et toi… tu…

Je me frotte mentalement les mains en le coupant pour la troisième fois.

— Tu m'as parlé de ton frère, peut-être ?

Il prend une inspiration, souhaite rétorquer du tac au tac pour me contrer, mais se rend très vite compte que je viens de lui tendre un piège et que toute sa théorie tombe à l'eau.

Quand le reste du monde comprendra-t-il enfin que j'ai toujours raison ? C'est lassant à force…

— C'est bien ce qu'il me semblait, ajouté-je satisfait de ma petite intervention.

— Tu te fous de moi ? Rien à voir ! Mais alors, rien du tout ! Là, on parle de qui tu es, de ta vie ! L'histoire avec mon frère, c'est du passé. J'hallucine !

Il se lève, déambule autour du salon en faisant les cent pas, à m'en donner la nausée à force de le voir passer et repasser devant moi.

Merde, Kimberley allait embrasser Geovanny et j'ai tout raté !

— Alex, assis, lui ordonné-je.

Il stoppe net, pivote vers moi et me détaille quelques secondes.

— Tu sais quoi, je vais aller m'habiller.

Il se marre en m'observant rejoindre ma chambre. Un peu de répit devrait m'apporter le plus grand bien. Je détache la serviette qui tombe au sol, maudis ma queue d'aimer les petits culs de minets et de me foutre dans des situations comme celle d'aujourd'hui, enfile un caleçon, un jean et un t-shirt, et rejoins le grand con qui s'est réinstallé sur le divan. Sa petite crise semble s'être amenuisée.

Je m'installe et, très sérieusement, décide de clôturer une bonne fois pour toutes cette conversation.

— Écoute, tu es mon coéquipier depuis cinq ans, nous avons vécu nos premières armes ensemble et je te considère comme mon unique famille… C'est sincère et je suis persuadé que la réciproque est vraie. Pour autant, je suis un homme secret qui ne parle jamais de sa vie privée et c'est quelque chose que tu *dois* respecter. Mon orientation sexuelle ne change *rien* à qui je suis, je n'ai pas envie qu'on me considère autrement, qu'on m'enferme dans une case. Je n'ai pas besoin d'une thérapie pour m'aider à extérioriser certaines choses et encore moins d'un ami qui se soucie de ce que je ressens. C'est vrai que je t'ai toujours laissé penser que je baisais des nanas, j'ai bien conscience que c'était un mensonge par omission, mais c'était préférable à la scène que nous vivons. Alors, maintenant, si tu le veux bien, tu vas me laisser tranquille et ne plus jamais me parler de ça. Je sais que tu sais, c'est parfait. Quand je te dirai : « je vais baiser », tu n'auras aucun doute sur le sexe de ma conquête. L'affaire est close.

Il ne peut retenir le petit sourire qui se trace sur son visage. Un sourire niais qui me donne envie d'encercler sa gorge de mes paumes pour le secouer comme un prunier et lui remettre les idées en place. Lorsqu'il s'avance vers moi en portant ses bras en avant, je me fige et l'arrête d'un geste furtif de la main.

— J'espère que tu ne t'apprêtes pas à faire ce que je crois ? m'horrifié-je.

Il secoue la tête, le soupir qu'il lâche s'apparente plus à du soulagement. Derechef, il esquisse un rictus, ose me lancer un clin d'œil et disparaît de mon appartement, sans un mot de plus.

***

La bombe désamorcée avec mon meilleur ami, j'ai passé le reste de la matinée à penser à quelqu'un d'autre. Une personne avec qui j'ai *encore* merdé, mais ça, on commence à y être habitué. Ceux que ça agace, ne suivez pas ma vie. Elle n'a rien d'intéressant, de toute manière. Pour les autres : j'éprouve des remords de l'avoir lâchement abandonné alors qu'il était terrorisé par la soirée qu'il venait de passer. C'est vrai que lorsque j'ai cédé à une énième pulsion, dans la pièce des archives, il ne semblait pas si inquiet que ça, mais bon. Je suis tout de même une horrible enflure de l'avoir laissé repartir seul dans la nuit avec tout ce qui gravite autour de lui en ce moment.

Me faire pardonner ? On est certain de ça ?

Au-delà d'excuses à fournir, je veux surtout m'assurer de sa sécurité et continuer de le préparer pour le plan que nous sommes très bientôt tenus de mettre en place. Youssef ne tardera pas à lui confier une nouvelle mission et lorsque cette dernière se pointera, nous devrons être prêts.

Je saisis mon smartphone, déverrouille l'écran et pianote un texto que je relis pas moins de cinq fois avant de lui envoyer.

[Moi / 11h30 : Salut, Simon.]

Quoi ? J'hésitais sur la virgule.

Évidemment je reste scotché devant la fenêtre des sms pendant un long, très long moment. Le contraire m'aurait totalement surpris en même temps. Il est en rogne contre moi, ça ne fait pas l'ombre d'un doute et je vais donc devoir trouver un subterfuge pour qu'il daigne au moins me répondre.

[Moi / 12h10 : J'ai merdé, je sais.]

Sa réponse ne tarde pas.

[Simon / 12h10 : Ah ouais ?!?! Pas remarqué.]

Je soupire, tape sur les lettres pour m'excuser, me relis et efface tout. Il ne faut pas exagérer, je ne peux décemment pas me prosterner à ses pieds et trahir la brute épaisse que je suis. En tout cas, pas virtuellement. Si je le vois, ce sera plus simple de lui expliquer ce qui s'est produit dans ma tête.

À vos claviers !

[Moi / 12h13 : On pourrait se voir ? J'aimerais te parler.]

Pas de réponse pendant ce qui me semble être dix jours.

En réalité ?

[Simon / 12h15 : Impossible. Shooting. À plus.]

Plan B.

***

Ce que je fous là, au juste ? Difficile à dire. Comment j'ai su où le trouver ? Louise. Contre toute attente, et après une discussion musclée par textos interposés, blondie a accepté de me révéler où avait lieu la séance photo de Simon. Elle y est d'ailleurs avec lui.

Je me félicite mentalement d'avoir intercepté le numéro de cette nana lors de l'arrestation de son Britannique à la con. Cette manie malsaine de récolter toutes les informations autour de moi m'a été une fois de plus utile. Sans ça, jamais je n'aurais soupçonné la trace de Simon dans cette vieille usine désaffectée. Dissimulé derrière un large pylône de fer, j'observe discrètement l'agitation qui règne devant moi. Des tas de mannequins déambulent entre de larges tentes de fortune, vraisemblablement installées pour l'occasion. J'imagine qu'elles abritent des ateliers pour leur permettre de passer par les cases maquillage, coiffage et habillage. En réalité, je m'en tamponne.

Le voilà.

Je ne l'avais pas encore aperçu parmi toute cette foule, mais je me doutais bien qu'il graviterait sûrement autour de sa meilleure amie. À l'heure qu'il est, il doit être mort de trouille. Pas pour les raisons qu'on pourrait penser évidentes, non. Youssef doit être relégué au dernier plan de ses priorités. Louise m'a révélé qu'elle avait réussi à convaincre son patron d'engager Simon pour réaliser la campagne photo de son prochain défilé, ce qui est une chance *hors norme*. Même moi j'en ai conscience, c'est dire !

Fait chier.

Il est tellement bandant dans son slim, surmonté d'une large chemise verte, que je ne peux empêcher mes dents de se planter férocement dans ma lèvre et ma queue de prendre de la place dans mon caleçon. Pourquoi me provoque-t-il toujours cet effet-là ? C'est instantané, incontrôlable et oppressant. Simon distille dans mes veines une sensation que je n'ai jamais ressentie, et même si ce fait me révulse, je n'ai pas d'autre choix que m'en accommoder.

L'épier à distance est une de mes activités favorites. L'observer graviter avec ses pairs, donner des ordres et céder à la panique dès qu'on ne le regarde pas est plus intéressant que si j'assistais à la baise bestiale de Terminator et Rocky.

Stalker, vous dites ?

Alors que les choses sérieuses semblent commencer et que personne ne me prête attention, je m'approche à pas feutrés pour examiner Fauquet en action. Planté derrière son appareil photo, il dirige les figurants sur la scène qu'ont sûrement créée Louise et son patron. Une sorte de représentation post-apocalyptique mêlant des objets d'antan, appartenant sans aucun doute à cet endroit abandonné, et de mobilier moderne comme des sofas en velours, des sculptures en plastique ou encore un portrait aristocratique du créateur de mode.

Ça va le melon, Karl Lagerfeld ?

Je jette d'ailleurs un coup d'œil à ce dernier. Non, pas Karl. L'homme pour qui travaille la petite blonde ! Il observe le travail de Simon, commentant chacune de ses décisions artistiques à son assistante. Mes sourcils se froncent malgré moi lorsqu'il glisse sa main dans le dos de Louise tout en continuant de lui parler. La gêne de la jeune femme est perceptible et pourtant, elle ne dit rien, se contente d'acquiescer et répondre à son supérieur.

— Arrêtez tout ! scande l'homme aux mains baladeuses.

Tout le monde se fige. Je dis bien *tout* le monde. Simon, qui était accroupi dans une position plus qu'inconfortable, n'ose pas se remettre debout et patiente que le couperet tombe. Louise semble ne plus respirer et alterne entre son patron à la poigne de fer et son ami.

— Il y a un problème, Monsieur Danton ? finit par demander le photographe.

— Il manque quelque chose. Un contraste, je ne sais pas. Je veux un homme sur ce tableau, de la virilité.

Louise s'affole, saisit un classeur où des tas de photos semblent être rassemblées, à la manière d'un trombinoscope.

Elle tourne les pages à toute vitesse, ses yeux les parcourant comme s'il étaient munis d'une technologie bionique. Elle en pointe alors une.

— Il y a ce mannequin, propose l'assistante. Ou à la limite, celui-ci.

Le dénommé Danton détaille les deux propositions pendant quelques secondes, soupire en secouant la tête et se tourne dans ma direction. Nos prunelles s'interceptent lorsqu'il redresse le visage, je me fige avec l'espoir de disparaître si j'arrête de respirer. Il ne faut absolument pas que Simon se rende compte de ma présence pour le moment.

— Lui, il est parfait ! déclare-t-il, l'index en avant. Qu'est-ce qu'il fiche à l'écart ?

Instinctivement – ou bêtement –, je me retourne pour m'assurer qu'un péquenaud au physique parfait est en retard et se dirige au pas de course vers le shooting pour se fondre en excuses et prétexter une panne de métro. Je suis, après tout, bien placé pour affirmer que ce type de désagrément existe pour de vrai.

Personne.

Je me retourne sur les attentions braquées sur moi. Danton, les mannequins, les maquilleuses et coiffeuses. Louise.

Et Simon.

Pour éviter de perdre la face devant eux, je bande chacun de mes muscles, croise mes bras sur mon large torse et contracte si fort les traits de mon visage que je crains de rester bloqué dans cette position. Sourcils froncés. Lèvres pincées.

Comment ça, c'est mon expression habituelle ? Certains méritent une correction, vous n'avez pas idée !

Fauquet est mon exact reflet, il est à la fois surpris et furibard de me découvrir ici. Il jette un regard aussi noir que ses iris le permettent à sa coloc' qui hausse les épaules et grimace en signe de *mea culpa.*

— Benjamin… ce… ce n'est pas un mannequin, bafouille-t-elle.

En effet.

— Comment ça ? Tu as vu sa carrure ? Et ne parlons pas de sa gueule de *bad boy*. C'est exactement cet homme qui doit briller au milieu de ces femmes ! On fait une pause. Tu te débrouilles, je le veux dans dix minutes !

À quel moment me suis-je dit qu'adopter cette attitude transpirante de virilité était une bonne idée ? Je crois que j'ai attisé sa convoitise en me postant face à lui de cette manière. Je viens de passer un casting malgré moi, sauf qu'il est *hors de question* que je monte sur scène pour que mon petit con me mitraille. Je ne suis pas un pantin.

Toujours à ma place, à l'écart des autres, j'observe Louise foncer sur son ami et le saisir par les épaules, prête à le secouer. Ses lèvres remuent, mais je suis incapable de percevoir un traître mot de leur échange. Tout ce que j'observe, c'est Simon agiter la tête de gauche à droite. Il ne cesse de me jeter des coups d'œil tout en parlant à son amie qui soupire désormais, le lâche et se dirige d'un pas décidé vers moi.

Aussi déterminée que si elle s'apprêtait à accéder au trône de la Reine d'Angleterre, elle me harponne, malgré la distance qui nous sépare. Je reste pour ma part aussi impassible et froid qu'à mon habitude.

— Pas la peine de te renfrogner, marmonne-t-elle en se postant face à moi, bras croisés sur sa poitrine. Tu n'es pas le premier glaçon à qui j'ai affaire.

— C'est non, Louise, lâché simplement sur un ton détaché.

Elle hausse un sourcil si haut que je me demande comment c'est possible, anatomiquement parlant.

— Pardon ?

— Je n'irai pas jouer au mariole derrière l'objectif de Simon.

— Si tu es là, c'est grâce à moi ! Je t'ai aidé, grogne-t-elle.

Je ravale ma remarque acerbe pour étouffer la colère qui souhaite me submerger, me dominer et montrer un visage qu'elle ne veut sûrement pas rencontrer. Mes doigts s'agitent malgré mes poings fermés contre mon buste, tentés de laisser exploser ce qui s'intensifie en mon tréfonds. J'ai horreur qu'on me mette la pression de cette manière pour me contraindre à quelque chose que je n'ai pas décidé.

Lorsque je rencontre de nouveau les yeux de Louise, je faiblis un instant. Elle partage ce petit truc dans le regard avec son meilleur ami, cette petite lueur qui vous oblige à tout accepter… ce côté adoucissant que détiennent également les chatons.

Pas de chance, je ne raffole pas des animaux.

Remarquant bien que son numéro ne fonctionne pas sur moi, elle se ravise, fronce les sourcils et s'enquiert d'une voix résignée :

— Qu'est-ce que tu veux en échange ? Ce job est trop important pour que je foire, je suis prête à tout pour que tu acceptes.

— Tu devrais faire attention à ne pas prononcer des paroles à la légère, ça pourrait te jouer des tours, l'avertis-je.

— OK, si tu m'aides, je ferai tout ce qui est en mon pouvoir pour que Simon voie ce qui est évident et qui ne lui saute pourtant pas aux yeux.

À mon tour, j'arque un sourcil, ne comprenant pas là où elle veut en venir. La blonde laisse échapper un petit gloussement devant mon incompréhension et secoue la tête. Je peux aisément deviner qu'elle me prend pour un idiot de compétition.

— Qu'est-ce qui ne lui saute pas aux yeux, dis-moi donc, la provoqué-je en me redressant pour paraître plus imposant que je ne le suis déjà.

Pourtant, la jeune femme ne se laisse pas impressionner le moins du monde. Vissée sur ses escarpins rose bonbon qui s'accordent à merveille avec ses cheveux décolorés, elle persiste à maintenir notre tension visuelle qui en aurait fait flancher plus d'un.

— Si on omet le fait que vous soyez tous les deux aveugles, eh bien, que tu craques pour lui, Marc ? Même si tu ne sembles pas en avoir conscience, toi non plus…

Sa phrase ricoche sur moi, mon esprit refuse de l'analyser, mais elle revient aussi fort qu'un boomerang lancé à pleine vitesse et me frappe de plein fouet.

Qu'est-ce qui peut lui mettre une telle idée en tête ?

N'importe quoi.

Je ne craque *pas* pour ce gosse. C'est vrai que je me soucie énormément de lui, j'ai à de nombreuses reprises constaté que je ressentais certaines… choses à son contact. Mais rien à voir avec ce qui s'apparente de près ou de loin à de l'attachement, j'en suis tout simplement incapable.

Respire, vieux.

Je prends une légère inspiration, calme mes ardeurs et lui réponds d'une voix aussi posée que possible.

— Tu. Délires.

Un peu hachuré, mais ça passe.

La mine qu'elle affiche me déplaît, je remarque bien qu'elle se moque un peu de moi et de mon attitude. Jamais on ne m'a sorti une telle absurdité, c'est normal que je montre quelques signes de nervosité. Et puis, je m'en branle. En quoi l'avis de cette jeune femme tout juste sortie de l'adolescente devrait-il compter pour moi ?

— D'accord, reprend-elle. Dans ce cas, si c'est le contraire et que tu refuses d'aller sur ce stupide *shooting*, je vais le persuader de te coller aux basques et me connaissant, ça ne devrait pas être compliqué. Tu ne pourras pas t'en dépêtrer, il ne te lâchera plus.

Mais quelle salope !

Mes mâchoires se contractent aussitôt, claquent convulsivement et marquent la colère qui souffle en moi à l'instar d'un ouragan. On ne me l'a jamais faite celle-là. Pour qui se prend cette petite conne à la crinière de poney-licorne ? Ce n'est ni plus ni moins que du chantage. Je fulmine. Bous. Hurle. Je vais la buter. La dépecer. L'enterrer et lui faire regretter de se comporter de cette manière avec moi.

Une chose est sûre : elle a une grosse paire de couilles.

***

Ce truc me colle à la peau. Je n'ai qu'une seule et unique envie : prendre une douche.

Ce truc ?

« Du fond de teint couvrance légère car vous avez une très belle peau » dixit la petite brune aux yeux bleus qui me l'a appliqué dans une des loges, et m'a bouffé du regard au passage. J'étais prêt à lui demander si je pouvais tester la sodomie sur une femme, juste pour l'expérience. Je me suis abstenu, évidemment. Faire mauvaise impression le premier jour de ma carrière dans le mannequinat ferait sûrement tache dans mon *curriculum vitae.*

Qu'est-ce que je fous là ?

Un pantalon à trous, torse nu et simplement vêtu d'un blouson bleu nuit satiné. Autant dire que je suis aux antipodes de mon style habituel. J'ai l'impression d'être un clown, victime d'une caméra cachée, m'attendant, d'une seconde à l'autre, que tout le monde éclate de rire et qu'un présentateur télé débarque de nulle part pour me révéler que j'ai été piégé.

Pourtant, tout semble sérieux, surtout si j'en crois les mines qu'affichent Louise et Simon. Ils sont aussi stressés que si je détenais le détonateur d'une bombe nucléaire entre les mains. D'ailleurs, les deux sont en petit conflit, je les ai surpris en pleine discussion lorsque je sortais du stand « habillage ». Il lui demandait comment elle avait réussi à me convaincre, elle lui a pour sa part révélé que c'était un secret entre elle et moi. Il a insisté, mais elle a tenu sa langue. Louise a coupé court à leur conversation lorsqu'elle s'est aperçue que je les épiais. Simon s'est renfrogné et a rejoint son poste de travail.

Et me voilà donc face à son objectif, à attendre qu'il daigne nous guider. À vrai dire, je ne sais absolument pas si je vais savoir jouer le jeu et me débrouiller. Qu'on se le dise, je sais que je suis un bel homme, que mon physique possède des atouts indéniables, mais endosser le rôle d'un mannequin n'est pas donné à tout le monde et surtout, il faut le vouloir. J'y suis pour ma part contraint.

Vraiment ?

Bon, c'est vrai qu'une petite part de moi souhaitait peut-être, j'ai bien dit peut-être, se retrouver là, en face de Simon. J'aurais très bien pu envoyer chier l'étudiante en mode et lui faire si peur qu'elle se serait pissé dessus, mais je n'ai rien tenté, j'ai abdiqué facilement. Trop facilement à mon goût.

— Marc, je te parle.

Merde, je n'ai rien écouté des directives du photographe. Toute son attitude transpire l'agacement. Son visage est marqué par une concentration extrême tandis qu'il soupire toutes les vingt secondes. Nos regards se croisent un instant. Je perçois une hésitation dans le sien, il est passablement déstabilisé par la froideur que dégagent mes billes, mais se reprend vite et m'adresse un signe latéral de tête pour m'indiquer où m'asseoir. Dans d'autres circonstances, je quitterais la scène, lui baisserais son jean et le démonterais pour lui apprendre les bonnes manières. Je sais que cette attitude est déplorable, mais ce petit con adore que je me comporte ainsi, je suis certain que ça l'excite.

— Tu pourrais appuyer tes bras contre tes cuisses ? Nonchalamment, si possible.

La nonchalance, c'est dans mes cordes. Je ne peux m'empêcher d'esquisser un rictus, qu'il ne manque évidemment pas, et m'exécute en fixant l'objectif. Les cliquetis retentissent, il mitraille la scène et pourtant, n'est intéressé que par moi. Je n'imagine rien, c'est crevant de transparence. Chaque fois qu'il s'adresse à une des mannequins, il me jette un coup d'œil en coin et s'assure que je suis toujours là. Il a beau faire tout ce qu'il peut pour feindre l'indifférence, ma présence l'émoustille et le remplit de fierté. J'ignore si c'est le fait d'exposer mon physique à toutes ces personnes qui nous entourent, ou alors parce qu'il est sous les projecteurs face à moi, mais la tension qui se dégage entre nous, autour de nous, en nous, et se rejette sur les autres, est plus que palpable.

Sous son objectif, alors qu'il zoome sans cesse sur moi et mon torse huilé, mon envie de son corps se décuple et me terrasse. Sa bouche. Le tracé de ses abdominaux et de ses pectoraux finement dessinés. Ses jambes repliées contre son torse, posées sur mes épaules, à leurs places. Ma queue contre son intimité, qui s'insère avec une lenteur sans précédent, alors que nos yeux ne se quittent plus, se vissent pour ne plus jamais se séparer…

Mes incisives se plantent férocement dans ma lèvre, je le bouffe du regard et ne peux que constater qu'il n'y est pas insensible. Ses joues s'empourprent, ses gestes sont moins précis et, lorsqu'il veut commander la scène, seuls des balbutiements sortent de sa bouche que je rêve de baiser jusqu'à ce qu'il me supplie de m'y déverser.

— Simon, on ajoute un autre modèle, intervient Danton. Je veux un rapprochement plus sensuel.

Le photographe souhaite protester un instant, se ravise la seconde suivante en se rappelant probablement qui est le patron ici. Une femme grande et élancée, à la crinière de lionne, s'approche de moi après que le créateur lui a quasi ordonné d'avancer. Elle s'assied sur le charleston vert anglais, à mes côtés. Simon reprend donc des clichés tandis que la mannequin prend des poses.

— J'ai dit : un rapprochement, invective Danton.

Fauquet ne prend pas la peine de tourner le visage vers le commanditaire de l'ordre, sachant pertinemment que la désapprobation se lira sur son visage. Il ferme les yeux, serre les dents et grommelle dans un soupir exaspéré :

— La nouvelle, pose ta main sur son torse. Marc, c'est *moi* que tu regardes.

Je me raidis lorsque les doigts de la nana glissent sur mon épiderme, courent sur les poils qui parsèment mon torse, et prends une légère inspiration pour ne pas exploser. Le contact intrusif est quelque chose que j'exècre au plus haut point, mais pour Simon, j'opère un effort de dingue. Et quelque part, ça m'amuse beaucoup de voir la jalousie flamboyer dans ses iris qui me préviennent silencieusement que si je m'avise de ne redresser, ne serait-ce qu'un millimètre, les commissures de mes lèvres, il mettra un contrat d'assassinat sur ma tête.

— Maintenant, regardez-vous, je veux voir vos bouches s'effleurer, demande Danton.

— Vous êtes certain, Benjamin ? s'inquiète Louise.

— Certain, oui.

Simon ne sourcille pas. Je crois qu'il s'est arrêté de respirer pour ne pas succomber à la colère qui le pousse sans aucun doute à tout envoyer chier. Le shooting. Danton. Louise. Moi. Tout le monde. Les mains légèrement tremblantes, il me fixe et ne me lâche plus. Avec beaucoup de professionnalisme, je tourne légèrement le visage et me retrouve face à des prunelles sombres qui me dévorent littéralement. Nous sommes si proches que nos souffles se mélangent. J'entends quelques bruits de capture photographique, avant qu'une voix que je connais parfaitement ne retentisse :

— J'ai tout ce qu'il me faut, Monsieur Danton. La campagne publicitaire sera incroyable, c'est promis. Vous avez encore besoin de moi ?

— Non. Merci, Simon.

J'ai à peine le temps de cligner des yeux que ce dernier est déjà en route pour quitter l'entrepôt, son casque audio sur les oreilles. Visiblement, se couper du monde est son dernier recours en cet instant. Pourtant, je n'en ai pas terminé avec lui. Ses problèmes sont toujours bel et bien réels et, s'il semble l'avoir oublié, je vais très vite lui rafraîchir la mémoire.

J'envisage déjà de me rhabiller en deux temps, trois mouvements, pour le rattraper, mais Louise Dario me saute littéralement dessus, une feuille dans une main et un stylo dans l'autre. J'arque un sourcil, ne comprenant pas ce qu'elle me veut.

— Il me faut ton accord écrit pour utiliser ton image. Tu recevras également une compensation financière.

Elle semble exaspérée, mais je ne la calcule déjà plus, mon regard braqué juste au-dessus de sa tête, au loin, pile sur le cul d'enfer de son coloc'. Ce n'est qu'à l'instant où elle se racle la gorge, que je me remémore qu'elle patiente.

— J'ai réfléchi, et je ne peux pas. Je suis dans la police, tu ne crois tout de même pas que je vais m'afficher sur des panneaux publicitaires ou je ne sais quoi d'autre ?

Elle entrouvre la bouche, à la fois stupéfaite et furieuse par ce que j'avance. Je souris, moqueur, et, du bout des doigts, replace sa mâchoire en position initiale.

— Tu t'en remettras, blondie. Je suis certain que les photos étaient pourries et que les clichés pris par Simon, avant que je n'arrive, feront amplement l'affaire. Tu n'as plus qu'à le prévenir, mais si tu pouvais attendre quelques heures, je t'en serais reconnaissant.

Je la laisse en plan, me rue sur une cabine pour me changer, non sans que son « mais quel connard ! » me parvienne jusqu'aux oreilles.

Elle abuse, non ?

***

À l'aide d'un petit *sprint*, je suis parvenu à rattraper ma cible. Simon se dirige sans doute vers la gare pour prendre le RER, son unique moyen de regagner la capitale. Je le retrouverai nécessairement là-bas, mais en attendant, je peux tâter le terrain. Je dégaine donc mon téléphone et pianote un texto.

[Moi / 15h47 : Alors, j'ai été un bon modèle docile et professionnel ?]

[Simon / 15h48 : Oui.]

Simon…

[Moi / 15h48 : Viens chez moi. Nous devons continuer de te préparer pour ta rencontre avec Youssef. Tu ne l'as pas oublié, quand même ? Il risque de te contacter très vite, si ce n'est d'ailleurs pas déjà fait. J'aurais du mal à le savoir, puisque tu refuses bêtement de m'adresser la parole.]

[Simon / 15h50 : Tu l'aurais su si tu n'étais pas parti comme un enfant de 4 ans hier soir.]

[Moi / 15h50 : Moi, un enfant de 4 ans ?]

Je commence à croire qu'une divinité omnipotente me met à l'épreuve en me fourguant ce gosse dans les pattes.

[Simon / 15h50 : Pardon, c'est encore trop vieux.]

Ne pas l'étrangler. Ne pas l'étrangler.

[Moi / 15h51 : Simon, est-ce qu'il t'a contacté ? Viens chez moi.]

[Simon / 15h52 : Non, toujours pas. Et non, je ne viendrai pas chez toi. Tu sais comment ça se termine à chaque fois entre nous. T'es au courant que je vois quelqu'un en ce moment, et même si tu es certain que je n'en ai rien à foutre de lui, je n'ai pas envie de le tromper. Nous nous sommes embrassés et je m'en veux de devoir lui mentir.]

[Moi / 15h53 : ON PARLE DE TA PROTECTION !]

[Simon / 15h54 : JE SUIS AU COURANT !!]

[Moi / 15h54 : Je ne te laisserai pas te débrouiller seul.]

[Simon / 15h55 : C'est exactement ce que tu vas faire pourtant. Je n'aurais pas dû te mêler à tout ça. Je me suis fourré dans cette merde tout seul, comme un grand, et je compte bien m'en dépêtrer de la même manière. Je sais me défendre et je n'ai pas besoin de toi. À plus.]

J'ai envoyé trois autres sms. Évidemment, pas de réponse.

Étonnant, non ?

Il est si buté que parfois, je me demande si un de ses parents n'est pas un âne !

Un sourire se profile sur mes lèvres lorsque je l'aperçois monter dans un wagon à une centaine de mètres. Je presse le pas, rejoins le suivant, qui communique avec le sien par un sas. Discrètement, je me cache à l'intérieur de ce dernier et le surveille à distance. Quelque part, je me demande réellement si ça ne devient pas maladif, je suis obsédé par ce petit con et ne peux m'empêcher de le regarder, sans cesse. La musique toujours dans les oreilles, il pianote sur son portable. Il est seul dans la rame, jusqu'à ce que trois jeunes montent à l'arrêt suivant et s'installent quelques sièges derrière.

Les trois lascars se rapprochent rapidement et s'adressent à lui. Il pose son casque autour de son cou, leur répond. Mes sens me mettent aussitôt en alerte, la situation ne me dit rien qui vaille. Pas que je juge ces jeunes par leurs tenues et la réputation qu'on peut parfois leur prêter, mais leur attroupement autour de mon petit fragile me déplaît. De son index, l'un d'eux désigne le smartphone de Simon, lequel s'empresse de refermer ses doigts autour comme pour le protéger. Mes poils se dressent sur mes bras, me poussent à voler immédiatement à son secours, mais je dois pourtant lui prouver qu'il a besoin de moi. Le laisser stresser quelques secondes de plus est nécessaire. Je n'en suis pas particulièrement fier, mais il n'est pas obligé de l'apprendre.

Alors que leur victime tente de se lever, un des gars l'oblige à s'asseoir en appuyant sur son épaule. Un autre pose sa main sur son portable, le lui dérobe tandis que son comparse oblige Simon à rester à sa place, mais il se défend et tente de leur reprendre. Enfin, le dernier s'intéresse à la sacoche qui renferme l'appareil photo… Il faut que j'agisse avant que ces connards ne lui collent une beigne.

Je sors de ma cachette, m'avance d'un pas rapide vers eux. Tous les yeux se tournent vers moi. Ceux de Fauquet s'écarquillent et s'emplissent de soulagement. Je jubile intérieurement, mais ne laisse pourtant rien transparaître, mis à part toute la crainte que je peux imposer à ces petites raclures.

— Rendez ce portable et cassez-vous, bande de petits connards, avant que je ne vous défonce la gueule, grondé-je.

Le délinquant qui possède le portable le jette sur Simon, puis, accompagné de ses deux copains, disparaît en sautant presque par-dessus les sièges, me laissant seul avec le petit con qui affiche une mine à mi-chemin entre l'indifférence et la gratitude. J'imagine bien que sa fierté l'empêche de me remercier, alors il replace sa musique dans ses oreilles. Qu'à cela ne tienne, je suis très doué pour jouer au roi du silence. Je m'installe à ses côtés, patiente, la tête pivotée dans sa direction, mon regard ardent léchant sa peau, alors qu'il se concentre pour maintenir le sien face à lui et m'ignorer.

Ne tenant plus, il enlève son engin technologique, tourne lui aussi le visage, lequel est transformé par l'exaspération. Je reste impassible, il ne s'agit pas de perdre la partie maintenant, alors que je suis si proche du but.

— Qu'est-ce que tu veux, Marc ? Que je te remercie ? Eh bien, merci !

— Non. Je m'assure que tu restes en sécurité.

— Je ne suis pas *Whitney Houston*, je n'ai pas besoin d'un *bodyguard*.

Je l'observe quelques secondes, prêt à fondre sur ses lèvres tant elles m'attirent, si rouges, si dessinées, parfaites pour s'accoler aux miennes. Me ravise, sachant pertinemment que nous avons d'autres chats à fouetter.

— Et puis, ne reste pas trop près de moi, reprend-il. Tu risquerais de mettre en danger ta casquette d'hétéro. Ton collègue t'a déjà démasqué !

— Je m'en contrefiche, Simon. Viens chez moi.

Un éclair d'hésitation traverse ses yeux, mais il est aussitôt interrompu par l'écran de son portable qui s'éclaire. De concert, nous lisons le sms reçu.

[Louise / 16h29 : Ton pseudo-crush de flic nous a lâché ! Il a refusé de signer le contrat ! Je te jure que si tu ne lui brises pas les couilles toi-même, je m'en charge, Simon ! Tu n'as plus qu'à utiliser les premières photos, et j'essaierai de rattraper le coup avec Benjamin Danton ! Putain, fait chier ! Sérieux, vire-le ce connard !]

Oups.

Cette petite garce a prévenu son ami un peu plus tôt que je ne l'aurais espéré. Qu'à cela ne tienne, je m'en accommoderai. Et ce, même si le môme est prêt à me faire la peau, dans ce wagon, si j'en crois l'ensemble des muscles de son visage qui tremblent.

Un second texto me sauve la mise et, comme auparavant, nous le consultons.

[Y / 16h30 : Rendez-vous ce soir au même endroit que d'habitude. J'espère que tu es vraiment prêt pour que ce je vais te confier et que tu ne m'as pas mené en bateau, sinon…]

CHAPITRE VINGT-TROIS

Simon

Mon cœur cesse de battre pendant une seconde ou deux, peut-être plus en fait. Mon esprit m'a déconnecté de la réalité pour m'éviter de transformer cette peur qui me ronge en une crise d'angoisse qui ferait passer un spasmophile pour un simulateur. Plus rien ne subsiste autour de moi, ni les sons, ni les odeurs, pas même la main qui se pose sur la mienne. Je suis physiquement bien présent, mais ma psyché est à des années-lumière d'ici. Je m'apparente davantage à un écrin de bague de fiançailles dont le bijou aurait disparu, qu'à un mec insouciant qui prend la vie du côté *Coca*.

Des doigts légèrement râpeux glissent sur ma joue mal rasée, la caressent et me forcent à tourner le visage. Je ne veux pas. J'en suis incapable pour la simple et bonne raison qu'à l'instant où je croiserai le regard de l'homme qui se tient à mes côtés, je m'effondrerai comme un flan raté. Pourtant, le capitaine Tillard m'y contraint et c'est ainsi que nos pupilles s'interceptent, s'ancrent à celles de l'autre comme si c'était leur dernier recours. La respiration difficile et légèrement bruyante, je tente de contenir les larmes qui menacent de jaillir de mes yeux pour soulager la pression qui m'étouffe.

— Simon, écoute-moi, souffle Marc. Tout ira bien, je ne vais pas te laisser tomber. Il faut en terminer pour de bon avec cette histoire ou tu finiras par t'attirer des ennuis qui gâcheront le reste de ta vie. Cette jeune fille à qui tu as… enfin, tu vois. Ça ne doit plus se reproduire. Jamais.

— Je sais.

C'est tout ce que je parviens à balbutier. Les mots sont bloqués dans ma tête, j'y suis moi-même enfermé, comme prisonnier de ma propre peur. Comment ai-je pu laisser la situation se dégrader à ce point ? Comment ai-je pu m'enliser jusqu'au cou, sans même essayer de me débattre ? J'ai l'impression d'avoir agi en automate ces dernières semaines, comme si j'étais guidé par un marionnettiste qui avait plein pouvoir sur mes actes. Et c'est en quelque sorte le cas. Youssef m'a manipulé, a profité de mes faiblesses, de mes craintes, pour m'atteindre et toucher là où ça faisait mal… Les menaces qu'il n'a cessé de proférer à l'encontre de mes proches flottent encore dans mon esprit, et comme une immondice de faiblesse, j'oscille encore entre lui obéir et participer à sa perte.

Les doigts de Marc se resserrent autour des miens, je sais parfaitement qu'il tente de me ramener à lui pour m'empêcher de glisser sur le terrain du doute. Et… je crois qu'il réussit. Le chevalier noir s'apparente bien plus à un sauveur qu'à un personnage tortueux qui m'entraîne dans l'obscurité. Qui sait ce que je serais devenu à l'heure actuelle s'il n'était pas apparu dans ma vie ? Je serais peut-être derrière les barreaux, enfermé par mon propre père pour une énorme connerie que j'aurais commise. J'aurais peut-être craqué bien plus rapidement à la pression que m'impose Youssef si, dans l'ombre, le policier n'avait pas veillé sur moi.

C'est vrai qu'il s'est servi de moi, qu'il a tenté de me piéger pour s'assurer de ma position dans ce groupe, mais finalement, comment pourrais-je le blâmer ? Il est capitaine de police, il a agi comme son job le lui dicte. Et qui sait… il n'a peut-être pas tout simulé, si j'en crois ce que je considérais jusqu'alors comme des mensonges. Mais ce n'est pas le moment de penser à cette partie de l'histoire.

Je souffle un bon coup, tente d'afficher un visage déterminé et convaincant, bien qu'il ne soit pas l'exact reflet de ce qui se trame sous mon crâne. Marc se lève alors, entoure doucement mon bras de ses doigts et nous entraîne vers la sortie du wagon. Nous patientons encore quelques instants avant que le train ne freine et nous dépose dans la capitale.

Nous y sommes. Dans quelques heures, je passerai sans doute la pire nuit de ma vie et pourtant, je m'y dirige pleinement conscient, la boule au ventre, le cœur dans les talons, mais avec le secret espoir que tout se termine bien pour moi…

***

— Tu te souviens du plan ? s'assure Marc dans le fourgon banalisé dans lequel nous nous trouvons.

Il a insisté pour mener cette opération de A à Z, sans prévenir mon père, qui aurait sans aucun doute posé un droit de veto à ce que je serve d'appât. Je remarque bien dans les billes noires du flic qu'il est plus angoissé pour moi que jamais, même s'il s'évertue à le cacher du mieux qu'il le peut en me prodiguant des paroles réconfortantes, dès que ses collègues ne nous écoutent pas. Bien sûr, Alex prend un malin plaisir à nous jeter des coups d'œil discrets, puisqu'il est au courant de la vérité. Mais les autres ne peuvent rien remarquer, leur capitaine taciturne est très professionnel, et rien ne peut trahir ce qu'il ressent pour ceux qui ignorent notre relation…

Quoi, au juste ? Que ressent-il ? Quelle relation ?

À quelques minutes de l'intervention, je me raccroche à ses tourmalines impénétrables, comme un bateau à son ancre, m'obligeant à me concentrer sur ses lèvres qui s'étirent plus qu'imperceptiblement lorsqu'il souhaite me rassurer. Évidemment, je ne peux m'empêcher de penser à ce qui nous unit, à ce que nous avons vécu ces dernières semaines… Tout a été si… intense. Marc Tillard m'a sorti de mon quotidien, l'a bousculé, secoué, retourné, pour finalement me laisser seul avec les sentiments qui sont nés à son contact et que je ne peux cacher… sûrement à l'instant où j'ai posé mes yeux sur lui, lorsqu'il m'a interpellé dans cette ruelle.

C'est ça, un coup de foudre ?

— Tu réfléchis trop, interrompt-il le fil de mes pensées.

Je souris. Avec ce sourire plus que niais. Je me ficherais des claques pour être si distrait, alors que je m'apprête à vivre quelque chose de très, très dangereux. À l'instant où Youssef se rendra compte que je lui ai tendu un piège, il risque de me régler définitivement mon compte. Il ne faut pas croire, ce n'est pas qu'un simple trafiquant de drogue, il est plus redoutable qu'il n'en a l'air. À l'époque où mon quotidien était couplé au sien, j'ai souvent eu l'impression qu'il magouillait dans des affaires bien plus sombres que celles dont un dealer classique a l'habitude. Je l'ai déjà surpris avec une arme cachée sur lui et suis persuadé qu'il sait s'en servir.

Pourquoi n'en ai-je pas parlé à Marc ? Parce qu'il arrêterait tout, ne courrait jamais le risque de m'exposer à ce point. Et alors tout continuerait, mon implication dans sa vie, la menace qui pèse sur mes proches. Non, c'est la bonne décision.

— Je… je me disais que c'était cool qu'on se soit rencontré, malgré tout.

Quelque chose passe sur son visage. Une fraction de seconde. J'ignore quoi, mais le temps d'un battement de cœur, son attitude a changé, ses paumes ont compressé les bras du fauteuil sur lequel il est installé, sa mâchoire a convulsé si fort que j'ai eu l'impression qu'elle pouvait se briser d'un moment à l'autre. Je crois que mes mots l'ont décontenancé, ont fendu la carapace qu'il s'obstine à garder sur le dos, pour se protéger de je ne sais quoi d'ailleurs. Tout mon corps tend à le rassurer. Je souhaiterais lui sauter dessus, l'embrasser à pleine bouche et inverser les rôles : endosser à mon tour celui de la personne qui sécurise. Finalement, je constate avec effroi que je ne pense pas un seul instant à Joseph… Seul Marc persiste, avec ou sans mon consentement.

— Capitaine, nous sommes prêts. Il faudrait installer le micro sur Monsieur Fauquet.

Le décisionnaire hoche brièvement la tête, laisse place à un de ses collègues qui s'installe face à moi et m'explique comment fonctionne l'appareil qu'il scotche sur mon torse, après que j'ai soulevé mon pull. Il accroche le petit micro tout près de mon col, si discrètement que je le remarque à peine lorsque je baisse les yeux pour tenter de l'apercevoir. Youssef ne se rendra compte de rien…

Avec un peu plus de conviction, c'est possible ?

Après que chacun a répété ce qu'il avait à faire, je sors discrètement du véhicule banalisé. Marc m'adresse un dernier regard, m'offre un clin d'œil et tapote le casque qu'il porte sur les oreilles, pour me rappeler qu'il entendra tout ce quil se passera et qu'au moindre danger, son équipe et lui interviendront. Quelque part, je suis rassuré de savoir qu'il sera avec moi, bien qu'il ne puisse pas me parler.

Je traverse la cour en ruine, laquelle mène à un vieux bâtiment où le dealer à l'habitude d'établir des transactions. Je soupçonne ces murs d'avoir assisté à des trucs très louches, ça ne m'étonnerait pas que du sang ait coulé ici. D'ailleurs, mes muscles se crispent, comme pour m'avertir du danger imminent, lorsque je tourne la tête et constate qu'une tache foncée s'étend sur la paroi du couloir. Je sais, c'est sûrement mon imagination qui me joue des tours…

N'empêche que je flippe ma putain de race !

Les quelques mètres qui me séparent de cette pièce que je redoute me paraissent interminables. Dans la pénombre, je distingue déjà la silhouette de cet homme immonde qui me donne envie de vomir. La panique me broie le ventre, m'empêche de prendre les inspirations nécessaires pour permettre à mes muscles de ne pas flancher. Péniblement, je le rejoins, n'osant pas croiser directement son regard, de peur qu'il découvre le pot aux roses en un simple coup d'œil. Youssef est un homme méfiant qui ne se laisse pas berner par le premier venu, mais notre relation est différente, je sais qu'il me porte une confiance qu'il n'accorde pas à tout le monde, même si je l'ai trahi à plusieurs reprises.

— Tu es en retard, lâche-t-il sur un ton à réveiller un cadavre.

Je stoppe *illico* le frisson qui chemine mon épine dorsale, pour l'empêcher de se répandre sur mon corps et révéler à mon ennemi la crainte qu'il m'inspire. J'esquisse, du mieux que je le peux, un sourire décontracté, m'avance vers lui et rencontre cette noirceur au fond de ses orbites, quelque chose de très malsain et inquiétant.

— D-désolé, balbutié-je. J'étais avec un potentiel client.

Bordel. Un peu de nerfs, Simon !

— Tu as raison de chercher au préalable à qui tu vas pouvoir revendre ce que je vais te filer. Ça vient d'Amérique Latine, c'est une nouvelle molécule qui rend deux fois plus accro que l'héroïne. Crois-moi que si sur ce coup-là, tu te fais choper la came, je t'assure que tu es mort.

Impossible d'avaler la salive qui stagne dans ma bouche. J'ai beau la pousser vers le fond de ma gorge, rien n'y fait. Je suis comme en « arrêt sur image ». J'ai bien conscience que mon cœur bat comme celui d'un cheval lancé à pleine vitesse, qu'il pompe mon sang avec difficulté pour le propulser jusqu'à mon cerveau et m'aider à prendre une décision très rapidement, mais je suis pourtant pétrifié par une terreur qui s'insinue sournoisement dans mon système sanguin et m'oblige à réagir comme une proie menacée par son traqueur.

Son claquement de doigts me ramène instantanément à la réalité, je croise son regard sans le vouloir et manque de m'évanouir. Les jambes tremblantes, je conserve le silence, persuadé de percevoir des trémolos dans ma voix si je lui permets de sortir de ma bouche. Toute l'attitude de cet homme transpire l'anxiété. Celle qu'il m'impose. Les veines qui serpentent son cou pulsent sous sa peau, témoignent du qui-vive qui l'habite et dont il ne laisse presque rien paraître. Sa respiration est profonde, lente, et ses pectoraux qui se gonflent à outrance me poussent à me mettre à genoux et le supplier de me pardonner.

Combien de fois ce mec aussi grand qu'un ours et plus baraqué qu'un *Terminator* m'a physiquement causé du tort ? Enserrant ma gorge lorsque mon attitude lui déplaisait. Marquant ma peau de bleus lorsqu'il me contraignait à agir selon son bon vouloir. Toutes ces attitudes ne m'apparaissaient pas une seule seconde comme anormales à l'époque, mais je prends désormais conscience que j'ai subi la violence, l'ai tue pendant des mois sans qu'à aucun moment, je ne me rebelle. Qu'étais-je devenu ? Une ombre, un spectre… Voilà pourquoi ma relation avec Marc est si complexe. Plus jamais je ne tolérerai qu'on me dicte ma vie.

Jamais.

— Avant que je te donne le paquet, explique-moi ce qui t'a subitement poussé à changer d'avis. Ça m'intéresse beaucoup.

Le sourire sarcastique, et machiavélique, qui tord ses lèvres me révulse. Je pince les miennes pour les empêcher de trembler, prends une légère inspiration et entrouvre la bouche pour me justifier. Alors qu'un son s'échappe finalement de mon larynx, j'ignore encore les mots qui vont se déverser malgré moi…

— Je… je ne veux pas mettre ma famille en danger…

Mauvaise réponse.

Les sourcils froncés, il pose sur moi un regard qui pourrait me faire m'écrouler si je ne bandais pas mes muscles à ce point pour ne pas flancher. Aussitôt, je m'empresse d'ajouter :

— … et je me suis rendu compte que la vie avec toi me manquait. Cette période n'a cessé de me hanter ces derniers mois, je voudrais que notre… que notre relation reprenne…

C'est un demi-mensonge, j'ai vraiment énormément pensé à tout ce qui me liait à lui, mais pas pour les raisons qu'il doit croire. Je ne souhaite qu'une seule et unique chose, là, maintenant, tout de suite.

Qu'il crève !

Il s'approche alors de moi, d'une démarche qui me pousse à reculer. Je tente mon possible pour enjoindre à mes jambes de rester verrouillées, de ne pas me déplacer ne serait-ce que d'un millimètre. Si je bouge, lui montre un mouvement de recul, il comprendra aussitôt que je mens sans la moindre hésitation. Se balançant de gauche à droite, à la manière d'un caïd, il réduit les quelques mètres qui nous séparent, passe le bout de sa langue sur sa lèvre supérieure dans une attitude explicitement lubrique. Je n'ai pas besoin d'être médium ou même télépathe pour savoir ce qu'il mijote. Il compte me mettre à genoux, m'enfoncer sa bite au fond de la gorge et m'étouffer avec. Pourtant, avant qu'il passe à l'acte, je dois lui faire cracher un gros morceau, celui que le capitaine Tillard et son équipe attendent.

L'haleine chaude de Youssef s'écrase contre ma mâchoire, sa main glisse sur ma hanche, saisit bientôt ma fesse qu'il palpe, comme si elle lui appartenait depuis toujours.

— Putain, ce cul m'a manqué, Simon.

Je reste rivé sur son torse, n'osant pas croiser son regard dépravé. C'est trop difficile, trop effrayant et je ne suis pas certain d'être capable de garder mon sang-froid. Pourtant, il m'y contraint brutalement en saisissant ma mâchoire dans sa grosse paluche sale. Un instant, mon nez se retrousse, souligne ma désapprobation, mais je reprends aussitôt le contrôle pour ne rien laisser paraître. Alors, sa langue force la barrière de mes dents et investigue la mienne, sans me laisser la possibilité de réagir. Je presse les yeux pour échapper à ce moment que je souhaiterais voir s'effacer à jamais. La seule image qui se fixe dans ma tête…

On s'en doute bien, non ?

… il n'y a que Marc.

Uniquement Marc.

Toujours Marc.

Et j'imagine très bien qu'au moment même où je pense à lui, alors qu'un homme braque ma bouche et la revendique sans que j'en aie la moindre envie, il fulmine dans la camionnette, tente de se contenir pour ne pas éveiller les soupçons de ses collègues et retarde le moment où il explosera avant même que j'aie obtenu l'information qu'ils recherchent à tout prix.

— Youssef… tenté-je de bafouiller.

Il s'écarte, retrousse la lèvre pour marquer son appétit sexuel grandissant.

— Quoi ?

— On devrait peut-être continuer… ailleurs.

— Je vais te baiser à même le sol, dans ces gravats.

Si Marc me parlait de cette manière crue, je me jetterais sûrement dans ses bras. Là, dans *cette* bouche, *ces* mots me donnent la nausée et m'empêchent de réfléchir correctement. Pourtant, je dois enclencher la seconde si je veux que le plan se déroule comme nous l'avons prévu. Plus vite j'aborderai le sujet, plus vite je serai sorti d'affaire…

— Je… je voudrais entrer dans ton cercle intime. Assister à tout ce qui se passe en coulisses, pour être au plus proche de toi.

— Ah oui ?

Son sourire carnassier me déstabilise. A-t-il déjà tout compris ou tombe-t-il réellement dans le panneau ?

— Oui. Dis, tu travailles avec d'autres organisations, j'imagine…

Moins direct, Simon. Tu vas nous faire zigouiller.

Bordel, j'ai complètement oublié le scénario préétabli. Je ne sais plus où j'en suis. Je suffoque. Ma tête est compressée dans un étau et mon cerveau n'est plus suffisamment irrigué pour parvenir à prendre les décisions qui s'avèrent les plus justes.

— Qu'est-ce que tu me caches, sale connard ? m'interroge-t-il en plaquant son corps contre le mien dans un mouvement si rapide que je ne le vois même pas arriver. C'est quoi ça ? poursuit-il en glissant ses gros doigts sous mon pull, pour saisir le boîtier du micro et l'arracher d'une violence sans précédent.

D'un revers de la main, il me flanque une correction qui me fait décoller la tête, perdre l'équilibre et m'écrouler au sol. Son bras disparaît derrière son buste et revient armé d'un révolver noir que je ne parviens plus à quitter des yeux. Mon sang quitte mes veines. Mon cœur implose. Chaque cellule de mon être se ratatine sur elle-même.

Je suis mort.

— Debout ! exhorte-t-il en fracassant au sol l'appareil qui me relie à la police.

Marc

D'un bond, je claque mon casque sur la table et saisis mon arme située juste à côté Simon est démasqué. Il a fait preuve d'une subtilité digne d'un enfant de 3 ans, Youssef a tout compris en l'espace de cinq secondes. Alex suit mes pas, sur le qui-vive, alors que nous parcourons l'allée qui mène à la bâtisse abandonnée. Les trois sous-officiers que nous avons emmenés avec nous accèdent à l'arrière de la maison, tandis que nous pénétrons dans l'entrée principale. Discrètement, j'indique à mon coéquipier de prendre sur la droite. J'arpente pour ma part le couloir de gauche. Je repère très vite les vestiges du boîtier que le dealer a sans doute écrasé en le découvrant – j'avais quitté mon poste bien avant. J'ignore d'ailleurs encore comment je suis parvenu à rester cloué sur mon fauteuil, alors que ce fils de pute foutait ces grosses pattes poilues sur… *lui.*

Un goût amer se répand dans ma bouche lorsque je constate que la pièce est vide. Il s'est tiré avec Simon. Sont-ils encore dans la maison ? Rien n'est moins sûr. Le paquet qu'il devait refiler à son petit livreur personnel a disparu en tout cas. S'il lui fait du mal, je jure que…

Self-control, Marc.

Méticuleusement, je sillonne les pièces adjacentes à la recherche de leur trace, vérifie chaque fois d'un léger coup d'œil que je ne risque pas de me faire descendre. Mon arme pointée en avant, ma main gauche bloquant mon poignet pour m'offrir plus de stabilité, je déverrouille le cran de sûreté et positionne mon doigt sur la gâchette, pour être certain d'agir en un millième de seconde s'il le faut. Je ne laisse rien me déconcentrer, ni la peur sournoise qui tente de m'ensevelir, ni ces idées de mort qui m'assaillent. Qu'on se le dise, je ne crains aucunement pour ma vie… mais pour la sienne, en revanche.... L'idée même qu'il me soit arraché par ma faute m'est intolérable, je ne pourrais tout simplement pas vivre avec ce poids sur la conscience, alors que je l'ai entraîné, presque de force, dans ce guêpier. J'ai pris des risques intolérables, n'ai pas envisagé les tenants et aboutissants qui pourraient le mettre en danger. Bien trop aveuglé par mon envie de le tirer de ce pétrin et de lui éviter d'autres ennuis, j'ai foncé vers ce qui me semblait être la meilleure, et unique, issue.

À l'instant où cette espèce de sixième sens m'avertit d'un danger en dressant les poils sur mes avant-bras, un bruit sourd me parvient jusqu'aux oreilles, tandis qu'un objet dur appuie contre mon crâne. D'instinct, je sais exactement de quoi il s'agit et mesure les différentes possibilités qui s'offrent à moi. D'un, je me retourne plus furtivement qu'un scorpion qui attaque, désarme ce connard en le bloquant d'une clef de bras, de deux, je lui écrase la gueule au sol et la lui éclate à coups de chaussures de sécurité. Ou alors, je me baisse en pivotant, lui explose la rotule d'un *uppercut* bien placé, il s'écroule et…

… je lui écrase la gueule au sol et la lui éclate à coups de chaussures de sécurité. Ma partie préférée !

Bordel, comme ça me soulagerait de le buter dans d'atroces souffrances, de lui faire payer au centuple ce qu'il a infligé à Simon…

— Si tu tentes quoi que ce soit, je flingue le môme, gronde-t-il d'une voix sourde, menaçante… qui me ferait presque frissonner.

J'ai bien dit presque.

— Marc, barre-toi ! parvient à gémir Simon, sûrement étouffé par la paume de ce chien.

Mon cœur se presse dans ma poitrine, ce n'est vraiment ni le lieu, ni le moment.

— Ferme ta gueule où je le bute, grogne Youssef qui recule d'un pas.

Aussi lentement que possible, pour ne pas l'inciter à presser la détente, je me retourne vers eux. Dans un premier temps, je ne vois que le jeune homme blond, ses yeux ronds, étincelants de larmes, effrayés et perdus. Il plante son regard sur moi, m'implore silencieusement de le tirer de là. Ensuite, je porte mon attention sur la brute épaisse qui maintient l'extrémité du flingue contre la tempe du gosse.

Enculé, je vais t'écarteler, t'éviscérer et te faire bouffer tes couilles !

— Jette ton arme ou je te promets que je lui explose la cervelle.

J'analyse la situation, distingue nettement la folie onduler dans ses iris sombres et décide immédiatement que sa menace n'en est pas une. C'est exactement ce qu'il fera.

Très lentement, je lève les mains en l'air et m'abaisse pour poser mon flingue sur le sol. Je prends soin de ne pas quitter des yeux cette saloperie, au cas où l'envie de « canarder du poulet » lui prendrait. Alors, je fais glisser mon unique source de défense, laquelle s'arrête aux pieds de Simon qui l'observe comme s'il voyait s'envoler sa dernière chance de survie.

Ne crains rien, blondinet, j'ai encore ma botte secrète.

J'alterne entre mon SP 2022 et les pupilles de Simon qui disparaissent derrière ses paupières qui se plissent, comme s'il cherchait à deviner ce qui se trame dans ma tête. Je suis quelqu'un de très terre-à-terre, cartésien, qui ne croit que ce qu'il peut concevoir et toucher. Pourtant, durant une seconde, qui me paraît être en réalité une heure, les paroles silencieuses défilant dans l'esprit du petit con qui me rend fou se connectent aux miennes. Sans même que nous n'ayons besoin d'échanger des mots ou des gestes, nous nous déchiffrons parfaitement. Appelons ce phénomène transmission de pensées ou même magie, je m'en branle complètement. Toujours est-il qu'à l'instant très précis où j'effectue un infinitésimal signe de tête à mon partenaire – car c'est ce que nous sommes envers et contre tout – il comprend.

Son coude s'abat lourdement dans les côtes de son assaillant qui le lâche, grogne de douleur, avant que le blond ne s'élance sur le côté dans une pirouette digne d'un film d'action oscarisé. Sans perdre mon sang-froid, je cesse de réfléchir aux risques que j'encours, saute sur cette montagne de muscles et m'ingénie à le désarmer à tout prix. Je ne lui laisse pas le temps de presser la détente, écrase mon pouce sur une zone très précise du poignet de mon adversaire, un fameux point névralgique qui l'astreint aussitôt à lâcher le révolver qu'il allait brandir vers moi. L'arme s'effondre au sol, je donne un coup de pied pour l'éloigner, afin que ce molosse ne parvienne pas à la récupérer pour me descendre…

… *et le descendre.*

Rester focus. Coûte que coûte. Je n'ai maintenant plus que la force de mes poings pour venir à bout de lui, le démonter et décharger toute la colère qui grouille en moi depuis… toujours. Même s'il me dépasse d'une bonne tête et demie, je ne le crains pas. Je l'ai prouvé à de nombreuses reprises, la taille et la force ne comptent pas. Seule la rage destructrice parvient à bout de tous les combattants.

Qui de mieux placé qu'un fou furieux dans mon genre pour lui rétamer la gueule ?

Ses phalanges enfermées dans un poing américain s'élancent vers moi, prêtes à me refaire le portrait. Je m'abaisse dans un mouvement plus rapide qu'un éclair, mets en œuvre mon plan d'origine : lui déboîter la rotule. Ma paume pressée frappe de plein fouet l'os fragile du gorille qui hurle de douleur. J'en profite pour lui asséner un autre coup droit dans le nez, qui se met à pisser le sang.

Les parties du corps stratégiques et particulièrement sensibles.

On ne peut pas gagner à chaque fois. Malgré mes attaques payantes, le titan n'a pas dit son dernier mot. Il est résistant, presque surhumain. Je ne serais pas étonné qu'il soit piqué aux hormones et shooté par une quelconque drogue qui lui permet de résister à la souffrance. Sa poigne, un tiers plus large que la mienne, saisit mon crâne et m'envoie valdinguer contre le mur. Mon corps s'écroule sur le sol. Mes muscles se bandent pour réagir très rapidement, alors que son pied se surélève au-dessus de ma tête, prêt à l'écraser jusqu'à ce que ma cervelle coule sur la dalle poussiéreuse. Alors je…

Pan !

Je me fige, balaie la pièce pour vérifier si un second agresseur a surgi de nulle part, mais constate d'un coup d'œil rapide que je ne suis pas blessé. Par contre, la brute épaisse laisse échapper un cri, avant de s'effondrer en se tenant la jambe dont le sang coule abondamment.

Mon regard se relève derrière lui.

Simon se tient debout. Les chevilles verrouillées. Les bras tendus devant lui, un œil fermé pour viser. Il vient de tirer en respectant scrupuleusement les conseils que j'ai pu lui donner lorsque nous sommes allés au stand de tir…

Putain de merde, je n'y crois pas !

Reprenant quelque peu mes esprits, je saute sur l'homme échoué comme un animal blessé et le retourne sur le ventre pour lui passer les menottes. Je risque un œil sur la gauche, Fauquet tremble comme une feuille. Je lui adresse un signe de tête pour lui intimer de baisser son arme et de la poser sur le sol. Au même moment, Alex déboule dans la pièce en mugissant comme un taureau. Dans d'autres circonstances, j'éclaterais de rire.

Si ça ne tenait qu'à moi, je laisserais cette enflure se vider de son sang et s'y noyer. Mais bon, mon collègue et ami me convainc d'appeler les secours. Il n'a pas tort, nous avons des choses à apprendre de cette raclure, il nous conduira peut-être même sur la trace d'Abrimi. Étant donné l'envergure de son réseau, je suis quasiment persuadé qu'il travaille pour l'homme que nous recherchons…

***

De l'arche qui sépare l'entrée de mon salon, j'observe Simon dans le canapé. Recroquevillé comme s'il essayait de s'enfermer dans son monde, il se balance d'avant en arrière. Je reste là, une tasse de thé fumante à la main, à constater à quel point il est perturbé par la soirée que nous venons de vivre. Il est 3h du matin, nous sommes tout juste rentrés du commissariat, après qu'Alex nous a raccompagnés dans sa voiture. Simon a dû laisser une déposition, raconter tout ce qu'il sait à propos de Youssef Belloua et ce dans quoi il a été embarqué. En échange de ses aveux et de sa coopération, le juge devrait être clément. J'ai bien évidemment omis l'overdose de la jeune fille à qui il a vendu de la came, ce qui est bien plus grave que le reste.

Son père a débarqué comme un taré, a demandé à me voir expressément, devinant que j'étais l'instigateur de la mission puisque je me suis occupé moi-même de l'entretien de son gosse. Le Procureur m'a menacé, ni plus ni moins, de détruire ma carrière si je m'amusais encore une seule fois à mettre la vie de son fils en danger. Lorsqu'il a proposé à ce dernier de le raccompagner chez lui, il a refusé, prétextant qu'une amie devait passer le chercher. Il savait déjà à ce moment-là que nous finirions chez moi… Quoi de plus normal après la soirée que nous venons de passer.

Je m'approche doucement, lui tends la tasse, qu'il saisit, avant de souffler pour refroidir le liquide qu'elle contient.

Je ne sais pas me servir d'une bouilloire, et alors ?

— Tu te sens mieux ? murmuré-je en m'installant à ses côtés.

Il opine du chef, mais son attitude explicite le contraire. Ou alors est-ce ma nouvelle faculté à comprendre exactement ce qu'il ressent, à l'instar de notre petite connexion dans cette maison abandonnée ? Franchement, je n'en sais rien et je m'en fous. À cet instant précis, je souhaite simplement le prendre dans mes bras, lui révéler combien j'ai flippé et que je le protégerai quoi qu'il m'en coûte, même si notre relation n'évolue jamais. Je ne suis pas certain qu'il serait d'accord avec moi, sachant pertinemment qu'il veut m'oublier par tous les moyens… et il a peut-être raison. Je suis toujours convaincu de ne pas être un homme pour lui, ne pouvant lui promettre ce qu'il désire plus que tout : un couple.

Pour être honnête, ça fait quelques nuits blanches que l'idée m'obsède, tourne et retourne mon cerveau dans tous les sens. Je suis parvenu à la fâcheuse conclusion que j'étais dans l'incapacité de répondre à cette question…

Alors que la pièce est plongée dans un silence assourdissant, Simon repose son mug dont il a bu quelques gorgées et appuie sa tête contre mon épaule. Le geste que mon bras effectue, spontanément, me surprend. Il serpente autour du corps de mon traumatisé et enserre sa taille, le poussant à se réfugier contre mon torse. Je suis presque certain de le sentir humer l'odeur que dégage mon polo. Peut-être que ça le rassure, alors je ne l'en empêche pas. Je remonte son t-shirt, mes doigts tracent des cercles sur sa peau pour l'apaiser. Sa respiration lente et profonde m'indique que peu à peu, il s'endort. Je suis, moi aussi, exténué…

— Jamais plus je ne te ferai courir un risque comme ce soir, soufflé-je sans savoir s'il m'entend. Je veillerai sur toi, quoi qu'il arrive.

Mes paupières s'abaissent à intervalles réguliers, menacent de me faire glisser dans les bras de Morphée d'une seconde à l'autre, mais d'autres se chargent de me ramener à la réalité. Je cligne plusieurs fois des yeux, constate que Simon se positionne sur mes cuisses à califourchon. Ses mains se posent à plat sur mon large torse qui se soulève chaque fois que nos regards s'arriment. J'ignore ce que je ressens, mis à part mon envie irrépressible de mon corps dans le sien. Je souhaite le baiser… ou lui faire… l'amour. Je ne sais pas et refuse de me court-circuiter avec ces idées malvenues.

Je me concentre alors sur le contact de sa peau sur la mienne, lorsqu'il glisse ses doigts sous mon vêtement, inspectant un à un mes abdominaux en les dénombrant. Un petit sourire se profile sur ses lèvres et, timidement, il s'approche de moi, joint nos bouches sans qu'à aucun moment, je ne tente de lui voler son baiser par la force. Étrangement, je me laisse guider, moi, l'homme qui aime tout contrôler, imposer et réclamer.

Presque inconsciemment, mes mains sinuent sur ses muscles subtilement dessinés, embrassent ses hanches que cette enflure a osé toucher, se calent sur son fessier rebondi qui me rend fou de désir. Sans contrôler la fougue qui m'anime, je les presse et me délecte du gémissement qui s'échappe de ses lèvres, comme une complainte. Simon a autant besoin de moi que moi de lui. Nos désirs sont si puissants qu'il nous est impossible d'y résister, rien ni personne n'y peut quoi que ce soit. Son corps et le mien se comprennent sans que j'en saisisse la raison, c'est comme ça… Nous nous sommes trouvés, comme si tout avait été inscrit de cette manière…

On peut s'en douter. Je ne crois pas à toutes ces putains de conneries d'âmes sœurs et pourtant… des idées stupides traversent mon esprit…

— On va dans ta chambre ?

Sa voix n'est qu'un souffle, un murmure qui me transperce et me pousse à accepter toutes ses requêtes. Je ne suis plus vraiment moi-même face à lui, et ça aussi, ça m'échappe. Je hoche simplement la tête, redresse mes mains pour caler son torse contre le mien, tandis que, lorsque je me lève, il enserre ma taille de ses jambes, s'y cramponne comme s'il ne voulait plus jamais la lâcher. Je parcours les quelques mètres qui nous séparent de mon antre, planté dans ses émeraudes, sans même prêter attention à l'environnement qui nous entoure…

Putain de bordel de sa mère !

Mon petit orteil a rencontré d'un peu trop près le bâti de porte.

Je lâche un juron en sautillant sous le coup de la douleur, sans jamais lâcher Simon. Évidemment. Ce dernier éclate de rire, ce genre de son qui me procure le plus grand bien et forcément, j'ignore également pourquoi. Je le dépose délicatement sur le lit, il s'allonge et ne quitte pas un seul instant mon regard qui brûle d'impatience.

À la manière d'un prédateur qui fait rouler ses muscles sous sa peau pour s'approcher le plus silencieusement possible de sa proie, je m'avance vers lui en m'appuyant sur mes poings pressés contre le matelas. Les yeux de l'Adonis alternent entre les miens, et chacun de mes biceps qui se contractent sous mon poids. Je suis persuadé de le voir déglutir péniblement, prendre de légères inspirations pour ne pas chanceler et même, frissonner chaque fois que j'intercepte ses iris vert de jade. De loin, les plus beaux que j'ai pu observer…

Bisou-bisounours…

Nez à nez, bouche contre bouche, nous nous toisons sans qu'aucun ne prenne l'initiative de franchir le dernier minuscule millimètre qui nous sépare. Mes lèvres s'étirent imperceptiblement. J'adore jouer à ce petit jeu avec lui. Je pourrais passer des heures à lui tourner autour, sans pour autant craquer. Qui eut cru que ce type de comportement m'amuserait, moi qui ne connaissais que le sexe brutal, sans calcul, vide de sens ?

— Eh merde ! s'exclame-t-il en soupirant.

Il m'embrasse avec fougue, me fait basculer sur le dos et se positionne sur mon bassin, sa langue au fond de ma bouche, s'enroulant à la mienne avec tant de passion que je crains de le voir aspirer toute mon énergie sexuelle.

Qui est l'incube, non mais oh ?!

Je tente de me redresser pour reprendre le contrôle, mais ses paumes enserrent vivement mes poignets, les plaquent contre le lit, bien au-dessus de ma tête. Un rire grave et rauque s'échappe de ma gorge, je ne peux que m'amuser, et me délecter, de son attitude entreprenante. Je décide alors de me laisser faire, de nouveau.

L'expérience insolite n'est pas déplaisante. Simon ondule des hanches, frotte nos sexes tendus à travers nos vêtements, tandis que nous nous évertuons à offrir à l'autre le meilleur baiser de sa vie.

Entraîné par l'excitation, il vire son t-shirt, le balance dans la pièce et m'aide à enlever le mien. En deux temps, trois mouvements, non sans la maladresse due à la précipitation, nous nous retrouvons dans notre plus simple appareil, mon sexe épais déjà gonflé d'envie et le sien s'allongeant à mesure que les secondes défilent. Cette nuit, avec lui, je découvre une part de moi que je ne soupçonnais pas. Un peu comme si j'avais sauté quelques étapes dans la vie et que je faisais machine arrière pour rattraper le temps perdu.

Toujours en amazone sur mon corps, Simon oscille d'avant en arrière, pressant ma queue entre ses fesses, ce qui m'excite comme un malade mental. Des tas de pensées lubriques m'ordonnent de le déboîter pour soulager la pression sexuelle qui m'ensevelit, mais je résiste, le laisse mener la danse. Il est très investi dans sa mission : faire grimper en flèche la tension entre nous.

— Le lubrifiant est dans la table de chevet, murmuré-je sur un ton rauque.

Il secoue la tête à la négative, murmure quelque chose comme « pas besoin », attrape la capote posée sur le meuble adjacent au lit et la déroule sur ma queue. Avec une lenteur exceptionnelle, il place le bout de ma verge sur son antre. Centimètre par centimètre, il coulisse sur mon membre tendu et douloureux de désir, verrouillant son regard au mien comme s'il souhaitait sonder mon âme.

Qu'il le fasse.

Qu'il fasse ce qu'il veut de moi. Rien n'a plus d'importance quand je devine son tréfonds. Il grogne, gémit, perd pied et me propulse à mon tour dans une dimension particulièrement plaisante.

Durant une seconde ou deux, le temps se suspend, nous restons plus immobiles que des statues, accrochés à la moindre réaction de l'autre. Mon cœur tambourine dans ma poitrine, pulse comme un fou pour envoyer l'afflux sanguin nécessaire à ma queue, qui palpite comme une démente. Le souffle hachuré, je tente de contenir ma frénésie, celle qui m'enjoint à remuer le bassin pour le baiser.

Je reste passif. Moi, l'actif.

Lorsque Simon glisse le long de mon membre, très, très lentement, je lâche un juron entre mes dents serrées. Mes larges paumes se plaquent violemment contre ses fesses qui font résonner le son dans la pièce. Il couine, mais ce geste spontané décuple sa faim de moi, si bien qu'il me baise, littéralement. Il engloutit ma verge sans pouvoir se contrôler, s'agite de haut en bas, mes mains plaquées sur ses hanches pour l'entraîner, de plus en plus vite, tout en ahanant comme une bête assoiffée de sexe.

Pour être honnête, je peine à suivre la cadence. Je suis pourtant un amant endurant, j'ai l'habitude de défoncer des culs de mecs comme un fou à lier, sans m'arrêter, mais là… l'observer, tête révulsée, yeux mi-clos, lâcher des paroles incompréhensibles, me foudroie sur place. J'ai l'impression d'être dans un rêve érotique et d'y ressentir tous les plaisirs possibles. Puissance 10.

Rien ne vaut le sexe avec Simon Fauquet. Entendez-moi bien, rien.

Alors qu'il coulisse sur ma verge une fois de trop, ripant sur mon gland et le pressant avec un peu trop d'intensité, je ne tiens plus. Je libère mon orgasme qui hurlait à la mort, logé et emprisonné derrière mes reins qui se tendent, et laisse échapper une déflagration jusqu'à mes testicules qui se compressent et remplissent la capote d'un nectar dont j'aimerais le souiller à foison. Simon, qui se masturbait, se perd lui aussi dans un hurlement qui pourrait me faire bander à nouveau et remettre le second *round.*

— Bordel, je t'aime tellement, Marc, laisse-t-il échapper dans la précipitation.

Aussitôt, et alors que nos orgasmes sont à peine achevés, nous nous raidissons. La pression de son anus autour de mon phallus me provoque presque une douleur. Il respire bruyamment, tente de trouver une échappatoire à cet étourdissement qu'il a eu…

Je ne sais que dire, que faire…

Putain de bordel.

L'instant d'après, il se détache de mon corps. Je hurle intérieurement. Le somme de revenir mentalement, mais notre connexion semble ne plus avoir aucun effet. Le lien est rompu car je suis incapable de répéter ces mots qu'il m'a confiés. Nos regards s'interceptent, je me rends compte que le sien se referme petit à petit. Il saisit ses vêtements à toute vitesse, les enfile tandis que je passe mon caleçon, après avoir retiré la capote.

Bordel, tout va trop vite. J'ai à peine le temps de comprendre ce qui se passe que Simon est déjà dans le salon. Je le rattrape, alors qu'il ouvre la porte, la bloque et le retourne contre le mur. Il baisse la tête, s'obstine à ne pas croiser mes yeux plus noirs que d'ordinaire, j'imagine.

Colère ? Frustration ? Dépit ?

— Tu ne vas pas repartir maintenant quand même ? m'enquiers-je en glissant deux doigts sous son menton pour l'obliger à se confronter à moi.

— Si, ça vaut mieux. Je suis désolé pour ce que j'ai dit. Je ne te ferai plus chier… merci de m'avoir sauvé les fesses et…

Je plaque un doigt sur ses lèvres qui remuent sans réellement savoir ce qu'elles débitent.

Dis-lui, Marc.

Quoi ?

Que je l'aime ? Mais ce n'est pas le cas. Jamais je ne laisserai quiconque entrer dans ma vie. Mon cœur ne s'est pas développé comme celui des êtres humains normaux. Jamais je ne pourrai m'attacher à qui que ce soit. C'est ainsi. Il a éveillé des choses en moi, c'est indéniable, mais je ne peux lui offrir plus que ce dont je suis capable. J'ai eu peur de le perdre ce soir, j'ai vécu un instant hors du temps avec lui dans ma chambre… jusqu'à ce qu'il prononce ces trois mots.

Oui, trois putains de mots peuvent tout changer. Tout.

— Au revoir, Marc, souffle-t-il alors que je recule.

La porte se referme.

— Au revoir, Simon, réponds-je pour moi-même.

CHAPITRE VINGT-QUATRE

Louise

Comme l'idiote que je suis, mes larmes ne cessent de couler, inondent mes joues et me noient dans la peine qui a pris possession de mon corps il y a quelques heures. J'ignore depuis combien de temps je me trouve sur ce podium, mes genoux me provoquent une telle douleur que j'imagine sans difficulté y prendre racine depuis un très long moment. Rien ne me permet de m'échapper d'ici, j'observe simplement les débris de verre qui jonchent le sol, comme les restes d'un cadavre en décomposition. C'est pourtant mon cœur qui est détruit désormais, je suis incapable de rassembler les morceaux et de tenter de les recoller… Adam Jameson me l'a volé, l'a brisé et moi, comme une conne, je l'ai laissé agir sans rien voir venir. Je suis aveugle, complètement bornée et surtout, irrévocablement amoureuse de lui.

Jamais je n'aurais pu croire qu'il soit capable de m'anéantir plus qu'il n'a déjà tenté de le faire… Ce soir, j'ai croisé le visage de l'homme qui me révulse, celui qui me donne envie de pleurer et me laisser dépérir comme un animal à l'agonie. Ce soir, j'ai rencontré l'aigreur, la malveillance et la perversité de cet Apollon qui, je l'espérais, semblait avoir changé ces derniers temps. Je lui ai tout donné, lui ai ouvert mon cœur et mon âme plus que je ne l'ai jamais fait avec quiconque. Le Britannique s'est servi de moi et m'a asséné le coup de grâce au moment où je m'y attendais le moins et désormais, je veux simplement disparaître…

J'ai sincèrement pensé l'aimer pour ce qu'il est, pour ce que j'ai découvert sous ces couches de glace qui étaient si épaisses qu'elles me paraissaient infranchissables. Le rencontrer est pourtant la pire chose qui me soit arrivée, je voudrais voyager dans le temps et m'interdire d'aller à ce *shooting* où tout a commencé. C'est définitivement la plus grossière erreur de ma vie.

Il n'a pas changé.

Les gens ne changent pas, on finit simplement par voir en l'autre ce que l'on désire le plus…

Et une chose est sûre, j'ai souhaité plus que tout qu'Adam devienne meilleur, qu'il prenne sa vie en main et puisse ainsi m'offrir celle dont je rêvais. À ses côtés, j'ai connu le pire, mais aussi le meilleur. Tout est si confus pour mon esprit qui oscille entre les images horribles qu'il conserve de lui, et… ces mots qu'il m'a confiés. Pourtant, tout devrait être clair. Son principal objectif était de me briser.

Il a parfaitement réussi.

Comme si elle était guidée par une présence omnipotente, ma main plonge dans mon minuscule sac à main, mes doigts glissent sur du papier glacé qui me ramène aussitôt à la veille. Je sors la photo, l'observe alors que mes larmes redoublent, sans pouvoir s'arrêter. J'y distingue deux jeunes amoureux que rien ni personne ne pourrait séparer. La jeune femme blonde respire le bonheur et rit aux éclats, l'homme à ses côtés la contemple amoureusement, un petit sourire renfrogné accroché au coin des lèvres… De rage, ma main presse le cliché, ma respiration s'accélère comme si mes poumons manquaient tout à coup d'air. Je suffoque, explose en sanglots et tente de contenir le cri qui écartèle ma gorge.

En vain.

La voix qui s'en échappe n'est pas mienne, elle appartient à cette femme trahie, meurtrie et abattue.

Hier, ma vie était devenue un conte de fées. Aujourd'hui, elle n'est plus qu'un affreux cauchemar dont je voudrais me réveiller…

Je devrais me remémorer tout ce qui a pu se passer, pour y mettre du sens…

Je sais, on ne comprend rien à mon charabia. Et c'est bien normal étant donné le bordel que représente ma vie. Alors, accrochez vos ceintures, nous allons faire une rétrospective longue et détaillée. Et c'est à ce moment précis que, dans les séries passionnantes, une voix masculine retentit pour poser, d'une voix grave et mystérieuse, la fameuse phrase « *previously on…* »

***

— On peut y aller, Louise ? s'impatiente Adam à l'autre bout de mon appartement.

Je retrace mon trait d'eye-liner à la va-vite, maudis l'insistance du Britannique en constatant que mes yeux ne sont pas parfaitement symétriques. Je soupire, consciente qu'il faut mon œil expert pour s'en apercevoir, enfile des baskets et rejoins l'immense mannequin au chômage technique qui m'attend, nonchalamment appuyé contre la porte d'entrée. Les bras croisés sur son torse dessiné, il m'épingle d'un regard à mi-chemin entre l'amusement et l'agacement. Seulement, je suis bien moins intimidée par son tempérament mystérieusement glacial, je sais comment le contourner et rester maître de mes émotions.

Bon, je dois avouer qu'il est hot*. Rien de bien particulier, hein. Un jean sombre, un t-shirt large et stylé, des converses aux pieds. Mais faut-il encore préciser qu'un rien le sublime, justement ? Si je n'avais pas un minimum de retenue, je m'éventerais dans un geste exagéré de la main… et j'irais changer de culotte* illico.

Il s'attarde évidemment sur mon visage, mes yeux, mes lèvres rehaussées de rose, tombe sur ma poitrine moulée dans un débardeur qui dévoile mon nombril, et finit par m'enflammer en lorgnant les courbes de mes hanches mises en valeur dans un jean boy-friend.

— *Tu es vraiment bandante, ma petite* frenchy, *souffle-t-il en s'approchant de moi.*

Je peine à déglutir, le timbre de sa voix fait sans cesse résonner une corde en moi, qui est sans doute reliée à mon bas-ventre. Ce dernier se contracte douloureusement lorsqu'il glisse ses doigts le long de ma jugulaire, serpente dans ma chevelure, avant de plaquer sa main derrière mon crâne et m'approcher de ses lèvres. Nos souffles se mélangent, une odeur mentholée envahit aussitôt mes narines – je ne l'ai pourtant jamais vu mâchonner de chewing-gum. Il ne me laisse pas le temps de tergiverser bien longtemps et écrase brutalement ses lèvres contre les miennes, me coupant au passage la respiration.

Je romps notre contact visuel, puise au plus profond de mon être pour maîtriser mon envie de son corps… en vain. Je libère le succube qui m'habite, le laisse caresser ma langue sans protestation, s'enrouler à moi avec une facilité déconcertante et me soutirer tout le désir qui gronde dans ma poitrine. Je gémis lorsque sa seconde main effleure ma cuisse à travers mon jean, infiltre mes paumes sous son t-shirt et m'affaire à déboucler sa ceinture. Quelque peu tremblante, je sens ses lèvres s'étirer contre les miennes, alors que j'éprouve des difficultés à faire sauter le bouton de son pantalon.

Mue par un instinct primaire qui ne m'est pas familier, je me détache de notre étreinte et glisse contre le mur. Accroupie, je me jette rapidement sur son caleçon sur lequel je coulisse ma paume. Je relève les yeux vers lui, entre en combustion lorsqu'il laisse échapper un grognement de plaisir. Je reste perdue dans le froid polaire de ses iris agités d'une flamme chatoyante. Ses lèvres ourlées d'un rictus séducteur, il sinue ses longs doigts dans ma chevelure décolorée, les place sous mon menton avant de le relever pour m'observer. Il s'abaisse et, tout près de mon oreille, chuchote :

— Tu es certaine de le vouloir ?

Répondre serait du suicide, ma voix est sans doute trop instable pour me permettre d'articuler quoi que ce soit. Alors j'opine du chef, clairement décidée à lui procurer du plaisir avec ma bouche. Qu'on se le dise, ce n'est pas ma première fellation, mais je n'ai pas énormément d'expérience dans ce domaine. C'est un acte intime qui demande un certain don de soi et une confiance particulière envers son partenaire. Et là, ce soir, ici, avec Jameson… je suis prête.

Il se redresse, ses dents se découvrent et me laissent le loisir d'admirer leur blancheur.

Putain, ce qu'il est beau lorsqu'il sourit comme ça.

Je prends une légère inspiration, étudie la bosse qui déforme son caleçon et déglutis difficilement.

Quoi ? Elle est énorme !

Timidement, je parcours la longueur de sa verge du bout de l'index, m'arrête à la garde de son sexe et ose de nouveau percuter l'expression de son visage empreint d'excitation. D'un léger hochement de tête, il m'encourage à continuer, caressant mes cheveux comme pour m'inciter à imiter ses gestes. Je plante mes dents dans ma lèvre, certaine de lui provoquer un tressautement dans le boxer. Alors, je n'hésite plus, libère son érection et entoure délicatement mes doigts autour de la base de son pénis. Adam prend une inspiration bruyante. Je sens palpiter le sang qui se déverse dans son membre pour le faire grossir davantage.

— N'aie pas peur, souffle-t-il.

Je lui fais confiance, m'avance doucement et dépose d'abord un baiser sur son gland tendu d'envie. Sans réfléchir, ma langue coulisse le long de sa verge frémissante, s'enroule autour, alors que j'effectue des va-et-vient lents et mesurés. Mon regard se relève à mesure que je l'aspire profondément, se verrouille au sien qui brûle de désir pour moi. Mes gémissements de contentement se mêlent à ses râles de satisfaction. J'ai bien conscience que lui permettre de fouiller mes yeux, alors que je le suce, est une situation particulièrement excitante pour lui… et je dois bien avouer que j'en joue exagérément.

À mesure que ses mouvements s'intensifient, je laisse libre cours à la passion qui m'anime, écartant un peu plus les mâchoires pour le goûter davantage, faisant onduler ma tête autour de lui pour emprisonner sa virilité de toutes parts. Les mains du British coulent sur mes joues, alors qu'il peine à réprimer les mouvements involontaires de son bassin qui s'active d'avant en arrière. Aussi étrange que cela puisse être pour moi qui pouvais me montrer quelque peu… réticente à cette pratique, il me baise littéralement la bouche, et je dois bien reconnaître que chaque assaut de ses hanches m'oblige à en redemander chaque fois plus.

Ses pupilles étrécies de jouissance ne me quittent plus, je halète sous ses délicieuses attaques et resserre mon étreinte labiale autour de sa queue qui vibre au point que je crains de la voir exploser… Chose qu'elle ne tarde pas à faire. Il me prévient à plusieurs reprises qu'il risque de jouir d'une seconde à l'autre, mais j'attends la toute dernière seconde avant de m'écarter. Enfin, il déverse son nectar épais sur le sol de mon hall d'entrée.

Si Simon découvre ça, je suis morte : infraction à la règle numéro 1 !

***

Le taxi qui remonte l'avenue des Champs Élysées me laisse imaginer tous les scénarios possibles. Où mon Londonien a-t-il prévu de m'emmener ? Je n'ai plus longtemps à attendre, le véhicule stoppe le long du trottoir. Adam s'extirpe au-dehors, me tend sa main que je saisis pour m'entraîner dans la rue que nous traversons durant quelques minutes, avant de bifurquer sur une place où l'esprit estival a pris le dessus : une fête foraine. Jameson risque une œillade dans ma direction, tout en se plantant devant la grande roue qui surplombe la ville tant elle est immense.

— C'est hors de question, m'horrifié-je en me décrochant la tête à force de plier la nuque pour observer le sommet.

Il ne m'écoute pas, s'insère dans la queue pour acheter des tickets et réprime le sourire qui tente de poindre sur son visage. J'ignore pourquoi je me laisse entraîner dans ce traquenard, mais le comprends finalement lorsque je m'attarde sur sa mine amusée.

— J'adore les grandes roues ! me confie-t-il. J'y allais souvent quand je vivais à Londres.

— J'ai le vertige, je vais faire un arrêt cardiaque. Tu veux vivre avec ça sur la conscience ?

Oui, je joue la carte mélodramatique. Mais on ne sait jamais, si sur un malentendu ça peut passer, alors j'éviterai de longues suées froides. C'est sans compter sur ce fourbe, évidemment. Il pose sur moi un regard tendre, me fixe intensément et incurve ses lèvres avec tant de sex-appeal *que je craque comme la pauvre victime de son charme que je suis.*

— Pour me faire plaisir, ajoute-t-il comme si son attitude ne suffisait pas.

— Appelle les pompiers en prévention, rouspété-je.

Un sourire franc, et triomphant, se profile sur son visage de démon enfermé dans un corps d'ange. Il paie nos places, m'oblige à embarquer dans une des nacelles du manège qui nous propulse rapidement dans les airs. L'espace d'une seconde, je retiens mon souffle, étudiant minutieusement mes baskets que je suis incapable de quitter des yeux, mais une main, et pas n'importe laquelle, serpente dans mon dos et me rapproche d'un torse puissant et rassurant. Celui de mon mec. Ses doigts libres caressent ma joue, me contraignent à redresser la tête pour y rencontrer tout le magnétisme que cet homme dégage. Prunelles polaires. Cheveux chiffonnés. Moue séductrice. Perfection incarnée.

— N'observe rien d'autre que moi, murmure-t-il d'une voix suave, son éternel accent à trancher au couteau m'émoustillant.

Alors que nous sommes à des dizaines de mètres du sol, je parviens à oublier ce qui m'entoure, la hauteur qui tente de me happer et ma phobie qui secoue la cage dans laquelle le Britannique l'a enfermée en un tour de passe-passe intelligemment mené.

Bien joué, Jameson.

— Tu as confiance en moi ? me demande-t-il très sérieusement.

— Oui, réponds-je dans un chuchotement.

— Alors, détends-toi, tu ne crains rien tant que je suis là.

Nous arrivons au point culminant de la roue. Comme toutes les trente secondes, nous nous arrêtons, cette fois au plus haut point qu'offre le panorama. Dans un premier temps, je reste blottie contre Adam, incapable de me détacher de son corps et de ses mots… « tu ne crains rien tant que je suis là »… Je l'espère de tout mon cœur, je souhaite ressentir cette union indestructible qui me lie à lui et ce, pour toujours.

Sans prévenir, le fou se lève, se plante au milieu de la cabine branlante, presse les paupières et écarte les bras en accueillant bruyamment l'air dans ses poumons. Mon sang se glace instantanément dans mes veines en découvrant à quel point il est imprudent. Je pousse un cri strident en lui ordonnant de venir se rasseoir. L'idiot de service affiche alors un sourire et reporte son attention sur moi en lâchant avec flegme :

— Je ne vais pas tomber, relax.

Mes globes oculaires sont prêts à sortir de leurs orbites tant j'écarquille les yeux, le sommant silencieusement de reprendre sa putain de place. Il ricane, mais finit par obtempérer en me pressant entre ses bras puissants. Il écrase ses lèvres contre mon front, me serre réellement plus fort que d'ordinaire.

— Tout va bien ? m'inquiété-je de son attitude quelque peu inhabituelle.

— Je me sens libre ici, sans aucun problème, répond-il du tac au tac.

Je me détache prudemment de lui, glisse mes mains dans les siennes et les presse pour tenter de contenir la sensation d'inquiétude que provoque sa phrase.

— Il n'y a aucun problème en bas, lui assuré-je doucement. Tout va bien, Adam ?

Il opine du chef, ses billes grises ne me permettent pourtant pas d'être rassurée. Imperméables, elles m'empêchent d'accéder à ses pensées et à ce qui se trame sous ce visage empreint de perfection. Lorsque ses lèvres remuent, je me fige sur l'assise.

— J'ai… j'ai quelque chose à te dire, Louise.

Mode PLS : activé.

Imaginant tout de suite le pire, mon cœur se met à accélérer la cadence, tambourine comme un forcené dans ma poitrine et bat dans mes tempes jusqu'à les faire pulser douloureusement. L'angoisse qui sinue dans mon ventre le contracte si fort qu'elle m'empêche de reprendre correctement ma respiration. La glace qui cristallise ses traits s'intensifie et, alors que je suis prête à défaillir, je parviens à lâcher d'une voix tétanisée :

— Adam, qu'est-ce qu'il y a ? Tu me fais p…

— Je t'aime, Louise, me coupe-t-il brutalement.

Oh, mon Dieu.

Complètement déconnectée, je ne peux que distinguer le ciel orageux qui se reflète dans ses iris et cette panique qui le brutalise. À l'affût de la moindre réaction, il me scrute avec une insistance particulièrement déconcertante, reste en suspens, alternant finalement entre mon regard ébahi et mes lèvres, dont il espère certainement un mouvement.

Je… Comment ? Sa révélation est si soudaine, nous nous connaissons encore si peu. C'est vrai que l'attache qui me lie à lui est particulière, différente des précédentes relations que j'ai pu avoir. Pour autant, suis-je amoureuse de lui ? Oui. Définitivement oui. Suis-je capable de lui en faire part, de me mettre à nu face à cet homme…

— Tu n'es pas obligée de me répondre quelque chose, tu sais, ajoute-t-il comme s'il lisait le tumulte de mes pensées. Je voulais juste que… tu le saches.

Être muette est parfois embarrassant et là, franchement, ça l'est ! Pourquoi suis-je incapable de lui montrer un signe de vie ? Je reste figée, accrochée à son attitude qui tente de me rassurer, m'y attachant comme à une bouée de sauvetage pour éviter la noyade.

La roue qui se remet en route me sauve littéralement des sentiments qui m'engloutissent. Adam se contente d'esquisser un sourire, sachant pertinemment que je suis soulagée d'échapper à ce moment qui me happait dans un abysse sans fond. J'aimerais réellement me donner à lui sans retenue, mais je suis encore trop prudente pour m'abandonner avec abnégation.

Alors que nous entamons la descente, il ajoute :

— Je compte bien être là le jour où tu me feras part de ce que tu ressens, ne t'en fais pas.

Je glousse malgré moi. Il m'ouvre la petite barrière pour que je puisse enfin m'échapper de ce maudit œuf qui m'a gardée captive pendant un trop long moment. Sans attendre, le British m'entraîne parmi la foule qui flâne dans les allées de la ducasse, mangeant des pommes d'amour, des churros ou encore des barbes à papa. J'adore cette ambiance, rencontrer des visages heureux qui ne sont plus marqués par les soucis de la vie, car retombés dans l'insouciance de l'enfance. Et c'est peut-être ce qui se produit avec l'homme qui m'accompagne, enserre mes doigts et ne semble plus gêné par les confessions qu'il m'a faites.

Montagnes russes, chaises volantes et tout un tas d'attractions se succèdent. Je ris, crie, me réfugie dans les bras de mon petit-ami en feignant la terreur. Et je suis heureuse. Vraiment heureuse. Comme jamais je n'ai pu l'être auparavant à vrai dire. Si bien en sa présence que plus rien ne me paraît insurmontable, ni ses colères, ni son passé de junkie, *ni ses démons qui semblent parfois s'immiscer là où je n'ai pas accès.*

Nous nous posons finalement sur un banc, partageons une pomme recouverte d'un sucre rouge particulièrement addictif. Chacun se bat pour croquer dans le fruit défendu, si bien que je me retrouve avec le bout du nez écarlate. Adam éclate de rire, je joue la comédie en croisant mes bras. Bouder est une passion que j'espère voir élevée au rang de sport de haut niveau, je serai alors une compétitrice redoutable. Il s'approche de moi, dépose un baiser sur mon nez pour récupérer un peu de colorant et en profite pour faire cap sur le sud, direction mes lèvres qu'il embrasse. Je les lui suçote, avant qu'une petite voix ne nous interrompe.

— Maman, ils sont amoureux ?

Nous portons aussitôt notre attention sur un petit garçon qui reste fixé sur nous, alors que sa mère tente de le traîner un peu plus loin.

— Enzo, voyons !

J'éclate de rire lorsqu'Adam lui tire la langue en fronçant le nez. Le petit Enzo lui rend évidemment sa grimace. Je sais que ma réaction est kitsch à souhait, mais je fonds comme une glace au soleil.

— Il te ressemble cet enfant.

— Tu penses que j'étais comme ça, quand j'étais petit ?

— Je ne sais pas, tu ne me parles jamais de ton enfance, dis-je à voix basse.

— Il n'y a rien à en dire, Louise.

Je l'interroge silencieusement, intriguée par le mystère qu'il conserve sur cette partie de sa vie. Après tout, s'il veut que nous soyons un couple, j'entends par-là, deux personnes qui se font confiance et s'abandonnent à l'autre, il faut bien que j'apprenne à le comprendre… Et ce, dans toutes les aspérités de sa personnalité et de son passé.

— Regarde là-bas, interrompt-il le fil de mes réflexions.

J'abdique pour cette fois et suis des yeux la direction que m'indique son index. Un photomaton libre d'accès. La main du mannequin se referme sur la mienne, alors qu'il jette le reste de la pomme d'amour dans la poubelle attenant au banc. Il m'entraîne jusqu'à la cabine, y pénètre en premier et se cale sur le fauteuil réglable, tout en m'intimant de m'asseoir sur ses genoux, tapotant sa cuisse du plat de sa paume. Je m'exécute. Il insère un billet dans la fente prévue à cet effet et pianote les boutons pour lancer un programme.

— On a quatre photos, je cr…

Il n'a pas le temps de terminer sa phrase qu'un flash nous aveugle. Je me marre devant son air agacé, alors que la deuxième photo se déclenche. Ce shooting *est un fiasco complet, mais je suis hilare et si joyeuse face à son air renfrogné. Il saisit alors mon visage en coupe, plaque ses lèvres contre les miennes lorsqu'un nouveau cliché est capturé. Enfin, nous posons devant l'objectif en affichant un sourire radieux.*

Quatrième photo : check.

— Elles vont être horribles ! poursuis-je dans mon hilarité. Si j'ai un double menton, je te préviens, je les brûle !

— Elles seront parfaites.

Nous récupérons les photos après quelques secondes d'impression. Adam s'empresse de saisir la languette verticale composée de quatre images nous représentant. J'ai à peine le temps de les apercevoir qu'il les cache dans sa poche en arborant un rictus arrogant.

Et dire que je détestais cette expression faciale, je me damnerais désormais tellement il est sexy avec ce petit rictus moqueur !

— Adam, montre-moi ces photos !

— Non, je les garde pour moi.

Devant mon air réprobateur, il accepte d'en détacher une, suivant les pointillés prédécoupés, et me la tend. Je la lui arrache presque des mains pour découvrir laquelle il a daigné me donner…

Celle où je suis morte de rire, Adam renfrogné en observant l'objectif qui l'a surpris.

Honnêtement, je pense qu'un autre portrait du Britannique ne m'aurait pas autant plu ! Là, c'est… c'est totalement lui. Une enveloppe froide et dédaigneuse qui renferme un homme charmant et… doux.

***

Alors que nous regagnons ma rue, enfermés à l'arrière du taxi, je ne peux m'empêcher de songer à lui poser une question qui me brûle les lèvres et que nous n'avons jamais abordée. Nerveuse, je triture mes doigts, joue avec ma bague et ose quelques œillades dans sa direction. Il finit par le remarquer, s'avance dangereusement vers moi, jusqu'à ce que mon dos se plaque contre la portière.

— Qu'est-ce qui te tracasse ? murmure-t-il, me sondant avec insistance.

Houla. Près. Très près. Trop près.

— *Eh bien… on n'en a pas parlé, mais… je voulais savoir si tu viendras au défilé… demain.*

Un instant, il se fige. Il semble soudainement pris d'une absence, comme si sa conscience avait filé, ne laissant plus que son enveloppe corporelle, à l'abandon.

— *Je ne sais pas. Je n'ai pas envie de te voir avec lui, se renfrogne-t-il en regagnant sa place.*

— *Il s'appelle Benjamin Danton. Et c'est mon patron.*

C'est pas vrai qu'il ose remettre ça sur le tapis ! Surtout après m'avoir fait renvoyer de mon stage chez Jeanine Verdant, il pourrait au moins me soutenir dans un projet qui me tient à cœur ! C'est incroyable comme il peut se montrer égoïste, possessif et puéril lorsqu'il s'y met. Si je m'écoutais, je m'échapperais de la voiture en marche pour ne plus affronter son attitude qui me pousse à perdre mon calme.

— *Je ne veux pas qu'on se dispute, tenté-je en signe de paix.*

— *Moi non plus !*

Agressivité, bonsoir !

Le véhicule stoppe sa course. Je m'apprête à descendre lorsqu'Adam referme ses doigts sur mon poignet pour m'empêcher de m'enfuir. Il a raison, nous ne pouvons pas régler nos différends par des non-dits et de la discorde. S'il faut nous affronter, alors qu'à cela ne tienne.

Seulement, ni l'un ni l'autre n'est disposé à briser le silence qui a pris l'espace clos de la voiture en otage. Je reste suspendue à ses lèvres, patientant qu'il daigne m'expliquer son comportement soudainement… inapproprié, alors que tout se passait si bien.

— *Bon, j'ai pas toute la soirée, ronchonne le chauffeur.*

Je prends brusquement conscience de la situation, ouvre la portière et rejoins le trottoir. L'air qu'invitent mes poumons est plus que bienvenu, j'étouffais à l'intérieur.

— *Tu m'enverras un message demain ? lui demandé-je*

Il opine légèrement du chef et referme, me privant de ce regard qui m'horripile autant qu'il me plaît. Pourtant, je devrais me faire une raison : Adam Jameson est un personnage énigmatique, difficile à cerner et dont je n'ai pas fini de subir les crises existentielles.

***

Savez-vous qui est complètement stressée, en transe, prête à imploser tant la pression qui la malmène s'intensifie à mesure que les heures s'écoulent ?

Bibi, of course !

Je cours dans tous les coins de cette immense salle, ordonnant à des ouvriers d'accrocher plus de feuilles séchées sur l'impressionnant mur que Benjamin a fait fabriquer, rabrouant le DJ qui s'est placé au mauvais endroit et piquant une crise sur la couturière qui s'est trompée sur la tenue que je lui avais demandé de retoucher.

Clairement, je suis la petite peste que tout le monde déteste et je le comprends parfaitement, mais je voudrais vous y voir, à ma place. Tenir la quasi-intégralité du showcase *d'un des plus grands stylistes de la capitale est une chance incroyable, c'est indéniable, mais également une pression énorme. La confiance et l'autonomie que me cède Monsieur Danton ne m'aident pas à me relaxer. Si je me plante, il se plante. Alors qu'on m'appelle « le Führer », une fois que je tourne les talons, est le cadet de mes soucis. Je suis prête à endosser le rôle de dictateur pour mener à bien cette soirée, quoi qu'il m'en coûte.*

Mon portable vibre dans la poche arrière de mon jean, je m'autorise un léger coup d'œil pour m'accorder cinq secondes de pause. Et, ô surprise, je fais bien de m'asseoir car je m'attendais à tout, sauf à un message de mon Britannique !

[Adam / 13h07 : Me pardonnes-tu pour mon comportement d'hier soir ? J'ai besoin de te parler… J'espère que tout se passe bien là-bas ;)]

— *Louise ?! Où est Louise ?!!*

Merde !

Je pense être la Louise portée disparue. Je planque mon smartphone, m'empresse de rejoindre mon patron en lui faisant de grands signes, afin de lui démontrer que je suis disponible à tout moment. Ce que je peux m'agacer, parfois, à agir de cette manière ! Je m'étonnerai ensuite d'être traitée comme un objet dont on se sert et qu'on jette, une fois usagé. Mais le monde de la mode est si difficile que si je ne me comporte pas ainsi, je risque de finir comme couturière de la kermesse de mon village natal !!

Et ça, mais… no way[101] !

Benjamin m'explique qu'un des mannequins est incapable de défiler avec sa tenue et qu'il faut élargir l'ouverture au niveau des genoux. Et bien évidemment, c'est à moi qu'il confie cette tâche, je cite, « parce que j'ai une confiance aveugle en tes talents ! » Sauf que mes mains tremblent, au point que je ne suis plus certaine de réussir à enfiler le fil dans le chas ! Clairement, la pression qui m'ensevelit est insoutenable, je risque de faire un malaise, un arrêt cardiaque, voire un AVC dans les minutes qui suivent. Ou peut-être même bien les trois à la fois. Je n'ai pas grignoté plus qu'un ou deux biscuits salés, chipés çà et là, donc autant dire que je crève la dalle !

En milieu d'après-midi, je déboule comme une tornade dans les loges, crie à qui veut l'entendre que j'ai absolument besoin de la meilleure maquilleuse pour me faire un ravalement de façade, et d'une coiffeuse pour sublimer la couleur si capricieuse de mes cheveux. Deux nanas, que je juge rapidement comme douées, s'occupent de moi et réalisent des

---

[101] Sans façon

miracles, alors que je m'apparentais plus à E.T. *qu'à* Kylie Jenner, *coiffée d'une perruque blonde, avant de passer entre leurs mains expertes.*

J'enfile rapidement la robe fourreau rose que Benjamin m'a choisie en m'assurant que je serais littéralement un bonbon à croquer en la portant. Ne souhaitant pas contrarier son exigence, et parce qu'il a accepté que je me tienne à ses côtés durant le défilé, j'ai approuvé son choix sans rechigner, bien que le combo « Barbie pouffiasse » ne me plaise qu'à moitié. Bref, je me retourne sur la psyché gigantesque et m'inspecte sous toutes les coutures. Mon patron avait raison, cette somptueuse tenue de soirée met en avant mes atouts. Le bustier souligne la délicatesse de mes épaules et les gants noirs que j'ai enfilés allongent mes bras. Le brushing hollywoodien qu'a réalisé Jenna – ou Nina je ne sais plus – me fait un volume de malade, et le teint de poupée, les yeux charbonneux et la bouche naturelle que m'a confectionnés Nina – ou Jenna, donc – fait tout simplement ressortir le bleu azur de mes prunelles.

Bordel, y'a pas à dire ! Je suis une putain de bombe !

Si si, j'ai tout à fait le droit de me la péter ce soir, c'est ma soirée de gloire ! Celle où je suis enfin dans la lumière, après tous les efforts que j'ai dû fournir.

Alors que je tourne sur moi-même, pour m'assurer qu'un bourrelet n'a pas décidé de s'échapper de la gaine effet « ventre extra plat », mon patron s'avance vers moi, un sourire radieux sur les lèvres. Il saisit ma main lorsqu'il me fait face, la porte à sa bouche et dépose un baiser en plongeant ses billes d'une limpidité déroutante dans les miennes. Je suis gênée, évidemment. Il glisse ses doigts dans mon dos, entoure ma taille et susurre à mon oreille :

— Tu es la plus jolie assistante que j'ai jamais eue.

Euh… merci.

Je rougis. Me maudis d'être si cruche. Et alors qu'il nous admire dans le miroir, je me contente de sourire en lui précisant qu'il est bientôt l'heure. Vêtu d'un costume cintré qui lui sied à merveille, il hoche la tête, frappe des mains et annonce d'une voix franche et autoritaire : « tout le monde en place ! »

Oui, mon capitaine !

Il est 16h, les invités sont déjà installés. Le désavantage des défilés organisés en dehors de la fashion week *est bel et bien qu'ils ne se déroulent pas en soirée, ce qui laisse aux petites mains beaucoup moins de temps pour perfectionner le* show. *Pourtant, tout est parfait. Les projecteurs illuminent la scène, un remix d'une chanson de* Lady Gaga *retentit et Monsieur Danton et moi avançons sur la scène. Je défile comme si ma vie en dépendait, marquant le sol immaculé de mes talons vertigineux, ondulant des hanches à la manière d'un mannequin* Victoria's Secret *et clairement, je vis ma meilleure vie.*

Gauche, droite, gauche, droite. Stop. Strike a pose.

La foule m'applaudit, je jurerais véritablement que tous les hommes se pâment devant tant de beauté et de professionnalisme réunis dans un même corps, tandis que les femmes me lancent des regards mitigés entre l'admiration et la rivalité maladive.

Quoi ? Comment ça ? J'ai le droit de rêver ou, comment ça se passe ? Grrr, la jalousie est vraiment un très, très vilain défaut !

Mon créateur de patron m'invite à m'asseoir sur les sièges privilégiés qu'il a fait installer face au podium. J'inspecte rapidement la salle, tombe sur Simon, à qui j'ai pu obtenir une entrée. Il m'offre un sourire que je lui rends, mais la déception qui suit m'empêche de me concentrer sur mon ami. Le siège à ses côtés est vide, ce qui veut dire que la place que j'avais fait réserver pour mon petit-ami n'a pas suffi à le convaincre de venir.

La culpabilité de ne pas avoir eu le temps de répondre à son sms, que je lui avais réclamé la veille, s'évanouit vite alors que les faux cils que m'a collés la maquilleuse s'agitent. Pleurer maintenant, ici, devant tout ce public qui me scrute, est inenvisageable. Alors, je ravale difficilement ma salive, inspire une bouffée d'air pour chasser ces pensées empreintes de torture et qui ne cessent d'assaillir mon esprit, et me concentre sur le spectacle qui se déroule sous mes yeux.

L'immense arche de fleurs, mêlant la fraîcheur du printemps, la fugacité de l'été, la mélancolie de l'automne et la frigidité de l'hiver, surplombe tout l'arrière de la scène, mettant en valeur le long « catwalk » étincelant et, bien évidemment, les mannequins qui y défilent.

Je repère très vite toutes les tenues sur lesquelles j'ai le plus travaillé, scrutant les réactions des invités pour m'assurer que mes confections, à travers la collection de Benjamin Danton, sont bien accueillies. Si j'en crois les regards insistants, les hochements de tête et les chuchotements, je dirais que le pari est réussi. Les « fashionistas » ne sont pas très expressives, mais certains de leurs comportements trahissent leurs ressentis.

Alors qu'une musique plus sombre envahit la salle, que des fumigènes inondent le sol d'un tapis brumeux et que les lumières bleues nous plongent dans une atmosphère bien plus hivernale, les hommes font leur apparition sur le podium. Élancés, sculptés dans le marbre et le teint blafard, tous ces Adonis ne peuvent que me rappeler mon Apollon, celui qui n'a pas souhaité découvrir le travail que j'ai accompli ces dernières semaines.

Je ne peux décrocher mon attention d'un des mannequins dont la démarche transpirant d'arrogance me frappe et active en moi un mécanisme de protection, le même qui se déclenchait lorsqu'Adam agissait de la pire des manières avec moi. Mue par un pressentiment, je fronce les sourcils, tombe aussitôt sur une bouteille emplie d'un liquide ambré, accroché à l'extrémité d'une main. Je remonte le long du bras de l'homme, m'attarde quelques instants sur son torse peu dissimulé par les vêtements, avant de découvrir le visage dur, froid, contracté et machiavélique de l'individu.

Ce. N'est. Pas. Possible.

Les yeux givrés d'Adam Jameson s'arriment aux miens. Un rictus malveillant étire les commissures de ses lèvres et me propulse instantanément dans un cauchemar que je crains être bel et bien réel.

Alors qu'il arrive au bout du podium, ses prunelles inquisitrices rebondissent du créateur de mode, à moi, plusieurs fois, pendant un temps qui me paraît long. Très long. Trop long.

Soudain, la foule pousse un cri de stupeur. Adam balance sa bouteille de verre qui s'écrase avec fracas à nos pieds. Un mouvement de recul s'empare de mes membres, Benjamin plaque sa paume contre ma cuisse pour me rassurer. Le visage crispé du Britannique se rigidifie si fort que l'espace d'une seconde, je redoute qu'il se fissure.

Jameson ne s'attarde pas, effectue une volte-face dont il a le secret, chargée d'autosuffisance et de dédain. Il rejoint le fond de la scène. Tout le monde se met à applaudir et moi… je suis morte. Littéralement. Je crains de m'être éteinte à l'instant où mes yeux se sont désespérément agrippés aux siens pour tenter de le ramener à la raison. De lui intimer de ne pas continuer sur le chemin sinueux et dangereux qu'il empruntait. De ne pas commettre un acte irréparable qui nous séparerait pour toujours.

Et il l'a fait.

Il a ignoré toutes les mises en garde, tous les appels silencieux que je lui ai lancés.

***

La suite, on la connaît. Des minutes, des heures, des jours. J'en sais foutre rien, mais je suis échouée comme un cachalot sur le podium, la salle plongée dans la pénombre. Et j'attends simplement que le temps passe, sans être capable de réagir. Ni la photo de nous que j'ai écrasée dans ma main, ni ses cinq appels manqués ne me touchent.

Je suis vide.

Morte.

— Vous êtes encore là, Louise ? m'interroge la voix de Benjamin Danton. Je pensais que la salle était vide. Où vous êtes-vous cachée après le défilé ?

— Dans les toilettes, réponds-je simplement en essuyant une énième fois mes joues qui doivent être peinturlurées de noir. Vous n'entendrez plus jamais parler de moi, je vous le promets.

Il se racle la gorge, monte sur le podium et s'approche de moi. Il me tend sa paume, incline la tête lorsqu'il remarque mon hésitation, et finit par m'aider à me dresser sur mes chevilles faiblardes. Ses longs doigts, puissants et délicats à la fois, replacent une mèche du vestige qu'a été mon *brushing*, ses dents se découvrent dans un sourire que je ne comprends pas. Pourquoi n'est-il pas furieux contre moi ?

— Tout le monde a pensé que l'incident faisait partie du *show*. Tout s'est bien passé, mais je te demande une seule chose, si tu veux continuer à travailler pour moi.

Je l'observe, muette.

— Coupe les ponts avec cet homme qui ne mérite pas d'avoir une femme comme toi dans sa vie, poursuit-il. Tu as trop de talent pour le gâcher aux côtés d'une merde comme cet individu, et je ne te laisserai pas détruire l'or que tu possèdes entre les mains. C'est ma seule condition et, si tu l'acceptes, nous continuerons de collaborer. Es-tu d'accord ?

S'il savait à quel point Adam Jameson est mort dans mon esprit, il ne gaspillerait pas de salive pour me dire de telles inepties.

Certaine de mon choix, je hoche la tête pour lui signifier que tout est clair et que nous sommes parfaitement sur la même longueur d'onde.

***

Lorsque je rentre chez moi, sur les coups de 19h, je suis éreintée, anéantie, vidée, mais heureuse de retrouver un visage familier. Celui de mon meilleur ami, la personne qui m'est la plus chère sur cette planète et dans cette vie merdique. Je franchis donc le seuil de notre appartement comme une âme en peine, les traces de ma mélancolie sur les joues, me traînant sur mes escarpins comme si les aiguilles se plantaient dans mes talons à chaque pas.

— Putain, Louise ! Je m'inquiétais ! Je t'ai laissé des tas de messages, je ne t'ai pas trouvée après le défilé. T'étais où ? Tout va bien ? Parle-moi !

Ses bras m'emprisonnent et alors, je laisse le chagrin me réinvestir, déferler en moi et souffler tout sur son passage. Plus rien ne subsiste au plus profond de mon être, mis à part cette douleur que Jameson a savamment installée il y a quelques heures. Comment peut-il être si cruel et me détester à ce point pour me faire croire qu'il est amoureux de moi et me trahir de la pire manière qui soit par la suite, replongeant tête la première dans son addiction et me montrant sa face la plus laide ?

— Il… m'a dit… qu'il m'aimait, hoqueté-je, alors que mon corps est secoué par des spasmes.

Simon se met à son tour à pleurer. Il desserre son étreinte, plaque ses paumes contre mes joues et plonge son regard émeraude dans le mien. Aussitôt, je perçois que quelque chose ne va pas. Il ne faut pas oublier que lui et moi partageons un cerveau commun, et qu'un simple coup d'œil me permet de le déchiffrer. Sûrement pas prête à entendre ce qu'il a à me dire, je le questionne tout de même.

— Qu'est-ce que tu me caches ?

Ses incisives se plantent férocement dans ses lèvres, il essuie ses yeux et débute d'une voix chevrotante :

— J'ai merdé, Louise. Je t'ai caché quelque chose. Il y a quelques jours, j'ai surpris Adam en train de faire affaire avec un dealer. Je lui ai parlé et il s'est mis en colère, m'assurant qu'il ne se droguait plus et qu'il avait refusé de prendre la came. Je n'étais pas sûr de moi, j'avais peur qu'en t'en parlant, je gâche votre relation qui allait plutôt bien…

Ma main s'écrase contre sa joue.

Évidemment, je le regrette à l'instant où je me rends compte du geste qui s'est imposé à moi sans que je ne le contrôle. Les larmes, oscillant à la lisière des cils de mon meilleur ami, stoppent net. Il plante sur moi un regard effaré, blessé et furieux. Mais les ressentiments qui m'animent, et me perdent en confusion, m'empêchent de m'excuser aussitôt. Je laisse un terrible blanc nous engloutir et fracturer notre amitié qui est pour moi la plus belle chose qui soit.

Il fait un pas en arrière, attrape sa veste et s'échappe de l'appartement. J'ignore où il part, mais alors que j'ordonne à mes jambes de le rattraper pour me faire pardonner, je reste vissée au sol, le regard hagard, le cœur en miettes. Les simples inspirations que je tente de prendre me font souffrir.

Je sursaute lorsque mon portable vibre. Je le saisis dans l'espoir d'y voir s'afficher le prénom de mon meilleur ami, mais passe dans un rouleau compresseur lorsque celui du Britannique, que j'exècre le plus sur cette planète, s'affiche. Mon ventre se broie, ma cage thoracique s'affaisse sur elle-même, tandis que je tombe à genoux, incapable de tenir plus longtemps. Je trouve la force de raccrocher en pressant furieusement mon pouce sur l'écran. À l'instant où ma messagerie m'indique que mon correspondant m'a laissé un message vocal, je presse le portable dans ma paume et, dans un élan de folie furieuse, le jette contre le mur. Le cellulaire éclate et retombe brisé sur le lino.

Qu'il se le foute au cul, sa saloperie de portable !

Je hurle.

Je hurle. À m'en décrocher les poumons.

CHAPITRE VINGT-CINQ

Alex

Comme depuis une bonne demi-heure, j'examine sous toutes les coutures le cliché que je tiens entre les mains. Celui que j'ai voulu montrer à Eva le soir de notre dîner au restaurant, avant que Marc nous… interrompe. Enfin, en l'occurrence, c'est plutôt moi qui l'ai dérangé dans ses petites affaires.

Bref, la sexualité de Marc est le cadet de mes soucis.

Cette photo m'obsède depuis des jours sans pour autant que je parvienne à en parler à Eva. Depuis cette fameuse soirée où… enfin, voilà, je ne cesse de me dire que le destin m'a empêché de la lui montrer. Le jour où je lui révélerai la scène qui se déroule sur le papier glacé, je devrai être certain de mon coup et franchement, pour le moment je ne le suis pas. J'ose à peine imaginer le raz de marée qui aurait emporté la belle Égyptienne si elle avait pris connaissance que…

— J'ai reçu ton sms, tu voulais me parler ?

Je range très vite l'objet de mon secret dans le tiroir ouvert, redresse la tête vers Martin qui affiche un sourire idiot. Appuyé contre le chambranle de la porte, il attend patiemment. Ah ouais, c'est vrai, je dois lui répondre !

— Ouais, je voulais avoir ton avis sur… quelque chose.

Il fronce les sourcils, pressentant très certainement que ce que je m'apprête à lui dire ne lui plaira pas, s'avance et s'assied face à moi.

— Bon, reprends-je un peu nerveux, imaginons que tu doives cacher quelque chose à quelqu'un…

— Je t'arrête direct, mon coco, me coupe-t-il. Ça fait deux « quelque chose » en l'espace de trois secondes.

À mon tour, j'affiche le mécontentement sur mon visage, claque ma langue contre mon palais pour lui signifier de la boucler et de simplement m'écouter. C'est fou la façon qu'il a de toujours s'immiscer dans toutes les brèches que je n'ai pas pris soin de colmater.

Ou c'est moi qui l'y invite à chaque fois ?

— Je reprends. Est-ce que tu penses qu'il vaut mieux révéler la vérité à un proche, même si ça peut lui faire du mal, en considérant que cette vérité n'en est peut-être pas une. Ou alors garder un secret jusqu'à avoir des preuves irréfutables, qui n'arriveront sans doute jamais.

Martin m'observe ébahi, secoue la tête comme pour s'assurer qu'il n'est pas en train de rêver et s'enquiert rapidement :

— Merde, Alex, tu passes une épreuve de philo pour le bac ou quoi ?

Il ricane entre ses dents. Je le fusille du regard, furieux qu'il se foute de ma gueule alors que je me trouve dans une position des plus délicates. Bien sûr, il n'y peut rien, mais je ne peux m'empêcher d'être soupe au lait ces derniers jours. Il n'y a bien qu'avec Eva, que je ne veux pas inquiéter, et qui pourtant se doute qu'un sujet me mine puisqu'elle ne cesse de me questionner, que je suis patient. Elle aurait tort d'agir autrement avec le comportement étrange que j'ai adopté lorsque je souhaitais tout lui raconter, avant de me raviser.

— On parle bien d'Eva ? me demande le brun aux yeux bleus.

J'opine du chef, jetant des coups d'œil furtifs vers mon tiroir qui détient la preuve irréfutable que je mens à ma petite-amie.

— Tu ne me diras pas de quoi il s'agit ? insiste-t-il.

Je secoue légèrement la tête, je n'ai envie d'en parler à aucun de mes proches. J'ai encore besoin de temps pour prendre ma décision, avant de foutre un bordel monstre dans nos vies.

— Tout ce que je peux te dire, reprend mon ami, c'est que plus un secret est dissimulé, plus il se transforme en mensonge. Le pardon est d'autant plus difficile, même si tu ne souhaites pas causer de mal autour de toi.

Je le sais parfaitement, j'en ai plus que conscience, mais comme le plus débile des idiots, je conserve le silence chaque fois qu'elle aborde le sujet et me demande ce que je voulais lui montrer, ce fameux soir au commissariat. L'affrontement qui persiste dans ma tête me tiraille au point où, si je m'écoutais, je me casserais aux Bahamas quelques semaines, histoire de me déconnecter de toute cette merde qui ne cesse de m'enliser jour après jour.

Mauvais karma.

Martin disparaît rapidement, me soufflant de ne pas commettre de connerie en son absence. Je lui adresse un sourire de façade qui reflète l'exact contraire de ce qui se tapit en moi…

***

Tiens, le retour de mon BFG préféré.

Quésaco ? Best friend gay.

S'il apprenait que je le surnomme mentalement de cette manière, ma tête rencontrerait le mur de très près. Il serait furax et je le comprends aisément, mais je ne peux m'en empêcher, ça m'amuse trop. Et puis, je ne fais rien de mal, ça ne quitte pas les murs de mon esprit.

Il est en retard, ce qui ne lui ressemble pas. Il allume son PC, récupère de la monnaie dans un pot et quitte le bureau sans même m'adresser une parole. Quelle mouche a pu encore le piquer ? Son caractère de merde commence à me chauffer, surtout aujourd'hui, alors que je ne suis pas de la meilleure humeur qui soit. Je conçois qu'il soit épuisé par cette arrestation musclée que nous avons faite, le retour avec son petit blond n'a pas dû être de tout repos, après ce qu'il a subi…

Bref, je me lève, prends une grande inspiration, pour éviter de laisser éclore ma colère dans le couloir, et le suis dans la salle de pause où il va chercher son indispensable café noir sans sucre. Après tout, Marc n'est pas responsable de mes propres problèmes…

— C'est une idée où tu es le *bad* Marc, ce matin ? tenté-je de plaisanter en entrant dans la pièce.

Il marmonne dans sa barbe que ses nuits sont compliquées et qu'il est exténué. Les cernes qui encadrent son regard noir ne peuvent que confirmer ses propos, il donne l'impression de ne pas avoir fermé l'œil depuis des lustres. C'est quand même incroyable que nos vies soient si compliquées depuis quelques semaines… Le destin a décidé de se mêler de notre petit quotidien routinier.

— Comment va Simon ? m'enquiers-je alors qu'il avale une gorgée de son liquide réveille-matin.

Marc recrache aussitôt le contenu de son gobelet dans l'évier situé juste à côté. Secoué par une toux d'étouffement, il s'essuie rageusement les lèvres en attrapant une serviette qui traîne, jette un œil derrière lui pour s'assurer que deux de nos collègues, qui discutent dans un coin, ne nous épient pas, et bougonne d'un ton acide :

— Putain, tu peux être plus discret ?

— C'est une simple question, Marc, chuchoté-je. Comment veux-tu qu'ils comprennent quoi que ce soit ?

Les deux péquenauds, que je ne peux pas encadrer, sont trop occupés à débriefer sur les nanas qu'ils ont serrées la veille pour prêter la moindre attention à notre conversation.

— Et puis, lâche-moi avec Simon, je t'ai dit que je ne voulais pas aborder le sujet. Ça me paraissait pourtant clair lorsqu'on en a parlé chez moi.

Je soupire, particulièrement agacé qu'il soit à ce point sur la défensive. J'ignore combien de temps je vais pouvoir le supporter dans cet état d'esprit. Notre amitié compte énormément pour moi, évidemment, mais il ferait bien de ne pas jouer au con.

— Je te demande simplement s'il va bien. Tu me les brises avec ton délire de persécution.

Mon coéquipier grogne quelque chose comme « on ne peut même pas boire son café tranquillement ici », le vide d'ailleurs dans le bac d'inox, avant d'envoyer valser son verre en plastique dans la poubelle et de me laisser en plan comme si ma présence lui était totalement indifférente.

Oh putain ! Je vais me le faire !

Enfin, vous avez compris.

D'un pas décidé, je traverse le hall, les poings serrés, le regard assombri, décidé à régler mes comptes avec cet emmerdeur de première. Ça ne peut que soulager la pression qui m'habite depuis des heures et dont je n'arrive pas à me dépêtrer. Alors que je m'apprête à ouvrir la porte de notre bureau, qu'il a pris soin de refermer, je prends une brève inspiration, abaisse la poignée et pénètre dans la pièce pour l'affronter. Je m'assure de chuchoter pour ne pas attiser sa colère et lui répète une bonne fois pour toutes :

— Quand comprendras-tu que je me fiche que tu sois gay, Marc ?

Ses yeux s'arrondissent, alternent entre mon visage et le portemanteau, installé dans un coin de la pièce. Comme si ce dernier était pourvu d'oreilles et allait tout répéter, il le scrute avec inquiétude. L'expression de fureur et de stupéfaction que je lis sur ses traits est anormale, elle cache quelque chose que je ne parviens pas à saisir. Alors, lentement, très lentement, je suis la trajectoire de son regard, pressentant que j'ai commis une erreur.

Et quelle erreur !

Je tombe directement sur Chloé Maréchal qui est assise juste à côté de nos vestes pendues. Je ne l'avais pas vue dans la précipitation. Les lèvres de la rousse, qui ne m'adresse plus la parole depuis l'épisode « crise Eva-esque », s'étirent dans un sourire quasi machiavélique.

Bordel de merde, elle fait flipper !

Avec une condescendance sans précédent, elle se lève, prend le temps de lisser sa jupe, pourtant impeccablement repassée, avant d'ajouter à l'adresse de mon collègue :

— Merci, Capitaine Tillard, je n'ai plus d'autre question. Et ne craignez rien, votre petit secret sera bien gardé avec moi. Considérez que je n'ai rien entendu.

Le ton de sa voix absolument sournois est en totale opposition avec les mots qu'elle dégoise. Je déglutis péniblement, la laisse me jeter une œillade emplie d'amertume lorsqu'elle passe devant moi, ouvrir la porte et quitter le bureau, nous laissant tous deux aussi abasourdis que si nous avions appris que la fin du monde était prévue une heure plus tard.

L'oscar du boulet de l'année est attribué à…

— Je. Vais. Te. Buter, articule Marc d'une voix sourde et agressive. Je vais t'arracher les yeux après t'avoir brisé les os un à un, espèce de bouffon !

Je l'observe, sans réussir à ajouter ne serait-ce qu'une esquisse d'excuses. Comment pourrais-je me rattraper après la boulette monumentale que j'ai commise ?

Mon ami s'assied, cache son visage tiré par la contrariété dans ses paumes et ne m'adresse plus un mot. Je préférerais mille fois qu'il m'incendie et me traite de tous les noms plutôt que de rester passif. Je suis terriblement mal à l'aise et ignore comment gérer la situation à vrai dire. Alors, je me contente de m'installer moi aussi derrière mon bureau.

Après ce qui me semble être des heures, je parviens simplement à bafouiller :

— Tu… tu es mon meilleur ami, Marc. Je ne voudrais pas que tu l'oublies.

Ce dernier se redresse, s'enfonce dans son fauteuil et m'observe un très long moment, avant de secouer la tête d'un air résigné. À cet instant précis, je suis certain qu'il se dit que je suis un cas désespéré *et* irrécupérable.

— Et on fait quoi maintenant ? Un gros câlin et on se roule une pelle ? Arrête un peu ton cinéma.

Sa répartie me prend tellement de court que je ne peux m'empêcher d'éclater de rire et, aussi surprenant que cela puisse paraître, il me suit.

***

La journée qui s'écoule est pleine de surprises !

1) Marc n'est pas *trop* désagréable.
2) Je n'ai pas *trop* ouvert ce putain de tiroir.
3) Eva m'a envoyé une photo d'elle *trop* bandante.

Elle était accompagnée de la légende « Voici la tenue dans laquelle je viens te chercher ». Une robe noire qui souligne sa poitrine et ses hanches, et qui s'arrête en dessous du genou, le tout agrémenté d'une fente qui dévoile sa jambe jusqu'à mi-cuisse. Autant vous dire que je ne pense qu'à une chose depuis : la dézipper, la faire glisser sur le sol pour baiser la belle brune et décharger toutes les tensions que j'ai accumulées. Il n'est pas prudent qu'elle sorte seule dans la rue, mais je lui ai laissé ma voiture, pour lui éviter de prendre les transports en commun, ce qui me rassure… De toute manière, je refuse de me comporter comme mon frère et lui dicter sa conduite jusqu'à lui interdire de mettre le nez dehors.

Bref. Je referme le dossier sur lequel je bossais, éteins l'écran de mon ordinateur et ne me formalise pas de l'attitude de Marc, qui quitte le bureau en levant nonchalamment la main en guise de : « j'ai passé une excellente journée avec toi malgré ton côté maladroit, je suis heureux de te connaître et ne pense qu'au moment où nous reverrons demain matin. »

Ah… non… ?

Je préfère imaginer que ce petit échange fictif est la réalité. Même si je sais que ma relation avec Marc restera inchangée, les quelques temps où il sera à mi-chemin entre la colère, dès que je lui parle de sa vie, et son envie de me coller son poing dans le nez, seront compliqués. Cet homme est le frère dont j'ai manqué pendant mon enfance, j'aurais échangé mille fois la place d'Anton pour avoir quelqu'un comme lui dans ma vie. Bourru, invivable, despotique et colérique, mais tellement plus aussi. Maintenant qu'une porte de son jardin secret s'est ouverte, je me rends compte que je ne le connais pas et je compte bien rattraper le temps perdu, qu'il le veuille… ou pas.

Avant qu'Eva ne passe me chercher, je me laisse aller à un dernier coup d'œil sur cette maudite photo cachée dans mon tiroir. Je sais, c'est mal. Et surtout, ça ne m'apportera rien… Rien que des emmerdes ! Si seulement je pouvais tout oublier l'espace d'une soirée, claquer des doigts et me vider l'esprit…

Un discret raclement de gorge me fait lentement relever la tête et me reconnecter à la réalité. Mes yeux tombent d'abord sur des escarpins noirs vernis qui soulignent les délicates chevilles d'une femme à la peau brune. De longues jambes me permettent de contempler cette robe que j'ai fantasmée tout l'après-midi. Lorsque je rencontre enfin les lèvres pincées d'Eva, puis ses sourcils froncés et interrogateurs, je me rends enfin compte de mon erreur. Comme un môme de 4 ans, je fourgue l'objet de mon délit à l'abri de son inspection et referme le tiroir avec un peu trop d'entrain pour que ça ne paraisse pas louche.

Triple bite !

— Salut, beauté, lancé-je avec toute la décontraction dont je suis capable. Tu es un peu en avance.

— Je voulais te faire une surprise, ajoute-t-elle en fermant la porte derrière elle.

Ses talons claquent sur le sol, s'approchent de moi alors que je me raidis sur mon fauteuil. Si je ne commençais pas à la connaître par cœur, je ne remarquerais peut-être pas son manège. Là, aucun doute. Elle est excessivement séductrice dans un but très précis : me soutirer des informations. Je vais devoir être particulièrement prudent et surtout, m'éloigner de ce bureau au plus vite.

C'est sans compter Eva qui s'assied sur mes genoux, écrase sa bouche contre la mienne et saisit ma lèvre inférieure entre ses incisives, qu'elle mordille tout en l'aspirant. Je laisse échapper un son rauque, plaque mes mains derrière son dos pour l'approcher de moi. J'ai rêvé de ce moment depuis qu'elle m'a envoyé sa photo et désormais, mes doigts s'agitent dans l'espoir que je leur laisse le champ libre pour descendre la fermeture éclair de sa robe.

Bordel, on doit se casser de là !

Mais si je m'écoutais, je fermerais la porte à clef, plaquerais sa délicieuse poitrine sur le plateau de mon bureau et la prendrais très fort, très rapidement. Ces idées malvenues, mais terriblement excitantes, puisqu'interdites, n'ont pour seul effet que décupler mon envie d'elle. L'imaginer haleter, encaissant mes coups de reins, ma main étouffant ses complaintes de plaisir…

Soudain, elle se détache de moi, se redresse, comme si elle avait reçu une décharge électrique, et recule. Mes yeux s'emplissent de panique à l'instant où ils se posent sur la feuille qu'elle tient entre les doigts, ne cessant de la détailler. Sa respiration entrecoupée de sanglots étouffés, elle contient si fort ses larmes que je crains de la voir imploser…

Agis, Ducon !

Je saute sur mes pieds, amorce un pas vers elle, avant qu'elle ne me stoppe en dressant sa paume face à moi. Son regard, plus noir que l'abysse dans lequel je sombre, me percute sans ciller un seul instant. Je peux y lire toutes les questions silencieuses qu'elle se pose, tous les ressentiments à mon égard et même la fêlure, qu'elle parvenait à consolider, s'effondrer et écarteler son cœur.

— Eva… je peux… tout t'expliquer.

Dans un premier temps, elle reste mutique. J'ai espoir qu'elle me pardonne, qu'elle comprenne la raison pour laquelle je n'ai rien dit. Mais lorsque ses billes se font plus assassines que les balles d'un *Beretta*, je sais au plus profond de mon être que tout est foutu… que j'ai tout foiré et qu'un point de non-retour est atteint.

— Ne t'avise plus de me toucher ni même de m'adresser la parole ! explose-t-elle si fort que je réprime un sursaut pour ne pas perdre la face. Comment as-tu pu ?

— Tu n'étais pas censée fouiller, c'était dans mon tiroir !

— Et heureusement que j'ai suivi mon instinct !

Sans un mot de plus, elle me jette la photo à la figure, suivie de mes clefs de voiture, et s'échappe comme un courant d'air, me laissant seul avec mes remords. Je me débecte d'être incapable de prendre les bonnes décisions, même lorsque je pressens la catastrophe débouler. Et je lui en veux terriblement d'être si bornée, malgré le choc et la douleur, de ne pas essayer de comprendre la situation.

Comme un automate, je préfère quitter mon bureau plutôt que laisser la rage m'envahir et tout y détruire, à commencer par cette image sur papier glacé qui vient de démolir ma relation en l'espace d'une seconde.

Sans surprise, mon appartement est vide lorsque j'y entre, l'Égyptienne n'est pas revenue. J'envoie un sms, un second. Pas de réponse. La savoir à l'extérieur me terrifie, je ne veux pas la laisser seule… Alors, lorsque mon portable vibre enfin, je bondis dessus et déverrouille l'écran, non sans me cogner le petit orteil contre le pied de la table basse. Malheureusement, la douleur n'est rien en comparaison de celle qui vient de m'envahir à la lecture des mots de la brune qui m'échappe.

[Eva / 19h50 : Laisse-moi tranquille, Alex. Je n'ai pas envie de te voir, je ne pourrai jamais te pardonner. Je sais que tu t'inquiètes, mais je suis avec Simon (le « mec » de Marc). Il m'a proposé de boire un verre et de dormir chez lui. Je serai en sécurité.]

Je tourne en rond dans mon appartement, engloutis deux ou trois shoots de vodka, sans pour autant être ne serait-ce qu'éméché. Le stress qui galope dans mes veines est si puissant que rien ne réussit à me déconnecter de la réalité. Je ne parviens pas à concevoir que j'ai perdu cette femme et qu'elle m'en voudra pour le restant de ses jours… Je suis accro à elle, complètement dépendant, émotionnellement et physiquement. Elle est mon Yin, celle qui me permet de me calmer quand la tempête souffle en moi, celle qui me rappelle que la vie est belle et qu'il faut la vivre pleinement…

Il est plus de minuit, je l'ai évidemment bombardée de dizaines de messages auxquels elle n'a pas daigné répondre. Mais le dernier m'inquiète plus particulièrement, puisque je lui ai certifié que je la laisserais tranquille pour ce soir lorsqu'elle m'aurait assuré être rentrée chez Simon. Son silence me paralyse, m'empêche de respirer et de relativiser. Son portable est sans doute éteint…

Sans attendre une seconde de plus entre ces murs qui m'étouffent, je déboule dans la rue, monte dans ma voiture et démarre en trombe. Sur le chemin, j'appelle Marc qui, par chance, ne dort pas encore, et lui relate toute ma soirée, depuis ma dispute avec Eva jusqu'à mon inquiétude après son absence de réponse à mon dernier sms. Il le cache bien, mais je perçois sa propre crainte d'ignorer s'il n'est pas arrivé quelque chose à Simon. Lorsqu'il m'annonce que ce dernier reste injoignable, mon pied s'écrase sur l'accélérateur.

Je récupère mon pote en bas de son immeuble, il me propose immédiatement de foncer tout droit jusqu'à la colocation où Eva est censée passer la nuit. Marc connaît évidemment le code pour nous permettre de nous engouffrer dans le hall, nous gravissons les étages comme si un incendie s'était déclaré en contrebas.

Une fois devant la porte d'entrée, il tambourine contre comme un gorille le fait sur sa poitrine, jusqu'à ce qu'elle s'ouvre et laisse apparaître une petite blonde aux yeux complètement ensommeillés. Ses traits sont tirés, elle semble avoir pleuré pendant des heures tant les vaisseaux dans ses globes sont éclatés.

— Simon est là ? hurle mon coéquipier.

La jeune femme est prise d'un sursaut. Marc ne lui laisse pas le temps de se remettre de ses émotions, débarque dans l'appartement et inspecte chaque pièce.

— Louise, tu ne l'as pas vu ? demande-t-il alors qu'il a disparu de notre vue.

— Qu'est-ce qui lui prend ? s'enquiert la dénommée Louise, en pestant contre mon collègue.

— Nous pensons qu'il pourrait être arrivé quelque chose de grave à Simon et à ma petite-amie, Eva. Ils devaient passer la soirée ensemble et ils sont injoignables tous les deux.

Marc réapparaît dans l'entrée, l'affolement que je lis dans son regard ne me dit rien qui vaille, je ne l'ai jamais vu dans un tel état de panique. Bien qu'il conserve un *self-control* exemplaire, je le connais trop bien pour rater les signes extérieurs de son inquiétude.

— On va au commissariat, maintenant, décidé-je.

— Je viens avec vous. C'est mon meilleur ami. Il est parti tout à l'heure et je ne l'ai pas revu depuis…

De concert, nous nous retournons sur la jeune femme qui arbore une robe de soirée, comme si elle s'était endormie ainsi. D'un simple hochement de tête, Marc accepte et nous regagnons ma voiture mal stationnée dans la rue.

***

La réunion d'urgence organisée sur notre lieu de travail est de circonstance. Mon intuition, et elle se trompe rarement, m'indique que l'affaire du trafic de drogue est sur le point d'exploser. La disparition d'Eva ne peut pas être une coïncidence, surtout pas lorsqu'elle est couplée à celle de Simon qui vient de participer à l'arrestation d'un maillon capital de la chaîne. Tous les policiers de notre unité sont réunis, écoutant nos directives.

— Nous n'avons pas de nouvelles des deux disparus, Simon et Eva, depuis plus de trois heures…

Je m'apprête à dispatcher les rôles de chacun lorsqu'une silhouette moulée dans un tailleur se profile au premier rang. Une longue cascade de boucles flamboyante me brûle les yeux…

— Excusez-moi, Capitaine Azarov, j'ai bien compris qui était la jeune femme, elle a travaillé ici si je ne m'abuse… mais en ce qui concerne ce Simon, qui est-ce ?

Elle ne manque pas de planter son regard noir sur Marc qui en arbore un plus sombre encore. Un sourire revanchard se dessine sur les lèvres de la rousse. Aussitôt, des ricanements s'échappent, tous tournent leur attention sur mon coéquipier, dont les poings se contractent pour éviter de céder à la pression qui le pousse dans ses retranchements. Ça ne fait pas l'ombre d'un doute, elle a ouvert sa putain de grande gueule.

— Le premier qui esquisse encore un sourire, je le démonte au point que sa propre mère ne le reconnaîtra plus, grondé-je d'une voix sourde. Ai-je été suffisamment clair pour vos cervelles de moineau ? En l'absence du Commandant et du Commissaire, et jusqu'à l'arrivée du Procureur et du Commissaire divisionnaire, je suis votre autorité.

— Mais ne vous énervez pas, Capitaine. Je demande simplement qui est ce Simon… insiste cette connasse que je rêve d'embrocher.

— C'est mon fils, intervient une voix au fond de la pièce.

Karma, bonsoir !

Monsieur Fauquet se fraie un chemin entre les sous-officiers, se poste à nos côtés et fusille du regard sa substitut qui se décompose sur place.

— Vous l'avez déjà rencontré, Mademoiselle Maréchal, la fustige le Proc'. Faites preuve d'un peu de bon sens, s'il vous plaît. Et d'ailleurs, de quel droit vous permettez-vous de plaisanter sur une affaire de disparition, qu'il s'agisse de mon fils ou non ? Rentrez chez vous, je vais rester ici cette nuit.

La garce disparaît sans demander son reste. Je n'ai pas le temps de me réjouir de ce retournement de situation, trop occupé à organiser la suite des évènements. Réunis dans un bureau, nous décidons du plan d'intervention que nous allons mettre en place. Je prête à peine attention au brigadier qui m'apporte une enveloppe sur laquelle est inscrit mon nom. Je fronce les sourcils et, fébrile, décachette le papier. Tous les yeux se tournent vers moi, tandis que ma main plonge dans l'ouverture de kraft…

J'en ressors une longue mèche brune et bouclée. Mon sang s'arrête à l'instant où le temps se suspend. Mes doigts lâchent le morceau de chevelure qui s'éparpille sur le bureau. Je me rattrape *in extremis* à la chaise pour ne pas m'écrouler. Marc saisit une photo, la retourne et lit à voix haute.

— Elle sent si bon, Alex.

Je n'ai plus aucun doute sur ce qui est arrivé à Eva. Abrimi a sûrement préparé son coup depuis des semaines, a pris soin de se renseigner sur les personnes qui gravitaient autour d'elle pour l'atteindre. Pour savoir qui je suis, c'est qu'il a tout à fait conscience que je n'hésiterais pas une seule seconde à débarquer pour lui sauver la vie.

Redouane Abrimi souhaite exercer sa vengeance sur elle, en m'atteignant moi…

CHAPITRE VINGT-SIX

Simon

La tête compressée dans un étau, j'ouvre péniblement un œil, un second avant de constater que cette action, aussi anodine soit-elle, me fait souffrir. Je ne suis que douleur et léthargie. Chaque muscle de mon corps est flasque et si je n'étais pas saucissonné à cette chaise sur laquelle je suis captif, je pourrais m'écrouler sur le sol. Aussi fou que cela puisse paraître, je parviens à me rappeler des évènements qui se sont produits quelques heures auparavant, me souviens clairement de ce van qui s'est arrêté à nos côtés, alors que la rue était déserte, des cagoules qu'ils ont enfoncées sur nos têtes et de notre… *kidnapping*. Je pense que c'est le mot le plus approprié.

Je n'ai aucun mal à me remémorer le coup sur le crâne que nous avons reçu et le trou noir qui a suivi. J'imagine que nous avons été drogués pour nous garder dociles étant donné que je suis incapable de réaliser le moindre mouvement. Respirer est difficile, je suis si faible. Même l'angoisse qui ondule dans mes veines ne suffit pas à me mettre en alerte.

Après ce qui me semble une éternité, je parviens à tourner légèrement la tête, laquelle retombe lourdement sur mon épaule. J'aperçois Eva, encore dans les vapes. En puisant dans des ressources dont je ne soupçonnais pas l'existence, je réussis à faire glisser le bandeau qui comprime ma bouche et articule d'une voix si essoufflée que je me demande si elle m'appartient.

— Eva…

Aucune réponse. La brune est bien trop loin dans son mal-être pour réagir, elle grogne pourtant comme si elle tentait de sortir de son état cataleptique. Une fois de plus, je puise tout ce que j'ai en moi pour déplacer ma chaise jusqu'à la sienne, et lui donner quelques coups d'épaule pour la réveiller. Doucement, et de la même manière que moi il y a quelques minutes, elle reprend conscience, le regard désorienté et le souffle hachuré. Elle tourne légèrement la tête dans ma direction, parvient à défaire son bâillon et s'enquiert aussitôt :

— Simon, tu n'es pas blessé ?

Ses grandes billes noires me scrutent avec insistance, rebondissent sur chaque centimètre de mon visage pour s'assurer que je ne suis pas à l'agonie.

— J'ai un peu mal au crâne, mais ça pourrait être pire.

La jeune femme s'agite, complètement paniquée. J'imagine qu'elle étudie la pièce dans laquelle nous sommes enfermés et jauge notre chance de survie. J'ai pour ma part renoncé à tout espoir de sortir d'ici vivant.

— Tu n'aurais jamais dû te retrouver ici, mais qu'est-ce que je suis conne !

— Qu'est-ce qui se passe ? m'inquiété-je.

Elle soupire, presse les paupières quelques instants, sans doute pour contenir les larmes qui envahissent ses yeux. Lorsqu'elle me fixe de nouveau, elle me donne l'impression de porter le poids du monde sur ses épaules.

— C'est une longue, une très longue histoire. Je suis recherchée par un homme, un dangereux trafiquant de drogue et terroriste dénommé Redouane Abrimi. Je lui ai échappé il y a un peu moins de dix ans et il semblerait qu'il ait retrouvé ma trace. Notre enlèvement est prémédité, j'en suis certaine.

Seulement, tu n'aurais pas dû être là, j'ai mis ta vie en danger. Je suis tellement désolée…

Sa voix se coupe, s'étouffe dans un sanglot qu'elle parvient à contenir en expirant de manière continue.

— Je ne suis pas sûr que ma présence soit un hasard… pas après ce que je t'ai expliqué tout à l'heure. L'arrestation de Youssef doit y être pour quelque chose, on leur a juste simplifié la tâche en se trouvant ensemble au même endroit…

Eva

Simon n'a pas le temps de terminer sa phrase que la porte s'ouvre brusquement. Deux hommes, immenses, transpirant le danger et armés de mitraillettes, pénètrent dans la pièce exiguë et nous ordonnent de la boucler. Ma gorge s'assèche aussitôt, je serais bien incapable d'ajouter quoi que ce soit, de toute manière. Très vite, nous nous retrouvons yeux bandés, tandis que nous sommes menottés et déplacés ailleurs. Être privée de ma vue me tétanise, m'empêche de garder mon calme, et c'est ainsi que mes membres se mettent à trembler malgré moi. Un de nos geôliers me secoue pour m'obliger à juguler mon état de panique, m'assied avec force sur une chaise et s'adresse à son collègue dans une langue étrangère. Je n'ai pas entendu cette dernière depuis de nombreuses années, mais je reconnaîtrais l'arabe égyptien entre mille. Un dialecte guttural et sensuel à la fois que je prenais plaisir à parler à une certaine époque. Leur échange est si marmonné que je ne parviens à comprendre que des bribes d'informations, qui me sont totalement inutiles.

Je sursaute lorsqu'une voix grave et profonde s'exclame dans ma langue maternelle :

— Fermez vos gueules, vous deux. Elle comprend très bien ce que vous racontez.

À l'instant où ce timbre persifle ces mots, mon cœur dégringole de la place où il était logé et s'emballe sans que je ne puisse le contrôler. Il y a encore quatre ou cinq ans, évoquer mentalement cet homme se soldait toujours par une grosse crise d'angoisse, des pleurs et un repli dans un coin de ma chambre, à me balancer d'avant en arrière en emprisonnant mes jambes dans mes bras. Alors là, l'entendre à quelques mètres de moi, sans pouvoir le voir, est une épreuve que je ne suis pas certaine de réussir à surmonter.

— Concentre-toi sur ma voix, me souffle Simon. N'écoute que moi, Eva.

J'essaie, du mieux que je le peux, mais ses pas qui s'approchent dangereusement de moi me terrifient et m'empêchent de prendre le dessus.

Tu ne dois plus être sa victime !

Ma voix intérieure a raison, mais je suis si faible quand il s'agit de lui. Je sursaute lorsque mon bandeau m'est arraché violemment, cligne frénétiquement des yeux, pour m'habituer à la lumière aveuglante qui m'englobe, et constate que nous sommes dans un entrepôt, en plein jour. Je ne peux me résigner à redresser le visage pour rencontrer ce regard épouvantable, qui s'infiltre dans chacun de mes cauchemars. Des doigts rugueux caressent doucement ma mâchoire, se logent sous mon menton et m'obligent à fléchir la nuque. Deux cercles noirs, emplis de haine, me détaillent avec une insistance si intense qu'elle ferait plier l'agent le plus compétent du GIGN. Chaque millimètre carré de mon épiderme tente de s'échapper, arrachant mes poils par la même occasion. J'ignore encore comment respirer, rester consciente et ne pas exploser de peur. Je suis présente sans l'être, vivante tout en étant morte et plus déboussolée que jamais auparavant.

Redouane Abrimi n'a pas tellement changé. Il arbore toujours cette carrure si impressionnante qu'elle semble taillée dans la roche, ce visage fort et masculin, ce nez aquilin caractéristique des hommes d'origine orientale et cette barbe noire qui encadre ses joues. Je me souviens la raison pour laquelle je suis tombée sous son charme, il est aussi époustouflant à l'extérieur que putréfié à l'intérieur.

Le sourire qui étire ses lèvres est tout sauf humain, il est démoniaque. Je plante mes dents dans la chair de ma bouche pour l'empêcher de trembler et, en puisant dans la haine que j'ai nourrie ces dernières années, maintiens notre contact visuel. Même si je suis affolée, il est hors de question que je le laisse obtenir cet ascendant sur moi.

— Tu es toujours la même, Ava, murmure-t-il dans un français cisaillé par son accent oriental.

Une nausée secoue mon estomac lorsqu'il prononce mon prénom. Je me retiens de hurler toute la rage que j'éprouve pour lui.

— Ou devrais-je peut-être t'appeler « Eva » ? poursuit-il. Tu pensais que changer de vie te cacherait de moi ? Tu savais pourtant bien que tu ne pourrais pas m'échapper indéfiniment.

Naïvement, j'y ai cru ces trois dernières années. J'ai espéré pouvoir reprendre un semblant d'existence et laisser derrière moi mon passé. J'imaginais qu'Abrimi était mort, ou réfugié dans des montagnes à la manière d'un *Oussama Ben Laden*, et qu'il était plus préoccupé par son statut de terroriste recherché que par mon sort. Il semblerait que je me sois trompée en beauté et je m'en veux d'avoir envisagé que mon ancienne vie ne me rattraperait pas.

Sans prévenir, il enserre ma gorge, la presse et se délecte de la frayeur qui s'invite dans mes pupilles. J'avais presque oublié à quel point cet homme est violent et imprévisible.

— Tu vas me payer au centuple ce que tu m'as fait, espèce de petite putain !

— Laissez-la ! s'écrie Simon.

Abrimi desserre sa poigne. Je reprends une grande bouffée d'oxygène et tousse sans pouvoir m'arrêter. La tension qu'il a exercée autour de mon larynx a bien failli me faire perdre connaissance et c'est avec des chandelles dans les yeux que j'aperçois ses lèvres se retrousser de nouveau.

— Qui est ce petit ? demande-t-il en arabe à son sous-fifre.

— Il a participé à l'arrestation de Youssef Belloua, un de vos revendeurs les plus influents.

— Ah… c'est lui.

Il s'approche de nouveau de moi, saisit mes joues qu'il presse entre ses doigts et murmure si proche de mon visage que je crains qu'il m'embrasse :

— Parfait, il subira le même sort que cette petite pute.

— Va te faire foutre ! grogné-je.

Sans pouvoir me maîtriser, je lui crache au visage.

Si, au sens propre du terme !

Il ne cille pas, reste un instant à quelques millimètres de moi, tout en plantant ses billes noires dans les miennes. Je ne saurais dire qui détient la haine la plus intense des deux. Il se redresse, essuie ma salive qui coule, du revers de sa manche, avant de m'envoyer une énorme gifle qui me cisaille la joue et propulse ma tête sur le côté avec une puissance effrayante.

Cette fois, je ne parviens pas à reprendre mes esprits, ne perçois que la voix de Simon au loin…

Puis, le vide.

***

À l'instant où un coup de feu retentit dans mes oreilles, je m'éveille dans un sursaut, jette des coups d'œil autour de moi pour vérifier ce qui se passe. Simon est toujours à mes côtés et ne semble pas blessé. Je m'inspecte moi aussi et réalise que je suis en vie. Le môme s'agite sur sa chaise, terrorisé de se confronter de nouveau à notre tortionnaire. Je le rassure comme je le peux en lui faisant promettre de rester calme, quoi qu'il arrive. Il obtempère, reste plus muet qu'une tombe.

Des pas s'approchent de nous, je perçois des ombres au loin. Mon cœur se met à accélérer la cadence lorsque je perçois un bruit de talons fouler le sol. Je ne distingue pas de silhouette féminine parmi cette nuée d'hommes, elle doit être cachée derrière.

Soudain, les sbires d'Abrimi s'écartent et le laissent passer, une jeune femme accrochée à son bras.

Une longue chevelure brune et bouclée.

Une peau mate éclatante.

Un regard sombre et percutant.

Un corps élancé et des courbes sculpturales.

Juchée sur des escarpins rouges, elle s'avance d'une démarche assurée, sa crinière oscillant de part et d'autre de son dos. La robe moulante – assortie à ses chaussures – dans laquelle elle est glissée et la fourrure posée sur ses épaules lui procurent des allures de femme de gangster dont elle semble se ravir.

Vous n'avez pas encore compris ?

Ma petite sœur s'avance vers moi.

Le visage si fermé que je la reconnais à peine.

C'est une femme maintenant, alors que j'ai quitté une ado de 13 ans à l'époque. Je la pensais morte dans cet incendie qui a ravagé la maison de mon enfance, mais tout a été bousculé hier soir, lorsque je l'ai aperçue au bras d'Abrimi sur ce cliché, déambulant dans les rues d'une ville d'Égypte. J'ai tout de suite compris que cette photo ne pouvait être un canular, cette fille me ressemblait bien trop pour que ce ne soit pas ma cadette…

J'explose en sanglots.

Le choc de la découvrir face à moi dissipé, je ne parviens plus à contenir ma peine, ma haine, ma rancune et ma répugnance envers cet homme qui m'a tout pris.

Ils s'approchent de nous.

Je distingue les traits de son visage, si similaires aux miens. C'est à s'y méprendre, on pourrait nous prendre pour des sœurs jumelles. Au détail près qu'elle porte une froideur glaciale sur elle. Je reste sans voix, simplement capable de laisser s'écouler ce bouillon de sentiments que je ne parviens même plus à distinguer…

Lorsqu'ils s'arrêtent à un mètre de nous, le sourire triomphant d'Abrimi pourrait décupler suffisamment ma furie pour me libérer de mes entraves d'un simple coup de bras, mais je me ferais descendre dans la seconde qui suit. Alors je tente de rester impassible, malgré les larmes qui ruissellent sur mes joues. Je refuse de lui montrer la dévastation et la meurtrissure qui m'ont engloutie. Je ne suis plus qu'un corps vide de tout sens depuis que mes yeux se sont plantés dans ceux de ma petite sœur, et qu'elle n'a pas réagi.

Rien.

Pas même une once de vitalité dans ses prunelles froides et éteintes.

— Alia… soufflé-je, c'est moi… Ava.

Ma sœur ne sourcille pas, comme si je ne m'adressais pas directement à elle. Elle me donne l'impression d'être une enveloppe dénuée d'âme, comme si tout était vide à l'intérieur. Pourquoi ne réagit-elle pas ? Son attitude est si étrange que, l'espace d'une seconde, je me demande si c'est bien elle. Elle n'a rien de la jeune fille que j'ai perdue. Ma gorge se serre et menace de laisser échapper un nouveau sanglot. Je me laisse submerger et emporter par ma tristesse, implorant mentalement ma cadette de me montrer un signe de vie…

En vain…

— Alia est morte il y a longtemps, sale garce. Je te présente… Nibra.

À l'entente de ce prénom, ses paupières s'agitent. Elle porte son attention sur l'homme qui l'a enlevée et papillonne comme s'il s'apparentait à un dieu vivant.

— Sais-tu qui est cette femme ? lui demande-t-il en me pointant de l'index.

Aussitôt, elle secoue négativement la tête. Mon cœur se morcelle, se désintègre même. Ce salopard a raison, ma sœur est morte il y a 8 ans, lors de cet incendie, lorsqu'il a décidé de l'arracher à sa vie et de la façonner à son image, telle une poupée d'argile. Il lui a brisé l'esprit au point qu'elle ne parvient même pas à se souvenir de qui elle fut avant ce tragique évènement. De la même manière que les éléphants subissent le « phajaan » pour être soumis à leur dresseur et complètement dociles, il a détruit ma sœur. Tout comme moi, une part d'elle a péri sous les flammes ce jour-là. Sauf qu'il ne reste plus grand-chose d'elle, mis à part son enveloppe charnelle. Je n'arrive pas à y croire, ni même à pleurer tant ma colère est virulente…

— Qu'as-tu fait à ma sœur, espèce de taré ? hurlé-je, hors de moi.

— Quelle sœur ? ricane-t-il.

Je me débats sur ma chaise, tente de briser mes liens pour lui sauter à la gorge et le frapper de toutes mes forces.

Le sentiment de haine qui pulse dans mes veines n'a jamais été aussi brûlant.

Je suis folle de rage.

Ivre de rancœur.

Prête à le tuer de sang-froid si je le pouvais.

— Je vais te buter, Abrimi ! hurlé-je. Je te le promets, tu vas souffrir et…

Je stoppe le flux de mes mots au moment où il charge son arme et la pointe sur Simon qui tremble à mes côtés. Il sait comment m'atteindre. Il sait qu'il aura l'ascendant sur moi tant que je me soucierai de la sécurité des autres.

— Oh non, Ava, murmure-t-il d'une voix si doucereuse qu'elle me glace le sang. Mais toi, par contre, tu vas mourir. Et je te *promets* à mon tour que ce sera long et douloureux.

— Pourquoi tu ne m'as pas encore tiré une balle dans la tête ?

Eva, pas d'excès de zèle !!

— Parce que je veux te voir assister à l'agonie de toutes les personnes qui te sont chères. D'abord, ton petit policier que j'abattrai comme un chien sous tes yeux, ensuite, ce petit con à côté de toi, pour que tu passes tes derniers instants en sachant qu'il est mort simplement parce qu'il se trouvait avec toi. Et pour finir, ta chère petite sœur.

Cette dernière ne réagit même pas, n'a pas conscience qu'il parle d'elle. Je suis effarée.

— Vous allez les brûler, patron ? demande bêtement un des hommes.

— Elle, peut-être. Je n'y ai pas encore réfléchi, mais c'est une idée intéressante… une fin longue et douloureuse. Mais pour ce petit con qui m'a fait perdre un atout de choix dans ce pays, je vais me servir de mon tout dernier achat et lui réserver la mort qu'on destinait aux traîtres dans l'Égypte ancienne…

Tout le monde se tait, reste suspendu aux lèvres de cette immondice. Je parviens à saisir un doigt de Simon, malgré les liens qui nous mordent la peau, et le presse aussi fort que je le peux, pour lui intimer de rester digne et calme, quoi qu'il dise.

Le couperet tombe.

— La mort… par décapitation, retendit la voix sifflante et macabre de ce serpent dont je rêve de couper la tête, moi aussi.

Mon nouvel ami tressaille, étouffe un gémissement et tourne la tête vers moi. Plongés dans les yeux de l'autre, je tente de le déconnecter mentalement de cette horreur que nous vivons, mais c'est peine perdue. Simon cède à la panique. Son corps est brusquement secoué de spasmes, les larmes qu'il a tant contenues baignent ses joues. Je souhaiterais le prendre dans mes bras, le serrer aussi fort que possible pour l'apaiser, mais je reste inefficace et impuissante.

— Tu as raison d'avoir peur, lui dit Abrimi. Si vous pensez pouvoir sortir d'ici vivants, vous vous trompez. Quoi qu'il arrive, vous serez morts à l'instant où des patrouilles franchiront les portes de ce hangar. D'ailleurs, j'aimerais prendre une nouvelle photo de vous, histoire de les narguer un peu, ajoute-t-il en saisissant son smartphone.

Simon

— Simon, réveille-toi ! Simon, allez !

Péniblement, je sors de cet état de quasi-coma, guidé par la voix de la jeune femme qui se tient à mes côtés. Ils ont dû nous donner un grand coup sur la tête, après nous avoir photographiés. Mon crâne me fait souffrir et semble poisseux… sans aucun doute du sang. Malgré les sollicitations d'Eva, je reste enfermé dans ma bulle, comme si cette dernière pouvait me protéger des atrocités que nous vivons. Les mots de cet homme affable résonnent dans ma tête, je ne parviens pas à croire qu'il nous réserve réellement ce sort. Je suis bien trop jeune pour mourir, bien trop mignon pour voir ma tête séparée de mon corps…

De l'humour dans ces circonstances, réellement ?

Je ne reverrai ni mes parents, ni mes sœurs, ni mon grand-père. Pas même mon amour de Louise… et encore moins… Marc. Je lui aurai au moins avoué que je l'aime… même si ce n'est pas réciproque, je suis heureux de le lui avoir confié, au cas où je vivrais mes dernières heures.

— Simon, ouvre les yeux !

Comme si mes paupières pesaient une tonne, je les entrouvre et grogne d'épuisement. Je pourrais presque souhaiter me faire décapiter d'ores et déjà, pour en finir au plus vite, si je n'étais pas si effrayé par cette fin funeste.

— Allez, j'ai besoin de toi.

Cette fois, je penche la tête en arrière, inspire une bouffée d'oxygène, aussi profonde que mes poumons affaiblis me le permettent, et porte mon attention sur Eva. Nous sommes encore dans l'entrepôt. Du sang s'écoule toujours de sa pommette, ce salopard ne l'a pas loupée.

— Alex et Marc vont venir, tu m'entends ?

— Tu es bien optimiste, marmonné-je.

— Nous n'avons pas d'autre choix qu'y croire.

Je hausse les épaules.

— Tu te remets ? la questionné-je.

Elle saisit aussitôt de quoi je parle. Ses lèvres se pincent, ses yeux se voilent d'une épaisse pellicule transparente qu'elle tente de faire disparaître en agitant exagérément les cils. Aussitôt, je m'en veux d'être toujours si frontal et abrupt dans le choix de mes mots.

— Elle a réagi lorsque tu as prononcé le mot « Ava », tenté-je de la rassurer.

— Tout ce que j'ai vu dans son regard, c'est de l'indifférence et de l'absence, murmure-t-elle en laissant couler une larme.

Des bruits de chargeurs nous interrompent et me contraignent à sursauter.

Maudites soient les armes !

Abrimi s'avance avec ses larbins d'un pas décidé, me rappelant à s'y méprendre l'attitude que pouvait adopter Youssef pour m'imposer sa supériorité. Je suis tellement satisfait d'avoir aidé Marc à boucler ce connard, même si cet acte m'a conduit tout droit dans la tanière du grand méchant loup…

Je crains qu'Eva craque pour de bon lorsque j'aperçois sa sœur adossée à la carrosserie d'une voiture un peu plus loin.

— Je suis déçu, aucune nouvelle de ton petit-ami. Même lui en a eu assez de toi, pauvre conne.

— Je ne vois pas comment il pourrait me retrouver, grince-t-elle des dents.

Un rire grave – et diabolique au possible – s'échappe de la gorge du terroriste et agit sur moi comme un accélérateur d'angoisse. Mon cœur est aussitôt malmené dans ma poitrine, ne comprenant pas pourquoi mon cerveau sécrète des quantités astronomiques d'adrénaline et toutes ces autres hormones en charge du stress.

— Nous ne sommes pas des amateurs. Nous avons fait en sorte qu'on puisse vous retrouver et croyez-moi, personne ne s'attend au piège que nous leur avons tendu. À vrai dire, ils ne s'imaginent pas à quel point nous sommes organisés. Tu vas mourir, Ava, et ne t'en fais pas, j'ai mon plan de secours.

— Ne m'appelle pas comme ça, l'avertit-elle sur un ton hostile. Ava est morte le jour où tu as décidé de manipuler Alia et de la transformer en cette jeune femme qui n'est pas ma sœur.

Cette meuf est une putain de badass !

Abrimi tourne les talons, lève la main en l'air pour signifier que ce que raconte la brune ne l'intéresse pas le moins du monde. Une fois disparu de l'entrepôt, suivi de ses valets, il ne reste plus que deux hommes à la carrure imposante, plantés devant nous et armés jusqu'aux dents.

***

Alors que je somnole, épuisé de ne pas avoir fermé l'œil depuis des heures, je sursaute vivement et me redresse sur la chaise où je suis ligoté. Eva adopte la même attitude, nous surveillons partout autour de nous ce qui se produit.

Grabuge et lumières à l'extérieur.

Ils nous ont retrouvés.

Je voudrais hurler, mais ma gorge est bien trop serrée pour laisser échapper le moindre son. Quelque chose va se produire. Les gorilles en charge de nous garder sont en alerte, mitraillette collée à la poitrine et mode « qui-vive » activé.

Les négociations ont débuté. Une voix amplifiée au mégaphone résonne, mais j'ai bien peur que ce ne soit pas le genre de Redouane Abrimi. Tout est limpide dans ma tête, son armée de mercenaires n'a pas peur de mourir et il a prévu un plan B, peut-être même Z, pour s'enfuir après avoir rempli la mission qu'il s'est juré de mener à bien, à savoir, tuer les proches d'Eva pour la faire souffrir, avant de la buter, elle.

C'est le moment que choisit mon corps pour me lâcher avec une facilité déconcertante. Des larmes jaillissent, inondent mes joues, tandis que chacun de mes muscles se contracte pour trembler dans la seconde qui suit le spasme. Sans que je ne l'aie vu venir, une crise d'angoisse s'empare de moi, me pousse à hurler de terreur, m'empêche finalement de sortir le moindre son, me rendant à la fois tonique et amorphe, plus horrifié que je ne l'ai jamais été.

Soudain, Eva, qui est restée étrangement calme, me donne un coup de coude et, très discrètement, m'indique de lever les yeux vers le sommet de l'entrepôt.

Choc intergalactique.

Deux silhouettes se déplacent sur les ponts métalliques supportant la structure du toit. Pas l'ombre d'un doute, ce sont des alliés venus nous sauver. Les deux hommes, à en juger leur carrure, rejoignent une échelle qui s'arrête à deux mètres du sol. Je retiens mon souffle à l'instant où, à tout de rôle, ils se lâchent pour retomber habilement sur leurs pieds. Le grondement des hélicoptères à l'extérieur couvre le bruit de leur atterrissage sur le béton. Aussitôt, ils se dissimulent derrière un empilement de caisses en bois dans lesquelles de la marchandise illégale est sans doute entreposée.

Et, alors qu'ils se rapprochent de nous, se camouflant à intervalles réguliers, je les reconnais. Marc et Alex. Je n'y crois pas, n'arrive pas à réaliser qu'ils risquent leur vie pour nous. Ce n'est pas dans leur champ d'action de participer à une prise d'otages, mais mon petit doigt me dit qu'ils ne sont pas réellement dans l'exercice de leurs fonctions. Quelque chose me chuchote à l'oreille qu'ils ont désobéi aux ordres de leurs supérieurs et se sont retrouvés là-haut de leur propre initiative.

J'ignore ce qu'il prend à Eva, mais porte sur elle des yeux ronds lorsqu'elle siffle un des geôliers, comme une aguicheuse dans un bar. L'homme roule des mécaniques, réprime le sourire que l'attitude de la jeune femme provoque en lui, et s'avance vers nous en bombant le torse. Elle le séduit en affichant une moue de tentatrice, le dévorant sous ses longues franges de cils, jusqu'à ce que le molosse lui demande sur un ton charmeur :

— Qu'est-ce que tu veux, ma belle ?

Son comparse s'approche lui aussi, intrigué de l'échange entre la brune et la brute épaisse.

— Je me demandais si on ne pouvait pas trouver un arrangement, tous les deux ? minaude-t-elle la voix pleine de sous-entendus.

Au second plan, j'observe les deux capitaines de police s'approcher à pas feutrés de nos assaillants, leurs regards rivés sur nous, prêts à réagir au moindre débordement.

— C'est pas moi qui décide, glousse bêtement l'idiot, hypnotisé.

— Je sais, mais tu pourrais prendre des décisions. Abrimi n'a pas l'étoffe d'un chef, alors que toi…

— C'est vrai ça… répond-il en gonflant davantage la poitrine.

Bam.

Les deux trous du cul s'effondrent sous le coup de crosse que les flics leur ont asséné. Chacun amortit la chute de sa victime, la dépose sur le sol et la traîne un peu plus loin. Lorsqu'ils reviennent vers nous, je peine à contenir l'excitation qui menace de jaillir de ma gorge, si soulagé de voir ces visages familiers devant nous. Marc écrase aussitôt sa paume contre ma bouche, écarquille les yeux pour m'intimer silencieusement de me taire et adresse un signe de tête à son coéquipier, pour lui indiquer d'enlever les liens d'Eva. Mon policier se charge de me libérer des miens. Je ne peux m'empêcher de lui sauter au cou lorsque je suis libre de tout mouvement. Concentré, il met très vite fin à notre étreinte, me place derrière lui et inspecte les lieux en lançant des coups d'œil dans chaque recoin de l'entrepôt, qui se trouve vide de toute présence humaine.

— Restez cachés, Alex va ouvrir au RAID, mais nous n'avions pas le droit d'intervenir, il faut être discrets, souffle Marc.

Nous obéissons sans brocher. Alex s'approche de la grande porte coulissante, la déverrouille et l'ouvre. Aussitôt, il s'éloigne pour que ses supérieurs ne le voient pas à l'intérieur. Je remarque seulement maintenant les gilets pare-balles que portent les deux flics, ce qui me rassure quant à leur sécurité.

Ni une ni deux, Marc m'empoigne par le bras pour s'apprêter à me faire quitter les lieux, après que l'équipe spécialisée est entrée, mais une détonation l'oblige à stopper. Paniqué, je tourne la tête, constate que les hommes d'Abrimi sont revenus dans l'entrepôt et échangent des coups de feu avec les hommes armés jusqu'aux dents qui viennent de pénétrer dans le bâtiment.

Nous restons quelques instants derrière les caisses, attendant le moment propice pour rejoindre l'extérieur. Nous coupant l'herbe sous le pied, la lourde porte métallique se referme seule alors qu'une lumière rouge clignote.

— Bordel, on est piégés, grogne Marc. Elle s'est sûrement verrouillée informatiquement.

L'échange de balles, de l'autre côté de notre barrage de fortune, retentit de plus belle. Je me presse contre le torse de Marc, le cœur pulsant à deux cents à l'heure, et chaque centimètre carré de mon corps en nage. Sans un mot, il me rassure simplement en déposant ses lèvres sur mon front. Le contact dure un moment qui semble suspendre le temps.

J'aimerais ne jamais sortir de cet état dans lequel il nous plonge.

Ce dernier ne tarde pas à se dissoudre : un projectile traverse une caisse de bois et nous frôle. Encore un peu et c'était *game over*. Sans attendre, Marc et Alex comprennent que nous ne sommes plus en sécurité ici, ils nous font rebrousser chemin, jusqu'à un escalier qui mène sûrement à des pièces attenantes à l'entrepôt. Eva refuse de monter sans son petit-ami, le somme de la suivre, mais il insiste :

— Je te rejoins dans un instant, le temps de m'assurer qu'ils ne nous suivront pas. Anton est là, si tu dois t'échapper avec lui, alors que je ne suis pas là, tu n'hésites pas une seconde. Promets-le-moi !

Elle hoche la tête. Je la tire par la main pour nous réfugier plus haut, tandis que nos deux héros nous couvrent en tirant des balles pour nous laisser le temps de gravir les marches.

Marc

Nous sommes piégés comme des rats. Le seul moyen pour que nous quittions ce guet-apens est de rejoindre le toit et intercepter un de nos hélicoptères pour nous casser d'ici. En attendant, la bataille s'annonce ardue. Poing resserré autour de la crosse de mon flingue, je vise chaque fils de pute qui tente de canarder les deux otages. À deux reprises, je manque de me prendre une balle, me venge au centuple en visant parfaitement, même à cette distance. Nous ne pouvons pas nous permettre de les laisser trop longtemps seuls, et vulnérables. Je jette un œil, l'escalier est vide. Très bien. À nous de les rejoindre maintenant.

Mon coéquipier ouvre la marche, s'engage dans les marches en colimaçon, alors que je le couvre. Une fois au sommet, il s'assure de mes arrières et je le rejoins. Aussi étrange que cela puisse paraître, je reste très calme. Mourir en service ne m'a jamais réellement paniqué, bien que là, les choses soient différentes…

Simon.

Je m'enfonce dans un couloir, précédé de mon meilleur ami. Nous retrouvons nos captifs, recroquevillés dans un coin, et les entraînons à travers le corridor simplement éclairé par des ampoules basse tension, lesquelles nous plongent dans une atmosphère particulièrement oppressante. Cramponné à mon biceps, Fauquet ne me lâche pas d'une semelle, emboîte chacun de mes pas, comme s'il s'attendait à ce qu'une mine antipersonnel nous explose à la gueule d'une seconde à l'autre.

À l'instant où nous nous apprêtons à bifurquer, un coup de feu retentit. Je pousse aussitôt Simon dans un recoin qui mène à une porte, lui intime de ne pas bouger en posant mon index sur mes lèvres. Alex et Eva tendus dans mon dos, je me concentre sur le silence environnant pour puiser en moi toute la précision dont je suis capable. Posté à l'angle du mur, je tente d'analyser la situation en jetant un coup d'œil très rapide sur l'agitation dans le couloir sombre.

Deux balles passent devant mes yeux avant que je ne me recule pour les éviter.

Trois à gauche, deux à droite.

Je me penche de nouveau, vise avec minutie et presse la détente.

Bien joué. Deux à gauche, un à droite.

Je recharge mon arme.

Leur position ne me permet pas de les atteindre de là où je me trouve. Je vais devoir prendre un risque inconsidéré et rejoindre Simon pour accéder à leurs putains de crânes. Je m'élance, roule sur le sol, en priant pour qu'aucune balle ne m'atteigne, et me retrouve de l'autre côté, vivant.

Profitant de leur état de confusion, j'abats deux des trois malfrats frappés par mes projectiles bien ciblés.

Le dernier s'enfuit.

Chien de la casse !

— La voie est libre, soufflé-je en faisant un signe de la main pour que tout le monde me suive.

Nous déambulons dans ce labyrinthe en cherchant le moyen de rejoindre le toit. Nous avons presque atteint l'extrémité du couloir, lorsqu'un groupe armé surgit de nouveau derrière nous, nous prenant au piège. Aussitôt, Alex pousse Eva dans une pièce, dont la porte semble blindée, pour éviter de se faire canarder. Je ne peux rien pour eux et attrape donc la main de Simon pour courir aussi vite que possible, afin d'échapper aux balles qui pleuvent derrière nous. Sur la gauche, j'aperçois le même type de chambre forte inviolable, m'y engouffre, entraînant le jeune homme terrorisé derrière moi, et en scelle l'entrée à l'aide de la manivelle à tourner.

À bout de souffle, je m'adosse contre le mur, me laissant glisser en maugréant :

— Putain de bordel de merde, c'est quoi cette forteresse ?! Ils vont nous tirer comme des lapins, ces hommes sont surentraînés et n'ont pas peur de la mort !

Je prends brusquement conscience que je ne suis pas seul, ose porter mon attention sur le gosse planté face à moi. Les larmes qui noient ses yeux me déchirent le cœur, m'empêchent de respirer quelques secondes et me font prendre conscience que sa vie m'importe plus que la mienne. Je me lève, le presse contre mon torse puissant et l'enserre dans un étau de muscles.

— Eh, arrête, soufflé-je contre le sommet de son crâne. Tout va bien se passer.

Je m'écarte légèrement, saisis son visage en coupe et plante mon regard noir dans le sien qui n'a jamais étincelé de cette manière. Ses iris vert de jade sont illuminés de peur, d'adrénaline, d'angoisse et, à cet instant, d'un petit quelque chose que je ne parviens pas à deviner.

— Je te promets que je te sortirai de là, Simon. Je ne laisserai personne te faire du mal, tu m'entends ?

Il opine du chef, lâche finalement les larmes qui oscillaient à la lisière de ses cils. Je peux aisément comprendre sa détresse, mais ne trouve plus les mots pour le rassurer.

— Il n'y a pas que pour moi que j'ai peur, babille-t-il. Il y a Eva, Alex… et, il y a… *toi.* Je ne veux pas te voir mourir en héros, Marc.

Sa voix se coupe dans un sanglot, me laissant impuissant, désarmé face à cette crise que je n'avais pas prévue. Je presse ses joues entre mes paumes, ne sachant comment agir autrement.

— Tu sais très bien que je suis un anti-héros, raillé-je. Reprends-toi, je vais trouver une solution.

Observer la pièce. Cogiter. Nous sortir de là.

Mes yeux s'accrochent aux grilles d'aération installées au plafond. Je sais bien, on n'est pas dans un film d'action, mais c'est notre seule solution pour sortir d'ici. J'ai été entraîné à ce type d'exercice à l'école de police, mais je ne pensais pas me retrouver confronté à la situation un jour. Je m'avance donc, saisis une chaise et m'affaire à décrocher le carré métallique.

— Tu n'y penses pas ? s'affole Simon.

Je ne prends pas la peine de lui répondre, tends ma main qu'il saisit et lui fais la courte échelle pour qu'il se hisse dans le conduit. À la force des bras, je me tracte à mon tour et le rejoins dans l'endroit exigu. Dans d'autres circonstances, me retrouver aussi proche de lui me donnerait des idées…

Avec toute la discrétion dont nous sommes capables, nous avançons, vérifiant à chaque bouche d'aération que la voie est libre. Lorsqu'une pièce vide se profile, je décide d'y descendre et constate que nous ne trouverons personne ici. Je réceptionne Simon dans mes bras lorsqu'il manque de se casser la gueule en rejoignant la terre ferme.

— Je vais vérifier que tout est OK derrière cette porte. Nous avons parcouru une vingtaine de mètres, la sortie qui mène au toit ne devrait pas être loin.

Après avoir jeté un œil dans le couloir, j'indique à Simon, d'un geste furtif de la main, de s'approcher. Nous tentons de rejoindre aussi vite que possible la porte où un panneau « sortie de secours » est accroché, mais un groupe de terroristes nous tombe dessus.

Mon sang se glace aussitôt dans mes veines. Je pointe mon arme droit devant moi. Ordonne à Simon de se coucher. Tire précisément sur les quatre assaillants. Ils ripostent et, à cet instant précis, ma vie défile sur mes rétines. Étrangement, la seule image qui persiste est celle de ce petit con, têtu, insouciant et totalement irrésistible.

Un morceau de plomb me percute lorsque j'atteins ma dernière cible, et me propulse à la renverse. Mon thorax me provoque une douleur vive, me comprime comme si j'avais été transpercé de part en part. Simon se redresse aussitôt, se jette sur moi et s'affole en répétant mon prénom. Je lui murmure de décrocher le gilet pare-balle. Il s'exécute et, enfin, je respire. Je ne suis pas touché, seule la force de l'impact m'a coupé le souffle…

— Putain, j'ai flippé ma race, chouine le jeune homme.

— Tu ne vas pas te débarrasser de moi si rapidement, raillé-je en esquissant un sourire de coin. Je vais te donner mon gilet pare-balle, je ne veux pas qu'il t'arrive quoi que ce soit.

Il m'aide à me relever. Nous nous observons pendant ce qui me semble être des heures. Il est si beau. Les traits de son visage parfaits et dessinés de manière à m'attirer comme jamais je ne l'ai été. Ce serait peut-être le moment idéal, au fond, pour le lui révéler…

— Simon, écoute, je…

Boum.

L'explosion retentissante qui bourdonne dans mes oreilles me coupe de nouveau le souffle.

Simon esquisse un sourire.

Simon s'écroule dans mes bras.

Je dresse aussitôt mon arme vers l'homme qui gît au sol et vise son front. La seconde suivante, il est mort.

Je perds pied. Mon cœur cesse de battre. Ma vitalité quitte mon corps et mes muscles s'affaissent. Je tombe lourdement sur les genoux, la souffrance ne m'atteint pas. Le corps du gamin s'affaiblit dans mes bras. J'observe avec atrocité ma main couverte d'un liquide rouge.

Du sang.

Son sang.

Je clos les paupières pour éviter de devenir ivre de rage, analyse en un quart de seconde la situation. Comme dans un témoignage médico-légal, je constate que la balle est logée en dessous de son omoplate, donc tout près de son cœur. À en juger le flux sanguin qui s'écoule de la plaie, il ne tardera pas à se vider.

— PUTAIN ! hurlé-je en revenant au présent et à l'horreur qui se déroule sous mes yeux.

Nous ne pouvons pas rester là, des hommes ne vont pas tarder à revenir. Je le transporte avec précaution dans une petite pièce et l'allonge sur le sol. Je saisis son visage, constate qu'il n'est pas encore tout à fait inconscient.

— Simon, je t'en prie, reste avec moi, grondé-je entre la supplique et l'ordre.

La voix qui s'échappe de ma gorge n'est pas mienne, je ne l'ai jamais entendue empreinte de cette émotion. La détresse et la peur que j'y découvre affolent chacun de mes sens, mais je n'ai pas le temps de m'y attarder. Mon magnifique petit con bat lentement des cils, sourit bêtement comme s'il se trouvait face à une créature céleste. Mais ce n'est que moi. Il avance sa main vers ma joue, la caresse et s'attarde sur ma barbe de trois jours… Ses paupières sont de plus en plus lourdes…

BORDEL DE MERDE !

Il est hors de question qu'il me quitte. Pas lui. Pas maintenant. Pas comme ça. Je lui ai promis qu'il sortirait de ce putain de bâtiment, mais pas en tant que cadavre. Sans que je ne puisse le contrôler, mes yeux se voilent d'un liquide épais, qui m'empêche de voir correctement et me brûle comme si on m'aspergeait d'acide…

Des larmes ?

Je n'en sais foutre rien, je n'ai pas pleuré depuis l'âge de 10 ans. Comment pourrais-je me rappeler de la sensation que cela procure ?

Il me prive de ses prunelles.

— Simon, ne me laisse pas. J'ai besoin de toi. Putain, Simon. Je… tiens à toi, petit con, soufflé-je plus pour moi que pour lui.

En vain.

Il ne m'entend plus.

— Je vais aller trouver les secours, je viens te rechercher dans très peu de temps. Tiens bon.

En une fraction de seconde, j'arrache un pan de mon t-shirt, m'évertue à entourer sa plaie pour contenir l'hémorragie.

J'écrase mes lèvres contre les siennes. Immortalise chaque sensation qui percute mon corps, me transporte à des milliers de lieues d'ici, dans un endroit où lui et moi serions heureux. Enregistre son odeur qui emplit chacune de mes cellules et les gorge de sa présence. Me redresse enfin d'un bond, sans lui jeter un coup d'œil, ce qui m'empêcherait nécessairement de le quitter.

En *Terminator* remonté à bloc, je saisis deux mitraillettes que je trouve dans le couloir, prêt à buter chacun des fils de putes que je rencontrerai sur mon passage…

Eva

Le cœur tambourinant dans ma poitrine, je suis comme je peux Alex sur le toit de l'entrepôt. Le sol dur et râpeux me fait souffrir, j'ai dû abandonner mes talons en cours de route.

— Où sont Marc et Simon ? hurlé-je par-dessus le brouhaha.

Alex me répond qu'ils sauront se débrouiller seuls et pointe l'hélicoptère à l'autre bout du bâtiment. Abrimi s'y dirige en courant, accompagné de deux de ses gardes du corps. Mon flic m'ordonne de rester là et de m'agiter pour qu'un des appareils en vol stationnaire, qui surveillent à quelques centaines de mètres de haut, nous repère.

Il s'élance alors vers nos assaillants et tire à l'aveugle, fonçant droit dans la gueule du loup. Je hurle son prénom, affolé qu'il s'effondre sous mes yeux, mais mon souffle se coupe lorsqu'une immense détonation tranche la nuit en deux. L'engin, qui devait emporter Abrimi loin d'ici, a explosé, propulsant les corps de ces connards plusieurs mètres en arrière, ainsi que mon capitaine de police.

Sans que je n'y comprenne quoi que ce soit, mon tortionnaire se redresse, pointe son arme en direction d'Alex, lequel l'imite. Derechef, des décharges retentissent. Mes yeux s'arrondissent lorsque, au même moment, la silhouette immense d'Anton surgit de nulle part et s'élance sur son frère.

Redouane Abrimi s'écroule.

Les deux frères s'écroulent.

Et moi, je me fige.

Mon palpitant ralentit sa course.

Je suis incapable de bouger, ni même respirer…

À suivre…

REMERCIEMENTS

Voici le deuxième tome de SIX achevé. L'exercice des remerciements est d'autant plus difficile. J'ai déjà beaucoup parlé pour le premier opus, alors je serai plus succinct ici.

Simplement, je voudrais remercier Sarah pour cette aventure qu'elle continue de me faire vivre, et ce, malgré les circonstances que notre monde subi en ce moment (eh oui, bonjour le confinement). C'est toujours un bonheur de travailler avec toi ! Je le dis ici : « I love you, honey ! »

Merci à Marie, également, ma superbe correctrice qui est bien plus que cela en réalité. Toujours là pour supporter mes états d'âme… Notre relation est très importante pour moi.

Et pour faire simple, cette fois, je voudrais remercier les lectrices qui ont déjà lu le premier tome. Vos retours ont été riches pour moi, et je suis heureux de partager ma passion avec vous. Chaque mot, chaque attention sont précieux à mes yeux. J'espère que l'aventure à vos côtés durera longtemps.

Rendez-vous pour le troisième, et dernier, tome !

Affectueusement,

Max.

DEJA PARUS CHEZ BLACK INK EDITIONS

Double Appel de Kalvin KAY

Ad Vitam Aeternam (trilogie) de Farah ANAH

Chirurgicalement vôtre de Emma LANDAS

Just love again tomes 1 & 2 de Aidan ADAM

Ne me fuis pas tome 1 & 2 de Mila Ha

Laisse-moi t'aimer de Mersika M.

Mission rédemption de Farah ANAH

Adé de Ewa RAU

Soul on fire de Shirley LB

Goran de Emma LANDAS

Steel Brothers tome 1, 2 et 3 de Manon DONALDSON

Le silence des mots tome 1 & 2 de Ange EDMON

Mixology de Chlore SMYS

Destins, tomes 1 & 2 de Charlotte ROUCEL

Power games : Jardin d'Eden de Lia ROSE

Power games : Angie, ris ! de Lia ROSE

Power games : Échec et Max de Lia ROSE

Mine tome 1 & 2 de Caroline GAYNES

Will de Emma LANDAS

S.W.A.T. tome 1 & 2 de Manon DONALDSON

Trahison tome 1 & 2 de Lucie CHATEL

Le prince charmant existe ! Il est italien et tueur à gages de Anna TRISS

Amour, flingues et macaronis de Anna TRISS

Le cri du silence de Angel AREKIN

VE.RI.TAS de Isabelle FOURIÉ

Contre ma peau de Chlore SMYS

Green Oak de Emma LANDAS

Gary de Ange EDMON

Drama Queen de Lindsey T

Londres aux Seychelles de Aidan ADAM

Esme tome 1 & 2 de Farah ANAH

À double tranchant tome 1 & 2 de FERYEL

Moh de Ewa RAU

Just win Baby de Chlore SMYS et Juliette PIERCE

Possessed souls de Shelby KALY

Black Xscape game du collectif 17 plumes

Tri Marto Love de Emma LODENN

Stalker de Manon DONALDSON

N'oublie pas de vivre de Céline DELHAYE

A wave in my heart de Audrey DUMONT

SIX, tome 1 de Max L. TELLIAC

Tes notes pourpres de Angel AREKIN

Jusqu'à ce que la mort nous sépare de Avril SINNER

La romance de ma vie… TU PARLES ! de Farah ANAH

Envers et contre toi, tome 1 de Noémie DANI

Blue sunrise de Chlore SMYS

Devil in me de Juliette PIERCE

The missing obsession de Angel AREKIN

Le prédicateur de Mila HA

La promesse de la lune de Aidan ADAM

Little beach girl de Audrey WOODHILL

The bounty Fuckers : Mission 1 : Hugo de K. JARNO

Et même quand je te hais, je t'aime encore de Mélodie LÉANE

Le sang des Sauvages tomes 1 & 2 de Farah ANAH

La reine courtisane de Anna TRISS

Myrina Holmes, tome 1 : démons et merveilles